베네딕트
비밀클럽 I

THE MYSTERIOUS BENEDICT SOCIETY
by Trenton Lee Stewart and illustrated by Carson Ellis

Text copyright © 2007 by Trenton Lee Stewart
Illustrations copyright © 2007 by Carson Ellis
All rights reserved.

Korean Translation Copyright © 2008 by BIR
Korean translation edition is published by arrangement with
Trenton Lee Stewart c/o Janklow & Nesbit Associates through Imprima Korea Agency.

이 책의 한국어판 저작권은 Imprima Korea Agency를 통해 Trendon Lee Stewart c/o Janklow & Nesbit Associates와 독점 계약한 (주)비룡소에 있습니다.
저작권법에 의해 한국 내에서 보호를 받는 저작물이므로 무단 전재와 무단 복제를 금합니다.

베네딕트 비밀클럽 I

트렌톤 리 스튜어트 지음 | **김옥수** 옮김

비룡소

엘리엇을 위해서 — *T.L.S.*

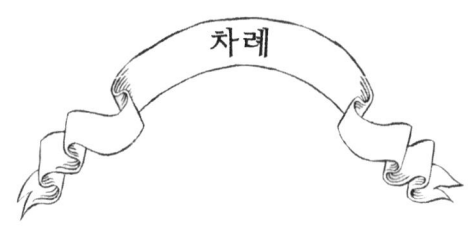

정말 이상하고 까다로운 시험	9
안경 소년과 양동이 소녀	47
정사각형과 화살표	69
특별한 어린이 팀	101
오싹한 메시지	125
미로에 침입한 두 사내	161
모스 부호와 고백	175
앞으로 닥칠 사건	195
이름 정하기	203
노만산 섬	217
함정과 헛소리	239
쌍둥이자리를 조심하라	253
새로 배운 교훈	275
피해야 하는 사람과 장소	287
케이티의 재주	297
독 사과, 독 벌레	311
다른 사람이 되어	323
시험과 초대	341
모든 일이 예정대로	359
잃어버린 가족과 새로 만난 가족	371
지피지기 백전백승	379

들켰다!	401
대기실	417
징벌과 승진	429
절반의 수수께끼	445
속삭임	455
열려라, 참깨	477
커튼 선생의 실험	497
그대의 적을 알라	507
체스의 교훈	525
하수도 쥐	535
위기일발	555
나쁜 소식과 나쁜 소식	573
꼬챙이의 용기	589
위대한 케이터 기상 예보 장치	607
커튼 선생의 눈동자	625
제일 좋은 약	641
탈출과 귀환	667
모든 출구는 입구다	677
작가의 편지	695
감사의 말	696
옮긴이의 말	698

정말 이상하고 까다로운 시험

돌마을 항구가 있는 돌마을 도시에서는 레이니라는 사내아이가 중요한 시험을 볼 준비를 하고 있었다. 그날 벌써 두 번째로 치르는 시험이었다.

첫 번째 시험은 도심 건너편에 있는 어떤 사무실에서 치루어졌다. 시험이 끝난 후, 레이니는 3번가 수도원 건물로 가라는 말을 들었다. 연필 한 자루와 고무지우개 말고는 아무것도 가져가지 말 것이며, 오후 1시 정각까지 반드시 도착하고 조금이라도 늦으면 안 된다는 말도 들었다. 조금이라도 늦거나 연필을 한 자루 이상 가져오거나 지우개를 잊어버리는 등, 지시 사항을 조금이라도 어기면 시험을 치를 수 없다는 것이었다. 그것으로 끝이라는 것이다.

시험을 꼭 치르고 싶은 레이니는 지시 사항을 그대로 따르려고 신경을 곤두세웠다. 이상한 건 지시 사항이 이것밖에 없다는 사실이었다. 수도원 건물로 가는 길조차 알려 주지 않았다. 그래서 제일 가까운 버스 정류장까지 찾아가 불친절한 버스 운전사에게 버스 노선을 물었다. 운전사는 길을 알려 주고 대가를 요구했다. 레이니는 서너 구역을 걸어가서 3번가로 가는 버스에 올라탔다. 어려운 일은 하나도 없었다. 레이니 멀든은 비록 열두 살에 불과하지만 혼자 판단해서 일을 처리하는 데에 아주 익숙했다.

도시 건너편 어디에선가 30분을 알리는 교회 종소리가 울렸다. 12시 30분. 아직 기다려야 한다. 12시 정각에 수도원 건물 입구를 살펴보았는데 문이 모두 잠겨 있었다. 그래서 레이니는 가판대에서 샌드위치 하나를 사 들고 공원 벤치에 앉아 있었다. 돌마을에서 가장 번화한 거리의 건물이라면 내부에 사무실이 많이 있을 게 분명했다. 그런데 정오에 문이 모두 잠겨 있는 게 약간 이상했다. 하긴 시험을 치를 때부터 지금까지 줄곧 이상한 일투성이였다.

애초에 광고 내용부터 이상했다. 사나흘 전에 레이니는 돌마을 고아원에서 아침 식사를 하는 동안 신문을 읽으면서 개인 교사 페루멀 선생님과 기사에 대한 의견을 나누고 있었다. 레이니는 혼자서 고등

학교 교과 과정까지 모두 마쳤기 때문에 고아원 원장 선생님은 다른 학생들이 수업을 받는 동안 레이니 혼자서 교육을 받을 수 있도록 특별히 개인 지도 선생님을 배정해 주었다. 하지만 페루멀 선생님 역시 레이니한테 가르칠 게 많지 않았다. 그래도 선생님은 아는 게 많고 친절했다. 두 사람은 아침 식사와 차를 들면서 신문 기사에 대해 토론하는 걸 좋아했다.

그날 아침 신문 역시 평상시처럼 다양한 제목으로 가득했다. 몇몇 제목은 흔히 '긴급 사태'라고들 하는, 통제할 수 없는 절박한 상황에 초점을 맞추고 있었다. 머리기사에 의하면 학교 제도와 예산, 공해, 범죄, 기후 등 정말 모든 부분이 말 그대로 완전히 엉망이었으며 시민들은 사방에서 정부의 중대한, 아니, 획기적인 개혁이 필요하다고 소리치고 있었다. "이제 모든 걸 바꿔야 한다!"라는 대자보가 도시 전역에 붙어 있었다. 사실 이건 아주 오래된 구호였다. 그리고 텔레비전을 거의 안 보는 레이니조차 매일 텔레비전 뉴스 시간마다 떠들어 대는 핵심 주제가 '긴급 사태'란 사실을 알고 있었다. 이런 분위기가 몇 년 전부터 계속되었기 때문이었다. 따라서 레이니와 페루멀 선생님이 처음 만났을 때에도 두 사람은 긴급 사태에 대해서 자연스럽게 아주 길게 토론한 적이 있었다. 그러나 정치적인 견해가 아주 비슷하다는 사실을 알게 된 다음부터 두 사람은 그런 대화가 따분해서 주제를 바꾸기로 했다. 그래서 두 사람은 주제가 매일 다른 새로운 뉴스에 대해서 토론하고 그다음에는 광고를 보며 재미있는 시간을 보냈다. 레이니의 인생이 갑자기 바뀌게 된 그날 아침도 마찬가지였다.

"차에 꿀을 더 탈래?"

페루멀 선생님이 타밀어(스리랑카에서 쓰는 공용어의 하나.—옮긴이)로 물었다. 지금 선생님이 레이니한테 가르치고 있는 언어였다. 하지만 레이니가 '당연히 꿀을 더 타고 싶다.'라고 대답하기도 전에 페루멀 선생님이 광고 내용을 발견하고 흥분한 어투로 소리쳤다.

"레이니! 이걸 봐! 정말 재미있을 것 같지 않니?"

페루멀 선생님은 식탁 건너편에 앉아 있었지만 거꾸로 쓰인 글씨도 읽을 수 있는 레이니가 광고 내용을 단숨에 읽었다.

혹시 당신은 특별한 기회를 원하는 천재 어린이인가요?

정말 이상한 광고라는 생각이 들었다. 천재 어린이의 부모가 아니라, 어린이에게 직접 던지는 질문이었다. 레이니는 부모님에 대해 조금도 모른다. 레이니가 아기일 때 돌아가셨기 때문이다. 그래서 특히 고아를 염두에 둔 것 같은 광고 내용이 마음에 들었다. 그렇다고 해도 정말 이상했다. 과연 이 광고를 볼 수 있는 아이가 과연 얼마나 되겠는가? 물론 레이니는 보았다. 하지만 레이니는 항상 혼자였고 그래서 항상 괴짜 취급을 받았다. 페루멀 선생님이 안 계셨다면 아마 레이니는 놀림을 당하기 싫어서 벌써 광고 내용을 잊어버리고 말았을 거다.

"재미있을 것 같아요, 저한테 자격만 있다면요."

레이니가 페루멀 선생님에게 말하자, 페루멀 선생님이 곁눈으로 흘겨보며 대답했다.

"지금 나랑 장난치자는 거니, 레이나드 멀든? 너만큼 뛰어난 천재가 어디에 있겠니. 너는 지금까지 내가 본 아이들 중에서 가장 뛰어난 천재야."

주말 동안에 시험을 여러 번 보아야 했고 두 사람은 레이니가 치를 첫 번째 시험 계획부터 세웠다. 그런데 불행하게도 페루멀 선생님의 어머니가 병에 걸려서 선생님은 토요일에 레이니와 함께 시험 장소에 갈 수 없게 되었다. 레이니는 크게 실망했다. 시험을 포기하게 되어서가 아니었다. 선생님이 아쉬웠기 때문이었다.

레이니는 페루멀 선생님과 함께 다니는 걸 항상 좋아했다. 그 웃음, 곁눈으로 흘기는 표정, 대부분 타밀어로 들려주는 인도에서 보낸 어린 시절 이야기……. 레이니가 알아듣지 못했다고 생각할 때마다 선생님이 가끔씩 내쉬는 한숨까지도 레이니의 마음에 들었다. 페루멀 선생님의 한숨 소리는 아주 다정하고 명랑하면서도 쓸쓸했지만 레이니는 정말이지 좋았다. 페루멀 선생님은 레이니가 안쓰럽게 보일 때마다, 다른 아이들한테 놀림을 받을 때마다, 부모를 잃은 불쌍한 그 아이가 가련하게 보일 때마다 한숨을 쉬었다. 레이니도 그걸 알고 있었다. 그래서 레이니는 페루멀 선생님한테 걱정을 끼치고 싶지 않았다. 하지만 페루멀 선생님이 관심을 가지고 걱정하는 모습이 레이니는 정말 좋았다. 레이니한테 그런 관심과 사랑을 보이는 사람은 페루멀 선생님밖에 없었다. 특별 시험을 치고 싶은 욕망과는 완전 별개로, 레이니는 페루멀 선생님이 함께 못 가는 것 자체가 안타까웠다. 그런데 그날 저녁에 독서실에 있을 때, 고아원의 러트거 원장 선생님이 찾아와서 페루멀 선생님의 어머니 병세가 상당히 좋아졌다고 했다. 그 말을 듣고 레이니는 희망을 가졌다. 독서실은 고아원에서 감히 아무도 들어오지 않아서 레이니가 혼자 있을 수 있는, 그래서 아이들의 괴롭힘을 피할 수 있는 유일한 장소였다. 저녁 식사 시간에 빅 몰거로프라는 나이 많은 아이가 레이니가 읽는 책을 들여다보고 "재미있네."라고 말하면서 레이니를 괴롭혔다. 빅은 이 표현이 아주 멋있고 적절하다고 생각했다. 그리고 얼마 후에는 모든 아이들이 빅이 한 대로 "재미있네."라고 말하면서 놀리는 바람에, 레이니는 결국 후식도 포기한 채 식탁에서 일어나 독서실로 도망 온 상태였다.

"그래, 어머님께서 많이 좋아지셨대, 아주 많이. 페루멀 선생님이 지금 막 전화로 알려 주셨어. 너를 바꿔 달라고 하셨는데, 네가 식당에 없었고 나도 한창 저녁 식사를 하던 중이어서 지금 이렇게 찾아와서 대신 전해 주는 거란다."

러트거 원장 선생님이 입에 치즈 케이크를 가득 문 채 말했다. 러트거 원장 선생님은 몸매가 가늘고 얼굴도 가느다란 사람이라서 케이크를 씹을 때마다 양쪽 볼이 굉장히 불거져 나왔다.

"고맙습니다. 정말 기쁜 소식이네요."

레이니는 안심도 되고 안타깝기도 한 마음으로 대답했다. 치즈 케이크는 레이니가 제일 좋아하는 후식이었기 때문이었다.

"정말이지, 건강만큼 중요한 건 없어. 건강이 제일이야."

러트거 원장 선생님이 말했다. 하지만 이 부분에서는 불편하고 걱정 어린 표정으로 씹는 걸 중단했다. 마치 음식에서 벌레라도 나온 표정이었다. 그러더니 결국에는 꿀꺽 삼키고 조끼에 흘린 부스러기를 털며 말했다.

"그런데 레이니, 페루멀 선생님이 무슨 시험에 대한 말을 하던데? '특별한 기회' 어쩌구 하면서……. 그게 도대체 어떤 거니? 설마 상급 학교에 진학하는 시험은 아니겠지?"

사실 레이니는 상급 학교에 들어가게 허락해 달라고 계속 요청해 왔다. 하지만 러트거 원장 선생님은 레이니가 이곳에서 개인 지도를 받으며 공부하는 편이 상급 학교에 진학하는 것보다 훨씬 좋다고 고집을 부렸다. "너한테는 이곳이 편해."라고 계속 주장했다. 그럴 때마다 레이니는 '난 이곳에서 외로워.'라고 생각했다. 하지만 마침내 러트거 원장 선생님은 자기 방식대로 결정을 내리고 페루멀 선생님을 고용했다. 이런 조치는 결과적으로 레이니한테 정말 다행이었다. 페루멀 선생님에게는 불만이 하나도 없었다. 하지만 다른 아이들이 자신을 괴짜로 보지 않는 학교에 다니면 얼마나 재미있을까 생각할 때가 많았다.

"잘 모르겠어요, 원장 선생님. 어떤 시험인지 한번 알아보고 싶은 것뿐이에요."

레이니가 대답했다. 희망이 좌절로 변하기 시작했다. 레이니는 페루멀 선생님이 원장 선생님에게 그 시험에 관한 말을 안 했으면 좋았을 거라 생각했다. 하지만 페루멀 선생님으로선 그럴 수밖에 없었을 거란 생각도 들었다.

러트거 원장 선생님이 가만히 생각하다가 대답했다.

"으흠, 어떤 시험인지 알아보는 것 자체는 나쁠 게 없겠지. 그게 어떤 시험인지 나도 알아 두는 게 좋겠다. 그렇다면 나중에 돌아와서 그 시험에 대한 보고서를 작성해서 제출하면 되겠구나. 분량은 열 쪽 정도? 서두를 필요 없어. 내일 저녁까지 제출하면 되니까."

"내일 저녁이요? 그렇다면 시험을 봐도 된다는 뜻인가요?"

"내가 그 말을 안 했던가?"

러트거 원장 선생님이 이마를 찡그리며 덧붙였다.

"페루멀 선생님이 아침 일찍 찾아와서 너를 데려가실 거야."

러트거 원장 선생님은 아름답게 수놓아진 손수건을 꺼내서 아주 큰 소리를 내며 코를 푼 다음 계속 말했다.

"자, 레이니, 네가 책을 읽도록 내가 그만 떠나야겠구나. 이곳은 먼지가 많아서 나한테 좋지 않아. 너는 착한 아이니까 이곳을 나가기 전에 먼지떨이로 저 선반 위를 쓸어 줄 수 있겠지, 그렇지?"

레이니는 시험을 볼 수 있다고 생각하니까 책을 다시 읽을 수가 없었다. 그래서 먼지떨이를 열심히 휘두른 다음에 곧장 침실로 갔다. 조금이라도 서두르면 그만큼 아침이 일찍 오기라도 하는 것처럼. 하지만 오히려 밤이 길게 느껴지기만 했다. 너무 흥분이 되고 초조해서 잠을 이룰 수 없었다.

'특별한 기회.'

별 볼 일 없는 평범한 기회라 해도 기분이 좋아서 미칠 것 같은데, 특별한 기회라니……. 레이니는 계속 생각하고 또 생각하고 또 생각했다.

동녘이 밝아 오기 직전에 레이니는 조용히 일어났다. 그리고 같은 방에 있는 친구들을 방해하지 않으려고 불도 켜지 않은 채 준비를 마치고 급히 주방으로 내려왔다. 레이니가 밤에 침대에서 책을 읽는다면서 시트를 덮어쓰고 연필처럼 가느다란 플래시를 켜기만 해도, 친구들은 으르렁거리기 일쑤였다. 페루멀 선생님은 벌써 기다리고 있었다. 선생님 역시 너무 흥분이 돼서 잠을 이루지 못하고 일찍 도착한 것이다. 화로 위의 주전자가 막 삑삑 소리를 내는 사이 페루멀 선생님은 등을 돌린 채 컵과 접시를 준비하고 있었다.

"안녕하세요, 페루멀 선생님."

레이니는 목청을 가다듬고서 다시 말했다.

"어머님이 좋아지셨다는 전갈을 듣고 기뻤어요."

"고마워, 레이니. 아침 식사를……."

페루멀 선생님이 고개를 돌려서 레이니를 바라보더니, 다시 말했다.

"옷차림이 그러면 좋은 인상을 줄 수 없을 것 같아. 줄무늬 바지에 체크무늬 셔츠를 입다니. 레이니, 아마 그건 네 방 친구의 옷일 거야. 사이즈가 최소한 한 치수는 더 큰 것 같아. 양말도 한쪽은 파란색인데 다른 쪽은 보라색이구나."

레이니는 깜짝 놀라 자신을 내려다보았다. 평소에 레이니는 남의 눈에 거의 안 띄는 아이였다. 평범한 몸집에 평범한 피부색, 그리고 갈색 머리카락의 길이는 평범했고 입는 옷도 평범했다. 하지만 오늘 아침에는 많은 아이들 사이에서 돋보여야 한다. 그래서 일부러 이런 옷차림을 한 것이다. 레이니는 페루멀 선생님한테 빙그레 웃으며 대답했다.

"행운이 따르라고 일부러 이렇게 입은 거예요."

"다행히도 너한테 그런 행운은 없어도 돼."

페루멀 선생님이 화로에서 주전자를 집어 들면서 계속 말했다.

"그러니까 빨리 가서 갈아입으렴. 그리고 이번에는 불을 켜도록 해. 같은 방 친구들이 투덜대도 신경 쓰지 마. 제일 좋아 보이는 옷을 골라야 하니까."

레이니가 돌아왔을 때, 페루멀 선생님은 자신이 급히 먼 곳을 가야 한다고 말했다. 어머니가 새 약과 특별한 음식 처방을 받았는데 페루멀 선생님이 그걸 사 와야 한다는 것이다. 그래서 페루멀 선생님은 레이니를 시험 장소까지 데려갔다가 시험이 끝나면 데리러 오기로 약속했다. 두 사람은 간단히 아침 식사를 했다. 둘 다 토스트 말고는 더 먹고 싶지 않았다. 고아원의 그 누구도 일어나기 전, 페루멀 선생님은 레이니를 차에 태우고 잠이 든 도시를 가로질러 돌마을 포구 근처의 사무실 건물로 자동차를 몰았다. 문에는 벌써 아이들이 길게 줄 서서 기다리고 있었다. 모두 부모와 함께였고, 불안하고 초조한 모습이었다. 페루멀 선생님이 차에서 내리려고 하자 레이니가 말했다.

"그냥 저 혼자 내려도 될 것 같아요."

"설마 내가 이곳이 어떤 곳인지 알아보지도 않고 너 혼자 두고 갈 거라고 생각한 건 아니지? 광고에는 전화번호조차 없었거든. 정말 이상해. 넌 그렇게 생각하지 않니?"

페루멀 선생님이 말했다.

그래서 레이니는 줄 맨 뒤에 서고 페루멀 선생님은 궁금한 걸 물어보기 위해 건물 안으로 들어갔다. 줄이 길었다. 레이니는 특별한 기회가 얼마나 많은 아이들에게 주어지는 건지 궁금했다. 뽑히는 아이는 몇 명 안 될 거란 생각이 들었다. 자신이 입구에 도착하기도 전에 특별한 기회가 다 사라지고 없을 것 같았다. 이 생각으로 불안해하고 있을 때에 앞에 있던 다정한 표정의 한 어른이 고개를 돌리고 말했다.

"애야, 걱정하지 마. 뒤에 있다고 많이 기다리는 건 아니야. 삼사 분만 있으면 이곳에 있는 모든 아이가 동시에 들어가는 거야. 네가 도착하기 직전에 그렇게 발표가 났어."

레이니는 무척 기뻐하며 고맙다고 대답했다. 그런데 그 사람이 말하는 동안 몇 명의 다른 부모가 언짢은 표정을 지으며 그를 쳐다보았다. 경쟁 상대한테 친절하게 설명하는 것이 싫은 표정이었다. 그 사람은 당황하며 시선을 다른 곳으로 돌린 채 더 이상 아무 말도 안 했다.

페루멀 선생님이 돌아와서 설명했다.

"아주 좋아. 모두 해결됐어. 시험이 끝나면 저기 있는 전화로 나한테 연락하렴. 여기 전화번호가 있어. 그래도 내가 시간에 맞춰서 돌아오지 않으면 택시를 타도록 해. 러트거 원장 선생님이 택시비를 내주실 거야. 이따가 오후에 만나서 나한테 시험 이야기를 해 주렴."

"정말 고맙습니다, 페루멀 선생님."

레이니가 이렇게 말하며 진지한 표정으로 선생님의 손을 잡았다.

"아, 레이니, 바보같이 그렇게 고마워할 것 없어."

레이니는 페루멀 선생님의 얼굴에 흐르는 눈물을 보고 깜짝 놀랐다.

"이런 건 아무 일도 아니야. 자, 이제 이 불쌍한 선생님을 안아 줄래? 앞으로는 내가 너를 도와줄 일이 거의 없을 것 같구나."

"저 아직 시험에 합격하지 않았어요, 페루멀 선생님."

"아, 어리석은 말은 그만두렴."

페루멀 선생님은 그렇게 말하고 레이니를 꼭 껴안은 다음에 손수건으로 눈물을 닦으며 자동차를 향해 단호하게 걸어갔다.

정말 이상한 시험이었다. 첫 번째 부분은 레이니가 대충 예상한 내용이었다. 한두 문제는 팔각형과 육각형에 대한 내용이고 또 한 문제는 직선으로 곧장 빠르게 달리는 기차 두 대가 충돌하려면 몇 분이 지나야 하는가를 계산하는 내용이었다. 레이니는 이마를 찡그리며 깊이 생각한 다음에 이 문제에 답했다. 기차 두 대가 장애물 없이 앞으로 쭉 뻗은 철로를 곧장 달리기 때문에 기관사가 위험을 알아채고 브레이크를 밟아 충돌 사고를 막을 거란 생각이 어렴풋이 들었다.

레이니는 문제를 빠르게 풀었다. 대체적으로 비슷한 문제였다. 그리고 두 번째 부분을 시작했다. 첫 번째 문제는 이랬다.

"당신은 텔레비전 보는 것을 좋아합니까?"

레이니가 예상한 유형의 문제가 전혀 아니었다. 선호도에 관한 문제에 불과했다. 어쨌든 당연히 레이니 자신도 텔레비전 보는 걸 좋아했다. 텔레비전 보는 건 모두가 좋아한다. 그러나 레이니는 답을 하려는 순간에 망설였다. 정말 좋아하나? 깊이 생각할수록 레이니는 실제로는 자신이 텔레비전 보는 걸 결코 좋아하지 않는다는 사실을 깨달았다. '나는 정말 괴짜로구나.' 하는 생각이 들었다. 쓸쓸한 느낌이었다. 그렇지만 레이니는 사실대로 '아니요.'라고 답지에 적었다.

다음 문제도 비슷했다.

"당신은 라디오 듣는 걸 좋아합니까?"

이번에도 레이니는 다른 사람 모두가 좋아할 게 분명하지만 자신은 그렇지 않다는 사실을 깨달았다. 외톨이가 된 느낌이었다. 하지만 레이니는 '아니요.'라고 적었다.

세 번째는 고맙게도 그다지 감상적인 문제가 아니었다.

"이 서술문에서 틀린 게 무엇입니까?"

정말 웃긴다고 레이니는 생각했다. 그리고 아주 기쁘게 답을 적었다.

"이 문장은 서술문이 아닙니다. 이건 의문문입니다."

한 장을 넘기니까 체스 그림이 나왔다. 체스 판에는 말과 졸이 모두 시작 위치에 놓여 있는데, 검은 졸 하나만 앞으로 나간 상태였다. 문제는 이랬다.

"체스 규칙에 따르면 이런 배치가 있을 수 있나요?"

레이니는 머리를 긁으면서 잠시 체스 판을 살피다가 '그렇다.'라고 적었다.

문제지 서너 쪽을 더 풀었다. 레이니는 답을 모두 제대로 적었다는 확신이 들었다. 마침내 마지막 문제가 나왔다.

"당신은 용감한가요?"

문제를 읽는 것만으로도 심장이 쿵쾅거렸다. 과연 나는 용감한가? 지금까지 레이니한테 용기가 필요한 적이 없는데 이걸 어떻게 알겠는가? 페루멀 선생님이라면 레이니가 외로운데도 아주 명랑하게 행동하려고 노력하며 다른 아이들이 놀려도 꾹 참으며 도전 정신이 뛰어나니까 아주 용감하다고 말할 게 분명하다. 하지만 이런 모습은 자신이 착하고 예의 바르며 아주 따분한 성격이라는 걸 보여 주는 것일 뿐이었다. 과연 이런 모습이 용감하다는 증거가 될 수 있을까? 레이니는 그렇게 생각하지 않았다. 결국 레이니는 판단을 포기한 채 이렇게 쓰고 말았다.

"그렇게 되길 바랍니다."

레이니는 연필을 내려놓고 주변을 둘러보았다. 다른 아이들도 대부분 시험을 끝내고 있었다. 시험장 앞쪽에서는 감독관이 사과를 우적우적 씹어 먹으며 혹시 부정을 저지르는 아이가 없나 자세히 살피고 있었다. 감독관은 짙은 노란색 정장을 입은 홀쭉한 여인인데, 피부색이 노랗고 짧게 깎은 머리칼은 새빨간 색이었고 무엇보다 자세가 딱딱했다. 레이니의 눈에는 아주 커다란 연필이 걸어 다니는 것처럼 보였다.

"연필!"

감독관이 레이니의 생각을 읽기라도 한 것처럼 갑자기 소리쳤다.

아이들이 깜짝 놀라 감독관을 쳐다보았다.

연필 감독관이 다시 소리쳤다.

"이제 모두 다 연필을 내려놓으세요. 시험이 끝났어요."

"하지만 나는 아직 끝내지 못했어요. 불공평해요!"

한 아이가 소리치자, 다른 아이도 끼어들었다.

"나도 시간이 더 필요해요!"

감독관이 눈을 가늘게 뜨며 대답했다.

"아직까지 마치지 못했다니 안타깝군요. 하지만 시험은 끝났어요. 이제 모두 시험지를 앞으로 넘기고 채점을 하는 동안 가만히 앉아 있어요. 걱정하지 말아요, 오래 걸리지 않으니까."

시험지를 모두 앞으로 넘기는 동안 뒤에 있는 아이가 낄낄 웃으면서 옆 아이한테 말하는 소리가 레이니의 귀에 들렸다.

"이 정도 시험을 아직까지 마칠 수 없다면 애초에 오지도 말았어야지. 체스 문제 같은 거, 이렇게 쉬운 문제를 누가 못 풀겠어?"

하는 말마다 모범생처럼 말하는 옆의 아이가 대답했다.

"우리를 속이는 문제야. 졸은 한 번에 한 칸만 움직일 수 있어. 따라서 그런 배치는 당연히 불가능해. 하지만 그런 것조차 모르는 멍청한 아이도 있을 게 분명해."

"하하! 너, 잘 모르면서 정답을 맞혀서 다행인 줄 알아! 졸은 원래 두 칸을 움직일 수 없지만 제일 처음에 움직일 때에는 가능해. 하지만 중요한 건 한 칸인가 두 칸인가가 아니야. 처음에는 언제나 하얀 졸부터 움직이는 것 몰랐어? 검은 졸은 그 전에 결코 움직일 수 없어! 아주 간단해. 이 시험은 갓난아기 수준이야."

"그럼 내가 갓난아기라는 거야?"

상대편이 으르렁거렸다.

"거기 둘, 떠들지 마세요!"

연필 여인이 야단쳤다.

레이니는 갑자기 불안해졌다. 그렇다면 자신이 답을 틀리게 적었단 말이야? 그럼 다른 문제도 그런 건 아닐까? 텔레비전과 용기에 대한 이상한 문제를 제외하면 모두 쉬워 보였다. 하지만 자신이 너무 괴짜라서 문제를 모두 엉뚱하게 파악했을 가능성도 있다는 생각이 들었다. 레이니는 걱정을 털어 내려고 머리를 흔들었다.

자신이 용감하다는 걸 증명하고 싶다면 걱정 같은 건 안 하는 편이 좋다. 따분한 고아원 생활로 돌아간다 해도 최소한 페루멀 선생님이 있지 않은가! 자신이 다른 아이와 다르다고 해서 문제 될 게 무어란 말인가? 사람은 누구나 놀림을 당할 때가 있다. 레이니도 마찬가지다.

레이니는 자신에게 이렇게 말했지만 불안감은 줄지 않았다.

시험지를 모두 넘겨받은 연필 여인이 바깥으로 나갔다. 아이들은 손톱을 물어뜯으며 시계만 쳐다보았다. 하지만 연필 여인은 불과 삼사 분 정도 지난 다음 돌아와서 발표했다.

"자, 지금 2차 시험에 참가할 사람의 이름을 부르겠어요."

아이들이 웅성거리기 시작했다. 2차 시험? 광고 내용에는 2차 시험에 대한 말이 없었잖아!

연필 여인이 계속 말했다.

"이름이 불린 학생은 1시까지 3번가에 있는 수도원 건물로 오세요. 그곳에 가면 다른 곳에서 시험에 통과한 아이들이 있을 거예요."

여인이 연필과 지우개 그리고 시험을 보는 사람들이 지켜야 할 규칙을 계속 설명했다. 그런 다음 땅콩 한 줌을 입에 털어 넣고 몹시 배고픈 사람처럼 열심히 깨물었다.

레이니가 손을 들었다.

"음, 말하렴."

감독관은 입에 든 걸 꿀꺽 삼키며 말했다.

"실례합니다. 연필 한 자루만 가져오라고 하셨는데, 만일 연필심이 부러지면 어떻게 하나요? 그곳에 연필깎이가 있나요?"

뒤에 앉은 아이가 또 낄낄거리더니 중얼거렸다.

"시험에 통과할 자신이라도 있나 보지? 아직까지 합격자 명단도 발표 안 했는데 말이야!"

그건 그랬다. 합격자 명단을 발표할 때까지 기다려야 했다. 자신이 아주 교만하게 보였을 거란 생각에 얼굴이 빨개진 레이니는 고개를 숙였다.

연필 여인이 대답했다.

"그래, 연필깎이가 필요할 경우에 사용할 수 있을 거야. 수험생은 자기 걸 가져오면 안 돼, 알겠지?"

아이들이 머리를 끄덕였다. 연필 여인은 손에서 땅콩 부스러기를 털어 내고 한 장의 종이를 내밀며 계속 말했다.

"좋아요, 다른 질문이 없다면 합격자 명단을 발표하지요."

시험장엔 순간 침묵이 깔렸다.

"레이나드 멀든!"

여인이 불렀다. 레이니는 심장이 쿵쾅거렸다.

뒷좌석에서 불만스럽게 투덜거리는 소리가 났지만 금방 사라졌고 실내는 다시 정적에 잠겼다. 아이들은 숨을 죽이고 다른 이름이 나오기만 기다렸다. 하지만 여인은 종이에서 눈을 떼고 단호하게 말했다.

"이상입니다."

그러곤 종이를 접었다.

"나머지는 불합격이에요."

이 말과 동시에 분노와 실망이 어린 함성이 사방에서 쏟아졌다.

"불합격이라고? 불합격?"

뒷좌석에 앉은 아이가 중얼거렸다.

아이들이 일부는 슬프게 흐느끼고 일부는 어리벙벙해했으며 일부는 투덜거리면서 밖으로 줄지어 나가는 동안, 레이니는 연필 여인에게 다가갔다. 무슨 이유 때문인지 모르겠지만 여인은 급히 사방을 돌아다니며 창문이 잠겼는지 살펴보는 중이었다.

"실례합니다, 선생님. 전화 좀 사용할 수 있을까요? 개인 지도 선생님 말씀이……."

"미안하구나, 레이나드. 전화 같은 건 없어."

여인이 말을 가로채며 대답하곤 창문을 잡아당기다 실패했다.

"하지만 페루멀 선생님께서……."

여인이 빙그레 웃으며 또 말을 가로챘다.

"레이나드, 전화를 안 해도 괜찮을 거야. 자, 나는 그만 실례해야겠어. 뒷문으로 몰래 빠져나가야 하거든. 이제 창문은 모두 닫힌 것처럼 보일 거야."

"몰래 빠져나가요? 왜요?"

"경험으로 아는 거야. 언제 부모들이 폭풍처럼 몰려들어서 설명을 요구할지 몰라. 그런데 불행하게도 난 할 말이 없거든. 그러니 빨리 사라지는 게 최선이야. 이따 오후에 보자. 늦으면 안 돼!"

여인은 이 말과 함께 밖으로 나갔다.

정말 이상한 시험이었다. 왠지 의심스럽더니 시간이 지날수록 의심이 더 커지기만 했다. 멀리서 교회 종이 11시 45분을 알릴 때에 레이니는 샌드위치를 다 먹고 공원 벤치에서 일어났다. 수도원 건물로 들어가는 문이 아직도 열려 있지 않다면 안으로 들어갈 다른 방법을 찾아야 할 거란 생각이 들었다. 이제는 지하실 창문을 통해 들어가야 한다 해도 전혀 놀라지 않을 것 같았다.

수도원 건물의 넓은 앞마당으로 이어지는 계단을 오르는 동안 레이니는 앞에서 정문을 향해 걸어가는 두 소녀를 발견했다. 시험을 보러 온 아이들이란 생각이 들었다. 한 애는 머리칼이 녹색으로 보이는데 눈이 부실 정도로 강렬한 햇빛 때문인 것 같았다. 그런데 여자애는 연필을 공중에 아무렇게나 툭툭 던졌다가 다시 잡곤 했다. 레이니는 그게 바람직한 행동이 아니라고 생각했다. 그런데 레이니가 이 생각을 하는 순간, 여자애가 연필을 놓치고 말았다. 연필은 발밑 하수구 쇠창살 사이로 떨어졌다. 같이 가던 여자애가 도와주려는 듯 잠시 망설이더니, 손목시계를 보았다. 앞으로 삼사 분이면 1시였다. 그 애가 말했다.

"연필을 잃어버려서 안됐구나. 정말 안타까워."

하지만 그 말투 속엔 동정심이 없었다. 녹색 머리칼 소녀가 시험을 칠 수 없으면 자기의 경쟁자가 줄어든다고 생각한 게 분명했다. 결국 그 애는 얼굴에 미소를 퍼트리며 혼자 마당을 급히 가로질러 수도원 정문으로 들어갔다. 정문은 열려 있었다.

마당 아래를 흐르는 하수도 입구는 쇠창살로 막혀 있었다. 연필을 잃어버린 불쌍한 애는 쇠창살 사이의 어두운 하수구를 물끄러미 바라보고 있었다. 레이니가 옆으로 다가갔다.

그런데 그 애는 깜짝 놀랄 정도로 외모가 정말 이상했다. 피부는 칠흑처럼 새까맣고 머리는 허리춤에 빙글 돌려서 묶어도 될 정도로 길었다. 게다가 머리칼이 진짜 녹색이었다. 치맛자락이 엄청나게 부푼 하얀 드레스를 입고 있어서 마치 구름 한가운데에 서 있는 것처럼 보일 정도였다.

레이니가 말을 걸었다.

"정말 운이 나쁘구나. 이 넓은 장소에서 하필이면 그곳에 연필을 떨어뜨리다니."

여자애가 잔뜩 기대하는 눈빛으로 레이니를 쳐다보며 물었다.

"혹시 연필을 더 가져오진 않았니?"

"미안해. 규칙에 한 자루만……."

레이니가 대답하자 여자애가 중간에 말을 잘랐다.

"나도 알아, 나도 안다고. 한 자루만 가져오는 거. 아, 연필은 저거 한 자루밖에 없는데, 하필이면 하수구에 떨어뜨리고 말았으니……."

여자애가 안타까운 표정으로 쇠창살을 바라보더니, 레이니가 아직까지 자기 옆에 서 있는 걸 보고 깜짝 놀란 표정으로 물었다.

"여기에서 뭐 하고 있는 거니? 시험이 금방 시작될 거야."

레이니가 대답했다.

"네가 연필을 잃어버렸는데 어떻게 모른 척할 수가 있니? 네 친구가 저러는 게 놀라울 뿐이야."

"친구? 아, 아까 그 애? 걘 내 친구가 아니야. 계단을 올라오다가 만난 것뿐이야. 서로 이름도 모르는걸. 하기야 우리도 아직까지 이름을 모르잖아."

"난 레이나드 멀든이야. 레이니라고 부르면 돼."

"좋아, 레이니. 만나서 반가워. 나는 론다 카젬베야. 이제 우리는 친구야. 그래, 연필을 어떻게 꺼내 줄 거니? 빨리 서둘러야 해. 일 분만 늦으면 자격 박탈이야."

레이니가 자기 연필을 꺼냈다. 아침에 잘 깎아 놓은 노란색 새 연필이었다.

"이걸 나누면 될 거야."

레이니가 연필을 둘로 잘라서 심이 뾰족하게 깎인 것을 론다에게 건네며 말했다.

"내 건 나중에 깎으면 되니까 이제 해결된 거야. 그런데 지우개는 가지고 있니?"

론다 카젬베는 자신이 들고 있는 연필 반 토막을 물끄러미 쳐다보았다. 고맙기도 하고 놀랍기도 하다는 표정이었다. 그러다가 입을 열었다.

"이 생각은 전혀 못했어, 이렇게 반으로 자르는 건. 그런데 내게 뭘 물었지? 아, 그래, 지우개는 있어."

"그럼 빨리 가자. 일 분밖에 안 남았어."

레이니가 재촉하자, 론다가 주저하며 말했다.

"잠깐만, 레이니. 아직까지 고맙다는 말도 못했어."

레이니는 급히 대답했다.

"괜찮아. 자, 이제 가자!"

하지만 론다는 여전히 망설이며 말했다.

"아니야, 정말 너한테 고맙단 말을 전하고 싶어. 네가 아니었다면 나는 이번 시험을 칠 수 없었을 거야. 그런데 너 혹시 알고 있니?"

론다는 주변을 둘러보고 아무도 없다는 사실을 확인한 다음에 속삭였다.

"나한테 답안지가 있어. 우린 만점을 받게 될 거야!"

"뭐? 어떻게?"

"설명할 시간이 없어. 하지만 네가 바로 내 뒤에 앉으면 어깨 너머로 훔쳐보도록 해 줄게. 시험지를 살짝 들어 올리면 쉽게 볼 수 있을 거야."

레이니는 어이가 없었다. 이 애가 도대체 어떻게 답지를 구한 거지? 게다가 지금 부정행위를 권하고 있잖아! 레이니는 잠시 유혹을 느꼈다. 이 시험을 다 통과하면 얻게 될 특별한 기회가 무엇인지 꼭 알고 싶었다. 하지만 나중에 페루멀 선생님한테 시험 이야기를 하면서 부정행위를 저지른 사실은 숨겨야 할 거라는 생각이 떠올랐다. 그리고 결코 그런 짓을 해선 안 된다는 걸 깨달았다.

"아니야, 괜찮아. 그러지 않는 편이 좋겠어."

론다 카젬베가 깜짝 놀란 표정으로 쳐다보았다. 레이니는 또다시 몰려드는 강한 외로움을 느꼈다. 돌마을 고아원의 다른 아이들이 자신을 다르게 보는 것도 굉장히 힘이 들지만, 구름처럼 풍성한 옷을 입은 녹색 머리칼 여자애가 정말 신기하다는 듯 바라보는 건 더 괴로웠다.

"알았어, 맘대로 해. 네가 앞으로 어떻게 될지 제대로 알고 있기를 바란다."

론다 카젬베가 레이니와 함께 정문을 향해 걸음을 떼며 말했다.

레이니는 너무 급해서 대답할 수가 없었다. 앞으로 어떻게 될지 아는 건 하나도 없었다. 하지만 알고 싶은 마음은 간절했다.

 수도원 건물에 들어서니, 표지판이 눈에 잘 띄도록 붙어 있었다. 덕분에 두 아이는 복도 몇 개를 지나고, 부모 몇 명이 기다리는 공간을 지나서, 마침내 공간 가득히 아이들이 책상 앞에 앉아 있는 곳으로 들어갔다. 이상한 침묵만 빼면 보통의 다른 교실과 똑같은 모습이었다. 앞에는 흑판이 있고 그 옆에는 선생님 책상이 있고, 책상 위에는 연필깎이와 자가 있었다. 흑판에는 이런 글씨가 적혀 있었다.

 '말하지 마시오. 말하다 걸리면 부정행위를 저지른 것으로 간주합니다.'

 앞뒤 두 자리만 비어 있었다. 답안지를 훔쳐보고 싶은 유혹을 확실히 뿌리치기 위해 레이니는 앞자리를 선택했다. 벽에 걸린 시계가 1시를 치는 순간에 론다 카젬베가 레이니 바로 뒤에 풀썩 앉으며 말했다.

 "정말 아슬아슬했어."

 "잡담 금지!"

 연필 여인이 막 들어와서 문을 쾅 닫으며 소리쳤다. 연필 여인은 시험지 다발과 절인 오이 단지를 들고 탁자로 성큼성큼 걸어와서 다시 말했다.

 "부정행위를 하다 들키면 바로 처형될 거예요."

아이들은 깜짝 놀랐다.

"미안해요, 내가 '처형'된다고 말했나요? 내 말은 처리된다는 뜻이에요. 부정행위를 하다 걸린 학생은 그 즉시 바깥으로 쫓겨난다는 거죠. 이번처럼 굉장히 어려운 시험을 치를 때에는 긴장을 푸는 게 아주 중요해요. 시험 문제가 아주 길고, 시험 시간은 매우 부족하다는 사실을 감안한다면 특히 더 그렇죠."

교실 뒤에서 누군가가 신음 소리를 냈다.

"거기 뒤쪽!"

연필 여인이 크게 외치며 한 아이를 손가락으로 가리켰다. 모두들 고개를 획 돌렸다. 하수구 앞에서 론다 카젬베를 놔두고 그냥 떠난 바로 그 애였다. 연필 여인이 사납게 쳐다보자 그 애 얼굴이 하얗게 변했다. 마치 죽은 생선의 배 같았다. 연필 여인이 다시 소리쳤다.

"잡담 금지라고 했잖아! 지금 그냥 나가고 싶니?"

"하지만 저는 신음 소리를 낸 것뿐이에요."

여자애가 항의하자, 연필 여인이 얼굴을 찡그렸다.

"'하지만 저는 신음 소리를 낸 것뿐이에요.'라는 말은 말이 아니라는 거야?"

여자애는 너무나 겁나고 당황한 나머지 머리를 꼼짝도 못했다.

"좋아, 이번은 경고로 넘어가요. 여러분 모두에 대한 경고예요. 지금 이 순간부터 잡담은 일절 금지입니다. 시험을 보는 동안 내내요. 자 그럼, 질문 있는 사람?"

레이니가 한 손을 들었다.

"레이나드 멀든, 궁금한 게 뭐죠?"

레이니는 반 토막 연필을 들고 다른 손으로 연필 깎는 동작을 했다.

"좋아, 내 책상에 있는 연필깎이를 사용하세요."

레이니는 급히 앞으로 가서 연필을 깎기 시작했다. 연필을 깎고 심지를 확인하고 다시 연필을 깎은 다음에 자기 자리로 급히 돌아가는 동안 레이니는 자신한테 꽂히는 모든 시선을 느꼈다. 레이니는 자리에 도착하는 순간에 론다 카젬베가 구름처럼 풍성한 드레스 소매에서 조그만 쪽지 한 장을 꺼내는 걸 보았다. 시험 답안지이었다. 론다가 너무 큰 위험을 감수한다는 생각이 들었지만 그 일을 오랫동안 생각할 여유가 없었다. 연필 여인이 나머지 주의 사항을 큰 소리로 말했기 때문이다.

"여러분한테 주어지는 시간은 딱 한 시간입니다. 그리고 다음의 지시 사항을 그대로 따라야 합니다. 첫째, 시험지 제일 위에다 이름을 쓰세요. 둘째, 모든 문제와 답을 주의 깊게 읽으세요. 셋째, 정확한 답을 골라서 동그라미를 치세요. 다섯째, 답을 다 골랐으면 시험지를 나한테 가져오세요. 여섯째, 자기 자리로 돌아가서 시험지 채점이 끝날 때까지 기다리세요. 채점이 끝나면 곧바로 합격자 이름을 발표할 테니까요."

아이들이 불안해하며 의자에 앉은 채 몸을 들썩였다. 넷째는 어떻게 된 건가? 연필 여인은 셋째에서 다섯째로 건너뛰었다. 아이들은 서로를 쳐다볼 뿐 감히 누구도 입을 열지 못했다. 하지만 넷째가 중요한 내용이면 어떻게 하지? 레이니는 다른 아이가 손을 들기만 기대하며 가만히 기다렸다. 하지만 아무도 그러지 않자, 결국 레이니가 한 손을 조심스럽게 들어 올렸다.

"그래, 레이나드?"

레이니는 자기 입을 가리켰다.

"그래, 말해도 좋아. 궁금한 게 뭐지?"

"실례합니다만 넷째 지시 사항은 무언가요?"

"넷째는 없어. 다른 질문은?"

여인이 대답하자, 아이들 모두가 아주 당황한 표정으로 입을 꼭 다물었다.

연필 여인이 계속 설명했다.

"이 시험에 통과하려면 모든 문제에 정확히 답해야 합니다, 모든 문제 말입니다. 단 한 문제라도 건너뛰거나 틀린 답을 적은 학생은 탈락입니다."

"문제없어."

론다 카젬베가 뒤에서 레이니한테 속삭였다.

연필 여인의 시선이 곧장 꽂히듯 날아왔다. 그녀가 레이니를 노려보았다. 레이니는 입술이 말랐다. 론다는 도대체 왜 입을 꼭 다물지 않은 걸까? 둘이서 함께 쫓겨나고 싶은 걸까?

"시험지를 받은 사람은 즉시 시작하세요."

연필 여인이 말하면서 마침내 고개를 돌렸다. 레이니는 저절로 터져 나오는 안도의 한숨을 억지로 참았다. 한숨 소리만 내도 자격을 박탈당할 가능성이 많았다. 하지만 다행이란 느낌은 그리 오래가지 않았다. 연필 여인이 벌써 시험지를 나눠 주고 있었다.

야구 모자를 쓰고 체격도 좋아 보이는 남자애가 시험지를 제일 먼저 받고 손으로 꽉 움켜쥔 채 첫 번째 문제를 보더니, 눈물을 터트렸다. 그 뒤에 앉은 여자애는 시험지를 보다가 뭔가 이상하다는 표정으로 눈을 문지르고 다시 시험지를 쳐다보았다. 그 애의 머리가 불안하게 흔들거렸다.

연필 여인이 다음 아이한테 가면서 말했다.

"현기증이 일면 머리를 두 무릎 사이에 놓고 숨을 깊이 들이쉬도록. 토할 것 같으면 교실 앞으로 나가고. 거기 쓰레기통이 있으니까."

연필 여인은 뒷줄로 걸어가며 시험지를 나눠 주었다. 눈물을 터트린 아이가 시험지를 넘기기 시작했다. 시험지는 여러 장인 것 같았다. 그런데 그 남자애는 시험지를 한 장씩 넘길 때마다 점점 더 좌절하며 크게 울먹였다. 그러더니 제일 뒷장을 본 다음에는 본격적으로 울기 시작했다.

연필 여인이 경고했다.

"미안하지만 커다랗게 우는 소리도 허락할 수 없습니다. 밖으로 나가세요."

사내아이는 정말 다행이란 표정으로 벌떡 일어나서 문으로 달려갔다. 그 장면을 보고 아직 시험지조차 안 받은 아이 두 명이 질린 표정으로 뒤따라 나갔다. 연필 여인이 문을 닫고서 엄격하게 말했다.

"공포감이나 좌절감 때문에 바깥으로 도망칠 경우에는 밖으로 나가면서 문을 꼭 닫아야 한다는 사실을 명심하도록. 우는 소리 때문에 다른 학생들이 방해를 받을 수도 있으니까."

연필 여인은 시험지를 다시 나눠 주었고 아이들은 떨리는 손으로 받았다. 시험지를 본 아이들 낯빛이 하얗게 혹은 빨갛게 혹은 아주 이상한 녹색으로 변했다. 레이니는 연필 여인이 자기 책상에 시험지를 떨어뜨리는 순간, 공포감 때문에 가슴이 물고기처럼 폴딱폴딱 뛰었다.

문제는 애당초 이해조차 하기 어려운 내용이었다. 첫 번째 문제는 다음과 같았다.

1. 낙서비칸 자치 공화국과 나고르노카라바흐 자치주 영토를 둘러싼 분쟁은 어떤 두 나라 사이에서 일어나고 있나요?

A. 부탄 (이 나라는 1865년 신추루 협정에 의해 국경 지역을 영국에게 양도함.) 그리고 영국 (영국은 그 대가로 부탄에게 매년 원조 물자를 제공했으며 1907년에는 영향력을 행사해서 부탄에 군주제를 확립시켰음.)

B. 아제르바이잔 (투르크멘차이 협정에 의해 러시아와 페르시아가 1828년에

영토를 나누어 가짐.) 그리고 아르메니아 (약 2000년 전에 세레우시드 제국이 멸망한 다음에 세워진 나라. 앞에서 언급한 협정에 의해 러시아로 편입되었음.)

C. 바누아투 (이 나라는 독립할 때까지 영국과 프랑스가 공동으로 통치했으며, 비스라마와 비체라마 이외에 영어와 불어를 공용어로 채택하고 있음.) 그리고 포르투갈 (이 나라의 탐험가 페드로 페르난데스는 1606년에 유럽인 최초로 바투아누 제도를 발견했음.)

보기가 두 개 더 있었지만 레이니는 그것을 읽지 않았다. 문제가 모두 이런 식이라면 합격할 가능성이 절대 없었다. 다음 문제 몇 개를 대충 훑어보았지만 마찬가지였다. 달라진 게 있다면 좌절감이 점점 커진 것뿐이었다. 첫 번째 시험지에서 이렇게 막히다니! 주변에 둘러앉은 아이들 모두가 덜덜 떨면서 한숨을 쉬고 이를 갈았다. 레이니도 그렇게 하고 싶은 마음뿐이었다. 특별한 기회를 얻기란 너무 힘들었다. 고아원으로 돌아가면 그만이겠지만, 비록 페루멀 선생님이 있지만 그곳에서는 레이니가 배울 게 거의 없었다. 이번 시험에 참가한다는 건 좋은 계획이었지만 능력 부족이라는 생각이 들었다.

그래도 그냥 나가고 싶지는 않았다. 아직까지는 규칙에 충실했으며 최소한 노력이라도 해야 한다는 생각이 강했기 때문에 레이니는 규칙에 따르기 시작했다. 우선 시험지 앞장 제일 위에 이름을 썼다. 첫 번째 단계였다. '으흠, 그래도 여기까지는 왔어.' 하는 생각이 들었다. 두 번째 단계는 문제를 모두 읽고 주의해서 답을 적는 일이었다. 레이니는 숨을 깊이 들이마셨다. 모두 마흔 문제였다. 문제를 읽는 데에만 거의 한 시간이 필요할 것 같았다. 의자에 앉아서 아이들이 힘들어하는 모습을 감시하는 연필 여인이 절인 오이를 아작아작 씹어 먹는 소리도 방해가 되었다.

두 번째 문제는 살갈퀴의 원산지가 어디이며 어느 무리에 속하는지를 묻는 내용이었다. 레이니는 '살갈퀴'가 무언지도 몰랐으며 보기에도 별다른 힌트가 없었다. 영양인지, 조류나 설치류인지, 덩굴의 일종인지조차 파악할 수가 없었다. 레이니는 세 번째 문제로 넘어갔다. '페르뮴'이라는 미립자와 '사티엔드라나스 보스'라는 인도의 물리학자와 관계가 있는 내용이었다. 네 번째 문제는 유스티니아누스 대제가 사망한 테오도리크 왕의 후계자보다 자신의 우월성을 과시하기 위해서 세운 성당의 이름을 고르는 내용이었다. 이런 식으로 문제가 계속 나열되어 있었다. 다행히도 레이니는 지명 몇 개와 수학 공식 몇 개 그리고 역사적으로 중요한 연도 한두 개를 알아보았다. 하지만 그 정도론 별 도움이 안 되었다. 단 한 문제라도 정확히 맞히면 다행이었다. 다 맞히는 건 불가능했다.

레이니가 시험지 딱 중간 정도에서 병렬과 종속의 차이점에 관한 스무 번째 문제를 읽고 있는데 뒷자리의 론다 카젬베가 일어나는 소리가 들렸다.

'아니, 벌써 끝냈단 말이야? 아, 그럴 수밖에! 답안지가 있으니까.'

레이니는 속이 타서 얼굴을 찡그렸다. 론다 카젬베가 시험지를 내기 위해 앞으로 나가자, 다른 아이들이 화들짝 놀랐다. 하지만 연필 여인은 전혀 의심하는 기색이 없는 것 같았다. 여인은 론다 카젬베의 이상한 옷차림만 정신없이 처다볼 뿐 론다의 시험지 쪽엔 거의 눈길조차 주지 않았다.

레이니는 갑자기 이런 생각이 들었다.

'론다 카젬베는 관심을 돌리려고 일부러 저런 차림을 한 거야. 일종의 고단수 속임수야. 저 애가 부정을 저지른다고 의심할 사람은 아무도 없을 거야. 정신이 올바로 박힌 사람이라면 일부러 저런 옷차림으로 관심을 끌면서 부정을 저지르지는 않을 테니까. 녹색 머리칼도 아마 가발일 거야. 구름 같은 드레스도 그렇고. 내게 속삭인 것도 관심을 딴 데 돌리기 위한 거였어.'

레이니는 론다 카젬베에게 손을 들지 않을 수 없었다. 시험에 합격할 실력은 없을지라도 부정을 저지르는 능력은 인정할 수밖에 없었다. 뼈아픈 질투심이 일었다. 이제 론다 카젬베는 특별한 기회를 누리게 되는 반면에 레이니 자신은 시험에 떨어진 씁쓸한 마음을 달래며 고아원으로 돌아가야 한다.

그런데 론다 카젬베는 자기 자리로 돌아가려고 레이니 옆을 지나면서 레이니에게 슬쩍 윙크를 하며 조그만 쪽지 한 장을 살짝 떨어뜨렸다. 쪽지는 깃털처럼 천천히 내려와 레이니 책상에 가볍게 앉았다. 답안지였다. 레이니는 연필 여인을 살짝 훔쳐보았다. 여인은 론다 카젬베가 제출한 시험지를 채점하느라 바빠서 눈치를 못 채고 있었다. 한 문제, 한 문제, 또 한 문제를 채점하면서 고개를 끄덕일 뿐이었다. 그렇다면 답이 모두 맞는 게 분명하다. 그리고 그 답은 지금 자기 레이니 앞에 있다.

지금 이 순간 레이니를 사로잡은 유혹은 시험이 얼마나 어려운지 모를 때에 느꼈던 작은 유혹과는 비교가 되지 않았다. 처음에는 강하게 거부했고 이런 상황을 피하기 위해 일부러 론다 카젬베 앞자리에 앉았지만, 지금 레이니는 희망의 열쇠가 담긴 쪽지만 계속 바라보고 있었다. 그걸 집어서 내용을 들여다보기만 하면 된다. 다른 아이들은 코를 훌쩍이고 손가락을 물어뜯느라 바빠서 쳐다볼 정신이 없었다. 서두른다면 연필 여인이 다시 고개를 들기도 전에 답을 그대로 베낄 수 있을 것 같았다. 연필 여인은 론다의 시험지 채점을 벌써 끝내고, 오이 단지에 집중하며 마지막 남은 한 조각을 꺼내려 애쓰고 있었다. 레이니는 쪽지를 오랫동안 노려보았다. 견디기 힘든 유혹이었다.

결국 손을 내밀어 쪽지를 툭 쳐서 바닥에 떨어뜨렸다.

자신한테 자격이 없다면 특별한 기회를 누리는 게 무슨 소용이 있겠어? 부정행위로 합격해서 무엇이 기쁘겠어? 정당할 수 없다면 합격하고 싶지 않았다. 이 생각을 하는 순간, 이 신조를 떠올리는 순간, 기운이 갑자기 솟구쳤다. 하지만 바닥에 떨어진 쪽지에서 눈길을 떼는 데에는 몇 초가 걸렸다. 레이니는 시험지에 눈길을 돌리며 스스로 다짐했다.

'좋아, 계속하자, 레이니. 뒤를 돌아보지 말자. 낭비할 시간이 없어.'

이건 사실이었다. 벽시계도 그렇게 말하고 있었다. 삼십 분도 안 남았는데 읽어야 할 문제는 아직 절반 이상이었다. 레이니는 글쓰기가 아니라면 미래의 운송 수단과 관계가 있을 텐데 그게 어느 쪽인지 판단할 수 없는 병렬과 종속에 대한 문제를 다 읽고 스물한 번째 문제로 넘어갔다. 이런 내용이었다.

21. 러시아 제국이 몰락한 이후, 조지아와 아르메니아를 합쳐서 트랜스코카시아 공화국을 만들려는 시도가 실패하자, 아제르바이잔 (현재 이 나라는 낙서비칸 자치 공화국과 나고르노카라바흐 자치주 영토를 둘러싸고 아르메니아와 분쟁을 벌이고 있다.)이 생겨났는데, 아제르바이잔은 어떤 두 강대국에서······.

레이니는 멈칫했다. 뭔가 아주 익숙한 문제, 너무 익숙해서 골똘히 생각하게 만드는 문제였다. 내가 이런 나라의 이름을 전에 어디에서 보았더라?

레이니는 시험지 제일 앞장으로 돌아가서 첫 번째 문제를 다시 읽었다.

1. 낙서비칸 자치 공화국과 나고르노카라바흐 자치주 영토를 둘러싼 분쟁은 어떤 두 나라 사이에서 일어나고 있나요?

정말 이상하고 까다로운 시험   *43*

레이니는 눈을 껌뻑거렸다. 자기 눈을 믿을 수 없었다. 아르메니아와 아제르바이잔. 첫 번째 문제의 해답이 스물한 번째 문제에 숨어 있었다. 이건 지식을 묻는 문제가 아니었다. 일종의 퍼즐이었다!

레이니는 스물두 번째 문제를 보았다. 이런 내용이었다.

"유럽에서 생겨났지만 살갈퀴로 알려진 덩굴 식물은 주로……."

바로 이거야! 두 번째 문제! 레이니는 점차 흥분하며 다음 문제를 읽었다. 문제 자체에는 미립자와 인도 출신 물리학자에 대한 언급이 없지만, 이들에 대한 기다란 토론 내용이 D번 보기에 들어 있었다.

레이니는 문제 안에 답이 들어 있을 뿐 아니라 그 답이 순서대로 나왔음을 깨달았다. 1번 문제의 답은 21번에 들어 있고 21번의 답은 1번에 있으며, 2번 문제의 답은 22번 문제에 들어 있고 22번의 답은 2번에 들어 있는 식으로. 40번까지 똑같았다. 40번 문제는 20번 문제의 병렬과 종속에 대한 궁금증을 말끔히 풀어 주었다.

레이니는 너무 기뻐서 벌떡 일어나 고함을 지를 뻔했다. 하지만 아직은 자축하면서 낭비할 시간이 없었다. 시간이 빠르게 지나고 있었다. 레이니는 정확한 답을 찾는 일에 몰두했다. 이것도 시간이 상당히 걸렸다. 시험지를 앞뒤로 계속 넘기면서 많은 문장을 읽어야 하기 때문이었다. 그래서 결국에는 시험을 모두 마치는 데 한 시간이 고스란히 걸렸다.

레이니는 마지막 답에 동그라미를 치고 앞으로 나가 연필 여인의 책상에 시험지를 올려놓고 다른 아이들을 돌아보았다. 행운을 바라며 아무렇게나 열심히 동그라미를 치는 아이도 많았고, 좌절감에 휩싸여 조용히 밖으로 나갔는지 빈자리도 많았다. 그때 연필 여인이 소리쳤다.

"연필을 놓으세요! 시간이 됐어요, 여러분. 모두 다 연필을 그대로 내려놓으세요."

아이들은 엉엉 울기도 하고 눈물을 닦기도 하면서 레이니의 시험지 위에 자신의 시험지를 올려놓고 자기 자리로 돌아갔다. 침묵 속에서 아이들은 가만히 기다렸고 연필 여인은 시험지를 계속 넘겼다. 모두 일 분밖에 안 걸렸다. 첫 번째 문제만 보는 것으로 충분했기 때문이었다. 마침내 맨 밑바닥에서 레이니의 시험지가 나타나자, 연필 여인은 처음으로 시험지를 한 장씩 넘기고 채점하면서 고개를 끄덕였다.

론다가 뒤에서 속삭였다.

"잘했어. 결국엔 네 혼자 힘으로 해냈어."

레이니가 자신의 유혹에 넘어가지 않아서 다행이라는 어투였다. 정말 이상한 아이였다.

이윽고 연필 여인이 선언했다.

"이제 시험에 통과한 학생 명단을 읽겠어요. 이름이 나온 학생은 3차 시험을 볼 예정이니, 자리에 그냥 앉아서 다음 지시를 기다려요. 이름이 불리지 않은 학생은 그만 나가도 좋아요."

레이니는 귀를 쫑긋했다. 3차 시험이 있다니?

연필 여인이 목청을 가다듬었다. 하지만 이번에는 앞에 있는 명단을 쳐다보지도 않고 커다랗게 소리쳤다.
"레이나드 멀든!"
그리고 바깥으로 나가면서 덧붙였다.
"이상이에요."

안경 소년과 양동이 소녀

교실에 혼자 남은 레이니는 도대체 어떻게 된 건지 이해하려고 노력했다. 론다의 이름을 부르지 않은 이유가 뭘까? 부정행위 때문인가? 아니면 답이 틀렸단 말인가? 그런데 론다는 답안을 도대체 어디에서 구한 거지? 모든 게 너무나 이상했다. 다른 아이들과 함께 바깥으로 나갈 때에도 론다는 아무렇지도 않은 표정이었다. "그래, 행운을 빌어, 꼬마." 하고 명랑하게 말한 다음, 머리칼을 재미있게 헝클어뜨리면서 구름 드레스 차림에도 아랑곳없이 씩씩하게 걸어 나갔다. 자신이 시험에 떨어진 것에 대해 이해할 수 없다거나 실망한 표정은 조금도 없었다.

레이니가 고심하고 있는데 연필 여인이 문가로 머리를 삐죽 내밀고 끼어들었다.

"이제야 비로소 다른 아이를 모두 치워 버렸어, 레이나드. 도넛을 주고 안아 주면서 간신히 달래서 보냈단다. 이제 몇 분만 더 기다리면 돼."

연필 여인이 말을 마치고 떠나는 순간에 레이니가 뒤에서 불렀다.

"실례합니다, 선생님! 에, 선생님? 죄송해요, 아직 이름을 알려 주지 않으셔서요."

그러자 연필 여인이 교실로 들어서며 대답했다.

"괜찮아, 레이나드. 미안할 거 하나도 없어."

레이니는 여인이 자기 이름을 알려 주기만 기다렸다. 하지만 연필 여인은 입술에 묻은 도넛 부스러기를 털며 이렇게 말할 뿐이었다.

"물어볼 게 있니?"

"아, 네. 페루멀 선생님한테 전화를 걸 수 있을까요? 제가 있는 곳을 아무도 몰라요. 선생님이 걱정하실 거예요."

"정말 착하구나, 레이나드. 하지만 걱정하지 마. 우리가 페루멀 선생님한테 벌써 전화를 걸었단다. 모든 일을 제대로 처리했어."

연필 여인이 이 말과 함께 다시 나가려고 했다.

"선생님! 실례합니다, 선생님."

연필 여인이 멈췄다.

"그래, 이번에는 뭐지, 레이나드?"

"용서하세요, 선생님. 중요하지 않다면 묻지도 않을 텐데, 하지만……. 저어, 혹시 저한테 거짓말을 하시는 건 아니겠지요, 그렇죠?"

"너한테 거짓말을?"

"이렇게 물어서 죄송해요. 하지만 아시다시피, 선생님은 오늘 아침 페루멀 선생님한테 제가 선생님 전화기를 쓸 수 있다고 말씀하셨어요. 그런데 나중에는 제게 전화기가 없다고 하셨어요. 그러니 제가 걱정하는 이유를 잘 아실 거예요. 전 페루멀 선생님이 걱정하지 않기를 바라는 것뿐이에요."

연필 여인은 조금도 불쾌하지 않은 것처럼 보였다.

"정말 일리 있는 완벽한 질문이야, 레이나드. 일리 있는 완벽한 질문."

연필 여인이 대단하다는 표정으로 고개를 끄덕인 다음에 또 떠나려고 했다.

"아직 대답하지 않으셨어요!"

연필 여인이 머리를 긁었다. 레이니는 여인이 머리가 약간 이상하거나 귀가 잘 안 들리는 것 같다는 생각이 들었다. 그러나 잠시 후에 연필 여인이 물었다.

"사실을 알고 싶은 거니?"

"네, 제발요!"

"사실 난 페루멀 선생님한테 전화를 걸지 않았어. 하지만 금방 걸도록 할게. 네가 나한테 전화를 걸었느냐고 물어봤을 때 페루멀 선생님한테 정말 전화를 걸 생각이었어. 이제 만족하니?"

레이니는 어떻게 대답할지 몰랐다. 까다롭게 굴고 싶지는 않았지만 이제 믿음이 가지 않았다. 게다가 페루멀 선생님이 걱정하지 않도록 하는 건 아주 중요했다.

"죄송합니다만 제가 직접 전화를 걸어도 될까요? 일 분이면 될 거예요."

연필 여인이 빙그레 웃으며 입을 열었다. 이번에는 아주 다정한 목소리였고 두 눈은 레이니를 똑바로 바라보았다.

"페루멀 선생님을 그렇게 많이 걱정하다니 정말 착하구나. 그런데 사실 내가 벌써 선생님한테 전화를 걸었다고 한다면 너는 뭐라고 대답하겠니? 아니, 대답하지 마. 어차피 믿지 않을 테니까. 이런 건 어떨까? 그 선생님이 너한테 전하란 말을 알려 줄게. 선생님은 이렇게 말씀하셨어. '이제 너한테는 행운이 필요하지 않다는 사실을 알겠니? 양말 짝을 제대로 골라 신어서 정말 기뻐.' 이제 만족하니?"

레이니는 어떻게 대답해야 좋을지 몰랐다. 연필 여인은 레이니가 그녀의 이상한 행동을 곰곰이 생각하도록 둔 채 교실을 빠져나갔다. 페루멀 선생님이 남긴 전갈은 진짜가 분명하다. 그렇다면 연필 여인이 처음부터 그대로 전하지 않은 이유가 뭘까?

레이니가 그 이유를 곰곰이 생각하고 있는데 복도에서 발소리가 들리더니 누군가 반쯤 열린 문을 조심스럽게 두드렸다. 잠시 후 한 소년이 문틈 사이로 얼굴을 빠끔히 내밀곤 안경을 고쳐 쓰며 물었다.

"안녕? 여기가 기다리는 곳이니?"

소년의 목소리가 너무 작아서 레이니는 귀를 쫑긋 곤두세워야 했다. 레이니는 이렇게 대답했다.

"나도 몰라. 하지만 지금 나도 기다리는 중이니까 아마 네 말이 맞을 거야. 괜찮다면 안으로 들어와. 나는 레이니 멀든이라고 해."

소년이 애매한 말투로 말했다.

"아, 나는 꼬챙이 워싱턴이야. 내가 제대로 찾아온 건지 궁금한 것뿐이야. 노란 숙녀분이 내게 복도를 따라 내려가서 레이나드라는 아이와 함께 앉아 있으라고 했어."

레이니가 대답했다.

"그게 나야. '레이니'는 편하게 부르는 이름이야."

레이니가 손을 내밀자 꼬챙이 워싱턴이 잠시 망설이다가 다가와서 손을 잡고 흔들었다.

꼬챙이는 눈에 띄게 깡마른 체구였다. 레이니는 그 애의 몸매가 꼬챙이처럼 가늘어서 꼬챙이라는 별명이 붙은 모양이라고 생각했다. 꼬챙이 워싱턴은 페루멀 선생님이 아침마다 만들어 주는 차 빛깔과 똑같은 엷은 갈색 피부를 가지고 있었다. 소처럼 커다란 두 눈은 잔뜩 긴장하고 있었고, 무슨 이유 때문인지 머리는 완벽한 대머리였다. 가느다란 쇠테 안경을 써서 마치 안절부절못하는 학자처럼 독특한 분위기였고 원래 수줍음을 많이 타거나 뭔가 불안한 기색이었다. 하기야 오늘 레이니가 겪은 일을 그대로 겪었다면 그렇지 않은 게 이상할 터였다.

"너도 3차 시험을 보러 온 거니?"

레이니가 묻자 꼬챙이가 고개를 끄덕였다.

"하루 종일 기다리는 중이야. 오늘 아침 9시에 이곳에 왔는데, 시험은 10시에 끝났어. 그다음부터는 텅 빈 교실에 계속 혼자 앉아 있었어. 배를 하나 가져온 게 다행이야. 그것도 없었으면 꼬박 굶었을 거야. 다른 애들은 모두 도넛을 받은 것 같은데 우리한테는 왜 도넛을 주지 않았을까?"

"나도 똑같은 생각을 했어. 그럼 합격한 아이가 너 하나밖에 없니?"

"1차 시험에서 조그만 여자애도 합격했는데, 어제 이후로는 본 적이 없어. 그 애한테는 다른 시간에 오라고 한 것 같아. 이곳에서 하루 종일 시험을 치던데, 너희 그룹에 굉장히 조그만 여자애가 있었니? 키가 우리 절반밖에 안 되는 애인데?"

레이니가 머리를 흔들었다. 그렇게 조그만 아이라면 기억 못할 리가 없었다.

"그렇다면 아마 그 애는 나중에 올 거야. 하지만 두 번째 시험은, 그래, 합격한 사람은 나 하나야. 깜짝 놀란 건……."

꼬챙이가 문가를 바라보며 말을 멈췄다. 그리고 다시 입을 열려고 하다가 이내 천장만 쳐다보는 척했다. 할 말이 하나도 없다는 표정이었다. 뭔가 비밀이 있는 게 분명했다. 레이니는 그 이유가 갑자기 떠올랐다.

"부정행위를 저지른 여자애가 있었다는 거니?"

꼬챙이가 눈을 크게 떴다.

"네가 그걸 어떻게 알아?"

"나도 그런 일을 겪었거든. 내 생각에 그건 일종의 속임수인 것 같아. 혹시 그 여자애가 이 건물로 들어오다가 우연히 연필을 떨어뜨리지 않았어? 안마당 앞에서?"

"그래! 그렇게 무모할 수 있다는 사실이 믿기지 않을 뿐이야. 누구나 연필을 한 자루만 가져올 수 있는 상황에서 말이야."

"그래서 어떻게 했니?"

"도와주려고 했어. 다른 아이도 서너 명 있었는데, 모두가 안됐지만 늦으면 안 되니까 먼저 가겠다고 말했어. 웃음을 터트린 애도 있고. 그런데 나는 그 애가 너무나 불쌍해서 내 발을 붙잡고 격자 틈새로 나를 내려 달라고 했어. 그 애는 힘이 장사라서 그렇게 하는 게 어렵지 않았거든. 나는 빼빼 마른 몸이라 틈새에 딱 맞았어. 하지만 솔직히 말해서 거꾸로 매달린 채 어두운 곳을 이리저리 뒤적이는 건 정말 무서웠어. 그때 뭔가가 내 손가락을 물어뜯은 것도 같은데, 단지 상상일 수도 있어. 나는 겁을 먹으면 머리가 약간 혼란스러워지기도 하거든."

레이니가 가만히 쳐다보며 물었다.

"그래서 다행히 연필을 찾았구나. 하수구 속이 칠흑처럼 어두웠을 텐데."

"아, 아니야, 찾은 건 아니야. 하지만 그 여자애가 어떻게 했는지 알아? 나를 위로 끌어올리더니 이렇게 말하는 거야. '이제 괜찮아. 여벌로 가져온 연필이 있어.' 그러고는 소매에서 연필 한 자루를 쓱 꺼내는 거야! 정말 어이가 없더라. 연필이 또 있는데도 나를 끔찍한 하수구 아래로 들어가도록 한 이유가 뭔지 도대체 이해할 수가 없어. 더 어이없는 건, 나한테 시험지 답안을 주겠다는 거야. 그걸로 나한테 보답하겠다는 거였지. 엉터리 답안이었던 게 분명해. 그 애가 시험에 떨어졌거든. 내가 제안을 거절해서 다행이야."

레이니가 동의했다.

"내 경우도 그랬어. 내가 보기엔 그걸 거절하는 것도 시험의 일부인 것 같아. 우리가 부정행위를 저지르면 시험관이 그 사실을 알 거고, 그러면 아마 우리 둘 다 탈락했을 거야."

꼬챙이가 셔츠 주머니에서 가느다란 천 조각을 꺼내서 안경을 닦으며 말했다.

"네 말이 사실이라면, 우리를 그런 식으로 속이다니 좀 비열하다."

그러고는 다시 안경을 쓰고 커다란 눈을 불안하게 껌뻑거리며 말을 이었다.

"하지만 나는 불평하면 안 돼. 서너 문제를 틀렸는데도 3차 시험까지 칠 기회를 얻었으니까. 정말 친절한 사람들이야."

"잠깐, 어떻게 그런 걸 틀릴 수 있니? 실수로 동그라미를 잘못 친 거야?"

꼬챙이가 깜짝 놀란 표정으로 발을 질질 끌면서 대답했다.

"으흠, 너는 시험이 무척 쉬웠나 보구나. 하지만 나는 아주 어려웠어. 마지막 세 문제를 풀지도 못했는데 시간이 다 됐어. 그래서 아무 답에나 동그라미를 치며 행운을 빌었어. 물론 행운은 따르지 않았지만 그 사람들이 봐준 거야."

레이니는 자신이 들은 말을 믿을 수가 없었다.

"그 말은, 네가 그 문제의 답을 다 알고 있었다는 거니?"

꼬챙이는 한층 더 풀이 죽더니, 두 눈에 눈물이 고인 상태에서 대답했다.

"으흠, 그래. 내가 아주 멍청하게 보일 거야, 그렇지? 답도 제대로 모르는 애처럼. 이해할 수 있어."

레이니가 끼어들었다.

"아니야, 아니야! 내 말은 그런 뜻이 아니야! 내 말은 그런 걸 아는 사람이 있다는 게 놀랍다는 거야. 어쩌다 한두 문제는 알 수 있어도 그걸 모두 아는 사람은 찾아보기 힘들거든."

꼬챙이가 밝은 얼굴로 수줍게 웃으며 허리를 폈다.

"아! 으흠, 그래. 나는 참 많은 걸 아는 것 같아. 사람들이 나를 꼬챙이라고 부르기 시작한 이유도 바로 그 때문이야. 무엇이든 한 번

읽으면 꼬챙이로 그 내용을 찍어 담듯 머리에 남거든."

레이니가 감탄했다.

"정말 놀랍구나. 너는 내가 지금까지 만난 그 어떤 사람보다 책을 많이 읽은 게 분명해. 그런데 그 시험이 퍼즐 맞히기란 것을 알았을 텐데 그 방식대로 문제를 풀지 않은 이유가 뭐니? 그러면 시간을 아껴서 문제를 끝까지 풀 수 있었을 텐데?"

"퍼즐?"

"그럼 시험지 안에 해답이 들어 있다는 사실을 몰랐던 거야?"

레이니가 묻자, 꼬챙이가 기억을 더듬으며 대답했다.

"반복되는 내용이 많다는 사실은 알았어. 하지만 거기에 별 관심은 기울이지 않았어. 정확한 답을 찾는 데에만 정신을 집중했거든. 교상체 부유 현상에 대한 문제에선 정말 진땀을 뺐지. 아까도 말했지만, 난 긴장하면 머리가 혼란스러워지거든."

꼬챙이가 잠시 말을 멈추더니, 한숨을 쉬며 덧붙였다.

"나는 쉽게 긴장하곤 해."

레이니가 웃었다.

"하하, 너는 그게 퍼즐이란 사실을 몰랐고, 나는 그 해답을 몰랐지만 어쨌든 우리 둘 다 지금 이곳에 있어. 앞으로 좋은 친구가 될 것 같아."

레이니가 말하자, 꼬챙이가 빙그레 웃으면서 대답했다.

"그렇게 생각하니? 그래, 나도 그럴 것 같아."

두 소년은 그곳에서 오랫동안 기다리며 그날 하루 동안 일어난 여러 가지 이상한 일에 대해 토론했다. 꼬챙이도 이제 많이 안정되었고 두 아이는 금방 친해져서 마치 오랜 친구처럼 농담까지 하며 웃었다. 꼬챙이는 론다의 요상한 외모에 대해 떠벌리며 정신없이 낄낄거렸고 레이니는 꼬챙이가 하수구에 거꾸로 매달린 이야기를 할 때마다 얼굴이 아프도록 웃었다. 꼬챙이는 그 광경을 자세히 묘사했다.

"그 애가 내 발을 잡고 있는데 신발이 벗겨지기 시작하는 거야. 그래서 그 애가 나를 하수구에 내버려둔 채 신발만 벗겨 갈 수도 있다는 생각이 순간적으로 들었어. 겁이 난 나는 미친 사람처럼 몸을 막 흔들기 시작했어. 아마 그 애는 어떻게든 나를 끌어올릴 수밖에 없었을 거야!"

레이니는 페루멀 선생님한테 전화하는 것에 관한 연필 여인의 교활한 반응을 꼬챙이에게 말했다. 레이니의 기대와는 달리, 꼬챙이는 웃지 않고 불안한 표정으로 돌아가서 또 안경을 닦기 시작했다. 안경을 닦은 게 불과 몇 분 전이었는데 말이다. 그러면서 이렇게 말했다.

"아, 그래, 맞아. 나도 우리 부모님한테 전화를 걸려고 했는데 똑같은 일이 있었어. 하지만 결국에는 다 해결됐어. 감독관이 부모님한테 전화를 걸었지. 너도 걱정할 건 하나도 없어."

레이니는 예의 바르게 고개를 끄덕였다. 하지만 꼬챙이가 무언가를 숨기려 한다고 확신했다. 혹시 부모님한테 전화할 생각을 못했다는 사실이 떠올라 당혹스러워서 저러는 건 아닐까? 레이니는 그런 애기는 묻지 않는 편이 좋겠다고 판단했다. 꼬챙이가 아주 불편해하는 것 같았기 때문이다.

"그런데 너는 어디에 사니?"

레이니가 화제를 바꿔서 물었다. 하지만 꼬챙이는 오히려 더 당황할 뿐이었다. 개인적인 질문을 싫어하는지 "으흠, 으흠." 하고 헛기침만 했다.

바로 그 순간에 문이 활짝 열리더니, 한 여자애가 양동이를 들고 안으로 뛰어들었다. 몸이 아주 잽싼지 금빛 머리칼을 말갈기처럼 휘날리며 눈 깜짝할 순간에 쏜살처럼 안으로 들어와서는 한순간에 두 아이 옆에 섰다. 꼬챙이는 깜짝 놀라서 뒤로 펄쩍 물러나며 소리쳤다.

"도대체 무슨 일이야?"

"너는 도대체 무슨 일이니?"

여자애가 차분하게 되물었다.

"으흠, 왜 뛰어오는 거냐고?"

"뭐가? 그냥 뛰어온 거야. 노란 정장을 입은 늙은 여자가 여기에서 너희들과 함께 기다리라고 해서 왔어. 나는 케이티 웨더롤이라고 해."

꼬챙이는 혹시 사자가 케이티를 뒤쫓아 오는 건 아닐까 하는 표정으로 거칠게 숨을 쉬며 문가를 바라보았다. 그래서 레이니가 인사를 건넸다.

"나는 레이니 멀든이고 얘는 꼬챙이 워싱턴이야."

레이니는 동시에 케이티와 악수를 했는데 그러고는 곧 후회했다. 케이티가 움켜잡는 힘이 너무 세서 마치 책상 서랍에 손이 낀 것같이 아팠다. 레이니가 아파하는 걸 본 꼬챙이는 자기 손을 재빨리 주머니에 넣었다. 레이니는 아픈 손을 문지르며 말했다.

"꼬챙이가 네게 물어본 건 걷지 않고 뛰는 이유가 뭐냐는 것 같은데?"

"왜, 안 돼? 훨씬 빨라. 텅 빈 복도를 터벅터벅 걷는 대신 너희랑 이렇게 함께 있는 편이 훨씬 좋잖아? 너희는 참 좋은 아이들 같아. 그런데 너를 꼬챙이라고 하는 이유가 뭐니? 그다지 꼬챙이처럼 보이지 않는데?"

케이티가 꼬챙이의 팔을 건들며 물었다.

"얘기하자면 길어."

꼬챙이가 평상심을 되찾으며 대답하자, 케이티가 말했다.

"그럼 길게 얘기해."

꼬챙이가 길게 설명하자, 케이티는 자신도 오래전부터 별명을 갖고 싶었다면서 말을 이었다.

"나는 '위대한 케이티 기상 예보 장치'라는 별명을 갖고 싶었어. 하지만 그 누구도 그렇게 불러 주질 않아. 아마 너희도 그럴 거야, 그렇지?"

레이니가 상냥하게 대답했다.

"그건 별명으로 부르기에 약간 이상한 것 같아. 좀 길기도 하고."
그러자 케이티가 인정했다.
"하긴 그래. 하지만 너희가 아주 빠르게 부르면 괜찮을 거야."
"천천히 생각해 보자."
꼬챙이가 말하자, 케이티도 고개를 끄덕이며 동의했다. 케이티는 아주 즐거운 표정이었다. 파란 두 눈은 촉촉하고 맑았다. 피부가 곱고 두 뺨은 불그레하며 열세 살 아이치곤 어깨가 넓고 키가 아주 컸다. 케이티는 자기 나이를 곧바로 얘기했는데 그건 아이들은 나이를 이름만큼이나 중요하게 생각하기 때문이었다. 답례로 두 사내아이들은 열두 살이라고 말했다.

레이니가 가장 궁금한 건 케이티가 들고 있는 불자동차처럼 빨간 쇠양동이였다. 이야기를 나누는 동안 케이티는 허리에 매고 있던 가죽띠를 풀어 양동이 손잡이 사이에 끼우더니 양동이를 엉덩이에 걸치고 가죽띠를 조였다. 수천 번은 그렇게 해 봤는지 너무도 능숙한 동작이었다. 레이니는 정말 신기해했고 그게 무엇이냐고 물었다.

케이티는 이상하다는 표정으로 쳐다보며 말했다.

"아니, 양동이가 뭔지도 몰라? 물건을 담아서 들고 다니는 거잖아, 멍청하긴."

"그래, 그건 나도 알아. 하지만 그걸 가지고 다니는 이유가 뭐냐는 거야. 특별한 이유도 없이 양동이를 들고 다니는 사람은 없잖아."

케이티가 가만히 생각하며 대답했다.

"그건 맞아. 나도 가끔 그런 생각이 들어. 하지만 이유는 모르겠어. 그냥 양동이를 가지고 다니지 않는 것은 상상할 수 없어. 이게 아니면 내 물건을 어떻게 들고 다니란 말이야?"

"어떤 물건?"

꼬챙이가 레이니처럼 궁금한 표정으로 양동이 속을 흘끔흘끔 쳐다보면서 물었다.

"보여 줄게."

케이티는 양동이에 들어 있는 물건을 꺼내기 시작했다. 처음에는 군용 접는 칼, 손전등, 볼펜 전등, 초강력 아교풀 한 통이 나왔다. 케이티는 풀 통의 뚜껑이 단단히 잠겼나 자세히 살펴보았다. 그다음에는 공깃돌 주머니, 고무줄 새총, 투명 낚싯줄 실패, 연필 한 자루와 지우개 하나, 만화경, 그리고 말굽자석이 나왔다. 케이티는 금속 양동이에 붙은 자석을 떼어 내기 위해 아주 세게 잡아당겨야 했다. 그리고 인사라도 하라는 표정으로 자석을 공중에 들어 올린 채 말했다.

"말굽자석을 수십 개 써 봤지만 이처럼 강력한 놈은 없었어."

케이티는 마지막으로 양동이 바닥과 옆구리에 동그랗게 말아 놓은 가늘고 기다란 나일론 밧줄을 꺼내 보여 주었다.

"정말 굉장히 많은 물건을 가지고 다니는구나."

꼬챙이가 감탄하자, 케이티는 물건을 다시 옆으로 옮기며 대답했다.

"모두 쓸모 있어. 오늘 아침이 좋은 사례야. 미친 것 같은 어떤 여자애가 연필을 앞마당 하수구에 떨어뜨린 거야…….."

레이니와 꼬챙이는 서로 쳐다보았다.

"……만일 내가 이 양동이를 가지고 있지 않았다면 그 애는 노 없이 세찬 강을 건너는 신세가 되고 말았을 거야."

케이티가 뭔가 곰곰이 생각하는 표정으로 덧붙였다.

"으흠, 그러고 보니 노를 가지고 다니면 좋을 것 같아. 하지만 너무 커서 들고 다니기 힘들 거야. 그래도 가끔 유용하게 쓰일 데가 있을 텐데."

"그래서 론다가 연필을 찾도록 도와주었니?"

레이니가 물었다.

"그야 물론이지. 내가 단숨에…… 아니, 잠깐만, 그 애 이름을 네가 어떻게 아니?"

케이티가 묻자 레이니가 제안했다.

"네 이야기부터 끝내. 그러면 우리도 말할게."

케이티는 군용 칼에 달린 드라이버로 하수구 뚜껑을 비틀어 열어서 옆으로 민 다음, 근처 벤치에 밧줄을 묶고 하수구 밑으로 내려가서 어두운 곳에 손전등을 비추며 연필을 찾은 과정을 설명했다.

"그런데 연필이 약 이십오 센티미터 깊이에 있는 틈새에 낀 거야. 그래서 낚싯줄 끝에 아교풀을 한 방울 묻혔어. 이때는 볼펜 전등을 사용하는 게 좋아. 낚싯줄 끝에 아교풀을 묻히기 위해 두 손을 써야 할 때에는 전등을 입에 물고 비출 수 있거든. 어쨌든, 줄이 연필에 닿을 때까지 틈새에다 낚싯줄을 넣었어. 그러곤 아교풀이 굳도록 몇 초 기다린 다음에 천천히 잡아당긴 거야. 양동이가 없었다면 아마 그렇게 못했을 거야."

"겁나지 않았어?"

꼬챙이가 물었다. 너무 무서운 경험이었기에 동지라도 찾아서 서로 위로하고 싶은 거였다.

"뭐가? 옷이 젖을까 봐? 그 밑은 완벽하게 말라 있어. 최근에 비가 한 방울도 오지 않았잖아."

레이니는 케이티의 이야기에서 뭔가 이상한 걸 발견했다. 그래서 물었다.

"그 틈새 깊이가 이십오 센티미터라는 건 어떻게 알았니? 네 양동이에는 줄자가 없는 것 같은데?"

"아, 나는 길이와 무게 같은 건 그냥 알 수 있어."

케이티가 어깨를 으쓱하며 대답한 다음에 주변을 둘러보면서 덧붙였다.

"예를 들어, 쓱 쳐다만 봐도 이 교실은 가로가 사 미터 팔십 센티미터이고 세로가 육 미터 육십 센티미터라는 걸 알 수 있어."

꼬챙이는 케이티가 어두운 하수구에서 전혀 무서워하지 않았다는 사실에 화가 나, 의심에 찬 눈초리로 쳐다보며 물었다.

"너, 확실해?"

"물론 확실해."

"한번 재 보자."

레이니가 말하곤 연필 여인의 책상에서 줄자를 가져왔다.

교실은 가로가 사 미터 팔십 센티미터, 세로가 육 미터 육십 센티미터였다. 정확했다.

레이니는 깜짝 놀라서 휘파람을 불었고 꼬챙이는 "나쁘진 않네."라고 말했다.

"좋아, 본론으로 돌아가자. 그래서 론다가 그 답례로 너한테 시험지 답안을 주겠다고 했니?"

레이니가 묻자, 케이티가 의심스러운 눈초리로 쳐다보았다.

"너 아주 많은 걸 알고 있는 게 분명해. 내 뒤를 몰래 쫓아다녔니? 그렇다면 내가 그 애한테 미친년이라고 욕한 것도 알고 있겠구나."

"우리는 네 뒤를 쫓지 않아. 그냥 추측한 거야. 그렇다면 너도 퍼즐을 풀었겠구나? 답을 모두 알고 있지 않았다면 말이야."

케이티가 콧방귀를 뀌었다.

"그런 문제의 답을 아는 사람이 도대체 이 세상에 어디 있겠니?"

"꼬챙이는 알고 있었어."

레이니가 대답하자, 이번에는 케이티가 깜짝 놀라며 "나쁘진 않네."라고 말했다. 꼬챙이는 수줍어하며 머리를 숙였다.

"그런데 퍼즐이라니, 그건 무슨 소리야?"

케이티가 묻자, 이번에도 레이니와 꼬챙이가 서로를 쳐다보았다.

이번에는 꼬챙이가 물었다.

"그걸 몰랐다면 어떻게 합격한 거지?"

"나는 합격하지 않았어. 시험을 함께 본 아이 가운데에 합격한 애는 한 명도 없어. 사실대로 말하면, 내가 궁지에 빠진 노란 정장을 구해 주었기 때문에 나를 이곳으로 보낸 것 같아."

두 소년이 도대체 무슨 일이 있었는지 궁금하다는 듯 쳐다보자 케이티는 기쁜 마음으로 설명하기 시작했다.

"시험이 끝난 후에 노란 정장을 입은 아줌마가 우리를 강당으로 데려가서 도넛을 나누어 주고는 미안하지만 모두 돌아가라고, 와 줘서 고맙다는 식의 말을 했어. 몇몇 부모들이 화를 냈어. 누구는 이건 사기가 분명하다고 소리치기 시작했고 또 누구는 시험지 내용을 공개하라고 요구했어. 노란 정장 아줌마는 출구 쪽을 힐끔거리기 시작했지. 아줌마가 불안해하고 있다는 사실을 한눈에 알 수 있었어. 하지만 부모 몇 명이 출구를 가로막은 상태라서 꼼짝없이 갇힌 셈이었지.

나는 노란 정장이 안돼 보였어. 맡은 일을 한 것뿐인데 그렇게 되었으니. 덕분에 나도 오늘 하루를 아주 재미있게 보냈는데 말이야. 그래서 아줌마를 도와주기로 결정한 거야. 어른들이 모두 고함을 지르고 아이들은 정신없이 도넛을 먹는 동안에 나는 접는 칼에 들어 있는 드라이버를 재빨리 꺼내서 문에 있는 손잡이를 떼어 낸 다음 엉뚱한 곳을 가리키며 외쳤어. '이 모든 걸 꾸민 남자가 저기에 있어요! 저기 모퉁이에 있어요!' 그러자 사람들이 모두 고개를 돌리고 서로 밀치면서 그쪽을 보았어. 물론 노란 정장 아줌마는 예외였지. 아줌마는 재빨리 달려서 출구로 빠져나갔어. 나는 노란 정장이 나가자마자 불을 끄고 문을 닫았어. 그리고 노란 정장과 함께 도망치기 시작했어. 시작이 좋았어. 강당 내부가 어두워서 부모들이 문을 열려고 했지만 손잡이가 잡히지 않았거든. 마침내 누군가가 불을 켜고 모두가 성난 벌떼처럼 몰려나왔지만 우리가 벌써 옷장에 숨은 다음이었지.

마지막 사람까지 모두 떠나는 소리가 들리자, 노란 정장 아줌마가 나한테 빙그레 웃으며 말하는 거야. '너는 다음 시험을 봐도 될 것 같구나.' 그래서 이렇게 여기까지 오게 된 거야."

"놀라워!"

레이니가 감탄했다.

"믿을 수 없을 정도야! 너는 영웅이야!"

꼬챙이도 감탄했다.

케이티가 당혹스러워 눈살을 찌푸리며 말했다.

"그러지 마. 별것도 아니야. 누구나 할 수 있는 일이지. 자, 내 이야기를 했으니까 이제 너희 얘기를 해야지. 론다를 어떻게 알고 있니? 그리고 이 시험이 퍼즐이라는 건 도대체 무슨 말이야?"

두 아이가 대답하려고 하는데 연필 여인이 문에서 머리를 불쑥 내밀며 소리쳤다.

"얘들아, 이제 3차 시험을 칠 시간이야. 지금 당장 7-B호실을 찾아가."

그러곤 다시 사라졌다.

"7-B호실이 도대체 어디야? 저 여자는 우리한테 어디가 어딘지 제대로 가르쳐 준 적이 한 번도 없어. 수도원 건물도 밤새도록 돌아다녀서 간신히 찾아낸 거야."

꼬챙이가 화를 내며 말했다.

"이 정도는 금방 찾아낼 수 있을 거야."

레이니가 말했다. 하지만 '밤새도록'이라는 꼬챙이 말이 잊히지 않았다. 그렇다면 꼬챙이가 이곳에 혼자 왔단 말인가? 부모님은 어디에 있는 거지?

"너희 이야기를 빨리 하는 게 좋을 거야. 노란 정장 아줌마는 인내심이 아주 부족한 사람이거든."

케이티가 말하자, 레이니가 동의했다.

"네 말이 맞아. 가면서 말해 줄게."

이렇게 해서 새로 만난 세 친구는 7-B호실을 찾아 나섰다.

정사각형과 화살표

7-B호실은 레이니가 예상한 대로 7층에 있었다. 문에는 아무 표시가 없었지만 세 친구는 텅 빈 복도를 돌아다니며 다른 문에 걸린 표지판을 살펴본 다음 아무 표시도 없는 문으로 돌아왔다. 다른 문에는 7-A, 7-C, 7-D, 그리고 7-E가 쓰여 있었던 것이다. 케이티가 대담하게 그 문을 두드렸다. 그리고 잠시 후에 또 두드렸다, 이번

에는 훨씬 세게.

몇 차례 두드리자 누군가 대답하는 소리가 들렸다. 그런데 안에서가 아니라 뒤에서 들렸다.

"그 정도면 충분해."

그윽한 목소리였다.

세 아이는 깜짝 놀라 몸을 홱 돌렸다.

비바람에 찌든 모자를 눌러쓰고 비바람에 찌든 윗도리, 비바람에 찌든 바지를 걸치고 비바람에 찌든 장화를 신은 키 큰 남자가 바로 눈앞에 서 있었다. 텁수룩한 구레나룻이 혈색 좋은 두 뺨을 까맣게 뒤덮었고 눌러쓴 모자 밑으로 살짝 삐져나온 머리칼은 노란색이었다. 새파란 눈동자가 반짝거리지만 않았다면 밭에서 나온 허수아비로 착각하기 좋은 모습이었다. 거기에다 얼굴은 굉장히 슬픈 표정이었다. 세 아이 모두 그 슬픔을 한눈에 알아보았다. 레이니는 그 서글픈 표정에 놀란 나머지 인사 대신 "어디 편찮으세요, 아저씨?" 하고 물었다.

남자가 대답했다.

"그 정도는 아니야. 너희가 신경 쓸 필요는 없어. 그래, 시험을 칠 준비가 되었니?"

"하지만 우리는 아직 인사도 나누지 않았어요!"

케이티가 손을 내밀며 말했다.

"전 케이티 웨더롤이라고 하는데, 친구들이 부르는 이름은……."

케이티가 두 소년의 말리는 듯한 눈빛을 보고는 뒷말을 이었다.

"으흠, 친구들이 부르는 이름은 케이티예요."

남자가 케이티와 악수를 했다. 억지로 하는 표정이었다. 그런데 악수를 하는 것도 손에 전혀 힘을 주지 않아 왠지 슬퍼 보였다. 두 소년도 각자를 소개했고 남자는 그들과도 슬프게 악수를 했다. 그리고 말했다.

"자, 인사를 했구나. 이제……."

"하지만 아저씨는 이름을 말하지 않았어요."

케이티가 물러나지 않자, 남자가 한숨을 쉬면서 잠시 생각하더니 마침내 "밀리건 아저씨라고 부르렴." 하고 말했다.

"그건 이름인가요, 성인가요?"

"그냥 밀리건 아저씨야. 더 이상 묻지 마라. 시험을 봐야 해. 자, 너희 가운데 조지가 누구니?"

케이티가 얼굴을 잔뜩 찡그리더니, 남자한테 짜증을 내기 시작했다.

"저희 말을 안 들은 거예요? 우리 이름은 꼬챙이, 레이니, 케이티라고요!"

꼬챙이가 헛기침을 하며 끼어들었다.

"어, 으흠, 사실 내 이름이 조지야. 꼬챙이는 별명이고."

케이티가 물었다.

"그럼 이름이 조지 워싱턴이니? 대통령 이름? 미국 건국의 아버지?"

꼬챙이가 방어하듯 대답했다.

"그렇게 특이한 이름도 아니야. 그것 가지고 나를 놀릴 생각은 버려."

케이티가 말했다.

"진정해, 친구야. 너를 놀리는 게 아니야."

하지만 꼬챙이는 자기 이름 얘기에 약간 신경이 곤두선 게 분명했다.

밀리건 아저씨가 끼어들었다.

"꼬챙이든 조지든 상관없어. 우선 너부터 시작하자. 이제 저 문으로 들어가서 문을 닫아."

꼬챙이가 눈을 커다랗게 뜨면서 물었다.

"혼자 들어가야 하는 거예요?"

"괜찮아. 시험일 뿐이야. 애네들도 금방 뒤따라갈 거야."

"행운을 빌어, 꼬챙이. 잘할 수 있어!"

레이니가 말하며 꼬챙이의 어깨를 토닥거렸다.

"잘해, 꼬챙이!"

케이티가 말했다.

꼬챙이가 안경을 벗어서 닦은 다음에 다시 썼다. 그리고 잠시 생각하더니, 안경을 벗어서 또다시 닦기 시작했다. 마치 안경알에 지울 수 없는 얼룩이 묻은 것 같았다.

밀리건 아저씨가 말했다.

"시간 끌지 마. 안에 들어가도 문제 될 건 없어."

마침내 꼬챙이가 고개를 끄덕이고 안경을 코에 걸친 다음에 천 쪼가리를 주머니에 넣고 말없이 걸어갔다.

"넌 어떻게 생각하니? 저기 들어가서 무얼 어떻게 해야 하고 시간은 얼마나 걸리는지 등에 대해서 한마디도 안 했잖아."

케이티가 묻자, 레이니가 대답했다.

"깜짝 놀라게 하려고 그러나 보지."

곧이어 밀리건 아저씨가 돌아와 이제 레이니 차례라고 했다. 꼬챙이에 대한 언급은 한마디도 없었다.

케이티가 말했다.

"그럼 건너편에서 만나자, 친구야. 그곳이 어떤 곳이든."

레이니는 숨을 깊이 들이쉬고 안으로 들어가서 문을 닫았다. 내부는 텅 빈 공간이었다. 건너편 벽의 또 다른 문 바로 위에 커다란 표지판이 걸려 있었다.

'파란색과 검은색 정사각형에 발을 대지 말고 건너편으로 건너가시오.'

레이니는 바닥을 내려다보았다. 시멘트를 발라 놓은 문 바로 안쪽 바닥, 즉 자신이 서 있는 곳에 커다랗고 빨간 동그라미가 그려져 있었다. 그런데 건너편 문 바로 앞에도 다른 빨간색 동그라미가 있었다. 그리고 동그라미 두 개 사이에 파란색과 검은색 그리고 노란색

직사각형이 거대한 체스 판처럼 번갈아 바닥에 그려져 있었다. 레이니는 직사각형 배열을 살펴보았다. 노란색은 별로 없고 파란색과 검은색이 많았다. 아니, 너무 많아서 검은색이나 파란색을 밟지 않으면 건너편으로 건너갈 수 없다는 사실을 금방 깨달을 수 있었다. 노란 부분은 드문드문 멀리 떨어져 있어 설사 캥거루라 해도 노란색에서 다음 노란색으로 건너뛸 수 없을 것 같았다. 레이니는 표지판의 글을 다시 쳐다보면서 잠시 생각하곤 하하하 웃으며 머리를 흔들었다. 그러곤 건너편으로 자신만만하게 뚜벅뚜벅 걸어가서 건너편 빨간 동그라미를 밟은 뒤 문을 열고 나갔다.

꼬챙이와 밀리건 아저씨가 문 바깥에 서서 기다리고 있었다. 벽에 난 조그만 구멍으로 레이니를 몰래 훔쳐보고 있었던 것이다. 꼬챙이는 이해할 수 없다는 표정으로 레이니를 쳐다보며 뭔가 물어보려고 했다. 하지만 밀리건 아저씨가 꼬챙이의 입을 막으며 말했다.

"지켜보는 건 괜찮지만 입을 열면 안 돼."

아저씨는 케이티한테 차례가 왔음을 알리러 갔다.

잠시 후에 7-B호실로 대담하게 들어오는 케이티가 보였다. 케이티는 표지판을 읽고서 바닥을 내려다보며 노란색에서 노란색으로 뛸 수 있는지 생각해 보았다. 그러다가 결국에는 머리를 흔들었다. 이번에는 그쪽 문과 이쪽 문을 쳐다보고 거리를 쟀다. 그리고 양동이에서 밧줄을 꺼내 한쪽 끝에 고리를 만들고 멋있게 던져서 건너편 끝에 있는 문손잡이에 고리를 걸었다. 그리고 밧줄의 다른 쪽 끝을 뒤에 있는 문손잡이에 묶고 밧줄을 단단히 잡아당긴 후 조심스럽게 밧줄에 올라갔다. 그러고는 천천히 밧줄 위를 걸으면서 커다랗게 혼잣말을 했다.

"아, 노가 있으면 얼마나 좋을까. 그걸 들면 균형을 잡을 수 있을 텐데."

노가 있으면 정말 좋을 것 같았다. 케이티는 중간쯤에서 하마터면 떨어질 뻔했다. 두 소년도 숨을 죽였다. 케이티는 앞뒤로 기우뚱거리며 두 팔을 이리저리 돌려서 간신히 자세를 잡았다. 그렇게 조심스럽게 서너 걸음을 더 걸어서 건너편에 있는 빨간 동그라미로 훌쩍 뛰어내렸다.

"야! 저 애도 해냈어!"

꼬챙이가 속삭였다.

하지만 케이티가 문을 열고 나오기 직전에 밀리건 아저씨가 나타나서 케이티에게 출발 지점으로 다시 가서 밧줄 없이 건너오라고, 그래야 시험에 통과한 것으로 간주하겠다고 말했다.

"저건 공평하지 않아. 밧줄을 사용하면 안 된다는 말은 없었잖아."

꼬챙이가 속삭였다.

한편, 케이티는 양동이에 든 물건을 모두 꺼내 주머니에 쑤셔 넣었다. 모두 넣자 양쪽 주머니가 놀라울 정도로 불거져 나왔다. 케이티는 드라이버로 양동이에 달린 손잡이를 떼서 허리춤에 넣었다. 그것으로 준비가 끝났다. 케이티는 발로 양동이를 차서 옆으로 쓰러뜨리곤 그 위로 풀쩍 뛰어올라 두 발로 양동이를 굴리며 앞으로 나가기 시작했다. 마치 서커스에서 곰이 공에 올라탄 것 같았다. 케이티는 이런 식으로 양동이를 굴리며 지그재그로 움직여 건너편 동그라미에 도달했다. 저 애는 도대체 어떤 애야? 레이니와 꼬챙이는 깜짝 놀란 표정으로 서로를 쳐다보았다.

케이티가 양동이에 손잡이를 다시 끼고 주머니에 있는 물건을 모두 꺼내고 있을 때, 밀리건 아저씨가 다시 나타나 케이티를 출발점으로 또 데려가더니 이번에는 양동이와 물건 전체를 압수했다. 케이티는 마지못해 모두 건네주었다. 하지만 금방 기운을 차렸다. 그리고는 밀리건 아저씨가 미처 문을 닫기도 전에 어깨를 으쓱하곤 손가락 관절을 우두둑 푼 다음에 양쪽 손바닥을 시멘트 바닥에 쫙 펴고 물구나무섰다. 그리고 두 손으로 걸어서 바닥에 발을 단 한 번도 딛지 않고 건너편으로 건너왔다.

케이티가 문을 열자 밀리건 아저씨가 양동이를 건네며 말했다.
"할 수 없군, 합격이다."

꼬챙이는 밀리건 아저씨를 따라서 어두운 계단을 내려가며 레이니에게 물었다.

"나는 네가 어떻게 저 시험에 통과했는지 이해할 수 없어. 물론 나도 기뻐. 하지만 그 이유를 잘 모르겠어. 나는 발이 파란색이나 검은색 사각형에 닿지 않도록 두 손과 무릎으로 기어서 통과하고 케이티는 곡예로 통과했는데, 너는 그냥 걸어서 건너왔잖아, 오른편과 왼편에 있는 검은 사각형을 밟으면서!"

계단 밑바닥에 도착했다. 밀리건 아저씨는 불빛이 희미하고 습기가 축축한 지하 통로로 세 아이를 안내했다. 그들이 걸어가는 동안 여기저기에서 지네를 비롯해 소리만 들리고 모습은 보이지 않는 징그러운 생물들이 어둠 속으로 도망쳤다. 그 소리가 레이니의 귀에는 왠지 모르게 불길하게 들렸다. 밀리건 아저씨는 이 음침한 길을 지나 '마지막 시험 장소'라는 곳으로 세 아이를 데리고 갔다.

"그냥 걸어서 건넜다고? 레이니, 그런데 어떻게 시험에 통과한 거니?"

케이티가 물었다.

"그것 역시 일종의 속임수야. 바닥에는 정사각형이 없었어. 모두 직사각형이야. 측면 길이가 모두 다른 사각형이었어."

"맙소사, 사실이야."

케이티가 기억을 더듬으며 대답했다.

꼬챙이는 이마를 탁 쳤다.

"그럼 나는 괜히 바지만 더럽힌 거야? 쓸데없이 아기처럼 바닥을 기면서? 나는 정말 멍청해! 내가 합격했다는 사실이 믿기지가 않아."

"너는 전혀 멍청하지 않아. 어차피 너도 이곳에 있잖아, 그렇지 않니?"

레이니가 말했다.

"그런데 여기가 어디야? 밀리건 아저씨, 여기가 어디에요?"

케이티가 묻자, 밀리건 아저씨가 뒤를 돌아보지도 속도를 늦추지도 않은 채 대답했다.

"지금 우리는 5번가 지하를 지나는 중이야."

"지상을 걸어가면 안 되나 보지요? 햇살이 내리쬐고 통로가 축축하지 않은 곳이요. 썩은 생선 같은 악취가 나지 않는 곳이요."

꼬챙이가 말했다. 레이니는 셔츠 칼라 밑으로 들어가려는 딱정벌레를 털어 내고 몸서리를 치며 덧붙였다.

"스멀스멀 기어다니는 벌레들이 계속 위에서 떨어지지 않는 곳 말예요."

"조금만 더 가면 햇살이 비쳐."

밀리건 아저씨의 말이 맞았다. 다른 계단으로 올라가자 텅 빈 지하실이 나오고 지하실 문을 나가자, 가로수와 낡은 주택에 늘어선 조용한 거리가 나왔다. 하지만 세 아이는 주변을 바로 볼 수 없었다. 눈이 밝은 햇살에 적응하는 데 시간이 필요했기 때문이다.

바로 그사이에 밀리건 아저씨가 사라졌다.

세 아이는 밀리건 아저씨 바로 뒤를 쫓아서 지하실 문을 막 나왔다. 그건 확실했다. 그런데 키 크고 건장한 체구에 쭈그러진 모자와 다 낡은 윗도리를 걸친 밀리건 아저씨는 사라지고 없었다. 대신 검은 안경과 밝은 노란색 모자를 쓴, 배가 툭 튀어나오고 허리가 굽은 조그만 남자가 그 자리에 있었다.

"누구세요? 밀리건 아저씨는 어디에 있나요?"

케이티가 방어 자세를 취하며 물었다.

"나야."

조그만 남자가 선글라스를 낮춰서 슬픈 표정의 새파란 눈동자를 드러내며 덧붙였다.

"변장한 거야."

세 아이는 조그만 남자를 자세히 살펴보았다. 밀리건 아저씨가 분명했다. 순식간에 모자와 윗도리를 벗어서 셔츠에 집어넣어 뚱뚱한 배를 만들고 노란 모자와 선글라스를 쓴 것이다. 아이들은 그걸 도대체 어디에서 꺼냈는지 추측할 수 없었다. 그리고 어깨를 내리고 허리를 앞으로 숙여서 키가 훨씬 작아 보이게 만든 것이다. 정말 놀라운 변장이었다.

"아저씨는 마법사세요?"

꼬챙이가 물었다.

"하찮은 사람이야."

밀리건 아저씨가 대답하고 추가 설명 없이 거리 건너편을 가리켰다. 그곳에는 3층 건물이 있었고 현관 앞에는 돌계단이 있었다.

"저 계단을 올라가렴. 론다가 너희를 맞아 줄 거야."

"론다 카젬베? 녹색 머리 여자애요?"

레이니가 물었다. 하지만 미처 말을 마치기도 전에 지하실로 통하는 문이 쾅 닫히면서 밀리건 아저씨가 사라졌다.

"오늘 만난 사람 가운데 평범한 사람은 한 명도 없는 거야?"

케이티가 투덜대자 레이니가 대꾸했다.

"그런 것 같아."

세 아이는 거리를 가로질러서 밀리건 아저씨가 가리킨 3층 건물의 대문 안으로 들어갔다. 아주 낡은 주택이었다. 회색 돌로 벽을 쌓아 올리고 창문은 높은 아치형이었으며 빨간 널빤지를 깐 지붕은 오후의 햇살을 받아 호박색으로 반짝거렸다. 쇠로 만든 울타리를 따라서 장미가 자라고, 그 옆에는 건물보다 더 오래된 것 같은 거대한 느릅나무가 우뚝 솟아 있었다. 느릅나무의 녹색 잎사귀는 초가을의 노란색으로 살짝 물들어 있었다. 담쟁이덩굴이 뒤덮은 안마당과 돌계단까지 나무가 그늘을 드리웠는데, 이곳에서 쉬면 참 좋을 것 같았다. 하루 종일 많은 일을 겪으면서 지친 아이들은 정말 다행이라고 생각하며 돌계단에 올라 시원한 느릅나무 그늘에 앉았다.

모두 자리를 잡은 다음에 레이니가 물었다.

"꼬챙이, 네 부모님에 대해서 묻고 싶은 게 있어. 너희 부모님도 알고 계시니? 지금 네가……."

"그 부분은 벌써 얘기했잖아, 기억나지?"

말을 가로막은 꼬챙이는 케이티한테 시선을 돌리며 설명했다.

"레이니와 내가 전화를 걸고 싶다고 하니까 노란 옷을 입은 선생님이 우리한테 속임수를 썼어. 레이니는 개인 지도 선생님이 걱정할까 염려했고 나는 우리 부모님이 걱정할까 염려했어. 그런데 그 선생님은 아주 이상했어. 본인이 모두한테 전화했다는 사실을 나중에 밝히긴 했지만 말이야. 정말 이상했지. 너한테도 그런 일이 있었니?"

레이니가 물으려고 한 건 이게 아니었다. 꼬챙이가 수도원 건물을 찾으려고 밤새도록 돌아다닌 사실을 부모님이 알고 있는가 하는 것이었다. 그런데 무슨 이유 때문인지, 꼬챙이는 그 얘기를 피하려고 애쓰는 게 분명했다.

케이티가 어깨를 으쓱하며 대답했다.

"나는 전화를 걸 사람이 없어. 엄마는 내가 아기일 때 죽고 아빠는 내가 세 살일 때 나를 두고 떠났어."

꼬챙이가 슬픈 표정으로 말했다.

"아, 미처…… 몰랐어. 미안해."

"괜찮아. 기억조차 안 나는 걸, 뭐."

케이티가 가볍게 대답하고 잠시 생각하더니 덧붙였다.

"사실은 아빠에 대해서 딱 하나 기억나는 게 있어."

"그래도 나보단 낫구나. 그게 뭔데?"

레이니가 물었다.

"으흠, 우리 집에서 쭉 내려가면 오래된 물방앗간 연못이 있었거든. 한번은 아빠가 나를 데리고 그곳에 수영하러 갔어. 나는 세 살밖에 안 됐지만 수영을 잘했어. 물은 시원하고 날씨는 따뜻해서 정말 기분이 좋았던 것 같아. 나는 지칠 때까지 물을 튕기면서 놀았어. 그리고 우리 아빠……. 아빠 얼굴은 떠오르지 않지만 나를 물 밖으로 들어 올린 힘센 두 팔은 아직까지 느낄 수 있어, 나를 목말을 태우고 집까지 갔어. 내가 또 거기에 가서 수영해도 되느냐고 물으니까 아빠가 '그야 물론이지, 우리 귀여운 고양이.' 하고 대답한 기억이 나. 아주 똑똑히 기억나. 아빠는 나를 '우리 귀여운 고양이'라고 불렀어."

"그러고 나서 물방앗간 연못에 다시는 못 간 거니?"

꼬챙이가 이야기를 듣고 나서 더 미안해하는 표정으로 물었다.

"응, 그다음에 기억나는 건 고아원이야."

케이티가 대답하자, 레이니가 고개를 저었다.

"정말 이상해, 케이티. 너희 아버지는 마치, 으흠, 마치……."

케이티가 뒷말을 이었다.

"좋은 사람 같지? 나도 알아, 가끔 그 생각을 하니까. 그런데 사람은 겉만 보고 모르는 것 같아. 아니면 나중에 변하거나. 아, 앞으로도 영원히 모를 것 같아."

"정말 끔찍해."

꼬챙이가 속삭였다. 마치 혼자 말하는 것 같았다.

하지만 케이티가 명랑하게 말했다.

"그만해, 나는 아무렇지 않아. 그건 굉장히 오래전이야. 게다가 지금까지 재미있게 살았고. 서커스에서 즐거운 시간을 보냈거든."

레이니가 두 눈을 크게 뜨고 꼬챙이를 쳐다보았다. 하지만 꼬챙이는 정신이 산만해서 케이티가 한 말을 못 들은 것 같았다. 그래서 레이니는 다시 케이티를 바라보며 물었다.

"서커스에서 즐거운 시간을 보냈다고?"

그러나 케이티가 웃으면서 대답했다.

"응. 여덟 살 때 고아원에서 도망쳐서 서커스에 들어갔어. 서커스 사람들이 나를 고아원에 다시 데려다주었지만 또 도망쳤어. 서커스 사람들이 나를 다시 데려다 놓으면 또 도망치고. 그러다 보니까 사람들이 너무 힘들어서 결국에는 포기하고 나를 받아 주더라. 그래서 지난 몇 년 동안 그곳에서 서커스를 하며 보냈어. 서커스는 정말 재미있어. 하지만 이제는 뭔가 다른 걸 찾고 싶어. 그러다가 이번 시험 공고를 보고 서커스 동료들한테 작별을 고하고 이렇게 여기까지 오게 된 거야."

레이니가 경이로운 표정으로 말했다.

"정말 대단하구나. 그래서 그…… 서커스 생활이 도움이 된 거니? 부모님을 그리워한 적도 없고?"

레이니는 다른 고아는 어떤 느낌일지 항상 궁금했다. 레이니는 부모님에 대해서 아는 게 하나도 없다. 그래서 특별히 그리운 것도 없었다. 하지만 비가 오는 날이면, 혹은 다른 아이들에게 괴롭힘을 당한 날이면, 혹은 나쁜 꿈을 꾸고 잠에서 깨어났는데 안아 주고 옛날이야기라도 하며 달래서 다시 잠들게 할 사람이 없는 밤이면, 부모님이 있으면 좋겠다고 생각했다.

그런데 케이티는 완전히 다른 느낌이 분명했다. 그래서인지 아무렇지 않게 반문했다.

"뭐가 그리운데? 말했듯이, 나는 엄마가 전혀 기억나지 않아. 그리고 어린 딸만 혼자 두고 도망친 아빠를 누가 그리워하겠니? 그보다는 코끼리나 광대들과 함께 지내는 편이 훨씬 좋았어."

순간 케이티는 눈살을 찌푸리며 물었다.

"꼬챙이, 너는 도대체 왜 그러는 거니?"

꼬챙이의 얼굴이 계속 침울해지고 커다란 두 눈은 계속 슬퍼지더니, 결국에는 밀리건 아저씨보다 훨씬 더 우울한 표정이 되고 말았다.

레이니가 꼬챙이 어깨에 한 손을 올려놓았다.

"무슨 일 있니?"

꼬챙이가 자신 없는 어투로 대답했다.

"아, 아니야. 그냥, 케이티가 안됐다는 생각이 들어서. 부모님한테 버림받은 느낌은 정말 끔찍할 거야."

케이티는 레이니가 보기에 약간 딱딱하게 웃으면서 말했다.

"내가 하는 말을 안 들은 거야, 친구? 내가 말했잖아, 지금까지 재미있게 살았다고!"

케이티는 공중그네 타기, 불이 타오르는 굴렁쇠를 뛰어서 통과하기, 대포에 들어가서 대포알처럼 날아가기 등 서커스 생활에 대한 다양한 이야기를 해서 분위기를 띄웠다. 그러자 꼬챙이도 점차 기운을 찾고 부모님 이야기는 완전히 쏙 들어갔다.

그렇게 한 시간 정도를 계단에서 기다리며 배가 고파서 투덜대기 시작할 즈음에 현관문이 열리고 론다가 나타났다. 아니, 론다처럼 보였다. 얼굴도 똑같고 칠흑 같은 검은 피부색도 똑같고 키도 똑같았다. 하지만 펑퍼짐한 하얀 드레스와 기다란 녹색 머리칼이 없었다. 그 대신 기다랗게 드리워진 아름다운 레게 머리칼에 산뜻한 파란색 잠바와 샌들 차림이었다. 론다는 계단에서 기다리는 세 아이를 보고 기쁘게 웃으며 소리쳤다.

"안녕, 얘들아! 나를 기억하겠니?"

"론다? 정말 론다야?"

꼬챙이가 물었다.

"아마 그럴 거야. 그렇지 않으면 누군가가 나로 변장했거나."

론다가 옆에 앉자 레이니는 자세히 살피다가 미처 몰랐던 사실을 깨닫고 소리쳤다.

"당신은 어린애가 아니에요. 당신은 어른이에요!"

론다가 대답했다.

"그래, 아주 조그만, 아주 젊은 어른이지. 네 말이 맞아."

"나는 당신이 부정행위를 저지르려고 아주 우스꽝스러운 복장을 한 거라고 생각했어요."

레이니가 말하자, 론다가 다시 웃으면서 대답했다.

"아니야. 내 나이를 숨기고 너희의 관심을 딴 데 돌리려고 그랬던 거야."

"좋은 생각이 있어요. 우선 우리한테 먹을 걸 주고 도대체 어떻게 된 건지 알려 주는 게 어때요?"

케이티가 말하는데 배에서는 꾸르륵 소리가 커다랗게 들렸다.

"조금만 참아, 케이티, 아주 조금만. 아직 시험 하나가 더 남아 있어. 하지만 이 시험이 끝나면 통과하든 떨어지든 상관없이 너희 모두에게 멋진 저녁을 차려 줄게. 그럼 됐지?"

"좋아요."

케이티가 동의했다.

"그럼 시작하자. 내가 말하면 한 명씩 현관으로 들어가야 해. 건물 제일 뒤에 가면 계단이 있는데 그 계단을 최대한 빨리 올라가서 그곳에 걸려 있는 청동 종을 울리는 거야. 속도가 중요하니까 꾸물대지 마. 물어볼 게 있니?"

"이번 시험은 지난 시험보다 어려운가요?"

케이티가 허세를 부리며 묻자, 론다가 대답했다.

"개중에는 아주 어려워하는 사람도 있어. 하지만 너희라면 눈 감고도 해낼 수 있을 거야."

"무서운 건가요?"

꼬챙이가 아주 조그만 소리로 물었다.

"어쩌면. 하지만 위험하지는 않아."

론다가 대답했다. 꼬챙이가 자신감을 갖는 데 전혀 도움이 안 되는 대답이었다.

"누가 먼저 출발하나요?"

레이니가 묻자, 론다가 대답했다.
"정말 쉬운 질문이구나. 너야."

하루 종일 도전의 연속이었다. 하지만 레이니는 모두 성공적으로 이겨 냈다. 그래서 현관문을 열 때에도 자신감이 가득했다. 이번에도 뭔가 속임수가 있을 게 분명했다. 이제는 충분히 풀어 나갈 자신이 있었다.

안으로 들어서니, 벽은 칠흑처럼 검고 조명이 눈부시게 밝은 공간이 나왔다. 론다가 문을 닫았다. 문 안쪽에는 손잡이가 없고 벽과 똑같이 검은색을 칠해서 구분할 수 없었다. 케이티라면 확실히 알겠지만, 실내는 가로와 세로가 180센티미터 정도에 불과한 좁고 텅 빈 공간이었다. 뒤에 있는 거의 보이지 않는 문 말고 출구가 세 개였다. 왼편과 오른편 그리고 바로 앞에 있었다. 그런데 출구에는 문이 달려 있지 않고 건너편 쪽에서도 빛이 흘러들지 않아, 레이니는 그 안을 들여다볼 수 없었다. 궁금증이 일어났다.

'깜깜한 방으로 들어가야 하는 건가? 꼬챙이가 특히 싫어하겠구나.'

꼬챙이 생각을 한 건 잠시나마 관심을 딴 데 돌리고 싶었기 때문이다. 어둠 속에서 더듬거리며 나아갈 생각을 하니까 덜컥 겁이 났다. 레이니는 용기를 북돋기 위해 커다랗게 소리쳤다.

"그래, 낭비할 시간이 없어! 자, 가자."

레이니는 앞에 있는 출구로 곧장 뛰어들었다. 건물 뒤편과 직선으로 이어지는 코스였기 때문이다. 그러자 방금 떠난 방과 똑같은 공간이 나타났다. 마술 같았다. 좁은 방 안에는 조명이 환하고 벽은 검고 벽마다 검은 출구도 있었다.

"이게 도대체 어떻게 된 거야?"

레이니가 뒤를 돌아보며 중얼거렸다. 그러다가 혼란에 휩싸인 채 다시 빙글 돌았다. 그리고 자신이 실수했다는 사실을 깨달았다. 자신이 빙글 돌지 않았다면 방향을 잃지 않았을 텐데, 이제 방향을 놓치고 말았다. 똑같은 공간이 널려 있는 미로에 빠진 것이다. 사방에 있는 방이 모두 똑같아 보였다.

레이니는 급격히 자신감을 잃고 혼자 중얼거렸다.

"자, 침착하게 생각하자. 방으로 들어올 때에 전등이 저절로 켜지는 게 분명해. 그리고 떠나면 꺼지는 거야. 하지만 문마다 전등 스위치가 있으니 스위치를 고정시키면 전등이 계속 켜져 있을 거야. 아주 간단해."

하지만 제일 가까운 출구를 훑어보는 순간, 희망은 사라졌다. 전등 스위치일 거라고 생각한 건 장식용 나무판에 불과했다. 그래서 고개를 돌려 자신이 지나온 길을 살펴보려고 할 때에 나무판이 뭔가 중요한 단서가 될 수도 있을 거란 느낌이 들었다. 레이니는 나무판을 자세히 살펴보았다. 카드 크기의 나무판에 화살표 네 개가 새겨져 있는데, 각자 다른 방향을 가리키고 색깔도 달랐다. 파란 화살표는 오른편, 녹색 화살표는 왼편, 파도치는 모양의 노란 화살표는 앞쪽, 그리고 보라색은 뒤쪽이었다.

레이니는 괜히 바보가 된 느낌이었다. 화살표는 장식용이 아니라 길을 가리키는 게 분명했다. 하지만 어떤 화살표를 따라야 한단 말인가? 나무판 네 개를 모두 돌아보았지만 상황은 마찬가지였다. 화살표 네 개가 달려 있는 출구 네 개, 그렇다면 방마다 화살표 열여섯 개가 있고 그 가운데에서 하나를 골라야 한다는 뜻인데, 눈에 띄는 특징이 없었다. 레이니는 골똘히 생각했다.

'녹색 화살표를 따라가야 하나? 녹색은 신호등에서 가라는 뜻이야. 하지만 이건 너무 쉬워. 어쩌면 빨간 화살표를 따라가야 하는지도 몰라. 그런데 이게 속임수일 수도 있어. 게다가 공평하지 않은 것 같아. 색깔을 볼 수 없는 색맹도 있잖아.'

바로 이 생각을 하는 순간, 레이니는 비밀을 알아챘다.

레이니는 나무판에 새겨 넣은 화살표를 손가락으로 문지르며 빙그레 웃었다. 만져서 알 수 있는 화살표는 파도 모양밖에 없었다. 론다가 케이티한테 "너희라면 눈을 감고도 해낼 수 있을 거야."라고 말한 이유가 이것 때문인가? 처음에는 용기를 북돋아 주려고 그런 거라고 생각했는데, 지금 보니 그건 힌트가 분명했다. 아무리 어두워도 두 눈을 감고서 손가락으로 나무판을 문지르면 파도 모양의 화살표를 쉽게 찾을 수 있었다.

레이니는 확실히 하기 위해 방 안을 빙글 돌아다니며 나무판을 확인했다. 다른 화살표는 모두 각기 다른 방향을 가리키고 있었지만 파도 화살표는 모두 똑같은 출구를 가리키는 게 분명했다. 바로 앞쪽 출구였다. 레이니는 숨을 깊이 들이쉬고 좋은 결과를 기대하며 앞으로 곧장 나아갔다. 다음에 나온 방도 이전 방과 완전히 똑같아 보였다. 하지만 이번에는 파도 화살표가 오른편에 있는 문을 가리켰다. 레이니는 그쪽으로 갔다.

이런 식으로 방 열 개를 지나가니, 도대체 자신이 어디에 있는지 너무 헷갈렸다. 다시 현관이 나타날 수도 있고 미로 한가운데에 있게 될 수도 있었다. 전혀 감을 잡을 수가 없었다. 게다가 벽이 모두 검은 색이어서 전기가 나간다면 완벽한 어둠에 휩싸일 터였다. 어쩌면 시험의 일부로 전등을 모두 끌 수도 있다는 생각이 불쑥 들었다. 그와 동시에 가슴에서 불안감이 일었다. 하지만 걱정을 누르고 다음 방으로 들어가다가 하마터면 계단에 부닥칠 뻔했다. 레이니는 승리의 환호성을 올리며 계단을 뛰어올라, 좁은 층계참에서 론다가 말한 청동 종을 발견하고 종소리를 울렸다.

계단을 내려오는 빠른 발소리가 들렸다. 이윽고 문이 열리면서 연필 여인이 들어왔다. 연필 여인은 손에 든 스톱워치를 바라보며 말했다.

"육 분 십사 초."

"괜찮은 기록인가요?"

레이니가 묻자, 연필 여인이 대답 없이 말했다.

"두 눈을 감고 가만히 서 있어라."

이 말을 듣고서 레이니는 괜히 불안했다. 형편없는 기록인가? 아니면 용기를 시험하려는 건가? 레이니는 시킨 대로 두 눈을 감고 두 발로 버틴 채 최대한 똑바로 섰다.

"왜 얼굴을 찡그리니?"

연필 여인이 물었다.

"모르겠어요. 얼굴을 때리실 것 같은 기분이 들어서요."

"멍청한 소리 그만하렴. 너를 때릴 거라면 네가 굳이 눈을 감지 않아도 완벽하게 때릴 수 있어. 너한테 눈가리개를 하려는 것뿐이야."

연필 여인은 레이니의 눈을 가린 다음에 레이니를 데리고 계단을 내려갔다. 그리고 한 손으로 레이니의 어깨를 잡고 미로를 지나서 첫 번째 방으로 간 다음에 눈가리개를 풀더니, 이렇게 말하면서 스톱워치를 눌렀다.

"처음부터 다시 가서 종을 울려 봐라."

이번에는 쉬웠다. 레이니는 길을 안내하는 나무판을 쳐다보면서 여러 방을 뚜벅뚜벅 지나가서 아까보다 몇 분 빨리 종을 울렸다. 연필 여인이 뒤에서 나타나 스톱워치를 들여다보곤 "삼 분." 하고 말했다. 그러곤 레이니를 데리고 계단을 더 올라가서 거실로 들어가 소파를 가리켰다.

"그럼 합격한 건가요?"

"미로를 두 번 지나오도록 한 건 네가 문제를 확실히 풀었다는 걸 확인하기 위해서야. 우연히 그렇게 된 게 아니란 사실을 확인해야 하거든. 비밀을 푼 게 확실하다면 두 번째는 훨씬 빠르게 종을 울릴 테니까. 실제로 그랬으니까 너는 확실히 미로 문제를 푼 것 같아. 그렇다면 합격이야. 그렇다면……."

연필 여인이 주머니에서 크래커를 꺼내 아주 급하게 먹었다. 마치 며칠을 굶어 더 이상 기다릴 수 없다는 듯이.

레이니가 궁금한 표정으로 머리를 치켜들었다.

"그렇다면 저한테 물어보기만 해도 알 텐데 굳이 처음부터 다시 지나오게 한 이유는 무언가요? 제가 비밀을 설명할 수 있잖아요."

"그 비밀을 발견한 아이가 거의 없다는 사실을 알면 아마 너도 놀랄 거야."

연필 여인이 문으로 걸어가며 대답했다.

"그 말은 제가 그 비밀을 모를 수도 있다고 생각했다는 뜻인가요?"

레이니가 다시 묻자 연필 여인이 한쪽 눈을 찡긋거렸다.

"하지만 이제 확인했잖아, 그렇지 않니?"

연필 여인이 레이니를 소파에 앉혀 둔 채 급히 밖으로 나갔다. 레이니는 갑자기 나타났다가 급히 사라지는 연필 여인이 이젠 전혀 이상하지 않았다. 벌써 많이 익숙해진 것이다. 하지만 모르는 집의 소파에 혼자 앉아 있는 건 어색했다. 레이니는 실내를 둘러보았다. 사방 벽마다 책이 가득했다. 대부분은 모르는 나라 말이었다. 한쪽 구석에는 오래된 피아노가 있고 다른 쪽 구석에는 멋있는 녹색 지구의가 있었다. 레이니는 지구의를 구경하기 위해 그쪽으로 갔다. 다른 친구들이 미로를 지나오는 데 자신처럼 오래 걸린다면 시간이 꽤 흘러야 할 터인데, 그동안 뭔가 시간을 보낼 만한 게 필요했다.

하지만 지구의를 한 번밖에 못 돌렸는데, 그래서 아직 돌마을 항구조차 못 찾았는데, 밖에 있는 계단참에서 종을 울리는 소리가 들렸다. 종소리는 아주 커다랗게 울리고 또 울렸다. 멈출 것 같지가 않았다. 레이니는 종을 울리는 사람이 케이티일 거라고 생각했다. 그리고 예상한 것처럼 종소리가 멈추고 몇 분 후에 연필 여인이 케이티를 데리고 거실로 들어왔다. 케이티는 입이 찢어져라 웃는 표정이었다. 반면에 연필 여인은 손을 이마에 댄 표정이 마치 시끄러운 종소리 때문에 두통이라도 생긴 것 같았다.

"저 애는 미로를 또 지나지 않아도 되나요?"

레이니가 깜짝 놀라며 물었다.

"그럴 필요 없어."

연필 여인이 대답하고 밖으로 나갔다.

"또 미로를 지나다니, 그게 무슨 뜻이야?"

케이티가 물었다.

"나는 문제를 제대로 풀었다는 걸 증명하기 위해 미로를 두 번 통과했어. 하지만 너는 아주 빨리 지나와서, 더 이상 빠를 수도 없어서 한 번에 끝난 것 같아."

"나한테 양동이가 있는 한 문제 될 건 하나도 없어."

케이티가 대답하자, 레이니는 이 말을 몇 차례 곰곰이 생각하다가 결국엔 포기하고 어떻게 통과했는지 물었다.

"으흠, 당연히 나는 미로에 들어왔다는 사실을 단숨에 깨달았어. 그리고 건물 건너편으로 가야 한다는 사실도 알았고. 그래서 난방기 구멍부터 찾기 시작했어."

"난방기 구멍?"

"응. 그래서 첫 번째 방 밑바닥에서 그 구멍을 찾아서는 드라이버를 꺼내 뚜껑을 뜯은 다음에 양동이를 발에 묶고 난방기 배관 속으로 들어갔어. 배관에 몸이 꽉 끼더라. 그러고는 기어서 배관을 통과했어. 중앙 배관은 건물 뒤편으로 곧장 나아가는 법이거든. 한 손에 손전등을 들고 다른 손에 접는 칼을 든 채, 그곳까지 곧장 나아가서 배관 뚜껑을 뜯고 계단 앞으로 나온 거야. 그 뚜껑을 찌그러뜨려서 노란 정장 아줌마가 화가 난 것 같아."

"그래도 너를 용서할 거야."

"그렇겠지? 고치는 건 어렵지 않을 거야. 구멍이 하나밖에 없는 뚜껑이거든. 야, 이거 정말 멋있는 지구의다!"

두 친구는 지구의에서 여러 곳을 찾으며 잠시 재미있는 시간을 보냈다. 하지만 충분한 시간이 지났는데도 꼬챙이 워싱턴은 나타나지 않았다. 케이티는 피아노 쪽으로 걸어가서 연주를 하려고 했다. 그런데 건반을 눌러도 아무 소리가 나지 않았다. 피아노 뚜껑을 열어서 속을 들여다보니 줄은 하나도 없고 그 자리에 책만 가득했다.

"이 사람들은 책을 정말 많이 읽나 봐. 아무려면 어때. 어차피 내가 아는 건「젓가락 행진곡」밖에 없는데."

거의 이십 분이 지났지만 아직도 꼬챙이가 나타나지 않았다. 케이티는 양동이에 든 물건을 구분해서 순서대로 가지런히 정리했다. 물건이 헝클어지지 않고 필요할 때에 쉽게 꺼낼 수 있도록 정돈하는 솜씨가 아주 뛰어났다. 레이니는 케이티가 항상 바쁘게 움직이는 걸 좋아하는 유형이라는 사실을 깨달았다. 가만히 있는 건 못 참는 성격이었다. 레이니는 갑자기 케이티한테 묻고 싶은 질문이 떠올랐다.

"궁금한 게 있어, 케이티. 너는 양동이에 이렇게 많은 물건을 담아 가지고 다니는 이유는 모두 쓸 데가 많기 때문이라고 우리한테 말했어, 그렇지?"

"당연하지."

"그렇다면 만화경은 왜 가지고 다니는 거야? 물론 구경하면 재미있겠지만 다른 쓸모는 없잖아, 안 그래?"

케이티가 양동이 속을 살피던 눈길을 거두고 레이니를 물끄러미 바라보더니, 마침내 고개를 끄덕이며 대답했다.

"그래, 너는 믿을 수 있을 것 같아. 확실히 느낄 수 있어. 좋아, 비밀을 알려 주지."

케이티가 만화경을 꺼내서 총천연색 프리즘 렌즈를 떼어 냈다. 레이니는 프리즘 렌즈 속에 다른 렌즈가 들어 있다는 사실을 그때 비로소 깨달았다.

"만화경은 작은 망원경을 변장시킨 거야. 이건 아주 좋은 망원경이라서 다른 사람이 훔쳐 가면 안 되거든. 반면에 만화경 자체는 그다지 좋지 않은 거야. 이걸 탐낼 사람은 아마 거의 없을 거야."

케이티가 설명했다.

좋은 망원경을 별 볼 일 없는 만화경으로 위장한다는 것에 레이니는 웃으며 감탄했다.

"정말 대단해!"

케이티는 레이니가 무엇 때문에 웃는지 확실치 않았지만, 그래도 기뻐하며 함께 웃었다. 그리고 한참 망원경을 들여다보는 레이니에게서 그걸 채서 소파에 던지고는 물었다.

"그런데 꼬챙이가 도대체 언제 끝낼 것 같니? 시간을 너무 재미있게 보내다 보니까 배가 고파서 죽을 지경이야."

이에 대답이라도 하듯, 종이 울렸다. 딱 한 번, 아주 조그만 소리였다. 꼬챙이가 손톱으로 종을 툭 치기라도 한 것 같았다. 닫힌 문 사이로 연필 여인이 무뚝뚝하게 말하는 소리와 누군가 쩔쩔매며 중얼거리는 소리가 차례대로 들려왔다. 꼬챙이가 대답하는 소리가 분명했다. 그리고 잠시 후에 다시 침묵이 깔렸다. 두 친구는 다시 기다렸다.

"이번엔 오래 걸리지 않을 거야. 비밀을 풀고 나면 간단하거든. 내가 두 번째 지나올 때에는 삼 분밖에 안 걸렸어."

레이니가 말했다.

그러나 삼 분은 금방 지나갔다. 그리고 사 분, 오 분. 거의 십오 분이 지난 다음에 종소리가 다시 울렸다. 예전처럼 조그만 소리였다. 잠시 후에 문이 열리고 꼬챙이가 연필 여인을 뒤따라 방으로 들어왔다. 꼬챙이는 레이니와 케이티를 발견하고 조용히 함박웃음을 지었다. 시험을 마친 것보다는 두 친구를 다시 만난 걸 기뻐하는 표정이었다.

"축하해, 너희 모두 합격했어."

연필 여인이 말했다.

세 아이는 환호성을 올리며 서로 등을 도닥거렸다. 그렇게 좋아하며 서로를 축하하는 사이에 세 아이는 연필 여인이 또다시 사라졌다는 사실을 깨달았다.

"저 아줌마는 떠나는 걸 굉장히 좋아하나 봐, 그렇지? 툭하면 이렇게 사라지는 사람은 본 적이 없어. 우리한테 또 기다리라는 뜻인가?"

케이티가 묻자, 레이니가 대답했다.

"아마 론다가 우리한테 올 거야."

"나도 그러면 좋겠어. 마음 같아서는 저 책이라도 우적우적 씹어 먹고 싶으니까. 꼬챙이, 도대체 왜 그렇게 오래 걸린 거니? 내가 얼마나 배고픈지 몰라서 그런 거야?"

꼬챙이는 금방이라도 울 것 같은 표정을 짓더니 손을 안경에 갖다 댔다. 그러다가 케이티가 자신을 놀린 것이라는 걸 깨닫고는 빙그레 웃으며 어깨를 으쓱했다.

"두 번 지나와야 했거든."

"그건 레이니도 마찬가지야. 그런데 레이니는 미로에 비밀이 있어서 그걸 알면 훨씬 빨리 빠져나올 수 있다고 했어. 그런데 너는 두 번째까지 그렇게 오래 걸린 이유가 뭐야?"

케이티가 묻자, 꼬챙이가 항변했다.

"나도 두 번째는 약간 빨랐어. 그런데 레이니, 네가 말한 비밀이란 건 뭐야?"

"미로를 지나오는 비밀. 너도 알잖아, 화살표 말이야."

레이니가 대답했다.

"화살표? 나무판에 있는 화살표?"

꼬챙이가 묻자, 레이니는 놀랍다는 표정으로 케이티를 바라보았다. 그러자 케이티가 말했다.

"나를 보지 마. 나는 화살표 같은 걸 전혀 모르니까. 기억 안 나? 나는 지름길로 왔잖아."

레이니가 대답했다.

"아, 그렇겠다. 꼬챙이, 그 화살표를 이용한 게 아니라면 저 미로를 어떻게 빠져나온 거야?"

꼬챙이가 발을 이리저리 움직이며 대답했다.

"문을 그냥 계속 지나왔어, 계단이 나올 때까지. 운이 좋았어."

"그리고 두 번째에는 더 빨리 찾은 거고? 그렇다면 두 번째 역시 정말 운이 좋았구나."

"아, 아니야. 두 번째는 쉬웠어. 앞에서 지나온 길이 그대로 떠올랐어. 처음에는 오른쪽 문, 그리고 왼쪽 문, 그리고 곧장 앞으로 나갔다가, 다음에는 오른쪽, 다음에는 또 오른쪽, 다음에는 왼쪽, 다음에는 곧장 앞으로 나갔다가, 다음에는 오른쪽, 다음에는 또 오른쪽, 다음에는 왼쪽, 다음에는 곧장 앞으로 나갔다가, 다음에는 오른쪽, 다음에는 또 오른쪽, 다음에는 왼쪽, 다음에는 또 왼쪽, 다음에는 오른쪽, 다음에는 곧장 앞으로 나가는 식으로 계속 나갔어. 그러다 보니까 계단이 나온 거야. 나는 나무판에 대해 곰곰이 생각하면서, 혹은 전등이 꺼지진 않을까 걱정하면서 시간을 낭비하지 않았어. 앞에서 지나온 그대로 급히 온 거야."

"너는 마치……."

케이티가 입을 열다가 머리를 흔들며 다시 말했다.

"정말 대단해."

레이니가 웃었다.

"너는 제일 힘든 방법으로 지나왔구나, 꼬챙이!"

"그럼 뭐가 쉬운 방법인데?"

"파도치는 화살표대로 가는 것."

"아, 그걸 알면 좋았을 텐데."

꼬챙이가 깊이 생각하며 대답했다.

특별한 어린이 팀

저녁 음식은 벽마다 책꽂이가 가득하고 창문에서 마당이 내려다보이는 아늑한 식당에 차려져 있었다. 열린 창문 바깥의 느릅나무에서는 피리새들이 쫑알거리고 부드러운 산들바람이 불어왔다. 세 아이도 모두 시험에 모두 합격하고 마침내 배를 채우게 되어 기분이 아주 좋았다. 론다가 토마토 수프와 치즈 샌드위치를 가져왔다.

세 아이는 그걸 게걸스럽게 먹어 치웠다. 그러자 이번에는 과일이 담긴 커다란 접시가 나왔다. 아이들은 바나나와 포도와 배를 즐거운 마음으로 움켜잡았다. 론다가 식탁에 앉으며 말했다.

"이것 역시 시험의 일부였어. 굶는 것과 짜증 나는 것. 다른 아이들한테 도넛을 주고 너희에게만 안 줄 때에 너희가 어떻게 행동하는지 그리고 피곤하고 목이 마를 때에는 어떤 반응을 보이는지 살피는 중요한 시험이었지. 그런데 너희 모두 훌륭하게 해냈어. 정말 훌륭하게."

미로에서 보인 자신의 행동에 대해 아직까지 신경을 쓰고 있던 꼬챙이가 물었다.

"나는 훌륭하게 해내지 못했어요. 비밀도 알아내지 못하고 지름길도 찾지 못했어요. 멍청이처럼 이리저리 돌아다니기만 했어요."

론다가 대답했다.

"너를 과소평가하면 안 돼. 감히 말하건대, 네가 두 번째 지나올 때처럼 앞에서 갔던 길을 그대로 다시 갈 수 있는 사람은 이 세상에 아마 없을 거야. 방향을 백 번 이상 바꾸면서!"

"나도 그렇게 할 수 없을 거야."

레이니가 거들었다.

"나도 그렇게 못해."

케이티가 입에 포도를 잔뜩 문 채 말했다.

꼬챙이가 머리를 숙였다. 론다가 말했다.

"그리고 꼬챙이 너만 미로를 어렵게 빠져나온 건 아니야. 나는 미로를 처음 지날 때에 완전히 길을 잃어버렸어."

"미로에서 길을 잃었다고요?"

꼬챙이가 묻자 다른 두 아이도 귀를 쫑긋 세웠다.

"응, 몇 년 전에 나도 똑같은 시험을 쳤을 때. 나는 내가 아주 똑똑하다고 생각했어. 똑같이 생긴 방이 미로처럼 배열되어 있다는 사실을 단숨에 알았거든. 이 정도는 한눈에 알 때가 많아. 그래서 생각했어. '으흠, 방마다 출구가 세 개니까 내가 계속 오른쪽 문으로 나간다면 저택을 빙글 도는 셈이니까 결국에는 뒤편이 나타나겠구나.' 물론 베네딕트 선생님께서는 그걸 미리 충분히 생각하셨지."

레이니가 물었다.

"베네딕트 선생님이 누군가요?"

"우리 모두 여기 있는 게 바로 베네딕트 선생님 때문이야. 저녁 식사가 끝나면 만나게 될 거야."

"그런데 미로에서 어떤 일이 있었나요?"

케이티가 묻자, 론다가 대답했다.

"으흠, 그렇게 하다 보니까 방 여섯 개 정도를 지난 다음 막다른 길이 나오면서 애초에 세운 똑똑한 계획이 날아가 버리는 거야. 나는 너무 기운이 빠져서 나무판을 살펴볼 생각조차 못 했어. 그리고 한동안 녹색 화살표만 쫓아갔어. 녹색은 '가시오' 표시니까. 그런데 그것도 효과가 없어서 이번에는 빨간 화살표를 쫓아갔어. 마침내 해답을 찾아낸 건 한 시간이 훨씬 지난 다음이었지."

"그래도 합격한 거예요?"

미로 때문에 고생한 사람이 자기 말고 또 있었다는 얘기에 꼬챙이가 기운을 내서 물었다.

"당연히 합격했지. 론다는 그때까지 시험을 본 아이 가운데 가장 똑똑한 아이였어. 다른 시험을 모두 훌륭하게 해냈으니까 미로에서 어떻게 하든, 결국엔 합격했을 거야."

연필 여인이 말하면서 식당으로 들어오자, 론다가 말했다.

"웃기는 소리 마세요. 만일 베네딕트 선생님의 시험을 친 사람 가운데에서 가장 똑똑한 사람이 언니가 아니라면 내가 영국 여왕일 거예요."

이 말에 연필 여인의 두 볼이 머리칼만큼이나 빨갛게 변했다. 꼬챙이는 앞서 본인도 인정했듯이, 흥분할 때마다 머리가 혼란스러워지는 경향이 강한데, 지금까지 온갖 수수께끼와 다양한 방법을 겪은 터라 갑자기 머리가 텅 빈 것 같았다. 그래서 론다에게 물었다.

"아니, 당신이 영국 여왕이라는 건 또 무슨 소리예요? 그것도 수수께끼예요?"

론다가 웃었다.

"농담일 뿐이야, 꼬챙이. 네가 알다시피 나는 여왕도 아니고 영국 출신도 아니야. 나는 '잠비아'라는 나라에서 태어나 어릴 때에 이곳 돌마을로 왔어."

"잠비아? 그럼 벰비 말이나 반투 말 가운데 하나를 사용하겠네요?"

꼬챙이가 묻자, 론다가 깜짝 놀라며 대답했다.

"그래, 벰비야. 그런데 네가 그걸 도대체 어떻게 아니? 너도 벰비 말을 아니?"

"아, 아니에요, 제대로 할 자신은 없어요. 어느 나라 말이든 글로 읽을 순 있지만 입으로 자신 있게 말할 수 있는 건 영어뿐예요. 혀를 마음대로 조절할 수 없어서요."

론다가 빙그레 웃었다.

"최근에는 나도 제대로 말하는 게 힘들어. 그 말을 쓴 지가 굉장히 오래됐거든."

론다가 꼬챙이를 의미심장한 표정으로 바라보며 다시 말했다.

"그런데 잠비아 말을 하는 사람을 만난 적도 없지만 그 글자를 아는 사람은 더더욱 만난 적이 없어."

레이니가 끼어들었다.

"꼬챙이는 정말 많은 걸 알아요."

케이티가 말했다.

"우리가 베네딕트 선생님을 만나게 될 시간도 꼬챙이가 알면 좋겠어요. 정말 끔찍하게 긴 하루를 보냈는데, 도대체 어떻게 된 일인지 나 알고 싶어요."

연필 여인이 대답했다.

"내가 이곳에 온 것도 바로 그것 때문이야. 베네딕트 선생님이 너회를 만날 준비가 되었다는 사실을 전하려고. 지금 서재에서 기다리고 계시거든."

론다가 물었다.

"다른 아이는 어떻게 하고요?"

"약간 늦는 게 분명해. 베네딕트 선생님께서 지금 너희들을 만나시겠다고, 다른 여자애는 나중에 도착하는 대로 합류하면 된다고 말씀하셨어."

아이들은 지금 말한 다른 여자애가 누구인지 알고 싶었다. 하지만 물어볼 시간이 없었다. 론다와 연필 여인이 아이들을 안내하며 밖으로 나가서 기다란 복도를 지나 베네딕트 선생님의 서재로 들어갔기 때문이었다.

낡은 대저택의 다른 모든 방과 마찬가지로 베네딕트 선생님의 서재 역시 책으로 가득했다. 높은 천장까지 솟은 책장에도 책이 가득하고 바닥에도 책이 쌓여 있고 물이 절박하게 필요한 제비꽃 화분 밑에도 책이 쌓여 있었다. 참나무 책상 앞에 놓인 의자 네 개 위에도 마찬가지였다. 론다와 연필 여인은 세 아이가 의자에 앉을 수 있도록 책을 모두 치워 주었다. 책상 위에는 높이 쌓인 책 더미가 위태롭게 옆으로 기울어져 있었다. 아이들은 각자 의자에 앉아 서재를 둘러보았다. 높은 책장과 수많은 책, 책상과 의자 그리고 제비꽃을 제외하면 아무것도 없는 것 같았다.

케이티가 물었다.

"그분이 우리를 기다리는 중이라고 말한 것 같은데요?"

"그래, 계속 기다리는 중이야."

어떤 목소리가 말하더니, 책상 뒤에 앉아 있는 사람이 책 더미에 가려졌던 얼굴을 내밀었다. 안경 너머 녹색의 눈동자에 녹색 격자무늬 콤비를 걸친 사내였다. 무성한 은발은 아무렇게나 헝클어지고 코는 채소처럼 크고 뭉툭하며, 거울도 안 보고 면도를 한 것 같았다. 목덜미와 턱 여기저기에 면도날 자국이 있고 면도가 안 된 하얀 털이 드문드문 몇 가닥씩 보였기 때문이었다. 바로 이 사람이 베네딕트 선생님이었다.

베네딕트 선생님은 다정하게 웃으면서 책상을 돌아 나오더니 아이들 한 명 한 명의 이름을 부르면서 악수를 하고 자신을 소개했다. 그러는 동안 론다와 연필 여인은 베네딕트 선생님의 양옆에 서서 그를 따라다녔다. 선생님이 책상에 몸을 기대기 위해 뒤로 돌아갈 때에도 두 여인은 계속 그의 양옆에서 쫓아다니며 잔뜩 경계하는 표정으로 주위를 살폈다. 베네딕트 선생님이 어떤 짓을 저지를지 몰라 불안해하며 잔뜩 조심하는 것 같았다. 그 광경이 아주 이상했다.

베네딕트 선생님이 말했다.

"우선 애들아, 축하하고 싶구나. 너희 모두 오늘 굉장히 훌륭하게 해냈다. 물론 궁금한 게 많을 거야. 하지만 설명을 들으려면 약간 기다려야 할 것 같구나. 한 애가 더 와야 하거든."

베네딕트 선생님이 주머니 시계를 꺼내서 시간을 확인하고 한숨을 쉬었다. 그러곤 연필 여인에게 물었다.

"넘버 투, 사라진 우리 어린 친구에 대한 소식이 아직 없나?"

"아직은 없어요. 하지만 밀리건 아저씨가 금방 찾아낼 거예요."

"자네가 가 보지 않겠나? 그 애한테도 먹을 걸 주어야지."

베네딕트 선생님이 말하자, 연필 여인이 의심에 찬 눈초리로 쳐다보았다.

"나는 괜찮을 거야. 론다가 바로 여기에 있잖아."

연필 여인이 애매하게 고개를 끄덕인 다음에 밖으로 나갔다.

"지금 막 '넘버 투'라고 불렀나요?"

케이티가 묻자, 론다가 대신 설명했다.

"암호명으로 불러 주는 걸 좋아하시거든. 진짜 이름을 부끄럽게 생각해서. 특별한 이유도 없는데. 정말 좋은 이름이거든."

"특별한 이유가 있든 없든, 인간은 누구나 부끄럽게 생각하는 게 있는 법이야."

베네딕트 선생님이 꼬챙이를 의미심장하게 바라보며 말하자, 꼬챙이는 그 즉시 안경을 벗어서 닦기 시작했다.

케이티와 레이니는 의아한 표정으로 서로를 쳐다보았다.

베네딕트 선생님이 다시 말했다.

"너희는 아마 궁금한 점이 많을 거야. 이제 나도 너희 질문에 어느 정도 대답해야 할 것 같구나, 비록 한 아이가 늦지만. 그래, 뭐가 제일 궁금하니?"

"우리가 지금 누굴 기다리는 건지 알고 싶어요."

케이티가 물었다.

"그건 설명할 수 있어. 그 애 이름은 콘스턴스 콘트레어라고 해. 너희처럼 시험을 친 아이지. 그 애가 우리 모두를 질겁하게 만들었단 사실을 말하지 않을 수 없구나. 정말 재미있는 아이야. 론다, 오늘 아침에 그 애가 연필을 몇 자루나 가져왔다고 했지?"

"서른일곱 자루. 우리는 한 자루만 가져오라고 했는데, 그 애는 서른일곱 자루나 가져온 거야."

론다가 대답하면서 머리를 흔들었다.

"그걸 어떻게 아세요?"

꼬챙이가 묻자, 론다가 어깨를 으쓱하며 대답했다.

"그 애가 나한테 직접 말했어. 하수구 기억나니? 콘스턴스가 걸음을 멈추고 나를 도와주었어. 그런데 내 연필을 찾아 주려고 하지 않고 자기의 비옷 자락을 젖히는 거야. 안에 주머니가 가득 달려 있었는데, 주머니마다 연필이 가득한 거 있지. '서른일곱 자루. 마음대로 골라 가져.' 하고 말하더군."

"그건 부정행위 아닌가요? 그 애를 탈락시키지 않은 이유가 뭔가요?"

케이티가 묻자, 이번에는 베네딕트 선생님이 대답했다.

"확실히 그건 모험이었어. 하지만 그 애는 론다가 준 답안을 거부했어. 그리고 시험에서 중요한 건 연필을 한 자루만 가져오는 그 자체가 아니었어. 연필 자체는 부수적인 장치일 뿐이야."

순간 레이니는 다른 궁금증이 일었다.

"그런데 그 애가 비옷을 입은 이유가 뭔가요? 오늘은 해가 쨍쨍한 날이잖아요."

"너는 제대로 귀를 기울여서 들을 줄 아는구나. 너한테 유익한 장점이야. 우리한테도 많은 도움이 될 게 분명해. 내가 생각하기에 비옷을 입은 이유는 연필을 숨기려고 그런 것 같아."

"그렇다면 그 많은 연필을 가져온 이유가 뭔가요? 너무 엉뚱해요!"

케이티가 말했다. 약이 오른 어투였다.

"그게 재미있다면, 케이티, 아마 그 애가 제출한 답안지도 정말 재미있을 거야. 가만있자, 답안지가 여기에 있을 텐데……."

베네딕트 선생님이 책상 뒤로 사라졌다. 이번에도 론다가 바로 따라가서 서류를 뒤지는 베네딕트 선생님 바로 옆에 조심스럽게 섰다. 아이들은 서류를 뒤지는 베네딕트 선생님의 헝클어진 정수리를 한눈에 볼 수 있었다.

"아, 여기에 있구나."

베네딕트 선생님이 말하면서 책상을 돌아 나왔다. 아까와 마찬가지로 론다 역시 바로 그 옆에 자리를 잡았다. 베네딕트 선생님이 종이를 넘겼다.

"아, 정말 재치 있는 답안이야. 1차 시험에 나온 문제가 뭔지 기억나니? '이 서술문에서 틀린 게 무엇입니까?' 그런데 콘스턴스가 그 답을 어떻게 썼는지 알아? '당신한테 틀린 건 무언가요?'"

이 말과 함께 베네딕트 선생님이 웃음을 터트렸다. 빠르게 터져 나오는 소리가 마치 돌고래가 꽥꽥거리는 소리 같았다.

아이들은 이해할 수 없다는 표정으로 얼굴을 찡그렸다.

베네딕트 선생님이 다시 말했다.

"여기에 또 있군. 이런 문제 기억나? 검은 졸 하나만 앞에 나간 체스 판 그림이 나오고 '체스 규칙에 따르면 이런 배치가 있을 수 있나요?' 하는 문제 말이야. 콘스턴스는 답지에 이렇게 적었어. '규칙과 학교는 바보들의 수단이다. 나는 규칙을 전혀 중요하게 여기지 않는다!'"

베네딕트 선생님이 또다시 돌고래처럼 웃었다. 이번에는 웃음을 멈추지 못하고 계속 소리가 커지기만 하더니 마침내 눈가에 눈물이 고였다. 그리고 선생이 갑자기 두 눈을 감으면서 턱을 가슴으로 툭 떨어뜨렸다. 잠이 든 것이다. 론다는 앞으로 달려들어, 코에서 떨어지는 베네딕트 선생님의 안경을 잡았다. 다행히 책상에 등을 기댄 상태로 잠에 곯아떨어져서 앞으로 고개를 살짝 숙였을 뿐 바닥에 쓰러지지는 않았다. 그런데도 론다는 베네딕트 선생님의 허리춤을 조심스레 잡고 말했다.

"빨리, 아무나 의자를 가져와."

케이티가 벌떡 일어나서 자기 의자를 가져갔다. 론다는 베네딕트 선생님을 그곳에 앉히고 머리를 편안하게 만들어 주었다. 베네딕트 선생님의 숨소리가 깊어지더니 조그맣게 코를 골기 시작했다. 몇 시간 전부터 깊은 잠을 자는 사람 같았다.

그 충격에서 벗어난 레이니는 베네딕트 선생님이 걸어 다닐 때에 론다와 넘버 투가 그 옆을 바싹 쫓아다닌 이유를 알 것 같았다. 이런 식으로 잠에 곯아떨어지다 보면 바닥에 쓰러져 심하게 다칠 가능성이 높았다.

"괜찮은가요?"

꼬챙이가 속삭이자, 론다가 대답했다.

"응, 괜찮아. 조금 지나면 깨어나실 거야. 일이 분 이상 주무시는 적이 거의 없거든."

정말이었다. 론다가 말하는 동안 베네딕트 선생님의 눈꺼풀이 꿈틀거리며 열렸다. 선생님은 의자에서 벌떡 일어나며 "아!" 하고 탄성을 내질렀다. 그러고는 주머니 시계를 꺼내 그것을 가늘게 뜬 눈으로 들여다보면서 무엇을 찾는 표정으로 콧잔등을 매만졌다.

"안경이 없으면 시계를 볼 수가 없는데……."

"여기요."

론다가 안경을 건네주었다.

"고마워."

베네딕트 선생님이 안경을 쓰고 시계를 본 다음에 만족한 표정으로 고개를 끄덕거렸다.

"몇 분밖에 안 되는군. 그나마 다행이야. 너희를 오랫동안 기다리게 하고 싶지 않거든."

베네딕트 선생님이 졸린 표정으로 커다랗게 하품을 하고 손가락으로 머리칼을 빗었다. 이제 막 잠에서 깨어난 사람이 헝클어진 매무시를 바로잡는 행동 그대로였다. 그리고 말했다.

"이게 무슨 일인지 설명해야겠지. 나한테는 기면증이 있어. 기면증이 뭔지 아나?"

"네, 갑자기 깊은 잠에 빠져드는 증세입니다."

꼬챙이가 대답하더니, 수줍은 표정으로 머리를 숙이며 덧붙였다.

"최소한 사전에는 그렇게 적혀 있어요."

"옳아. 하지만 그 증세는 사람마다 다르게 나타나지. 내 경우에는 감정이 강하게 일어날 때 잠이 쏟아져. 내가 녹색 격자무늬 콤비를 입은 이유도 바로 기면증 때문이야. 녹색 격자무늬가 나한테 감정을 완화시키고 차분한 상태로 유지하는 효과가 있다는 사실을 몇 년 전에 발견했거든. 그러나 가끔씩은 나도 아주 재미있게 웃어야 해, 그렇지 않아? 웃음이 없으면 사는 게 무슨 재미겠니?"

아이들은 불안한 표정으로 예의 바르게 고개를 끄덕였다.

"자, 그런데 내가 무슨 얘기를 했더라? 아, 그래, 콘스턴스 얘기였지. 너희는 이 애의 답을 나처럼 재미있게 여기지 않은 것 같구나. 하지만 확실한 건 아니야. 내가 잠자는 동안에 너희가 웃었을 수도 있으니까."

베네딕트 선생님이 기대 어린 표정으로 쳐다보았지만 세 아이는 그저 어리둥절한 표정이었다.

"알겠어. 으흠, 하지만 이번에는 아마 재미있을 거야. 이 아이는 2차 시험에서 문제에 답하는 대신, 시험과 규칙의 불합리성에 대한 긴 시를 썼어. 일부러 뺀 넷째 원칙에 특히 초점을 맞춰서. 이것을 주제로 두 번째 시를 쓴 걸 보면 이게 이 아이한테 도넛 구멍을 연상시킨 게 분명해. 이 아이는 도넛마다 구멍이 있는 걸 아주 싫어하는 것 같아. 마치 남한테 빼앗긴 느낌이 든대. '아무런 말 없이 건너뛴 도넛의 핵심…….' 특히 3음보 운율이 대단해. 가만있자, 어디더라? 이 근처 어디선가 보았는데……."

베네딕트 선생님이 답안지를 넘기기 시작했다. 바로 그때 꼬챙이가 끼어들었다.

"실례합니다, 선생님. 그 아이가 문제에 답하지 않았다면 시험에 어떻게 통과한 건가요? 답지를 작성하려는 노력조차 안 했다면요?"

"어차피 시험은 다양한 거야, 앞으로도 마찬가지고."

베네딕트 선생님이 대답했다.

"그게 무슨 말씀인가요?"

"조금만 기다리면 분명히 알게 될 거야, 꼬챙이. 아, 드디어 사람들이 오는군."

문이 열리더니, 넘버 투가 짜증 섞인 얼굴로 들어오고 우울한 표정의 밀리건 아저씨가 그 뒤를 이었다. 그리고 세 번째로 콘스턴스가 들어왔는데, 그 앤 정말이지 굉장히 자그매 보였다.

세 아이는 콘스턴스가 다른 사람과 함께 들어온 걸 처음에는 몰랐다. 밀리건 아저씨의 슬픈 얼굴에서 눈을 밑으로 한참 내린 다음에야 비로소 그 여자애를 발견했기 때문이다. 정말 조그맣고 뭉툭해서 그대로 소방서의 소화전 생각이 나게 하는 아이였다. 빨간 비옷에 빨간 두 뺨 때문에 한층 더 그랬다. 레이니가 가장 처음에 느낀 건 참 안됐다는 감정이었다. 그렇게 몸집이 작은 애는 처음 보았다. 하지만 바로 그때 콘스턴스가 얼굴을 잔뜩 찡그리며 레이니를 쳐다보았다. 정말 마음에 안 든다는 표정이었다. 순간 레이니의 동정심도 사라졌다.

넘버 투가 말했다.

"콘스턴스는 미로를 지나오지 않고 조용한 구석에 앉아서 피크닉을 즐기고 있더군요. 밀리건 아저씨가 이 아이를 찾는 데 꽤 오래 걸렸어요."

"사과는 하지 않을 거예요."

콘스턴스가 말했다.

"그렇게 하라고 말할 사람도 없어. 네가 저녁을 먹었다니 다행이구나. 그래, 피크닉은 재미있었니? 먹을 음식이 충분했어?"

"충분했어요."

콘스턴스가 대답하자 베네딕트 선생님이 말했다.

"정말 다행이구나. 고마워요, 밀리건."

불행한 사내는 고개를 끄덕이고 모자를 눈까지 깊숙이 눌러쓴 다음에 서재에서 나갔다. 그리고 넘버 투는 베네딕트 선생님의 바로 옆에 자리를 잡았으며, 베네딕트 선생님은 콘스턴스를 세 아이에게 소개한 다음에 마침내 설명을 시작했다. 콘스턴스는 세 아이를 심술궂은 표정으로 쳐다볼 뿐 악수를 하려고 손을 내밀지도 않았다. 설명을 하는 베네딕트 선생님은 엄숙한 표정이었다.

"곧장 본론으로 들어갈게. 나도 너희에게 모두 어려운 시험에 통과했으니 이제부터 즐거운 교육을 시작하게 되었다는 말을 할 수 있으면 좋겠구나. 하지만 내가 해야 하는 말은 정반대란다. 아주 불쾌하고 굉장히 힘든 내용이야."

아이들은 당황해서 눈살을 찌푸렸다. 혹시 농담을 하는 건가? 하지만 베네딕트 선생님은 아주 진지한 표정이었다. 어쩌면 이것도 시험일지 모른다는 생각이 들었다. 각자의 의지를 재는 시험……

베네딕트 선생님이 설명을 계속했다.

"나는 아주 긴급한 문제를 푸는 데 도와줄 어린이 팀을 짜기 위해 오래전부터 이 시험을 실시했어. 아마 여러분은 몇 년 전에 론다가 이 시험을 치렀으며 넘버 투 역시 마찬가지란 사실을 눈치챘을 거야. 그래서 지금까지 정말 많은 아이들이 시험을 치렀지만 아직까지 팀을 만들 수 없었어. 왜냐고? 첫째, 통과한 아이가 거의 없었지. 둘째,

간혹 통과한 아이가 있긴 했지만 동시에 통과한 다른 아이들이 없었어. 나중에 알겠지만 이건 아주 중요해. 나는 그냥 팀이 필요한 게 아니야. 어린이 팀이 필요해. 하지만 아이는 오랫동안 아이로 남아 있지 않거든. 바로 그래서 어려워. 론다는 몇 년 전만 해도 아이였고 넘버 투는 그 몇 년 전에 아이였지만 지금은 여러분이 보듯 두 사람 모두 어른이 되었지. 두 사람은 지금까지 이곳에 머물며 내 일을 도와주고 있어. 두 사람의 탁월한 능력은 나한테 정말 많은 도움이 되고 있지. 하지만 두 사람 역시 나 자신과 마찬가지로 어린이 팀에 들어갈 수 없어."

지금까지 베네딕트 선생님은 레이니가 듣기에 특별히 불쾌한 내용은 전혀 말하지 않았다. 설사 그런 내용이 있다고 해도 레이니는 자신한테 그리고 친구들한테 특별한 재능이 있다는 사실이 자랑스럽게 여겨질 뿐이었다. 자신들한테 이 특별한 팀을 구성하는 데 필요한 능력이 있다고 베네딕트 선생님이 생각하는 게 분명했다. 하지만 베네딕트 선생님이 가볍게 말하지 않는다는 사실을 레이니는 벌써 느끼고 있었다. 베네딕트 선생님이 아주 불쾌한 내용을 말한다고 했으면 정말 불쾌한 내용이 나올 게 분명했다. 바로 옆에서 꼬챙이가 불편하게 몸을 꿈틀거렸다. 레이니와 똑같은 생각을 하는 게 분명했다. 케이티는 레이니를 쳐다보다가 애매한 시선을 알아채곤 '나쁜 내용이 나올' 거라는 표정으로 말없이 동의하며 고개를 끄덕거렸다.

베네딕트 선생님이 말했다.

"불쾌한 내용이 언제 나올지 모두 궁금해하는 것 같구나. 당연해. 그렇다면 이제부터 말하지. 우리가 할 일은 아주 위험해. 여러분이 목숨을 잃을 수도 있으니까."

아이들이 의자에 앉은 채 몸을 똑바로 폈다.

베네딕트 선생님이 계속 설명했다.

"너희한테 몇 가지를 분명히 밝히고 싶어. 너희를 위험에 빠뜨리는 건 내가 바라는 게 아니야. 완전히 반대야. 나는 그런 걸 경멸해. 아이들은 완전히 안전한 환경에서 놀고 배우며 시간을 보내야 해. 바로 이게 내 확고한 신념이야. 내가 지금 진실을 말한다면, 그럼에도 불구하고 내가 너희한테 이렇게 위험한 일을 맡기려고 하는 이유를 추측할 수 있겠니?"

"우리가 당신이 진실을 말한다고 가정해야 하는 이유가 뭐죠?"

콘스턴스가 도전적으로 묻자, 베네딕트 선생님이 대답했다.

"그건 토론하기 위해서야. 내 말이 사실이라는 걸 전제로 하는 거지."

"선생님이 말한 게 사실이라면, 그렇다면 선생님이 우리를 위험에 빠뜨리려고 하는 이유는 바로 선생님은 우리가 그 커다란 위험에 기꺼이 빠져들 거라고 믿기 때문이겠지요."

레이니가 대답했다.

베네딕트 선생님이 뭉툭한 코를 톡톡 치며 레이니를 가리켰다.

"정확해. 그리고 나는 분명히 그럴 거라고 믿어. 사실 지금 우리가 대화를 나누는 이 순간에도 너희와 다른 많은 사람들이 위험한 상태라고 확신해. 그리고 분명 이 위험은 계속 커지기만 할 거야."

꼬챙이가 기침을 하면서 뭐라고 중얼거렸다. 화장실에 가야겠다는 말 같았다. 베네딕트 선생님이 다정하게 웃는 얼굴로 꼬챙이를 바라보며 말했다.

"꼬챙이, 겁내지 마. 강제로 팀에 들어가야 하는 건 아니니까. 조금 더 설명하겠다. 그다음에 너희에게 이곳에 남을지 그냥 떠날지 결정할 시간을 줄 거야. 그럼 공평하겠지?"

꼬챙이가 잠시 망설이다가 고개를 끄덕이자, 베네딕트 선생님이 덧붙였다.

"자, 어때? 정말로 화장실에 가야 하는 거니, 아니면 몇 분 더 참을 수 있는 거니?"

꼬챙이는 정말로 화장실이 급했지만 이렇게 대답했다.

"참을 수 있어요."

"다행이군. 계속 설명하기 위해서 우선 너희 모두에게 다른 질문을 하겠어. 너희 네 사람의 공통점이 무엇일까? 나한테 말할 수 있을까?"

"따분한 시험에 모두 통과했어요."

콘스턴스가 대답했다.

"재능을 가지고 있어요."

케이티가 말했다.

"모두 어린이예요."

꼬챙이가 말했다.

대답이 나올 때마다 베네딕트 선생님이 고개를 끄덕이더니, 레이니를 바라보았다. 레이니는 이렇게 대답했다.

"우리 모두 혼자예요."

베네딕트 선생님이 눈썹을 치켜떴다.

"왜 그런 생각을 하게 됐지?"

"우선, 광고 내용 자체가 부모 대신 어린이를 대상으로 했다는 사실을 보면 선생님이 찾는 사람은 부모가 없는 아이라는 생각이 들어요. 그리고 첫 번째 시험에는 많은 부모가 참석했지만 수도원 건물에서는 기다리는 부모가 아주 적었어요. 그리고 혼자서 온 아이도 여러 명 보았어요. 그리고 지금 여기에 우리가 있잖아요. 전 고아이고 케이티는 아기일 때 엄마가 죽고 아빠는 떠났어요. 그리고 콘스틴스는 혼자일 거라 추측한 것이고요. 꼬챙이는……. 으흠, 미안해, 꼬챙이. 하지만 내가 보기에 너는 지금 숨어 다니는 것 같아. 지금 당장은 너 역시 혼자인 것처럼 보여."

꼬챙이가 깜짝 놀란 표정으로 레이니를 쳐다보자, 베네딕트 선생님이 꼬챙이에게 말했다.

"네가 대답하기 전에 내가 먼저 말하도록 하지. 나는 도망친 아이를 받아들일 때에는 항상 엄격한 기준을 적용했어. 하지만 현 상황에 비춰볼 때, 이번에는 기꺼이 예외로 하겠어. 네가 머물지 아니면 떠날지 결정할 시간이 되면 억지로 말을 꾸밀 필요가 없다는 사실을 명심하길 바란다. 그리고 만일 떠나겠다는 결정을 내리면 론다와 넘버투가 너한테 도움을 줄 거야. 돈이나 음식이나 머물 곳도 없이 그냥 나가도록 만들 생각은 없어."

꼬챙이의 깜짝 놀란 얼굴은 벌써 베네딕트 선생님을 바라보고 있었다. 그리고 뭔가 말하려고 입을 열다가 다시 생각하더니, 마침내 고개를 숙이고 신발만 내려다보았다.

케이티가 몸을 숙여 꼬챙이 어깨에 손을 올리더니 속삭였다.

"도망친 거야, 응? 너는 내가 생각한 것보다 훨씬 용감한 것 같아, 친구."

마침내 베네딕트 선생님이 선언했다.

"여러분 모두 정확히 대답했어. 여러분은 어떤 식으로든 모두 내 '따분한' 시험을 통과한 뛰어난 아이들이야. 그리고 여러분은 각자 독특한 지혜를 지니고 있어. 예를 들어, 나는 콘스턴스가 돌마을 북부의 공공 도서관에서 몰래 살아왔으며 버스와 지하철을 거쳐 마지막으로 택시까지 어렵게 타고 이곳까지 왔다는 사실을 우연히 알게 됐지. 그리고 케이티는 시카고에서 화물차를 몰래 훔쳐 탔으며 꼬챙이는 강을 오가는 화물선에 몰래 탔어. 여러분 각자는 다양한 방식으로 독특한 지혜를 보여 주었어. 그리고 맞아, 지금 당장 여러분은 어떤 식으로든 혼자야."

베네딕트 선생님이 말을 멈추고 커다란 자부심과 커다란 동정심이 뒤섞인 표정으로 아이들을 바라보았다. 베네딕트 선생님의 두 눈에 흐르는 눈물과 얼굴 가득한 순수한 표정은 레이니를, 외로움을 떨치는 데 익숙한 레이니를 슬프게 만들었다. 레이니는 페루멀 선생님을 보고 싶은 생각이 또다시 간절하게 들었다. 서로 헤어질 때 페루멀 선생님이 눈물을 보여서 레이니를 깜짝 놀라게 만든 게 바로 오늘 아침인데, 벌써 시간이 많이 지난 것 같았다.

"아, 선생님!"

바로 그때 론다가 소리쳤다. 강한 감정에 휘말린 베네딕트 선생님이 다시 곯아떨어진 것이다. 베네딕트 선생님이 갑자기 커다랗게 코를 골면서 미리 조심하고 있던 론다와 넘버 투를 향해 앞으로 쓰러지자, 두 사람은 베네딕트 선생님을 받아서 바닥에 편하게 눕혔다.

"저 사람 왜 저래?"

콘스턴스가 묻자, 케이티가 대답했다.

"기면증이 있어.

"저 사람이 물건을 많이 훔쳐?"

"그건 도벽이고. 베네딕트 선생님은 자주 갑작스레 주무시는 거야."

꼬챙이가 말하자, 콘스턴스가 얼굴을 찡그리며 중얼거렸다.

"그래? 어쨌든 마음에 안 들어."

넘버 투가 난처한 표정으로 말했다.

"당연히 그렇겠지, 콘스턴스. 베네딕트 선생님께서도 이러는 걸 좋아하지 않으셔. 우리도 모두 마찬가지야. 단지 어쩔 도리가 없을 뿐이야."

더 이상 말이 나오기 전에 베네딕트 선생님이 눈을 번쩍 뜨고 서너 번 껌뻑거리더니, 헝클어진 하얀 머리칼을 손가락으로 빗었다. 그러자 론다가 다정하게 말했다.

"이번에는 딱 일 분이에요, 베네딕트 선생님. 딱 일 분 동안 주무셨어요."

"그래? 그렇다면 다행이군. 정말 다행이야. 고마워, 친구들. 항상 이렇게 도와주어서 고마워."

베네딕트 선생님이 론다와 넘버 투의 팔을 가볍게 쳤으며, 두 사람은 베네딕트 선생님이 일어나도록 도와주었다. 베네딕트 선생님이 아이들한테 설명했다.

"예전에는 주로 웃을 때에 이런 일이 일어났는데, 최근에는 다른 때도 그래. 그런데, 자, 내가 어디까지 말했어? 아, 그래. 모두 혼자야. 이게 중요한 이유를 알려 주마. 첫째, 보호자가 없는 아이는 다른 아이와 달리 아주 독특한 위험에 처할 가능성이 많아. 이것에 대해서는 나중에 설명할게. 팀에 들어온 아이 모두에게 말이야. 둘째는, 혼자가 아닌 아이한테 위험한 일을 시키는 건 불가능하기 때문이야. 아무리 중요한 명분이 있더라도 부모들은 자기 아이가 위험에 빠지는 걸 싫어해. 물론 부모라면 당연히 그래야지. 그러나 공교롭게도 지금 내 앞에는 내가 바랄 수 있는 최고의 어린이 팀이, 너무나 오랫동안 갈망하던 팀이 있고 더 이상 낭비할 시간은 없어. 쉽게 말해서 여러분이 우리의 마지막 희망이야. 유일한 희망이지."

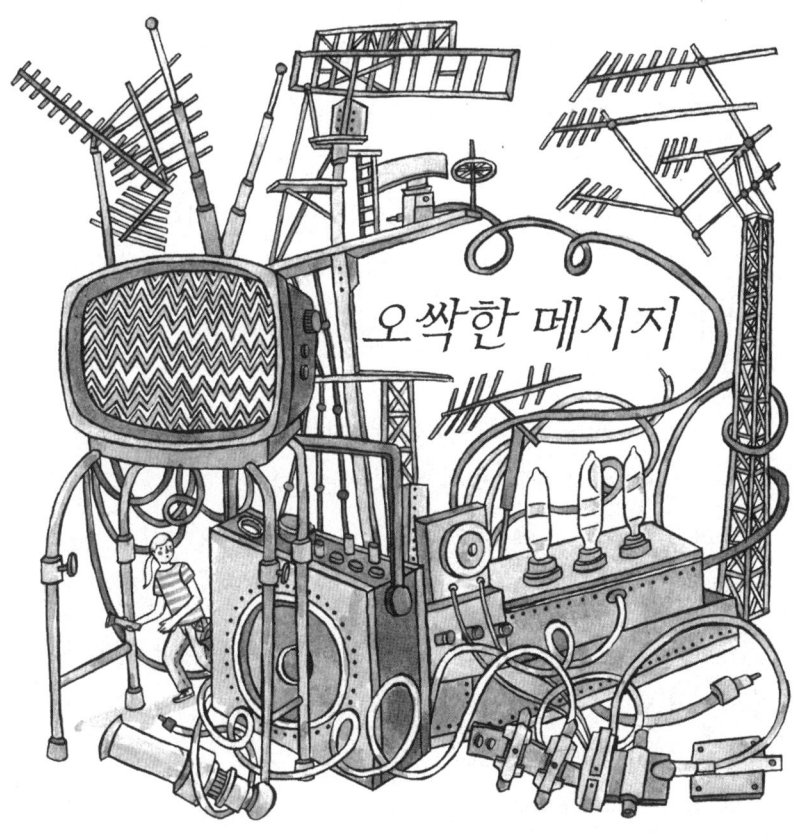

결국에는 아이들 모두가 팀에 들어가기로 동의했다. 아주 쉽게 결정한 아이도 있었지만 아주 힘들게 결정한 아이도 있었다. 케이티는 껌을 하나 꺼낸 채 조금도 고민하지 않고 "나는 들어갈 거야." 하며 간단하게 결정했다. 케이티에 비해 생각이 많은 레이니는 한동안 곰곰이 생각했다.

'만일 팀에 들지 않는다면 앞으로 어떻게 해야 할까? 고아원으로 돌아가? 페루먼 선생님을 다시 만나는 건 좋지만, 그러면 다른 아이들한테 시달리며 외톨이로 무의미하게 살아가야 하는 거야. 게다가 베네딕트 선생님이 믿을 만한 사람이라면 최소한 외톨이로 무의미하게 살아갈 염려는 없을 거야. 그리고 왠지 모르게 베네딕트 선생님에게 믿음이 가. 뭔가 무서운 일이 일어나고 있어. 베네딕트 선생님은 지금 그 일을 막으려고 하는 거야.'

이런 생각을 하다 보니, 레이니는 강력한 호기심과 함께 이상한 의무감까지 생겨서 결국에는 팀에 들어가기로 결정했다.

반면에 콘스턴스는 의심이 아주 많았다. 모든 사물을 그런 식으로 대하는 아주 독특한 천성인 게 분명했다.

"만일 내가 이곳에 남겠다면 당신이 내게 아주 중요하다고 한 비밀을 말할 텐데, 그럼 내가 밖에 나가서 다른 사람들한테 그 내용을 털어놓으면 어떻게 할 건가요?"

베네딕트 선생님이 대답했다.

"아무도 널 막지 않아. 아무 때나 자유롭게 떠날 수 있어. 하지만 만일 내가 너를 확실히 믿지 않았다면 너를 이 방까지 초대하지도 않았을 거야. 그리고 설사 네가 그 내용을 털어놓는다 해도 그 말을 믿을 사람은 아무도 없어. 너는 어린아이에 불과하니까. 그렇기 때문에 이 시험을 볼 수 있는 거 아니겠니?

콘스턴스의 얼굴이 뒤틀렸다. 금방이라도 눈물을 터트릴 것 같았다. 아니, 그보다는 비명을 지르며 난동이라도 부릴 것 같았다.

베네딕트 선생님이 부드럽게 타일렀다.

"얘야, 네게 뭐라 할 생각은 없어. 우리 협상을 맺으면 어떨까? 만일 네가 팀에 들어온다면 이런 협상을 맺자. 너는 내가 지시한 내용을 따르는 거야. 하지만 너는 내가 지시했기 때문이 아니라 너 자신이 그렇게 할 마음이 생길 때에 그렇게 하는 거지. 너한테 누구도 강요하지 않아. 모든 건 너 자신의 자유의지에 따르는 거야. 어때?"

마침내 콘스턴스가 대답했다.

"좋아요. 자, 이제 우리는 어디에서 잠을 자나요?"

"물론 아주 피곤할 거야. 하지만 아직 꼬챙이가 마음을 정하지 않았어."

꼬챙이는 의자에 앉아서 몸을 움츠리고 있었다. 발을 끌어올리고 두 팔로 무릎을 껴안은 채 그 속에 얼굴을 파묻었다. 그러고 있다가 베네딕트 선생님의 말을 듣고 공포에 질린 표정으로 고개를 들고 쳐다보더니 다시 재빨리 얼굴을 숨겼다. 그리고 입이 막힌 듯 조그만 목소리로 웅얼웅얼 물었다.

"내일 결정해도 되나요?"

"안 될 것 같아, 친구. 낭비할 시간이 없어. 부담을 주는 건 싫지만 오늘 저녁에 결정해야 돼."

"내가 없어도 팀이 제대로 굴러갈 수 있나요?"

숨을 죽인 목소리가 또 물었다.

"솔직히 말해서 그렇진 않아. 이 팀이 성공하려면 네가 꼭 필요해."

"그렇다면 내가 어떻게 싫다고 말할 수 있지요?"

베네딕트 선생님이 다정하게 말했다.

"꼬챙이, 네가 두려워하는 건 지극히 당연한 일이야. 아이한테 위험한 임무를 부탁하는 건 정말 끔찍한 일이야. 너한테는 싫다고 대답할 이유가 충분히 많아. 나는 너를 조금도 비난하지 않을 거야."

"들어와, 꼬챙이. 정말 재미있을 거야!"

케이티가 말했다.

꼬챙이는 무릎 뒤로 고개를 살짝 내밀고 케이티를 바라보았다. 케이티가 빙그레 웃으며 윙크를 했다. 꼬챙이는 이번에는 레이니를 바라보았다. 레이니가 말했다.

"나는 베네딕트 선생님을 믿어. 설사 네가 우리와 함께하지 않는다 해도 나는 너를 비난하지 않을 거야. 하지만 네가 우리와 함께한다면 정말 좋겠다."

"정말?"

꼬챙이가 묻자, 레이니가 고개를 끄덕였다.

꼬챙이가 다시 얼굴을 숨겼다. 실내에 기다란 침묵이 깔렸다. 기대감도 가득했다. 콘스턴스가 하품을 하고 벌레에 물린 발목을 긁었을 뿐, 움직이거나 입을 여는 사람은 하나도 없었다. 숨 쉬는 소리만 가득했다. 그리고 어디에선가 시계가 똑딱거리는 소리도 들렸다. 책

더미 뒤 어딘가에 시계가 있는 것 같았다.

마침내 꼬챙이가 얼굴을 들고 대답했다.

"팀에 들어갈게요. 이제 화장실에 가도 되나요?"

아이들은 궁금한 게 아주 많았지만 이미 늦고 두 눈이 무거웠다. 베네딕트 선생님은 오늘 밤은 쉬고 내일 아침에 설명하는 게 좋겠다고 생각하고 아이들에게 칫솔과 잠옷을 갖다주었다. 건물이 낡아 밤에 외풍이 심했기 때문에 포근한 슬리퍼도 갖다주고 아이들을 침실로 안내했다.

레이니와 꼬챙이가 함께 묵을 침실은 조그맣지만 아늑했다. 나무 바닥에는 닳아 빠진 깔개가 깔려 있고 벽에는 이 층 침대가 있었다. 당연히 책장도 있었다. 이를 닦고 돌아온 레이니는 꼬챙이가 전등을 켜 놓고 안경도 쓰고 슬리퍼조차 벗지 않은 채 벌써 깊은 잠에 빠진 걸 발견했다. 깊은 잠에 빠진 채 규칙적으로 깊은 숨을 쉬면서 오르내리는 가슴팍에는 책장에서 꺼낸 두꺼운 책 한 권이 놓여 있었다. 열대 식물에 대한 책으로, 중간까지 펼친 상태였다. 단 몇 분 사이에 책 절반을 읽은 것이다. 레이니는 그걸 보고 감탄했다. 레이니도 책을 아주 빨리 읽었다. 어른들보다 빨리 읽었다. 하지만 꼬챙이와 비교하면 턱없이 느린 것 같았다. 이처럼 놀라운 재능을 가진 아이가 집에서 도망쳐, 지금 낯선 집에서 자는 중이다. 저 애가 집에서 도망친 이유는 무엇일까? 레이니는 전등 빛이 환한 침실에 가만히 서서 잠자는 꼬챙이를 가만히 쳐다보는 동안 존경심과 애정과 동정심이 이상하게 뒤섞여 이는 걸 느꼈다. 만난 지 하루밖에 안 됐는데 마치 오랫동안 친하게 지내 온 사이처럼 느껴지는 이유도 궁금했다. 그리고 케이티에 대해서도 생각했다. 레이니는 케이티가 벌써 굉장히 마음에 들었다. 그리고 콘스턴스는……. 으흠, 콘스턴스는 더 두고 봐야 알 것 같았다.

레이니는 이런 생각이 들었다.

'설사 이번 시험을 통해서 별다른 성과를 못 본다 해도 최소한 좋은 친구는 사귀게 되었어. 어제만 해도 전혀 없던 친구들이…….'

레이니는 꼬챙이의 발에서 슬리퍼를 벗긴 후, 코에서 안경을 벗겨 열대 식물 책과 함께 침대 옆 스탠드에 놓았다. 그리고 친구한테 이불을 덮어 주고 전등을 끈 다음에 밖으로 살짝 나갔다.

여자애들도 자는 게 분명했다. 레이니는 어둡고 조용한 복도를 지나고 삐걱거리는 계단을 내려가서 베네딕트 선생님의 서재를 향해 걸어갔다. 서재 문을 조그맣게 두드리자, 안에서 "들어와, 레이니." 하고 대답하는 소리가 들렸다. 안으로 들어간 레이니는 서재에 혼자 있는 베네딕트 선생님을 발견했다. 베네딕트 선생님은 다양한 책과 서류와 다양한 색연필에 둘러싸인 채 책상에 등을 기대고 바닥에 앉아 있었다. 베네딕트 선생님이 의자를 가리키며 말했다.

"잠시 내가 이걸 치우는 동안 의자에 앉아 있겠니?"

베네딕트 선생님이 주변에 가득한 물건을 이리저리 쌓아 올리기 시작했다.

"바닥에 앉아서 일하는 건 정말 어색해. 하지만 론다와 넘버 투한테 이렇게 하겠다고 약속했어. 두 사람은 너무 과민한 것 같아. 단 일 분도 날 혼자 두지 않으려고 하거든. 그래서 나는 가능하면 바닥에 앉고 나를 혼자 두도록 하는 거야."

베네딕트 선생님이 물건 정돈을 끝내고 레이니 건너편 의자에 앉았다.

"네가 올 줄 알았어. 페루멀 선생님한테 전화를 걸어서 지금 상황을 알리고 싶어 할 거라고 생각했지."

레이니가 고개를 끄덕였다.

"그런 생각을 하다니, 정말 착하구나. 오늘 아침에도 같은 문제로 너를 어리둥절하게 만들려고 하니까 네가 저항했다고 넘버 투가 말하더구나. 넘버 투가 그런 것 역시 시험의 일종이란 사실을 이제 너도 알고 있겠지?"

이번에도 레이니는 고개를 끄덕거렸다. 당시에는 몰랐지만 나중에 다시 생각하니까 그런 것 같다는 생각이 들었다.

베네딕트 선생님이 계속 말했다.

"너는 아주 훌륭하게 행동했어. 예의 바르면서도 흔들리지 않았어. 판단도 적절했고. 그런데 이번에도 전화를 걸 수 없을 것 같아. 시험 때문이 아니야. 공교롭게도 네가 침실로 간 사이에 페루멀 선생님에게 전화가 왔거든. 선생님네 어머님이 새 약을 드시고 몸이 안 좋아지셨다는구나. 그래서 페루멀 선생님이 병원에 모시고 가야 하는 것 같아. 선생님은 네가 걱정하는 걸 바라지 않아. 사소한 부작용이라서 의사들도 어머님이 아침에는 종달새처럼 활기를 되찾을 거라고 말한대. 그리고 선생님은 너를 정말 자랑스럽게 여긴다며 안부를 전해 달라고 하셨어."

베네딕트 선생님이 안경을 벗었다. 녹색 체크무늬 콤비 정장 때문에 그의 녹색 눈동자가 훨씬 더 진하게 보였다. 그 맑은 녹색 눈동자로 레이니를 솔직하게 바라보며 선생은 계속 말했다.

"그것 말고도 아마 궁금한 게 몇 가지 있을 거야. 첫째, 나는 고아원 러트거 원장 선생님과 적절하게 합의를 봤단다. 우리는 상당한 기술과 자원을 가지고 있어서 네가 상상하는 이상의 많은 일을 할 수 있어. 그리고 둘째, 이건 아주 중요한 내용이야. 그래, 이제 너는 당분간 페루멀 선생님과 만날 수 없어. 우리가 해야 할 급박한 임무와 그에 얽힌 비밀 때문이야. 이건 너 자신의 안전은 물론이고 페루멀 선생님을 보호하기 위해서도 필요한 조치야. 하지만 임무를 달성하면 페루멀 선생님을 다시 만날 수 있을 거야. 물론 그게 우리가 가장 절실하게 바라는 희망이지. 사실, 임무를 성공적으로 완수하려면 지금부터 아주 서둘러야 해. 그러니까 운이 따른다면 두 사람도 금방 만날 수 있을 거야."

레이니가 또 고개를 끄덕였다. 하지만 예전처럼 용감하게 끄덕인 건 아니었다. 레이니는 눈가에 어린 눈물을 숨기기 위해 고개를 돌렸다. 페루멀 선생님과 두 번 다시 차도 못 마시고 짧은 타밀어로 대화도 나누지 못할 수도 있다는 생각을 하니까 슬펐고 앞으로 일어날 일을 생각하니 더욱 서글퍼졌다. 그리고 상당히 두려웠다.

"미안하구나, 레이니."

베네딕트 선생님이 떨리는 목소리로 말했다.

레이니는 아직까지 베네딕트 선생님을 쳐다보지 않았다. 계속 다른 곳만 쳐다보다가 숨을 몇 차례 깊이 들이키고 눈물을 재빨리 훔치면서 마음을 가다듬었다. 충분히 안정되었다는 느낌이 들자 마침내 베네딕트 선생님한테 고개를 돌렸다. 그런데 베네딕트 선생님은 의자에서 깊은 잠에 곯아떨어져 있었다.

그러나 레이니가 살짝 일어나서 발끝으로 걸어 바깥으로 나가기 직전, 베네딕트 선생님은 두 눈을 번쩍 뜨더니 한 손으로 레이니의 팔을 잡으며 멈춰 세웠다. 그러곤 목청을 가다듬고 헝클어진 머리칼을 손가락으로 빗으면서 말했다.

"미안해. 좀 더 머물지 않을래? 너한테 물어보고 싶은 게 있어. 내가 오래 잔 건 아니지? 너를 오래 기다리게 하진 않았지?"

"아니에요, 선생님. 일이 분에 불과해요."

"아, 다행이다. 평상시에는 일이 분 정도에 불과한데, 가끔은 더 길 때가 있거든. 그럼, 자, 내가 뭐 좀 물어볼게."

"네. 뭔데요?"

"1차 시험에 나온 체스 문제에 관한 거야. 레이니 너는 이 문제의 답을 정확하게 적은 유일한 아이야. 그 답을 고른 이유를 듣고 싶어. 체스 판에는 검은 졸만 출발점에서 나오고 다른 말이나 졸은 시작하는 칸에 그대로 남아 있어. 그리고 체스 규칙에 따르면 언제나 하얀 쪽이 먼저 움직여. 그런데 그런 배치가 가능하다고 생각한 이유가 뭐지?"

"하얀 기사가 마음을 바꿨기 때문이에요."

"하얀 기사가?"

"네, 선생님. 졸은 앞으로만 움직일 수 있고 뒤로는 절대 못 갑니다. 그래서 하얀 졸은 아직 하나도 움직이지 않은 겁니다. 다른 말들은 졸을 넘어서 앞으로 나올 수 없지만 하얀 기사는 앞에 있는 졸을 뛰어넘는 것으로 게임을 시작할 수 있어요. 그래서 그렇게 앞으로 뛰어넘고 검은 졸이 앞으로 나오기를 기다렸다가 원래 자리로 돌아갔습니다. 그래서 하얀 쪽이 전혀 움직이지 않은 것처럼 보인 겁니다."

"브라보, 레이니! 제대로 맞혔어. 그럼 그게 좋은 수라고 생각하니?"

"체스를 잘 두지는 못하는 편이지만, 그건 좋은 수가 아닌 것 같아요. 하얀 쪽에서 먼저 시작하는 이점을 처음부터 놓치고 들어가는 거니까요."

"그렇다면 하얀 기사가 그렇게 한 이유가 뭐라고 생각하니?"

레이니는 곰곰이 생각했다. 자신이 기사를 원래 위치로 돌려놓는 상상을 해 보았다. 자신이 그렇게 한다면, 그 이유는 무얼까? 마침내 레이니가 입을 열었다.

"자신이 없었기 때문인 것 같습니다."

"그래, 그럴 수도 있겠지. 고맙다, 레이니. 너는 정말 친절하고 참을성이 많아. 이제 너도 잠을 잘 준비가 된 것 같구나. 그럼 아침 식사 때에 만나자, 환하게 밝은 새벽에."

레이니는 의자에서 일어나 문으로 걸어가다가 잠시 망설였다. 뒤를 돌아보았더니 베네딕트 선생님은 안경을 쓰고 다시 바닥에 앉아서 책상에 등을 기댄 채 책을 보고 있었다. 그러다가 레이니가 머뭇거리는 걸 깨닫고 궁금한 표정으로 눈썹을 올리며 물었다.

"무슨 일이지, 레이니?"

"베네딕트 선생님, 이 집에 있는 책을 모두 읽으셨나요?"

베네딕트 선생님이 빙그레 웃으며 서재에 있는 수많은 책을 다정한 눈으로 둘러본 다음에 레이니를 다시 바라보았다.

"네가 보기엔 어떤 것 같니?"

베네딕트 선생님이 환하게 밝은 새벽이라고 말했는데, 새벽인 건 맞지만 환하게 밝은 건 결코 아니었다. 아이들이 일어나서 식당으로 가는 동안 빗방울이 창문을 매섭게 때리고 굴뚝에서 바람 소리가 났다. 바깥에서 바람이 세차게 불어와 책상에 있는 종이를 사방에 흩날렸다. 새까만 하늘이 건물로 암울하게 기어들어 전등 불빛을 어둡게 만들고 그림자를 길게 드리우는 것 같았다. 굴뚝에서 울부짖는 소리와 동시에 천둥이 바로 옆에서 나지막하게 우르릉대며 무섭게 울부짖는 소리가 들렸다. 마치 호랑이가 벽 속에서 돌아다니는 것 같았다. 때때로 전등 불빛이 천둥소리에 흔들리더니, 아이들이 식탁 의자에 앉을 즈음에 일제히 불이 꺼지고 말았다. 식당이 순간적으로 어둠에 싸였다. 하지만 불빛이 다시 살아났고, 마치 갑자기 하늘에서 떨어진 사람처럼 밀리건 아저씨가 불쑥 주스 주전자를 들고 아이들 앞에 나타났다.

깜짝 놀란 콘스턴스가 날카롭게 비명을 질렀다. 다른 아이들은 움찔했다. 밀리건 아저씨는 한숨을 쉬더니 아이들 잔에 주스를 따라 주면서 말했다.

"론다가 토스트와 계란을 가지고 올 거야. 넘버 투는 화장실 벽에서 새는 물을 막고 있어. 하지만 그 일을 마치면 베네딕트 선생님을 모시고 나올 거야."

"밀리건 아저씨, 우유를 마셔도 될까요?"

케이티가 명랑하게 물었다. 다른 아이보다 훨씬 일찍 일어나서 벌써 목욕을 마치고 론다가 건네준 새 옷까지 입은 터였다. 그리고 다른 아이들보다 훨씬 기분이 좋은 걸 보면 태풍 소리도 전혀 무서워하지 않는 게 분명했다.

케이티는 기분이 아주 좋은 반면에 밀리건 아저씨는 전혀 그렇지 않은지, 우울하게 고개를 끄덕이며 물었다.

"더 필요한 건 없니?"

"차는 없나요, 밀리건 아저씨? 그리고 꿀은요?"

레이니가 물었다.

"그리고 사탕은요?"

콘스턴스가 물었다.

"아침에 사탕은 안 돼."

밀리건 아저씨가 대답하고 밖으로 나갔다.

론다가 핫케이크와 계란 그리고 과일을 접시에 들고 나타나며 말했다.

"좋은 아침, 여러분. 오늘은 날씨가 정말 대단하구나. 오늘 같은 날에는 서류를 묵직한 걸로 눌러 놓아야 바람에 날아가지 않아. 돌마을 지도가 지금 막 복도에서 내 옆을 날아갔고 계단에서는 이 주 전에 잃어버린 식료품 목록이 나타났어!"

콘스턴스가 투덜거렸다.

"벽에서 물이 새고 사방에서 외풍이 불고……. 문제가 있으면 미리 고쳐 놓아야 하는 거 아니에요?"

론다가 대답했다.

"물이 새고 바람이 부는 건 중요한 문제가 아니야. 우리 임무가, 이제는 너희 임무도 되겠지만, 모든 시간을 잡아먹어. 게다가 그걸 조사하고 연구하고 시험하는 데에 모든 자원이 들어가고 있어. 콘스턴스, 주스 주전자 좀 건네줄래?"

"싫어요."

콘스턴스가 팔짱을 끼며 대답했다. 그러자 론다가 주전자를 직접 가져오며 말했다.

"그래도 음식을 충분히 먹고 나면 심술이 줄어들겠지."

이 말에 콘스턴스의 통통하고 빨간 얼굴이 한층 더 빨갛게 변해서 가늘게 묶은 금빛 머리칼이 마치 하얀색처럼 보이고 창백한 파란 눈은 별처럼 반짝거렸다. 론다는 그걸 목격하고 이렇게 말했다.

"콘스턴스, 네 눈이 그렇게 아름다운지 미처 몰랐구나. 눈이 정말 예쁘다!"

칭찬하는 소리에도 콘스턴스는 괜히 골이 나서 오랫동안 입을 꾹 다물었다.

밀리건 아저씨가 우유와 찻주전자 그리고 꿀단지를 들고 돌아왔다. 그러곤 맡은 일에 충실하라면서 론다에게 뭐라고 중얼거린 다음에 다시 나갔다.

꼬챙이가 물었다.

"그게 무슨 말이에요? 맡은 일에 충실하라는 말이?"

"밀리건 아저씨는 우리……. 으흠, 더 적절한 말이 없네. 아저씨는 우리 경호원이야. 다른 역할도 많지만 가장 중요한 임무는 우리의 안전을 책임지는 거야. 물론 지금까지 우리가 직접적인 위험에 빠진 적은 없어. 하지만 이제 너희들이 왔으니……. 미안해, 너희를 놀랠 생각은 없어. 중요한 건 저분이 너희를 보호해야 한다는 사실이야."

"무엇 때문에 우리를 보호해요?"

레이니가 물었다.

"베네딕트 선생님께서 직접 설명하실 거야. 중요한 건 밀리건 아저씨 없이 너희끼리만 이 집을 나가면 결코 안 된다는 거야. 이 집은 아주 안전해. 방어벽이 있거든. 예를 들어, 미로는 단순한 시험 장소가 아니야. 이곳으로 들어오는 유일한 입구야. 말이 나왔으니 말인데, 미로에 있는 화살표는 계단을 향하고 있어. 따라서 이 집을 나갈 때에 그건 아무 소용도 없어. 이것 역시 너희가 밀리건 아저씨 없이 밖으로 나가면 결코 안 되는 이유야. 현관문을 열려면 특별한 방법을 알아야 해. 문 안쪽에 손잡이가 없다는 건 아마 너희도 알 거야. 하지만 밀리건 아저씨는 미로를 자기 손금처럼 잘 알고 있어."

케이티가 끼어들었다.

"그런 얘기를 들을 때마다 정말 이상하다는 생각이 들어요. 자기 손금을 정확히 아는 사람이 실제로 얼마나 되겠어요? 솔직히 말해서 여기 있는 사람 가운데 자기 손금이 어떻게 생겼는지 정확히 말할 수 있는 사람이 있나요?"

모두 자기 손금을 열심히 들여다보았다. 그때 베네딕트 선생님이 들어오고 그 바로 뒤에서 넘버 투가 조심스러운 표정으로 들어왔다. 넘버 투는 노란 정장 대신 벨트가 달린 편안한 노란색 작업복 차림이었다. 넘버 투는 베네딕트 선생님이 모두에게 아는 척을 하고 의자에 앉을 때까지 바로 옆에 붙어 있더니, 토스트와 계란이 담긴 접시를 가지러 급히 달려들다가 론다와 부딪치고 말았다.

"미안해."

넘버 투가 당황하며 말하자 론다는 괜찮다고 대답한 다음에 아이들을 바라보며 말했다.

"넘버 투 선생님은 잠을 조금도 자지 않기 때문에 언제나 배가 고프셔. 항상 깨어 있으려면 아주 많은 에너지가 필요해. 그러려면 아주 많은 음식을 먹어야 하는 법이지."

"그래서 성미가 급하고 쉽게 화내는 경향도 있는 것 같아."

넘버 투가 덧붙였다. 그리고 토스트를 계속 돌리면서 조금씩 빠르게 깨물어서 껍질을 모두 잘라 먹었다.

이 이상한 광경을 지켜보던 케이티가 물었다.

"아니, 잠을 조금도 안 자요?"

음식을 꿀꺽 삼킨 넘버 투가 대답했다.

"아니야, 자긴 해. 하지만 아주 조금."

베네딕트 선생님이 자기 잔에 차를 따르면서 말했다.

"우리 두 사람이 정말 좋은 한 쌍으로 보이지 않니? 나는 계속 깨어 있을 수가 없고 넘버 투는 잠을 잘 수가 없으니."

베네딕트 선생님이 웃음을 터뜨리다가 갑자기 중단했다. 그렇게 웃다가 잠에 곯아떨어질까 두려운 게 분명했다.

"그건 그렇고, 론다, 항구 지도 못 봤어? 서재에서 도망친 것 같아."

베네딕트 선생님이 묻자 론다가 대답했다.

"지도가 복도에 날아다녀서 전자―양전자 가속기에 관한 스위스 책으로 종 옆에 눌러 놓았어요."

"고마워. 자, 애들아, 종 얘기가 나왔으니 말인데, 종이 있는 곳이 기억나니? 이 층 층계참이었지? 종소리가 들리면 너희는 즉시 층계참으로 모이도록 해라. 종이 울리는 건 아주 위급하다는 뜻이니까 늦으면 안 돼. 하던 일을 즉시 중단하고 그곳으로 달려와야 해. 알겠지?"

아이들이 불안한 표정으로 고개를 끄덕였다. 아무런 설명도 없이 줄곧 '위험'하고 '위급'하다는 얘기만 듣다 보니 두렵기만 했다.

베네딕트 선생님은 계속 말했다.

"너희를 불안하게 만들어서 미안하구나. 하지만 너희를 안심시킬 말이 별로 없어. 하지만 이제 드디어 너희 질문에 대답할 수 있겠구나. 누구부터 시작하고 싶니? 그래, 콘스턴스?"

짜증 나게도 콘스턴스는 아침에 사탕을 먹을 수 없는 이유가 무엇이냐고 물었다. 하지만 베네딕트 선생님은 빙그레 웃으며 대답했다.

"좋은 질문이야. 짧게 대답해서 지금 이 집에는 사탕이 하나도 없어. 게다가 사탕은 맛이 훌륭한 반면에 영양가가 거의 없어. 맛은 정말 좋지만 몸에는 안 좋아. 그리고 내가 보기에 너는 답변을 듣고 싶은 게 아니라 단지 불만을 털어놓고 싶어서 물은 거야. 내 말이 맞니?"

"그럴지도 모르죠."

콘스턴스가 어깨를 으쓱하며 대답했다. 하지만 만족한 것처럼 보였다.

"다른 질문은?"

베네딕트 선생님이 물었다.

질문할 건 당연히 많았다. '임무'가 무엇인지, 꼭 아이들이어야 하는 이유는 무언지, 그리고 앞으로 닥칠 위험은 어떤 종류인지……. 아이들 모두가 동시에 물었다.

베네딕트 선생님이 찻잔을 내려놓았다.

"좋아. 내가 모두 설명할 테니까 너희는 식사를 하면서 듣도록 하렴."

그러나 베네딕트 선생님이 설명하는 동안에도 계속 식사를 한 아이는 콘스턴스뿐이었다.

베네딕트 선생님이 설명을 시작했다.

"나는 몇 년 전에 인간의 두뇌에 대한 연구를 하다가 어떤 독특한 메시지가 전 세계 모든 사람에게 전달되고 있다는 사실을 발견했어. 그런데 메시지를 받는 사람은 아무도 그 사실을 모르는 거야. 말하자면 내가 너희 주머니에 편지를 몰래 넣고 너희는 그걸 나중에 읽는 식이야. 누가 보낸 건지도 모른 채. 그러나 이게 또 편지랑은 다르거든. 그 메시지는 사람들의 마음속으로 곧장 들어가지. 그래서 누가 보낸 메시지인지도 모르고 그런 메시지가 있는지조차 모른 채 그냥 마음으로 받아들이게 된다는 점이 달라.

메시지는 일종의 암호야. 시적이고 아주 어려운 표현이지. 하지만 몇 가지 사실로 추측해 볼 때 이 메시지는 그것을 받는 사람에게 아주 강력한 영향력을 끼치는 게 분명해. 그러니 사실 거의 모든 사람이 정말 불행한 영향력을 받는 거야. 요즘 '긴급 사태'라고 알려진 사회 현상의 근원이 바로 이 메시지라고 나는 믿고 있어. 비록 그 목적이 무엇인지 아직 모르지만. 그래서 나는 메시지의 진짜 목적과 그걸 보내는 조직의 정체를 파악하기 위해서 오래전부터 모든 노력을 다해 왔단다. 하지만 불행하게도 아직까지 완전히 파악하지 못했어."

"하지만 굉장히 많은 걸 알아내셨잖아요."

넘버 투가 반박했다.

"그건 그래. 예를 들어, 메시지 전달 방식은 파악했으니까."

"그리고 그걸 보내는 장소도요!"

론다가 급하게 말했다.

"그리고 발송자의 뛰어난 능력도요!"

넘버 투도 소리쳤다.

론다와 넘버 투는 아이들이 베네딕트 선생님의 능력을 과소평가할까 봐 걱정하는 게 분명했다. 베네딕트 선생님은 이걸 알아채고 고맙다는 미소를 보내며 대답했다.

"그래, 친구들. 그건 사실이야. 몇 가지 중요한 사실을 파악했어. 가령, 발송자가 은밀한 메시지를 보내기 위해 아이들을 이용한다는 사실도 알아냈어."

"아이들이요? 왜 아이들이지요?"

꼬챙이가 물었다.

"그리고 그 메시지에 구체적으로 어떤 내용이 담겨 있나요?"

레이니도 물었다.

"너희가 식사를 모두 마친 다음에 자세히 보여 주마. 그 전에 너희한테 할 말이 있어."

"식사는 나중에 해도 되잖아요. 그러니까 지금 당장 보여 주세요!"

케이티가 끼어들었다.

"으흠, 너희 모두가 그걸 원한다면……."

베네딕트 선생님이 아이들 표정을 차례대로 훑어보았다.

이번에는 콘스턴스도 반대하지 않았다. 이미 충분히 먹었기 때문인 것 같았다.

곧 아이들은 어른들을 따라 3층으로 올라가서 길고 좁은 복도를 지나 장비가 가득한 방으로 들어갔다. 내부는 완전히 난장판이었다. 벽에 붙여 놓은 탁자에는 텔레비전과 라디오와 컴퓨터가 있고, 빈 공간마다 다양한 장비와 전선, 책, 차트와 공책, 연결이 끊긴 안테나, 기계를 분해해서 나온 부속품, 그리고 무언지 모를 이상한 물건들이 끝없이 널려 있었다. 베네딕트 선생님이 론다와 넘버 투를 거느리고 텔레비전 쪽으로 나아갔지만, 사실 아이들이 발을 디딜 틈은 거의 없었다.

"잘 듣도록 하렴."

베네딕트 선생님이 말하면서 텔레비전을 켰다. 레이니는 갑자기 피부가 스멀거리는 느낌이 들었다. 예전에도 많이 느꼈지만 별로 신경 쓰지 않고 가볍게 지나치곤 했었다. 텔레비전에서 뉴스 프로그램이 나왔다. 흔히 그렇듯이 정부 기관 앞에 많은 사람이 모여서 깃발과 표지판을 흔들며 긴급 사태에 대한 조치를 요구하고, 그 옆에는 빨간 머리카락의 리포터가 황금 귀걸이를 반짝이며 서 있었다.

"사람들이 지속적으로 변화를 요구하고 있습니다. 대통령께서도 묵살하지 않고 신속한 조치가 필요하다고 반복해서 동의했습니다. 한편, 국회에서는……."

리포터가 심각한 표정으로 말하는 중이었다.

콘스턴스가 커다랗게 하품하며 투덜거렸다.

"특별한 내용은 전혀 없잖아."

다른 아이들도 베네딕트 선생님을 바라보았다. 콘스턴스 말이 비록 무례하긴 했지만 맞는 말이었다.

베네딕트 선생님이 고개를 끄덕거렸다.

"이제부터 잘 듣도록. 넘버 투, 연결해."

넘버 투가 컴퓨터 앞에 앉아서 신속하고 능숙하게 명령어를 입력했다. 순간 텔레비전 화면이 흔들리고 영상이 일그러졌다. 아이들은 흔들리는 영상 속에서 뉴스 리포터가 뒤에 있는 군중을 가리키는 모습을 분간할 수 있었다. 하지만 리포터 목소리는 사라지고 대신 아이들의 목소리가 들렸다.

"도대체 저 소린 뭐죠?"

케이티가 물었다.

"듣기만 해."

넘버 투가 말했다.

케이티와 나이가 비슷한 여자애 목소리였다. 모습은 보이지 않는데 단조롭게 속삭이는 말투로 은근하게 말하고 있었다. 처음에는 가끔씩 뜬금없는 말만 선명하게 들렸다.

"시장…… 너무 자유롭게…… 몽롱하게 만들어……."

넘버 투가 컴퓨터에 명령어를 더 집어넣었다. 방해 전파가 급격히 줄면서 여자애 목소리가 훨씬 선명하게 들렸다. 단조롭게 천천히 흘러나오는 아주 가느다란 말투였다.

"잃어버린 건 잃어버린 게 아니라 그냥 떠난 것뿐이에요.
모든 마음에 모든 생각이 들어 있어요. 귀한 황금 같아요.
빈틈없이 지켜서……."

말이 다시 흐려지기 시작했다. 넘버 투가 속으로 중얼거리면서 자판에 올려놓은 손가락을 열심히 움직이자, 천천히 속삭이는 여자애 목소리가 돌아왔다.

"잔디를 키우고 잔디를 깎으세요.
텔레비전을 항상 켜 놓으세요.
이를 닦아서 세균을 죽이세요.
독 사과, 독 벌레."

계속 이런 식이었다. 여자애 목소리는 단 한 번도 흔들리지 않고 단 한 번도 멈추지 않은 채 기분 나쁜 노래를 부르는 어조로 이상한 구절을 계속 뱉어 냈다. 영상에서 뉴스 리포터의 모습은 사라지고 명랑한 표정의 일기예보 리포터가 나타났지만 흘러나오는 소리는 여전히 여자애 목소리였다. 베네딕트 선생님이 신호를 보내고, 넘버 투가 컴퓨터 자판에서 손가락을 떼자 여자애 목소리도 사라졌다. 그리고 일기예보 리포터가 오후에 하늘이 맑을 거라고 예보하는 내용이 흘러나왔다.

베네딕트 선생님이 텔레비전 스위치를 껐다. 아이들은 갑자기 영상이 사라진 텔레비전 스크린에 반사되는 자신들의 모습을 보게 되었다. 모두가 찡그린 얼굴이었다. 아이들은 모두 깜짝 놀란 표정이 되었다가 뒤이어서 호기심이 가득한 표정으로 변했다.

"'몽롱하게 만들어'가 무슨 뜻인가요?"

콘스턴스가 묻자, 꼬챙이가 마치 꼭두각시처럼 거의 무의식적으로 대답했다.

"너무 혼란스럽거나 애매해서 이해하기 어렵거나 상당히 불확실하게 만든다는 뜻이야."

콘스턴스가 겁에 질린 표정으로 쳐다보자, 레이니가 대답했다.

"이해하기 힘들게 만든다는 뜻이야."

베네딕트 선생님이 끼어들었다.

"사전적 정의를 내려 줘서 고맙구나, 꼬챙이. 그리고 그걸 쉽게 풀어 줘서 고맙다, 레이니."

베네딕트 선생님이 팔짱을 끼고 아이들을 쳐다보았다.

"이 여자애 목소리가 지금 현재 전 세계의 모든 텔레비전과 라디오 그리고 휴대폰으로 발송되고 있어. 물론 이 말은 그 내용이 지금 전 세계 수백만의 마음속으로 흘러들고 있다는 거야. 그래서 사람들의 무의식은 이것을 들을 수 있지만 또 다른 부분인 의식은 듣지 못해. 하지만 내가 발명한 이 수신기는 그 소리를 듣고 번역할 수 있지. 조금 전에 레이니가 꼬챙이의 사전적 정의를 번역한 것처럼 말이다."

"하지만 언어가 다른 사람은 그 애가 말하는 내용을 어떻게 이해할 수 있지요? 스페인에 사는 사람은요?"

케이티가 물었다.

"이 메시지는 모든 언어로 발송되고 있어. 우리가 영어를 사용하기 때문에 수신기를 영어로 맞춰 놓은 것뿐이야."

"너무 오싹해요. 이건 마치…… 이건……."

꼬챙이가 말하면서 불안한 표정으로 뒤를 돌아보았다.

"잠을 자는 동안 낯선 사람이 네 귀에 대고 속삭이는 것 같은 그런 느낌이지?"

베네딕트 선생님이 묻자, 꼬챙이가 동의했다.

"네, 그 말을 들으니까 더 오싹한 느낌이 들어요."

레이니가 이해할 수 없다는 표정으로 머리를 흔들면서 물었다.

"어떻게 이런 일이 일어날 수 있나요, 베네딕트 선생님? 메시지인지 뭔지를 어떻게 외부로 내보낼 수 있나요?"

베네딕트 선생님이 설명했다.

"간단하게 말해서, 그 일은 외부에 있는 첩자들이 담당하고 있어."

"베네딕트 선생님, 그 설명은 이해하기 힘들어요."

론다가 콘스턴스를 심각하게 바라보며 끼어들었다. 콘스턴스는 얼굴에 불만이 가득한 표정이었다.

"미안해. 네 말이 맞구나. 쉽게 말해서, 이 메시지는 다양한 신호 전파에 살짝 얹어서 보내지는 거야. 텔레비전, 라디오, 휴대폰……. 이 모든 전자 제품은 눈에 안 보이는 신호 전파를 만드는데, 이 발송자는 그걸 이용하는 방법을 찾아낸 거야. 그리고 그 방법은 어렵지 않아. 그러다 보니, 발송자가 점착성 사고 자산까지 통제하는 방법을 개발하게 된 거야."

아이들이 동시에 물었다.

"뭐라고요?"

"점착성 사고 자산. 인간의 생각을 신호 전파로 끌어들여서 꼭 달라붙게 만드는 거야. 조그만 쇳조각이 자석에 달라붙듯이 말이야. 인간의 생각은 다양한 유형의 전파 신호에, 심지어 다른 생각에까지 이끌리는 경향이 있거든."

"그렇다면 그 메시지도 일종의 생각인가요?"

케이티가 묻자, 베네딕트 선생님이 대답했다.

"맞아. 하지만 꼭 그렇다고 볼 순 없어. 생각은 상당한 무게를 동반하거든."

"그렇다면 발송자가 메시지를 보내기 위해 아이들을 이용하는 이유는 무언가요?"

레이니가 묻자, 베네딕트 선생님이 대답했다.

"아주 사악한 속임수지. 너희도 알다시피, 다른 사람의 마음속으로 몰래 들어갈 수 있는 건 아이의 생각밖에 없거든. 이런 몇 가지 이유로 감쪽같이 진행되고 있는 거야."

콘스턴스가 콧방귀를 뀌며 말했다.

"그건 조금도 놀랍지 않아. 나는 나한테 생각할 능력이 있다고 믿는 어른을 지금까지 한 번도 만난 적이 없어."

넘버 투가 날카로운 어조로 동조했다.

"그건 이 애 말이 맞아. 사람들은 아이들 말에 별다른 관심을 기울이지 않아. 아이들 생각에는 훨씬 더 관심이 없고!"

론다가 넘버 투의 어깨를 가볍게 토닥이며 아이들에게 말했다.

"넘버 투는 그런 걸 좀 싫어해. 어릴 때에 어른들한테 무시당한 적이 많거든."

"그렇다고 해서 사실이 바뀌는 건 아니야!"

넘버 투가 으르렁거리자 론다가 말했다.

"진정해요, 장난으로 말한 것뿐이에요."

"미안. 내가 혈당 수치가 낮아."

넘버 투가 말하면서 아침 식사용 건강식품 포장을 급히 까기 시작했다.

베네딕트 선생님이 다시 말했다.

"어쨌든 나는 발송자가 아이들을 일종의 여과 장치로 사용한다고 믿어. 아이들 마음을 통과한 메시지는 전혀 드러나지 않거든. 코끼리처럼 둔한 어른의 마음속으로 어린애들 생각이 고양이 걸음처럼 살금살금 기어들어서 눈에 안 띄게 꽁꽁 숨는 거야."

"아무도 그걸 알아채지 못하나요?"

꼬챙이가 묻자, 베네딕트 선생님이 대답했다.

"응, 개중에는 정신적인 변화를 약간 느끼는 사람도 있어. 하지만 그렇다 해도 다른 것 때문에 그런 느낌이 드는 거라고 생각하고 말아. 아주 독창적인 생각이 떠올랐다거나 아니면 커피를 너무 많이 마셨기 때문이라고 생각하는 식이야."

"나는 그런 식으로 느낀 적이 한 번도 없어요. 어떤 느낌이 일어났는데 그 이유를 모른 적은 없어요."

콘스턴스가 말하자 다른 아이들이 모두 마찬가지라는 표정으로 머리를 끄덕거렸다.

"그건 너희들이 진실을 사랑하기 때문이야. 너희도 알겠지만……."

베네딕트 선생님이 대답하는데, 넘버 투가 끼어들었다.

"베네딕트 선생님, 설명을 계속하시기 전에 자리에 앉지 않으시겠어요? 그렇게 서 계시니까 제가 너무 불안해요. 주변에 딱딱한 물건이 너무 많아요. 이 의자도 그렇고, 책상과 텔레비전 캐비닛을 비롯해 사방에 널려 있는 장비들을 보세요."

넘버 투가 이리저리 고개를 돌리며 눈에 띄는 거의 모든 물건을 가리켰다.

"좋아 좋아, 넘버 투. 자, 모두 앉자구나."

베네딕트 선생님이 바닥에 책상다리를 하고 앉고는 사람들한테 앉으라는 몸짓을 했다. 아이들은 책과 서류는 물론 이상하게 생긴 장비들도 다 옆으로 밀어서 앉을 자리를 마련했다. 넘버 투는 숨을 깊이 들이마시며 안정을 찾았다.

베네딕트 선생님이 다시 시작했다.

"너희도 알다시피, 사람들은 대개 진실을 사랑하면서도 일정한 상황에 처하면 그것을 완전히 무시하는 경향이 강해. 꼬임에 넘어가서 진실을 외면할 수도 있고. 그러나 개중에는 진실에 대한 애정이 특히 강한 사람이 있어. 너희들도 그런 축에 들지. 그래서 너희 마음은 몰래 숨어드는 메시지에 대해서 지금까지 자신도 모르는 사이에 저항한 거야."

"그래서 시험을 볼 때 우리한테 텔레비전이나 라디오를 좋아하냐고 물어본 건가요?"

레이니가 묻자, 베네딕트 선생님이 자기 코를 톡톡 쳤다.

"그래. 물론 가끔씩 텔레비전 쇼를 즐기거나 라디오를 듣는 건 있을 수 있어. 하지만 일반적으로 너희는 그런 걸 좋아하지 않아. 그래서 너희 마음이 쉽게 넘어가지 않았고 그래서 메시지에 감염되지 않은 거야."

"그런데 그게 뭐가 위험한지 모르겠어요. 사람들이 아이들 생각을 받아들이고도 그 사실을 모른다 해서 이렇게 두려워할 이유는 없잖아요."

콘스턴스의 심술궂은 말에 베네딕트 선생님이 진지하게 대답했다.

"아직 무서운 부분에 대해서는 말하지 않았어."

"오!"

콘스턴스가 입을 다물자 꼬챙이가 고소하다는 듯 말했다.

"대단해요."

베네딕트 선생님이 설명을 마저 했다.

"뭔가 커다란 일이 일어나고 있어. 아주 무시무시한 일이지. 이 메시지는 그 일의 전조일 뿐이야. 앞으로 일어날 일이 정말 끔찍해. 어둠이 닥쳐오고 있어. 폭풍이 일기 전에 먹구름이 하늘을 뒤덮는 것처럼."

"그, 그 일이 뭐, 뭐지요?"

꼬챙이가 더듬거리자 베네딕트 선생님이 주름진 이마를 긁었다.

"안타깝게도 그건 나도 몰라."

아이들이 눈을 껌뻑거렸다. 뭔지 모른다고? 지금 농담을 하는 건가?

"아, 내가 너희들을 혼란스럽게 만든 것 같구나. 그렇다면 내가 구체적으로 그 일에 대해 아는 건 아니라고 하는 편이 좋겠다."

론다가 끼어들었다.

"얘들아, 우리한테는 위험이 다가온다는 뚜렷한 증거가 있어. 그것은 마치……."

이번에는 콘스턴스가 끼어들었다.

"그렇게 뚜렷한 증거가 있다면 이렇게 꾸물거리는 이유가 뭐에요? 정부에 알리세요! 정부 기관에 알리면 되잖아요!"

베네딕트 선생님이 론다 대신 대답했다. 레이니가 보기에 베네딕트 선생님은 콘스턴스의 무례한 언행을 놀라울 정도로 훌륭하게 참는 것 같았다.

"정말 훌륭한 지적이다, 콘스턴스. 정부의 다양한 정보기관을 관장하는 고위 관리들이 신뢰하는 고문이 바로 나였단다. 전에는 그랬지. 하지만 많은 게 변했어. 정보기관은 모두 해체되고 우수한 요원은 사라졌어. 그리고 예전에 내 충고에 귀를 기울이던 관리들이 이제는 나를 수상쩍게 여기고 있어. 나를 괴짜로 생각하는 사람도 있고 의심스러운 인물로 간주하는 사람도 있지. 그래서 이제 내가 하는 모든 일은 은밀하게 진행되고 있어."

"지금 금방 우수한 요원이 사라졌다고 말씀하셨나요?"

레이니가 자신이 잘못 들었기를 바라며 묻자, 베네딕트 선생님이 냉정하게 대답했다.

"흔적도 없이 사라졌어. 오래전, 요원 일부가 사라졌다는 사실을 처음 깨달았을 때에 나는 당연히 정말 많은 사람에게 어떻게 된 일이느냐고 물었어. 하지만 관심을 보이는 사람이 하나도 없었어. 놀라울 정도였지. 그런 질문을 하는 것 자체가 어리석다는 말까지 들었어. 왠지 모르게 사람들은 요원이 스스로 사라진 것으로 여기는 분위기였지. 보수가 좋은 직장으로 옮기거나 일찍 은퇴한 정도로. 정말 그런 거라는 증거는 하나도 없는데 말이야. 요원이 사라진 것에 대해 그 누구도 관심이 없는 것 같았어. 대신 요원이 사라진 게 아니라고 모두가 확신했지. 묻는 사람마다 그렇게 대답했으니까. 내가 그렇게 묻는 것 자체가 정말 어이없다고 받아들였지."

아이들은 놀라서 말도 나오지 않았다. 요원이 사라졌는데 아무도 관심을 보이지 않는다? 그 말을 믿는 사람조차 없다? 레이니가 간신히 입을 열었다.

"바로 그것 때문에 이 이상한 메시지가 사람들한테 영향을 미친다고 생각하게 되었군요."

베네딕트 선생님이 고개를 끄덕였다.

"바로 맞혔다, 레이니. 최소한 한 가지 사례는 되니까."

케이티도 입을 열었다.

"잠깐만. 너는 그게 메시지와 관계가 있다는 사실을 어떻게 안 거야?"

레이니가 대답했다.

"수신기에서 그런 구절이 들렸기 때문이야. '잃어버린 건 잃어버린 게 아니라 그냥 떠난 것뿐이다.' 너는 연관이 있다고 생각하지 않니?"

"그래, 네 말이 맞아!"

케이티가 그 구절을 떠올리며 대답했다.

콘스턴스는 굉장히 화가 난 표정이었다.

"좋아요. 정보기관이 은밀한 메시지에 속아 넘어간다고 해요. 하지만 그들이 구체적인 사실을 어떻게 외면할 수 있죠? 그 사람들한테 이 수신기 시설을 보여 주세요, 베네딕트 선생님. 그러면 그들도 믿을 수밖에 없을 거예요."

베네딕트 선생님이 대답했다.

"아마 그렇진 않을 거야. 그들은 수신기를 충분한 증거로 받아들이지 않아. 내가 만든 메시지라고, 수신기 자체에서 나오는 거라고 생각할 테니까. 이제 나를 믿을 만한 정보통으로 받아들이는 사람은 없어."

레이니는 이해할 수가 없었다.

"하지만 베네딕트 선생님, 선생님께서 작동 원리를 과학적으로 설명하신다면 그 사람들이 어떻게 믿지 않을 수 있겠어요? 선생님께서 작동 원리를 충분히 설명할 수 있잖아요!"

베네딕트 선생님이 잠시 망설이다가 입을 열었다.

"이치에 맞는 제안이야, 레이니. 정말로……. 자, 가만있자, 어떻게 설명하면 좋을까? 내가 할 수 있는 거라곤……. 으흠……."

넘버 투가 끼어들었다.

"베네딕트 선생님께서 너무 당황스러워 제대로 못했던 말씀은, 얘들아, 설사 그 원리를 설명한다 해도 그걸 이해할 사람이 아무도 없기 때문에 그걸 믿을 사람도 전혀 없다는 거야. 천재들이 간과하는 점은 바로 이거야. 자신이 이해한다고 해서 다른 사람도 이해하는 건 아니거든. 베네딕트 선생님께서 너무 점잖으셔서 당신 입으로 직접 말씀을 못하시는 것뿐이야."

론다가 덧붙였다.

"선생님께서도 이미 여러 사람에게 원리를 설명하려고 하셨어. 하지만 그들은 처음부터 의심의 눈으로 쳐다볼 뿐이었지. 원리를 이해한 사람은 넘버 투와 나를 비롯한 조수 서너 명밖에 없어."

베네딕트 선생님이 너무 거북한 나머지 두 뺨과 이마를 빨갛게 물들인 채 헛기침을 하며 입을 열었다.

"두 사람이 내 능력을 과대평가하는구나. 하지만 그건 두 사람 말이 맞아. 요새는 정보기관에서 우호적으로 귀를 기울이는 사람을 찾기가 어려워."

"쉽게 말하자면, 선생님에 비해 그들 모두가 멍청한 거네요."

케이티가 웃으며 말했다.

"그렇게 말하는 건 점잖지 않은 것 같다, 케이티."

베네딕트 선생님이 말했다.

케이티와 달리, 다른 아이들은 웃을 기분이 아니었다. 은밀한 메시지가 전 세계로 퍼져 나가고 훌륭한 정보 요원은 사라지는데, 정부 당국은 이해를 못한다. 그런데 자신들이 어떤 식으로든 이 일에 관여하게 된다? 이런 생각을 하니까 마음속 깊은 곳에서 왠지 모를 두려움이 차가운 안개처럼 피어오르기 시작했다. 콘스턴스의 반응이 짜증 섞인 말로 쏟아져 나왔다. 누구나 충분히 예상 가능한 반응이었다.

"좋아요, 이해해요. 많은 사람이 흔적도 없이 사라지고 누군가가 은밀한 메시지를 계속 내보내고 있는데, 누구도 선생님 말을 믿지 않아요. 그래서 우리만 위험에 처하게 되는 거예요, 그렇죠?"

냉소와 짜증이 어린 말투였지만 이리저리 둘러보는 콘스턴스의 두 눈에는 두려운 기색이 가득 담겨 있었다.

"선생님은 우리 모두가 위험에 처했다고 하지만……. 그건 과장에 불과해요, 그렇죠?"

하지만 베네딕트 선생님은 우울한 어투로 대답했다.

"그 말을 하게 돼서 유감이구나, 콘스턴스. 하지만 조금도 과장이 아니란다. 우리가 대화를 나누는 지금 이 순간에도 너희 모두는 위험에 놓여 있어."

정말이었다. 선생이 바로 그 말을 하는 순간에 층계참에서 종소리가 미친 듯이 쨍그랑거리기 시작했다.

미로에 침입한 두 사내

순식간에 굉장히 많은 일이 일어났다. 비상벨 소리에 놀란 베네딕트 선생님은 잠에 빠져 버려 미리 벌리고 있던 넘버 투의 두 팔을 향해 옆으로 쓰러졌다. 아이들이 서로를 놀란 눈으로 바라볼 사이도 없었다. 비상벨 소리가 멈추면서 전등이 모두 나가자 콘스턴스가 비명을 질렀다. 곧 어둠 속에서 허둥대고 몸을 부닥치고 무언가를 더듬는 소리가 일더니, 케이티가 마침내 손전등을 켰을 때 콘스턴스는 벌써 사라지고 없었다.

"콘스턴스가 어디로 갔지?"

레이니가 소리치자 꼬챙이가 대답했다.

"아까 지시받은 대로 층계참으로 내려간 게 아닐까?"

"그런 것 같진 않아."

케이티가 말했다.

넘버 투가 베네딕트 선생님을 깨우려고 몸을 흔드는 사이에 론다가 급하게 말했다.

"좋아, 너희 모두 지금 당장 층계참으로 내려가. 밀리건 아저씨가 그곳에서 기다리실 거야. 필요하다면 밀리건 아저씨가 콘스턴스를 찾으실 거야. 넘버 투와 나는 베네딕트 선생님이 깨어나는 즉시 뒤따라 갈게. 자, 빨리 서둘러!"

아이들은 잠시 망설이다가 밖으로 나가 어두운 복도에 들어섰다. 손전등을 든 케이티가 앞장을 섰다. 천둥이 우르릉거리고 바람이 윙윙거리고 비가 지붕을 때려서 다른 사람이 몰래 다가온다 해도 알 수 없을 것 같았다. 아이들은 어둠 속에서 서로 꼭 달라붙은 채 계단으로 가는 길을 찾았다. 그리고 천둥이 몰아칠 때마다 깜짝깜짝 놀라며 층계참을 향해 내려갔다. 케이티가 비춘 손전등 불빛은 종을 지나친 다음 아주 슬픈 얼굴을 비추었다.

"콘스턴스는 어디에 있니?"

밀리건 아저씨가 묻자, 케이티가 아이들한테 말했다.

"내가 뭐라고 했니?"

"그 애가 여기에 있기를 바랐는데……."

레이니가 대답했다.

밀리건 아저씨가 평소보다도 훨씬 침울한 표정으로 말했다.

"어두워서 나를 그냥 지나쳤을지도 몰라. 일이 복잡해지는군. 너희를 안전한 곳으로 데려갈 시간이 없어. 그 애가 미로에 들어섰다면 찾는 게 쉽지 않을 거야. 하지만 너희만 이곳에 남겨 둘 수도 없어. 너희도 나랑 함께 가야 할 거야."

"미로에요? 이렇게 어두운데요?"

꼬챙이가 물었다.

"어쩔 도리가 없어. 자, 내 옷을 잡아, 꼬챙이. 그리고 너희는 꼬챙이 옷을 잡아. 무슨 일이 있어도 나한테서 떨어지지 마. 그리고 케이티, 손전등을 꺼. 그게 있으면 저 사람들한테 금방 들키고 말 거야."

"'저 사람들'이요?"

"그래, 너희를 잡으러 온 사람들. 이제부터는 절대 입을 열지 마라."

밀리건 아저씨가 말했다. 아이들 누구도 입을 열지 않았다. 그중 두 아이는 침을 꿀꺽 삼켰다. 그리고 미로를 향해 내려갔다. 이곳 역시 전등이 모두 나간 상태였다. 안으로 들어가도 불이 들어오지 않았다. 칠흑처럼 어두웠다. 일행은 완벽한 어둠을 헤치며 한 방에서 다른 방으로 살금살금 걸어갔다. 그러다가 밀리건 아저씨가 갑자기 얼어붙고 아이들도 숨을 죽였다. 처음에는 아무것도 보이지 않았다. 그런데 뒤를 돌아보다가 얼핏 다른 방을 지나치는 손전등 불빛 두 개를 발견했다. 레이니는 꼬챙이의 팔을 꼭 잡고, 꼬챙이는 레이니의 팔을 더 꼭 잡았다.

그때 불빛이 비친 쪽에서 갑자기 공포에 질린 비명 소리가 들렸다. 콘스턴스 목소리였다. 뒤이어 쿵 소리가 났다. 마치 누군가가 바닥에 쓰러진 것 같았다. 어떤 사내가 조그맣게 속삭였다.

"내가 여자애를 잡았어!"

"이리 와."

밀리건 아저씨가 손전등을 향해 급히 걸으며 속삭였다. 아이들은 서로 옷을 꼭 잡은 채 그 뒤를 따랐다. 사방이 어두운 데다 서로 몸이 꼭 붙어 있어서 빨리 걷기가 쉽지 않았다. 케이티는 고양이처럼 우아하게 움직였지만 두 사내아이는 비틀거리며 힘들게 따라갔다. 두 아이 때문에 밀리건 아저씨의 걸음 속도가 많이 느려진 것 같았다. 잠시 후 그 방에 들어설 때에는 손전등 불빛이 이미 사라졌다. 캄캄한 암흑과 정적, 그리고 코를 찌르는 날카로운 향기만 공중에 감돌 뿐, 실내는 완전히 텅 빈 방처럼 보였다.

"퀴퀴한 향기가 나는군."

어둠에 대고 밀리건 아저씨가 말했다.

"당신 마음에 들길."

어떤 사내가 대답했다. 동시에 손전등 불빛이 뒤에서 몰려들며 벽에 그림자를 드리웠다.
"이제 그만 뒤로 돌아서실까? 아주 천천히. 쓸데없는 장난은 그만두고."
사내가 말하자, 밀리건 아저씨가 몸을 돌리기 시작했다. 하지만 겁에 질린 아이들은 함정에 빠졌다는 것을 도저히 믿을 수 없다는 표정으로 서로를 꼭 움켜잡은 채 움직이지 않았다. 그러자 사내가 또 말했다.
"너무 느린 것 같군. 이제 그만 몸을 돌려. 너희 얼굴을 보고 싶어. 걱정할 건 없어, 너희 눈에 불을 비추진 않을 테니까. 그러면 불편하다는 걸 나도 알거든."
밀리건 아저씨가 아이들의 어깨를 밀어 목소리가 나는 쪽으로 천천히 몸을 돌리게 했다. 사내의 말은 사실이었다. 전등 불빛은 아래쪽을 향하고 있었다. 그래서 빛이 옆으로 번져 나왔다. 레이니는 손전등을 들고 있는 두 사내를 알아볼 수 있었다. 어떤 모습을 기대했는지 모르겠지만 최소한 이런 모습은 아니었다. 잘생긴 두 사내가 호감이 가는 밝은 얼굴로 레이니를 바라보고 있었던 것이다. 한 명은 눈에 띌 정도로 키가 컸다. 두 사내는 수제품인 고급 양복 차림에 비싸게 보이는 은시계를 차고 있었는데, 양복 위에 걸쳐 입은 기다란 비옷에서 빗물이 뚝뚝 바닥에 떨어졌다. 두 사내는 예상 밖으로 우호적인 표정을 하고 웃었다. 두 사람의 환한 미소와 우아한 외모가 너무 놀랍고 다정하게 보여, 레이니는 하마터면 순간적이나마 긴장을 풀 뻔했다. 하마터면……. 그런데 순간 레이니의 두 눈이 그들 뒤편의 그림자 속에 놓인 뭉툭한 자루에 꽂혔다. 자루 바깥으로 삐져나온 콘스턴스의 조그만 두 발도 보였다.

"너희가 다가오는 소리를 우리가 못 들었을 거라고 생각한 거야?"

커다란 사내가 물었다. 명랑하게 말하는 소리가 마치 아이들과 농담을 주고받는 것 같았다.

"정말 들소 떼처럼 보이는군! 이제 모두 두 손을 머리 위로 올리도록."

레이니는 두려웠다. 하지만 그 말을 따라야 할 이유는 찾을 수 없었다. 두 사내한테는 무기가 없는 것 같았다. 하지만 밀리건 아저씨는 키 큰 사내가 시킨 대로 했다. 레이니가 모르는 걸 알고 있는 게 분명했다. 심장이 쿵쾅거렸다. 레이니와 케이티는 서로 움켜잡은 손을 놓고 두 손을 들었다. 그러나 꼬챙이는 겁이 나서 밀리건 아저씨의 옷을 안 놓으려고 했다.

"저 빡빡머리 아이한테 두 손을 들라고 말하지그래?"

커다란 사내가 말하자, 밀리건 아저씨가 권했다.

"괜찮아, 꼬챙이. 저 사람이 시킨 대로 해. 자, 이제 손을 놓아."

마침내 꼬챙이가 움켜쥔 손을 머뭇거리며 놓는 순간, 밀리건 아저씨가 열린 문으로 펄쩍 뛰어서 사라졌다. 그곳에 있는 모든 사람들은 깜짝 놀랐다. 순식간에 일어난 일이라서 사람들이 정신을 차린 건 밀리건 아저씨가 완전히 사라진 다음이었다. 두 사내가 서로 쳐다보다가 웃음을 터트렸다. 레이니는 입술이 마르는 것 같았다. 꼬챙이는 훌쩍거리는 소리를 토해 냈다.

작은 사내가 웃으며 말했다.

"정말 훌륭한 보호자군! 자기 몸 하나는 정말 훌륭하게 지킨다는 걸 인정해야겠어. 저렇게 빨리 도망치는 사람은 본 적이 없어."

키 큰 사내가 낄낄 웃으며 물었다.

"어디선가 본 사람 같지 않아?"

상대편이 머리를 긁으면서 말했다.

"말이 나왔으니 말인데, 나도 전에 본 적이 있는 것 같아. 그런데 기억나지 않아. 어쨌든 이번 일은 이 정도로 끝내도록 하지."

"우리를 어떻게 할 건가요?"

케이티가 물었다. 비록 두 다리를 떨고 있었지만 목소리는 도전적이었다.

키 큰 사내가 손전등을 팔에 끼고 손바닥을 앞으로 한 채 두 손을 내밀었다. 괜찮다는 몸짓이었다.

"그냥 가만히 있으면 돼."

조그만 사내도 똑같이 움직였다. 그도 손전등을 팔에 끼고 두 손을 내밀었다. 레이니는 두 사내의 커다란 은시계가 똑같이 생겼으며, 어떤 이유 때문에 그걸 양쪽 손목에 하나씩 차고 있다는 사실을 알아차렸다.

커다란 사내가 다정하게 웃으며 말했다.

"너희들이 움직이지 않고 얌전하게 있으면 조금도 아프지 않을 거야."

"그만둬, 그냥 사실대로 말해. 그게 재미있잖아."

커다란 사내가 눈알을 굴렸다.

"좋아. 사실 아파. 하지만 너희가 움직이지 않으면 계속 아프진 않을 거야."

사내가 양복 소맷부리에 걸린 시계를 추스르려고 두 손을 흔들면서 말했다.

레이니는 바로 옆에서 케이티와 꼬챙이가 딱딱하게 굳는 걸 느꼈다. 세 아이는 무슨 일이 일어날지 예측할 수 없었다. 하지만 뭔가 끔찍한 일인 건 분명했다. 두 사내가 다시 웃기 시작했다.

그때 어디선가 전기 진동 소리가 들렸다. 그러더니 갑자기 웃음소리가 멈췄다. 휘파람 같은 이상한 소리가 두 번 휙 휙 들린 다음이었다. 키 큰 사내가 두 눈을 감은 채 손전등을 쨍그랑 떨어뜨리고 바닥에 쓰러졌다. 다른 사내도 마찬가지로 의식을 잃으며 동료 위로 풀썩 쓰러졌다. 손전등 두 개가 아무렇게나 구르며 밝은 빛줄기를 마구잡이로 뿌려 댔다. 빛줄기 하나가 쓰러진 두 사내를 지나 문 쪽에 멈추자 그곳에 밀리건 아저씨가 마취 총을 들고 서 있는 것이 보였다. 그가 다가와 두 사내의 어깨에 꽂힌 깃털 달린 조그만 다트 두 개를 잡아 빼며 말했다.

"명심해라, 얘들아. 출구가 있으면 입구도 있는 법이야."

식당은 이제 완전히 다른 곳처럼 보였다. 비가 그치고 바람이 사그라지면서 밝은 햇살이 창가로 흘러들었다. 그런데도 실내 분위기는 어두웠다. 식탁에는 아이들의 아침 식사가 아까 그대로 차려져 있었다. 레이니가 베네딕트 선생님한테 차와 꿀을 부탁한 게 불과 한 시간 전이었다. 하지만 이제는 찻주전자와 꿀단지가 마치 연극 소품이라도 되는 것처럼 너무나 비현실적이고 무의미하게 보였다.

모두가 식탁에 앉고 콘스턴스만 바닥에 앉아 있었다. 미로에서 만난 두 사내한테 너무나 커다란 충격을 받았기 때문이었다. 콘스턴스의 설명에 의하면 시계에서 뱀의 혀처럼 날름거리며 튀어나온 전선에 충격을 받았다는 것이었다. 그래서 콘스턴스는 아직까지 어지러워했다. 이리저리 얽힌 금빛 머리칼은 마치 조그만 어린애가 그린 해 그림처럼 사방으로 뻗쳐 나오고 두 눈은 서로 따로 노는 것 같았다. 잠시 후에 의자를 한 바퀴 돌아서 앉으려고 하다가 바닥에 엉덩방아를 찧더니, 당분간 그 자리에 그대로 앉아 있는 편이 좋을 것 같다고 말했다.

베네딕트 선생님이 근심 어린 표정으로 콘스턴스를 바라보며 물었다.

"저 애가 정말 괜찮은 거야, 론다? 자세히 진찰한 거야?"

론다가 고개를 끄덕였다.

"이제 금방 괜찮아질 거예요."

"좋아요, 그 두 사람은 누군가요?

케이티가 불쑥 묻자, 베네딕트 선생님이 대답했다.

"아동 납치 전문가들이야. 메시지 발송자를 위해 일하는 교활한 자들이지. 발송자가 아이들을 이용해서 메시지를 보낸다고 한 말 기억나지?"

"그렇다면 아이들을 납치한다는 뜻인가요?"

케이티가 물었다.

"그보다 훨씬 정교한 방법을 이용해. 하지만 납치를 할 때도 있어. 납치 전문가들은 약점이 있는 아이를 찾아내는 실력이 정말 탁월해. 걱정하지 마, 그 두 사람을 멀리 보냈어. 아마 오랫동안 정신을 못 차릴 거야. 다 밀리건 아저씨 덕분이지."

넘버 투가 혀를 끌끌 차면서 말했다.

"애당초 콘스턴스가 미로에 들어가지 않았으면 좋았을 텐데. 콘스턴스, 도대체 거기 간 이유가 뭐니?"

콘스턴스가 반박했다.

"미로로 가려고 한 게 아니에요. 베네딕트 선생님이 말한 대로 층계참으로 내려가려고 한 거예요."

꼬챙이와 레이니가 바라보자 케이티는 어깨를 으쓱하며 자기가 틀렸다는 걸 인정했다.

콘스턴스가 몸을 부르르 떨며 계속 말했다.

"하지만 살금살금 걷다가 계단을 한 층 더 내려간 거예요. 그런데 뒤에서 사람 소리가 들려서 피하려고 미로까지 들어가게 된 거예요. 그런데 그 남자들이 나를 발견했어요. 딱 걸렸다고요."

넘버 투가 콘스턴스의 어깨를 쓰다듬었다.

"걱정하지 마, 코니. 이제 안전해."

"코니라고 부르지 마세요."

콘스턴스가 심술궂게 말하고는 바닥에서 불안하게 일어나 다시 의자에 앉으려고 했다. 이번에는 간신히 성공했다.

"이제 괜찮아지는 것 같아서 다행이구나, 콘스턴스."

베네딕트 선생님이 말했다.

"하지만 그 사람들이 다시 오지 않을까요?"

레이니가 묻자, 베네딕트 선생님이 대답했다.

"그럴 수도 있어. 그러니까 작업을 빨리 끝내야 해. 현재로서는 우리가 조사를 시작할 때까지 들키지 않기만 바랄 뿐이야."

"만약 들키면요?"

콘스턴스가 말했다. 마치 실패를 예상하는 것 같았다.

"들키면? 모든 게 끝장이지!"

베네딕트 선생님이 소리치더니, 곧바로 후회하는 표정으로 훨씬 부드럽게 말했다.

"큰 소리로 말해서 미안하구나. 하지만 이 경우에 실패는 최악이야. 자, 제발, 내가 충분히 설명하도록 해 줘. 두 사내는 '머리가 아주 좋은 아이들이 다니는 학습 기관'이라고 부르는 학교에 너희를 데려가려고 한 거야."

레이니가 말했다.

"저도 들어 본 적이 있어요. 고아원 아이 몇 명이 그곳에 들어가려고 했어요. 하지만 러트거 선생님이 그건 방침에 어긋나기 때문에 허락할 수 없다고 말했어요."

"분명히 그럴 거야. 최소한 그 사람 방침에는 그렇지. 러트거 선생님은 고아원 원장일 뿐 아니라 너희 학교 교장 선생님이기도 해. 아마 학생 한 명당 얼마씩 돈을 지원받을 거야."

"그럼 특별 개인 지도 선생님도 지원받는 건가요?"

레이니가 묻자, 베네딕트 선생님이 역시 그렇다는 표정으로 쳐다보았다.

레이니는 화가 치밀었다.

"그래서 원장 선생님이 나를 상급 학교에 보내지 않으려고 했군요! 나를 고아원 학교 명단에서 빼 주기 싫었던 거예요, 탐욕 때문에!"

베네딕트 선생님이 말했다.

"그게 너한테 제일 좋다고 생각했기 때문일 수도 있어. 탐욕은 사람들로 하여금 다양한 이유를 끌어 오도록 만들 때가 많거든. 어쨌든 그 학교에는 안 가는 편이 너한테도 좋았어. 그곳은 어떤 아이든 받아들이지만 고아나 집 나온 아이를 특히 좋아해. 사실 너희도 알듯 그들은 아이의 의지와 상관없이 강제로 끌고 갈 때가 많아."

"은밀한 메시지가 나오는 곳이 바로 그곳이에요, 그렇지 않나요?"

레이니가 묻고, 베네딕트 선생님이 대답했다.

"그곳을 만든 이유가 바로 메시지 때문이라고 나는 믿고 있어. 발송자한테는 새 아이가 계속 필요해. 그래서 그 학습 기관은 아이를 계속 받아야 해."

"그게 없으면 발송자도 꼼짝 못할 거예요."

꼬챙이가 말하자, 베네딕트 선생님이 설명했다.

"발송자는 아주 교활해, 꼬챙이. 그 학습 기관은 경비가 철저하고 아주 은밀해. 일반 학교랑 달라. 그런데도 아주 훌륭한 평판을 누리고 있지. 은밀한 메시지가 모든 사람한테 그 학습 기관이 정말 훌륭한 곳이라고 설명하거든."

론다가 덧붙였다.

"은밀한 메시지에서 자주 반복하는 구절이 있어. '학습 기관에 감히 도전하지 마라.' 일종의 방어 기제가 분명해."

베네딕트 선생님이 말했다.

"그래서 학습 기관은 법적인 규제도 전혀 받지 않아. 자체 규율에 따라 움직여. 아무 간섭도 안 받지."

케이티가 소리쳤다.

"그건 말도 안 돼요! 잃어버린 아이를 찾는 사람이 전혀 없다는 걸 믿을 수 없어요!"

베네딕트 선생님이 대답했다.

"안타깝게도 집에서 도망친 아이나 고아는 정부의 정보 요원보다도 훨씬 쉽게 사라지고 있어. '잃어버린 건 잃어버린 게 아니라 그냥 떠난 것뿐'이란 메시지를 설마 잊은 건 아니겠지?"

아이들이 서로를 쳐다보았다. 소름이 돋았다.

꼬챙이가 몸서리를 치며 말했다.

"우리는 이곳에서 밀리건 아저씨의 보호를 받아 다행이에요. 그 학습 기관에 가고 싶은 생각은 손톱만큼도 없어요."

이 말을 듣자 베네딕트 선생님은 왠지 모르게 거북한 표정을 지었다. 그리고 헛기침을 하며 말했다.

"그래, 으흠, 납치범들이 너희를 강제로 학습 기관까지 끌고 가는 일은 없을 거야, 이건 사실이야. 하지만 너희는 학습 기관으로 분명히 들어가야 해. 너희가 내 비밀 첩보원이 되는 거야."

모스 부호와 고백

케이티는 비밀 첩보원이라는 색다른 역할을 받아들이는 데에 약 삼 초 정도 걸렸다. 하지만 다른 아이들은 입을 쩍 벌린 채 눈을 껌뻑이고 꿈이 아니란 걸 확인하기 위해 살을 꼬집었다. 실제로 콘스턴스가 꼬챙이를 꼬집어서 꼬챙이가 비명을 지르며 콘스턴스를 다시 꼬집기도 했다. 요컨대, 다른 아이들이 이 사실에 적응하기 위해 노력하는 동안 케이티는 베네딕트 선생님에게 임무가 무엇이며 암호명을 정해야 하는지, 약간 긴 암호명을 사용해도 되는지 등 다양한 질문을 퍼부었다.

베네딕트 선생님은 아이들이 모두 진정할 때까지 기다렸다. 그러곤 학습 기관에 들어가는 방법, 자신이 필요한 서류를 모두 준비하겠다는 사실, 그리고 케이티가 많이 실망할 테지만 암호명은 필요 없다는 사실 등 앞으로 필요한 내용을 설명했다. 그리고 자연스럽게 행동하고 비밀은 꼭 지켜야 한다는 말도 했다.

"그렇다면 할 일이 구체적으로 뭔가요?"

꼬챙이가 묻자, 베네딕트 선생님이 대답했다.

"배우는 거지. 모두 탁월한 학생이 되어야 해. 우리가 학습 기관에 대해 파악한 몇 가지 사실 가운데 하나는 우등생한테 일정한 특권을 준다는 사실이야. 발송자는 바로 이런 아이들을 이용해서 은밀한 메시지를 보내는 게 분명해."

"그래서 우리가 중요한 비밀을 파악하길 바라는 거군요."

레이니가 말했다.

"맞아. 발송자가 메시지를 보내서 커다란 영향력을 행사하는 방법 그리고 구체적인 목표는 무엇인지 등을 너희가 파악해서 알려 주면 우린 그걸 막을 적절한 방법을 찾아내는 거야."

"그게 전부인가요? 그냥 그곳 학생이 되기만 하면 되는 건가요?"

꼬챙이가 묻자, 베네딕트 선생님이 대답했다.

"아니, 그 이상이야. 그들이 가르치는 내용을 배워야 하는 것은 물론이고 그들이 가르치지 않는 내용까지 파악해야 돼. 이상한 내용, 수상한 측면, 독특한 요소를 모두 나한테 보고해야 돼. 아주 사소한 내용 하나가 발송자의 모든 계획을 파악하는 열쇠가 될 수도 있어. 너희가 파악한 내용이면 무엇이든 도움이 될 거야."

케이티가 두 손을 비비며 물었다.

"그러니까 우리가 살금살금 돌아다니며 중요한 사무실에 몰래 들어가서……."

베네딕트 선생님이 머리를 흔들었다.

"그건 절대 안 돼."

케이티가 비벼 대던 손을 멈췄다.

"안 돼요?"

베네딕트 선생님이 단호하게 말했다.

"물론 최대한 많은 내용을 파악해서 보고해야 돼. 하지만 불필요한 위험까지 감수하면 안 돼. 너희 임무는 그 자체로 충분히 위험해."

케이티는 풀 죽은 표정이 되었고 다른 아이들은 안심했다.

베네딕트 선생님이 계속 설명했다.

"자, 이제부터 우리는 서로 은밀하게 통신을 하는 거야. 모스 부호를 사용해서."

"모스 부호요?"

레이니가 깜짝 놀라며 소리쳤다.

"요새는 모스 부호를 사용하는 사람이 한 명도 없어요."

케이티가 말했다.

베네딕트 선생님이 대답했다.

"바로 그것 때문에 모스 부호가 좋은 거야. 너희도 알겠지만, 학습 기관은 노만산 섬에 있는데, 이 섬은 돌마을 항구에서 약 800미터 떨어진 거리에 있어. 우리가 해안선 은밀한 곳에서 섬을 계속 살펴볼 거야. 매일 낮 매일 밤 하루 종일 우리는 너희가 보내는 신호를 관찰할 거야. 그러니까 너희는 제일 안전한 시간을 선택해서 모스 부호를 보내면 되는 거야. 우리가 항상 지켜보고 있을 테니까."

"하지만 우리는 내일 떠나야 하는데 모스 부호를 전혀 모른단 말이에요!"

콘스턴스가 투덜거렸다.

꼬챙이가 대답했다.

"나는 알아. 내가 가르쳐 줄게, 너희가 원한다면."

콘스턴스가 꼬챙이한테 혀를 내밀었다.

베네딕트 선생님이 말했다.

"너희는 배우는 속도가 빠르니까 괜찮을 거야. 그리고 콘스턴스……."

베네딕트 선생님이 눈썹을 치켜세우고 계속 말했다.

"꼬챙이의 제안을 받아들이는 게 좋을 거야. 너희한테 중요한 내용을 당부하고 싶어. 이제 너희는 한 팀이야. 너희 의견이 항상 똑같은지 아닌지는 중요하지 않아. 중요한 건 서로가 서로를 보살피고, 모든 점에서 서로가 서로를 도와야 한다는 사실이야. 팀이 성공하기 위해서 너희들 한 명 한 명 모두가 참으로 소중하며 그게 우리 모두의 운명을 결정한다는 말은 조금도 과장이 아니야. 이 사실을 꼭 명심해."

콘스턴스가 눈알을 굴렸다.

"좋아요, 알겠어요! 조지 워싱턴, 그럼 나한테 꼬챙이 모스 부호를 가르쳐 줘."

"나를 꼬챙이라고 불러, 제발. 그냥 꼬챙이라고 부르면 돼. 정식 이름까지 부를 필요는 없잖아."

"그럼 언제 시작할까, 조지 워싱턴?"

콘스턴스가 말하자, 꼬챙이가 얼굴을 잔뜩 찡그리며 소리쳤다.

"그렇게 부르지 마!"

케이티가 레이니한테 몸을 기울이며 속삭였다.

"우리 팀은 베네딕트 선생님이 예상한 것보다 문제가 더 많이 있을 것 같아."

아이들은 식당에서 모스 부호를 공부하기로 결정했다. 그런데 그날 오후가 정말로 멋진 데다 그늘진 안뜰이 너무 매혹적이었다. 아이들은 점심을 싸 들고 정원으로 나가서 공부하게 해 달라고 사정했다. 베네딕트 선생님은 누구도 현관문 밖으로는 나가지 않으며 밀리건 아저씨가 함께 간다는 조건으로 허락했다. 그래서 아이들 모두가 안뜰로 나갔다. 꼬챙이와 콘스턴스는 느릅나무 밑의 돌의자에 앉았고 케이티와 레이니는 담쟁이덩굴이 뒤덮은 그 옆의 맨땅에 벌러덩 누웠다. 밀짚모자를 눌러쓴 회색 머리칼 정원사로 변장한 밀리건 아저씨는 철제 담장 주변을 우울하게 어슬렁거리며 장미 덤불을 손질했다.

꼬챙이가 설명하기 시작했다.

"모스 부호는 원리가 간단해. 점과 선을 이용하지. 점은 짧은 신호고 선은 긴 신호야. 그걸로 글자와 숫자를 나타내는 거야. 예를 들어서 글자 A는 짧은 신호 하나와 기다란 신호 하나, 즉 점 하나와 선 하나야. 자, 내가 보여 줄게."

꼬챙이가 케이티한테 손전등을 빌려서 아주 빠르게 켰다가 껐다.

"이게 짧은 신호, 점 하나야."

그다음에는 일 초 정도 불을 켰다.

"그리고 이것은 기다란 신호, 선 하나야. 이 두 개가 모여서 A가 되는 거야. 다른 글자도 거의 비슷해. B는 선 하나와 점 세 개, C는 선, 점, 선, 점 하는 식이야. 여기에 다 쓰여 있어."

꼬챙이가 베네딕트 선생님이 나누어 준 차트를 가리키면서 계속 말했다.

"한번 연습해 보자. 콘스턴스, 네가 손전등과 차트를 이용해서 글자를 만들어. 그러면 우리가 그 글자를 말할 테니까."

손이 너무 작은 콘스턴스는 두 손으로 손전등을 들어야 했다. 그래서 꼬챙이가 차트를 대신 들어 주었다. 콘스턴스는 차트를 자세히 살피면서 손전등을 한 번은 아주 빠르게 그리고 두 번은 기다랗게 켠 다음에 멈췄다.

"점, 선, 선."

꼬챙이가 말하자, 케이티가 자기 차트를 바라보며 물었다.

"그건 W야, 그렇지?"

콘스턴스가 고개를 끄덕이고 다시 손전등을 켰다. 짧은 신호 네 개였다.

레이니가 말했다.

"점 네 개. 그건 H야."

이번에도 콘스턴스가 고개를 끄덕였다. 아이들은 이런 식으로 나머지 글자까지 마쳤다. 베네딕트 선생님이 말한 대로 네 아이 모두 배우는 속도가 빨랐다. 하지만 한 글자를 맞히는 데 몇 분이 걸렸다. 꼬챙이 말고는 아이들 모두 차트를 계속 살펴야 했기 때문이었다. 하지만 결국에 콘스턴스가 마지막 글자의 신호를 보낸 다음에 잔뜩 기대하는 표정으로 쳐다보자, 꼬챙이가 당황하기 시작했다. 메시지는 이런 내용이었다.

'왜 도망쳤니?'

"야, 그거 정말 좋은 질문이야. 왜 도망쳤니, 꼬챙이?"

케이티가 맞장구를 쳤다.

꼬챙이가 대답했다.

"그건 너무 긴 내용이라 부호로 대답할 수 없어. 다른 메시지를 연습하자. 훨씬 짧은 걸로."

"부호 말고 그냥 말로 해. 한 팀이 되어야 한다면 우리는 서로에 대해서 훨씬 더 많은 걸 알아야 해. 그렇게 생각하지 않니, 레이니?"

케이티가 강한 어조로 말하자, 레이니가 동의했다.

"그 말이 맞아. 우리는 서로 모든 걸 알아야 해."

꼬챙이가 비참한 표정으로 망설이다가 조금씩 털어놓기 시작했다.

"인정해. 하지만 쉽게 말할 수 있는 이야기가 아니야."

쉽게 들을 수 있는 이야기도 아니었다. 꼬챙이가 얘기를 계속하는 동안에 세 아이의 얼굴도 침울하게 변했다. 마치 모두가 조그만 밀리건 아저씨로 변한 것 같았다. 마침 밀리건 아저씨도 말없이 다가와서 귀를 기울이고 있었다.

꼬챙이는 예전에 착한 부모의 착한 아들로 아주 만족스럽게 살았던 것으로 드러났다. 하지만 뛰어난 재능이 알려지면서 상황이 변하기 시작했다.

4월의 어느 날이었다. 꼬챙이 어머니는 무릎 관절염이 심해서 휠체어를 탔는데, 우중충한 날에는 휠체어에 기름을 발라야 했다. 하루는 어머니가 비가 왜 이렇게 많이 오냐고 심하게 짜증을 내면서 한탄했다. 꼬챙이는 어머니가 의자에 앉도록 도와주면서 날씨가 변하는 시스템과 지리적 요인에 대해 상세히 설명하기 시작했다. 꼬챙이는 평소에 항상 수줍어하고 말이 없는 아이였다. 상당한 지식을 알고 있다는 사실이 드러난 건 이때가 처음이었다. 어머니는 꼬챙이한테 열이 있나 확인했다. 그리고 그날 저녁에 아버지에게 그 사실을 알리고, 아버지는 꼬챙이에게 그 내용을 다시 말하도록 했다. 꼬챙이는 한마디도 빼놓지 않고 그대로 말했다. 아버지는 잠시 자리에 앉아 있다가 다시 일어나 서재로 가더니, 오래된 두꺼운 백과사전을 한 아름 들고 돌아왔다. 워싱턴 부부는 아들한테 다양한 질문을 한 다음에 이제 불과 여덟 살밖에 안 된 자신의 아들이 머릿속에 대학교수보다 많은 지식을, 어쩌면 대학교수 두 명에 해당하는 지식을, 공학 박사를 능가할 만한 지식을 담고 있다는 사실을 발견했다. 두 부부는 진정 놀랍고도 자랑스러웠다. 땅에 묻힌 보물을 찾은 것 이상으로 기뻤던 것이다.

두 부부는 곧 다양한 퀴즈 대회에 아들을 데리고 참가하기 시작했다. 꼬챙이는 매번 쉽게 우승했다. 꼬챙이는 낡은 백과사전을 대신할 새 백과사전, 새 책상, 상금, 채권 등 상당한 상을 받았다. 꼬챙이가 우승할수록 부모의 기쁨도 커졌다. 두 부부는 꼬챙이한테 항상 공부하도록 격려했다. 식사를 할 때에도 공부를 하고 늦은 시간까지 책을 읽고 친구들과 헛된 시간을 보내지 못하게 만들었다. 우승해야 한다는 부담이 꼬챙이의 정신을 혼란스럽게 만들기 시작했다. 문제를 놓치기라도 하면 부모가 화를 냈으며 그런 일이 점차 잦아지기 시작했다. 그때부터 불안하면 머리가 어지러워지는 경향도 생겼다. 하지만 그럴 때마다 부모는 꼬챙이한테 부모 생각을 안 한다며 야단만 쳤다. 부모 생각을 한다면 우승하기 위해 더욱 노력할 것이고, 그래서 우승을 해야 가족이 부자가 되어 행복하게 살 수 있다는 논리였다.

이런 논리는 대단한 충격으로 다가왔다. 비록 꼬챙이는 자기네 집이 부자는 아니지만 지금까지 불행하다고 생각한 적이 한 번도 없었기 때문이다. 아니, 꼬챙이한테는 오히려 정반대였다. 우승하면 할수록 꼬챙이 자신은 그만큼 더 불행하게 되었다. 그래서 꼬챙이는 알고 있는 문제조차 틀릴 때가 많아졌다. 하지만 그래도 각종 대회에 쉽게 우승해서 상금이 훨씬 많은 중요한 대회에 참가할 권리를 얻었다. 마침내 꼬챙이의 부모는 엄청난 상금에 완전히 눈이 멀었고 꼬챙이는 완전히 지치고 말았다. 불평을 하고 사정도 했지만 부모는 꼬챙이를 자유롭게 놓아주지 않았다. 돈과 명예를 쌓고 싶다면 계속 우승해야 한다는 논리였다. 그래서 돈도 명예도 쌓고 싶지 않다고 대답하자, 부모는 그 말을 믿지 않고 꼬챙이가 게을러서 그러는 것뿐이라고 우겨 댔다.

꼬챙이는 마침내 집을 나가는 척해서 자신의 입장을 확실하게 전달하기로 결심했다. 그래서 쪽지를 남겨 놓고 다락방 옷장에 며칠 동안 숨어 있었다. 옷장은 부모가 판자로 입구를 막아 놓았던 것을 꼬챙이가 찾아낸 은신처였다. 거기 숨어 지내면서 몰래 음식을 훔쳐 먹고 몰래 화장실을 사용하고 몰래 부모를 살펴보았다. 꼬챙이는 처음에는 부모의 반응을 보고 기뻐했다. 워싱턴 부부는 아들이 사라진 걸 알고 굉장히 괴로워하면서 울부짖으며 사방으로 찾아다녔다. 하지만 나중에 아주 불행한 일이 일어났다. 퀴즈 챔피언 출신인 어떤 부자가 이 소식을 듣고 아이를 찾는 데 쓰라면서 워싱턴 부부에게 많은 돈을 주었다. 이 자선 행위가 사방에 소문이 나자, 다른 자선가들도 뒤처지기 싫어서 돈을 더 많이 보내게 되었다. 그리고 사방에서 기증품이 모여 얼마 되지 않아 워싱턴 부부는 부자가 되었다. 꼬챙이가 정말 억울하고 어이가 없었던 건 아들을 찾으려는 부모의 노력이 점차 재산을 정리하는 데 옮겨졌다는 점이었다. 그들은 시간과 정열을 돈에 쏟아붓기 시작했다. 그러다가 마침내 아버지 입에서 "지금이 훨씬 좋다."라는 말까지 나오게 되었다. 꼬챙이는 부모의 배신을 더 이상 견딜 수가 없었고 급기야 실제로 완전히 도망치고 말았다.

꼬챙이는 안경을 벗고 눈물을 닦아 내며 결론을 내렸다.

"그래서 몇 주일을 혼자 지내다가 신문에 실린 베네딕트 선생님의 광고를 보게 된 거야. 이게 전부야. 나머지는 너희가 아는 거야. 자, 그럼 이제 연습을 계속할까?"

침울한 순간이 지나고 곧 모두가 연습을 계속하는 데 동의하자, 콘스턴스가 손전등을 집어 들었다. 이번에는 메시지를 만드는 속도가 훨씬 빨랐다. '미안해.' 단 한 마디였다.

아이들이 깜짝 놀랐다. 심지어 장미 덤불로 돌아가서 관심을 기울이지 않는 것 같던 밀리건 아저씨까지 눈썹을 치켜뜰 정도였다.

"괜찮아."

꼬챙이가 말하자, 케이티가 분위기를 바꾸려고 했다.

"지금 우리가 너무 우울해하는 거 아냐? 계속 이런 분위기로 나가면 모스 부호를 리모스 부호라고 불러야 할 것 같아."

"리모스가 뭔데?"

콘스턴스가 물었다.

"후회(remorse). 자신이 한 행동을 슬퍼하는 거."

레이니가 대답했다.

"아, 그럼 너는 네가 한 행동을 슬퍼하니, 조지 워싱턴?"

콘스턴스가 묻자, 꼬챙이가 벌컥 화를 냈다.

"케이티는 너에 대해서 말한 거야. 그리고 제발 나를 그런 식으로 부르지 마."

"나는 너를 '그런 식'이라고 부르지 않았어. 나는 너를 '조지 워싱턴'이라고 불렀어. 다른 애들한테 물어봐, 모두 들었으니까. 나는 너를 '그런 식'이라고 부른 적이 절대 없어, 조지 워싱턴."

케이티가 한숨을 쉬며 중얼거렸다.

"후회할 일이 정말 많구나."

"밀리건 아저씨는 어떻게 된 거야? 왜 저렇게 우울한 표정이야?"

콘스턴스가 물었다.

모든 시선이 밀리건 아저씨한테 쏠렸다. 아저씨는 장미 덤불을 떠나서 현관문 경첩에 기름을 바르고 있었다. 하지만 아저씨 자신한테도 기름을 발라야 할 것 같았다. 몸을 움직일 때마다 심하게 삐걱거리는 소리가 나고 허리도 구부정했기 때문이었다. 변장한 모습 그대로 정말 늙은 사람처럼 보였다. 밀리건 아저씨는 아이들 쪽을 바라보지 않았다. 콘스턴스가 물어본 걸 못 들었거나 못 들은 척하고 있었다. 하지만 콘스턴스는 그냥 넘어갈 아이가 아니었다.

"밀리건 아저씨! 이리 와서 그렇게 심하게 우울해하는 이유를 우리한테 말해 주세요!"

"맙소사, 사람들의 슬픈 이야기를 모두 끌어내야겠니? 그냥 편하게 계시도록 놔둬."

꼬챙이가 말했다.

하지만 콘스턴스는 그 말을 듣지 않고 몇 차례 더 고집스럽게 요청했다. 그러자 마침내 밀리건 아저씨가 기름 깡통을 내려놓고 발을 질질 끌며 다가와서 체념한 어투로 말했다.

"좋아, 너희한테 말하지."

아이들 모두가 허리를 쭉 펴고 앉았다.

밀리건 아저씨가 이야기를 시작했다.

"나는 몇 년 전에 눈이 가려진 채 단단한 금속 의자에서 깨어났어. 두 손과 두 발은 수갑에 묶이고 머리도 쇠로 묶인 상태였어. 그런데 어떤 사내의 목소리가 들리는 거야. '이 고집불통을 깨뜨리기가 정말 어려워.' 그런데 정말 머리가 깨지는 느낌이었어. 머리가 너무나 아프고 배도 고프고 힘도 전혀 없고. 무엇 때문인지 손가락과 발가락이 모두 쑤시는 거야. 더 심한 건, 내가 있는 곳이 어디이며 그곳에 오게 된 이유를 떠올리려고 했는데 하나도 기억이 나지 않는 거야."

"기억 상실증이에요?"

레이니가 묻자, 밀리건 아저씨가 고개를 끄덕거렸다.

"머리에 심한 타격을 입은 게 분명해. 전혀 아무것도 기억할 수 없어. 내가 누군지, 어떤 사람인지, 심지어 이름조차도. 지금 이날까지 나 자신에 대한 기억은 하나도 없어."

"그렇다면 이름을 밀리건 아저씨라고 한 이유가 뭔가요?"

콘스턴스가 물었다. 거짓말을 했다고 비난하는 듯했다.

"내가 정신을 차렸을 때에 제일 먼저 떠오른 이름이 바로 그거야. 진짜 내 이름일 수도 있지만 내 이름이 아닐 수도 있어. 너희가 이해할지 모르지만, 어떤 식으로든 나와 관계가 있는 아주 중요한 이름인 건 분명해. 어쩌면 진짜 내 이름일 수도 있고. 하지만 영원히 알아낼 수 없을까 봐 두려워."

"그다음에 어떻게 됐나요?"

케이티가 물었다.

"으흠, 그다음에 똑같은 목소리가 말하는 소리를 들었어. '이놈을 다시 깨워야겠어. 정말 지겨운 놈이야.' 그러더니 내 팔을 흔들면서 전혀 다른 점잖은 어투로 말하는 거야. '일어나게, 친구, 일어나.' 내가 오래전에 깨어나서, 나를 마치 고깃덩이처럼 취급하며 말하는 소리를 듣고 있었다는 사실을 몰랐던 거야.

그래서 나는 막 깨어나는 척하면서 말했어. '응? 내가 잠을 잤나? 여기가 어디죠?' 그러니까 그 사내가 대답하더군. '이곳은 안전한 곳이야. 하지만 그건 중요하지 않아. 당신이 죽을 뻔한 걸 우리가 구해주었어. 우리는 당신을 도우러 온 거야. 그런데 하나도 기억나지 않는다는 말이 사실이야?'

물론 하나도 기억나지 않았어, 너희한테 말한 그대로. 그리고 그 사내한테도 그렇게 말한 적이 있는 것 같았어. 하지만 그가 같은 대답을 기다렸다가 어떤 식으로든 이용할 것 같아서 나는 이렇게 대답했어. '정반대야. 모든 게 완벽하게 기억나.'

사내가 깜짝 놀라며 소리치더군. '뭐? 거짓말하지 마!'

나는 대답했어. '정말이다. 너희를 실망시켜서 미안하군.'

그러자 목소리가 교활하게 변하면서 묻는 거야. '그렇게 확실히 기억한다면, 네가 이곳에 있는 이유를 말해 봐.'

내가 대답했어. '그건 당신이 말하는 게 좋을 것 같아.'

그러니까 사내가 소리치더군. '비열한 놈! 너는 지금 우리한테 거짓말을 하고 있어. 더러운……' 그러더니 갑자기 이상하게 조용한 거야. 마치 자기 입을 누가 막기라도 한 것처럼.

잠시 후에 내가 물었어. '더러운 뭐? 빨리 말해. 궁금해서 죽을 것 같아.'

목소리가 다시 들렸어. 이번에는 훨씬 차분했지. '궁금해할 것 없어. 내일까지 고집을 꺾지 않으면 항구에 그냥 내던져 버릴 거니까.'

내가 대답했어. '그래, 이렇게 너의 입냄새를 맡는 것보다는 차라리 그 편이 훨씬 좋을 것 같아.' 그러니까 그놈이 내 얼굴을 심하게 때린 다음에 나를 끌고 나가라고 명령하는 거야.

그런데 녀석이 내 얼굴을 때린 게 나한테는 정말 행운이었어. 눈가리개가 느슨하게 풀렸거든. 방을 나오는 순간에 눈가리개가 흘러내리기 시작해서 제대로 볼 수 있게 되었지. 물론 나를 데려가는 사람들은 그걸 몰랐어. 정장을 입은 두 사내가 나를 끌고 돌 깔린 통로를 걸어가고 있더군. 나는 발목에 묶인 쇠사슬 때문에 제대로 걸을 수가 없었고, 두 사내는 내 속도에 맞추기 위해 천천히 걸었어. 그렇게 걷는 동안 나는 수갑이 채워진 두 손을 살피다가 한 손이 무언가를 움켜쥐고 있다는 사실을 깨달았어. 이상해서 주먹을 펼쳤지. 그때 알았어. 누가 내 손톱을 모두 뜯어내서 속살이 드러나 있었던 거야. 손가락 끝이 생살이었어. 그래서 손가락 끝이 그렇게 쑤셨던 거야. 발가락이 쑤시는 이유도 발톱이 모두 뜯겼기 때문이라고 판단했지. 아무튼 손을 펼쳐 보니 손안에 마치 비틀어서 만든 머리핀 같은 조그만 도구 하나가 있었어. 놀랍게도 그건 내 손톱과 발톱으로 만든 거였어. 내가 그렇게 한 것 같은데 기억이 하나도 없었어.

그런데 이상한 건 그 조그만 도구를 어떻게 쓰는 건지 내가 알고 있었다는 거야. 그때 내가 얼마나 놀랐는지 상상할 수 있겠니? 어쨌든 그걸 수갑 자물쇠 구멍에 넣었어. 머리는 그 도구를 기억하지 못해도 내 손가락은 그걸 어떻게 사용하는지 아는 것 같았어. 계단으로 접어드는 순간 자물쇠가 풀리는 소리가 들렸어. 나는 순식간에 수갑을 풀고, 두 사내가 미처 깨닫기도 전에 무릎을 꿇고 그들의 발목에 수갑을 하나씩 채웠어. 그러곤 펄쩍 뛰어서 뒤로 물러났지. 그들은 나를 잡으려다가 얼굴을 바닥에 박았어. 그들이 다시 일어서기 직전에 나는 내 무릎에 묶여 있던 수갑을 풀어서 그걸로 그들의 손목을 재빨리 묶고 계단을 뛰어올랐어.

그다음 도망친 건 아주 간단했어. 비 내리는 칠흑같이 어두운 밤 속으로 뛰쳐나왔으니까. 물론 추격자들이 쫓아왔는데 나는 언덕을 올라가서 항구가 보이는 절벽에 도착했어. 바닷물은 아주 얕은 반면에 절벽 높이는 삼십 미터가 약간 넘는 것 같았어. 하지만 선택의 여지가 없었어. 나는 곧장 뛰어내렸지. 그다음 내가 육지까지 열심히 헤엄을 치는 동안에 추격자들은 여기저기에서 보트를 타고 쫓아오며 그물과 고리 같은 걸로 나를 잡으려고 했어. 그런데 다행히도 나는 수영 실력이 좋았어. 반면 해협에 널려 있는 암초는 보트에 치명적이었고. 그래서 나는 결국 탈출에 성공했지."

밀리건 아저씨는 이 모든 과정을 조그맣게 말했다. 극적인 긴장감이나 흥분하는 흔적은 조금도 없는 목소리였다. 하지만 이야기를 듣는 아이들은 감정을 억누를 수가 없었다. 그래서 밀리건 아저씨가 이야기를 끝낸 다음에 다양한 질문을 퍼부어 댔다. 어떻게 이곳까지 왔느냐? 그런데 노만산 섬에서 무슨 일을 한 거냐? 그곳이 노만산 섬인 건 맞느냐? 그리고 정장을 입은 사람들은······.

"그래, 바로 그들이야. 미로에서 본 두 사내. 그들은 나랑 만난 걸 제대로 기억 못하지만 나는 그 두 사내를 확실히 기억해. 그리고 맞아, 내가 탈출한 곳은 노만산 섬이야. 학습 기관이 있는 섬이지. 내가 그곳에서 무슨 일을 했는지는 나도 몰라, 하지만 베네딕트 선생님은 내가 비밀 첩보원이라고 믿고 계셔. 오래전에 해체된 정보기관의 요원이라고 말이야. 나로선 확인할 방법이 없어."

"베네딕트 선생님이 찾아낼 수 있을 거예요."

레이니가 말하자, 밀리건 아저씨가 인정했다.

"내가 선생님을 찾아온 이유도 바로 그것 때문이야. 몇 개월을 돌아다니며 기억을 찾으려고 했지만 내 말을 믿는 사람이 하나도 없었어. 물론 시원하게 대답하는 사람도 없었지. 그러다가 한번 만나 볼 가치가 있는 사람이 있다고, 정부의 정보원은 아니지만 그 어떤 사람보다 많은 걸 알고 있는 아주 신비하고 똑똑한 사람이 있다고 들었어. 그 사람이 바로 베네딕트 선생님이었어. 선생님은 그런 일이 일어난 이유를 설명하는 등 지금까지 나를 많이 도와주셨어. 하지만 모든 일이 아주 은밀하고 복잡하게 진행되기 때문에 나는 오래전부터 지난 기억을 되찾을 수 없을 거라고 생각하게 되었지."

"정말 끔찍해요."

레이니가 말했다.

"그래요, 정말 안됐어요."

꼬챙이가 말했다. 하지만 꼬챙이는 과거가 떠오를 때마다 너무 슬프기만 해서 과거에 대한 기억을 모두 잊어버리면 오히려 좋을 거라고 생각했기 때문에 그 애의 말은 진심 같지 않았다.

"그렇다면 기억 상실증이 그 우스꽝스러운 변장과 관계가 있나요, 아저씨?"

콘스턴스가 묻자, 밀리건 아저씨는 밀짚모자를 머리에 더 깊숙이 눌러쓰며 대답했다.

"내 '우스꽝스러운' 변장은 여러 가지 측면에서 좋은 점이 많아. 하지만 맞아, 콘스턴스. 만일 과거의 적이 나를 알아보는데 나는 그를 못 알아보면 큰일이기 때문이야. 그것보다는 아무도 못 알아보게 변장하는 편이 좋지 않겠니?"

"그렇다면 기억이 돌아올 가능성은 정말 없나요?"

케이티가 물었다.

"아, 그럴 가능성은 거의 없는 것 같아. 베네딕트 선생님이 최면술을 비롯해서 다양하게 치료했지만 아무 소용도 없었어. 하지만 선생님은 아주 중요한 사건이 일어나거나 예전에 아주 중요하게 여긴 물건이나 사람을 보면 장애물이 무너져서 기억이 돌아올 수도 있다고 말씀해서. 그러나 안타깝게도 이제는 그렇게 될 희망이 거의 없는 것 같아."

"희망이 없다면 어떻게 버티세요?"

레이니가 물었다. 자신도 멀지 않은 시간에 모든 희망을 잃어버릴 수 있겠다는 우울한 생각이 들었다.

밀리건 아저씨가 대답했다.

"의무. 다른 건 없어, 오직 의무감 하나야. 발송자는 지금도 많은 사람한테 해를 끼치고 있어. 그것을 무슨 일이 있어도 막아야 할 것 같아. 적어도 노력은 해야 할 것 같아."

"그럼 아저씨는 우리가 그럴 수 있을 거라고 생각하세요? 우리가 발송자를 막을 수 있을 거라고 생각하세요?"

레이니가 묻자, 밀리건 아저씨는 대답을 피한 채 기름 깡통이 있는 곳으로 돌아갔다. 그리고 두 번 다시 아이들을 쳐다보지 않았다.

앞으로 닥칠 사건

눈을 감으면 머리에서 점과 선이 둥둥 떠다닐 정도로 모스 부호를 공부했을 즈음에 론다가 아이들을 안으로 불렀다. 식당 창문으로 초저녁의 부드러운 호박색 빛이 들어오고 건물 전체에서 나무 바닥이 마치 바다에 떠 있는 배처럼 삐걱거리며 이상한 신음 소리를 냈다.

아이들이 식탁 의자에 앉자 론다가 말했다.

"아침에 비가 오면 가끔 저런 소리가 들려. 걱정하지 마. 이 집은 오래됐어도 튼튼하니까. 무너지지 않을 거야."

론다가 아이들 앞에 종이를 몇 장씩 놓고 다시 말했다.

"임무를 파악하고 모스 부호를 처음부터 제대로 배웠으니 이제 너희가 맞설 상대에 대해서 좀 더 많은 걸 파악할 필요가 있어."

아이들은 양쪽 귀를 곤추세웠다. 뭐가 또 있다는 건가? 레이니가 종이를 넘기기 시작했다. 개중에는 땅콩버터가 살짝 묻은 종이도 있었다.

론다가 다시 말했다.

"넘버 투가 내용을 요약했어. 빨리 읽으면 저녁을 먹기 전에 마칠 수 있을 거야. 그러고 나면 베네딕트 선생님이 오셔서 너희가 궁금해하는 내용을 설명하실 거야."

"그 양반이 우리한테 이걸 모두 읽으라고 한 거에요?

콘스턴스가 말했다. 베네딕트 선생님은 믿을 수 없을 정도로 뻔뻔한 사람이라는 듯이.

론다는 빙그레 웃기만 하고 그냥 나갔다.

투덜거리느라 정신이 없는 콘스턴스만 빼고 아이들은 종이에 적힌 내용을 읽기 시작했다. 꼬챙이는 정말 빨리 읽었다. 마치 시작하기도 전에 끝난 것 같았다. 십 분 후에는 레이니도 다 읽었다. 이걸 알아차린 케이티는 마지막 몇 장을 옆으로 밀어 놓고 두 소년한테 내용을 알려 달라고 부탁했다.

아이들이 종이를 읽고 배운 내용은 다음과 같았다.

노만산 섬에 있는 학습 기관은 무한한 에너지의 원천인 조수 간만의 차이를 이용해서 자체적으로 전기를 생산하고 있다. 학습 기관의 조력 발전기는 세계에서 가장 훌륭한 발전기로 여겨지고 있다. 학습 기관 전체는 물론이고 그 백배 규모라도 감당할 전기를 생산할 수 있다. 발전기를 만든 발명가는 레드롭타 커튼이라는 사람인데, 이 사람은 젊은 과학자 시절에 조력과 두뇌의 지도에 관한 광범위한 주제를 다루는 인상적인 신문을 출간하다가 갑자기 폐간했다. 그리고 오랫동안 아무도 그의 소식을 못 들었다. 그런데 어느 날 갑자기 그가 다시 나타나서 학습 기관을 설립해, 자신의 천재적인 능력을 교육 분야로 돌린 것처럼 위장했다.

분명한 건 레드롭타 커튼이 수상한 메시지의 발송자라는 사실이다. 그러나 아직은 이해할 수 없는 아주 이상한 점들이 있다. 예를 들어, 학습 기관에서는 은밀한 메시지를 하루에 서너 번만, 그것도 아주 약한 전파로 방송한다. 하지만 조력 발전기로는 막대한 분량의 전기를 만들 수 있다. 학습 기관에서 사용하는 전량은 물론이고, 메시지를 강력한 전파로 발송하고도 남는 전기를 만들 수 있다. 이렇게 많은 전기를 사용할 의도가 없다면 레드롭타 커튼이 이처럼 거대한 발전기를 만들 이유가 무엇이겠는가? 그런데 왜 가끔씩 약한 전파로만 띄엄띄엄 메시지를 내보내는 걸까?

레이니가 두 눈을 가늘게 뜨고 말하기 시작했다.

"그는 지금 전기를 모으고 있는 거야. 오늘 아침에 베네딕트 선생님이 설명하려고 하신 게 바로 이거야. 뭔가 끔찍한 일이 다가오고 있어. 뭔가 아주 이상한 일이……."

"그래, 맞아, 이상한 일이 다가오고 있어."

어느새 문가에 나타난 베네딕트 선생님이 고개를 가볍게 숙여서 인사를 한 다음에 식탁에 합류하고, 넘버 투가 그 옆에 앉았다.

"종이 내용을 모두 읽은 것처럼 들리는구나. 복잡한 내용이란 건 나도 알고 있어. 그래, 물어보고 싶은 게 있니?"

"나는 이 내용을 똑똑히 이해하고 있어요."

콘스턴스가 말했다. 아이들이 믿을 수 없다는 표정으로 서로를 쳐다보았다.

"지금 당장은 레드롭타 커튼이란 이름의 발송자가 은밀한 메시지를 아주 약한 전파로 하루에 서너 차례만 내보내고 있어요. 하지만 조력 발전기는 그보다 훨씬 많은 전기를 만들어요. 그러니까 발송자가 지금 메시지를 약한 전파로 조금씩 보내는 이유는 전기를 모아서 나중에 전압을 강력하게 끌어올리기 위한 조치일 가능성이 커요."

베네딕트 선생님이 감탄했다.

"브라보, 콘스턴스! 정말 잘했어!"

다른 아이들이 잔뜩 찡그린 얼굴로 콘스턴스를 노려보았다.

"정말 잘했어, 너희 모두. 그래, 물어보고 싶은 게 있니?"

베네딕트 선생님이 윙크를 하면서 덧붙이자 아이들은 기분이 약간 좋아졌다. 그래서 케이티가 대답했다.

"네. 발송자가 전압을 끌어올리면 어떤 일이 일어나나요?"

베네딕트 선생님이 대답했다.

"확실한 건 딱 한 가지야. 전압을 아주 조금만 끌어올려도 발송자는 텔레비전이나 라디오 없이 메시지를 발송할 수 있어. 메시지를 모든 사람의 마음속으로 직접 보낼 수 있는 거지. 그렇게 되면 진실을 그 누구보다 사랑하는 우리 같은 사람들도 그 메시지를 피할 수 없을 거야."

꼬챙이가 끔찍한 표정으로 물었다.

"그럼…… 어떻게 되나요?"

"그 아이들 목소리가 우리 머리로 들어오는 건 아니겠지요?"

케이티가 물었다. 얼굴에 정떨어진다는 표정이 가득했다.

베네딕트 선생님이 대답했다.

"아주 드물지만 머리가 특히 민감한 사람이라면 아마 그렇게 될 거야. 하지만 대부분은 짜증스럽고 혼란스러운 느낌이 드는 정도겠지. 텔레비전을 켰는데 은밀한 메시지가 흘러나올 때마다 받는 느낌이랑 거의 비슷해."

레이니가 물었다.

"선생님께서 '아주 조금만 끌어올려도'라고 말씀하셨는데, 그렇다면 최고 전압으로 끌어올려서 메시지를 발송하면 어떻게 되나요?"

베네딕트 선생님이 코를 톡톡 쳤다.

"그러면 우리 머리에서 목소리가 들리겠지. 아마 그리 유쾌한 느낌은 아닐 거야."

케이티가 생각만 해도 소름이 돋는다는 표정으로 말했다.

"정말 끔찍해요. 그 사람이 우리 모두로 하여금 스스로를 미친 사람으로 생각하도록 만들려는 이유가 뭔가요?"

레이니의 얼굴에 그늘이 졌다.

"그 사람이 바라는 건 그게 아니야. 그렇죠, 베네딕트 선생님? 핵심 목표는 그게 아닌 게 분명해. 그게 목표라면 지금까지 기다릴 이유가 뭐겠어?"

"그렇구나. 이제 나는 뭐가 뭔지 모르겠어."

케이티가 말하자 다른 아이도 마찬가지라는 신호를 보냈다.

베네딕트 선생님이 말했다.

"내가 보기에 레이니가 궁금한 건 발송자가 몇 년 전에 그렇게 할 수 있으면서도 지금까지 이렇게 오랫동안 기다리며 전기를 모은 이유가 뭐냐는 거야. 내 말이 맞니?"

레이니가 고개를 끄덕이자, 베네딕트 선생님이 계속 말했다.

"나도 동감이야. 메시지 발송 자체가 핵심은 아니야. 그건 어떤 사악한 일을 벌이는 데 따르는 일종의 부작용일 뿐이야. 발송자는 오랜 세월에 걸쳐서 사람들한테 일종의 준비를 시키고 있어. 앞으로 닥쳐올 거대한 사건에 대한 준비지."

"그렇다면 앞으로 닥쳐올 거대한 사건이란 무언가요?"

콘스턴스가 묻자, 베네딕트 선생님이 대답했다.

"바로 그것을 우리가 찾아야 하는 거야, 너무 늦기 전에."

"만일 우리가 시기를 놓치면요? 그러면 정말 상황이 나쁘게 되나요?"

꼬챙이가 불안한 표정으로 묻자, 베네딕트 선생님이 엄숙한 얼굴로 대답했다.

"그러면 우리는 물론이고, 우리랑 비슷한 모든 사람, 진실을 강하게 추구하는 모든 사람들한테 더할 수 없이 불행한 사태가 될 거라고 확신해. 발송자가 아주 오랜 세월 동안 그렇게 많은 비용을 들이며 그렇게 많이 고생한 것도, 다른 사람의 방해를 결코 용납하지 않겠다는 강력한 의지를 보여 주는 거지. 너희 모두 그 점을 이해하고 있어야 돼. 발송자는 벌써 아주 잔인한 성격을 보여 주고 있어. 아, 얘들아! 나는 우리가 저항했기 때문에……. 어떻게 표현하는 게 좋을까? 발송자 측에서 지금 우리한테 특별한 관심이 있다고 믿어."

이 말을 들으니까 아이들 가슴에 새까만 먹구름이 가득 피어오르고 두려운 생각이 번갯불처럼 번쩍거렸다.

'특별한 관심.'

입술이 바싹바싹 타들어 갔다.

레이니의 마음이 소용돌이쳤다. 베네딕트 선생님을 믿고 싶지 않은 생각까지 들었다. 베네딕트 선생님을 정말로 믿을 수 있을까? 겉

보기에도 정말 이상한 사람이지만 그가 말하는 내용은 한층 더 이상했다. 앞으로 닥칠 사건에 대한 선생님의 예언을 억측으로 여기는 게 훨씬 편할 것 같았다. 하지만 레이니는 베네딕트 선생님을 진심으로 믿었다. 처음 만나는 순간부터 믿었다. 레이니를 괴롭히는 건 자신이 베네딕트 선생님을 너무 절실하게 믿고 있다는 사실이었다. 자신에게 더할 수 없는 신뢰를 보이는 이 어른을 자신 또한 믿고 싶었고 자신이 좋아하고 존중하는 만큼 자신을 좋아하고 존중하는 이 아이들과 함께 지내고 싶었다.

그렇다면 문제는 레이니가 베네딕트 선생을 믿을 수 있는가 없는가가 아니라 레이니 자신을 믿을 수 있는가 없는가 하는 것이었다. 단지 함께 지내고 싶다는 이유 하나 때문에 위험을 감수할 사람이 어디에 있을까?

레이니는 혼란스러웠다. 확실한 건 예전 생활로 돌아갈 생각은 없다는 것 하나뿐이었다.

이름 정하기

케이티 웨더롤
레이니 멀든
꼬챙이 워싱턴
콘스턴스 콘트레어

베네딕트 선생님은 아이들을 노만산 섬에 보내기 전에 준비할 게 많다고 했다. 필요한 정보도 충분히 모으고 서류도 작성하고 서명도 위조하고 증명서도 만들고 돈도 준비하고 전화도 걸어야 했다. 넘버 투는 아이들과 잠시 만난 시간을 제외하곤 컴퓨터 앞에 계속 붙어 있었으며, 베네딕트 선생님은 책상에 계속 앉아 있었다. 밀리건 아저씨는 주변을 계속 감시하고, 론다 역시 너무 바빠서 저녁 식사만 갖다주고 다른 데로 갔기 때문에 아이들만 모여서 식사를 했다.

식사를 마친 다음에 레이니와 케이티는 거실로 가서 모스 부호를 연습했다. 그러나 콘스턴스는 급박한 상황인데도 함께 연습하는 걸 심술궂게 거부했다. 그래서 꼬챙이가 두 아이를 도와서 함께 연습하는 동안 콘스턴스는, 고양이의 귀를 잡아당기고 밥까지 뺏어 먹으며 괴롭히는 건방진 괴물들에 대한 시를 한 편 지었다. 듣기 좋은 시는 아니었다. 그리고 괴물한테 '케티'나, '레이나르도', '조제트'라는 아주 노골적인 이름을 붙였다. 콘스턴스는 이 시를 아이들에게 읽어 준 다음, 잘 자라는 말도 없이, 이조차 닦지 않고 곧장 잠자리에 들었다.

콘스턴스한테 지칠 대로 지친 세 아이는 그 애가 자러 간 게 오히려 다행스러웠다. 세 아이는 이 문제를 논의하기 위해 사내아이들 방으로 들어갔다. 콘스턴스는 저녁 시간 내내, 아니, 처음 만났을 때부터 세 아이의 인내심을 시험했다. 그런 애와 함께 위험한 임무를 처리해야 한다는 사실이 너무 걱정스러웠다.

"저 애랑은 함께할 수 없어. 저 애는 짐만 될 뿐이야. 성격도 까다롭고 내가 보기에 그다지 똑똑하지도 않아. 지금까지 내가 만난 아이 가운데에서 저 애처럼 솜씨 없는 아이도 아마 없을 거야. 툭하면 물건을 떨어뜨리고 걸음걸이도 배에 처음 올라탄 풋내기 같아. 저런 애가 우리 팀에 있으면 어떻게 성공할 수 있겠니?"

케이티는 벌써 이 말을 열 번이나 했다. 케이티는 이 층 침대 꼭대기에 발을 걸고 거꾸로 매달려서 머리칼이 바닥에 닿는지 살펴보았다. 하지만 금빛 머리칼은 케이티 자신이 예상한 대로 칠 센티미터가 짧았다.

꼬챙이가 지질학 책을 보다가 고개를 들고 동조했다.

"케이티 말이 옳아. 콘스턴스 때문에 일이 꼬이기만 할 거야."

레이니도 인정했다.

"내 생각도 그래. 그런데 이상한 건 저 애가 저렇게 하잘것없는데 베네딕트 선생님이 저 애를 굳이 우리 팀에 넣으려고 한다는 사실이야."

"그분은 천재야. 하지만 천재도 가끔 실수를 하지."

케이티가 토마토처럼 빨갛게 변한 얼굴로 말하더니, 뒤로 빙글 돌며 공중을 날아서 바닥에 내렸다. 그리고 꽁지머리를 뒤로 가볍게 넘기며 다시 말했다.

"어쩌면 저 애가 불쌍해서 그럴 수도 있어."

"그럴 수도 있겠지. 하지만 자신의 감정 때문에 일을 망칠 분이 결코 아니야. 저 애를 포함시킨 이유가 분명히 있을 거야."

레이니가 대답하자, 케이티가 말했다.

"그걸 확인할 방법은 하나밖에 없어. 네가 직접 가서 물어보는 거야."

"내가? 하필이면 왜 나지?"

"그건 그걸 할 수 있는 사람이 너밖에 없기 때문이야. 꼬챙이가 간다면 아마 우물쭈물하면서 안경만 닦을 거야. 그리고 나는 저 애에 대한 불평만 늘어놓을 거고. 지금까지 그랬잖아. 예를 들어 이렇게 말이야. '저 애가 식탁에서 제 파이를 훔쳐 먹은 걸 보셨나요? 그건 오늘 제가 받은 유일한 디저트였단 말이에요!'"

꼬챙이가 책을 다 읽고 마지막 장을 덮으며 동조했다.

"그 말이 맞아. 나는 입이 얼어붙고 케이티는 화만 낼 거야. 물어볼 사람은 너밖에 없어, 레이니."

몇 분 후에 레이니는 서재 문을 두드렸다.

"들어오렴, 레이니."

전과 마찬가지로 베네딕트 선생님은 바닥에 앉아 있었는데, 이번엔 한 손에는 먹다 만 비스킷을 들고 다른 손에는 그래프 종이를 들고 있었다. 녹색 정장 윗도리에 비스킷 부스러기가 떨어져 있었다.

"지금 늦은 저녁을 먹고 있는 중이야. 비스킷 먹을래? 책상에 있어. 하지만 다 식었을 거야. 작업에 열중하다 보니 먹어야 한다는 걸 깜빡 잊어버렸어."

"아닙니다, 괜찮아요."

레이니가 대답했다. 마음이 불편해서 설사 배가 고프다 해도 도저히 못 먹을 것 같았다. 콘스턴스에 대해 불평을 한다는 게 그리 좋게 여겨지지 않았다. 그리고 베네딕트 선생님의 판단에 대해 의심하는 발언을 하는 것도 마찬가지였다. 마음속으로 존경하고 있었기 때문이다. 하지만 말해야 한다. 그래서 입을 열 준비를 하고 있는데, 베네딕트 선생님이 먼저 말을 꺼냈다.

"콘스턴스 때문에 온 것 같구나."

레이니는 침을 꿀꺽 삼킨 다음 고개를 끄덕였다.

"그런데 그냥 혼자 온 게 아니고 꼬챙이와 케이티의 의견까지 전하러 왔지?"

베네딕트 선생님은 언제나 레이니의 마음을 미리 읽고 말했다. 시간이 지나다 보면 자신도 그 모습에 익숙하게 될 거라고 레이니는 생각했다.

베네딕트 선생님이 말을 이었다.

"나도 충분히 이해해. 시간이 있었다면 그 이유를 너희한테 기꺼이 설명했을 거야. 하지만 지금은 시간이 없으니 간단히 말해야겠구나. 콘스턴스는 겉보기와 다르게 아주 뛰어난 재능이 있어. 그 애를 포함시킨 건 동정심 때문도 아니고 애매한 기대 때문도 아니란다. 아무렇게나 선택한 그런 것도 아니야. 사실대로 말하면, 나는 우리가 성공하는 데 가장 중요한 열쇠는 바로 그 애라고 믿고 있어."

"그게 사실이라면 그 애가 일으키는 말썽을 감수할 가치가 있겠군요."

"어떨 때에는 레이니, 말썽 그 자체가 열쇠일 수도 있어."

"네?"

"장담하건대, 시간이 흐르면 너희도 내 말을 이해할 거야. 자, 내 말 잘 들으렴. 내가 콘스턴스한테 상당한 동정심을 가진다는 건 사실이야. 그 애나 너처럼 나도 고아로 자랐어. 그래서 외롭고 비참한 기분이 뭔지 잘 알고 있어. 하지만……."

"네? 선생님도 고아세요?"

"그렇고말고. 우리 부모님은 네덜란드 과학자셨단다. 내가 아기일 때 연구실 사고로 돌아가셨어. 그래서 사람들은 나를 이 나라로 보내서 숙모님과 함께 살도록 했지. 그런데 숙모님 역시 금방 돌아가셔서 결국에 난 고아원으로 가게 됐어. 그러나 내가 말하고 싶은 건, 콘스턴스에게 동정심을 느끼는 건 사실이지만 내가 그 애를 팀에 들인 게 동정심 때문은 아니라는 거야. 너와 다른 애들을 포함시킨 것 역시 동정심 때문이 아니고. 이제 알겠니?"

"알겠어요."

"좋아, 그런데 부탁 한 가지만 할까? 내가 한 말을 네 친구들한테 그대로 전하고 친구들 의견을 나한테 전해 줄래? 빠지고 싶은 아이가 있다면 내가 지금 당장 알아야 할 것 같구나."

베네딕트 선생님의 말에 긴박한 느낌이 또렷하게 배어 있었다. 레이니는 급히 돌아가서 꼬챙이와 케이티한테 그 내용을 전달했다. 바닥에 책상다리를 하고 앉아서 손가락 누르기 게임을 하며 시간을 보내던 두 아이는 레이니가 전달한 내용이 반갑지 않았다. 하지만 중간에 빠지고 싶은 아이는 아무도 없었기 때문에, 레이니는 두 아이가 손가락 누르기 게임을 계속하도록 놔둔 채 베네딕트 선생님의 서재로 급히 돌아갔다. 문을 두드리려고 할 때에 안에서 말하는 소리가 흘러나왔다. 대화를 방해하고 싶지 않았던 레이니는 잠시 망설였다.

"아, 그건 도저히 안 돼! 아이들을 위험에 빠뜨리는 건 안 돼! 그건 내 신념에 완전히 어긋나는 거야."

베네딕트 선생님이 말하자, 대답하는 소리가 들렸다. 넘버 투 목소리였다.

"저도 알아요, 베네딕트 선생님. 저희도 똑같이 생각해요. 하지만 아이들이 가지 않으면 모든 게 끝장이에요. 다른 방법이 없어요. 선생님도 그렇게 말씀하셨잖아요. 우리한텐 선택의 여지가 없어요. 그러니 제발 진정하세요."

베네딕트 선생님이 이어서 뭐라고 말했지만 레이니는 알아들을 수 없었다. 하지만 선생님이 아주 고통스러워하거나 흥분한 게 분명했다. 넘버 투가 이렇게 말했기 때문이었다.

"맙소사, 비스킷이 입에 가득한데……. 일어나세요, 베네딕트 선생님."

톡톡 치는 소리가 들렸다.

"빨리 일어나세요, 그러다가 숨 막혀 죽겠어요."

잠시 후에 코를 고는 소리가 나더니, 기침 소리가 나고 곧 베네딕트 선생님의 말소리가 들렸다.

"아, 내가 오랫동안 잤나?"

"아주 잠깐이요."

넘버 투가 다정하게 말했다.

"다행이야, 정말 다행이야. 자네가 지켜 주어서 정말 고마워, 친구. 그래, 이제 그만 나가서 복잡한 컴퓨터 작업을 계속하도록. 일을 너무 많이 시켜서 미안해."

"그 일이 중요한 건 저도 잘 알고 있어요. 이 제비꽃에 물만 주고 갈게요, 양심이 찔려서요. 불쌍한 것. 말라 죽기 직전이에요."

"나도 알아. 그렇게 놔둔 게 창피할 뿐이야. 시간이 전혀 나지 않거든. 고마워, 넘버 투. 이제 가서 비스킷을 먹어, 거절할 생각 말고. 힐끔힐끔 쳐다본 걸 알고 있어. 그리고 복도에서 우리의 어린 영웅과 마주치면 곧장 안으로 들어오라고 전해 줘."

레이니는 가슴이 쿵쾅거렸다. 영웅? 베네딕트 선생님이 자신을 가리켜 하는 말인가?

"정말 탁월한 아이에요, 그렇죠?"

넘버 투가 말했다. 입에 비스킷을 잔뜩 넣어서 말소리가 또렷하지 않았다.

"맞아. 다른 아이들도 마찬가지야. 바로 그것 때문에 내가 그 계획을 싫어하는 거야. 하지만 계속 이런 식으로 나갈 순 없어. 다시 곯아떨어지고 말 테니까. 이런 식으로 가다간 밤을 꼬박 새우게 될 가능성도 많고. 어때, 자정에 모여서 상황을 살펴보는 게?"

"그래요, 자정에 모여요. 론다한테는 제가 말할게요."

넘버 투가 대답하면서 갑자기 문을 열었다.

"아니, 레이니! 호랑이도 제 말 하면 나타난다더니……. 베네딕트 선생님, 레이니가 왔어요. 애야, 안으로 들어가렴. 나는 급히 가야 할 데가 있어."

레이니가 안으로 들어가며 대답했다.

"다들 계속하기로 결정했어요, 베네딕트 선생님. 콘스턴스와 잘 어울리기 위해 모두 최선을 다할 거예요."

"그 말을 들으니까 기쁘구나. 그리고 나는 네가 당연히 그럴 거라고 생각했어. 레이니, 정말 고맙다. 이제 가서 잠을 자는 게 좋을 거야. 내일은 힘든 하루가 될 테니까."

베네딕트 선생님이 말했다. 벌써 두 눈은 손에 든 그래프를 바라보기 시작했다.

레이니가 잠시 망설이다가 물었다.

"선생님, 잠이 안 올 경우에 다시 이곳으로 와도 될까요? 방해하지 않을게요. 아주 조용히 있을게요. 지금 신경이 잔뜩 곤두서서 그래요."

"당연하지, 레이니."

베네딕트 선생님은 그렇게 대답하고는 한 손으로는 그래프를 숫자로 계산하고 다른 손으로는 종이에 계산 결과를 적어 넣으며 다시 말했다.

"내 공부는 네 공부도 돼. 원한다면 아무 때나 찾아오렴."

레이니는 고개를 끄덕이고 손잡이에 손을 올려놓다가 또 망설이며 입을 열었다.

"저, 베네딕트 선생님?"

"응? 왜, 레이니?"

"고맙다는 말씀을 드리고 싶어요."

베네딕트 선생님이 고개를 들었다.

"고맙다고? 뭐가?"

"그냥요. 그냥 고마워요, 선생님. 그게 전부예요."

베네딕트 선생님이 레이니를 복잡한 눈으로 오랫동안 쳐다보았다. 그러더니 마침내 어깨를 한 번 으쓱하곤 머리를 흔들다가 애정이 가득한 미소를 머금고 말했다.

"레이니, 우리 착한 꼬마 친구, 우리도 자네를 진심으로 환영해."

이튿날 이른 새벽, 태양이 첫 번째 햇살을 흩뿌리고 종달새가 하루를 시작하는 지지배배 소리를 내기도 전에, 네 아이 모두 사내아이들 방에 모였다. 너무 긴장이 된 나머지 잠을 이룰 수 없어 마법처럼 모두가 동시에 일어나 서로를 찾아 나선 것이다. 네 아이는 바닥에 책상다리를 하거나 엎드려서 숨죽인 목소리로 대화를 나누고 있었다. 사방이 조용하지만 그들만 깨어 있는 건 아니었다. 아이들은 바람이 통하는 거실 밑 어디에선가 잠이 없는 넘버 투가 컴퓨터 키보드를 미친 듯이 두드리는 조그만 소리와 위층 어디에선가 가끔씩 삐걱거리는 마룻바닥 소리를 들을 수 있었다.

아이들은 조그맣게 속삭이는 소리로 열띤 논쟁을 벌였다. 서로 조직의 이름을 정하기로 결정한 터였다. 물론 이건 케이티가 낸 아이디어지만 모두가 동의했다. 콘스턴스도 예외가 아니었다. 낯선 사람들 사이에 들어가서 자기들끼리 비밀 임무를 처리해야 한다면, 비밀 첩보원으로 서로가 서로를 완전히 믿어야 한다면, 다시 말해 서로가 한 팀이 되어야 한다면 조직을 나타내는 이름이 분명히 있어야 하기 때문이다. 그래서 아이들은 지금 그 이름을 고르는 데 열중하고 있었다.

"나는 '위대한 케이티 기상 예보 장치와 폭풍우 같은 동지'라는 명칭을 오랫동안 생각했어. 기상을 주제로 한 일종의 연극처럼."

케이티가 제안했지만 다른 아이들은 침묵으로, 특히 콘스턴스는 정말 폭풍우 같은 시선으로 대답할 뿐이었다. 그래서 잠시 후에 케이티가 다시 말했다.

"으흠, 너희도 좋은 생각이 있으면 말해 봐."

"'네 명의 꼬마 악당'은 어때? 아니면 '꼬맹이 비밀 첩보단'은?"

꼬챙이가 제안하자, 콘스턴스의 폭풍우 먹구름 얼굴이 잔뜩 찌푸려졌다. 할 수만 있다면 더 어둡게 찌푸리고 싶다는 표정이었다. 레이니는 헛기침만 했다. 케이티는 이렇게 말했다.

"음, 꼬챙이? 지금까지 들어 본 것 가운데에서 그렇게 하품만 나는 이름은 정말 처음이야."

"하지만 정확하잖아."

꼬챙이가 주장하며 희망 어린 표정으로 레이니를 바라보았지만 레이니는 고개를 흔들 뿐이었다.

"정확한 게 제일 중요하다면 '실패할 수밖에 없는 무리'는 어때? 솔직하잖아! 이름 하나 스스로 정할 수 없으니까."

콘스턴스가 말하자, 레이니가 그 말을 무시하고 입을 열었다.

"잘 들어. 우리를 하나로 묶어 주는 건 무얼까? 이것부터 시작하는 게 좋을 것 같아."

"베네딕트 선생님."

케이티와 꼬챙이가 동시에 말했다.

"좋아, 그렇다면 그 이름을 넣어서 만드는 게 어때? 그럼 우리가 맡은 임무도 계속 되새길 수 있으니까."

"베네딕트 선생님의 아주 은밀한 팀'?"

꼬챙이가 말하자, 모두가 끙 소리를 냈다.

케이티가 제안했다.

"이건 어때? 베네딕트 선생님과 위대한 케이티 기상……."

"그건 거기에서 끝!"

레이니가 말했다.

"베네딕트 비밀클럽."

콘스턴스가 일어나면서 말했다. 그러곤 바깥으로 나갔다. 더 이상

토론할 필요가 없다고 확신하는 게 분명했다.
결과적으로 보면 콘스턴스가 옳았다.

노만산 섬

　돌마을 항구는 언제나 바쁜 무역항이었다. 수많은 선박이 김을 푹푹 내뿜으며 끊임없이 들어오거나 닻을 올리고, 수많은 일꾼과 뱃사람들이 개미처럼 바쁘게 움직이며, 선착장마다 화물이 높이 쌓여 있었다. 이 모든 작업이 진행되는 바로 옆에는 돌마을 도시가 있었는데, 이 도시 자체가 무역항을 위해 존재하며 또한 이 항구 때문에 매우 크고 번잡한 도시로 성장했다. 아주 위험한 여울이 있는 항구의 남쪽 경사면 근방 여기저기에는 오래전에 선박이 들이받은 흉터가 아직 남은 커다란 암초가 있었다. 그래서 항구 남쪽 지역은 언제나 정적이 감돌았다. 노만산 섬은 바로 이곳에, 선박이 들이받은 흉터가 있는 암초들 사이에 있었다.

노만산 섬의 해안선 자체도 울퉁불퉁한 암초투성이여서, 보트를 간신히 댈 수 있는 조그만 모래사장은 가끔씩만 보였다. 하지만 아주 용감하거나 멍청하지 않은 한 그 어떤 선장도 그곳에 배를 대려 하지 않았다. 주변 물살이 언제 어떻게 변할지 모르는 데다가 여울 자체가 항해를 하기에 어렵기로 유명하기 때문이었다. 노만산 섬으로 들어가는 유일한 방법은 섬에 쌓아 올린 제방에서 약 800미터 떨어진 좁고 기다란 다리밖에 없었다. 다리는 나무가 울창한 육지의 해안으로 이어져 있었다. 도시 개발도 북쪽으로 흐르는 강을 따라 내륙으로 뻗어 나갔기 때문에 이쪽은 거의 개발되지 않았고 수만 평 규모의 숲이 그대로 보존되어 있었다. 언젠가는 사람들이 관심을 보이며 달려들어 울창한 숲을 파헤칠 게 분명하지만 지금 당장은 그대로였다. 베네딕트 비밀클럽 일행은 바로 이 숲을 지나서 다리로 향하고 있었다.

이들은 론다가 운전하는 낡은 자동차를 타고 사람들이 거의 사용하지 않는 도로를 빠르게 달리는 중이었다. 자동차가 나무 밑을 지날 때에 레이니는 나뭇가지에 걸린 초가을 낙엽의 아름다운 색깔을 보았다. 바깥쪽 잎사귀가 빨간색과 노란색과 주황색으로 변하는 반면 안쪽 잎사귀는 아직까지 여름의 짙은 녹색을 그대로 간직하고 있어서 나무 전체를 마치 사탕이 둘러싼 것처럼 보였다. 정말 아름다웠지만 레이니는 그걸 즐길 수가 없었다. 친구들도 같은 마음이었다. 앞으로 몇 분이 지나면 그들은 '머리가 아주 좋은 아이들이 다니는 학습 기관'에 들어갈 테니 걱정이 앞서기만 했다. 섬이 가까이 다가올수록 불안한 느낌은 더욱 짙어졌다.

론다가 숲이 펼쳐진 육지 쪽 해안을 가리키며 말했다.

"우리는 저 숲에 망원경을 여러 개 숨겨 놓을 거야. 너희를 내려 주고 나서 곧바로 여기저기에 망원경을 설치하고 항상 지켜볼 거야. 너희가 저 섬의 이쪽 부분에 서 있으면 우리가 망원경으로 마치 너희가 일 미터 앞에 있는 것처럼 볼 수 있어. 그러니까 무엇이든 보고할 게 생기면, 아무 때나 좋아, 우리가 항상 준비하고 있을 테니까. 그리고 만일 우리가 너희에게 전달할 게 있으면 메시지를 보낼 거야. 보낼 방법은 너희가 찾아야 해. 제일 안전한 방법을 찾는 건 너희 몫이야. 아마 어둠이 깔리고 다른 사람이 모두 잠자는 시간이 안전할 거야. 그렇다 해도 우리가 너희한테 보내는 내용을 학습 기관에서 발견할 가능성은 항상 있지. 그러니까 그걸 애매모호한 내용으로 보낼 수밖에 없어."

"애매모호한 게 뭐지요?"

뒷좌석에서 불만 섞인 목소리가 물었다.

"미안해, 콘스턴스. 애매모호하다는 건 아리송하거나 은밀하다는 뜻이야. 긴급 사태가 아닌 한, 우리는 이름도 사용하지 않고 구체적인 지시도 절대로 내리지 않을 거야. 따라서 그 내용을 파악하는 건 너희 능력에 달려 있어. 아주 어려운 방법이긴 하지만 우리로선 너희의 안전을 위해서 최대한 조심할 수밖에 없어. 그리고 이렇게 조심한다고 해도 아마 너희는 굉장히 위험한 상황에 처하게 될 거야."

'굉장히 위험한 상황'이란 구절이 아이들의 귀에 새롭게 와 닿는 순간에 자동차가 덜커덩거리며 숲을 빠져나갔다. 그러자 노만산 섬이 한눈에 들어왔다. 바로 거기 육지와 가까운 곳에 학습 기관이 있었다. 여기저기에 놓인 거대한 회색 건물, 넓은 광장, 등대처럼 생긴 날씬한 탑 등 모든 건물이 섬에서 난 돌로 만든 것처럼 보였다. 그 정도의 거리에서 보니, 바위가 울퉁불퉁한 섬에 완벽하게 파묻힌 학습 기관은 마치 노만산 섬의 일부처럼 보였다. 건물 뒤 양쪽에 가파른 바위산이 자리하고 그 바위산 너머에 더 많은 바위산이 높이 솟아올랐으며 그 너머엔 더 많은 바위산이 솟아 있었다. 학습 기관의 날씬한 탑 한쪽에 깃대가 달려 있고 크고 빨간 깃발이 미풍에 펄럭이고 있었다. 깃발에는 육지에서도 볼 수 있을 만큼 큰 글씨가 적혀 있었다.

살아라 (LIVE)

'머리가 아주 좋은 아이들이 다니는 학습 기관(Learning Institute for the Very Enlightened)'의 머리글자만 따서 적어 놓은 게 분명했다.

"그래도 '죽어라'라고 적어 놓은 건 아니네."

케이티가 중얼거렸다.

"아, 그래, 정말 고무적이다."

꼬챙이가 말했다. 이마에서는 벌써부터 식은땀이 흐르기 시작했다.

레이니는 차창 밖으로 점차 가까워지는 다리를 바라보았다. 그곳을 건너려면 우선 경비 초소에서 검문을 받아야 했다. 베네딕트 선생님이 안심을 시켰지만 레이니는 불안했다. 학습 기관에서는 수시로 신입생을 받고 베네딕트 선생님이 필요한 단계를 밟아서 모든 조치를 해 두었는데……. 하기야 베네딕트 선생님도 불안한 게 정상이라고 말했다. 어떤 아이든 새 학교에 처음 가는 날이면 불안하게 마련이다. 그리고 어떤 비밀 첩보원이든 임무를 시작한 첫날에는 불안하게 마련이다. 그런데 두 가지가 합쳐졌으니 불안이 엄청나게 커지는 게 당연하다.

다리 입구에 들어서니, 경비 초소에서 나온 두 사람이 멈추라는 신호를 보냈다.

론다가 나지막한 어조로 말했다.

"차분하게 행동해. 아직은 걱정할 게 하나도 없어."

경비원은 젊은 남자와 여자였다. 선글라스를 끼고 비싼 정장 차림에 밝은 미소를 짓고 있었다. 광택이 나도록 닦은 구두가 아침 햇살을 받아 반짝거렸다. 여자 경비원이 론다에게 차창을 내리라는 신호를 할 때에 아이들은 여자의 손목에서 빛나는 커다란 은시계에 시선이 쏠리는 걸 느꼈다. 레이니는 팔걸이를 꼭 움켜잡았다.

"무슨 일인가요?"

여자가 물으며 내부를 들여다보았다. 귤처럼 달콤한 향기가 차창으로 밀려들었다. 여자는 만면에 미소를 머금은 매우 다정한 표정이었다. 다른 경비원 역시 다정하게 웃고 있지만, 레이니는 그가 자신들을 아주 요리조리 살피고 있는 걸 알 수 있었다.

론다가 대답했다.

"새로 입학하는 학생들이에요. 세 명은 비누드 아카데미에서, 한 명은 돌마을 고아원에서 전학을 오는 거예요."

"잠시 기다리세요."

여자가 경비 초소로 들어갔다. 다른 경비원은 계속 그 자리에 있었다. 그는 여인이 말하는 소리를 들으려고 머리를 곤추세웠지만 두 눈은 자동차 안에 고정되어 있었다.

"진정해."

론다가 또 조그맣게 말했다. 아이들한테만 들리는 작은 소리였다. 하지만 레이니는 론다가 만약을 위해 자동차 기어를 후진으로 돌려놓는 아주 조그만 소리도 들을 수 있었다.

레이니는 숨을 깊이 들이켜고 가만히 있었다. 친구들 각자가 대답할 말을 똑바로 기억하기만 바랄 뿐이었다. 자신은 사실 그대로 돌마을 고아원 출신이라서 아주 쉬웠다. 하지만 다른 아이들은 '비누드 아카데미'라는 특별 고아원 학교 출신으로 꾸몄다. 그날 아침에 작별을 고하는 식사 자리에서 베네딕트 선생님은 아이들이 '비누드 아카데미'라고 크게 말하면 언제나 베네딕트 선생님이 옆에 있다고 느낄 수 있을 거라고 말했다.

"나도 항상 너희를 생각하며 기도할 거야."

넘버 투도 감정에 북받쳐 빵 조각으로 눈물을 닦으면서 말했다.

어른들 모두 눈에 눈물이 고인 채 슬퍼서 맥이 풀린 것처럼 보였다. 물론 항상 똑같은 표정을 하고 있는 밀리건 아저씨는 예외였다. 그렇지만 눈빛에는 약간 흥분한 기색이, 희망의 기운이 어려 있었다.

베네딕트 선생님이 말했다.

"이제 가렴, 얘들아. 가서 너희의 실력을 보여 주렴."

그런데 그 순간 레이니는 자신들이 춤추는 실력만 뛰어난 것 같다는 기분이 들었다. 무릎과 이가 덜덜 떨리는 것을 진정시킬 수가 없었다. 안경을 닦던 꼬챙이가 안경알을 너무 세게 문질러서 찍찍 소리가 났다. 콘스턴스는 두 눈을 꼭 감고 자는 척했지만 떨고 있는 게 분명했다. 심지어 케이티조차도 몸을 약간씩 꿈틀거렸다. 여자 경비원이 너무 뜸을 들이는 것 같았다.

마침내 여자 경비원이 나왔다. 얼굴 가득한 미소는 조금도 줄지 않았다. 레이니는 그게 무엇을 뜻하는지 궁금했다. 하지만 여인이 자동차로 곧장 다가와서 말했다.

"어서 와요, 어린이 여러분! 모두 제시간에 정확히 도착했어요. 저 섬 정문으로 자동차를 모세요. 들여보내라고 제가 무전기로 연락할 게요."

론다가 창문을 올리고 기어를 다시 주행으로 바꾸는 동안 네 아이는 안도의 한숨을 깊이 내쉬었다. 그리고 새로운 운명을 향해 긴 다리를 지나갔다.

론다는 정문 앞에 차를 세워 아이들의 옷 가방을 내려놓고 서류에 서명을 한 뒤 작별 인사를 하고 떠났다.

정문 경비원은 안내원이 금방 나타날 테니 조금 비키라고 했다. 그곳이 너무 붐벼서 아이들이 있으면 방해가 되니까 옆으로 물러나서 기다리라는 거였다. 그래서 아이들은 정문 옆에 있는 하역장에서 기다려야 했다. 하얀 작업복을 입은 일꾼들이 근처에 있는 창고에서 나무 상자를 등에 짊어지고 커다란 트럭에 실었다. 모두가 아주 바쁘게 움직였다. 지칠 줄도 모르고 상자를 등에 짊어진 채 열심히 옮겨서 차곡차곡 쌓아 올렸다. 아이들은 상자를 쳐다보기만 해도 등이 아플 정도였다.

옷 가방에는 론다가 아이들에게 각각 챙겨 준 옷들이 있었다. 론다는 특이하게 체구가 작은 콘스턴스를 위해 직접 밤을 새며 바느질을 해서 옷을 만들어 주었다. 아이들은 옷 가방을 질질 끌고 하역장 근처로 이동했다. 다른 일에 집중해서 불안한 마음을 씻어 버리고픈 생각이 굴뚝같았으나 특별히 할 일도 없고 구경거리도 별로 없었다. 근방에는 출입 금지 지역일 게 틀림없는 경비 초소와 창고, 하역장 그리고 항구를 가로막은 돌담이 전부였다. 아이들은 손가락을 꼼지락거리다가 옷 가방을 차곡차곡 쌓아 놓고 차례대로 그 위에 올라가서 담장 너머를 살펴보았다. 콘스턴스는 옷 가방 네 개가 모두 필요했으나 다른 아이들은 두 개로 충분했다.

다리 밑에서는 아주 신기한 광경이 펼쳐졌다. 하얀 작업복을 입은 많은 일꾼들이 보트를 타고 말뚝 사이를 오가고 있었다. 그들은 아주 커다란 스패너와 크랭크(왕복운동을 회전운동으로 바꾸거나 그 반대의 일을 하는 기계 장치.—옮긴이)를 비롯한 다양한 장비를 들고 다니면서 수면 바로 밑에 있어 보이지 않는 기계 장치를 정비하고 있었다. 나무 상자를 트럭에 쌓아 올리는 일꾼들처럼 그들 역시 맡은 일에 성실한 것 같았다. 말을 하는 경우는 아주 드물었고 그것도 아주 조그맣게 말했다. 자신들이 하는 작업을 굉장히 존중하는 것처럼 보였다.

레이니는 수면 밑에 있는 기계가 분명 발전기일 거라고 생각하며 옷 가방에서 내려왔다. 꼬챙이와 케이티도 똑같은 결론을 내렸다. 하지만 콘스턴스는 도대체 사람들이 저 밑에서 무얼 하는지 모르겠다고, 지금 바닷물을 고치려 하는 거냐고 커다랗게 말했다.

콘스턴스가 농담을 한 건지 아닌지 확실치 않았다. 그래도 대답을 하려고 레이니가 입을 여는 순간 자동차 엔진 소리가 부르릉 일며 레이니의 목소리를 집어삼켰다. 일꾼들이 상자를 커다란 트럭에 모두 실은 것이었다. 정장 차림의 사내 두 명이 트럭 앞좌석에 올라타자 정문이 활짝 열렸다. 두 사내는 아이들한테 명랑하게 손을 흔들며 다리 너머로 차를 몰고 떠났다.

"너희도 봤어? 충격 시계를 차고 있는 거? 다리 경비원도 마찬가지야. 내 눈으로 똑똑히 봤어."

콘스턴스가 소리치자, 케이티가 콘스턴스를 막으며 말했다.

"목소리 낮춰. 미쳤니? 당연히 우리도 봤지."

콘스턴스가 화를 냈다. 하지만 말싸움을 벌일 시간이 없었다. 바로 그때 안내인 두 사람이 도착했기 때문이었다.

안내인 두 사람은 서로 똑같은 차림이었다. 파란 바지와 말쑥한 하얀색 윗도리 그리고 파란 허리띠. 하지만 혼동할 염려는 전혀 없을 것 같았다. 한 사람은 키가 조그맣고 머리가 빨갛고 눈이 얼음처럼 파란색이며 코가 뾰족하고 날카로워서 마치 칼처럼 생긴 젊은 남자인 반면에, 다른 한 사람은 몸이 건장하고 머리칼은 기름기가 번질거리는 갈색 꽁지머리에 눈이 가느다랗게 찢어졌고 눈동자 색깔이 애매한 젊은 여자였기 때문이었다. 두 사람은 자신을 '잭슨'과 '질슨'이라고 소개했다.

레이니가 손을 내밀며 말했다.

"제 이름은……."

하지만 질슨이 몸을 돌리며 말했다.

"지금 그럴 시간이 없어. 빨리 가자. 숙소로 안내할 테니까 먼저 짐부터 풀어."

깜짝 놀란 레이니는 내민 손을 거두었다. 정말 예의가 없는 사람이라고 생각하면서도, 괜히 바보가 된 느낌을 누를 수 없었다. 게다가 질슨이나 잭슨 모두 옷 가방을 들어 줄 생각조차 안 했다.

"정말 무례한 여자야, 그렇지 않니?"

케이티가 속삭였다.

아이들은 자갈이 깔린 기다란 통로를 지나서 학습 기관 건물로 향했다. 돌이 깔린 넓은 광장을 지나 수수한 돌 정원을 통과하다가 콘스턴스가 신발을 흔들어 자갈을 털어 낼 때까지 기다렸다. 마침내 일행은 학생 기숙사로 들어갔다. 여학생 숙소는 돌이 깔린 기다란 복도 끝에 있었고 남학생 기숙사는 반대편에 있었기 때문에 아이들은 서로 헤어질 수밖에 없었다.

레이니와 꼬챙이가 들어간 방은 예상한 그대로 아주 깨끗하고 산뜻했다. 침상 두 개, 책상 두 개, 의자 두 개가 있었다. 책장은 없었다. 그리고 옷장 하나, 히터 하나, 커다란 텔레비전 진열장이 있고 광장이 내려다보이는 창문 하나가 달려 있었다.

레이니는 창문으로 갔다. 광장 너머에 밝은 햇살에 반짝이는 바다가 자리 잡은 덕에 하얀 물거품을 머금은 파도가 몰아치는 게 보였다. 그 너머로 나무가 울창한 해안이 있었다. 바로 그곳에 베네딕트 선생님이 망원경 여러 대를 숨겨 놓을 예정이었다. 이곳에서 모스 부호로 신호를 보내면 되겠다는 생각이 들었다. 레이니는 심장이 콩닥거렸다. 마음은 자신이 이제 비밀 첩보원이란 사실을 받아들였는데 몸은 아직도 그걸 받아들이질 못하고 있었다.

잭슨이 문설주에 몸을 기댔다.

"필요한 게 있으면 집행부에 부탁해. 파란 바지와 하얀색 윗도리 그리고 파란 허리띠를 찬 집행부한테 언제나 부탁할 수 있어. 집행부는 이곳을 운영하고 있지. 우리 대부분은 이곳 학생 출신인데 전달자만큼이나 성적이 뛰어나서 커튼 선생님이 우리를 고용하신 거야. 하지만 우리를 전달자와 혼동하지 마. 전달자도 바지와 허리띠는 똑같지만 바지가 줄무늬야. 그들은 너희랑 같은 학생에 불과해. 성적이 우수해서 특별한 권리를 누리는 것뿐이야. 은밀한 특권이라고 할 수 있지. 어쨌든 너희도 이 모든 걸 금방 익히게 될 거야. 지금 당장은 짐을 풀고, 원한다면 텔레비전을 보도록 해."

잭슨이 텔레비전을 대신 켜면서 계속 말했다.

"한 시간 후에 신입생 오리엔테이션이 있을 거야. 그러면 커튼 선생님을 만날 수 있어."

"커튼 선생님이 누군가요?"

레이니가 물었다. 아무것도 모른다는 인상을 주는 게 좋을 것 같은 생각이 들었기 때문이다. 아는 게 적으면 의심을 적게 받고, 그러면 더 많은 이야기를 들을 수 있는 법이다.

잭슨이 깔보는 표정으로 바라보더니, 억지로 미소를 머금었다. 그러자 마치 머리가 빨간 악어 같았다.

"나는 이곳에 처음 온 꼬맹이들은 정말 무식하다는 사실을 계속 잊어버려. 커튼 선생님은 우리 대장님이야. 이 학습 기관을 설립하신 분이지. 그분 덕분에 우리 모두가 이곳에 있는 거야. 알겠어?"

잭슨은 자신이 실제보다 훨씬 똑똑하다고 생각하는, 그리고 본능적으로 잔인하면서 스스로는 자기가 아주 점잖은 사람이라고 생각하는 게 분명했다. 두 아이가 신속하게 대답하지 않자 잭슨이 닦아세웠다.

"내 말이 이해되는 거야, 안 되는 거야? 우리 말을 알아듣긴 하는 거야?"

두 아이가 고개를 끄덕였다.

"다행이군. 그럼 한 시간 후에 만나."

잭슨이 사라지자, 꼬챙이는 텔레비전을 껐다.

"그 말 들었어? '전달자.' 너도 그게 무슨 말인지 알지?"

"우선 여자애들부터 찾는 게 좋겠어."

레이니가 말했다.

"우리 여기 있어."

머리 위에서 조그만 소리가 들렸다. 천장 패널 한 장이 옆으로 미끄러지더니, 그곳에서 케이티가 불쑥 고개를 내밀었다.

"너희 침대에는 기둥이 없으니까 아무나 이리로 의자 좀 갖고 와 줘. 내가 콘스턴스를 내려 보낼게. 그런데 지금 뭐 하고 있는 거니?"

두 아이는 벌써 잔뜩 긴장하고 있던 참이었다. 그런데 머리 위에서 전혀 예상 못한 목소리가 나자, 레이니는 마치 날아오는 주먹을 막는 것처럼 두 손으로 얼굴을 가리고 꼬챙이는 옷장 뒤로 숨으려다가 실패한 터였다. 레이니는 수줍게 웃으며 의자를 천장 구멍 밑에 끌어다 놓았다. 잠시 후에 콘스턴스의 조그만 두 발이, 그다음에는 나머지 몸통이 나타났으며, 케이티는 대들보에 두 발을 건 채 콘스턴스를 의자 위로 조심스럽게 내려 주었다. 두 소년이 콘스턴스를 도와 바닥에 내려 주는 사이에 케이티는 대들보에 밧줄을 묶고 내려와서 합류했다.

"나한테 고맙다고 말할 필요는 없어."

케이티가 말하자, 콘스턴스는 인상을 잔뜩 찌푸린 채 옷에 묻은 먼지를 털어 내며 반박했다.

"내가 왜 너한테 고마워해야 하니? 네가 나를 히터 구멍에서 천장까지 끌어올려서 거미줄이 가득한 어두운 통로를 지나 이 딱딱한 패널을 지나오는 동안에 숨이 목까지 차고 무릎이 아파 죽을 뻔했어. 그런데도 너는 '무릎을 대지 마! 밑에 떨어져서 목이 부러질 거야!' 그리고 '너무 크게 숨 쉬지 마! 사람들한테 들킬 거야!' 그런 말이나 했잖아. 그런데도 내가 너한테 고마워하길 기대하니?"

"신경 쓰지 마. 내가 좋아서 한 일이니까."

케이티가 말하자, 콘스턴스는 눈알이 금방이라도 튀어나올 것 같은 표정이 됐다.

"복도로 오지 그랬니?"

꼬챙이가 묻자, 케이티가 대답했다.

"은밀한 통로를 만들어 놓아야 할 것 같았어. 남몰래 만나야 할 경우에 대비해서. 집행부가 주변을 항상 순찰할 게 분명해. 나는 그 사람들이 마음에 안 들어. 질슨이 내 양동이를 놀리고 우리를 계속 '풋내기'라고 부르면서 깔봤어. 콘스턴스가 질슨의 다리를 물어뜯지나 않을까 걱정스러울 정도였어."

"그럴 생각도 했어."

콘스턴스가 말하자, 케이티가 깊이 생각하며 말했다.

"하지만 질슨은 힘이 세 보여. 키가 180센티미터이고 두 팔은 고릴라 같고 꽁지머리는 철사 줄로 묶었어. 어린애가 덤벼들면 아마 철사로 목을 졸라 버릴 거야."

"그러면 그 여자를 건들지 않도록 조심하자."

레이니가 대답하고 나서 잭슨이 전달자에 대해서 말한 내용을 알려 주었다.

케이티가 말했다.

"질슨도 우리한테 똑같은 말을 했어. 우리가 텔레비전에서 들은 목소리는 전달자 애들이 말한 게 분명해, 그렇지?"

"아마 그럴 거야. 그런데 다른 학생은 전달자가 하는 일에 대해 잘 모르는 것처럼 들려. 우등생이 되지 않는 한 그런 '은밀한 특권'은 없으니까. 그건 우리가 우등생이 되어야 한다는 뜻이야. 그것도 아주 빨리. 그래야 전달자가 되어서 이곳 상황을 최대한 빨리 알 수 있어."

"지금 당장 여기저기 돌아다니면서 이곳 상황을 파악하는 건 어떨까?"

돌아다니는 걸 아주 좋아하는 케이티가 제안했다.

다른 아이들도 동의했다. 그래서 케이티는 밧줄을 끌어내리고 천장 패널을 제자리에 끼운 다음에 복도로 나갔다. 케이티를 따라잡기 위해 항상 열심히 걸어야 하는 레이니는 기숙사 출구에 거의 도착할 즈음에 콘스턴스가 없다는 사실을 발견했다. 세 아이는 뒤로 돌아갔다. 콘스턴스는 숙소 바로 앞에서 천장에 있는 곰팡이를 가리키며 코를 찡그렸다.

"저건 정말 싫어! 정말 더러워! 곰팡이는 끔찍해!"

콘스턴스가 말하자 레이니가 대답했다.

"으흠, 콘스턴스. 우리는 시간이 없어. 알지?"

네 아이는 다시 출발했다. 이번에는 모두가 콘스턴스를 계속 감시했다. 하지만 콘스턴스는 아주 산만할 뿐 아니라 견딜 수 없을 정도로 걸음이 느렸다. 세 아이가 빨리 걸으라고 재촉해도 고집스럽게 거부했다. 그래서 세 아이가 훨씬 앞에서 걷기라도 하면 자기랑 함께 걷지 않는다고 신경질을 부리며 불평했다.

"내 다리가 짧은 건 내 잘못이 아니야. 나는 너희처럼 빨리 걸을 수가 없어."

"우리 가운데 한 명이 너를 등에 업으면 어떨까?"

레이니가 제안했다.

"말도 안 돼."

콘스턴스가 대답했다. 하지만 결국에는 케이티가 업는 걸 허락했다. 그래서 마침내 네 아이는 기숙사 건물을 나와 햇살이 밝게 비치는 곳으로 나갈 수 있었다.

아이들은 꾸불꾸불한 좁은 길을 따라 기숙사 바로 옆의 높은 언덕으로 올라가기로 결정했다. 쪼갠 돌을 바닥에 잘 깔아 놓은 길이었다. 몇 분 후 언덕 꼭대기에 올라서니, 섬 전체가 한눈에 들어왔다. 섬은 언덕 너머에 다른 언덕이 있는 식으로 계속 언덕이 이어지는 지형이었다. 언덕 중에는 완만한 언덕도 있고 가파른 봉우리도 있었다.

아이들은 새로 입학할 학교를 내려다보았다. 이 잿빛 돌 건물들은 모두가 비슷하고 서로 너무 가까이 있어서 어디가 시작이고 어디가 끝인지 구분하기 어려웠다. 건물들은 돌을 깔아 놓은 넓은 광장을 중심으로 말굽 모양을 그리고 있었고 돌을 깔아 놓은 보도와 돌계단으로 서로 연결되어 있었다. 그런데 높은 곳에서 바라보니, 기숙사 바로 뒤에 높은 돌탑까지 있어서 학교 건물이 아니라 마치 요새처럼 보였다. 하지만 밝은 아침 햇살을 받아, 상상한 것처럼 무서운 금단의 지역으로 보이지는 않았다.

아니, 오히려 섬 전체가 아주 사랑스럽게 보였다. 언덕 옆구리에는 모래와 녹색 채소밭 그리고 바위가 옹기종기 모여 있으며 얽히고설킨 자갈길이 서로를 연결시켜 주었다. 길 주변 여기저기에는 커다란 돌 화분에 꽃이 피는 선인장이 있었다. 근처 언덕에서는 시냇물이 힘차게 흘러서 바위를 넘거나 그 주변을 돌거나 조그만 폭포처럼 떨어지며, 학습 기관에서 약간 떨어진 절벽 밑에 있는 해안으로 흘러갔다. 물이 졸졸 혹은 콸콸 흐르는 소리, 그 물이 멀리서 절벽으로 떨어지는 소리 말고는 섬 전체가 놀라울 정도로 조용했다. 아이들도 전혀 보이지 않고 하얀 작업복을 입은 일꾼이 보도를 청소하거나 무언지 모를 임무 때문에 바삐 걸어가는 모습만 가끔씩 보였다.

"모두 수업을 듣고 있나 봐. 그런데 만화경은 왜 꺼내는 거니?"

꼬챙이가 이상하다는 표정으로 케이티를 쳐다보며 물었다.

"저건 망원경을 변장시킨 거야."

레이니가 대답하는 동안 케이티는 만화경 렌즈를 벗겨 냈다. 그리고 탑에다 망원경 초점을 맞췄다.

"학습 기관 깃발 바로 위에 창문이 있어. 저긴 아주 중요한 곳이 분명해. 저게 이 섬에서 가장 높은 창문이거든. 중요한 일은 언제나 가장 높은 창문 안에서 일어나는 법이야."

케이티가 망원경을 콘스턴스에게 건네주었다.

"깃발 때문에 있는 창일 수도 있어. 깃발을 달고 청소도 해야 하니까."

꼬챙이가 말하니까, 케이티가 대답했다.

"그럴 수도 있겠지. 하지만 안으로 살짝 들어가서 살펴보는 게 가장 확실할 거야. 창문은 생각보다 높지 않아, 저 언덕만 올라가면. 그렇게 하려면 먼저 저 바위 벽을 넘어야 해."

케이티가 옆에 있는 언덕 꼭대기를 가리켰다.

"그런 다음에 시냇물을 건너서 더 올라가는 거야. 탑은 저 언덕 바로 옆에 있어. 보이지? 밧줄만 충분하면 올가미를 만들어서 깃대에 걸 수 있어. 그래서 올라간 다음에 깃대 위에서 창문을 여는 거야."

"그게 간단한 거야?"

레이니가 묻자, 케이티가 어깨를 으쓱했다.

"아주 간단해."

"어쨌든 저곳은 사방이 트인 곳이라서 분명히 들킬 거야. 베네딕트 선생님이 불필요한 위험을 감수하지 말라고 한 건 바로 저런 걸 뜻하는 거야."

레이니가 다시 말하자 케이티가 한숨을 쉬었다.

"그 말이 맞는 것 같아."

뒤이어 콘스턴스가 잔뜩 화난 표정으로 말했다.

"이건 정말 끔찍한 망원경이야, 케이티. 이걸로 보면 오히려 더 멀게 보여."

케이티는 망원경을 반대로 돌려서 다시 건네주었다.

아이들은 언덕 꼭대기에 오랫동안 머물렀다. 전망도 좋고 공기도 시원해서 기분이 좋았다. 그리고 비록 아무도 말하지 않았지만 밑으로 내려가서 집행부를 다시 만나고 싶지 않았다. 케이티는 특히 더했다. 다른 아이와 마찬가지로 케이티 역시 첩자로 잡히는 게 두려웠지만 그 때문이 아니라 탐험을 멈추고 싶지 않기 때문이었다. 탐험은 케이티가 가장 잘하는 것이었다. 케이티는 자신이 가장 잘하는 일을 언제나 가장 좋아했다. 이기적이라서가 아니었다. 사실 케이티는 성격이 아주 좋고 불평도 거의 안 했다. 하지만 아버지한테 버림받은 일로 자신이 생각하는 것보다 크게 영향을 받은 이후로는, 다른 사람의 도움은 전혀 필요 없다는 사실을 증명하려고 노력하면서 살아왔다. 그리고 그러기 위해 가장 쉬운 방법은 자신이 가장 잘하는 일을 하는 것이었다.

그래서 돌아가야 한다고 꼬챙이가 강력하게 말할 때에 케이티는 한숨을 내쉴 수밖에 없었다. 하지만 다른 아이들도 한숨을 내쉬고 싶은 심정이었기 때문에 케이티한테 왜 그러냐고 묻지 않았다.

레이니는 콘스턴스가 케이티의 등에 올라타도록 도와주었다. 아이들은 기숙사로 내려가기 시작했다. 케이티는 뭔가 특이한 게 나타나기만 기대하며 사방을 둘러보았다. 하지만 불행하게도 돌덩이와 모래 그리고 녹색 채소밭이 전부였다.

언덕을 절반쯤 내려오다가 꼬챙이가 멈췄다.

"정말 이상해."

케이티는 눈을 번뜩이면서 주변을 둘러보고 물었다.

"뭐가 이상해? 어디에 뭐가?"

꼬챙이가 길에서 몇 미터 떨어진 무성한 녹색 담쟁이덩굴을, 아니, 돌덩이가 쌓여 있는 곳 근처에 담쟁이덩굴처럼 보이는 식물을 가리

컸다.

"조그만 잎사귀가 바닥을 뒤덮은 저 식물 보이니? 주름풀이라고 하는 건데, 얇은 흙에서 번성하는 희귀한 식물이야."

"그래? 정말 희귀하기도 하다."

콘스턴스가 말했다.

케이티는 얼굴을 찡그렸다.

꼬챙이가 고집스럽게 말했다.

"내가 말하고 싶은 건 저 가운데 일부가 최근에 심은 거란 사실이야. 오래된 주름풀은 나무처럼 갈색 줄기가 생기는데 얼마 안 된 주름풀에서는 부드러운 녹색 싹이 나와. 다른 건 모두 똑같이 보이지만."

아이들이 새싹 그리고 짙은 녹색 잎사귀 밑에 있는 줄기를 자세히 살펴보았다. 사실이었다. 한가운데가 다른 부분과 다른 게 분명했다. 하지만 식물학자가 아니라면, 혹은 꼬챙이가 아니라면 알아챌 수 없는 미묘한 차이였다.

콘스턴스가 물었다.

"너희 생각은 어때? 저곳에 무언가를 묻은 거 아닐까?"

"혹시 시체를 묻은 건 아닐까? 한번 살펴보는 게 좋지 않을까?"

케이티가 말하면서 레이니를 바라보았다.

레이니는 깜짝 놀라면서도 다른 아이들이 자신한테 의견을 묻는 것에 기분이 좋았다. 하지만 그것에 아직까지 익숙하지는 못했다. 그래서 잠시 후에 대답했다.

"그게 좋겠어. 하지만 조심해야 돼."

"조심할 게 뭐 있어? 저건 식물이야."

케이티가 말했다.

"왠지 불안해."

"아무것도 아닐 수도 있어."

꼬챙이는 괜히 주름풀 얘길 했다는 생각이 들기 시작했다. 그러곤 제일 마지막으로 따라가며 다시 말했다.

"어쩌면 곰팡이가 생겨서 일부가 죽었기 때문에 정원사가 그곳에 다시 심은 걸 수도 있어. 주름풀은 곰팡이에 약해서……."

다른 아이들이 주름풀 밭 바로 앞에서 걸음을 멈췄다. 거실 양탄자 두 배만 한 크기였다. 케이티는 별다른 흥미가 없는지, "그냥 덩굴처럼 보여." 하고 말한 다음에 콘스턴스를 등 높이 올리며 물었다.

"사람한테 해로운 거니?"

"아니, 전혀. 아무런 해도 없어."

꼬챙이가 대답하고 주름풀 한가운데로 걸어갔다. 케이티와 콘스턴스는 바로 그 뒤를 따랐다. 꼬챙이가 말했다.

"내가 어린 싹을 뜯어서 너희한테 보여……."

바로 그 순간 주름풀은 꼬챙이를 집어삼켰다.

함정과 헛소리

꼬챙이가 주름풀 사이로 떨어질 때에 케이티와 콘스턴스는 두 걸음 뒤에 있었다. 만일 조금만 더 떨어져 있었다면 꼬챙이를 구할 방법이 없었을 것이다. 그리고 다른 아이였더라도 못 구했을 것이다. 하지만 뒤에 있던 사람은 다행히 케이티였다. 케이티가 필사적으로 몸을 날렸기 때문에 간신히 꼬챙이의 발을 낚아챌 수 있었다.

문제는 그것으로 끝이 아니었다. 케이티가 바닥으로 몸을 날리는 순간에 콘스턴스가 어깨 너머로 날아가고 말았다. 그래서 케이티는 역시 구멍으로 빠진 콘스턴스가 완전히 사라지기 직전에 그 애의 발목도 움켜잡았다. 하지만 두 아이의 몸무게에 끌려서 케이티 자신도 구멍으로 빨려들기 시작했다.

"끄응, 레이니? 좀 도와줄래!"

케이티가 이를 악물고 소리쳤다.

레이니가 달려와서 케이티의 두 발을 잡았다.

꼬챙이와 콘스턴스를 안전한 곳으로 끌어올리는 건 정말 어렵고 힘들었다. 그리고 아주 불쾌했다. 꼬챙이 팔꿈치가 자기 옆구리를 찌른다며 콘스턴스가 계속 투덜거렸기 때문이다. 하지만 결국에 레이니와 케이티는 두 친구를 안전한 땅으로 끌어올렸다. 네 명 모두 그 자리에 벌러덩 누워서 하늘을 쳐다보며 숨을 헐떡거렸다.

"주름풀이 '전혀 아무런 해도 없는' 건 아니군."

콘스턴스가 말했다.

꼬챙이가 콘스턴스를 바라보았다. 화를 내고 싶었다. 하지만 살아났다는 것 자체가 기뻐서 그냥 웃기만 했다.

"실제로 육식성 식물인 것처럼 보여."

케이티가 말했다.

그리고 얼마 후에는 네 명 모두가 낄낄거리며 웃었다. 위험은 지나갔고, 웃음은 어떤 식으로든 불안감을 조금이나마 덜어 내는 데 도움이 되었다. 네 아이는 마치 "우리가 해냈어, 그렇지? 우리가 해낸 거야!" 하는 표정으로 만족스러운 미소를 머금고 서로를 쳐다보며 일어나 흙을 털어 냈다. 그다음 주름풀 구멍 옆으로 살짝 다가가서 그 속을 들여다보았다. 하지만 눈에 보이는 건 짙은 어둠과 길게 늘어진 덩굴뿐이었다. 게다가 덩굴 자체도 처음 봤을 때의 모습으로 천천히 돌아가고 있었다. 꼬챙이가 떨어지면서 옆으로 젖혀진 가지와 잎사귀는 뻣뻣하게 쭉 펴지면서 자리를 잡는 중이었다. 탄력 좋은 잔디처럼 구멍 역시 금방 사라질 게 분명했다.

케이티는 구멍 옆으로 가까이 기어가서 가지를 옆으로 젖히고 손전등으로 어둠 속을 비추며 말했다.

"이건 웅덩이야. 깊이는 육 미터. 하마터면 다리가 부러질 뻔했어."

케이티가 꼬챙이를 뒤돌아보자, 꼬챙이가 이마를 닦으며 말했다.

"잡아 줘서 고마워, 케이티. 나한테는 정말 소중한 다리거든."

콘스턴스가 말했다.

"나도 고마워해야겠지만 네가 몸을 날리지만 않았다면 나도 구멍으로 떨어지지 않았을 거야. 그러니까 내가 고마운 것과 네가 미안한 게 서로 비긴 셈이야."

케이티가 웃었다.

"나는 아무래도 좋아, 콘스턴스. 내가 사과할 필요만 없다면."

아이들은 주름풀 옆에 오랫동안 서서 곰곰이 생각했다. 이곳에 구멍이 있어야 하는 이유를 아무도 깨달을 수 없었다. 도대체 이곳에 이렇게 위험한 구멍을 파서 풀로 덮어 놓은 이유가 뭘까?

"내가 생각할 수 있는 답은 하나밖에 없어."

마침내 레이니가 입을 열자, 케이티가 말했다.

"함정?"

레이니가 고개를 끄덕였다.

"근사하구나. 이곳에 함정까지 있으니 말이야."

콘스턴스가 말했다.

꼬챙이가 걱정이 가득한 말투로 물었다.

"하지만 이곳에 함정을 파 놓은 이유가 뭘까? 왜 함정을 만들어 놓은 거지?"

케이티가 콧방귀를 뀌며 대답했다.

"꼬챙이, 정말 놀라워! 함정은 동물이나 사람을 잡고 싶을 때에 만드는 거야."

꼬챙이는 대답하지 않고서 한 걸음 한 걸음 조심스럽게 내딛으면서 길이 있는 곳으로 돌아갔다.

아이들은 집행부가 찾아올 시간에 맞춰서 숙소로 돌아갔다. 집행부를 기다리게 하는 건 별로 바람직하지 않다고 꼬챙이가 계속 주장했기 때문이었다. 하지만 기다린 사람은 집행부가 아니라 아이들이었다. 삼십 분을 기다려도 질슨이 나타날 기색이 없자, 콘스턴스가 갑자기 커다랗게 노래를 불렀다.

"지금 우리는 다 늙은 더러운 집행부를
만나기 위해 삼십 분을 계속 기다리고 있네.
삼십 분이면 낮잠을 자도 충분한 시간이네.
그러나 이 여자는 자신이 한 약속을 중요하게 여기지 않네."

케이티가 깜짝 놀라며 물었다.
"도대체 뭐야? 네가 뻐꾹 시계 시인이라도 되니? 그만해, 바로 우리 문 앞에 있을 수도 있잖아!"

사실 그때 바로 문 앞에 질슨이 있었다. 하지만 다행히 화난 기색은 조금도 없고 예전처럼 거드름만 피우며 들어왔다. 케이티는 벽과 문이 아주 두꺼워서 밖에서 엿듣기 힘들 거라고 생각했다. 이는 친구들과 은밀한 대화를 나눌 때는 도움이 되지만 다른 사람들이 나누는 이야기를 엿듣기가 그만큼 어렵다는 걸 의미했다. 케이티로선 정말 짜증스럽지 않을 수 없었다. 하지만 질슨이 "빨리 서둘러, 풋내기들아. 하루 종일 너희만 기다릴 수 없어." 하고 말할 때만큼 짜증나진 않았다.

케이티는 입술을 깨물며 대답했다.
"준비는 끝났어요."

"그래야지."

질슨이 말하더니 얼굴이 어두워지며 물었다.

"아니, 저 텔레비전이 왜 꺼져 있는 거지? 고장 난 거야?"

"우리가, 저, 우리가 그냥 껐어요, 지금 막."

케이티가 거짓말을 했다. 질슨이 다그쳤다.

"끈 이유가 뭐지?"

케이티는 눈을 껌벅거렸다.

"이제 밖으로 나가는 거 아닌가요?"

"아."

질슨이 잠시 생각하더니, 마침내 성가셔하며 말했다.

"으흠. 괜찮겠지, 자기 할 일만 제대로 한다면."

그들은 복도에서 잭슨과 두 아이를 만났다. 집행부는 아이들 이름이 적힌 종이 한 장을 들고서 이름이 모두 맞는지 확인한 다음, 학습 기관 안내에 들어갔다. 학생 숙소와 침실이 전부인 기숙사를 빠르게 지나친 후 그들은 바깥으로 걸어갔다. 그곳에서 질슨은 보도만 벗어나지 않는다면 마음대로 돌아다녀도 된다고 하면서 이렇게 말했다.

"보도에서 벗어나는 건 너무 위험해. 이 섬에는 수직으로 뚫린 폐광이 널려 있어."

아이들이 서로 시선을 교환하고, 질슨은 설명을 계속했다.

"옛날에 판 거야. 커튼 선생님이 이 학습 기관을 세울 때 말이야. 커튼 선생님이 이 섬을 사기 전에 사람들은 이곳에 바위밖에 없다고 말했어. 그들은 그 바위의 성분을 몰랐어. 이 섬 전체에 아주 귀중한 광물이 널려 있었는데 말이야. 하지만 커튼 선생님은 그걸 아셨어. 그분은 다리를 세우고 채굴 장비와 일꾼을 채용했지. 정말 많이 채용했어. 그래서 그들이 묵을 기숙사 건물을 제일 먼저 세웠어. 그게 지금의 학생 기숙사야."

질슨은 실력이 뛰어난 여행 가이드처럼 바로 앞에 있는 학생 기숙사를 가리켰다. 하지만 아이들은 그 건물이 무언지 벌써 알고 있었다.

아이들은 의무적으로 쳐다보며 고개를 끄덕거렸다.

"커튼 선생님은 전 세계에서 가장 큰 부자가 되셨어. 그런데 그분이 그 많은 재산으로 무얼 하셨는지 추측할 수 있니?"

질슨이 자랑스러운 미소를 머금으며 물었다.

"불가능할걸."

잭슨이 중얼거렸다.

"이 학습 기관을 세운 거요?"

레이니가 대답하자, 잭슨은 깜짝 놀란 표정을 했다.

질슨이 계속 말했다.

"맞아. 너희도 알다시피 무료 학교야. 이곳에서는 돈이 한 푼도 들지 않아. 관대한 커튼 선생님 덕분이야. 그분은 조금도 대가를 바라지 않으셔. 명심해. 고맙다는 말조차 바라지 않으시지. 커튼 선생님은 관대하신 만큼 남의 앞에 나서는 것도 싫어하셔. 이 학습 기관을 결코 떠나지 않으시고 여행도 안 가시니까. 그분은 중요한 일이 너무나 많기 때문이라고 말씀하셔. 다음 세대의 마음을 넓히는 일이지."

집행부는 바위 정원을 지나서 넓은 중앙 광장으로 아이들을 인도했다. 광장 앞과 옆에는 학습 기관의 거대한 석조 건물이 자리 잡고 있었다. 계속 걸어가면서 잭슨은 차례대로 건물에 대해 설명했다.

"오른편에 있는 건물부터 시작하자. 기숙사가 보이지? 너희도 기숙사를 기억하지? 그리고 그 왼쪽에 탑이 딸려 있는 건물은 '학습 기관 통제 건물'이야. 저곳에 커튼 선생님 사무실, 경비원과 모집원 숙소, 그리고 집행부 숙소가 있어. 커튼 선생님이 사무실로 부르지 않는 한 너희는 저 건물까지 올 이유가 하나도 없을 거야. 물론 나중에 너희도 집행부가 되면 다르겠지만."

잭슨이 아이들을 굽어보면서 머리를 흔들었다. 그럴 가능성이 전혀 없다는 표정이었다. 그리고 계속 설명했다.

"그건 그렇고, 학습 기관 통제 건물 다음에 있는 건 식당이야. 바로 여기 우리 앞에 있는 건물이지. 그리고 그다음은 교실 건물이고. 저 옆에 있는 건물은 '제일 좋은 건강 센터'야. 우리는 저걸 양호실이라고 불러. 그리고 저 보도 위에 있는 건물은 체육관이야. 체육관은 항상 열려 있어, 닫혀 있을 때만 빼면. 자, 이게 전부야. 지금까지 본 게 학습 기관 건물이야."

"저 건물은 무언가요?"

레이니가 교실 건물 너머로 살짝 보이는 지붕 꼭대기를 가리키며 묻자, 잭슨이 얼굴을 찡그렸다.

"저것도 설명하려고 했어, 레이니. 저건 도우미 막사야. 막사가 뭔지는 알고 있지? 막사란 도우미가 사는 곳이야."

"도우미요?"

잭슨이 비웃으며 말했다.

"너희는 눈도 없니? 하얀 작업복을 입고 열심히 돌아다니면서 청소도 하고 쓰레기도 줍는 사람들을 못 봤어?"

레이니가 고개를 끄덕거렸다. 그들을 도우미라고 부른다는 건 모르는 게 당연했다. 하지만 레이니는 그런 변명은 하지 않는 쪽을 선택했다.

이번에는 질슨이 설명했다.

"도우미는 건물 보수와 청소, 세탁 그리고 요리 등 잡다한 모든 일을 담당해. 자, 이리 와, 풋내기들아. 그렇게 질척거리지 마. 건물 내부에 아직 둘러볼 게 많아."

집행부는 아이들을 재촉하며 교실 건물로 들어갔다. 밖에서도 아주 커 보이긴 했지만 내부는 정말 어마어마했다. 전등을 밝게 켜 놓은 복도가 입구에서 사방으로 뻗어 있었다. 아이들은 이 복도 저 복도를 계속 걸었다. 콘스턴스는 일행을 따라잡으려고 특히 열심히 걸어야 했다. 덕분에 얼굴 표정이 아주 안 좋았다.

마침내 질슨은 양쪽으로 교실 문이 쭉 늘어선 복도에서 걸음을 멈췄다.

"이 건물은 복도가 끔찍하게 많아."

질슨이 말하자, 잭슨이 덧붙였다.

"이 건물만 그런 게 아니야. 도우미 막사와 식당 복도까지 연결된 건물에도 그들의 복도가 있어."

질슨이 대답했다.

"맞아. 그래서 이제부터 너희 꼬맹이들이 알아 둬야 할 건 길을 제대로 파악하는 방법이야. 어려워할 거 없어. 복잡하게 보이지만 실제로는 복잡하지 않아. 이건 너희가 이곳 학습 기관에서 배우게 될 중요한 원칙 가운데 하나야."

"이게 복잡하지 않아요?"

콘스턴스가 말했다. 계속 돌고 또 돌아서 아주 혼란스럽다는 표정이었다.

잭슨이 대답했다.

"너희 발밑을 봐. 노란 타일을 길게 붙여 놓은 것이 보이지? 바닥에 노란 타일이 붙어 있는 복도만 걸어가면 길을 잃지 않지."

아이들은 바닥을 내려다보았다. 레이니는 아까부터 노란 타일을 보았지만 별다른 생각을 안 했다. 그냥 장식일 거라고 추측한 게 전부였다. 레이니는 앞으로 이곳에서는 무엇이든 추측하면 안 되겠다는 생각이 들었다.

질슨이 입술에 손가락을 댄 채 아이들을 데리고 교실 문 유리창을 살짝 들여다보았다. 홀쭉한 집행부 한 명이 앞에 서 있고, 약 서른 명에 달하는 어린 학생들이 열심히 수업을 들으며 암기 연습을 하는 중이었다.

"자유 시장은 언제나 완벽하게 자유로워야 한다.

자유 시장은 필요한 경우에 통제를 받아야 한다.

자유 시장은 필요한 경우에 자유를 통제받을 정도로 자유로워야 한다.

자유 시장은 필요한 경우에 스스로를 자유롭게 할 정도로 충분한 통제권을 가져야 한다.

자유 시장은……."

"지금 저 학생들이 도대체 무슨 말을 하는 거예요?"

꼬챙이가 묻자, 잭슨이 대답했다.

"아, 저건 자유 시장 암기 연습이야. 아주 기본적인 내용이지. 저 정도는 너희도 금방 암기할 거야."

"나한테는 정말 말도 안 되는 헛소리처럼 들려요."

콘스턴스가 말하자, 질슨이 탐사를 다시 시작하며 대답했다.

"어떤 수준에서는 모든 게 말도 안 되는 헛소리처럼 들리는 법이야. 너희가 학습 기관에서 배우게 될 내용은 특히 그래. '음식'이라는 단어를 예로 들어보자. 자신한테 '우리는 그걸 왜 음식이라고 부를까?' 하고 물어봐. 정말 이상하게 들리지, 그렇지? '음식'이라는 단어 역시 순식간에 헛소리로 들릴 수가 있어. 하지만 실제로 음식은 굉장히 중요해. 생명을 유지시키는 기본 조건이니까!"

"그래도 여전히 헛소리로 들려요. 그리고 이제 배가 고파요."

콘스턴스가 투덜거렸다.

다른 아이들과 마찬가지로 콘스턴스의 입에 군침이 돈 건 음식에 대한 설명 탓이기도 했지만 음식 냄새가 났기 때문이기도 했다. 그들은 식당으로 들어서고 있었던 것이다. 식탁이 잔뜩 놓여 있고 조명이 밝은 거대한 실내 공간이었다. 대체적으로 다른 식당과 비슷하지만 음식 냄새는 달랐다. 그릴에 구운 핫도그, 햄버거, 야채, 녹인 치즈, 토마토소스, 마늘, 소시지, 생선 튀김, 구운 파이, 계피와 설탕, 애플파이, 기타 등등 천 가지 이상의 맛있는 냄새가 공중에 떠도는 것 같았다. 텅 빈 식탁 너머로 연기와 증기 구름에 절반쯤 가려진 채 주방을 바삐 오가는 도우미들이 보였다.

케이티는 코를 공중에 대고 사냥개처럼 널름거렸다.

"빵집과 피자 가게 그리고 파티 요리 같은 냄새가 동시에 나."

그러자 잭슨이 설명했다.

"바로 그게 우리 학습 기관의 또 다른 자랑거리야. 도우미들이 정말 훌륭한 음식을 만들어. 학생은 무엇이든 원하는 음식을 원하는 만큼 먹을 수 있어. 저쪽으로 가서 먹고 싶은 걸 말해. 저 사람들이 아무 말도 안 한다고 언짢아할 건 없어. 도우미는 학생이 묻지 않는 한 학생한테 말할 수 없으니까. 조금 지나면 너희들도 저들한테 눈길조차 가지 않을 거야. 내가 학생이었을 때가 기억나. 나는 저들을 놀리는 걸 좋아했어. 그래도 저들은 어쩔 수 없었지. 너희도 알게 되겠지만, 도우미를 놀리면 안 된다는 규칙은 없거든. 하지만 나도 지금은 저들한테 거의 눈길도 주지 않아, 저들을 감시하는 눈길 외에는."

"이곳에는 규칙이 하나도 없는 것처럼 들려요."

꼬챙이가 말하자 잭슨이 대답했다.

"그 말이 맞아, 조지. 실제로 하나도 없어. 옷도 무엇이든 원하는 대로 입을 수 있어, 바지와 윗도리만 입으면. 목욕은 자주 해도 되고 전혀 안 해도 돼, 교실에 들어올 때마다 매일 깨끗하기만 하면. 음식도 무엇이든 먹고 싶을 때마다 언제나 먹을 수 있어, 식사 시간 동안에는. 숙소 전등도 밤늦도록 켜 놓을 수 있어, 매일 밤 10시까지는. 그리고 학습 기관 전역을 마음대로 돌아다닐 수 있어, 보도와 노란 타일만 따라다니면."

"하지만 그 모든 게 나한테는 규칙처럼 들려요."

레이니가 말하자, 잭슨이 얼음처럼 파란 눈동자를 굴렸다.

"오늘은 첫날이니까 너에게 많은 걸 기대하지 않겠어, 레이니. 하지만 너희가 이 학습 기관에서 배울 인생의 규칙 하나는 이거야. '규칙처럼 들리는 많은 것이 사실은 규칙이 아니고 언제나 실제보다 많은 규칙이 있는 것처럼 들리는 법이다.'"

"그건 내가 배울 두 가지 규칙처럼 들려요."

레이니가 말했다.

"내 말이 그 말이야. 자, 따라와, 모두. 서둘러야겠어. 다른 신입생들과 함께 키튼 선생님의 환영 연설을 들어야 하니까. 콘스턴스, 꾸물대지 마. 너도, 조지, 빨리 서둘러."

"부탁인데, 절 '꼬챙이'라고 불러 주지 않겠어요?"

꼬챙이가 급히 서두르며 물었다.

"꼬챙이가 진짜 이름이야?"

잭슨이 묻자, 꼬챙이가 대답했다.

"모든 사람이 그렇게 불러요."

"그럼 그게 공식 이름이야? '꼬챙이'가 공식 이름으로 적혀 있는 공식 서류라도 있는 거야?"

"음, 아니요, 하지만……."

"으흠, 공식 이름이 아니라면 실질적인 이름이 될 수 없어, 그렇지 않아?"

꼬챙이가 가만히 쳐다보기만 했다. 그러자 잭슨은 "넌 정말 착한 아이구나, 조지." 하고 말한 다음에 아이들을 교실로 인도했다.

쌍둥이자리를 조심하라

아이들은 평범한 교실로 안내를 받았다. 햇살이 유리창으로 흠뻑 몰려드는데 책상은 몽땅 텅 빈 채였다. 집행부 한 명이 잭슨과 질슨을 기다리고 있었다. 아이들이 각자 자리를 골라서 앉는 동안에 집행부 세 명은 자기들끼리 속닥거렸다. 그러더니 질슨과 집행부 한 명이 급히 바깥으로 나갔다.

잭슨이 아이들에게 말했다.

"오래 걸리지 않을 거야. 다른 그룹이 건물 답사를 거의 마쳤대. 우리 모집원이 뜻밖의 신입생을 데려온 게 분명해. 그 애들을 지금 데려올 거니까 몇 분 뒤에 시작하는 거야. 알겠지?"

잭슨이 교실 바깥으로 발을 내딛다가 다시 안으로 들어왔다.

"알겠지?"

"알겠어요."

아이들이 대답했다.

잭슨은 경멸 어린 표정으로 머리를 흔들며 바깥으로 나갔다.

"정말 멋진 사내야."

케이티가 말하자 꼬챙이가 말했다.

"이런 상황에서 넌 어떻게 그런 농담이 나오니? 나는 창자가 배배 꼬이는데."

그건 레이니도 마찬가지였다. 하지만 이렇게 물었다.

"질슨이 수직 폐광에 대해서 한 얘기 너희도 들었지?"

케이티가 대답했다.

"당연하지. 말도 안 되는 소리야. 하기야 함정을 파 놓고 그걸 우리한테 제대로 알려 줄 리가 없지."

"저들은 우리가 보도에서 벗어나는 걸 원치 않는 거야. 그리고 만일 우리가 그렇게 하면 우리를 잡으려고 함정을 판 거야."

레이니가 깊이 생각하며 말하자, 케이티가 좋아서 파란 눈동자를 반짝거렸다.

"그렇다면 함정이 사방에 있겠구나."

"너희 두 사람은 불안감을 해소하는 데 전혀 도움이 안 돼."

꼬챙이가 말했다.

이윽고 문이 활짝 열리더니 집행부 몇 명과 멋진 정장을 차려입고 시계를 두 개씩 찬 사내 두 명의 인도를 받으며 다른 신입생 열 명이 들어오기 시작했다. 짧은 인사를 나누고 책상을 고른 다음 약간 소란이 이는 동안 집행부는 아이들 한 명 한 명을 아주 열심히 감시했다. 조금도 믿을 수 없다는, 언제 아이들이 바깥으로 도망치거나 땡깡을 부릴지 모른다는 표정이었다. 레이니는 자신한테 쏠리는 집행부의 시선을 고통스럽게 참았다. 벌써 주목을 받는 느낌이 들었다. 하지만 새로 들어온 학생은 언제나 주목을 받는 법이라고 생각하며 자신을 진정시켰다. 그래서 빙그레 웃으며 고개를 끄덕거렸다. 다른 신입생과 마찬가지로 즐겁고 기쁜 척하려고 열심히 노력했다.

베네딕트 비밀클럽 동료들도 똑같은 노력을 하고 있었다. 하지만 다른 신입생처럼 자연스럽지 않은 동료도 있었다. 케이티는 아름답게 웃었지만 꼬챙이는 웃으려는 얼굴이 찡그린 표정으로 나타났다. 마치 모래 폭풍 한가운데에 서 있는 표정이었다. 콘스턴스는 서너 차례 다정하게 고개를 끄덕였으나 결국에는 꾸벅꾸벅 졸면서 눈꺼풀도 내려왔다. 그래서 레이니가 옆구리를 찌르자, 깜짝 놀라 고개를 번쩍 들며 눈을 껌뻑거렸다. 자신이 지금 어디에 있는지조차 모르는 표정이었다.

그런데 이상하게도 다른 신입생 두 명 역시 그랬다. 제일 앞에 앉아 있는 종처럼 뚱뚱한 여자애와 철사처럼 가느다란 남자애 모두 멍한 표정이었다. 둘 다 몸에 안 맞는 옷을 입고 있었다. 여자애 옷은 너무 작고 남자애 옷은 너무 컸다. 그들은 금방 목욕을 해서 머리칼이 젖은 상태였다. 콘스턴스를 제외하면 즐겁지도 기쁘지도 않은 것처럼 보이는 아이는 이 두 아이밖에 없었다. 너무 졸리기만 한데 지금 막 목욕을 한 데다가 새 학교에 대한 공포심 때문에 완전히 긴장한 것 같았다.

레이니는 정장 차림의 사내 한 명이 졸린 표정의 두 아이를 바라보면서 살짝 윙크를 하고 다정하게 웃는 걸 발견했다. 잭슨이 말한 '모집원'이 갑자기 뇌리를 스쳤다. 모집원이란 학습 기관에서 신입생을 모으러 다니는 사람이 분명하다. 그렇다면 '뜻밖의 신입생'이란 말은······.

정말 그럴 수 있을까? 아이를 납치해서 이곳까지 데려올 수도 있을까? 하지만 졸린 표정으로 가만히 앉아 있을 뿐인데?

뭔가 이상하단 생각이 들었다. 자신이 뭔가를 놓치고 있는 게 분명했다. 하지만 그래도······.

소란이 가라앉고 있었다. 질슨이 앞으로 나왔는데, 문가에 서 있는 잭슨이 신호를 보내기만 기다리는 눈치였다. 잭슨이 고개를 끄덕이자 질슨이 두 손을 들어서 모두를 침묵시켰다. 교실 전체에 침묵이 깔렸다. 그러더니 질슨이 우렁찬 소리로 선언했다.

"자, 이제, 여러분, 영광스럽게도 우리는 지금 우리가 사랑하는 학습 기관의 존경스러운 설립자이시며 교장이시며 이사장이신 레드롭타 커튼 선생님을 여러분에게 소개하는 바입니다!"

모두가 걱정하는 눈초리로 문을 바라보았다. 오랜 시간이 흘렀지만 멀리서 위잉 하는 소리 외에는 아무 소리도 들리지 않았다. 그런데 위잉 소리가 점차 커지더니, 이윽고 철커덕 소리와 부웅부웅 소리가 크게 들리기 시작했다. 마치 자동차 기어를 바꿔서 타이어를 힘차게 돌리는 소리 같았다. 그와 동시에 전동 휠체어를 탄 사내 한 명이 쏜살처럼 교실로 들어왔다. 너무 빠르고 위험하게 들어와서 교실에 있는 모든 아이가 몸을 급히 뒤로 젖힐 정도였다. 그러나 커튼 선생은 전동 휠체어를 완벽하게 운전하면서 아이들 발과 날카로운 책상 모서리를 정교하게 피하며 아이들 사이를 쭉 달려갔다. 그러면서 빙그레 웃었다.

전동 휠체어는 평소에 본 것과 다른 모양이었다. 카트 바퀴처럼 널찍한 바퀴 네 개가 있고 운전 버튼이 달려 있는 팔걸이에는 페달을 움직이는 장치도 있었다. 커튼 선생은 가슴에서 무릎까지 안전벨트를 맨 채, 방석이 깔린 휠체어에 편하게 앉아 있었다. 휠체어가 너무 빨리 달려서 숱이 많은 백발이 머리 뒤로 흩날릴 정도였다. 크고 동그란 안경을 걸쳤는데 안경알이 빛을 반사해 눈동자는 보이지 않았다. 두 뺨과 턱은 금방 면도를 한 탓인지 빨겠으며 코는 커다랗고 뭉툭해 마치 야채처럼 보였다.

　커튼 선생의 입장은 모든 아이에게 커다란 충격이었다. 하지만 베네딕트 비밀클럽 아이들이 받은 충격이 훨씬 컸다. 야채처럼 생긴 코와 숱이 무성하고 하얀 머리칼 자체만 해도 깜짝 놀랄 수밖에 없는데, 커튼 선생이 입은 녹색 격자무늬 콤비를 보니까 정말 어이가 없었다. 네 아이는 소스라치게 놀란 표정으로 커튼 선생을 바라보며 입을 쩍 벌렸다. 그러고는 서로를 쳐다보았다. 커튼 선생이 바로 베네딕트 선생님이란 사실을 한눈에 알아보았기 때문이었다.

　레이니는 열심히 그 이유를 파악하려고 했다. 베네딕트 선생님이 납치를 당한 걸까? 그래서 커튼 선생처럼 행동하라는 압력을 받은 걸까? 그렇다면 그 이유는 뭘까? 그런데 어떻게 이리도 빨리 올 수 있었지? 바로 오늘 아침에 베네딕트 선생님을 봤는데! 혹시 베네딕트 선생님이 '지킬 박사와 하이드'처럼 이중인격인 건가? 그런데 그럴 가능성 역시 낮은 것 같았다. 하지만 최근에는 모든 일이 이상하게 돌아갔다. 그래서 레이니가 생각할 수 있는 가장 그럴듯한 설명은, 무언지 모를 어떤 끔찍한 이유 때문에 베네딕트 선생님이 자신들을 속였다는 것이었다.

　레이니가 이런 생각을 하는 동안에 커튼 선생으로 소개받은 사내는 휠체어를 끼익 세우더니 한 바퀴 돌아서 레이니 바로 앞으로 곧장 달려갔다. 그리고 휠체어를 자리에 세우고는 레이니와 이 센티미터밖에 안되는 거리에서 얼굴을 들이밀었다. 너무 가까워서 레이니는 빛나는 은빛 안경알에 비친 깜짝 놀란 자신의 얼굴을 볼 수 있을 정도였다. 너무 가까워서 상대편의 독한 입냄새를 느낄 정도였다. 그런데 베네딕트 선생님이, 아니, 커튼 선생이 얼굴을 더 가까이 내밀었다. 뭉툭한 코가 레이니의 눈을 찌를 정도로 가까운 거리였다.

"왜 그러지? 나를 그런 식으로 쳐다보는 이유가 뭐지?"

레이니는 머리를 빠르게 굴렸다. 베네딕트 선생님이든 커튼 선생이든, 지금 그는 레이니를 못 알아보거나 못 알아보는 척하고 있었다.

"선생님 코요! 코가 연분홍색 오이처럼 보여요!"

비밀클럽 친구들이 깜짝 놀란 표정으로 레이니를 바라보았다. 하지만 다른 아이들이 낄낄거리며 웃음을 터뜨렸다. 잔뜩 찡그린 커튼 선생의 얼굴이 까맣게 변하더니 선생은 주먹을 불끈 쥐었다. 그리고 오랫동안 아무 말도 안 했다. 분노가 치밀어 올라 터지기 직전 같았다. 레이니는 잔뜩 겁이 난 채 가만히 기다렸다. 하지만 커튼 선생의 얼굴 색깔이 점차 엷어졌고 찡그린 표정도 만족스러운 표정으로 변하더니 미소까지 머금었다. 그리고 선생이 말했다.

"아이들이란! 내가 깜빡 잊을 때가 많아. 아이들은 이렇게 노골적으로 무례할 수 있지. 괜찮아, 마음에 담지 않겠어. 우리한테는 진실을 두려움 없이 말할 수 있는 학생이 필요해. 이름이 뭐지?"

"레이나드 멀든입니다, 선생님. 하지만 사람들이 부르는 이름은 레이니예요."

"환영하네, 레이나드 멀든. 그리고 환영해요, 여러분 모두! '머리가 아주 좋은 아이들이 다니는 학습 기관'에 온 걸 환영해!"

박수가 터져 나왔다. 레이니와 친구들은 서로를 또다시 쳐다보았다. 하지만 이번에는 비참하고 당혹스러운 표정으로 은밀히 서로를 보았다.

레이니는 어떻게 된 일인지 파악하기 위해 필사적으로 머리를 굴렸다.

'모든 게 반대야. 베네딕트 선생님은 상대를 편하게 하지만 커튼 선생은 상대를 무섭게 해. 베네딕트 선생님은 아이들을 존중하지만 커튼 선생은 아이들을 깔봐. 그리고 베네딕트 선생님은 상대에 대해 모든 걸 알고 있는 것 같은데 커튼 선생은 아무것도 모르는 것 같아……. 최소한 아직까지는.'

커튼 선생은 벌써 환영 연설을 시작하고 있었다. 그러면서 선언했다.

"다른 학교에서는 학생들한테 살아남는 방법만 가르치지. 읽는 법, 수학, 미술, 음악 수업 등은 학생의 시간을 좀먹는 것에 불과해! 이곳 '머리가 아주 좋은 아이들이 다니는 학습 기관'에서는……."

커튼 선생이 커다랗게 소리치며 칠판에 'the Learning Institute for the Very Enlightened'라고 적고 대문자마다 동그라미를 치며 말했다.

"우리는 학생들에게 사는(L. I. V. E.) 법을 가르친다!"

다시 커다란 환호성이 일었다. 하지만 레이니는 여전히 '모든 게 반대'라고 생각했다. 그러면서에 동그라미 쳐진 글자를 쳐다보는데, 갑자기 등골이 오싹했다. 사는(LIVE) 법을 거꾸로 적으면 악마(EVIL)가 되기 때문이었다.

질슨이 설명했듯이 아이들은 전등과 텔레비전을 '밤늦도록' 자유롭게 켜 놓을 수 있었다. 10시부터 숙소를 어둡게만 한다면. 그래서 10시가 되었을 때에 레이니는 문이 살짝 열린 틈새로 바깥을 몰래 내다보았다. 케이티가 예상한 대로 집행부 한 명이 순찰을 돌고 있었다. 키가 호리호리하고 발이 엄청나게 커다란 집행부 청년이 지금 막 복도 전등을 끄고 학생들 방문 밑으로 빛이 새어 나오나 살피는 중이었다. 레이니는 전등 스위치를 재빨리 내리고 조용히 문을 닫았다.
"바깥에 누가 있어?"
꼬챙이가 물었다.
"S.Q. 큰 발. 기억나지? 케이티가 S.Q.는 새스콰치(Sasquatch, 북아메리카 북서부 지역 산 속에 산다고 알려진 손이 길고 발이 크며 털이 많은 사람 비슷한 전설의 동물. '빅풋'이라고도 함.—옮긴이)의 약자가 분명하다는 농담을 했잖아."
그때 문을 두드리는 소리가 들렸다. 레이니가 문을 열자, S.Q. 큰 발이 팔짱을 낀 채 문가에 서 있었다. 그러곤 창문으로 들어오는 희미한 달빛 아래 사람 좋아 보이는 얼굴로 두 아이를 내려다보며 말했다. 하지만 친절한 어투는 아니었다.

"너희 두 사람, 이제부터 조용히 해. 이제 막 왔으니까 규칙을 잘 모를 수도 있을 거란 생각이 들어. 하지만 내가 너희 문에 귀를 대고 있을 때에 중얼거리는 소리가 들리면 그건 너희가 얘기를 하고 있다는 뜻이야. 그러면 안 돼. 물론 말하는 건 자유야. 하지만 소리를 내면 안 돼."

"알았어요."

두 아이가 소리를 내지 않고 입술로 대답했다.

"좋아, 이제 알았겠지. 그럼 잘 자도록."

S.Q. 큰 발이 문을 닫다가 고통에 찬 비명을 지르더니, 재빨리 문을 열고 발끝을 빼낸 다음, 다시 문을 닫았다.

"저 사람한테는 저런 일이 많이 일어날 거야."

레이니가 속삭였다.

그때 머리 위에서 천장 패널을 옆으로 미는 소리가 부스럭부스럭 들렸다. 손전등의 희미한 빛에 먼지와 거미줄을 잔뜩 묻힌 콘스턴스의 화난 얼굴이 보였다. 꼬챙이가 의자를 끌어 오자, 콘스턴스와 케이티가 금방 내려왔다. 구름이 달을 가리는 순간에 케이티가 손전등을 껐으며 실내는 그 즉시 어둠에 휘감겼다.

"도대체 어떻게 된 거야?"

케이티가 속삭였다.

"정말 더러운 속임수야."

콘스턴스가 말했다.

"내가 보기엔 커튼 선생이 미친 사람 같아. 네 생각은 어때, 레이니?"

레이니 역시 하루 종일 이 생각을 하던 중이었다.

"내 생각엔 해안으로 메시지를 보내야 할 것 같아. 우리가 사기를 당한 건지 아닌지, 베네딕트 선생님이 남한테 강요를 당해서 이렇게 할 수 밖에 없는 건지, 혹은 뭔가 다른 충분한 이유가 있는지. 저쪽에서 보낸 대답을 보면 알 수 있을 거야."

아이들이 모두 동의했다. 그리고 모스 부호를 제일 빠르게 보낼 수 있는 꼬챙이가 메시지를 보내기로 결정했다. 꼬챙이는 텔레비전 진열장 위로 올라가 창문을 통해 광장 아래를 살펴보았다. 광장 한쪽 구석에서 얼굴을 학습 기관과 반대편으로 한 채 다리 쪽을 내려다보는 사람이 보였다. 눈에 익은 인물이었다.

"기다려야겠어. 베네딕트 선생님, 아니, 커튼 선생이 보여."

"그 사람이 지금 뭘 하고 있는데?"

콘스턴스가 물었다.

"아무것도 안 하고 그냥 휠체어에 앉아 있어."

"아마 자신이 완전히 미친 것에 대해 곰곰이 생각하고 있을 거야."

케이티가 입을 열자, 꼬챙이가 말했다.

"잠깐만. 집행부 두 명이 밖으로 나갔고, 그래서 지금 그들이 함께 떠나고 있어. 와, 저 사람은 휠체어를 타고도 정말 빠르게 움직여. 집행부 두 사람이 숨을 헐떡거리면서 쫓아가고 있어."

꼬챙이가 계속 그쪽을 바라보았다. 이제 광장에 아무도 없었다. 보도 경비원도 없고 바다에 떠 있는 보트에도 아무도 없고 멀리 떨어진 다리에도 역시 아무도 없었다.

"됐어, 해안 전체가 깨끗해."

케이티가 손전등을 건네주자, 꼬챙이는 모스 부호를 껌뻑거리며 메시지를 보내기 시작했다.

'커 선생이 베 선생님과 똑같이 생겼어요, 어떻게 이럴 수가 있죠?'

미처 발견 못한 집행부가 신호를 훔쳐볼 경우에 대비해, 아이들은 최대한 짧고 은밀한 내용을 보내기로 결정한 터였다. 이제 그들은 답신이 오기만 기다렸다. 일 분 일 분이 아주 길게 느껴졌다. 이윽고 저쪽에서 메시지를 이해 못한 것 같다는 걱정이 들기 시작했다. 심지어 건너편에서 그걸 본 사람이 아무도 없을 거라는 생각까지 들었다.

"건너편에 아무도 없어."

콘스턴스가 커다랗게 말했다. 다른 세 아이가 서둘러 조용히 시켰다. 콘스턴스는 혀를 내밀긴 했지만 조그맣게 속삭였.

"속임수란 사실이 분명히 드러난 거야. 모두가 한통속이야. 우리를 교묘하게 꼬드겨서 이 섬까지 끌고 왔으니, 이제 우리는 두 번 다시 육지로 못 나갈 거야."

레이니가 진정시켰다.

"기다려 봐. 만일 저쪽에서 지금 답신을 보내지 않는다면, 그러면 나도 우리가 속임수를 당했거나 아니면 뭔가 엄청나게 잘못되었다는 너의 의견에 동의할 거야. 그러면 우리 모두 힘을 모아서 여기를 벗어날 방법에 대해 궁리하는 거야."

바로 그때 꼬챙이가 입을 열었다.

"잠깐만! 나무 사이에서 불빛이 보여! 지금 답신이 오고 있어."

세 아이 모두 숨을 죽였다. 굉장히 오랜 시간이 지난 것 같았다. 이윽고 꼬챙이가 속삭였다.

"맙소사, 론다가 메시지를 애매하게 보낸다고 한 말은 농담이 아니었어."

"그래, 어떤 내용인데?"

케이티가 물었다.

"일종의 수수께끼야."

꼬챙이가 대답하더니, 그 내용을 그대로 암송했다.

"내가 거울을 쳐다보니
잘 아는 얼굴이 보이네. 아아, 슬프구나,
나를 그 사람으로 여기지 마라.
그러니, 쌍둥이자리를 조심하라."

"아, 그 말을 들으니까 모든 게 분명하게 드러나."

콘스턴스가 눈알을 굴리며 말했다.

"그가 거울 앞에서 자기 모습을 보지만 그 모습이 자기 모습이 아니라는 소리처럼 들려. 안타깝게도 이제 모든 게 분명하게 드러났어. 베네딕트 선생님은 진짜 미친 사람이야."

케이티가 말하자, 꼬챙이가 머리를 흔들었다.

"메시지를 보낸 사람은 베네딕트 선생님이 아니야. 아직 모르겠어? 조금 전에 저 밑 광장에서 선생님을 보았잖아."

케이티가 대답했다.

"아, 그래. 그럼 다른 사람이 보낸 게 분명해. 그렇다면 그 메시지는 무슨 뜻일까?"

레이니가 깊이 생각하는 표정으로 입술을 씹으면서 말했다.

"메시지 내용을 한 번 더 들려줘, 꼬챙이."

꼬챙이가 다시 반복해서 암송했다.

"그런데 쌍둥이자리가 뭐야?"

콘스턴스가 물었다.

"별자리야. 황도 십이궁 가운데 하나야. 아니면 그 별자리를 타고 태어난 사람을 말하기도 해."

꼬챙이가 대답했다.

"네 말이 더 어려워, 조지 워싱턴. 그럼 누가 십이궁이라는 거야? 그리고 지금 별자리가 어떻게 중요하다는 거야?"

콘스턴스가 투덜거렸다.

레이니가 간단하게 설명하려고 노력하며 말했다.

"황도는 지구에서 하늘을 봤을 때 태양이 일 년 동안 지나가는 길목이야. 황도 십이궁은 황도에 있는 열두 별자리를 가리켜. 태양은 5월 말부터 6월말까지 '쌍둥이자리'라는 별자리가 있는 곳을 지나가. 그러니까 그때 태어난 사람은 쌍둥이자리를 타고 태어났다고 하는 거야. 4월 말에 태어난 사람이면 별자리는 황소자리가 되고 그 사람은 황소의 기운을 타고나는 거야. 그리고 물고기자리인 사람은 물고기 기운을, 염소자리인 사람은······."

"염소 기운을."

꼬챙이가 대신 말했다.

"맞아, 염소 기운. 계속 그런 식이야. 또 별자리는 태어난 날에 따라 달라."

"그럼 이제 누가 언제 태어났는지를 찾아내야 하는 거야? 누구를? 정말 말도 안 돼!"

콘스턴스가 선언하자, 케이티가 갑자기 아주 불안한 어투로 말했다.

"그 메시지가 무슨 뜻인지 알 것 같아. '어떤 사람이 사실은 다른 사람이다. 따라서 우리가 예전에 믿을 수 있다고 생각한 사람을 믿으면 안 된다.'라는 뜻이야. 쉽게 말해서, 콘스턴스가 맞아. 우리가 지금까지 사기를 당한 거야. 우리한테 메시지를 보낸 사람이 누군지 모르겠지만, 그 사람도 사기를 당한 거야. 론다 아니면 넘버 투가 우리한테 주의를 준 거야."

"지금 주의를 주는 건 약간 늦은 거 아니야? 그리고 '쌍둥이자리'는 뭘 가리키는 거지?"

레이니가 지적하자, 케이티가 굉장히 불안한 표정으로 대답했다.

"우리 가운데 한 명이 사기에 가담했다는 뜻이 분명해. 누군가가 아이들을 이 섬으로 데려가도록 돕기로 베네딕트 선생님과 협상을 한 거야."

"그렇다면 우리 가운데 한 명이 쌍둥이자리라는 거야?"

꼬챙이가 깜짝 놀라며 묻자, 케이티가 대답했다.

"안됐지만 그게 내가 생각할 수 있는 유일한 해답이야."

이 말을 듣고 모두가 침묵하며 의심하는 표정으로 서로를 살펴보았다.

케이티가 다시 말했다.

"으흠, 나중으로 미룰 필요가 없어. 내 말이 맞는다면 이 정도는 아주 금방 찾아낼 수 있어. 자기가 태어난 날을 서로 말하는 거야."

그 즉시 콘스턴스를 제외한 모두가 생일을 말했다. 쌍둥이자리는 한 명도 없었다. 하지만 콘스턴스는 거부했다.

"이건 말도 안 돼. 설사 내가 쌍둥이자리라고 해도, 실제로는 아니지만, 메시지가 뜻하는 내용이 그거라고 우리가 단정 지을 수 있는 것도 아니잖아."

꼬챙이가 말했다.

"만일 네가 쌍둥이자리가 아니라면 우리한테 증명을 못하는 이유가 뭐야?"

콘스턴스가 받아쳤다.

"그럼 너부터 증명해 봐. 네가 거짓말을 한 게 아니라는 걸 우리가 어떻게 알지? 네가 그날 태어났다는 걸 우리한테 증명할 수 있어, 염소자리 아저씨?"

"어……."

꼬챙이가 어물거렸다. 당연히 증명할 수 없었다.

콘스턴스가 케이티한테 시선을 돌렸다.

"너는 어때, 황소자리 아가씨? 네가 사실대로 말했다는 걸 증명할 수 있어?"

케이티가 주저하며 적절하게 대꾸할 말을 찾아보았다. 가능하다면 '콘스턴스'에 걸맞은 표현으로 화풀이를 하고 싶었다. 하지만 생각나는 단어가 하나도 없었다.

"누구든 여기서 그걸 증명할 수 있는 사람이 있어?"

콘스턴스가 다그쳤다.

레이니가 정말 다행이라고 생각하며 말했다.

"그 말이 맞아. 그걸 증명할 방법은 하나도 없어."

희미한 달빛에 불과하지만 레이니는 콘스턴스가 기뻐하는 표정을 알아볼 수 있었다. 자신이 배신자로 낙인찍힐까 봐 굉장히 걱정하고 있었던 것이다.

레이니가 이어서 말했다.

"사실, 정말 다행이야. 베네딕트 선생님이 우리를 분열시키는 메시지를 보내진 않을 게 분명하기 때문이야. 사실 여부를 증명할 구체적인 방법도 없이 그럴 리는 없어. 그 메시지는 뭔가 다른 뜻이 분명해."

꼬챙이가 반박했다.

"계속 잊어버리는데, 베네딕트 선생님은 바로 이곳 이 섬에 있어. 우리한테 메시지를 보낼 수 없단 말이야. 동시에 두 곳에 있을 순 없잖아."

"바로 그거야!"

레이니가 소리치자, 아이들이 조용히 말하라고 경고했다.

"바로 그거야."

레이니가 또 말했다. 이번에는 좋아하며 속삭이는 어투였다.

"동시에 두 곳! 꼬챙이, 쌍둥이자리의 기운이 뭐지?"

"쌍둥이 기운이지."

꼬챙이가 무심코 말하더니, 두 눈을 크게 떴다.

"잠깐만!"

"그래, 맞아. 내가 보기에 베네딕트 선생님은 오래전에 쌍둥이 형제와 헤어진 것 같아."

레이니가 말했다.

베네딕트 비밀클럽이 항상 그렇듯이, 논쟁은 이것으로 끝나지 않았다. 케이티는 베네딕트 선생님이 섬에 쌍둥이 형제가 있다는 사실을 자신들에게 말하지 않은 이유가 뭐겠느냐고 물었다. 이 말에 대해 레이니는 선생님도 아마 몰랐을 거라고 대답했다. 그러자 케이티는 정말 그 사실을 몰랐다면 지금은 그걸 어떻게 아느냐고 고집스럽게 물고 늘어졌다. 그래서 레이니는 빙그레 웃으며 대답했다.

"거울. 기억나? '내가 거울을 쳐다보니 잘 아는 얼굴이 보이네.' 베네딕트 선생님이 말한 거울은 진짜 거울이 아니라 망원경이야! 그걸 오늘 막 설치한 거야."

꼬챙이가 거들었다.

"그래서 커튼 선생을 오늘 처음 본 거구나. 망원경을 보다가 처음 본 거야."

"정말 충격이 대단했을 거야."

레이니가 말했다.

"하지만 자신한테 쌍둥이 형제가 있다는 사실을 어떻게 모를 수 있을까? 함께 태어났는데?"

케이티가 묻자, 레이니가 대답했다.

"갓난아기일 때 헤어진 게 분명해. 베네딕트 선생님은 자신이 고아 출신이라고 말했어. 부모님이 돌아가신 다음에 숙모랑 살도록 네덜란드에서 이곳으로 보내진 거야. 그리고 커튼 선생은 다른 곳으로 보내진 게 분명해."

케이티가 입을 열었다. 상상력이 끝없이 펼쳐지고 있었다.

"하지만 두 사람 모두 천재야. 그리고 지금까지 계속 똑같은 부분에 관심을 가졌어. 그래서 결국에는 한곳으로 끌리게 된 거야!"

"아!"

꼬챙이가 감탄했다.

"아함. 나는 졸려."

콘스턴스가 감탄하기 싫은 표정으로 하품하며 말했다.

레이니는 그 말을 무시하고 말했다.

"이상한 소식이긴 하지만 정말 다행이야. 최소한 우리가 사기를 당한 건 아니라는 사실은 확인했으니까. 꼬챙이, 우리가 무슨 뜻인지 이해했다는 메시지를 보내는 게 좋을 것 같아."

꼬챙이가 그렇게 했다. 그러자 그 즉시 숲에서 빛이 반짝반짝 대답하기 시작했다. 꼬챙이는 그걸 자세히 살피며 통역했다.

"잘했어. 잘 자. 행……. 신호가 끊겼어."

꼬챙이가 눈살을 찡그리며 속삭였다. 그리고 거의 동시에 그 이유를 찾아냈다.

"집행부! 두 명이 광장으로 나왔어. 가만히 서서 서로 얘기를 나누고 있어. 이제 벤치에 앉고 있어. 저곳에 오랫동안 있을 것 같아."

케이티가 크게 하품하면서 말했다.

"어쨌든 메시지가 거의 끝났어. 그리고 솔직히 나는 이 정도로 충분해. 오늘 밤은 이것으로 끝내자."

레이니와 꼬챙이는 동의했다. 하지만 콘스턴스가 반발했다.

"어떻게 이것으로 끝낼 수가 있지? 저쪽에서 다음에 무슨 말을 할지도 모르잖아!"

케이티가 웃었다.

"어이쿠야, 콘스턴스! 지금 농담하는 거니?"

콘스턴스가 화를 냈다.

"너야말로 농담하니? 저쪽에서 말하려고 한 게 '어이쿠'일 리가 없어! '행'에서 끝났단 말이야!"

케이티가 어이가 없어서 반박하려고 입을 열었지만 레이니가 말을 막았다.

"좋은 지적이야, 콘스턴스. 사실 나는 저쪽에서 '행운을 빈다'라고 하려던 거라고 확신해. 너도 그렇게 생각하니?"

콘스턴스가 이 말에 약간 회의적인 표정이었다. 그리고 저쪽에서 그 말을 하려던 건지 확신할 수 없다고 말했다. 하지만 제일 졸린 사람은 바로 콘스턴스 자신이었기 때문에, 그리고 벌써 한 시간 전부터 눈을 계속 비벼 대고 있었기 때문에 콘스턴스도 결국 모임을 마치는 데 동의할 수밖에 없었다. 그러자 다른 아이들이 "오늘은 여기까지."라고 말했다.

새로 배운 교훈

'머리가 아주 좋은 아이들이 다니는 학습 기관'은 다른 학교와 달랐다. 우선, 식당 음식이 냄새가 좋고 맛은 훨씬 좋았다. 게다가 교과서도 없고 야외 수업도 없고 성적표도 없고 출석부도 없었다. 교실에 없는 아이는 집행부가 가서 찾아왔다. 금방 부서질 것 같은 영사기도 없고 사물함도 없고 단체 체육도 없고 도서관도 없었다. 더더욱 이상한 건 어디에도 거울이 없다는 거였다. 게다가 저학년과 고학년도 구분되지 않았다. 나이나 실력과 상관없이 학급을 무작위로 배정했다. 아이들은 학급 단위로 교실에 모여 앉아 똑같은 수업을 받았다. 수업 내용은 커튼 선생이 직접 만들었는데, 그 내용을 모두 배우면 처음부터 다시 배우는 식이었다. 그래서 결국에는 똑같은 수업을 계속 반복해서 여러 차례 배우는데, 그래서 성적이 제일 좋은 학생은 전달자가 되는 식이었다.

이런 방식은 베네딕트 비밀클럽 구성원들에게 익숙하지 않았다. 하지만 어떤 면에서는 학습 기관이 다른 학교와 비슷하기도 했다. 수업 내용을 기계적으로 암기하는 건 좋지 않다고 하면서도 암기하길 요구하고, 학급 활동에 열심히 참여해야 한다고 하면서도 그럴 기회를 주지 않았으며, 쪽지 시험을 모든 학급에서 매일 보았지만 신음 소리를 내는 학생, 깜짝 놀라는 학생, 그리고 선생님한테 쪽지 시험을 보지 말자고 하소연하는 학생이 언제나 최소한 한 명씩은 있었다.

하루는 아침 수업 시간에 S.Q. 큰 발이 커다랗게 말했다.

"끝! 쪽지를 제출하도록. 모두 빨리 서둘러라. 여러분도 알다시피, 제시간에 뜬 바늘 한 땀이 시간을 버는 법이야."

"바늘 아홉 땀."

중간 줄에 앉아 있는 전달자가 제대로 고쳐 주었다. 레이니는 그 전달자를 다른 수업에서 본 적이 있었다. 키가 크고 건장한 체구에 눈매가 날카롭고 머리칼이 새까만 여학생이었다. 다른 모든 학생에 비해 나이가 훨씬 많고 대담해, 전달자 사이에서도 우두머리라는 평판이 돌았다. 이름이 마티나 크로였다.

S.Q. 큰 발이 대답했다.

"바늘 아홉 땀? 아니야, 마티나. 바늘 한 땀이 확실해."

"그게 아니라 '제시간에 뜬 바늘 한 땀이 바늘 아홉 땀을 벌어 준다.'라고요."

마티나가 핀잔을 주었다.

"맞아."

S.Q. 큰 발이 대답했다.

쪽지가 모두 걷히자, S.Q. 큰 발은 쪽지를 한 장씩 넘기며 자기 책에다 성적을 표시했다. 교실 전체는 침묵에 싸였다. 어떤 교실이든 수업을 시작하기 전에 집행부가 그날 공부할 내용을 나눠 주고 그 내용을 대충 설명했다. 어떨 때에는 그 내용을 그대로 읽어 줄 때도 있었다. 그런 다음에 전날 배운 내용을 가지고 쪽지 시험을 보는데, 내용이 너무 이상하지 않을 때에는 비교적 쉽게 외울 수 있는 수준이었다.

오늘은 베네딕트 비밀클럽이 수업에 참가한 지 세 번째 날이었다. 전날 S.Q. 큰 발한테 배운 학습 내용은 '개인 위생학: 피할 수 없는 위험 그리고 그걸 피하기 위해 꼭 해야 하는 것'이었다. 학습 기관에서 배우는 모든 내용이 그렇듯이, 이것 역시 구체적인 내용이 상세히 담겨 있었다. 교재 한 장 한 장이 소중했다. 하지만 요점은 굶주린 육식 동물처럼 질병이 구석구석 틈새마다 숨어 있다는 내용이었다. 손으로 만지는 모든 물건이 질병을 일으키려고 노리고 있고, 먼지가 알레

르기를 일으켜서 코를 막히게 하고 목을 붓게 만들 수 있으며 칫솔이란 박테리아가 뛰어노는 운동장이었다. 계속 이런 식이었다. 레이니는 모든 내용에 과장이 너무 심하다고 생각했다. 하지만 모두 거짓말은 아니었다. 학습 내용을 혼란스럽게 만드는 건, S.Q. 큰 발의 말대로 '논리적인 결론'을 내려야 한다는 점이었다. 결론은 다음과 같았다. 어떤 위험에서는 아무리 열심히 노력해도 자신을 보호하는 게 불가능하기 때문에 일단 모든 위험에서 자신을 보호하기 위해 최대한 노력하는 것이 중요하다.

레이니는 결론에 어느 정도 진실이 담겨 있긴 하지만 그건 말도 안 되는 내용을 숨기기 위한 위장에 불과하다고 생각했다. 그러니 학생들이 힘들어하는 것도 당연했다. 다행히도 레이니와 꼬챙이는 쪽지 시험에서 만점을 기록했다. 이것을 확인하기 위해 레이니가 고개를 돌리고 쳐다보니, 꼬챙이가 고개를 살짝 끄덕이며 엄지를 세웠다. 꼬챙이는 한 번 본 건 무엇이든 기억하니까 어려울 게 하나도 없었다. 지금까지는 그런대로 괜찮았다. 레이니는 의자를 틀어서 케이티를 바라보았다. 케이티는 양쪽 볼을 부풀린 채 두 눈을 사팔뜨기처럼 만들고 머리가 금방이라도 폭발할 것처럼 두 손으로 머리를 꼭 눌렀다. 좋지 않은 표시였다. 레이니는 콘스턴스 쪽은 쳐다보지 않기로 결정했다. 자신의 편안한 마음을 더 이상 망치고 싶지 않았다.

다른 학생들은 수업과 시험에 녹초가 되어 멍청하게 앉아 있거나, 학습 자료를 열심히 뒤지면서 답을 제대로 적었는지 살펴보았다. 하지만 말쑥한 하얀색 윗도리에 파란색 허리띠를 한 네 명의 전달자들은 레이니가 보기에 아주 독특하게 행동했다. 그들은 버릇처럼 서로 번갈아 가며 몇 분 간격으로 기대감이 가득한 눈초리로 문 쪽을 바라보았다. 특히 마티나 크로는 거의 병적이었다.

그들은 집행부가 바깥에서 부르기만을, 그래서 은밀한 특권을 누릴 수 있기만을 기다리고 있었던 것이다. 그래서 집행부가 문가에 나타날 때마다 교실에 있는 전달자 모두가 잔뜩 기대하며 딱딱하게 굳었다.

그때 문가에 잭슨이 나타나 선언했다.

"S.Q. 큰 발, 코리스 단톤과 실비 빅스가 필요해."

호명을 받은 전달자 두 명이 책상에서 벌떡 일어나 급하게 사물을 챙겼다. 그리고 환한 얼굴로 뒤도 한 번 돌아보지 않고 잭슨을 따라 밖으로 나갔다. 마티나 크로는 굶주린 눈초리로 그들을 쳐다보았다.

S.Q. 큰 발이 말했다.

"새로 온 신입생이 있으니까 하는 말인데, 너희들도 전달자가 되어야 특별한 권리를 누릴 수 있어. 그러니까 열심히 공부해! 특히 새로 모집한 학생 둘, 지금까지 아주 잘하고 있어. 로지 가드너와 오스테스 크러스트……. 아주 잘했어. 둘 다 답을 많이 맞혔어. 계속 열심히 노력하도록."

S.Q. 큰 발이 교실 뒤편을 향해 격려하는 미소를 보낸 다음 다시 채점에 몰두했다.

레이니는 몸을 돌려서 S.Q. 큰 발이 누구한테 말한 건지 쳐다보았다. 그런데 자기 눈을 도저히 믿을 수 없었다. S.Q. 큰 발은 그들을 '새로 모집한 학생'이라고 불렀는데, 그들은 첫날에 아주 멍청한 표정으로 졸음을 참아서 레이니의 시선을 끌던 바로 그 두 명이었다. 납치된 것으로 의심이 되던 바로 그 아이들, 종처럼 뚱뚱한 여자애와 철사처럼 가느다란 남자애였다. 그런데 지금은 두 아이 모두 완전히 다른 사람으로 보였다. 졸리고 혼란스러운 표정은 완전히 사라지고 두 눈에는 뚜렷한 목적 의식과 심지어 기뻐하는 표정까지 있었다. 그것은 납치되어서 강제로 끌려온 아이들의 표정이 아니었다. 하지만 그렇다면 모집원이 그들을 데려온 이유는 뭐란 말인가? 그리고 그들을 '모집한 학생'이라고 부르는 이유는 또 뭐란 말인가?

레이니는 자신이 너무 성급하게 결론을 내렸다는 의심이 들었다. 레이니는 자신이 예전부터 사람에 대한 판단력이 아주 뛰어나다고 생각하고 있었다. 페루멀 선생님도 그런 말을 여러 번 했다. 하지만 그 두 아이에 대해서는 제대로 판단할 수가 없었다. 자신의 판단이 틀렸다는 생각만 들었다. 그래서 레이니는 콘스턴스를 바라보았다. 콘스턴스는 얼굴을 책상에 대고 곤히 자고 있었다. 레이니는 갑자기 좌절감을 느꼈다. 이제 고개를 돌리지 말아야겠다는 생각이 들었다.

S.Q. 큰 발이 채점을 끝내고 시험지를 책상 모서리에 올려놓으며 말했다.

"좋아, 여러분, 이것으로 수업은 끝이야. 나가면서 시험지를 확인해도 좋아. 그리고 누가 좀 콘스턴스를 깨워 주지 않을래? 아직은 죽지 않은 게 분명해. 몸이 씰룩거리는 걸 봤거든. 그리고 레이나드 멀든과 조지 워싱턴, 두 사람은 교실에 남도록. 두 사람과 할 얘기가 있어."

레이니는 목이 잠겼다. 꼬챙이를 보았더니, 말벌한테 쏘인 것 같은 표정이었다. 저들이 무언가 수상한 점을 찾아낸 건가? 다른 학생들이 우르르 교실을 빠져나가는 사이에 케이티가 의미심장한 표정으로 두 아이를 쳐다보았다. 두 눈은 '행운을 빈다.'라고 말하고 있었다. 콘스턴스는 눈길도 주지 않고 흐릿한 눈으로 비틀거리며 지나갔다. 이윽고 두 아이는 S. Q. 큰 발을 향해 나아가기 시작했다.

그런데 갑자기 마티나 크로가 앞을 막더니, 분노 가득한 눈으로 두 아이를 노려보았다. 레이니와 꼬챙이는 방울뱀이라도 만난 것처럼 깜짝 놀라며 뒤로 물러섰다.

"그래, 맞아. 물러나. 뒤로."

마티나가 매섭게 말하며 분노가 이글거리는 시선으로 두 아이를 노려보았다. 레이니는 어떻게 해야 좋을지 몰랐다. 왜 그러는지 물어야 하나? 그러다가 마티나한테 맞는 건 아닐까?

바로 그때 S. Q. 큰 발이 책상 뒤에서 물었다.

"마티나? 무슨 일이지?"

"나는 당신이 이 두 녀석한테 무슨 말을 하려는지 알아요."

마티나가 말했다. 두 눈은 깜짝 놀란 두 아이의 얼굴을 계속 노려보았다.

"다행이군. 자, 이제 우리끼리 나눌 얘기가 있으니까 그만 비켜 주지 않을래?"

"가긴 하겠지만 멀리 가는 건 아니에요."

마티나가 대답하고서 두 아이한테 얼굴을 가까이 대며 속삭였다.

"무슨 말인지 알아? 먼 곳이 아니라고!"

마티나가 교실에서 뚜벅뚜벅 걸어 나갈 때에 레이니는 당연히 먼 곳일 수가 없다고 생각했다. 그런데 저렇게 화를 내는 이유가 뭘까? 저 여학생도 뭔가 이상한 점을 발견했나? 두 아이는 부르르 떨면서 책상으로 다가갔다.

S.Q. 큰 발이 진지한 표정으로 말했다.

"이제 너희 두 사람은 야단났어."

"왜 저러죠?"

레이니가 물었다. 꼬챙이는 금방이라도 쓰러질 것처럼 덜덜 떨고 있었다.

"너희 때문에 마티나가 궁지에 몰렸기 때문이야. 솔직히, 얘들아, 나는 정말 끔찍 놀랐어. 아니, 경천동자라고 하는 편이 옳을 거야. 아니야, 그 정도로 충분하지 않아."

레이니가 말을 정확하게 고치도록 암시를 주었다.

"깜짝 놀랐다? 경천동지(하늘을 놀라게 하고 땅을 뒤흔든다는 뜻으로, 세상을 몹시 놀라게 함을 비유적으로 이르는 말.—옮긴이)?"

S.Q. 큰 발이 고개를 끄덕였다.

"그 말도 맞아. 아니, 그 이상이야, 정말 놀라워. 어떻게 시험을 이렇게 잘 볼 수 있니? 둘 다 만점이야! 내가 이 사실을 다른 집행부와 얘기하는 소리를 마티나가 엿들은 것 같아. 그래서 그 애가 너희 둘을 싫어하는 거야."

꼬챙이가 마음의 평정을 찾았다. 레이니는 숨을 천천히 쉬었다. 아무런 문제도 없다. 마티나 크로가 이상하게 나오는 것만 빼면.

S.Q. 큰 발이 두 아이를 칭찬하는 시선으로 바라보며 물었다.

"너희 성적을 어떻게 설명하겠니? 누가 도와준 것도 아니고. 게다가 이제 막 왔잖아. 다른 학생들은 새로 온 학생을 피하는 법이라서 너희를 도와줄 리도 없고."

"암기를 잘하거든요."

꼬챙이가 간단하게 대답했다.

"전 열심히 공부하고요."

레이니도 대답했다.

S.Q. 큰 발은 자신도 그렇게 생각했다는 표정으로 말했다.

"암기력과 노력! 둘 다 훌륭한 자질이야. 너희 둘은 아주 훌륭하게 교육받은 것 같아. 축하한다는 말을 하고 싶구나. 앞으로 더욱 열심히 해라."

"로지 가드너와 오스테스 크러스트처럼요?"

레이니가 물었다.

"아, 그 두 아이? 얘들아, 그 애들은 경우가 달라. 특별히 모집한 학생이지. 특별히 모집한 학생은 처음에 특별한 관심을 받아. 커튼 선생님이 그러도록 명령하셨어. 그 두 사람은 적응하는 게 약간 느려서 격려가 필요해. 하지만 계속 지켜봐. 나중엔 제일 뛰어난 학생이 될 테니까. 특별히 모집한 학생은 전달자가 될 가능성이 높아. 그리고 대부분은 집행부가 되지. 잭슨과 질슨이 그런 경우야. 둘 다 특별히 모집한 학생이었거든."

"특별히 모집한 학생은 무엇이 특별난 건가요?"

꼬챙이가 물었다. 말에 질투심이 묻어 있었다. 그러자 S.Q. 큰 발이 당황하는 것 같았다.

"으흠, 그 부분에 관해서는 내가 말할 수 없어. 어, 이것저것 특별하지. 너희가 알아 둘 건, 으흠, 아무것도 알 필요가 없다는 거야. 수업 내용 말고는. 너희도 그것을 분명히 알아 둬라. 그리고…… 사실, 너희가 알아야 할 건 아주 많아. 하지만……."

S.Q. 큰 발이 마음을 가다듬고 헛기침을 한 다음에 다시 말했다.

"그냥 열심히 공부하도록 해. 그러면 걱정할 건 하나도 없을 거야."

"마티나만 빼면요. 마티나는 우리 목이라도 조를 것 같았어요."

레이니가 말하자, S.Q. 큰 발이 웃었다.

"아마 그럴 거야! 너희 실력이 너무 뛰어나니까. 시험 점수가 만점이 나오는 경우는 아주 드물어. 너희 두 사람이 계속 이런 점수를 받는다면 순식간에 전달자가 될 거야. 그러니까 기존의 전달자들이 당연히 너희를 증오할 수밖에. 나중에 알겠지만, 전달자의 수는 정해져 있거든. 그리고 한번 전달자가 되었다고 해서 계속 전달자가 된다는 법도 없어. 일주일만 시험을 잘못 보면 다른 학생이 그 자리를 낚아채지."

"그런 일이 자주 일어나나요?"

레이니가 묻자, S.Q. 큰 발이 대답했다.

"자주 일어나지. 전달자는 자신의 특권을 빼앗기는 걸 견딜 수 없어. 내가 허리띠와 윗도리를 넘겨줘야 할 때마다 얼마나 끔찍한 기분이 들었는지 지금도 생생하게 기억나. 나한테도 그런 일이 여러 번 일어났어. 하지만 그럴 때마다 더욱 노력해서 다시 그 자리를 차지했지. 그리고 결국에는 그 자리를 두 번 다시 잃지 않았어. 그러다가 집행부가 된 거야. 말하자면 그래. 어쨌든 마티나한테는 너희가 큰 위협으로 보일 거야. 나도 그 기분을 이해해. 하지만 그 애한테는 그것 때문에 변덕을 부릴 권리가 당연히 없어."

레이니는 이 경우에 '변덕을 부린다.'라는 표현보다 '복수를 한다.'라는 표현이 훨씬 적절할 거라는 생각이 들었다. 어쨌든 앞으로 마티나 크로를 조심해야 할 것 같았다.

피해야 하는 사람과 장소

레이니와 꼬챙이는 걱정스럽게 등 뒤를 살피면서 남은 아침 시간을 보냈다. 다음 수업을 들으러 갈 때마다 마티나가 기습 공격을 하지나 않을까 두려워서 두 아이는 복도를 급히 걸었다. 점심시간에는 식당 카운터 근처에서 어슬렁대는 마티나를 발견하고, 속에서 계속 꾸르륵 소리가 나는데도 식사를 미루었다. 그래서 음식을 받는 대신 식탁부터 잡아 놓고 케이티와 콘스턴스를 기다렸다. 두 여자애가 카운터에서 왔을 때에 레이니와 꼬챙이는 S.Q. 큰 발이 전달자에 대해서 한 말과 마티나와 있었던 일을 곧바로 알려 주었다. 식당이 아주 시끄러웠기 때문에 정상적인 목소리로 얘기를 해도 문제 될 게 없었다. 하지만 케이티는 자신도 모르게 분노의 함성을 터트리고 말았다. 그래서 왼쪽과 오른쪽을 둘러보며 소리쳤다.

"마티나는 지금 어디 있니?"

"나는 쳐다보지 않으려고 애쓰는 중이야."

꼬챙이가 말했다.

"진정해, 케이티."

레이니가 말했다. 그리고 멀리 떨어진 식탁을 향해 신중하게 고갯짓을 하며 덧붙였다.

"지금 전달자들이 앉는 식탁에 앉아 있어. 가끔씩 매섭게 우리를 쳐다보고 있어. 하지만 더 이상 걱정하지 말자. 우리가 피하면 그만이야. 신경 쓸 거 없어."

"야, 식사를 받으러 가면 내가 먹을 아이스크림 좀 가져와."

콘스턴스가 소매로 입을 닦으며 말하자, 꼬챙이가 면박을 주었다.

"부탁하는 말투가 그게 뭐야? 정중하게 부탁해야 하는 거 아냐?"

레이니는 콘스턴스를 바라보았다. 콘스턴스는 아무 대답도 안 하고 혀만 삐쭉 내밀었다. 예의가 전혀 없는 아이라는 생각이 들었다. 음식도 아무렇게나 흘리고, 툭하면 입을 쩍 벌린 채 음식을 씹고, 숟가락을 삽처럼 움켜잡았다. 하지만 레이니는 그 모습에 화가 나기보다 슬픈 생각이 들었다. 레이니는 콘스턴스한테 예의를 가르친 사람이 지금까지 아무도 없었다는 사실을 알고 있었다. 콘스턴스가 예전에 살았던 방식을 레이니는 전혀 모른다. 콘스턴스는 질문이 싫어서 그냥 무시하거나 무례한 소리를 내는 것으로 대응할 뿐이었다. 하지만 지금까지 예의를 제대로 가르쳐 준 사람이 없다는 건 분명했다.

콘스턴스는 레이니가 자신을 바라보고 있다는 걸 눈치채고 눈을 커다랗게 뜬 채 입을 쩍 벌려서 한참 씹고 있던 음식을 내보였다. 콘스턴스는 누가 쳐다보는 걸 누가 물어보는 것만큼이나 싫어했다.

레이니와 꼬챙이는 카운터로 가서 식사를 주문했다. 도우미들은 수프를 휘젓거나 피자 반죽을 던지면서 엄청나게 많은 음식을 만들고 있었다. 음식마다 맛있는 냄새가 진동해 두 아이의 입에서는 수도라도 틀어 놓은 것처럼 군침이 줄줄 흘렀다. 레이니는 마침내 국수에 치즈와 토마토소스와 저민 고기를 넣은 이탈리아 요리, 초콜릿 우유, 아이스크림을 주문했다. 꼬챙이가 콘스턴스의 부탁을 거절했기 때문이었다. 레이니는 찡얼대는 소리를 듣고 싶지 않았다.

주문을 받은 도우미는 말없이 고개를 끄덕이고 시선을 피한 채 음식 준비에 들어갔다. 레이니는 불편한 마음으로 도우미를 지켜보았다. 지금까지 레이니에게 입을 연 도우미는 두세 명에 불과했으며, 시선을 마주친 경우는 한 명도 없었다. 커튼 선생이 그렇게 하라는 엄격한 규칙을 정한 게 분명했다. 끊임없이 정중하게 행동하라는 건 정말 이상한 요구가 아닐 수 없었다. 하지만 도우미들은 그걸 훌륭하게 해냈다. 사실 그들이 너무나 말이 없고 시선을 계속 피하기 때문에 레이니는 그들에게 인사를 하거나 자주 쳐다보지 않으려고 노력했다. 자신이 보기에 이건 아주 무례한 태도지만, 다른 식으로 행동하면 도우미가 더 불편해할 것 같았기 때문이다.

꼬챙이도 똑같은 생각을 했는지, 여자애들이 기다리는 식탁으로 다시 갔을 때에 이렇게 말했다.

"이 세상에 저 도우미들보다 나쁜 직업은 상상할 수도 없을 것 같아."

"너무나 슬픈 사람들처럼 보여. 말도 없고 눈길도 마주치지 않아. 나라면 저런 일을 죽어도 못할 것 같아. 아마 진정제를 강제로 먹여야 할 거야."

케이티가 대답했다.

"그래, 혹시 저들한테 강제로 진정제를 먹인 거 아닐까? 음식에 진정제를 탈 수도 있잖아!"

꼬챙이가 말하자, 케이티가 머리를 흔들었다.

"저 사람들도 우리랑 똑같은 음식을 먹는 걸 내가 봤어. 그런데 우리는 괜찮잖아. 그렇지?"

세 아이는 불편한 시선으로 콘스턴스를 바라보았다. 콘스턴스는 아이스크림을 게걸스럽게 먹어 치우더니 끈적끈적한 턱을 가슴에 떨어뜨렸다. 눈썹이 꿈틀거리고 숨소리가 깊어지더니 코 고는 소리가 났다.

"으흠, 하기야 저 애는 우리가 이곳에 오기 전부터 저랬으니까."

레이니가 말했다.

아주 길고 힘든 하루였다. 오후 수업은 오전 수업과 거의 비슷하게 진행되었다. 처음에 레이니는 자신과 꼬챙이가 쪽지 시험을 아주 잘 친 것 때문에 마음이 뿌듯했다. 그러다가 그 일로 인해 자신에게 집중되는 증오 어린 시선에 당황했다. 전달자는 물론이고 다른 모든 학생도 마찬가지였다. 하지만 마티나는 특히 심했다. 만일 케이티와 콘스턴스가 그런 시선을 받지 않았다면 그건 단지 그들이 쪽지 시험을 잘 치지 못했기 때문인데, 사실은 그게 더 큰 문제였다.

마지막 수업이 끝나자, 네 아이는 광장으로 나가서 돌 벤치에 앉았다. 케이티는 자리에 앉지 않고 제자리 뛰기를 하며 에너지를 써댔다. 학습 기관 학생들 대부분은 저녁 식사 시간 전까지 체육관에서 운동을 하거나 숙소에서 텔레비전을 보지만 베네딕트 비밀클럽은 조금이나마 시간을 함께 보내고 싶었던 것이다. 하지만 그들은 마티나를 비롯한 그 누구의 방해도 받지 않고 광장에서 여가 시간을 몽땅 보내면서도 서로 단 한마디 나누지 않았다. 그 시간 동안 녹색 격자무늬 콤비에 은빛 안경 차림으로 휠체어에 앉아 있는 악마 같은 커튼 선생을 황홀함과 두려움 그리고 불안감과 호기심이 뒤섞인 시선으로 마냥 쳐다보았기 때문이다.

광장은 커튼 선생이 제일 좋아하는 공간이었다. 아이들은 그곳에 있는 커튼 선생을 그 전날 낮에도 그리고 밤에도 보았다. 커튼 선생이 오후에 한두 시간씩 그곳에 앉아 있는 동안에는 집행부가 급한 문제 때문에 찾아오는 걸 제외하면 그 누구도 방해할 수 없다는 사실은 아주 유명했다. 그날 오후도 마찬가지였다. 누구든 광장을 건널 때에는 멀찌감치 돌아갔다. 커튼 선생 앞을 지나가는 사람은 아무도 없었다. 커튼 선생은 멀리 떨어진 다리 쪽을 쳐다보는 걸 좋아하는 것처럼 보였고 그의 시야를 가리고 싶은 사람은 아무도 없기 때문이었다.

얼핏 보기에도 커튼 선생은 게으름을 피우는 기색이 전혀 없었다. 신문을 잔뜩 쌓아 놓고 한 장 한 장 자세히 읽다가 가끔씩 표시하면서 웃었다. 때때로 무릎에 놓은 커다란 책을 펼쳐서 그곳에 글을 적어 넣었다. 그러다가 또다시 먼 곳을 바라보는 식이었다. 마침내 커튼 선생이 휠체어를 빙글 돌려서 광장을 쏜살처럼 달려 학습 기관 통제 건물 안으로 사라지면 아이들도 최면 상태에서 깨어났다. 저녁 식사는 같은 식탁에서 할 수 없고 그 이후의 저녁 시간은 자율 학습 시간이기 때문에 네 아이가 은밀한 대화를 나누려면 전등을 모두 끌 때까지 기다려야 했다. 레이니와 꼬챙이가 쪽지 시험을 잘 보는 건 특히 중요했다. 케이티와 콘스턴스는 점수가 안 좋았기 때문이었다. 그리고 집행부가 강조하는 몇 가지 규칙 가운데 하나는 다른 학생의 숙소에 들어가지 않는 것이었다. 학생들끼리 은밀하게 만나는 모임은 학습 기관에서 엄격하게 금지하고 있었다. 어떤 형태이든, 비밀을 누릴 수 있는 사람은 전달자와 집행부밖에 없었다.

그러나 자율 학습 시간에 기숙사 복도에서 만나는 것에는 아무런 규제도 없었다. 그래서 네 아이는 각자 숙소로 들어가 공부를 시작하기 직전에 레이니와 꼬챙이 숙소 앞에서 몇 분 동안 머물렀다. 서로 대화를 나누는 척하며 주변 소리를 엿들었다. 네 아이는 다른 아이들이 복도에서 굉장히 많은 대화를 나누고 왔다 갔다 하는 때야말로 좋은 정보를 파악할 수 있는 절호의 기회임을 깨달았다. 이맘때는 일찍부터 공부를 시작하기 싫은 아이들이 복도 여기저기에 조금씩 모여서 잡담도 나누고, 칫솔이나 두루마리 화장지를 들고 화장실을 끊임없이 들락거리기도 했다.

  오늘 저녁에 네 아이가 제일 열심히 엿본 상대는 레이니와 꼬챙이의 옆방을 쓰는 사내아이 두 명이었다. 둘 다 머리가 둔하고 몸집이 크며 나이가 많았다. 이들은 레이니와 꼬챙이한테 결코 말을 걸지 않겠다고 단호하게 결심한 것 같았다. 그 둘이 자기네 방문 앞에서 서로 정강이를 걷어차고도 비명을 지르지 않는 놀이를 하고 있었다. 둘은 서로 번갈아서 정강이를 걷어차고 얼굴을 찡그리면서 전달자의 은밀한 특권에 대해 끝없는 추측을 늘어놓았다. 이건 전달자가 아닌 학생들이 가장 즐겨 하는 대화 가운데 하나인데, 생산적인 내용은 하나도 없었다. 둘이 나누는 내용도 별다른 차이가 없었고 게다가 그들은 특권이 무엇인지조차 모르고 있으며 그냥 끝없이 부러워하는 것에 불과하다는 사실이 금방 드러났다. 두 아이의 대화는 곧 지루해져 레이니가 그만 포기하고 공부나 하러 들어가려고 할 때에 복도 저편에서 잭슨의 목소리가 커다랗게 울려 퍼졌다.

  "코리스 단톤! 거기 있군!"

  코리스 단톤은 깜짝 놀랐다. 모두가 깜짝 놀랐지만 코리스 단톤이 제일 많이 놀랐다. 그는 몸을 돌려서 이상할 만큼 두려운 눈으로 잭슨을 쳐다보았다. 잭슨이 모여 있는 학생들 사이를 헤치며 단톤을 향해 힘차게 걸어오자 학생들은 너나없이 벽에 몸을 바싹 붙여서 길을 만들어 주었다. 조금 전까지만 해도 온갖 소문과 잡담으로 왁자지껄하던 복도 전체에 공동묘지와 같은 침묵이 감돌았다. 코리스 단톤은 전달자 허리띠를 똑바로 맨 채 잭슨을 맞이하며 물었다.

"무, 무슨 일이에요, 잭슨?"

잭슨이 대답했다.

"무슨 일인지는 너도 잘 알잖아, 코리스 단톤. 커튼 선생님께서 너한테 하실 말씀이 있으셔서 너를 대기실로 데려가려고 온 거야."

대기실이란 말이 나오는 순간, 그렇지 않아도 피부가 하얀 코리스의 얼굴이 백지장처럼 더 하얗게 변했다. 근처에 있던 아이들도 움찔하고 뒷걸음치며 물러났다. 복도 전역에 웅얼거리는 소리가 번져 나갔다.

"하지만……. 하지만……."

코리스가 목청을 가다듬더니 자신의 윗도리 자락을 잡아당기며 다시 물었다.

"하지만 이유가 뭔데요, 잭슨. 내가 왜 벌을 받아야 하죠? 왜요?"

"벌을 받는 게 아니야. 커튼 선생님께서 너한테 하실 말씀이 있는 것뿐이야. 하지만 지금 당장은 바쁘시기 때문에 대기실에서 기다려야 하는 거야. 자, 나랑 가자."

코리스 단톤이 머리를 흔들며 뒷걸음질을 쳤다.

"나는……. 왜 그러는 거예요? 그렇지 않아요. 나는……. 나는……."

단톤이 오른쪽 왼쪽을 둘러보더니, 복도 출구를 살피기 시작했다.

잭슨이 느긋하면서도 단호한 어투로 말했다.

"네가 기다리기 싫어한다는 건 나도 알아, 코리스 단톤. 기다리는 걸 좋아하는 사람은 없어. 하지만 네가 대기실로 가지 않으면 너의 특권을 잃게 될 거야. 그러니 지금 당장 나를 따라오는 게 좋을 거야."

코리스 단톤이 어물거렸다.

"아, 아니에요, 그럴 것까진……. 그럴 필요까진 없어요. 따라갈게요, 잭슨. 하지만 어떤 식으로든 기다려야겠지요?"

"그래, 어떤 식으로든."

코리스 단톤이 숨을 깊이 들이켜서 마음을 가라앉혔다.

"좋아요, 어쩔 수 없지요. 커튼 선생님이 원하신다면. 당신한테 아무 불평도 안 하겠어요."

잭슨이 윙크를 했다.

"그래야지. 자, 빨리 가자."

잭슨이 한 손을 코리스 단톤의 어깨에 올리더니 멀리 떨어진 출구로 밀었다.

코리스 단톤이 사라지자마자 복도 전역에서 모두가 한꺼번에 입을 열며 왁자지껄 소동이 일어났다. 심지어 한 여자애는 눈물을 터트릴 정도였다. 예전에 대기실에 간 적이 있어서 그 말만 듣고도 무서워하는 게 분명했다. 그래서 그 애의 친구들이 여자애를 달래기 시작했다. 레이니와 꼬챙이의 옆방 남학생들은 잭슨이 코리스 단톤을 사형장으로 끌고 가는 죄수처럼 데리고 사라진 출구만 가만히 바라보았다. 그러다가 한 명이 말했다.

"대기실······. 전달자도 대기실로 갈 수 있다는 사실은 몰랐어."

그러자 상대편이 머리를 흔들면서 말했다.

"그런 얘기는 그만하자. 그런 걸 얘기하면 불행한 일이 일어날 거야. 나는 불행해지고 싶지 않아."

두 아이가 방으로 들어가서 문을 닫았다.

레이니와 친구들은 서로를 불안한 눈으로 쳐다보았다.

"내 생각에 우리도 대기실로 끌려가는 일이 없도록 조심해야 할 것 같아."

콘스턴스가 말하자, 케이티가 물었다.

"너도 생각을 하니?"

꼬챙이는 안경 닦는 천을 꺼냈다.

케이티의 재주

그날 밤에도 천장 패널이 옆으로 벗겨졌지만 나타난 건 케이티뿐이었다.

"콘스턴스는 어디에 있니?"

레이니가 속삭이자, 케이티가 대답했다.

"깊이 곯아떨어졌어. 그렇게 잠이 많은 애는 처음이야. 책상에 쓰러져서 얼마나 깊이 자는지, 도저히 깨울 수가 없어."

"이곳에서 일어난 일을 나중에 네가 알려 주면 될 거야."

레이니는 불안한 듯 말하고, 꼬챙이는 이해할 수 없다는 표정으로 머리를 흔들었다.

"너희를 보니까 정말 기뻐."

케이티가 말하면서 바닥에 앉았다. 두 사내아이는 도저히 불가능할 것 같은 이상한 자세로 두 다리를 끼웠다.

"나는 공부가 정말 싫어. 공책을 백 번도 넘게 읽었는데 머리에 아무 내용도 들어오지 않아. 도대체가 말도 안 돼! '더 많은 시간을 편하게 쉬고 싶으면 더 많은 시간을 공부해야 한다?', '평화를 지키려면 전쟁을 해야 한다?' 이게 어떻게 '논리적인 결론'이야? 제발 말 좀 해 봐!"

레이니가 지친 표정으로 웃으며 말했다.

"'자신을 보호하는 건 불가능하기 때문에 자신을 보호하는 게 중요하다.'는 어떻고?"

케이티가 지겨운 표정으로 대답했다.

"아, 그래, 위생학 수업. 그건 정말 심해. 이를 닦으면서 그렇게 기분이 나쁠 수 있다는 건 예전에 몰랐어."

레이니가 머리를 치켜들었다. 케이티가 말하는 소리를 들으니까 뭔가 익숙한 내용이 떠오르는 것 같았다. 그런데 그게 뭐였더라?

"내가 보기에도 전혀 말이 안 되는 내용이야. 하지만 나는 암기하는 데 아무런 문제가 없어. 필요하다면 공부하는 걸 내가 도와줄 수 있어, 케이티."

"언제? 그럴 시간이 전혀 없잖아! 아니야, 그냥 나 혼자 할 수밖에."

 케이티가 화를 내며 대답하자, 꼬챙이가 "아……. 아, 그래." 하고 풀 죽은 어투로 대답했다. 상처를 받은 게 분명했다.

 하지만 케이티는 다른 데 신경 쓰느라 눈치를 못 챘다. 아무 생각 없이 머리칼을 복잡하게 땋았다가 다시 풀기만 할 뿐이었다. 그러다가 불쑥 말했다.

 "얘들아, 나는 도저히 이해할 수가 없어. 이렇게 말도 안 되는 내용을 무엇 때문에 배워야 하는 거야?"

 바로 그때 떠오를 듯 말 듯 하던 생각이 레이니의 머리에 불쑥 떠올랐다.

 "내 생각에 그건 은밀한 메시지와 관계가 있는 것 같아! 수신기로 들은 구절 기억나? '이를 닦아서 세균을 죽이세요.' 그건 위생학 수업과 관계가 있는 게 분명해. 그렇게 생각하지 않니?"

 케이티가 환하게 밝아진 얼굴로 대답했다.

 "야, 네 말이 맞아! 지금 생각하니까 우리가 이곳에 온 첫날 S.Q.가 수업하는 걸 엿들었을 때에 아이들이 시장이 어쩌고저쩌고하는 말을 계속 암송했어."

 "자유 시장 암기."

 꼬챙이가 말했다.

 "그래! 그리고 '시장'은 우리가 베네딕트 선생님의 수신기에서 첫 번째로 들은 바로 그 단어야, 기억나?"

레이니가 말하자, 꼬챙이가 당연히 기억한다는 표정으로 고개를 끄덕거렸다. 하지만 케이티는 어깨만 으쓱하며 말했다.

"너희가 그렇다면 그 말을 믿을 수밖에. 어쨌든, 수업 내용 자체가 은밀한 메시지와 연결되어 있는 게 분명해. 그렇다면 문제는 그 모든 내용이 어떻게 하나로 합쳐지냐는 거야."

"우리가 빨리 전달자가 되면 그 내용도 그만큼 빨리 파악할 수 있어!"

레이니가 흥분한 어투로 말했다.

"하지만 아직 우리는 전달자가 아니야. 그러니까 김칫국부터 마시지 마. 우리가 여기에 온 건 아직 며칠밖에 안 돼."

꼬챙이가 상처받은 감정을 아직 회복하지 못하고 약간 퉁명스럽게 말하자, 레이니가 한숨을 쉬며 대답했다.

"그래, 네 말이 맞아. 좋아, 그럼 이 사실을 베네딕트 선생님한테 보고하자."

세 아이는 육지로 보고할 준비를 하다가 광장에 커튼 선생이 있는 걸 보았다. 그래서 보고를 그만둘 수밖에 없었다. 마침내 커튼 선생이 건물로 들어간 직후에도 집행부 두 명이 나와서 광장을 유유히 거닐었다. 눈에 보이는 모든 보도와 길을 하나도 빠짐없이 걸어 보겠다는 태도였다. 밤은 점차 깊어 가고 아이들도 지쳐서 그만 끝내기로 결정했다. 이런 식으로 밤을 새면 수업을 제대로 들을 수 없었다.

"보고는 나중에 하고 우선 잠이나 자도록 하자. 그럼 잘 자."

케이티가 하품을 하며 말한 다음 밧줄을 타고 쪼르륵 올라가서 천장 패널을 원래 자리에 돌려놓고 사라졌다. 감탄의 표정으로 레이니와 꼬챙이는 케이티가 사라지는 모습을 지켜보았다. 케이티가 들어오고 나가는 방법에 익숙해지려면 아직 시간이 더 필요할 것 같았다.

"저러면 어떨까, 저 애처럼 돌아다니면?"

꼬챙이가 궁금한 표정으로 묻자, 레이니가 어깨를 으쓱하며 대답했다.

"먼지가 묻겠지."

레이니는 꼬챙이와 함께 잠자리에 든 다음에도 오랫동안 잠들지 않고 머릿속으로 페루멀 선생님한테 편지를 쓰며 마음을 진정시켰다. 물론 실제로 편지를 써서 보낼 방법은 전혀 없었다. 하지만 페루멀 선생님을 떠올리고 지금의 위험과 부담을 멀리 벗어난 곳에서 함께 차를 마시고 타밀어로 대화를 나눈다고 생각하면 마음이 차분하게 가라앉았다. 레이니는 페루멀 선생님과 함께 '해묵은 숲' 공원을 산보하면서 선생님의 어머니나 공원의 오래된 나무들, 야구나 강아지 등 이것저것에 대해 이야기를 나누던 즐거운 오후 시간을 회상했다. 그리고 다른 아이들이 잔인하게 놀렸다고 레이니가 털어놨을 때 페루멀 선생님이 충고는 아무 소용도 없다는 걸 알고 아무런 충고도 하지 않은 채 마치 자신이 그런 고통을 겪었고 두 사람이 똑같은 심정인 것처럼, 그냥 고개만 끄덕이고 혀를 쯧쯧 차면서 레이니를 슬프게 바라보며 웃던 장면도 떠올랐다. 아, 지금도 이 어려움을 말한다면 선생님은 똑같은 심정으로 자신을 쳐다볼 거란 생각이 들었다. 그런데 이런 생각을 하다보면 왠지 모르게 부담이 줄고, 어떨 때에는 기운이 새록새록 솟기도 했다.

레이니가 마음속으로 편지를 다 쓸 즈음에 꼬챙이가 일어나서 실내를 거니는 소리가 들렸다. 그러고는 잠시 정적이 감돌더니, 꼬챙이가 속삭였다.

"레이니, 지금 자니?"

레이니는 지금 잠을 잔다면 깊이 잘 수 있을 것 같았다. 하루 동안 힘들게 보내고 이제 비로소 편안한 느낌이었다. 하지만 페루멀 선생님에게 항상 옆에서 이야기를 들어 주어 정말 고맙다는 말을 간신히 한 다음에 고개를 돌리며 대답했다.

"아니, 자는 거 아니야."

"지금 해안에 아무도 없어."

레이니가 침상에서 내려다보았다.

꼬챙이는 안경을 쓴 채 창문 바깥을 살짝 내다보는 중이었다.

"케이티가 손전등을 가져가지 않았다면 우리가 지금 메시지를 보낼 수 있을 텐데. 다음에는 꼭 명심해야겠어. 밤에 잠이 안 오면 메시지를 보낼 수가 있잖아."

"전등 스위치를 사용하면 되잖아."

레이니가 제안했다.

"그럴 수도 있겠지. 하지만 만일 바깥에 사람이 있으면 어떻게 하지? 그리고 전등 스위치를 켰다 껐다 하려면 바깥을 내다볼 수도 없고."

꼬챙이가 막연하게 대답했다. 걱정하는 어투였다.

"우리는 두 명이잖아, 내가 창문을 살피면 돼."

꼬챙이가 안경 닦는 천을 찾기 시작했다. 그리고 책상에서 그것을 집어 안경을 박박 문지르기 시작했다.

"불안한 생각이 들어. 잭슨한테 대기실로 가자는 얘기를 들은 전달자 얼굴이 계속 떠올라. 우리는 무슨 일이 있어도 의심을 사면 안 돼."

꼬챙이가 안경을 쓰고 한숨을 쉬며 다시 말했다.

"괜히 말을 꺼낸 것 같아. 하지만 어쩔 수 없겠지?"

"빨리 움직여서 끝내면 될 거야."

레이니가 말했다.

불행하게도 전등 스위치를 움직일 때마다 짤가닥 소리가 크게 났다. 꼬챙이는 한 번 스위치를 움직일 때마다 마치 전기에 감전된 것처럼 몸을 움찔했다. 메시지를 다 보낸 다음에는 식은땀이 흥건하고 덜덜 떨리는 손가락을 스위치에서 털썩 내려놓았다. 어쨌든 메시지는 다 보냈으며, 들키지도 않았다.

육지 해안을 보면서 레이니가 좋아했다.

"저쪽에서 우리가 지금까지 자지 않는 이유가 뭐냐고 물어."

꼬챙이는 너무 불안해서 웃을 수도 없었다.

"다른 건 없어?"

"우리가 정말 잘하고 있대. 우리한테 계속 조심해야 한대. 그리고 이제 빨리 자도록 하래."

"저쪽에서 정말 그렇게 많은 말을 한 거야?"

레이니가 텔레비전에서 기어 내려오며 대답했다.

"으흠, 저쪽에서 말한 건, '훌륭해. 조심해. 잠자.'가 전부야."

꼬챙이가 잠자리에 들면서 말했다.

"저쪽에서 똑같은 걸 두 번씩이나 말할 필요는 없는데. 조심하라는 부분은 특히. 난 지금 불안해 죽겠어, 레이니. 요새 항상 그래."

레이니가 자기 침상에 올라가며 대답했다.

"나도 알아. 나도 마찬가지야. 하지만 베네딕트 선생님과 그 일행이 건너편에서 지켜보고 있다는 건 확인했잖아. 우리는 혼자가 아니야, 그렇지?"

"그건 정말 신나는 일인 것 같아."

꼬챙이가 애매하게 말했다.

"하지만 그리 기뻐하는 것 같지 않은데?"

꼬챙이가 시트를 턱까지 꼭 끌어당기며 대답했다.

"맞아, 커튼 선생을 처음 본 이후부터 그 사람한테 계속 쫓기는 기분이, 그래서 거리가 점차 좁혀지는 것 같은 기분이 들어. 그 사람이 베네딕트 선생님 일행보다 훨씬 가까이 있는 것 같아. 바로 우리 옆에."

이번에는 레이니가 아무 말도 안 했다. 정말이지 꼬챙이의 기분을 잘 이해할 수 있었다. 뭔가 위로가 되는 말이라도 해서 꼬챙이의 불안감을 씻어 줄 수 있다면, 그래서 자신의 불안감까지 씻어 낼 수 있다면 좋을 거란 생각이 들었다. 레이니는 생각하고 또 생각했다. 가만히 누워서 오랫동안 생각했다. 분명히 좋은 말이 있을 것 같았다. 있기는 분명히 있을 텐데, 그게 무엇인지 도저히 떠오르지 않았다.

너무 불안해하던 꼬챙이는 결국 잠을 제대로 못 자서 다음 날 아침에 제대로 눈을 뜰 수가 없었다. 잭슨이 수업을 시작할 때에는 눈꺼풀이 쇳덩이만큼이나 무겁게 느껴졌다. 두 눈을 뜨고 잭슨의 길고 지루한 강의에 관심을 기울이기 위해서는 엄청난 노력이 필요했다. 넓적다리를 아프게 꼬집어 대는 것도 그 노력 가운데 하나였다. 마침내 잭슨의 수업이 끝났고 꼬챙이는 잔뜩 졸린 상태에서도 강의 내용을 머릿속에 모두 안전하게 담아 둘 수 있었다. 강의를 마치는 정리 시간에는 많은 관심을 기울일 필요가 없었다. 꼬챙이에게 필요한 건 의지력이었다. 깨어 있는 데 필요한 건 그것 하나였다. 그러려면 뭔가 관심을 집중시킬 게 필요했다.

그래서 꼬챙이는 코리스 단톤한테 초점을 맞췄다. 오늘 아침 수업에 뒤에 앉은 코리스 단톤은 별로 심각한 표정이 아니었다. 오히려 가장 모범적인 학생처럼 보였다. 등을 똑바로 편 채 의자에 앉아서 정신을 집중하며 수업을 들었고 전달자 유니폼은 오점 하나 없이 완벽했다. 사실대로 말하면 온몸에서 광채가 날 정도였다. 하얀 피부는 손가락에서 발가락까지 박박 문지른 듯 빨갰으며, 심지어 손톱까지 세심하게 손질한 것처럼 보였다. 근처에 가면 몸에서 비누 향기까지 날 것 같았다. 꼬챙이는 코리스 단톤이 좋은 인상을 주기 위해 엄청나게 노력했다는 생각이 들었다. 과거의 모든 나쁜 행위를 깨끗하게 씻은 것처럼 보이고 싶은 것 같았다.

코리스 단톤이 꼬챙이 너머에 있는 문가를 서너 차례 바라볼 즈음에 비로소 꼬챙이는 코리스 단톤이 대기실의 고통에서 완전히 회복된 건 아니라는 사실을 깨달았다. 얼굴은 녹초가 되고 눈은 멍청했다. 마치 한숨도 못 잔 것 같았다. 그 눈에는 고통의 잔재가 또렷하게 남아 있었다. 꼬챙이는 코리스 단톤이 겪었을 끔찍한 고통이 어떤 거였을지 곰곰이 생각하는 자신을 발견했다. 그런 일은 처음이 아니었다. 그리고 그것을 생각하지 않으려는 자신도 발견했다. 그걸 생각하면 배만 더 아파지는 것 같았기 때문이다. 그다음에는 자고 있는 자신을 발견했다.

마티나 크로가 "너! 말라깽이 대머리 안경! 지금 뭐 하는 거야? 자는 거야? 모범생이 되고 싶지 않은 거야?" 하고 조그맣게 야유를 보내지 않았다면, 아마 꼬챙이는 자신이 자고 있다는 사실조차 몰랐을 터였다.

꼬챙이는 두 눈을 화들짝 떴다. 주변의 모든 학생이 킥킥 웃었으며, 코리스를 포함한 전달자들은 경멸 어린 차가운 웃음을 날렸다. 꼬챙이는 너무 당혹스러워 빨갛게 변한 얼굴로 급히 안경을 잡았다.

"저 애가 안경 닦는 걸 잘 봐! 정말 이상해!"

마티나가 말했다.

"조용히 해!"

교실 앞에서 잭슨이 소리쳤다. 그리고 차가운 시선으로 꼬챙이를 노려보았다.

"누구나 어떤 말이든 할 수 있지만 먼저 허락을 받아야 해."

잭슨이 말하더니, 이렇게 덧붙였다.

"그리고 지금 허락을 받은 사람은 아무도 없어."

꼬챙이는 몸이 굳어서 고개조차 끄덕일 수 없었다.

그러나 케이티는 너무 화가 나서 입을 다물 수 없었다.

"말한 사람은 꼬챙이가 아니에요!"

케이티 앞자리에 앉아 있던 마티나는 깜짝 놀란 표정으로 고개를 홱 돌렸다. 케이티가 금방이라도 덤벼들 것처럼 노려보자, 마티나는 훨씬 더 놀랐다. 하지만 두 사람이 말다툼을 벌이기 직전에 잭슨이 급히 다가와서 케이티 앞에 섰다.

"너는 말해도 좋다는 허락을 받은 거니?"

케이티가 머리를 흔들더니, 밝은 표정으로 손을 번쩍 들었다.

"아니야. 너는 손을 들어도 된다는 허락을 받지 않았어. 그리고 너와 네 친구한테 경고하겠는데……."

잭슨이 꼬챙이를 흘낏 쳐다보며 계속 말했다.

"전달자한테 덤벼서 좋을 건 하나도 없어."

그러자 마티나가 까마귀처럼 까만 머리칼을 손으로 쓸어 넘기면서 너무도 밉살스럽게 고개를 끄덕거렸다. 케이티는 얼굴이 빨갛게 달아올랐다. 화가 머리끝까지 난 것이다. 하지만 입을 열지는 않았다. 잭슨은 교실 앞으로 돌아갔고 학생들은 노트 필기하던 손을 다시 바쁘게 움직이기 시작했다.

하지만 꼬챙이는 예외였다. 너무 당황해서 집중할 수가 없었다. 비참한 심정으로 잭슨을 쳐다보고 그다음에는 자신을 괴롭히는 마티나를 쳐다보았다. 마티나는 굉장히 즐거워하는 표정이었다. 그런데 마티나의 책상 밑에서 무언가가 움직인 것 같았다. 케이티가 맨발을 신발에 집어넣고 있었다. 아니, 저 애가 신발을 벗은 이유가 뭐지? 신발을 벗기에는 추운 날씬데. 바로 그 순간에 마티나가 날카롭게 노려보자 꼬챙이는 시선을 재빨리 돌리고 두 번 다시 그쪽을 쳐다보지 않았다. 쳐다보지 않아도 적대감이 느껴졌다.

이윽고 잭슨이 수업을 끝냈다. 그러자 마티나가 의자에서 벌떡 일어나다 얼굴부터 그대로 교실 바닥에 꼬꾸라지고 말았다. 꼬챙이는 깜짝 놀라 뒤를 돌아보았다. 공책과 종이, 연필 등이 사방에 나뒹굴고 있었다. 마티나는 게거품을 물고 머리를 흔들고는 손을 바닥에 짚고 무릎으로 천천히 일어나면서 물건을 챙기려고 애썼다. 전달자든 아니든, 마티나가 네 발로 더듬거리는 광경에 사방에서 폭소가 터졌다. 하지만 케이티는 아니었다. 케이티는 못 본 척하면서 꼬챙이의 팔을 움켜잡고 문 쪽으로 잡아당겼다. 그러고는 속삭였다.
"내가 저 애 신발 끈을 책상 다리에 묶어 놓았어. 발가락으로."

점심시간에 콘스턴스가 말했다.
"잘했어. 비밀 임무만 해도 위험한데, 이제 적군까지 생겼구나. 정말 잘했어, 케이티."
케이티가 웃으며 대답했다.
"그 애는 벌써부터 우리 편 두 명의 적이야. 나는 이제 막 그 목록에 이름 하나를 올린 것뿐이야. 그럼 내가 어떻게 해야 되는 거니? 그 애가 의기양양한 표정으로 가는 걸 가만히 구경만 하라고? 그 애가 꼬챙이한테 대머리라고 불렀단 말이야, 제기랄."
꼬챙이가 한 손으로 머리를 쓰다듬으면서 대답했다.
"정말 대머리인걸, 뭐. 내 탓이야. 내가 도망치면서 변장을 하려고 머리칼 제거제를 뿌렸어."
레이니가 입을 열었다.
"그렇게 된 거구나. 그동안 궁금했는데 물어볼 수가 없었어."
케이티가 물었다.
"머리칼 제거제를 뿌리면 굉장히 따갑지 않니?"
"나도 그렇게 들었어. 그래서 직접 제거제를 만들었어. 따갑지 않도록 다른 성분을 첨가했지."

"그래서 효과가 있었니?"

콘스턴스가 물었다. 효과가 없었기만을 기대하는 표정이었다.

꼬챙이가 인정했다.

"아니, 없었어. 머리에 불이 난 것 같았어, 그리고 이제 머리칼이 다시 자라나려면 평생이 걸릴 거야! 아직까지 조금도 자라나지 않았어."

다른 아이들은 씩 웃다가 생글거리며 웃더니, 급기야는 낄낄거리며 웃었다. 그러다가 결국에는 참을 수가 없는 듯 폭소를 터트리고 말았다. 꼬챙이는 괴로워하며 머리를 숙이더니, 마침내 자신도 빙그레 웃기 시작했다. 그렇게 웃다 보니까 잠시나마 근심 걱정을 씻어 버릴 수 있었다. 네 아이는 이런 기분을 포기하고 싶지 않았다.

하지만 결국 웃음은 너무도 빠르게 사라지고 말았다. 꼬챙이의 머리칼과 달리, 근심 걱정은 조금도 망설이지 않고 다시 찾아왔다.

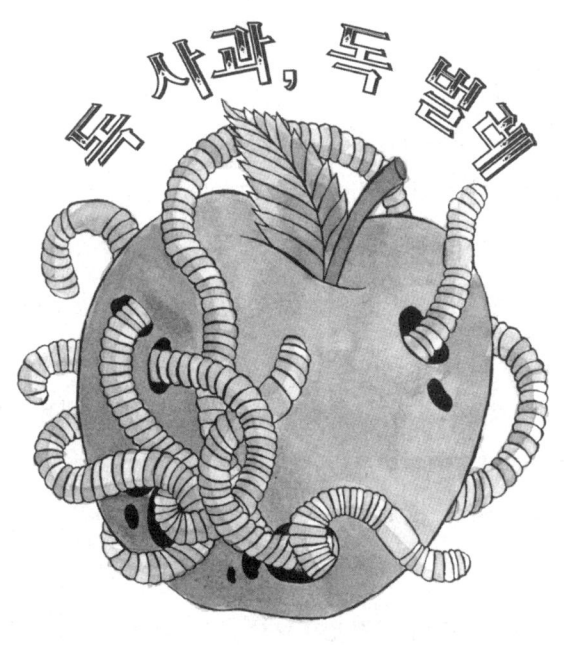
독 사과, 독 벌레

그날 오후 수업에서는 질슨이 국가 경제에 대해서 강의했다. 그리고 교육과 범죄, 환경, 전쟁, 세금, 보험, 의료 제도, 사법 제도…… 그리고 과일에 대해서도 언급했다. 그리고 수업이 끝날 즈음에 이렇게 말했다.

"너희도 알게 되겠지만 이렇게 끔찍한 모든 문제의 원인은 단 한 가지, 바로 나쁜 정부 때문이야! 내 말을 오해하지 마. 정부는 필요해. 정부가 없으면 세상의 모든 끔찍한 문제를 아무도 해결할 수 없어. 문제는 나쁜 정부야. 정부가 나쁘면 이 모든 문제가 계속 악화될 뿐이야. 슬프게도 이 세상의 모든 정부는 나쁜 정부야. 독이 든 사과라고 할 수 있지."

이 부분에서 레이니의 양쪽 귀가 쫑긋 일어났다.

"멀리서 보면 우리 정부도 아름답고 빛나고 완전해 보여. 하지만 그 속에 들어가면 아주 끔찍하다는 걸 단숨에 알 수 있어. 게다가 그곳에는 사악한 관리들이 있어. 독 사과에 들어 있는 독 벌레처럼."

'독 사과, 독 벌레'가 레이니의 뇌리를 스쳤다. 베네딕트 선생님의 수신기에서 들린 또 다른 은밀한 메시지였다. 수업 내용 자체가 은밀한 메시지와 연결되어 있는 게 분명했다. 그게 구체적으로 어떻게 연결되는지 알아내야 했다. 그걸 확실히 파악할 자신도 있었다. 만일······.

레이니의 기분이 갑자기 안 좋아졌다. 낙관적인 생각이 서서히 빠져나가고 질슨에 대해서, 멍청한 소리만 늘어놓는 질슨에 대해서 갑자기 화가 치밀어 올랐다. 질슨에 대해서만 그런 게 아니었다. 머리에 떠오르는 모든 사람들에 대해서 화가 치밀었다. 레이니로서는 정말 이상하고 혼란스러운 느낌이었다. 이런 느낌은 처음이었다. 마치 사방에서 벽이 조여 오는 느낌이었다. 지금 당장 일어나서 밖으로 뛰쳐나가고 싶었다. 고함을 지르면서 아무거나 차고 싶었다. 특히 질슨을.

도대체 왜 이러는 거지? 부담이 커서 드디어 정신이 돌아 버린 걸까? 레이니는 기운이 하나도 없는 상태에서 연필을 내려놓고 꼬챙이를 바라보았다. 꼬챙이는 시험지를 열심히 노려보고 있었다. 당장 찢어 버려서 불 속에 던져 버리고 싶다는 표정이었다. '아, 안 돼, 저러다가 실수하겠어.' 하는 생각이 레이니의 머리를 스쳤다. 그런데 그와 동시에 꼬챙이에 대해서도 화가 치밀어 올랐다. 그런데 꼬챙이가 레이니와 시선을 마주치며 평상시처럼 고개를 끄덕이면서 힘없이 격려를 보냈다. 그렇다면 그건 시험 때문이 아니었다. 이번에는 꼬챙이가 걱정하는 표정으로 레이니를 바라보았다. 레이니는 자신이 인상을 찡그리고 있다는 사실을 그때 비로소 깨달았다. 이번에는 케이티와 콘스턴스를 바라보았다. 두 여자애는 두 손으로 머리를 감싼 채 금방이라도 비명을 질러 댈 것 같았다. 그런데 다른 학생들은 조금도 이상한 표정이 아니었다. 그렇다면 네 사람만 이러는 이유가 뭐란 말인가?

레이니는 문득 '마티나가 우리한테 독을 먹인 거야!' 하는 생각이 들었다. 분명했다. 마티나가 점심시간에 음식에다 무언가를 탄 게 분명했다. 아마 도우미들한테 그렇게 하라고 시켰을 것이다. 이 생각을 하자 모든 분노가 마티나로 향하기 시작했다.

마침내 수업이 끝났다. 하지만 레이니는 다른 학생들이 모두 자리에서 일어나 바깥으로 나가는 이유를 처음에는 이해할 수 없었다. 질슨이 별 이상한 놈들 다 보겠다는 표정으로 레이니와 친구들을 바라보고 있었다. 그러다가 소리를 질렀다.

"모두 나가라고 했잖아! 이곳에 하루 종일 앉아 있을 생각은 아니겠지?"

네 아이는 번개처럼 일어나서 밖으로 나갔다. 지금 당장 긴급 모임이 필요했다.

거의 모든 학생이 저녁 식사를 하기 전에 운동을 하려고 체육관으로 향했다. 커튼 선생은 자신이 즐겨 찾는 자리에 없었다. 광장은 텅 비어 있었다. 네 아이는 아무도 엿듣지 못하도록 광장을 가로질러서 광장과 제일 먼 구석으로 갔다. 그리고 동시에 입을 열기 시작했다.

"너희도 내가 느끼는 걸 지금 느끼고 있니?"

레이니가 묻자, 케이티가 말했다.

"도대체 왜 이런 느낌이 드는 거야?"

"그렇다면 너희도 그래? 나는 머리가 깨지는 것 같아!"

꼬챙이가 말하자, 레이니가 대답했다.

"나는 처음에 마티나가 우리 음식에 독을 탔다고 생각했어. 그런데……."

케이티가 가로챘다.

"독? 아니야, 내 생각은 달라. 이 느낌은 우리 머리에서 나오는 거야!"

레이니와 꼬챙이가 동의했다. 이건 육체적인 문제가 아닌 게 분명했다. 이건 뭔가 다른 문제였다. 그런데 그 문제가 뭘까? 세 아이는 각자가 느끼는 증상을 비교하기 시작했다.

하지만 콘스턴스는 아무 말도 안 했다. 다른 아이들이 말싸움이라도 벌이듯 아주 짜증스럽고 화가 나는 느낌이라고 말하는 소리를 가만히 듣기만 했다. 그러면서 움츠러드는 것 같았다. 콘스턴스가 마치 누가 때리기라도 하는 것처럼 불안하고 당혹한 표정으로 몸을 웅크리기 시작한 걸 눈치챈 사람은 레이니였다.

"콘스턴스, 왜 그래? 어디가 안 좋아?"

레이니가 걱정하는 표정으로 이마를 찡그리며 물었다.

"그게…… 그게 전부야? 그냥 괴로운 느낌만 들어?"

콘스턴스가 힘없는 목소리로 물었다.

"굉장히 괴로운 느낌. 정말 이렇게 비비 꼬이는 느낌은 생전 처음이야."

케이티가 대답했다.

"그럼 너희는……. 너희는 들리지 않는 거야……?"

콘스턴스가 말끝을 흐렸다. 하지만 계속 말할 필요가 없었다. 레이니는 자신들이 단번에 알아채지 못했다는 사실을 믿을 수가 없었다. 모든 분노와 짜증이 머리에서 꿈틀거리며 일어나는 게 분명했다. 그런데 베네딕트 선생님이 이걸 구체적으로 예언하지 않았던가! 그때 베네딕트 선생님은 이렇게 말했다.

'대부분은 짜증스럽고 혼란스러운 느낌이 드는 정도겠지. 텔레비전을 켰는데 은밀한 메시지가 흘러나올 때마다 느끼는 방식이랑 거의 비슷해.'

"커튼 선생이 전압을 올린 거야."

레이니가 침통하게 말하자, 케이티와 꼬챙이가 무슨 말인지 모르겠다는 시선으로 가만히 쳐다보았다. 레이니가 설명했다.

"이건 은밀한 메시지 때문이야. 우리 마음이 거기에 반응하는 거야."

꼬챙이가 숨을 헉 들이켰다. 케이티는 자기 이마를 찰싹 때렸다. 그랬다! 은밀한 메시지가 마음속으로 곧장 들어오기 시작한 것이다. 이제 텔레비전이나 라디오를 비롯한 다른 수단이 더 이상 필요하지 않은 것이다. 베네딕트 선생님이 말한 것처럼 진실을 특별히 사랑하는 마음을 지닌 사람만 그 사실을 알아채기 때문에 다른 학생은 별다른 느낌을 받지 않은 것뿐이었다.

케이티가 물었다.

"그렇다면 이제 은밀한 메시지를 더 이상 피할 수 없는 거야? 어이쿠, 정말 야단났구나."

"또 있어."

레이니가 말하곤 콘스턴스 옆에 무릎을 꿇고 앉아서 한 손을 콘스턴스의 어깨에 올려놓았다. 그런데 콘스턴스는 투덜대지 않았다. 처음이었다.

"한 가지 더 있어. 그렇지, 콘스턴스?"

케이티와 꼬챙이가 레이니 옆에서 바라보는 동안, 콘스턴스가 고개를 끄덕이며 두 손으로 얼굴을 가렸다. 눈물을 흘리지 않으려고 애쓰는 기색이 뚜렷했다. 네 아이의 마음 모두가 은밀한 메시지에 저항하는 건 똑같았다. 하지만 콘스턴스의 마음에는 전달자가 말하는 소리까지 들려오고 있었다.

아주 드문 사례지만 마음이 극히 민감한 사람은 그럴 수 있다고 베네딕트 선생님이 알려 준 적이 있었다. 그리고 바로 여기에 그 드문 사례가, 극히 민감한 마음의 소유자가 있었다. 콘스턴스 콘트레어. 이 사실은 모두에게, 특히 콘스턴스에게 커다란 충격을 주었다. 콘스턴스는 이 사실이 너무나 괴로워서 저녁 내내 머리를 베개에 파묻고 지냈다. 그리고 케이티가 모임을 가지기 위해서 콘스턴스를 레이니와 꼬챙이 방으로 몰래 내려놓을 때까지 전혀 좋아지지 않았다.

"너도 알다시피, 네가 그런 건 꽤 도움이 될 거야. 커튼 선생이 어느 단계까지 나갔는지 파악할 수 있을 테니까. 시간이 지나다 보면 정말 끔찍한 날이 올 거야. 우리 가운데 한 명이 계속되는 나쁜 기분과 은밀한 메시지 때문에 더 이상 기분이 나쁜 것을 구분할 수 없게 되는 정말 끔찍한 날이 올 수도 있어. 하지만 너는 목소리를 들을 수 있기 때문에 네가 우리한테는 탄광의 카나리아가 되는 거야!"

꼬챙이가 달래면서 조그맣게 속삭이자, 콘스턴스가 고개도 들지 않고 중얼거렸다.

"탄광의 카나리아?"

꼬챙이는 레이니의 경고의 눈초리를 알아채지 못하고 대답했다.

"응, 그래. 광부들은 탄광에 들어갈 때에 카나리아를 들고 가서 산소 농도를 측정했어. 그래서 카나리아가 죽으면 산소가 줄어든다는 걸 깨닫고 곧장 바깥으로 나오는 거야."

"카나리아가 죽으면?"

콘스턴스가 반복했다.

그제서야 비로소 꼬챙이는 후회의 표정을 떠올렸다.

"그건 적절치 않은 비교인 것 같아."

레이니가 말하자, 케이티가 덧붙였다.

"핵심은 네가 아주 중요한 역할을 한다는 사실이야. 알았지?"

콘스턴스가 받아쳤다.

"그건 나도 이미 알고 있어. 나한테 필요한 건 머릿속에서 중얼거리는 말도 안 되는 소리를 멈추게 하는 거야. 마티나 크로가 계속 속삭이는 소리를 정말 견딜 수 없어. 너희가 궁금할 것 같아서 하는 얘긴데, 지금 말하는 사람은 마티나 크로야. 그냥 보기만 해도 끔찍한 애가 내 머릿속에 있는 게 정말 싫어. 이 애를 주제로 욕하는 시를 한 편 쓰고 싶은 생각이야. 하지만 가만히 생각하니까 '마티나'는 운율을 잡기가 어려울 것 같아."

레이니와 케이티 그리고 꼬챙이는 안심하는 표정으로 서로를 조심스럽게 쳐다보았다. 콘스턴스의 기분이 약간 좋아지는 것 같았다. 그런데 다른 아이들도 마찬가지였다. 질슨의 수업 이후에 방송은 세 차례 더 있었다. 네 아이는 은밀한 메시지 방송이 나올 때마다 서로에게 으르렁대지 않으려고, 또한 주먹으로 책상을 치거나 서랍을 쾅 닫지 않으려고 노력하며 힘든 저녁 시간을 보낸 터였다. 공부하는 것 자체도 마치 누가 피아노를 엉터리로 시끄럽게 쳐 대는 옆에서 책을 읽는 것만큼이나 힘들었다. 하지만 마지막 방송이 끝나고 시간이 조금 지나자 기분이 많이 좋아졌다. 그래서 자신들이 처한 상황에 집중하는 데 도움이 되었다. 하지만 불행하게도 상황이 좋지 않았다.

공포의 날이 많이 가까워지고 있었다. 커튼 선생은 아직까지 전압을 최고로 올려서 방송하지 않았다. 만일 그렇게 했다면 콘스턴스만이 아니라 다른 세 아이도 그 소리를 들었을 것이다. 하지만 상황이 나빠진 건 분명했다. 그런데 네 아이가 섬에 도착한 건 불과 며칠밖에 안 된다. 혹시 너무 늦은 건 아닐까? 앞으로 어떻게 해야 한단 말인가!

"해안에 아무도 없어."

꼬챙이가 텔레비전 장식장에 올라가서 창문 바깥을 내다보며 말했다. 그러곤 케이티한테 손전등을 넘겨받았다.

"뭐라고 전해야 하지?"

레이니가 곰곰 생각하다 말했다.

"베네딕트 선생님도 메시지가 강해졌다는 사실을 벌써 알고 계실 거야. 그분을 비롯한 일행 전체가 분명히 느꼈을 테니까. 콘스턴스가 목소리를 들었다는 내용만 전해. 베네딕트 선생님도 그건 모르실 테니."

그리자 꼬챙이가 창가로 고개를 돌렸다.

"알았어. '콘스턴스가 목소리를 듣는다.' 자, 간다."

"진짜 이름을 쓰지 마!"

레이니가 경고하자, 꼬챙이가 부끄러워하며 대답했다.

"아, 맞아. 그러면 안 되지."

"내가 잡혔으면 좋겠니, 조지 워싱턴?"

콘스턴스가 투덜거렸다.

"미안해."

꼬챙이는 콘스턴스가 자기의 진짜 이름을 부를 때마다 항상 그렇듯이 이를 갈면서 대답한 다음에 도움을 청하는 표정으로 친구들을 쳐다보았다.

"그럼 뭐라고 하지, 으음……."

레이니가 쳐다보니, 콘스턴스는 얼굴을 잔뜩 찡그린 채 친구들이 무슨 말을 하든 불평을 터트릴 준비만 하고 있었다. 레이니는 제일 처음에 떠오른 표현을 물리치고 '가장 작은 애'라고 하자고 제안했다.

콘스턴스는 싫은 표정으로 어쩔 수 없이 동의했다. 꼬챙이가 메시지를 곧장 보냈다. 삼사 분 후에 육지에서 답신이 왔다.

'우리 생각보다 시간이 없다. 그러니 구해야 할 것을 구하라. 현재와 다른 사람이 되어야 한다.'

"급히 서두르라는 뜻인 것 같아."

꼬챙이가 텔레비전에서 내려오며 말했다.

"내 생각도 같아. 하지만 구체적으로 어떻게? 그리고 '구해야 할 것'이란 말은 무슨 뜻이지?"

케이티가 말했다.

"그게 무엇이든, 그걸 구하려면 우리가 현재와 다른 사람이 되어야 해."

레이니가 말하자, 콘스턴스가 물었다.

"그건 또 무슨 뜻일까?"

네 아이는 서로를 쳐다보았다. 아무도 특별한 생각이 떠오르지 않았다. 무엇부터 시작해야 좋을지조차 떠오르지 않았다.

다른 사람이 되어

메시지 방송은 네 아이를 계속 압박했다. 다음 날 점심시간에도 방송이 나왔다. 콘스턴스에 따르면 이번에는 코리스 단톤이었다. 네 아이는 이를 갈면서 서로한테 인상을 찡그렸다. 그러면서 그릇을 던지고 싶은 충동과 싸웠다. 그리고 또 저녁 시간에 방송이 시작되어 신경이 기타 줄처럼 잡아 뜯기는 듯한 고통을 누르며 공부할 수밖에 없었다. 레이니가 공책을 덮을 즈음에 마침내 마지막 방송이 수그러들었다. 레이니는 한시름 놓고 머리를 책상에 댄 채 엎드렸다.

공부 시간 동안 얼굴을 찡그린 채 침대에 누워 있던 꼬챙이가 입을 열었다.

"방송이 끝나서 정말 다행이야. 공부는 다 끝났니?"

레이니는 힘들게 고개를 끄덕였다.

복도에서 잭슨이 전등을 끄라고 크게 외치는 소리가 들렸다.

"내가 끌게."

천장에서 불쑥 나타난 케이티가 말하면서 레이니 뒤쪽으로 뛰어내렸다.

깜짝 놀란 레이니는 의자 옆으로 쓰러졌고 침대에서 벌떡 일어난 꼬챙이는 위 천장에 머리를 부닥쳤다. 케이티는 전등을 끄고 의자로 올라가서 콘스턴스가 천장에서 내려오도록 도와주었다.

"노크부터 해야지."

꼬챙이가 투덜거리며 머리를 문질렀다.

"아무도 놀라지 않게?"

케이티가 대꾸하자, 레이니가 천천히 일어나며 말했다.

"잘 들어. 베네딕트 선생님의 메시지에 대해서 하루 종일 생각했는데 이제 그 의미를 알 수 있을 것 같아. 베네딕트 선생님이 우리를 이곳에 보낸 이유가 무엇인 것 같아?"

"정보를 구하는 거. 그런데 네 생각에도 '구해야 할 것'이란 의미가 바로 그것인 것 같아? 단순히 정보를 구하는 거?"

꼬챙이가 묻자, 레이니가 대답했다.

"은밀한 정보. 그러니까 우리는 최대한 빨리 전달자가 되어야 해. 우리 모두 현재와 다른 사람이 되어야 해."

콘스턴스가 눈알을 굴렸다.

"그건 너무 뻔한 내용이잖아! 그 정도는 우리도 벌써 다 아는 거잖아."

레이니가 인정했다.

"그 말이 맞아. 그래서 내가 이제 비로소 그 의미를 알 수 있을 것 같다고 말한 거야. 내 생각에는 그 말에 또 다른 뜻이 있는 것 같아. 하지만 그건 확실하지 않아. 분명한 건 우리가 서둘러야 한다는 거야."

케이티가 반박했다.

"하지만 우리는 지금도 최대한 서두르고 있어. 너희 둘은 쪽지 시험에서 만점을 받고 콘스턴스와 나는……. 으흠, 우리도 최선을 다하고 있어, 그렇지 않니?"

케이티가 걱정하듯 콘스턴스를 바라보다가 덧붙였다.

"최소한 나는 그래."

"그게 무슨 뜻이야?"

콘스턴스가 얼굴을 찡그리며 묻자, 케이티가 애매하게 대답했다.

"너에 대해서까지 말하고 싶지 않은 것뿐이야."

레이니가 끼어들었다.

"내 말은 니와 콘스턴스가 쪽지 시험을 더 잘 볼 수 있는 방법을 우리가 찾아내야 한다는 뜻이야."

"어휴!"

케이티가 한숨을 크게 내쉬더니, 바닥에 풀썩 누워서 완전히 쓰러진 것처럼 두 팔을 쭉 뻗으며 덧붙였다.

"사실대로 말하면 나는 아무래도 안 될 것 같아. 말도 안 되는 내용을 내 머리가 도무지 받아들이려고 하질 않아. 아무리 열심히 노력해도 소용이 없어."

콘스턴스도 동조했다.

"나도 그래. 쪽지 시험 성적을 올릴 방법이 없어. 너무 피곤해서 지금보다 공부를 더 많이 할 수가 없어."

"하긴 하는 거니?"

케이티가 중얼거리자, 콘스턴스가 불끈 화를 냈다.

"머릿속에서 말도 안 되는 소리가 계속 튀어나오는데 너라면 공부를 할 수 있겠니?"

"그래도 최소한 나는 노력은 하고 있어!"

레이니가 또 끼어들었다.

"잠깐만, 잠깐만. 베네딕트 선생님의 메시지로 다시 돌아가자. 우리가 지금 아닌 게 뭘까? 우리 모두 아닌 게."

"어른?"

꼬챙이가 말하자, 레이니가 점잖게 대답했다.

"맞아. 하지만 우리가 서두른다고 어른이 되는 건 아니야, 그렇지 않아?"

콘스턴스는 우리 누구도 고기를 먹는 물고기가 아니며 마약을 하는 마술사도 아니며 샌디에이고에서 파는 샌드위치가 아니라고 지적했다.

"너, 지금 우리를 골리려고 그러는 거지?"

케이티가 말하자, 콘스턴스가 빙그레 웃었다.

"사실은 우리가 아닌 게 이 세상에 수없이 많아."

꼬챙이가 포기한 어투로 끼어들자, 레이니가 대답했다.

"맞아, 하지만 베네딕트 선생님은 우리가 그 말을 이해할 거라고 생각해서 보내신 거야. 그렇다면 우리가 그 대상을 좁힐 수 있을 거야. 베네딕트 선생님이 우리에 대해서 아는 게 무언지 생각해 보자. 우리가 공통적으로 가지고 있는 것, 그리고 변할 수 있는 것."

"베네딕트 선생님은 우리랑 만난 지 얼마 안 돼. 우리에 대해서 알 수 있는 게 그리 많지 않아."

케이티가 지적했다.

"으흠, 그분은 우리가 고아 혹은 집 나온 애라는 걸 알아."

꼬챙이가 말하더니, 거기에 재빨리 덧붙였다.

"그래그래. 그렇지만 갑자기 가족이 생길 수는 없어. 또 다른 건?"

콘스턴스가 끼어들었다.

"우리는 모두 뛰어난 재능을 가지고 있어. 그래서 그 사람이 낸 우스꽝스러운 시험에 모두 합격했어."

"그리고 우리 누구도 텔레비전을 보거나 라디오를 듣지 않아. 우리는 진실을 사랑하는 강한 마음을 가지고 있기 때문이야. 그렇지?"

케이티가 말하자 꼬챙이가 머리를 긁었다.

"텔레비전을 본다고 해서 우리가 빨리 전달자가 되는 건 아닐 거야."

"잠깐만! 진실을 사랑하는 마음!"

레이니가 벌떡 일어나며 말하자, 다른 아이들이 입을 다문 채 가만히 쳐다보았다. 레이니는 이리저리 거닐며 조그맣게 속삭였다.

"현재와 다른 사람이 되어라……. 전달자가 빨리 되어라……. 그리고 베네딕트 선생님은 우리가 그렇지 않다는 걸 알고 있어, 왜냐하면……. 그래, 이제 알 것 같아!"

케이티가 손전등을 비추자 레이니가 걸음을 멈췄다. 그런데 기뻐하던 레이니의 표정이 다시 애매한 표정으로 바뀌었다. 레이니는 손전등에서 뿜어 대는 빛을 불편하게 바라보고 헛기침을 하며 망설이다가 다시 헛기침을 했다.

콘스턴스가 물었다.

"그래? 무슨 좋은 생각이라도 난 거야?"

마침내 레이니가 자기 생각에서 억지로 벗어났다. 그건 다른 아이들 머리로는 도저히 생각할 수 없는 내용이었다. 레이니가 제안한 건 이 아이들이 한 번도 생각한 적이 없는, 천성적으로 생각조차 할 수 없는 그런 것이었기 때문이다.

부정행위를 하는 방법을 배워야 한다는 것이었다.

레이니는 친구들의 끔찍한 표정을 알아채고 재빨리 설명했다.

"자세히 생각하면 충분히 이해할 수 있어. 우리 누구도 부정행위를 하라는 론다의 제안을 받아들이지 않았어. 기억나지? 그것 역시 시험의 일부였어. 베네딕트 선생님은 우리가 현재와 다른 사람이 되라고 했어. 그건 부정행위를 하라는 거야. 그래서 우리 모두 최대한 빨리 전달자가 되라는 거야!"

"설마, 농담하지 마! 베네딕트 선생님이 어떻게 그런 말을 할 수 있겠어!"

케이티가 반박하자, 꼬챙이가 머리를 흔들었다.

"우리가 부정행위를 하지 않았기 때문에 그분이 우리를 뽑은 거 아니야?"

"으흠, 하지만 나는 그 생각에 찬성이야. 모두 바람처럼 부정행위를 하자고!"

콘스턴스가 콧방귀를 뀌며 말하자, 케이티가 깜짝 놀랐다.

"너희가 그런 말을 하다니, 도저히 믿을 수 없어! 베네딕트 선생님이 말한 진실에 대한 강력한 사랑은 도대체 어디로 간 거니?"

레이니는 친구들의 반응에 조금도 놀라지 않았다. 자신 역시 이 생각이 처음 떠오를 때에 그런 느낌이었기 때문이다. 하지만 지금 자신들은 비밀 첩보원이 아닌가! 이 섬에 온 것 자체가 일종의 속임수 아닌가! 케이티와 꼬챙이가 보인 반응은 즉각적인 반응일 뿐이었다. 조금만 지나면 이 친구들도 이해할 거라는 생각이 들었다.

그래도 케이티의 반박이 레이니를 괴롭혔다. 진실에 대한 강력한 사랑은 과연 사라진 건가? 자신의 마음도 은밀한 메시지에 저항했다……. 하지만 다른 친구만큼 크지 않을 수도 있다. 그걸 자신이 어떻게 알 수 있는가? 자신은 베네딕트 선생님의 시험을 볼 때에, 론다가 답안지를 건네줄 때에 부정행위를 하고픈 강력한 욕구를 느끼지 않았던가! 어쩌면 자신은 베네딕트 선생님을 비롯한 여러 사람들이 생각하는 것처럼 진실을 사랑하는 용감한 영혼이 아닐 수도 있다는 생각이 들었다.

"현실적으로 생각해. 커튼 선생은 대 사기꾼이야. 우리가 똑같은 방법으로 커튼 선생을 물리치는 거야!"

콘스턴스가 말했다.

케이티와 꼬챙이는 의심을 아주 지울 수는 없었다. 하지만 의심은 벌써 많이 줄어들었다. 꼬챙이는 안경을 닦으면서 어쩌면 그게 맞을 수도 있다는 말을 했고 케이티는 이리저리 거닐며 이렇게 덧붙였다.

"지금까지 나 자신이 그러는 모습을 상상한 적이 한 번도 없어서 이러는 것뿐이야……. 나도 모르겠어. 나로선 그런 식으로 생각하는 것 자체가 힘들어. 레이니, 너는 베네딕트 선생님이 진짜 그런 뜻으로 말했다고 생각하니?"

"그걸 확인할 방법은 하나밖에 없어."

레이니가 대답했다. 자신의 해석이 정확하길 속으로 기원했다. 부정행위를 하고 싶어서가 아니었다. 부정행위를 한다는 게 자신의 생각이 아니라 베네딕트 선생님의 생각이라면 그나마 마음이 편할 것 같았기 때문이었다.

꼬챙이가 그 즉시 메시지를 보냈다.

'부정행위에 대한 조언 필요.'

몇 분 후에 숲에서 불빛이 번쩍이기 시작했다. 꼬챙이는 메시지가 오는 대로 내용을 알려 주었다.

'조심.'

"그것 봐, 내 생각이 맞잖아."

케이티가 말하자 꼬챙이가 덧붙였다.

"또 있어."

다음 메시지는 이랬다.

'들키지 않도록.'

"그것 봐, 내 생각이 맞잖아."

콘스턴스가 말했다.

그날 밤, 베네딕트 비밀클럽은 두 시간 내내 '부정행위 연습'을 했다. 아이들은 베네딕트 선생님의 허락을 받은 순간부터, 콘스턴스의 말에 따르면 '공부하지 않고 점수를 따는' 가장 효과적인 전략을 짜기 위해 몰두했다. 예전에 부정행위를 해 본 사람은 아무도 없었다. 그래서 네 사람 모두 처음에는 실력이 형편없었지만 그날 밤 모임을 끝낼 즈음에는 모두가 열 번에 아홉 번은 성공할 정도로 상당한 자신감을 갖게 되었다.

애쓴 보람은 바로 이튿날 아침에 나타났다. 마침내 두 여자애의 쪽지 시험 점수가 오른 것이었다. 케이티는 키가 크고 눈이 좋기 때문에 레이니 바로 뒤에 앉아서 레이니가 시험지 각도만 약간 돌려놓으면 어깨 너머로 아주 간단하게 답을 베낄 수 있었다. 문제는 다른 사람한테 들키지 않아야 한다는 것이었다. 하지만 케이티와 레이니는 주변의 의심을 사지 않고 잘 해냈으며, 두 사람의 협동 정신은 매우 효과적인 결과를 낳았다. 성공적인 결과에 기분이 좋은 두 아이는 사실 오전에 방송된 은밀한 메시지에 그다지 고통스러워하지도 않았다.

꼬챙이와 콘스턴스가 부정행위를 하는 전략은 훨씬 복잡했다. 콘스턴스가 너무 작아서 어깨 너머로 답안을 볼 수 없고 그렇다고 답을 적어서 건네는 건 너무 위험하기 때문이었다. 마침내 레이니가 모스 부호로 하는 방법을 제안했다. 겁이 많기로 유명한 꼬챙이가 귀를 잡아당기거나 관자놀이를 톡톡 치거나 머리를 긁거나 목에 있는 옷을 쫙 펴거나 안경을 닦는 방법으로 답을 알려 주면, 콘스턴스는 다른 학생한테 들키지 않기 위해 제일 뒷줄에 앉아서 그 모스 부호를 살피는 식이었다.

이 전략도 효과적이었다. 하지만 문제가 없는 건 아니었다. 교실을 이동하는 사이에 콘스턴스는 복도에서 숨을 죽인 채 불평을 털어놓았다.

"네가 진짜로 가려워서 긁을 때마다 내가 답을 틀리게 적잖아."

"미안해. 나는 불안할 때마다 머리가 가려워. 다음에는 더 잘하도록 노력할게."

꼬챙이가 수줍은 표정으로 대답하자 콘스턴스가 다그쳤다.

"노력만 하지 말고 실제로 잘하라고."

"야, 너도 알다시피 내가 불안해하는 게 유일한 문제는 아니야! 네가 애초에 모스 부호를 좀 더 열심히 배워 두었다면 훨씬 좋았을 거야!"

꼬챙이가 반박하자, 콘스턴스의 얼굴이 아주 빨갛게 변했다. 파란 눈동자가 눈물 뒤에서 아주 밝게 빛나고, 가느다란 금발이 이리저리 뻗쳐서 진짜 사람이 아니라 어떤 어린아이가 도화지에 그린 사람 얼굴처럼 보일 정도였다. 생생한 색상의 얼굴이 이상한 비율로 사납게 나타난 모습은 마치 본격적으로 화를 내기 위해 지금 막 도화지에서 뛰쳐나온 것 같았다.

"그만 그만, 얘들아. 서로 상대 탓으로 돌리며 다투지 말자. 남을 탓하는 건 옳지 않아. 중요한 건 서로 도우면서 나가는 거야. 그래야 훨씬 효과적으로 부정행위를 할 수 있어."

케이티가 엄마처럼 말하면서 두 사람 사이에 끼어들었다.

"웃기지도 않아."

콘스턴스가 말했다. 하지만 이미 분노가 사그라진 어투였다. 그리고 더 이상 입을 열지 않았다.

꼬챙이도 마찬가지였다. 자신이 화를 낸 걸 벌써 후회하고 있었다. 복도에서 부정행위 때문에 다투거나 모스 부호까지 언급한 것 자체가 정말 어리석다는 생각이 들었다.

'내가 미쳤나 봐. 누가 들었으면 어떻게 하지?'

대기실 생각이 꼬챙이를 한층 더 위축시켰다.

오전 시간은 이렇게 지나갔다. 은밀한 메시지 방송을 물리치기 위해 싸우고 수업에 집중하고 쪽지 시험마다 부정행위를 하면서.

네 아이는 다른 학생들보다 생각할 게 훨씬 많았다. 그렇지만 레이니와 꼬챙이는 계속 만점을 받았으며 두 여자애도 잘 해냈다. 마침내 방송도 끝나 점심시간에는 모두가 기분이 아주 좋아졌다.

동시에 네 아이는 단서를 찾기 위해 눈을 부릅떴다. 쉬는 시간에는 학습 기관에서 가장 나이가 많은 전달자 찰리 피터스가 졸업한다는 소문을 들었다. 찰리는 하루 종일 수업에 들어오지 않았다. 아침에 기숙사에서 집행부 몇 명과 함께 있는 걸 본 아이도 있었다. 누군가가 누구나 그런다고, 졸업생은 떠날 때에 그 누구한테도 말하지 않는다고, 졸업생은 대개가 너무 기분이 좋고 교만해져서 오랜 친구에게 작별을 고할 생각조차 안 한다고 말했다. 그러자 다른 학생은 그건 선택의 여지가 없기 때문이고, 집행부가 그걸 허락하지 않는다고 반박했다.

"도대체 어떻게 된 일인지 궁금해. 우리 알아보자."

레이니가 점심을 먹으러 식당으로 가면서 말했다.

"좋은 생각이야. 그렇다면 바로 저기에 해답을 구할 기회가 있어."

케이티가 말하면서 옆 복도를 가리켰다. 그곳에 S.Q. 큰 발이 찰리를 데리고 나타나서 멀리 떨어진 출구로 데려가고 있었다.

"서둘러. 내가 S.Q.를 정신없게 만드는 동안에 네가 찰리한테 얘기를 걸어."

케이티가 덧붙이자 콘스턴스가 물었다.

"어떻게 그런 제안을 할 수가 있어?"

하지만 케이티는 벌써 건너편 복도로 뛰어갔고, 레이니와 꼬챙이도 재빨리 그 뒤를 쫓기 시작했다.

"S.Q.! 여기요, S.Q.! 오늘 아침 수업에 대해서 물어볼 게 있어요."

S.Q.가 고개를 돌려서 자신한테 무섭게 달려오는 케이티를 바라보며 대답했다.

"지금은 너랑 말할 수 없어, 케이……."

S.Q.가 말을 마치기도 전에 케이티가 우당탕탕 넘어지고 말았다. 두 발이 공중으로 치솟고 두 팔과 두 다리가 사방으로 뻗쳤으며, 양동이는 쨍그랑거리며 돌이 깔린 바닥을 긁어서 불꽃을 일으키고, 결국에는 두 발이 상체보다 앞으로 나오며 뒤로 자빠졌다. 이어서 케

이티는 우당탕거리며 구르다가 S.Q. 몇 걸음 앞에서 멈춘 채 눈동자를 뒤집는 놀라운 묘기까지 보였다. S.Q.는 급히 케이티에게 달려가며 "케이티!" 하고 소리쳤다. 그러곤 케이티 바로 뒤에서 뛰어오는 두 아이한테 "뒤로 물러나. 케이티한테 숨 쉴 공간을 만들어 줘!" 하고 말한 다음에 케이티를 살피기 시작했다.

케이티가 눈동자를 뒤집은 채 속눈썹을 바르르 떠는 놀라운 연기를 한 덕분에 레이니와 꼬챙이는 S.Q.를 살짝 돌아서 찰리 피터스한테 갈 수 있었다.

찰리 피터스는 약간 떨어진 거리에서 무표정한 얼굴로 복도를 가만히 쳐다보고 있었다. 케이티가 처한 운명에 아무런 관심도 없다는 표정이었다. 애초에도 창백한 눈동자에 창백한 머리칼 그리고 창백한 피부였지만 지금의 찰리는 마치 밀랍으로 만든 인형처럼 보였다. 두 아이가 접근해도 전혀 못 알아보았다. 약간 당황한 표정일 뿐이었다. 자신이 학습 기관을 떠나야 하는 이유를, 전달자 자리를 영원히 지킬 수 없는 이유를 이해할 수 없다는 표정이었다.

마치 찰리가 관심이라도 보인 것처럼 레이니가 엄지손가락으로 케이티를 가리키며 말했다.

"케이티는 괜찮을 거예요. 툭하면 넘어지지만 금방 괜찮아지거든요."

"뭐라고?"

찰리가 두 아이를 처음으로 바라보며 말했다.

레이니 얼굴에 동정 어린 표정이 떠올랐다.

"아, 다른 걸 생각하고 있었군요. 오늘 졸업하니까요. 하지만 누구나 그럴 수밖에 없을 거예요. 이렇게 떠나니까 슬프지요, 그렇지 않으세요? 지금까지 누린 모든 특권이 그리울 거예요."

레이니가 말하자 찰리가 잔뜩 경계하는 표정으로 말했다.

"무슨 특권? 나는 아무런 특권도 기억나지 않아. 전달자는 책임을 지는 역할이야. 일종의 지도자라고. 너도 전달자가 되면 커튼 선생님을 돕느라 너무 바빠서 아마 생각할 시간조차 없을 거야. 사실……."

찰리가 갑자기 실망하는 표정으로 계속 말했다.

"사실, 내가 전달자가 된 게 바로 어제 같아. 그런데 벌써 집으로 가야 하다니. 지금까지 너무 바쁘게 지내느라 그동안 있었던 모든 일이 희미하게 떠오를 뿐이야."

"무슨 일이 그렇게 바빴는데요?"

꼬챙이가 물었다.

S.Q.는 뒤에서 케이티가 일어나는 걸 끙끙대며 도와주었다. 그런데 케이티는 양동이에서 쏟아진 물건에 다시 한 번 미끄러지면서 S.Q.를 한층 더 힘들게 만들었다.

찰리가 점차 흥분하더니, 좌우를 살피다가 수상하다는 표정으로 두 아이를 쳐다보며 대답했다.

"말할 수 없어."

"왜요? 저 사람들이 협박을 하던가요? 우리한테 아무 말이나 해 보세요."

레이니가 재촉했다.

찰리가 애매하게 고개를 흔들었다. 하지만 가만히 생각하는 것 같아서, 두 아이는 다시 희망이 솟아오르는 걸 느꼈다. 그런데 찰리가 다시 고개를 흔들었다. 이번에는 훨씬 강했다. 두 아이의 질문에 굉장히 괴로워하는 것 같았다.

"말할 수 없어. 정말 말할 수 없어."

"……살아나서 다행이야."

뒤쪽에서 S.Q.가 케이티한테 말하는 소리가 들리더니 이쪽을 보고 갑자기 날카롭게 소리쳤다.

"이봐! 너희 둘! 찰리한테서 당장 떨어져!"

"알았어요. 잘 가요, 찰리."

레이니가 재빨리 말하고 꼬챙이는 장난스럽게 경례를 했다. 하지만 찰리는 두 아이한테 크나큰 고통을 받은 것처럼 괴로운 표정으로 가만히 쳐다볼 뿐이었다. S.Q.가 두 아이를 나무라는 표정으로 바라보며 찰리의 팔을 잡고 출구로 인도했다.

"성과가 있었어?"

마침내 콘스턴스가 다가와서 물었다. 하지만 케이티가 물건을 줍는 건 전혀 도와주지 않았다.

레이니가 고무줄 새총을 주워서 케이티에게 건네며 말했다.

"아무 말도 하지 않았어. 그 이유조차 말하지 않았어."

"그럼 내가 쓸데없이 고생만 한 거야?"

케이티가 실망한 소리로 묻자 레이니가 대답했다.

"그렇진 않아. 찰리가 한 말 가운데 아주 이상한 내용이 있어. 아주 이상한 내용이야."

레이니가 이마를 찡그리며 덧붙였다.

"앞으로 그것에 대해 곰곰이 생각해야 할 것 같아."

"케이티, 너 재미없지는 않았지?"

꼬챙이가 묻자 케이티가 장난스럽게 빙긋 웃으며 인정했다.

"물론 재미있었지. 그래, 너희가 보기엔 어땠니?"

"마치 비행기에서 떨어지는 것 같았어."

레이니가 다시 식당을 향해 걸어가며 대답했다.

"정말?"

케이티가 반짝이는 눈동자로 레이니를 쳐다보았다. 레이니의 말에 깊이 감동한 표정이었다.

시험과 초대

그날 마지막 수업 시간에 강의 내용 정리가 거의 끝날 즈음에 교실 문이 활짝 열리면서 잭슨이 들어왔다.

"나한테 신경 쓰지 마."

잭슨이 수업을 진행하던 집행부에게 말했다. 으스대는 폼을 보면 자신이 한 말과 달리 사람들의 시선이 자신에게 쏠리는 걸 즐기고 있는 게 분명했다.

"새 전달자 명단을 붙이려고 온 것뿐이야."

잭슨이 말하자, 교실에 있는 모든 학생이 몸을 꼿꼿이 폈다. 새 전달자 명단! 그 명단이 지난 한 달 동안 조금도 변하지 않은 건 아주 유명했다. 그런데 이제 찰리 피터스가 떠났으니 한 자리가 남았다. 그렇다면 누가 그 자리에 들어가는가? 잭슨이 교실 앞에 종이를 붙이자, 모든 학생이 그 이름을 보려고 눈을 잔뜩 긴장시켰다. 하지만 그걸 볼 정도로 눈이 좋은 학생은 케이티밖에 없었다. 케이티가 레이니한테 속삭였다.

"아직은 행운이 안 따르는구나. 네 이름이 없어."

수업이 끝난 순간, 학생들이 명단 앞으로 우르르 몰려들었다. 그 와중에 마티나 크로가 팔꿈치로 아이들을 날카롭게 찌르며 맨 앞으로 나가서 확인한 다음에 헤드릭슨이 새 전달자가 되었다고 선언했다. 그와 동시에 사방에서 실망 어린 신음 소리가 났다. 하지만 누구도 교실을 나가지 않았다. 모두가 자기 눈으로 직접 확인하고 싶어 했다. 마티나가 농담을 했거나 헤드릭슨이라는 이름이 사라지고 그 자리에 자기 이름이 마법처럼 붙어 있을 거라고 기대하는 눈초리였다.

베네딕트 비밀클럽은 교실 뒤에 모여 있었다. 케이티가 먼저 입을 열었다.

"자, 이곳에서 나가자. 마티나가 맞아. 내가 헤드릭슨의 이름을 봤어."

하지만 레이니는 이상하게도 자기 눈으로 명단을 확인해야 할 것 같은 느낌이 들었다. 그래서 말했다.

"너희 셋이 먼저 나가. 이따가 광장에서 만나."

그래서 세 아이가 떠나자, 레이니는 앞으로 나아갔다. 직접 봐야 할 것 같은 느낌이 드는 이유가 무언지 궁금했다. 어쩌면 자신도 다른 학생과 다른 게 없을지도 모른다는 생각이 들었다. 자신도 불가능한 마법이 일어나기만 바라고 있을지도 몰랐다.

"은밀한 특권!"

맨 앞에 있는 여학생이 부럽다는 듯 말하자 그 옆에 있는 남학생이 맞장구를 쳤다.

"그리고 저 윗도리! 저 명단에 들어갈 수만 있다면 죽어도 좋겠어!"

레이니는 옆으로 고개를 빼고 맨 앞에 있는 학생이 누군지 쳐다보았다. 특별히 모집한 두 학생인 로지 가드너와 오스테스 크러스트였다. 두 학생의 혼란스러운 행동에도 불구하고 레이니는 아직까지 그들이 납치되었다는 의심을 지울 수 없었다. 그래서 그들이 이렇게 즐겁게 지내는 이유가 또다시 궁금하기 시작했다. 특별히 모집한 두 학생의 얼굴에는 처음에 보았던 몽롱한 표정은 오래전에 완전히 사라지고, 열정이 가득했으며 두 눈에서는 욕심이 반짝거렸다. 레이니는 갑자기 솟구치는 동정을 담은 눈길로, 교실에서 나가는 두 학생을 지켜보았다. 저 두 아이는 예전에 어떻게 살았을까? 두 아이도 꼬챙이처럼 집에서 도망쳤을까? 혹시 부모님은 있을까? 두 아이는 얼마나 끔찍한 삶을 살았기에 이 학습 기관을 이렇게 좋아할까?

줄이 서서히 줄어드는 동안, 문득 뇌리를 스치는 생각이 있었다.

레이니는 그들의 미래를 떠올려 보았다. 그들은 갈 데도 없고 돌아오라고 사정하는 부모나 조부모도 없다. 두 아이는 학습 기관에 전적으로 헌신할 것이다. 그러다 보면 전달자 대열에 합류해서 그들이 바라는 멋진 윗도리와 허리띠를 하다가 나중에 세월이 지나면 바깥세상에 완전히 등을 돌리고 집행부가 될 것이다. 그들한테는 이곳에 어떻게 왔으며 그 전에 어떤 삶을 살았는가는 전혀 문제되지 않을 것이다. 이런 건 이미 완전히 잊혔거나, 중요한 인물이 되어 중요한 역할을 담당하기 위해 열심히 노력하다 보면 잊힐 터이다.

그사이 맨 앞에 다다른 레이니는 명단을 쳐다보지도 않았다. 마음속에서 솟구친 동정심은 벌써 다른 느낌으로 변한 상태였다. 이게 뭐란 말인가? 이건 기쁜 일이 결코 아니다. 그런데 놀랍게도 이게 질투심일 수도 있단 생각이 갑자기 들었다.

"정말 이상해."

레이니는 혼자 속삭였다. 그때 뒤에서 어른 목소리가 들렸다.

"뭐가 이상하지?"

레이니는 몸을 홱 돌렸다. 그러자 커튼 선생과 얼굴을 맞대게 되었다. 커튼 선생이 은빛 안경알 뒤에서 자신을 날카롭게 쳐다보고 있었다. 깊은 생각에 잠겨서 다른 아이가 모두 나간 뒤에도 혼자 가만히 서 있다가 갑자기 메시지 발송자 당사자와 단둘이 얼굴을 마주하게 된 것이었다.

"저…… 뭐라고 하셨지요, 선생님?"

"네가 정말 이상하다고 했잖니. 내 보니, 그 말은 여기에 붙은 전달자 명단을 보고 한 말 같은데?"

커튼 선생이 무릎에 있는 아주 두꺼운 책을 손가락으로 톡톡 치면서 말했다.

"아, 네, 선생님. 저는 제 이름이 있을 거라고 예상했거든요. 지금까지 계속 만점을 받았으니까요."

레이니가 대답했다. 거짓말이었다.

"그래, 나도 그럴 거라고 생각했어. 아이들 마음은 쉽게 읽히는 법이지. 너처럼 뛰어난 아이도 그래, 레이나드."

레이니는 기회가 왔음을 느끼고 대답했다.

"제가 뛰어나다고 생각하시니 정말 고맙습니다, 선생님. 저는 전달자가 되고 싶은 마음이 굴뚝같습니다."

"당연히 그렇겠지. 네가 아주 잘하고 있다는 보고를 집행부 전체한테 들었어. 너와 네 친구 조지 워싱턴이 예상을 훌쩍 뛰어넘었다고. 사실 학습 기관을 지금까지 운영하는 동안에 그렇게 많은 내용을 이렇게 빨리 익힌 학생은 없었어."

커튼 선생의 휠체어가 가까이 굴러 오고 있었다. 천천히, 거의 눈에 띄지 않을 정도였다. 두 사람 얼굴이 아주 가까워졌다.

"우연치곤 정말 이상한 우연이야. 이렇게 뛰어난 학생들이 동시에 학습 기관에 들어왔는데, 둘이 그렇게 가까운 친구 사이라니 말이야."

반사되는 안경알 때문에 커튼 선생의 표정을 읽기가 어려웠다. 혹시 의심하는 건가? 레이니는 심장이 벌써 쿵쾅거리며 빠르게 뛰기 시작했다. 레이니가 대답했다.

"동시에 들어온 건 정말 우연의 일치라고 할 수 있지요. 하지만 뛰어난 두 학생이 친한 친구가 되는 건 그리 놀랄 일이 아니에요. 게다가 방까지 함께 쓴다면 말입니다."

커튼 선생이 그렇다는 표정으로 고개를 끄덕거리며 말했다.

"맞아. 너는 정말 똑똑한 학생이야. 아주 똑똑한 학생이지. 레이나드, 아마 너는 훌륭한 전달자가 될 거야. 너도 그렇게 생각하니?"

"아, 네, 선생님, 정말 그렇습니다!"

레이니는 최대한 정열적으로 커다랗게 대답했다.

"좋아. 하지만 명심해, 레이나드. 너는 신입생이야. 아직은 네 순서가 아니야, 아직은. 하지만 때가 올 거야. 인내심만 가지고 기다린다면. 어때, 너한테는 인내심이 있는 것 같은데?"

"최선을 다하겠습니다, 커튼 선생님."

"그런데 레이나드, 너한테 고백하는데, 나는 인내심이 없는 사람이야."

커튼 선생의 목소리가 갑자기 변했다. 조금 전까지 아버지처럼 다정하게 격려하던 목소리가 갑자기 탐색하는 어조로 바뀌었다.

"네 여자 친구, 아주 조그만 콘스턴스 콘트레어가 좋은 사례야. 나는 지금 그 애에 대해 인내심을 잃고 있어. 집행부가 계속 보고하는 내용에 의하면, 비록 최근에 쪽지 시험 점수가 좋아지긴 했지만 모든 게 너무나 제멋대로야. 수업 시간에 자고, 질문을 하면 대답도 안 하고 집행부한테 인상을 찡그리고 말이야."

레이니는 속으로 신음했다.

커튼 선생이 계속 말했다.

"그 애는 별로 노력하는 것 같지가 않아. 버릇없는 태도가 쪽지 시험 점수와 어울리질 않아. 도무지 그 애를 모르겠어. 그런데 나는 어떤 사람에게 이해가 안 가는 부분이 있으면, 레이나드, 그 사람을 더 이상 믿지 않는 성격이야. 당연하지 않니?"

"너무나 당연합니다, 선생님. 하지만 믿을 수 없는 사람에 대한 속담이 있다는 걸 선생님도 잘 아시잖아요."

"몰라, 무슨 속담이지?"

커튼 선생이 눈썹을 치켜세우며 단호한 어조로 물었다.

"믿지 못할 사람을 가까이 두어라."

커튼 선생이 새처럼 끽끽대는 웃음을 터트렸다. 레이니는 깜짝 놀랐다.

"그런 사람을 오히려 가까이 두어라. 정말 좋아. 너는 내가 생각한 것 이상이야, 레이나드 멀든. 정말 좋아. 나도 네 말대로 그 애를 가까이 두겠어. 그러면 언젠가는 자신도 쓸모가 있다는 걸 증명하겠지."

"아마 그럴 겁니다."

레이니가 대답했다. 두 사람 사이에 무언가가 변했다는 느낌이 또렷했다. 마치 커튼 선생의 시험에 통과한 느낌이었다. 그래서 이상한 확신을 느끼며 '내가 모르는 사이에 진행된 시험'이라고 마음속으로 생각했다.

"그래, 그런 사람을 가까이 두지."

커튼 선생이 턱을 톡톡 치면서 말했다. 그러곤 무언가를 깊이 생각하는 표정으로 다시 입을 열었다.

"그래, 그것이 문제를 통제하는 제일 좋은 방법이야. 통제가 열쇠야, 레이나드. 그 사실을 절대 잊지 말도록. 언제나 통제가 열쇠야."

"알겠습니다, 선생님. 결코 잊지 않겠습니다."

레이니가 대답하자 커튼 선생이 빙그레 웃었다.

"아주 좋아, 레이나드, 지금 결정했어. 너와 더 얘기하고 싶어. 나랑 내 사무실로 가지 않겠니? 자, 빨리 따라와. 나는 다른 장소로 이동하면서 시간 낭비 하는 걸 싫어하거든."

커튼 선생이 휠체어를 빙글 돌려서 쏜살처럼 밖으로 나갔다.

레이니는 약간 망설이며 숨을 깊이, 아주 깊이 들이마신 다음 그 뒤를 급히 쫓아갔다.

커튼 선생은 시간 낭비를 정말 싫어했다. 레이니는 그 뒤를 쫓아가기 위해 계속 뛰어야 했다. 텅 빈 복도를 지나고 도우미들이 저녁 식사를 바쁘게 준비하는 식당을 가로지르는 동안 커튼 선생은 조금도 속도를 늦추지 않았다. 광장으로 나가는 문이 나타나도 마찬가지였다. 문을 쾅 열어젖혀서, 겁에 질린 학생들이 좌우로 흩어지게 만들고 광장과 바위 정원을 곧장 가로질렀다. 휠체어 바퀴에서 튀어나온 자갈 몇 개가 레이니의 팔을 아프게 때렸다. 커튼 선생 바로 뒤에서 뛰어가는 동안 레이니는 광장 건너편에 있는 친구들을 보았다. 친구들이 깜짝 놀란 채 전혀 이해할 수 없다는 표정으로 쳐다보고 있었다. 레이니는 그들을 안심시키기 위해 손을 흔들었다. 그러는 동안에 자신도 약간 안심이 되는 것 같았다.

커튼 선생이 학습 기관 통제 건물로 들어가는 문을 쾅 여는 순간, 레이니는 학습 기관의 모든 문이 이렇게 거칠게 열 수 있도록 설계된 게 분명하다는 생각이 들었다. 커튼 선생은 문이 열릴 때까지 기다리거나 뒤에 처진 학생을 기다리는 걸 견딜 수 없는 게 확실했다. 그래서 레이니는 급히 서둘렀다. 두 사람은 문이 쭉 늘어선 복도 몇 개를 지나갔다. 분명 모집원과 집행부 숙소였다. 마침내 평평한 금속 문이 나타났다. 그런데 커튼 선생이 그 앞에 갑자기 멈췄다. 이번에도 문을 쾅 열어젖힐 거라고 예상하고 열심히 뛰어가던 레이니는 하마터면 휠체어 뒷부분에 그대로 부딪칠 뻔했다. 자세히 보니, 이번에는 문 옆에 비밀번호를 넣는 자물쇠가 걸려 있었다. 커튼 선생이 자신의 사무실에는 자물쇠 장치를 한 것이었다. 커튼 선생은 레이니에게 고개를 돌리게 하고 숫자를 넣고 문이 휙 열리자 그 안으로 쏜살같이 들어갔다.

레이니는 문이 닫히기 전에 재빨리 뛰어 들어가야 했다.

커튼 선생의 사무실은 직사각형 모양이었다. 사방에 하얀 돌이 붙어 있고 창문이 하나도 없었다. 골조만 앙상하고 차갑게 보였다. 마치 텅 빈 해골 같았다. 바닥에는 돌만 깔려 있고 아무것도 없었다. 심지어 양탄자조차 없고 배수구 하나만 있었다. 청소 때문에 있는 것 같았다. 커튼 선생의 책상 뒤 높은 벽에는 육중한 은빛 액자에 낡은 네덜란드 지도가 걸려 있었다. 레이니는 그곳이 커튼 선생이 태어난 나라라는 것을 떠올렸다. 지도 옆으로는 돌마을 항구와 노만산 섬의 그림 몇 장이 나란히 걸려 있었다. 그림들 밑에는 자물쇠를 채운 캐비닛 여러 개가 한 줄로 나란히 있었는데, 레이니는 그게 책장이라는 걸 알아챘다. 책장이긴 한데 누구도 그 안의 책을 볼 수 없도록 자물쇠를 채워 놓은 것이었다. 검소한 듯 광택이 하나도 없는 커튼 선생의 철제 책상에는 서류 상자와 차곡차곡 쌓인 서류가 잘 정돈되어 있었다. 책상 한쪽 모서리에는 인조 제비꽃 한 송이가 화분에 꽂혀 있었다. 조화는 아주 잘 가꾼 진짜 제비꽃처럼 보였는데, 베네딕트 선생님의 진짜 제비꽃과 달리 사람의 손길이 조금도 필요하지 않았다. 레이니는 두 사람이 너무나 이상할 정도로 비슷하면서도 너무나 이상할 정도로 다르다고 생각했다.

커튼 선생은 레이니한테 책상 가까이 다가와서 앉으라는 신호를 보내고는 들고 다니던 커다란 검은 책을 책상에 올려놓았다. 너무나 낡아서 제본을 여러 번 다시 한 것 같고 책장 모서리가 여기저기 접힌 책이었다. 커튼 선생이 책갈피를 끼워 놓은 쪽이 펼쳐졌다. 그곳에는 손으로 쓴 글씨가 잔뜩 적혀 있었다. 일기장이었던 것이다!

커튼 선생은 손가락으로 책상을 톡톡 치면서 말없이 레이니를 지켜보았다. 지금 커튼 선생은 자신이 입을 열기만 기다리는 거라는 생각이 갑자기 레이니의 뇌리를 스쳤다.

"저…… 그 책을 제가 봐도 괜찮을까요, 선생님?"

"이 책을? 당연히 안 되지."

커튼 선생이 앞으로 몸을 기울여서 일기장을 쾅 닫았다.

"내 생각을 적어 놓은 것뿐이야, 레이나드. 그래, 내 지도가 어떠니? 네가 이 방에 들어오면서 저걸 쳐다보던데."

"네덜란드 지도요, 선생님? 정말 아름다워요."

"그래? 나는 네덜란드에서 태어났어. 너처럼 고아였지. 저곳에서 어린 시절을 보냈어. 정말 끔찍한 세월이었어. 다른 아이들한테 조롱당하고 놀림받고 괴롭힘을 당하는 왕따였지. 나는 어린 시절이 전혀 그립지 않아. 하지만 네덜란드는 가끔씩 그리워. 놀라운 전통을 가지고 있는 나라지."

커튼 선생의 어투가 다정하게 변했다. 그래서 레이니가 물었다.

"다른 아이들이 선생님을 괴롭힌 이유를 제가 물어도 괜찮을까요, 선생님?"

"괜찮지 않아."

커튼 선생이 차갑게 말했다. 하지만 자신을 추스른 다음에 훨씬 다정한 어투로 말했다.

"너도 아마 비슷한 일을 겪었을 거야. 그렇지 않니, 레이나드? 다르다는 이유로 말이야."

레이니는 잠시 망설이다가 고개를 끄덕거렸다.

"사람들은 아주 사악한 경향이 있어, 레이나드. 그래서 서로를 아주 비참하게 만들지. 내가 지금 하는 일을 아주 자랑스러워하는 이유가 바로 그 때문이야. 나 자신을 희생하면서까지 내가 꼭 이룩하고 싶은 건 모든 인간에게 행복을 주는 거야."

커튼 선생이 딱딱하게 웃었다. 자신의 말을 절반은 믿는 것 같은 미소였다. 하지만 그 이면에는 다른 뭔가가, 훨씬 중요하고 검은 속내가 들어 있었다.

"자, 레이나드. 핵심은, 우리 학습 기관에 너처럼 똑똑한 학생은 지금까지 없었다는 거야. 너는 날카롭고 강인한 마음을 가지고 있어. 나는 그걸 단번에 발견했어. 너는 타고난 지도자야."

"그건 잘 모르겠습니다, 선생님, 저는……."

"내 말에 토를 달지 마, 레이나드. 나는 내 말에 반박하는 걸 싫어해."

"죄송합니다, 선생님."

커튼 선생이 부드러운 어투로 말했다.

"너는 타고난 지도자야. 그래, 너는 그걸 모를 수도 있어. 하지만 내가 장담하건대 나는 너보다 약간 더 깊이 볼 수 있어. 네 친구들이 너를 중심으로 모이고, 네 적이 너를 파멸시키려고 하는 게 보여. 내가 그런 걸 모른다고 생각하진 마라. 그건 나도 비슷하니까. 널 보면 내 어린 시절이 떠올라."

"그건…… 과찬이세요, 선생님. 선생님은 분명히 아주 훌륭한 학생이었을 겁니다."

레이니가 말하자, 커튼 선생이 미소를 머금으며 대답했다.

"당연하지. 그래서 적도 많았어. 아이들은 우수한 상대를 경멸해. 너도 알겠지만 특히 지도자를 싫어하지. 지도자는 모두가 바라지 않는 결정을 내려야 할 때가 많거든."

레이니는 갑자기 케이티와 꼬챙이가 떠올랐다. 두 사람은 쪽지 시험에서 부정행위를 하자는 자신의 제안에 굉장히 놀랐지만 자신을 경멸하지는 않았다.

"지도자가 된다는 건 친구들 사이에서 혼자가 된다는 걸 의미해. 친구들한테 최종적인 결론을 내려 줄 사람이 오직 자기 자신밖에 없기 때문이야."

갑자기 마음이 아팠다. 커튼 선생의 말이 맞다는 생각이 들었다. 레이니 자신도 가끔 그렇게 느꼈기 때문이다.

"나는 네가 지금 그런 상태라는 게 아니야. 넌 아직 어린애에 불과하니까. 하지만 나중에 어울릴 상대를 조심스럽게 선택하고 싶은 생각이 들 때가 있을 거야. 평범한 사람이 되는 건 의미가 없어, 레이나드. 넌 위대한 소명을 받았어. 그게 네 의무야. 그러니 몸과 마음을 다해서 그 소명을 받들어야 해."

"그러면…… 어떻게 해야 하나요?"

레이니가 묻자 커튼 선생이 대답했다.

"네가 나이를 조금 더 먹고 좀 더 많은 걸 경험하면, 널 집행부로 임명할 생각이야."

"집행부요!"

"놀라는 게 당연해. 하지만 그럴 필요 없어. 문제는 너한테 집행부가 될 능력이 있느냐 없느냐가 아니야. 그런 능력은 충분하니까. 문제는 네게 그렇게 되고 싶은 생각이 있느냐 없느냐 하는 거야. 넌 고아야. 나도 알아. 따라서 그리운 추억도 별로 없을 거야. 그래서 나는 네게 새로운 삶에 대해서, 집행부로 사는 것에 대해서 진지하게 생각할 것을 강하게 촉구하고 싶어."

"네, 지금까지 제가 본 바에 의하면……."

레이니가 입을 열자 커튼 선생이 낄낄 웃으며 말을 잘랐다.

"아, 그래, 네가 지금까지 본 것. 집행부가 되면 네가 지금까지 본 것 이상의 일이 있어, 레이나드. 금방 그렇게 될 거야. 어떤 식으로든. 잘 듣도록 해라. 집행부와 일부 전달자만 알고 있는 내용을 지금 알려 줄 테니. 네가 들을 내용은 특급 비밀이야. 그 비밀 내용이 내 귀에까지 들리면, 나는 그걸 네가 퍼트렸다고 생각할 거야. 무슨 말인지 알겠니?"

레이니는 커튼 선생이 무슨 말을 할지 상상할 수 없었다. 속에서 심장과 위장이 서로 뒤바뀌었다가 다시 원래 자리로 돌아오는 것 같았다.

"네, 알겠습니다, 선생님."

"아주 좋아. 그 비밀 내용은 앞으로 모든 게 변하게 된다는 거야, 레이나드. 모든 게 좋아질 거야. 구체적인 방법은 말하지 않겠어. 그건 네가 자신을 증명한 다음에 알려 주지. 지금 당장은 앞으로 학습 기관이 변하게 된다는 정도만 아는 것으로 충분해. 엄청난 일이 우리를 기다리고 있어. 얼마 후에는 모든 게 좋아질 거야. 그렇게 되면 전달자도 필요하지 않을 거고. 물론 우리 학생들 입장에서는 굉장히 마음이 아플 거야. 하지만 더 좋은 게 기다리고 있어."

전달자가 필요하지 않을 거라고? 어째서? 레이니는 너무 놀라서 하마터면 벌떡 일어날 뻔했다.

"그렇지만 집행부는 계속 필요할 거야. 그리고 가장 훌륭한 전달자 서너 명을 계속 데리고 있다가 나중에 충분한 나이가 되면 더 중요한 임무를 맡길 생각이야. 물론 나는 너를 생각하고 있어……. 그리고 네 친구 조지 워싱턴도 가능성이 있어. 하지만 그 애에 대해서는 아직 확신이 안 들어. 그 애도 엄청나게 많은 능력을 지니고 있지만 마음이 약하고 겁이 많은 것 같아. 그러나 그 애를 가볍게 내보낼 생각은 없어. 너도 알겠지만 나는 마음이 열린 사람이야. 사실……."

커튼 선생이 짧게 낄낄 웃으며 덧붙였다.

"내가 제일 좋아하는 건 열린 마음이야."

커튼 선생이 휠체어에 달려 있는 버튼을 누르자 사무실 문이 스스로 열렸다. 이제 나가라는 뜻이었다.

"고맙습니다, 선생님."

레이니가 말하고 복도로 나가자, 잭슨이 기다리고 있었다.

"나한테 고마워하지 말고 감동을 받게."

커튼 선생이 큰 소리로 외쳤다. 그리고 문이 스르르 닫혔다.

마침내 전등을 끄자, 여자애 두 명이 천장에서 내려왔다. 레이니는 친구들한테 모든 내용을 상세히 설명했다. 콘스턴스가 맨 처음 한 말은 "너는 나를 믿지 않아?"였다. 그러자 꼬챙이가 반박했다.

"그러지 마, 콘스턴스. 그건 커튼 선생이 그렇다고 말한 것뿐이잖아. 커튼 선생이 레이니를 의심하는 편보다는 그 편이 좋아. 너도 알잖아."

케이티가 다리를 꼬고 앉아서 턱을 두 손으로 받치고 말했다.

"모든 게 좋아진다고……. 조금 지나면 그렇게 된다고 커튼 선생이 말했다는 거지. 그렇게 되면 이제 전달자는 필요하지 않을 거라는 것도."

"그래, 그렇게 말했어. 하지만 그 이유를 묻는 건 좋지 않을 듯했어. 아직은 커튼 선생이 나를 믿게 할 필요가 있거든."

"으흠, 이 모든 내용을 베네딕트 선생님한테 전달하는 게 좋겠어."

꼬챙이가 말하고 텔레비전 위로 올라갔다. 해안에 아무도 없다는 걸 확인하자마자 꼬챙이는 새로운 내용을 정리한 메시지를 보냈다.

'커튼 선생이 앞으로 모든 게 좋아질 거래요. 금방 그렇게 될 거고, 그러면 전달자가 필요하지 않을 거래요.'

삼사 분이 지나자, 건너편 숲에서 불빛이 번쩍이며 대답이 왔다. 꼬챙이가 말했다.

"지금 대답이 오고 있어."

'걱정하지 마.'라는 내용이었다.

그리고 잠시 후에 또 메시지가 왔다.

'하지만 서둘러.'

모든 일이 예정대로

이튿날 저녁 식사 전에 베네딕트 비밀클럽 일행은 주변을 둘러보기 위해 체육관 뒤에 있는 언덕으로 올라갔다. 아주 높은 언덕이었지만 꾸불꾸불한 길을 따라서 빠르게 걸으니 몇 분 만에 정상까지 올라갈 수 있었다. 케이티가 바로 그랬으며 레이니와 꼬챙이는 멀리 떨어진 거리에서 숨을 헐떡이며 쫓아왔다. 언제나 빠르게 걷는 케이티는 콘스턴스를 등에 업어도 마찬가지였다. 레이니와 꼬챙이가 꼭대기에 도달할 즈음, 케이티는 벌써 망원경을 꺼내서 주변을 둘러보고 있었다.

레이니가 이마를 훔치며 물었다.

"뭐가 보여?"

케이티가 어깨를 으쓱했다.

"풀과 바위. 정말 바위가 많아."

케이티가 망원경을 낮추고는 아무렇지도 않다는 듯 덧붙였다.

"그리고 또 다른 함정이 보여."

"함정?"

꼬챙이가 함정이 몰래 다가와서 덥석 집어삼키기라도 할 것처럼 사방을 둘러보며 물었다.

"걱정하지 마, 저 아래에 있으니까. 학습 기관 통제 건물 뒤편의 조그만 풀밭에 있어. 다른 곳에서는 그게 보이지 않아. 하지만 교실 건물 지붕 너머로 망원경을 맞추면 발견할 수 있어."

케이티가 망원경을 건넸지만 꼬챙이는 거절했다. 함정을 보고 싶지 않았기 때문이다. 레이니가 망원경을 받아서 그쪽을 보았다. 정말이었다. 숨기려 해도 숨길 수 없는 주름풀과 바위가 건물 뒤에 있는 게 또렷이 보였다.

레이니는 케이티에게 망원경을 건네주며 말했다.

"저번이나 지금이나 함정이 바위 뒤에 있는 이유가 궁금해."

케이티가 대답했다.

"들키지 않으려고 그런 거 아닐까? 달빛이 비치든 햇빛이 비치든 주름풀은 언제나 그늘에 가리게 되니까."

"교활해."

콘스턴스가 말하자 꼬챙이가 뒤를 이었다.

"그렇다면 제대로 선택한 거야. 주름풀은 그늘을 좋아하는 식물이거든."

"망원경을 숨겨. 사람들이 오고 있어."

레이니가 조그맣게 말했다.

도우미 두 명이 길 아래쪽에서 나타났다. 각자 정원용 장비가 가득 든 양동이를 하나씩 들고 있었다. 그들은 언덕을 천천히 올라오면서 길에 난 잡초와 돌멩이를 치웠다. 두 사람은 아이들이 가까운 곳에 있자 방해하지 않으려는 듯 말없이 옆으로 움직였다.

"안녕하세요."

레이니는 자신이 평상시에 도우미한테 별로 인사하지 않는다는 사실을 깜빡 잊고서 말했다. 망원경 때문에 불안해서 아무렇지 않은 것처럼 보이고 싶었기 때문이었다.

남자 한 명과 여자 한 명인 도우미들은 두렵고 의심스러운 표정으로 레이니를 흘낏 쳐다보았다. 그들의 걱정을 덜어 주기 위해 레이니는 사람 좋은 표정으로 웃으면서 손을 살짝 흔들었다. 그러고 나서 금방 후회했다. 도우미 두 사람은 답례 인사를 해야 한다고 느끼고 걸음을 멈춘 다음 양동이를 내려놓고 손을 흔들었다.

"정말 좋은 양동이네요."

케이티가 말했다.

"고맙습니다, 아가씨. 아주 좋은 양동이입니다."

도우미 한 명이 대답했다. 키가 작고 통통해서 몸집이 황소개구리처럼 보이는 사내인데, 목소리도 진짜 황소개구리 같았다.

그 목소리를 듣고 레이니는 깜짝 놀랐다. 바로 자신이 아는 사람이었다! 레이니는 한 발짝 다가서며 사내의 얼굴을 자세히 살폈다. 그러자 도우미는 뒷걸음치며 눈길을 피했다.

레이니가 물었다.

"블룸버그 아저씨? 하마터면 못 알아볼 뻔했어요!"

그러자 상대편은 굉장히 당황하면서 동료에게, 마치 자신의 머리칼 뒤에 숨으려고 하는 것처럼 보이는 가냘픈 여인에게 고개를 돌리고 물었다.

"저분이 지금 당신한테 말하는 거요?"

"미쳤어요?"

여인이 조그맣게 반발하며 자기 동료한테 눈알을 굴리더니, 아이들한테 아부하는 비참한 미소를 날렸다. 그리고 최대한 노력하며 차분하게 말했다.

"아저씨라고 하셨잖아요. 그러니까 저한테 한 말이 아니죠. 그렇지 않나요, 젊은 도련님? 어쨌든 내 이름은 블룸버그가 아니에요."

"으흠, 나도 마찬가지예요."

사내가 대답하곤 시선을 발밑으로 떨어뜨린 채 다시 말했다.

"도련님을 모욕하려는 건 결코 아니에요. 하지만 제 이름은 해리

해리슨이에요."

"블룸버그 아저씨가 아니라고요?"

"그 말에 반박할 생각은 없으니까 제발 불쾌하게 여기지 마세요. 하지만 아니에요."

해리 해리슨이 대답했다. 여성 도우미가 옆에서 고개를 열심히 끄덕였다.

레이니는 정말 혼란스러웠다. 친구들은 자신을 물끄러미 쳐다보고 있었다.

"하지만, 하지만…… 이곳에서 일하신 지 얼마나 되셨나요?"

"아주 오래됐어요. 그렇지 않아요, 메리?"

남성 도우미가 대답하며 동료를 쳐다보았다. 그러자 여인이 땅바닥에 시선을 깔고 대답했다.

"나는 이곳에서 오래전부터 일했고 당신도 나랑 계속 일했으니까 그 말이 맞아요."

"그럼 이제 됐나요?"

해리가 물었지만 레이니가 반문했다.

"하지만 얼마나 오래되었나요? 구체적으로요."

해리가 정말 너무나 미안해하는 표정으로 대답했다.

"정말 미안해요. 구체적인 날짜는 기억나지 않아요. 당신은 어때요, 메리?"

"구체적인 날짜? 기억 안 나요. 하지만 굉장히 오래된 건 분명해요."

레이니가 두 손으로 머리를 감싸며 말했다.

"지금까지 돌마을 고아원에 가 본 적이 없나요?"

메리가 걱정스레 입을 열었다.

"도련님께서 화가 나신 것 같아요. 도련님, 우리 때문에 화가 나셨다면 정말 미안해요. 그렇죠, 해리?"

해리가 안타까운 표정으로 말했다.

"정말 미안해요. 도련님을 괴롭힐 생각은 없었어요."

"두 분은 저를 전혀 괴롭히지 않았어요."

레이니가 아주 괴로운 듯 대답하고는 덧붙였다.

"하지만 정확히 이곳에 언제 왔는지 기억할 수 없다면 문제가 있지 않겠어요?"

이 말에 대해 도우미 두 사람이 동시에 머리를 흔들면서 대답했다.

"모든 일이 예정대로 진행되고 있습니다."

아이들은 눈을 동그랗게 떴다. 하지만 도우미들은 자신들이 얼마나 이상하게 대답했는지 전혀 모르는 눈치였다. 그리고 아이들이 자신들을 때리거나 힘들게 하지 않고 그냥 보내 주기만 기다리고 있을 뿐이었다.

마침내 레이니가 입을 열었다. 이제야 반갑게 웃는 소리까지 자연스럽게 나올 정도였다.

"그런 말씀을 들으니까 정말 기쁩니다. 정말 미안합니다. 전 정말 멍청해요. 아저씨가 그분이랑 너무 비슷하게 생겨서……. 내가 잘 알던 사람이었거든요. 착각한 게 분명합니다. 하지만 만나서 즐거웠습니다."

두 도우미가 안도의 한숨을 내쉬며 말했다.

"아, 네, 정말…… 아주 굉장히…… 즐거운 시간이었어요……."

두 사람은 양동이를 들고 언덕 건너편으로 급히 내려갔다.

두 사람이 멀어지자 케이티가 물었다.

"아니, 도대체 무슨 일이야?"

레이니는 이마를 찡그린 채 가만히 생각하며 대답했다.

"저 사람은 블룸버그 아저씨야. 의심할 여지가 없어. 얼굴과 몸집 그리고 황소개구리 같은 목소리……. 그 아저씨가 분명해. 그런데도 아저씨는 나를 모르는 척, 아저씨가 아닌 척했어. 도대체 왜일까?"

콘스턴스가 대꾸했다.

"저 사람도 비밀 첩보원일 수 있잖아. 밀리건 아저씨처럼. 그런데 네가 정체를 밝혀낸 거야."

"블룸버그 아저씨가? 그럴 가능성은 전혀 없어."

레이니가 말하자, 꼬챙이가 끼어들었다.

"하지만 저 사람을 보니까 밀리건 아저씨가 생각나. 저 사람이 얼마나 슬픈 표정인지 너희도 봤니? 두 사람 모두 얼마나 슬픈 표정이었는지. 특히 눈이 말이야. 이제껏 도우미의 눈을 똑바로 들여다본 적이 한 번도 없어. 그들이 항상 시선을 피했거든. 하지만 저 두 사람

눈은 똑똑히 봤어."

케이티가 가만히 생각하며 동조했다.

"맞아. 나도 밀리건 아저씨처럼 슬픈 표정을 본 적이 없는데, 저 두 사람은 아저씨와 거의 비슷하게 보였어. 레이니, 네가 생각하기에⋯⋯. 레이니, 무슨 일이야?"

레이니의 얼굴에 핏기가 하나도 없었다. 그냥 가만히 서서 먼 곳을, 아무것도 없는 허공을 바라볼 뿐이었다. 실제로 자신이 보고 싶은 게 허공이라는 표정이었다.

"괜찮아?"

꼬챙이가 물었다.

레이니는 대답하지 않았다. 이제 비로소 무언가가 조금씩 이해되는 것 같았다. 도저히 그럴 수가 없지만 분명 그게 맞았다. 기억을 잃어버린 비밀 첩보원 밀리건 아저씨, 그리고 블룸버그 아저씨. 두 사람은 기억을 도둑맞은 게 분명했다.

이 생각이 들기 시작하자, 갑자기 퍼즐 조각이 맞아떨어지기 시작했다. 밀리건 아저씨는 커튼 선생에게 잡혀 있을 적에 자신이 기억 상실증을 앓고 있는 것을 알게 되었다고 했다. 그런데 사실은 커튼 선생이 그렇게 만든 것이었다. 그렇기 때문에 밀리건 아저씨가 모든 걸 기억할 수 있다고 대답했을 때에 커튼 선생이 그렇게 화를 낸 것이다. 커튼 선생은 밀리건 아저씨의 기억을 모두 훔쳐 내려고, 혹은 모두 씻어 내려고 했다. 다른 첩보원들처럼. 기억을 마음대로 고쳐서 도우미로 쓰려고 했다. 커튼 선생은 자신의 일에 귀찮게 간섭하는 모든 사람을 도우미로 만들었는데, 당한 도우미들은 그 사실조차 모르고 있었다.

도우미들이 "모든 게 예정대로 진행되고 있다."라고 믿도록 그들에게 프로그램을 입력한 것이다. 하지만 눈을 보면 알 수 있다. 잃어버린 가족과 잃어버린 삶. 눈빛을 보면 도우미들은 이 모든 걸 끔찍하게 그리워하고 있었다.

"레이니, 도대체 무슨 일이야? 괜히 불안하게 만들지 마. 레이니!"
케이티가 말했다.

마침내 레이니가 두 눈의 초점을 찾고서 친구들을 바라보며 자신이 지금 막 깨달은 내용을 알려 주었다.

케이티와 꼬챙이 그리고 콘스턴스까지, 방금 전에 레이니가 그런 것처럼 어이가 없는 표정으로 입을 멍청하게 벌린 채 과연 그런 일이 가능할까 생각했다. 그러나 그럴 수 있다는 생각이 들기 시작하자 순식간에 많은 궁금증이 풀리기 시작했다. 특별 모집생이 정말로 납치를 당했는데 그들이 전혀 아무렇지 않게 보이는 것도 충분히 이해할 수 있었다. 그들은 납치를 당한 게 확실했다. 단지 그들이 기억을 못할 뿐이다. 그리고 찰리 피터슨! 그는 아주 멍청한 표정이었다. 첫날에 본 특별 모집생과 똑같았다. 그리고 레이니와 꼬챙이가 특권에 대해서 물었을 때에 아주 혼란스러워했다. 그러면서 "말할 수 없다."라고 대답했다. 그가 혼란스러워한 건 실제로 말할 수 없었기 때문이다. 하나도 기억할 수 없었기 때문이다!

케이티가 왔다 갔다 하면서 입을 열었다.

"정말 말도 안 되지만 모든 게 제대로 맞아떨어지는 것 같아. 하지만 특별 모집생은 도우미처럼 슬픈 표정이 아닌 이유가 뭐지? 그들은 이곳에 있는 걸 아주 좋아하는 표정이잖아."

꼬챙이가 기억을 떠올리며 맞장구를 쳤다.

"찰리 역시 그렇게 슬픈 표정은 아니었어. 혼란스럽긴 하지만 슬픈 표정은 분명히 아니었지. 부분 기억 상실증과 다른 게 분명해. 어쩌면……."

바로 그때 콘스턴스가 끼어들었다.

"잠깐만. 돌아가서 사람 말로 다시 해."

"부분 기억 상실증? 그건 특정 사건을 기억할 수 없다는 뜻이야."

레이니가 불쑥 말했다.

"바로 그거야. 자신한테 소중한 내용을 조금도 기억할 수 없는 사람한테 남는 건 슬픔뿐이야. 하지만 기억의 일부만 조금 잃는다면 한동안 혼란스러운 정도에 불과해. 혼란스럽긴 하지만 슬프진 않은 거야."

케이티도 불쑥 끼어들었다.

"지금 내가 바로 그런 심정이야. 블룸버그 아저씨가 누구니, 레이니? 그 사람이 왜 여기에 있는 거야?"

"블룸버그 아저씨는 내가 다니던 학교의 시설 검사관이었어. 육

개월 간격으로 우리 고아원에 오셨어. 러트거 원장 선생님이 그분을 아주 두려워하셨지. 뭔가 나쁜 점이 드러나서 수리 비용이 드는 건 아닌가 해서. 하지만 블룸버그 아저씨는 좋은 사람이었어. 언제나 웃고 언제나 많은 얘기를 해 주셨지. 아이들이랑 잡담도 끊임없이 하셨어. 그런 다음에는 생강 과자를 나누어 주셨어. 친절하고 정말 다정하신 분인데……."

레이니가 말끝을 흐렸다. 그리고 바다 건너편에 있는 육지를 바라보았다. 가만히 쳐다보면 그쪽으로, 육지 그 자체가 아니라 지금 알고 있는 모든 내용을 모르던 옛 시절로 돌아갈 수 있기라도 한 듯한 표정이었다.

"그 사람이 매번 무슨 얘기를 했는데?"

케이티가 묻자 레이니가 대답했다.

"집에 있는 아이들."

"아!"

케이티가 안타까워하자, 레이니가 계속 말했다.

"아이들을 극진히 사랑하셨지. 그런데 지금 저 모습을 봐. 아이들이 눈에 띄기만 하면 겁에 질리셔. 마지막으로 본 게 일 년도 채 안 되는데."

케이티가 상상력을 동원하며 말했다.

"블룸버그 아저씨는 이 학습 기관에 검사를 하러 왔다가 결코 있을 수 없는 상황을 발견하고 그걸 문제 삼은 거야."

"그래서 커튼 선생이 블룸버그 아저씨를 이곳에 잡아 둔 거지."

레이니가 뒷말을 끝냈다.

"아무리 그래도 블룸버그 아저씨가 집에 있는 애들을 어떻게 잊을 수 있지? 도저히 불가능할 것 같아. 어떻게 그럴 수가 있지? 이런 일이 정말 있을 수 있는 거야?"

꼬챙이가 항변하자, 레이니는 아무 대답도 못했다.

"나는 도저히 믿을 수가 없어."

꼬챙이가 말했다. 정말 믿고 싶지 않은 표정이었다.

잃어버린 가족과 새로 만난 가족

그날 밤 베네딕트 비밀클럽의 모임은 가라앉은 분위기에서 진행되었다. 열띤 논쟁도, 웃음소리도 없고 단호한 결의만 가득했다. 이제 드디어 네 아이는 크나큰 진실을 확인한 것이다. 차라리 그걸 모를 때가 그리웠다.

자신들이 파악한 내용에 대한 증거만 있다면! 하지만 모두 추측한 것뿐이었다. 그리고 아이들이 추측해서 하는 말은 아무 소용도 없었다. 정부 당국이 베네딕트 선생님의 말도 믿지 않는다면 아이들 말은 더더욱 믿지 않을 게 분명했다. 커튼 선생이 사람들의 기억을 지운다고, 정부 비밀 요원 수십 명이 노만산 섬에 억류되어 있다고 레이니가 세 친구와 함께 하루 종일 떠들어 댈 순 있지만 그런 일이 일어난 이유를 설명할 순 없었다. 게다가 증거조차 없으니 그 말을 믿어 줄 사람은 아무도 없을 터였다.

"그 일기장만 손에 넣으면 충분한 증거가 되지 않을까?"

케이티가 말하자, 꼬챙이가 대답했다.

"그건 가능성이 없어. 커튼 선생은 일기장을 항상 지니고 다니잖아."

"설사 그것을 훔쳐서 사람들한테 읽히게 해도 사람들은 그걸 우리가 꾸몄다고 생각할 거야. 커튼 선생이 메시지를 보내서 그렇게 생각하도록 만들 게 분명해."

레이니가 말하자, 케이티가 반박했다.

"최소한 우리는 그 내용을 볼 수 있잖아. 아마 그 안에 충격적인 정보가 가득할 거야. 그리고 그 가운데에는 베네딕트 선생님한테 필요한 정보가……."

케이티가 한숨을 내쉬며 계속 말했다.

"하지만 그걸 훔치는 건 너무 위험해. 그래도 우리가 무엇이든 해야 할 것 같아."

"우리는 지금까지 최선을 다하고 있어. 정보를 파악해서 베네딕트 선생님한테 모두 전하고 있잖아."

꼬챙이가 말하자, 레이니가 불쑥 끼어들었다.

"말이 나왔으니 말인데, 베네딕트 선생님한테 메시지를 보내자. 보고할 내용이 아주 많아."

실제로 그랬다. 메시지를 모두 보내고 나서 꼬챙이가 손가락에 물집이 잡혔다고 불평할 정도였다. 그리고 몇 분 후에 육지의 숲에서 불빛을 반짝이며 답신을 보냈다.

'잃어버린 건 찾을 수 있을 거야. 희망을 가져.'

그 말을 듣고 콘스턴스가 짜증스럽게 물었다.

"저쪽에서 자기가 희망을 가지겠다는 거야, 아니면 우리한테 희망을 가지라는 거야?"

레이니가 대답했다.

"둘 다야. 내가 보기에 베네딕트 선생님은 저 사람들이 기억을 다시 찾을 수 있을 거라고 믿는 것 같아. 어쩌면 베네딕트 선생님이 직접 그 방법을 찾을 수 있다고 생각하실 수도 있지. 그렇게 된다면 정말 다행이야."

"우리가 커튼 선생을 막을 수만 있다면."

꼬챙이가 말하자, 콘스턴스가 벌떡 일어났다.

"너는 내가 희망을 품는 데 도무지 도움이 안 돼, 조지 워싱턴. 난 잠이나 자러 가야겠어."

콘스턴스가 천장을 보며 인상을 찡그리더니, 케이티를 쳐다보며 말했다.

"나 올려 줘."

두 여자애가 떠난 후, 꼬챙이와 레이니는 각자 자기 침대에 기어올랐다. 레이니는 잠을 자고 싶은 생각이 없었지만 우선 마음을 차분하게 진정한 다음에 생각을 정리할 필요가 있었다. 그래서 침대에 가만히 누워서 평소에 많이 하던 방법대로 했다. 레이니는 머릿속으로 편지를 썼다.

친애하는 페루멀 선생님,

불쌍한 블룸버그 아저씨와 그 가족을 생각할 때마다 제 마음에 선생님이 떠올라요. 선생님이 갑자기 사라지면 선생님이 그렇게 사랑하시는 어머니께서 어떤 기분일까요? 정말 생각만 해도 끔찍해요. 어머니께서는 선생님을 지극히 사랑하고 의지하시며, 선생님 역시 어머니를 지극히 사랑하고 그분께 의존하신다는 걸 저도 알아요. 전 어머니를 마음에 품고 계시지 않는 선생님도 생각할 수가 없어요. 이런 생각을 하니까 저도 오늘 밤에 이상한 느낌이 들었어요. 꼬챙이와 케이티 그리고 콘스턴스를 둘러보며 그들 가운데 한 명이라도 사라지면 어떤 느낌이 들까 궁금한 거예요. 가끔은 콘스턴스가 절 미치게 만들지만 이제는 그 애가 옆에 없는 상황을 상상할 수도 없어요. 제가 경험이 적어서 확실히 말할 순 없지만, 혹시 가족에 대한 느낌이 이런 거 아닐까요? 모두가 하나로 연결되어 있다는 느낌, 한 부분이 없어지면 전체가 부서진 것 같은 그런 느낌.

레이니는 마음속 편지를 잠시 멈추고 곰곰이 생각했다. 네 친구 가운데에서 가족과 함께 생활한 추억을 지닌 아이는 꼬챙이밖에 없었다. 과연 꼬챙이처럼 사랑을 받다가 버림받은 느낌이 더 나쁠까? 아니면 처음부터 언제나 혼자라는 느낌이 더 나쁠까? 레이니는 궁금했다. 케이티는 죽은 엄마에 대한 기억이 하나도 없고 자신을 버리고 떠난 아빠에 대한 기억도 없다고 말했다. 그리고 콘스턴스는……. 으흠, 콘스턴스에 대해서는 아는 게 하나도 없었다. 하지만 레이니는 콘스턴스 역시 가족을 전혀 모를 거라는 느낌이 들었다.

레이니의 마음은 베네딕트 선생님네 저택에서 보낸 마지막 밤으로 돌아갔다. 굉장히 오래전인 것 같은데도, 그 당시가 아주 또렷하게 떠올랐다. 그날 밤도 오늘 밤처럼 머리가 너무 복잡해서 잠을 이룰 수 없었다. 그래서 늦은 시간에 침대를 살며시 빠져나와 베네딕트 선생님의 서재로 들어갔지만, 베네딕트 선생님 역시 잠을 이루지 못한 채 레이니를 환영해 주었다. 아니, 선생님은 레이니가 찾아올 거라고 예상하고 있었다. 레이니가 서재로 들어갔을 때에 베네딕트 선생님의 책상에 레이니 몫으로 따뜻한 차 한 잔이 기다리고 있었기 때문이다. 심지어 그 옆에 조그만 꿀단지까지 있었다. 손가락 사이에 서류가 끼어 있던 걸로 보아 선생님은 무언가 열심히 일하던 중인 게 분명했다.

"그래, 나한테 물어볼 거라도 있니?"

베네딕트 선생님은 레이니가 앉는 걸 보고 물었다. 그래서 레이니가 웃으면서 반문했다.

"어떻게 항상 그렇게 잘 아세요?"

"확실히 아는 건 아니야. 일종의 감정이입이라고 할까? 내가 너라면 물어보고 싶은 게 있을 것 같았거든."

베네딕트 선생님이 연필로 머리 꼭대기를 긁었다.

"생각이 났으니 말인데, 일종의 확률일 수도 있어. 너는 항상 궁금한 게 있는 유형으로 보여. 그렇다면 너한테 물어볼 게 있다고 가정하는 쪽에다 돈을 거는 편이 훨씬 안전하지 않겠니?"

"전 선생님이 가족이 있길 원하시는지 어떤지 궁금했어요."

레이니가 빠르게 말했다. 그렇게 노골적으로 물어볼 생각은 아니었지만 일단 입을 여니까 술술 튀어나왔다.

베네딕트 선생님이 고개를 끄덕거렸다.

"당연히 나도 너만 한 나이였을 때에는 가족이 그리웠지. 하지만 지금은 아니야."

레이니는 이 대답을 듣고 좋아해야 할지 실망해야 할지 확실치 않았다. 어른이 된 다음에도 자신한테 가족이 없으면 기분이 어떨까 계속 고민하던 차였다.

"선생님은……. 선생님은 어른이라서 그런 건가요? 그러면 이제 가족을 바라지 않는 건가요?"

"아니야, 레이니. 어른이라서 그런 게 아니야. 가족이 생기면 가족을 바라는 마음이 더 이상 들지 않는 거야."

이 말을 듣고 레이니는 깜짝 놀랐다.

"그럼 선생님한테 가족이 있으세요?"

"당연하지. 너도 명심하도록 해라. 가족은 일반적으로 한 핏줄에서 태어난 사람을 뜻하지만 꼭 한 핏줄을 타고나야 하는 건 아니야. 물론 우정을 배제하는 것도 아니고. 너도 알다시피, 한 가족이 가장 친한 친구가 될 수도 있거든. 그리고 가장 친한 친구는 혈연과 상관없이 한 가족이 될 수 있고."

레이니는 이 말을 생명수처럼 들이켰다. 비록 다음 날 아침에 위험한 임무를 띠고 떠나야 하지만, 그래서 아주 끔찍한 사건을 겪어야 하지만, 베네딕트 선생님이 한 말은 레이니를 너무나 행복하게 만들어 주었다. 그리고 잠자리에 들면서 나중에, 만일 모든 문제가 제대로 해결된다면, 자신이 가족으로 생각할 만한 사람을 떠올려 보았다.

그리고 지금은 분위기가 완전히 다른 학습 기관의 어두운 침실에 누워서 바로 그 사람에게 쓰기 시작한 편지를 마무리 지어 나갔다.

그래요, 저한테는 선생님이 있었어요, 페루멀 선생님. 짧은 세월이었지만. 선생님은 저와 한 가족이 아니지만 저한테는 지금까지 그리고 앞으로도 가장 제일 가까운 분이실 거예요. 그런데 선생님, 지금도 모든 게 끔찍한데 앞으로는 더욱 끔찍하게 될 것 같아요. 저는 선생님이 저한테 어떤 분이셨는지 말하고 싶어요. 그런데 그런 말을 할 기회가 없을까 봐 두려워요…….

"레이니?"

꼬챙이가 아래 침대에서 조그맣게 불렀다.

레이니가 목청을 가다듬고 대답했다.

"응?"

"나쁜 꿈을 꿨니? 우는 듯한 소리가 들렸어."

레이니는 눈가를 훔치며 대답했다.

"그냥…… 그냥 커튼 선생이 저 불쌍한 사람들한테 한 짓이 생각나서."

"나도 그래. 일기장에 담겨 있을 내용을 생각하면 화가 나. 일기장을 보면 커튼 선생을 막을 만한 방법을 알 수 있을지도 몰라. 그걸 손에 넣을 방법이 없다는 건 알지만."

바로 그때 레이니가 벌떡 일어나며 소리쳤다.

"꼬챙이!"

꼬챙이는 하마터면 침대에서 떨어질 뻔했다.

"뭐? 왜 그러는데?"

"지금까지 우리가 엉뚱한 쪽으로 생각한 것 같아. 그걸 굳이 손에 넣지 않아도 될 거야!"

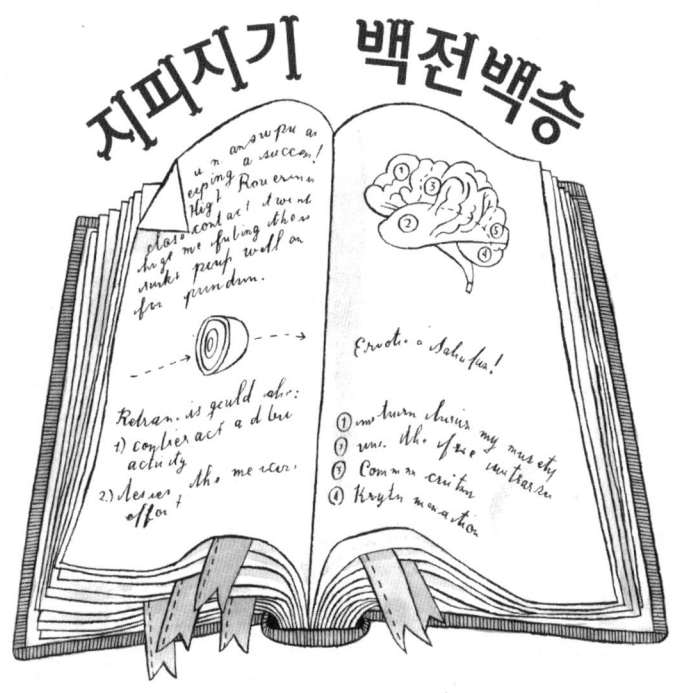

마지막 수업이 끝나고 완벽한 가을의 오후가 펼쳐졌다. 파란 하늘과 시원한 공기, 살랑대는 산들바람……. 태양은 거대한 식탁에 올려놓은 거대한 오렌지처럼 먼 언덕 꼭대기에 걸려 있었다.

광장에는 커튼 선생이 자기가 제일 좋아하는 지점에 앉아 있었다. 선생은 다리 쪽을 쳐다보다가 만족한 표정으로 신문을 읽고는 가끔씩 일기에 무언가를 적어 넣었다. 몇몇 학생이 광장 모서리와 바위 정원에 모여서 저녁 식사가 시작되기 직전의 여가 시간을 보내고 있었다. 항상 그렇듯이 그들은 커튼 선생에게 충분한 공간을 제공했다. 감히 누구도 선생 근처에 다가가지 않았다. 그래서 레이나드 멀든이 커튼 선생을 향해 뚜벅뚜벅 걸어가는 걸 보고 모두 입이 쩍 벌어졌다. 저 신입생이 저 정도도 모른단 말인가? 대기실로 가고 싶어서 안달이 난 건가? 광장에 있는 커튼 선생한테 가까이 다가간 학생은 지금까지 단 한 명도 없었다!

레이니도 그걸 알고 있었다. 그래서 심장이 콩닥거리고 숨이 가빴다. 하지만 허리를 쭉 펴고 한 손을 등 뒤에 댄 채, 감히 그 어떤 학생도 못한 걸 지금 하고 있었다. 레이니는 기회가 한 번밖에 없다는 걸 알고 정면으로 다가갔다. 커튼 선생이 휠체어를 다른 쪽으로 돌리면 자신의 계획은 그것으로 끝장이었다.

"커튼 선생님?"

커튼 선생이 고개를 들었다. 안경알이 햇살을 받아 매끈매끈한 은빛 금속처럼 반짝거렸다.

레이니가 재빨리 입을 열었다.

"방해해서 죄송합니다. 하지만 선생님 책이 군데군데 접혀 있는 걸 보고 못 본 척할 수가 없었어요. 정말 놀랐거든요."

커튼 선생이 화를 내야 할지 어이없어 해야 할지 모르겠다는 표정으로 레이니를 가만히 쳐다보았다.

"내가 접어 놓고 자주 쳐다보는 쪽이 있어서 놀랐다는 뜻인가?"

"아니, 아니에요, 선생님! 지금까지 선생님한테 적절한 선물을 한 사람이 아무도 없어서 놀란 겁니다."

레이니는 갑자기 등 뒤에 들고 있던 물건을 커튼 선생에게 보여 주었다. 가느다란 파란색 리본 한 움큼이었다.

"책갈피에 끼우는 겁니다! 특별한 갈피여야 할 것 같아서 세탁실 도우미한테 허리띠 천을 특별히 요청했어요. 선생님께서도 이 파란색을 알고 계실 겁니다. 도우미가 파란 천을 리본으로 잘라서 깨끗하게 바느질을 했어요."

레이니가 리본을 내밀었다. 바느질이 정말 훌륭했다.

"선생님 마음에 들면 좋겠습니다."

커튼 선생이 깜짝 놀랐다. 기분이 좋았다. 정말 그랬다. 표정을 보니 커튼 선생도 누군가가 자신에게 그런 선물을 하면 좋겠다고 생각한 적이 있는 게 분명했다. 그런데 아직까지 그런 선물을 한 사람은 한 명도 없었다.

커튼 선생이 고개를 살짝 끄덕이며 말했다.

"고맙네, 레이나드. 어린 학자가 윗사람한테 주는 정말 적절한 선물이야. 앞으로 이걸 끼워서 유용하게 사용하도록 하지."

커튼 선생이 신문 쪽으로 시선을 돌렸다.

"선생님? 지금 끼워 보지 않으시겠습니까?"

커튼 선생이 짜증을 냈다. 그의 표정이 어두워지고 있었다. 이 아이는 정말 귀찮다. 그런데 이 귀찮은 아이가 자신의 기분을 좋게 만들었다. 그리고 리본이 정말 유용할 것 같았다. 커튼 선생의 표정이 약간 좋아졌다. 그리고 마침내 선생이 한숨을 내쉬며 신문을 옆에다 내려놓았다. 그는 일기장을 넘겨서 귀가 접혀 있는 첫 번째 쪽을 펼치고 안에다 리본을 끼워 넣었다. 그리고 또다시 쪽을 넘기기 시작하는데 레이니가 물었다.

"그 책은 정확히 어떤 책인가요, 선생님?"

커튼 선생이 한숨을 쉬었다.

"이건 일기야, 레이나드. 위대한 사상가는 누구나 일기장을 지니고 있는 법이야."

커튼 선생이 갈피를 다시 끼우기 시작했다.

"정말 엄청나게 커다란 일기장이네요."

"그럼 '엄청나게 커다란' 생각을 어디에 기록해야 좋지, 엉? 자, 레이나드, 이제 더 이상 방해하지 마라. 할 일이 태산처럼 많아."

커튼 선생이 말했다. 그리고 귀가 접힌 다음 쪽으로 일기를 넘겼다. 레이니가 예상한 그대로였다.

"선생님? 마지막 질문 하나 더 해도 될까요?"

"그래, 진짜 마지막 질문! 레이나드, 빨리 하렴."

커튼 선생이 대답하며 쳐다보았다.

"언제나 저 다리 쪽을 쳐다보시던데 어째서지요?"

레이니가 묻자 커튼 선생이 빙그레 웃으면서 대답했다.

"아, 내가 다리를 쳐다보는 것처럼 보일 수도 있겠군. 하지만 사실 나는 내가 이룩한 가장 위대한 업적 가운데 하나를 쳐다보는 거야. 조력 발전기지. 발전기가 뭔지는 알고 있겠지?"

레이니가 고개를 끄덕거렸다.

"그럴 줄 알았어. 아주 유명하지. 발전기는 아주 탁월한 발명품이야. 위대한 전통의 일부지."

"전통이요, 선생님?"

"우리 조국의 놀라운 전통에 대해서 내가 한 말이 생각나지 않니? 그때 내가 말한 건 위대한 정복이야, 바다 정복. 네덜란드는 바다에서 많은 영토를 만들어 냈어. 제방과 간척지! 이 세상에는 바다만큼 통제하기 어려운 대상이 없어. 그런데 네덜란드는 그걸 통제할 방법을 찾아냈지. 그리고 이제 나는 나만의 독특한 방법으로 바로 그 일을 해낸 거야. 내 발전기는 바다의 무한한 에너지를 확보해. 바로 그걸 이용해서 내 목적을 이루는 거야. 정말 놀랍지 않니?"

"지금까지 제가 들어 본 것 가운데에서 가장 놀라운 업적이에요."

레이니가 커튼 선생의 놀라운 허영심에 똑같이 놀라며 말했다.

"그렇겠지. 하지만 많이 늦어졌어. 우리 앞에 더 위대한 업적이 펼쳐질 거야, 레이나드. 훨씬 위대한 업적이지. 그걸 이룩하기 위해서는 앞으로 절대로 시간을 낭비하면 안 돼."

커튼 선생이 손뼉을 치더니, 일기 뒷부분을 넘기며 갈피를 끼우기 시작했다. 책장을 넘기는 속도가 무척 느렸지만, 레이니는 감히 또다시 끼어들 수가 없었다. 그 대신 커튼 선생 뒤쪽에 보이는 기숙사 뒤편으로 올라가는 언덕 길을 흘깃 쳐다보았다. 얼마 떨어지지 않은 지점에서 길이 꺾이는데 바로 그곳에 커다란 선인장 화분이 있었다. 특이할 게 전혀 없었다. 학습 기관 보도를 따라 그런 선인장 화분이 많이 놓여 있었다. 하지만 그 지점에 있는 선인장은 팔이 여러 개 달린 것처럼 보였다. 레이니는 '문어 선인장'이라고 생각하며 속으로 웃었다.

"자, 이제 만족하니?"

커튼 선생이 일기를 들어 올리며 말했다. 리본이 여기저기에 꽂혀 있었다.

"아, 네, 선생님."

레이니가 대답했다. 하지만 사실은 실망스러웠다. 아직 모서리가 접힌 쪽이 많이 남아 있었다. 리본을 더 많이 가져오고 싶었지만 겁 많은 도우미는 자신이 감당할 수 있는 허리띠 천보다 더 많이 건네려 하지 않았다. 도우미는 레이니가 실망하는 것도 두려워했지만 천을 더 주는 걸 훨씬 무서워했다.

"고마워할 것 없네. 그럼 이제 그만 가 보도록."

커튼 선생이 말했다. 선물을 받은 사람이 자신이 아니라 레이니라는 듯이.

이번에는 레이니를 재촉할 필요가 없었다. 레이니는 광장을 급히 빠져나와 바위 정원을 가로질렀다. 학생 몇 명이 아직까지 레이니가 무사할 뿐만 아니라 오히려 기뻐하는 얼굴을 보고, 깜짝 놀란 표정으로 입을 쩍 벌린 채 바라보았다. 이윽고 레이니는 문어 선인장을 향해 급히 올라갔다.

콘스턴스는 언덕 꼭대기 높은 곳에서 주변을 살피고 있었다. 레이니가 부탁한 그대로 하는 모습이 믿음직스러웠다. 선인장 뒤에서는 케이티가 두 팔과 무릎을 땅에 대고 엎드려 있었다. 꼬챙이는 케이티의 등에 조심스레 올라가서 높은 선인장 가지에 고정시켜 놓은 케이티의 망원경을 열심히 들여다보고 있었다.

"성과가 있니?"

레이니가 꼬챙이를 방해하지 않으려고 케이티한테 조그맣게 속삭였다. 그러자 꼬챙이가 말했다.

"속삭이지 않아도 돼. 성과가 조금 있어. 그리고 커튼 선생이 무엇이든 적으면 그만큼 많아지겠지. 지금 새 종이를 펼쳤어. 하지만 다시 먼 곳을 쳐다보고 있어."

"조금밖에 없어?"

레이니가 물었다.

"커튼 선생이 일기를 너무 빨리 넘겼어……."

"미안해, 나도 시간을 끌려고 최선을 다했어."

"아주 조금씩만 보였어."

꼬챙이가 말하면서 장난스레 웃는 얼굴로 레이니를 내려다보았다.

"하지만 내가 본 내용은 정확히 기억해."

"중요한 내용이야?"

레이니가 물었다.

"모르겠어. 생각할 시간은 전혀 없었으니까. 암기를 하는 것과 생각을 하는 건 완전히 달라. 적어도 나는 그래."

꼬챙이가 망원경을 다시 들여다보며 물었다.

"우리가 보이지는 않았니?"

"케이티의 두 발과 두 다리 그리고 네 팔꿈치가 보이긴 했어. 하지만 아주 잘 숨은 것 같아. 어쨌든 밑에서는 너희를 볼 수 없으니까."

"위에서는 어때? 그쪽도 아직까지 괜찮아?"

꼬챙이가 묻자, 레이니가 콘스턴스 쪽을 쳐다보았다. 콘스턴스가 밑으로 급히 내려오고 있었다. 하지만 콘스턴스한테 '급히'라는 건 몇 걸음 뛰어오다가 넘어지고 또 몇 걸음 뛰어오다가 쓰러지는 걸 가리키는 말이었다. 그런데 약 이십 미터 떨어진 거리에서 잭슨이 걸어오고 있었다.

"잭슨이 오고 있어!"

레이니가 날카롭게 속삭이고 즉시 바닥에 엎드렸다. 겁에 질린 꼬챙이는 케이티의 등에서 꼬꾸라지며 레이니한테 떨어졌다. 망원경은 꼬챙이의 손에서 날아올라 자갈길로 떨어졌다……. 그리고 두 아이가 미처 그것을 집어 들기도 전에 잭슨이 콘스턴스를 거칠게 쓰러뜨리고 앞질러 곧장 달려오며 소리쳤다.

"너희 지금 여기서 뭐 하고 있는 거지?"

"우리는…… 인간 피라미드를 만드는 중이에요."

레이니가 대답하자, 잭슨이 콧방귀를 뀌며 물었다.

"인간 피라미드? 너희 셋이서? 정말 불쌍하군. 그리고 이건 뭐야?"

잭슨이 망원경을 발견하고 그걸 주우려고 허리를 숙였다. 바로 그때 케이티가 앞으로 펄쩍 뛰어서 망원경을 낚아채며 말했다.

"이건 내 거예요, 내 물건이라고요."

잭슨이 케이티를 노려보았다. 학생이 자신한테 그런 식으로 말한 게 어이가 없다는 표정이었다. 그 표정은 곧 분노로 변했다. 잭슨이 위협적으로 케이티를 협박했다.

"지금 당장 그걸 내놔. 그렇지 않으면 대기실로 가는 거야. 선택권은 너한테 있어, 케이티."

케이티가 잭슨을 도전적으로 노려보았다. 다른 세 아이는 숨을 죽인 채 가만히 있었다.

"좋아. 그럼 어떻게 되는지 알려 주지. 나는 네 팔을 잡을 거야. 그럼 그 팔이 많이 아프겠지. 그리고 난 너를 끌고 대기실로 갈 거야. 네가 도망치거나 반항을 하면 내가 책임지고 너를 학습 기관에서 내쫓아 버리겠어. 너를 대기실로 끌고 간 다음에 말이야. 어때, 마음에 들어?"

잭슨이 빙그레 웃으며 말했다. 이 순간을 마음껏 즐기는 듯한 표정이었다.

케이티로선 선택의 여지가 없었다. 그래서 마지못한 표정으로 망원경을 내밀었다. 잭슨이 그것을 낚아채는 순간에 꼬챙이는 두 손으로 얼굴을 감싼 채 고개를 돌렸다. 도저히 볼 수 없었던 것이다.

잭슨이 갑자기 폭소를 터트렸다.

"만화경? 만화경 때문에 대기실에 가는 위험을 감수했단 말이야?"

잭슨이 렌즈에 눈을 갖다 댔다.

"네, 하지만 그건 내 만화경이에요."

케이티가 대답하자 잭슨이 경멸하듯 말하면서 케이티에게 망원경을 돌려주었다.

"그래, 너한테 주지. 이건 지금까지 내가 본 것 중에서 가장 보잘것없는 만화경이야."

레이니는 자율 학습 시간 내내 인상을 찡그린 채 벌써 두 시간이나 계속되는 방송을 무시하려고 노력했다. 그런데 방송이 끝난 다음에도 꼬챙이는 여전히 인상을 찌푸리고 있었다. 커튼 선생의 일기에서 본 내용을 종이에 옮겨 적느라 학습 시간을 다 보냈는데 아직까지 책상에서 일어날 줄을 몰랐다. 그래서 레이니가 물었다.

"문제가 있니? 일부를 잊어버렸어?"

꼬챙이가 신음 소리를 냈다.

"잊어버린 건 없어. 문제는 그림이야."

꼬챙이가 연필을 툭 내려놓았다.

"거기에 그림이 있었는데, 도무지 비슷하게 그려지지가 않아. 단어와 숫자는 괜찮아. 그림은 절망이야."

"다시 그리면 되잖아."

레이니가 말하면서 꼬챙이의 어깨 너머로 그림을 살펴보았다. 스파게티를 수북하게 담고 미트볼 몇 개를 얹어 놓은 것처럼 보였다.

"전등을 끄려면 아직 일 분 정도 남아 있어. 손전등을 사용하는 편보다는 지금 그려 놓는 게 쉬울 거야."

"손전등이든 조명등이든 그게 중요한 게 아니야. 어두운 곳에서 그려도 똑같을 거야. 이게 벌써 네 번째 그린 거야. 커튼 선생의 두뇌 그림에 여기저기 숫자를 많이 적어 놓은 거야."

레이니가 '과연 이게?' 하는 얼굴로 그림을 쳐다보며 물었다.

"이게 커튼 선생의 두뇌가 확실해?"

"맨 위에 '내 두뇌'라고 적혀 있었어."

"아. 으흠, 이 숫자는 그다지 중요하지 않은 것 같아. 혹시 그림에 대한 설명이 있었니?"

꼬챙이가 머리를 흔들었다.

"그 페이지에는 없었어."

레이니가 꼬챙이의 등을 도닥거렸다.

"그렇다면 그리 걱정할 필요 없어. 그림이 없어도 두뇌가 어떻게 생겼는지 정도는 알고 있으니까."

꼬챙이가 한시름 놓으면서 얼굴이 밝아졌다.

"정말? 아, 진작 말하지!"

꼬챙이가 그림 종이를 박박 찢었다. 레이니도 다른 그림 종이를 함께 찢었다. 대부분은 실을 공처럼 말아 놓고 그 위에 실타래 몇 올을 엮은 이상한 그림이었다. 두 아이가 그 일을 막 끝낼 즈음에 여자애들이 천장에 나타났다.

모두가 열심이었다. 이윽고 네 아이는 전등을 끄고 바닥에 동그랗게 앉았다. 꼬챙이가 얇은 종이 뭉치를 보여 주며 입을 열었다.

"좋아, 내가 본 내용을 모두 적었어. 이건 아주 오랜 세월에 걸친 기록이었어. 첫 번째는 몇 년 전이고 마지막 기록은 오늘 적은 거야. 소리 내서 읽을까?"

세 아이가 동의하자, 꼬챙이는 첫 장부터 읽기 시작했다.

> 우리 인간이 공포의 지배를 받는다는 사실을 제대로 알고 있는 사람은 없는 것 같다. 하지만 공포는 인간의 성격을 규정하는 기본 요소이다. 야망과 사랑 그리고 좌절과 같은 모든 요소는 공포라는 강력한 감정에서 흘러나온다. 이 감정을 제대로 활용할 최선의 방법을 찾아야 한다.

"야, 정말 대단하다."

케이티가 말하자, 콘스턴스도 입을 열었다.

"커튼 선생은 유별난 겁쟁이가 분명해. 그래서 다른 사람도 모두 그렇다고 생각하는 거야."

자신이 유별난 겁쟁이의 좋은 표본이라고 생각한 꼬챙이는 아무 말 없이 다음 장으로 넘어갔다. 그리고 다음은 일 년 전에 기록한 내용이라고 하면서 읽어 나갔다.

> 정말 실망스럽게도 나는 완벽한 통제 같은 건 없다는 결론을 내렸다. 그러나 완벽한 통제에 대한 환상이 아주 커다란 힘을 발휘할 수 있다는 사실을 파악했다.

레이니가 깊이 생각하며 입을 열었다.
"커튼 선생은 환상을 적극적으로 활용해. 학습 기관에 '규칙이 없다.'라는 것도 환상이야. 아주 훌륭하다는 평판은 말할 것도 없고. 그리고 '긴급 사태'도 마찬가지야. 은밀한 메시지를 이용해서 모든 걸 통제할 수 없다는 절망적인 느낌으로 몰고 가는 거야. 그렇다면 이런 통제에 대한 환상은 어디에 적혀 있는 거지?"
"그런 내용은 하나도 못 봤어."
꼬챙이가 대답했다. 그리고 자신이 정리한 종이를 쳐다보며 덧붙였다.
"다음 몇 장은 메시지를 계속 숨길 수 있게 하기 위한 필터 장치로 아이들을 사용하는 것에 대한 내용이야. 우리가 모르는 건 없어. 그러니까 그냥 넘어갈게. 그리고 그다음은 약간 전문적인 내용이야. 준비됐어?"
친구들이 그렇다고 대답하자 꼬챙이가 시작했다. 콘스턴스는 상처를 받을까 두려워서 두 눈을 꼭 감았다.

두뇌 청소에 성공했다! 고성능 정밀 변속기가 그 강압 절차를 완벽하게 처리했다! 재교육 과정에서도 성공할 것이다.

'만족스러운' 결과는

1) 그 사람의 궁금해하는 성향을 중화시키고,

2) 만성적으로 슬퍼하는 증상을 절감시킬 것이다.

재교육에서 예상되는 부작용: 소심함, 불안감, 자기 부정.

결론: 이제 충분하다.

콘스턴스가 두 손으로 머리를 감싸고 "으으으……." 하고 중얼거렸다. 레이니는 이렇게 말했다.

"두뇌 청소는 커튼 선생의 독특한 표현이 분명해. 사람의 기억을 파괴하는 걸 말하는 거야. '고성능 정밀 변속기'란 기계가 거기에 쓰이는 것인가 봐. 커튼 선생은 그 기계로 상대의 의지와 상관없이 남의 두뇌를 청소할 수 있는 거야, 그래서 '강압 절차'라는 표현을 사용한 거고. 밀리건 아저씨도 바로 이런 일을 겪은 게 분명해. 그런데 밀리건 아저씬 커튼 선생이 '재교육'을 시키기 전에 도망친 거야."

"하지만 다른 정보원한테는 행운이 따르지 않았어. 커튼 선생은 상대방이 아무것도 질문하지 않도록 '만족' 메시지로 재교육을 시킨 거야."

꼬챙이가 설명하자, 케이티가 덧붙였다.

"그리고 슬픔을 덜 느끼도록 만들기도 했어. 하지만 이 부분은 별

다른 효과가 없는 게 분명해. 모든 사람이 아직까지 극히 '만성적으로 슬퍼하는 증상'에 시달리고 있으니까."

"이것에 대한 내용이 또 있어."

꼬챙이가 말하고 종이에 적은 걸 읽기 시작했다.

> 장기적으로 두뇌 청소와 재교육 결과가 합쳐진다. 도우미들이 일은 잘하지만 기억이 없다. 더 나쁜 건 기억이 너무 빈번하게 돌아온다는 사실이다. 구체적인 자극을 받을 때에 특히 심하다. 예전에 중요하다고 기억한 내용을 접촉할 때 자주 나타난다. 중요한 사람의 이름을 들으면 맡은 일도 제대로 못하는 등 정말 짜증스럽다.
>
> 메모: 지난 네 가지 사례 가운데 두 개는 거울 근처에서 발생했다. 거울에 나타난 모습이 자신의 정체성을 증진시킨 게 분명하다.
>
> 해결책: 거울을 모두 없앤다.

케이티가 두 손을 문질렀다.

"이제 비로소 내가 정말로 비밀 첩보원이 된 기분이야. 정말 중요한 내용을 밝혀냈어! 다음은 뭐니, 꼬챙이?"

꼬챙이가 종이를 살펴보며 대답했다.

"거의 끝났어. 다음은 특별 모집생이 그렇게 슬퍼하지 않는 이유를 설명하는 내용이야. 우리가 추측한 것과 거의 비슷해."

"그 내용을 간략하게 알려 줄 수 있니?"

콘스턴스가 요청한 다음 덧붙였다.

"부탁이야."

세 아이는 억지로 서로를 쳐다보지 않았다. 입을 열지도 않았다. 콘스턴스가 이런 단어를 사용한 건 처음인 것 같았다. 실수로 내뱉었을 가능성이 아주 많지만 누구도 지금 이 순간을 망가뜨리고 싶지 않았다. 콘스턴스 입에서 무슨 말이 나왔는지 다른 아이가 커다랗게 말하면 콘스턴스가 그 말을 취소할 것 같았다. 그래서 꼬챙이는 머리만 끄떡거리면서 다음 내용을 간략하게 설명했다.

"우리가 '부분 기억 상실증'에 대해서, 특정 내용을 잊어버리는 것에 대해서 토론한 거 기억나지? 커튼 선생은 그 기계로 다른 기억은 그대로 놔두고 특정한 기억만 씻어 낼 수 있는 게 분명해. 그러면 그 사람은 한동안 멍청해지지만 시간이 흐르면서 좋아지고, 그 기억은 거의 돌아오지 않아."

"그렇다면 모집원이 우리를 납치했다면 커튼 선생이 우리도 그렇게 만들 수 있었던 거구나. 그래서 특별 모집생이 전혀 무서워하지 않은 거야."

케이티가 말하자, 레이니가 덧붙였다.

"하지만 그 두 사람은 기억이 완전히 없어진 게 아니기 때문에 슬프지도 않은 거야. 집행부로 써먹기에 딱 좋은 상태가 된 거지. 내가 보기엔 집행부 대부분이 특별 모집생 출신일 가능성이 많아. 어쩌면 그들 모두가. 그리고 그들한테는 돌아갈 가족이 처음부터 없었어."

"그 말을 들으니까 앞으로 그들을 미워하기가 약간 어려울 것 같아. 그들도 납치된 고아에 불과하니까."

케이티가 말하자, 아이들은 잠시 이 말을 생각했다. 그리고 서로를 쳐다보며 고개를 절레절레 흔들었다. 그럴 순 없었다. 그래도 집행부가 여전히 싫었다.

레이니가 지적했다.

"하지만 그렇다고 해서 우리가 그들을 구할 필요가 없다는 건 아니야. 기억을 되찾을 방법을 베네딕트 선생님이 알아내시면 그들도 다시 시작할 수 있을 거야, 지금처럼 짓궂게 굴지 않는 법도 배우면서."

"그다음은 뭐야?"

케이티가 묻자, 꼬챙이가 종이를 넘겼다.

"정말 신기해. 다음 내용을 작성한 날짜는 바로 우리가 이 섬에 도착한 날이야."

마침내 이제 모든 시설이 완성되었다! 적당한 정부의 일꾼이 적당한 자리에 앉아 있다. 사회 분위기도 적절한 수준에 올랐다. 모든 게 향상될 시점이 바로 눈앞으로 다가왔다. 거의 모든 준비가 끝났다. 마지막 조정이 필요하고 화물 몇 개만 마지막으로 선적하면 된다. 내가 이 글을 쓰는 이 순간에도 화물이 실리고 있다. 안녕! 나는 도우미를 파견해서 발전기 출력을 조정하고 있다. 앞으로는 전력이 훨씬 많이 필

요할 거다.

케이티가 입을 열었다.

"우리가 본 거야! 도우미들이 발전기에서 일하는 걸 봤잖아! 도우미들이 화물을 트럭에 싣는 것도 보았어!"

레이니가 이마를 탁 치면서 말했다.

"그 나무 상자. 내가 너무 멍청했어. 그때 그런 생각을 했어야 하는 건데……."

레이니가 친구들을 쳐다보았다. 정말 멍청했다는 생각이 들었다.

"내가 지금 무슨 말을 하는 건지 아마 너희도 알 거야."

하지만 친구들은 무슨 말인지 모르겠다는 표정으로 서로를 쳐다보았다. 그리고 콘스턴스가 말했다.

"하지만 나는 네가 멍청한 게 좋아."

"그때 트럭을 운전한 사람이 모집원이었어. 그렇다면 그 안에 아주 중요한 물건이, 베네딕트 선생님이 꼭 막아야 할 물건이 들어 있는 거야. 그렇지 않다면 모집원이 무엇 때문에 트럭을 몰겠어?"

레이니가 설명하자, 케이티가 웃으면서 말했다.

"아, 그래, 지금 막 그런 생각을 하던 참이었어. 하지만 너는 자신한테 너무 가혹한 것 같아, 레이니."

"내가 그 사실을 조금만 빨리 생각했더라면 베네딕트 선생님이 그걸 조사할 수 있었을 거야! 하지만 지금은 커튼 선생이 나머지 화물까지 모두 발송했을 거야. 그 나무 상자에 들어 있는 화물을 확인할 방법이 이젠 완전히 없어."

레이니가 반박하자, 케이티가 대답했다.

"그럴 수도 있겠지. 하지만 아직은 그 내용을 보고할 수가 있잖아. 그리고 앞으로 좀 더 열심히 살피는 거야. 내 말이 맞지?"

"맞아."

레이니가 인정했다. 아직 자신이 바보라는 느낌이 남아 있었지만 계속 그 느낌에 빠져 있을 순 없었다. 그래서 말했다.

"꼬챙이, 읽어야 할 내용이 몇 장이나 남았니?"

"두 장."

꼬챙이가 대답했다. 다음 내용은 이랬다.

성공이다! 오늘 비로소 메시지를 직접 전송했다. 대단히 만족스럽게도 속삭임은 이제……

"그게 전부야?"

케이티가 묻자, 꼬챙이가 대답했다.

"미안해. 커튼 선생이 손으로 나머지를 가리고 있었어."

"속삭임. 그 멍청한 기계를 그렇게 부르는구나."

콘스턴스가 말했지만 레이니는 가만히 있었다. '속삭임'이 이제 어떤 새로운 역할을 하게 될지 걱정스러웠다. 확실한 건 그걸 보고 커튼 선생이 대단히 만족스러워했다면, 그건 아주 나쁜 소식이라는 사실이다.

꼬챙이가 마지막 내용을 읽을 준비를 하면서 말했다.

"이 부분은 커튼 선생이 완전히 정신없이 쓴 것 같아. 어디가 시작이고 끝인지조차 모르겠어."

네가 바로 커튼이다! 레드홀타 커튼을 믿어라. 커튼이 모든 걸 좋게 만든다. 커튼에 대해서 확신을 가져라. 아니, 커튼과 함께 확신을 가져라. 커튼이 통제한다.

"대단하군!"

케이티가 말하자, 콘스턴스가 물었다.

"이 사람 지금 자기한테 말하는 거야?"

"다른 사람한테 무언가를 설득하려고 하는 말 같아. 하지만 누구에게 그러는 걸까?"

케이티가 어깨를 으쓱하며 말했다.

"이 내용은 그가 정신병자라는 내 의견을 확인시킬 뿐이야. 하지만 정신병자든 아니든, 그 사람은 자기 비밀을 지키는 실력이 정말 끔찍하게 좋아. 그래서 이런 정보를 빼냈다는 사실이 정말 대단하게 기쁘고 진짜 만족스러워!"

케이티는 더 이상 가만히 앉아 있을 수가 없어서 벌떡 일어났다.

그리고 두 팔을 번쩍 든 채 간신히 억누른 목소리로 속삭였다.

"너희는 우리가 커튼 선생의 일기책을 훔쳐보고 그 내용을 빼냈다는 사실을 믿을 수 있니? 발송자 당사자한테서 빼낸 거야. 우리 모두를 위해 만세 삼창을 하자! 베네딕트 비밀클럽을 위해 만세 삼창을!"

레이니와 꼬챙이가 조그맣게 만세 삼창을 했다. 하지만 콘스턴스는 그건 아기들이나 하는 짓이라고 말하며 눈알을 굴렸다. 그러자 케이티가 낄낄 웃으며 말했다.

"다시 원래 모습으로 돌아갔구나. 하지만 그래도 나는 신경 쓰지 않을 거야."

콘스턴스가 인상을 찌푸리며 반박하려고 했지만 케이티가 즉시 입을 열었다.

"우린 계속 잘하고 있는 거야, 우리 모두가. 정말 좋은 성과를 올리고 있어! 이 모든 내용을 베네딕트 선생님한테 보내고 내일은 망원경으로 하역장을 살피는 거야. 그래서 그 나무 상자에 무엇이 들어 있는지 살펴보도록 하자."

친구들이 모두 동의했다. 그래서 메시지를 보냈다. 두 시간 후에 레이니는 머릿속으로 페루멀 선생님한테 명랑한 편지를 쓰고 오랜만에 가득한 희망을 느끼며 잠을 청하기 시작했다. 그리고 생각했다.

'베네딕트 선생님이 아마 커튼 선생을 막을 수 있을 거야. 그런 다음에 블룸버그 아저씨와 밀리건 아저씨를 비롯한 모든 사람이 기억을 찾도록 만들어 주실 거야. 그래, 그럴 수 있을 거야.'

레이니는 숨을 깊이 쉬면서 사지를 쭉 뻗고 잠을 청했다. 모든 게 암울하게 보였지만 희망이 아주 없는 건 아니었다. 아이들이 드디어 많은 성과를 올리고 있었다. 하지만 내일 일어날 일까지 아는 사람은 없었다. 그건 레이니도 마찬가지였다. 정말 다행이었다. 알았다면 편하게 못 잤을 테니까.

바로 다음 날, 꼬챙이가 부정행위를 하다가 잡혔다. 질슨은 승리의 함성을 터트리며 교실 뒤로 힘차게 걸어가서 꼬챙이의 손을 낚아챘다. 꼬챙이가 귓불을 잡아당기던 손이었다. 그리고 물었다.

"이게 뭐지?"

꼬챙이는 공포에 질린 채 더듬거렸다.

"소, 손이요."

"그래, 그런데 지금 이 손으로 무엇을 했냐고?"

"귀를 긁은 거요?"

"나는 보이는 것처럼 바보가 아니란 말이야."

질슨이 소리치더니, 자신이 지금 무슨 말을 했는지 깨닫고 잠시 망설이다가 다시 소리쳤다.

"좋아, 워싱턴, 지금 당장 대기실로 간다! 일어나!"

질슨이 레이니와 케이티 그리고 뒤에 있는 콘스턴스를 차례대로 쳐다보았다. 셋 가운데 하나가 부정행위에 가담했다고 의심하는 표정이었다. 하지만 확신이 서는 아이는 겁에 질린 대머리 소년 한 명밖에 없었다.

"일어나!"

질슨이 다시 소리치며 꼬챙이를 잡고 아주 가볍게 일으켜 세웠다.

"나머지는 모두 가만히 앉아 있어. 너희 시험을 감독하도록 내가 다른 집행부를 보낼 테니까. 이 부정행위 덕분에 너희 모두 처음부터 시험을 다시 치러야 할 거야."

야유와 조롱 속에서 꼬챙이는 교실 밖으로 질질 끌려가다가 공포 어린 시선으로 레이니를 돌아보며 시야에서 사라졌다. 레이니는 무기력하고 고통에 찬 시선으로 꼬챙이가 사라지는 걸 지켜보았다. 그리고 케이티를 돌아보았다. 케이티가 당혹한 표정으로 머리를 흔들었다. 꼬챙이한테 커다란 문제가 생겼다. 네 아이 모두한테 커다란 문제가 생겼다.

"너무 안됐어. 너무 슬퍼."

마티나가 말했다.

"대기실이 도대체 어떤 곳인데 그래?"

특별 모집생 가운데 한 명인 오스테스 크러스트가 묻자, 마티나가 밉살스럽게 말했다.

"코리스 단톤한테 물어봐. 아이들한테 말해 줘, 코리스."

대기실이란 말에 얼굴을 두 손에 파묻고 있던 코리스 단톤이 눈물을 조용히 닦아 내며 입을 열었다.

"그곳은…… 커튼 선생님과 만나기 위해서 기다릴 때에 가는 곳이야. 아주…… 나쁜 곳이야."

레이니가 콘스턴스를 쳐다보았다. 콘스턴스는 평소보다 훨씬 더 찌무룩한 얼굴로 공포에 질려 있는 표정이었다. 뭔가 위로하는 눈길을 보내고 싶었다. 하지만 콘스턴스는 레이니 쪽으로 눈길조차 주지 않으려고 했다. 하기야 서로 쳐다본다고 해서 무슨 소용이 있겠는가? 드디어 종말이 자신들을 향해 무섭게 닥쳐오고 있다는 사실을 레이니도 알고 콘스턴스도 아는데 말이다.

꼬챙이가 가장 두려워하던 일이 현실로 드러난 게 안타깝긴 하지만 꼬챙이가 커튼 선생한테 모든 걸 털어놓는다면……. 너무 고통이 커서 자백을 한다 해도 누가 꼬챙이를 나무랄 수 있겠는가? 하지만 그렇게 되면 네 아이의 임무는 끝나고 새로운 상황이 시작될 것이다. 커튼 선생이 이걸 알면 어떻게 할 것인가? 모든 기억을 빼앗아 갈까? 모든 기억을 완전히 씻어 낼까? 꼬챙이는 물론이고 다른 세 아이까지?

레이니는 자신들한테 그렇게 힘을 들이지 않을 수도 있다는 생각이 들었다. 어차피 자신은 모두 고아이며 꼬챙이 역시 그렇게 알려져 있으니, 그냥 사라지는 건 아닐까? 커튼 선생은 그것을 '떠났다'라고 표현하는데, 말 그대로 이 세상을 완전히 떠나게 되는 건 아닐까? 레이니의 마음에 공포가 가득 차올랐다. 절벽에서 떨어지는 악몽을 꿀 때에 느끼던 그런 느낌이었다. 하지만 꿈은 잠에서 깨어나면 그만이다.

그날 마지막 수업이 끝난 다음에 베네딕트 비밀클럽은 구성원 한 명이 빠진 채 바위 정원에 모였다.

"꼬챙이가 끔찍한 고통을 겪지 않으면 좋겠어. 그 애는 무엇보다 대기실을 가장 무서워했어. 만일 우리 가운데 한 명이 그곳에 가게 된다면 그게 나일 줄 알았는데……."

케이티가 말하자, 콘스턴스가 무뚝뚝하게 대꾸했다.

"걱정하지 마. 너한테도 아직 기회가 있으니까."

레이니는 자신이 걱정하는 건 대기실 그 자체가 아니라는 사실을 지적하지 않았다.

"얘들아, 꼬챙이가 돌아올 때까지 우리는 원래 계획대로 움직이는 게 좋을 것 같아. 우리 다 같이 하역장을 살피러 가자."

다른 아이들이 동의했다. 그래서 케이티는 콘스턴스를 등에 업고 바위 정원에서 나와 아무도 없는 광장을 가로질러서 걸어갔다. 날씨가 우중충해서 아무도, 심지어 커튼 선생도 밖으로 나오지 않았다.

그러나 학생 서너 명이 체육관을 향해 걸어가고 있었다. 레이니 일행은 한마디도 하지 않고 그들을 지나쳤다. 케이티가 하역장을 제일 잘 볼 수 있는 장소로 지정한 곳은 체육관 뒤편 언덕이었다. 바로 지금 세 아이가 가고 있는 곳이었다.

아이들이 언덕을 올라가는 동안 이른 저녁 안개가 깔리기 시작했다. 항구의 먼 불빛이 희미한 안개 사이로 뿌옇게 보였다. 북쪽 멀리서 붕붕거리는 뱃고동 소리가 세 아이의 배에서 꾸르륵대는 소리보다 조그맣게 들렸다. 아이들은 자신의 몸통 자체가 낡은 오르간에 들어 있는 파이프처럼 느껴졌다. 모든 것이 쓸쓸하기만 한 저녁이었다.

언덕 꼭대기에 올라가도 기분이 전혀 좋아지지 않았다. 발아래 멀리 떨어진 다리 바로 옆의 하역장에는 아무도 없었다. 트럭도, 도우미도, 나무 상자도 보이지 않았다. 망원경을 들여다보아도 마찬가지였다. 정문 입구의 경비원들은 경비 초소에 몰려서 편히 쉬고 있었다. 레이니는 바다 너머에 있는 육지 쪽 해안을 쳐다보았다. 하지만 안개 때문에 가물가물해서 거의 보이지 않았다. 자신들의 운명과 비슷하다는 생각이 들었다.

레이니는 시선을 돌려서 학습 기관을 바라보았다. 평상시와 마찬가지로 많은 학생이 체육관에 모여들어서 문이 열리기만 기다리고 있었다. 높은 곳에서 보니까 그들 모두가 개미굴로 모여드는 개미 떼처럼 보였다. 이론적으로 볼 때 체육관은 하루 종일 열려 있고 학생들은 '아무 때나' 그곳을 사용할 수 있었다. 하지만 수업과 식사 그리고 학습 시간이 하루를 거의 잡아먹었고 얼마 안 되는 자유 시간에 몇몇 학생이 번갈아 그곳의 문을 열어 보았지만, 굳게 닫힌 문은 꿈쩍도 안 했다. 그저 저녁 식사 전에 잭슨을 비롯한 많은 집행부가 체육관에서 나와 체육관 앞에 모여 있는 학생들을 들여보내곤 했다. 만일 담력이 뛰어난 학생이 문을 잠가 둔 이유가 무어냐고 물으면 잭슨은 문을 잠근 적이 없다고, 학생들이 그걸 열지 못했을 뿐이라고 대답할 게 분명했다.

콘스턴스 역시 잠긴 체육관 앞에 우르르 몰려든 학생을 내려다보더니, 잭슨 목소리를 흉내 내서 말했다.

"체육관은 항상 열려 있어, 그렇지 않을 때만 빼고."

그러고는 축축한 소매로 축축한 얼굴을 훔치며 또 말했다.

"그런데 집행부들은 저 안에서 도대체 무얼 하는 거야?"

콘스턴스가 이 말을 한 건 그들에 대한 불쾌감을 나타내기 위한 것뿐이었다. 사실 콘스턴스는 집행부가 체육관 바닥을 혀로 핥아서 청소한다는 내용의 시를 짓는 중이었다. 하지만 레이니는 놀랍다는 시선으로 콘스턴스를 바라보며 말했다.

"정말 좋은 질문이야! 지금까지 나는 저들이 체육관을 독차지한 채 운동을 한다고 생각했어. 하지만 뭔가 다른 일이 있는 건 아닐까?"

케이티가 망원경을 꺼냈다.

"저길 봐. 저 뒤편에 창문이 있어. 저기까지 올라갈 방법만 있으면 내가 훔쳐볼 수 있을 것 같아. 땅에서 삼 미터 높이야. 어떻게 할까,

레이니?"

그 즉시 레이니의 마음에 서너 가지 생각이 떠올랐다. 하지만 그렇게 한다는 건 보도에서 벗어난다는 걸 의미했고 그건 심각한 문제를 일으키고 함정에 빠질 수도 있었다. 하지만 벌써 심각한 문제에 빠졌을뿐더러 창문에서 굉장히 중요한 정보를 발견할 가능성도 있다! 레이니는 얼굴을 찡그렸다. 좀 더 찬찬히 생각할 시간이 필요했다. 하지만 지금은 시간이 없었다. 체육관 문이 언제 열릴지 몰랐다.

"그래, 내가 함께 갈게. 내가 네 어깨에 올라설 수 있을 거야."

레이니가 말하자, 케이티가 빙그레 웃었다.

"좋아! 내 계획은 이래. 체육관에서 보지 못하도록 이 뒤로 내려가서 조그만 언덕 몇 개를 돌아 몰래 저 뒤편으로 접근하는 거야."

"잊어버린 거 없어?"

콘스턴스가 불쑥 말했다.

"망을 볼 사람이 필요해, 콘스턴스. 이곳에 있으면 모든 걸 다 볼 수 있어. 그리고 우리도 너를 볼 수 있을 거야. 만일 체육관 뒤편으로 접근하는 사람이 있으면 펄쩍펄쩍 뛰면서 두 팔을 흔들어."

"대단하군. 나 혼자 안개가 자욱한 이곳에 서 있으라는 거야?"

콘스턴스가 불평했지만 레이니와 케이티는 벌써 밑으로 내려가고 있었다. 두 아이는 빠르게 내려가서 축축한 모래와 앙상한 덤불과 우거진 풀밭 너머로 뛰어갔다. 그다음 바위를 돌아 조심스럽게 주름풀을 지나가 이윽고 체육관 뒤편의 나지막한 둔덕에 도착했다. 케이티는 이곳에 몸을 숨긴 채 레이니가 숨을 돌릴 때까지 기다리면서 뒤쪽을 향해 손을 흔들었다. 야트막한 모래 언덕과 바위 언덕이 복잡하게 얽힌 지점이었다.

"필요할 경우에 저쪽으로 도망치는 거야."

케이티가 속삭였다.

레이니는 콘스턴스가 남아 있는 높은 언덕을 곁눈으로 올려다보았다. 회색 하늘을 배경으로 콘스턴스의 조그만 몸이 빨갛게 보였다. 콘스턴스가 움직이는 것 같았다. 하지만 동작이 크지 않았다.

"지금 콘스턴스가 팔을 흔들고 있는 거 아니야? 네가 보기엔 어때?"

케이티가 망원경으로 살펴보고 대답했다.

"코를 파고 있는 거야. 빨리 움직이자."

두 아이는 둔덕을 넘어서 체육관 뒤편으로 재빨리 다가갔다. 바닥에 회색 돌가루가 잔뜩 깔려 있는 게, 마치 건물 자체에서 주변으로 돌 부스러기가 떨어진 것처럼 보였다. 레이니는 다행이라고 생각했다. 발자국이 남지 않기 때문이다. 하지만 케이티가 미처 보지 못한 것 같은 뒷문을 발견하고는 걱정스러웠다. 그래서 그쪽을 쳐다보며 얼굴을 찌푸렸다. 그곳에서 사람이 나오면 어떻게 하지! 하지만 케이티가 벌써 해결책을 찾았다. 돌조각 사이에 누워 있는 딱딱하고 커다란 나뭇가지를 가리킨 것이다. 레이니는 케이티와 함께 가지를 끌어당겨서 문이 안 열리도록 바닥에 단단하게 받쳐 놓았다.

케이티는 만족한 표정으로 고개를 끄덕이고 무릎을 꿇었다. 레이니는 두 발을 그 어깨에 올려놓고 두 손으로 돌 벽을 잡고 균형을 유지했다. 곧이어 케이티가 천천히 부드럽게 일어나 레이니의 턱이 창문 밑까지 올라왔다. 체육관 안이 보였다. 거기에는 정말 이상한 광경이 펼쳐지고 있었다.

집행부 수십 명이 두 줄로 기다랗게 서서 서로 등을 맞대고 있었다. 마치 춤을 추려고 준비하는 것 같았다. 그들은 도려낸 것처럼 보이는 물체를 각자 바라보고 있었다. 정확히 뭘 보고 있는지는 확실하지 않았다. 기다란 줄 제일 끝에 잭슨과 S.Q. 그리고 다른 많은 집행부가 서 있었다. 잭슨이 뭐라고 소리쳤지만 레이니는 알아들을 수 없었다. 집행부가 이번에도 춤을 추는 것처럼 다른 자세를 취했다. 일부는 상대를 껴안을 것처럼 두 팔을 벌리고 다른 일부는 악수라도 할 것처럼 팔을 내밀었다. 그리고 또 일부는 두 팔을 들고 차분한 자세로 손바닥을 앞으로 내밀었다. 그런데 모두가 빙그레 웃고 또 웃었다. 잭슨이 또 소리쳤다.

레이니는 이제 그 물체를 훨씬 자세히 볼 수 있었다. 그것은 조그만 아이 크기부터 커다란 어른 크기까지 크기가 다양했다. 레이니는 몸서리를 쳤다.

이것은 춤이 아니었다. 집행부는 지금 무언가를 연습하고 있었다. 하지만 그게 뭐란 말인가? 커튼 선생은 일기에다 어린애가 더 이상 필요하지 않을 거라고 적었다. 그리고 이렇게 많은 집행부가 입구를 경비해야 하는 건 분명히 아니었다. 그렇다, 이들은 지금 다른 걸 준비하는 것이다. 향상, 모든 게 좋아지는 것, 앞으로 일어날 일을.

잭슨이 또 소리쳤다.

"좋아, 여러분! 오늘은 이것으로 끝이야!"

집행부들이 줄줄이 걸어가며 종이 같은 걸 집어 들었다. 연습이 끝났다. 그런데 레이니는 이렇게 많은 집행부가 체육관에서 나오는 광경을 보지 못했다는 생각이 문득 떠올랐다. 이것은 그들이 뒷문을 이용한다는 의미였다. 심장이 쿵쾅거렸다. 빨리 이곳에서 도망쳐야 한다. 레이니는 아래를 내려다보면서 속삭였다.

"케이티, 빨리 여기서……."

미처 말을 마칠 수 없었다. 창문을 흘낏 바라보는 순간에 자신을 쳐다보는 S.Q.를 발견했기 때문이다. 뜨거운 독약을 먹은 것처럼 공포가 온몸에 퍼져 나갔다. 신경이 곤두서고 빨리 내려가야 한다는 공포감 때문에 레이니가 케이티 어깨에서 굴러떨어졌다.

"괜찮니?"

케이티가 속삭였다.

"도망쳐! 도망쳐! 도망쳐!"

레이니가 소리치면서 벌떡 일어나서 달리기 시작했다. 둔덕을 지날 즈음엔 케이티가 레이니를 따라잡았다. 케이티는 레이니의 팔을 쇠처럼 단단히 움켜쥐며 소리쳤다.

"빨리 와!"

뒷문에서 불길하게 쿵 소리가 나더니 또다시 쿵 소리가 울렸다. 그리고 고함이 뒤따라 들려왔다. 나뭇가지가 몇 초를 벌어 준 것이다. 두 아이는 둔덕으로 돌진했다. 레이니는 케이티 뒤에서 절반은 뛰고 절반은 끌려갔다. 힘차게 전속력으로 달리는 말이 자신을 잡아끄는 느낌이었다. 순간적으로 언덕 꼭대기를 올려다보니 그곳에서 빨간 점 하나가 펄쩍펄쩍 뛰면서 미친 듯이 팔을 흔들고 있었다. 하지만 레이니와 케이티가 둔덕 건너편을 쏜살같이 내려가자 콘스턴스는 더 이상 보이지 않았다.

"저들이 너를 알아본 건 아니지?"

케이티가 레이니를 일으켜 세우며 물었다.

"모르겠어."

"그렇다면 언덕으로 빨리 도망친 다음에 아무 일 없도록 기도나 하자."

두 아이는 그렇게 도망쳤다. 체육관에서 멀리, 보도에서 멀리, 학습 기관에서 멀리. 모래 언덕과 능선과 험한 바위가 가득한 섬 내부 깊숙한 곳으로 도망쳤다. 허리를 숙인 채 언덕 사이를 누비고 방향을 계속 바꾸면서 정신없이 도망쳤다. 달리는 것에 목숨이 달려 있기라도 한 것처럼 도망쳤다. 사실, 정말 목숨이 달려 있었다. S.Q.의 무서운 시선이 레이니의 마음속에 계속 떠올랐다. 그가 알아보았을까? 정말 그랬을까?

케이티가 보기에 체육관에서 충분히 멀리 도망쳤다 싶고 쫓아오는 사람이 아무도 없다는 생각이 들었을 때에 두 아이는 바닥에 쓰러진 울퉁불퉁한 삼목 나무 뒤에 쭈그리고 앉아 쉬기 시작했다. 정말 아슬아슬했다. 한발만 늦었어도 지옥의 구렁텅이로 떨어질 뻔했다. 레이니는 거친 숨을 몰아쉬며 자신이 본 장면을 케이티에게 모두 말했다. 체육관 안에서 찡그린 눈으로 쳐다보는 S.Q.를 발견한 시점까지.

그런데 케이티는 그걸 가지고 농담을 했다. 어이가 없었다. 정말 어이가 없었다.

"그래? S.Q.가 너를 알아봤다면 네 키가 그렇게 커진 이유를 궁금해할 거야. 불쌍한 S.Q., 정말 우둔해."

케이티가 킥킥 웃었지만 레이니는 신음이 절로 나왔다. 바로 그때 문득 스치는 생각이 있었다. 그래서 억지로 일어났다.

"이제부터 흩어져야 해."

"왜? 이제 콘스턴스한테 돌아가면 되겠다고 생각했는데?"

"잘 들어, 케이티. 저들도 두 사람이 있어야 한다는 사실을 깨달을 거야. 혼자 올라가서 안을 들여다보기에는 창문이 너무 높아, 그렇지? 너는 콘스턴스한테 돌아가. 만일 S.Q.가 나를 알아보았다 해도 최소한 너는 그 시간에 먼 곳에 있었다고 주장할 수 있잖아."

"맙소사, 네 말이 맞아."

케이티가 대답하고 양동이를 허리춤에 제대로 매면서 말했다.

"그럼 너는 저쪽으로 가. 나는 콘스턴스한테 갈게. 우리한테 행운이 따른다면 저녁을 먹으면서 재미있게 웃을 수 있을 거야."

"우리한테 행운이 따른다면."

레이니가 대답했다. 하지만 행운이 따를 것 같지 않았다. 아니, 지금 헤어지면 케이티를 두 번 다시 못 볼 것 같은 끔찍한 느낌이 들었다. 커튼 선생이 모든 걸 알게 되어 내일이면 레이니 자신도 전혀 다른 사람이 되어 있을 것 같았다. 목적도 잊고 꿈도 잊어버린 채 이해 못할 이상한 고통에 시달리는 낯선 사람이 되는 것이다. 친구들 얼굴도 현상하지 않은 사진처럼 희미하게 떠오르다가 완전히 사라질 것 같았다. 그러면 임무는 이것으로 끝이다. 모든 게 끝이다.

레이니는 케이티의 손을 갑자기 충동적으로 움켜잡았다.

"아까 내 손을 잡고 함께 도망쳐 줘서 고마워. 나 혼자서는 결코 성공하지 못했을 거야."

케이티가 손을 떨쳐 냈다.

"맙소사. 부탁 하나만 들어줄래? 만일 대기실로 끌려가게 되면 꼬챙이한테 안부나 전해 줘."

레이니가 얼굴을 찡그렸다.

"장난이 아니야, 케이티."

순간적으로, 정말 순간적으로, 케이티가 너무 슬픈 표정을 지었다.

"그래, 나도 장난 아니야, 레이나드 멀든. 하지만 내가 어떻게 하면 좋겠니? 울까? 빨리 가기나 해. 그리고 저녁 시간에 만나는 거 잊지 마!"

케이티가 몸을 돌려서 급히 어둠 속으로 들어갔다.

레이니는 자욱한 어둠과 안개를 헤치며 길을 찾아 금지된 언덕 사이를 혼자 걸어갔다. 축축하게 젖은 피곤한 몸을 끌고 그렇게 삼십 분을 걷다 보니, 학습 기관 건너편 끝에 있는 보도가 나타났다. 학생 기숙사에 들어갔지만 레이니를 잡는 사람은 한 명도 없었다. 레이니는 자기 방으로 들어가서 옷을 갈아입었다. 광장을 가로지를 때에도 의심스레 쳐다보는 사람이 없었다. 하지만 아직까지 집행부와 마주치지 않았다. 레이니는 식당 앞에서 오랫동안 망설였다. 그러다가 용감해야 한다고, 최소한 그런 척이라도 해야 한다고 자신한테 다짐하며 안으로 들어갔다.

레이니는 두 친구를 단번에 찾았다. 축축한 옷을 입고 둘이서 식탁에 앉아 있었다. 콘스턴스를 보니까 비 맞은 암탉이 떠올랐다. 생긴 것도 닭하고 똑같고 심술궂은 표정도 똑같았다. 덩치가 약간 큰 게 다를 뿐이었다. 하지만 케이티는 레이니가 들어오는 걸 보고 빙그레 웃었다. 레이니는 케이티의 환한 미소를 보고서 약간 희망을 느꼈다. 하지만 케이티는 아무리 끔찍한 상황에서라도 웃을 수 있다는 사실이 떠올랐다. 좋은 징후가 아닐 수도 있었다. 하지만 자신한테 관심을 기울이는 사람은 아무도 없는 것 같았다. 심지어 근무 중인 집행부도 따분한 시선으로 쳐다보고 시선을 돌릴 뿐이었다. 그렇다면 케이티한테 뭔가 좋은 소식이 있는 게 분명했다.

사실이었다. 레이니가 의자에 앉는 순간, 케이티는 레이니한테 아무 문제도 없다는 사실을 알려 주었다. 레이니는 너무 기쁜 나머지

죽을 것 같았다.

"콘스턴스와 내가 언덕을 내려오니까 저들이 학생들을 조사하더라고. 너를 본 사람은 한 명도 없어. 잭슨이 우리한테 물어서 우리도 똑같이 대답했어. 그러니까 잭슨이 S.Q.한테 고함을 지르는 거야. '넌 그 정도밖에 말을 못해? 평범하게 생긴 남자애? 이곳에 있는 거의 모든 남자애가 평범하게 보인단 말이야, S.Q.!' 불쌍한 S.Q., 그래도 그 아이는 특별히 평범하게 보였다는 말만 계속하고 있으니……. 잭슨이 금방이라도 목을 조르고 싶은 표정일 수밖에."

레이니는 자신의 귀를 믿을 수가 없었다. 이제 안전하다! 정말 안전하다! 그런데 어깨를 짓누르던 부담이 사라지는 순간에 다른 부담이 짓누르기 시작했다. 한 가지 걱정이 사라짐과 동시에 다른 걱정이 재빨리 그 자리를 꿰차고 들어왔기 때문이다. 꼬챙이가 여전히 위험에 처해 있었다. 그리고 꼬챙이가 위험하다면 자신들도 위험했다.

"괜찮니? 네 표정이 안 좋아."

케이티가 묻자, 콘스턴스가 냅킨으로 머리에 묻은 물기를 닦으면서 톡 쏘았다.

"그래도 얜 마른 옷을 입고 있잖아."

"아직 꼬챙이는 못 봤니? 들은 얘기도 없어?"

레이니가 묻자 두 여자애는 머리를 흔들었다. 그리고 아주 우울한 표정이 되었다. 그들은 말없이 저녁을 먹었다.

대기실

레이니는 방에 혼자 앉아 있었다. 9시가 지났지만 꼬챙이는 아직까지 오지 않았다. 메시지 방송은 이제 막 끝났다. 레이니는 기진맥진한 채 스스로를 달래며 그날 공부한 내용을 마지막으로 검토했다. 수업 내용을 공부하는 게 처음으로 재미가 있었다. 걱정과 근심을 잊을 수 있기 때문이었다. 심지어 메시지 방송까지도 고마울 정도였다. 너무 짜증이 나서, 꼬챙이에 대해 걱정할 두뇌의 공간조차 빼앗기 때문이었다. 그렇지만 정말 끔찍한 느낌이 들었다. 그리고 그 느낌은 훨씬 악화되었다. 뭔가 아주 끔찍한 악취가 진동하는 것 같았다. 너무 역겨워서 코를 찡그렸다. 이게 뭐지? 바닥 밑에 뭔가가 기어 들어와 죽은 건가?

바로 그때 문이 열렸다. 꼬챙이였다.

악취가 진동하는 아주 끈적끈적하고 새까만 진흙이 꼬챙이의 온몸을 뒤덮고 있었다. 꼬챙이는 시체처럼 방으로 들어왔다. 빨갛게 부어오른 커다란 눈을 보건대, 아주 오랫동안 운 게 분명했다. 하지만 레이니의 마음을 아프게 한 건 그 눈 자체가 아니라 완전히 포기한 듯한 눈빛이었다.

레이니가 벌떡 일어나며 두 팔을 펼치고 꼬챙이를 껴안았다.

"드디어 왔구나!"

꼬챙이가 말없이 몸을 빼냈다. 그러더니 안경을 벗고 진흙투성이 안경알을 살펴본 다음 닦을 생각도 안 하고 그냥 책상에 내려놓았다. 그리고 여전히 한마디도 하지 않은 채 바깥으로 나갔다. 레이니는 꼬챙이한테 필요한 물건을 급히 챙겨 들고 쫓아갔다. 복도에서는 도우미 두 사람이 무시무시한 침묵 속에서 걸레질을 하며 꼬챙이가 만들어 놓은 진흙 자국을 지우고 있었다. 레이니는 그들을 스쳐 지나갔다. 사내아이 두 명이 코를 움켜쥔 채 화장실에서 나와, 바닥에 묻어 있는 진흙 자국을 피하며 지나갔다. 레이니는 화장실로 뛰어들었다.

꼬챙이는 옷도 벗지 않은 채 샤워기 앞에서 수도꼭지를 잡으려고 애쓰고 있었다. 하지만 손이 계속 미끄러졌다. 마침내 꼬챙이는 두 손으로 수도꼭지를 꽉 잡고 뜨거운 물을 틀었다. 그리고 물이 얼굴을 때릴 때 움찔하더니, 두 눈을 꼭 감은 채 수동적으로 가만히 서 있었다. 발밑으로 검은 물이 흘러내렸다.

레이니가 걱정하며 지켜보다가 입을 열었다.

"비누를 가져왔어, 꼬챙이. 수건이랑 깨끗한 옷도."

꼬챙이는 아무 대답도 안 했다.

"꼬챙이, 옷을 벗고 이 비누를 써, 알았지?"

꼬챙이는 레이니가 이 말을 서너 차례 한 다음에야 비로소 고개를 살짝 끄덕이고 비누를 받으려고 손을 내밀었다.

꼬챙이를 껴안았던 레이니도 더러운 게 묻고 악취가 났다. 레이니는 싱크대에서 씻었다. 그다음에 방으로 가서 옷을 갈아입고 기다렸다. 계속 문을 바라보았다. 앞으로 일어날 일이 두려웠다. 의심했던 일이 현실로 드러나는 게 두려웠다. 레이니는 차분한 마음을 유지하려고 최선을 다했지만 온몸이 계속 부르르 떨렸다. 꼬챙이가 두뇌 청소를 당한 게 분명하다는 느낌이 들었다. 커튼 선생은 꼬챙이가 부정행위를 한 기억만 지우지는 않았을 것이다. 그렇지 않다면 꼬챙이가 왜 저러겠는가? 도대체 무슨 죄를 지었기에 이런 끔찍한 형벌을 받아야 하는 거지? 해답은 단 하나밖에 없는 것 같았다. 꼬챙이가 커튼 선생에게 모든 걸 자백한 것이다.

마침내 꼬챙이가 돌아왔다. 그 애는 젖은 옷가지를 구석에 떨어뜨리고 진흙투성이 안경을 닦지도 않고 그냥 쓰더니, 레이니한테 눈길도 주지 않고 침대 밑에서 옷 가방을 꺼냈다.

"꼬챙이, 무슨 일이 있었던 거야?"

대답이 없었다.

"나한테 말해야 돼, 꼬챙이! 지금 나는 너한테 뭔가 끔찍한 일이 일어났을까 봐 걱정하고 있어. 대기실만 말하는 게 아니야. 내 말은, 뭔가 더 나쁜 일이 없었냐는 거야."

분노가 약간 묻어나는 흐릿한 어투로 꼬챙이가 말했다.

"그곳보다 끔찍한 곳은 이 세상 어디에도 없을 거야. 네가 그곳에 대해서 뭘 알겠니?"

레이니가 숨을 멈췄다. 꼬챙이는 대기실을 기억하고 있다. 그러고 보니, 자기가 옷 가방을 둔 장소도 기억했다. 그렇다면 아직 희망이 있다!

"네 말이 맞아, 꼬챙이. 나는 그곳에서 일어난 일을 하나도 몰라. 그러니 네가 말해 줄래?"

꼬챙이는 덜덜 떨리는 손으로 옷장을 열면서 대답했다.

"그곳에 관한 얘기는 하고 싶지 않아. 그리고 그곳에 또 갈 생각도 없어. 도망칠 거야. 커튼 선생이 오늘 나를 만날 수 없다고 했대. 그래서 S.Q.가 내일 아침에 나를 다시 데리러 올 거야. 그래서 '커튼 선생이 가능하면' 나를 만날 거래. 그렇게 되면 나는 그곳에, 그 지옥에 또 들어가거나 커튼 선생을 만나야 할 거야. 어느 쪽이든 결국 나는 산산조각이 나서 자제력을 잃고 우리에 관한 모든 걸 털어놓을 게 분명해."

꼬챙이의 말에 점차 많은 감정이 묻어 나왔다. 마침내 꼬챙이는 목소리가 떨리더니 두 눈을 감싸고 바닥에 풀썩 주저앉으며 무릎을 꿇었다.

"나는 도저히 그럴 수가 없어, 레이니. 그곳에 또 갈 수는 없어. 그리고 커튼 선생을 만나면 너희를 배신하게 될 거야. 그럴 순 없어. 도망칠 거야. 어쩔 수 없어."

레이니의 두 눈에 눈물이 그렁그렁 맺혔다.

"내 말 잘 들어, 꼬챙이. 네가 겪은 일은 정말 안타까워. 정말이야. 하지만 아직 네가 예전 그대로여서 얼마나 기쁜지 몰라. 나는 그들이 네 기억을 빼앗아 갔다고 생각했어! 하지만 너는 아직 예전 그대로야. 여전히 내 좋은 친구야!"

꼬챙이가 비참한 어투로 대답했다.

"오래가지 않을 거야. 나는 미치고 말 거야, 레이니. 내가 고통을 얼마나 무서워하는지 너도 알잖아. 내일은 실패할 거야. 그러면 너희 모두가 잡히겠지. 그런 내가 어떻게 친구일 수 있겠니?"

레이니가 옷 가방을 닫았다.

"너는 아무것도 실패하지 않을 거야."

"네가 그걸 어떻게 장담하지?"

꼬챙이가 묻자, 레이니가 완벽한 자신감을 보이며 대답했다.

"너를 믿기 때문이야. 설사 나한테 좋은 계획이 없다 해도 너는 분명히 내일도 굳건히 버틸 거야. 하지만 좋은 계획이 있어. 친구는 서로가 필요할 때에 서로를 믿을 수 있어야 해. 그리고 지금 나는 네가 필요해, 꼬챙이. 나는 이곳에 있는 내 친구 꼬챙이가 필요해."

꼬챙이의 두 눈이 꺼지기 직전의 촛불처럼 흔들렸다.

"그렇게 말해 줘서…… 정말 고마워."

꼬챙이가 의심하듯 말하더니 갑자기 몸서리를 치며 다시 말했다.

"하지만 레이니, 그곳으로 다시 돌아가야 한다면 나는 죽고 말 거야. 그 오랜 시간 동안 처음부터 끝까지 일 초도 쉬지 않고 벌레들이 기어다니고 또 기어다녀. 눈으로 볼 수도 없어. 그런 시궁창에 계속 들어가 있어야 하는데, 악취가 끔찍해. 마치 죽은 사람 같아. 마치 나 자신이 죽은 사람 같아."

"이제 그곳에 들어가는 일은 없을 거야. 맹세해."

레이니가 말했다.

"맞아, 분명히 없을 거야."

케이티가 천장에서 머리를 내밀며 말했다. 그리고 콘스턴스를 방으로 내려 주고 다시 입을 열었다.

"그들이 너를 또 그곳으로 보내면 우리가 무슨 방법을 써서라도 너를 꺼내 줄게. 무슨 일이 있어도. 알았지, 친구?"

꼬챙이가 몸을 떨면서 두 발로 일어섰다.

"이제 괜찮을 거야. 아침이 되자마자 커튼 선생이 너를 만날 게 분명해."

레이니가 말하자, 꼬챙이가 반박했다.

"하지만 그래도 아무 소용 없어! 너무 끔찍해! 내가 어떻게 너희에 대한 비밀을 털어놓지 않을 수 있겠니? 그 사람은 우리가 친구라는 걸 알아. 내가 부정행위를 했다는 것도 알아. 그러니까 그는 우리를 두 사람씩 묶어서……."

꼬챙이가 숨을 멈추고 잠시 가만히 있더니 다시 입을 열었다.

"좋아, 좋은 계획이 있다고 했지? 정말 그런 게 있는 거야?"

레이니가 꼬챙이에게 롤빵을 건네며 대답했다.

"내가 다 말해 줄게. 하지만 먼저 이거라도 먹어. 너한테 주려고 몰래 숨겨 놓은 거야."

처음으로 꼬챙이의 눈빛이 밝게 빛나기 시작했다.

"너무나 끔찍하게 배가 고파."

"10시다! 불을 꺼!"

바로 문 앞에서 잭슨이 고함을 질렀다. 모두가 깜짝 놀랐다. 바로 문 앞까지 다가오는 소리를 아무도 듣지 못했다.

레이니는 전등 스위치를 서둘러 내리면서 케이티를 궁금한 표정으로 바라보았다.

"우리 전등은 나오기 직전에 껐어."

케이티가 약간 크게 대답했다.

즉시 잭슨이 문을 두드렸다.

"그 안에 다른 사람이 있니? 그건 규칙에 어긋난다는 거 알지? 숙소에 다른 사람을 들이는 건 안 돼! 게다가 전등을 끈 다음에는 더더욱 안 돼!"

"우리 두 사람밖에 없어요."

레이니가 대답했다.

잭슨은 이런 대답이 나오기만 기다리고 있었다. 지금 안에 다른 사람이 있는 걸 잡아 내면 두 아이는 학습 기관의 몇 개 안 되는 규칙 가운데 하나를 어긴 데다 거짓말까지 한 셈이 되기 때문이다. 잭슨은 문을 활짝 열고 전등을 켜면서 소리쳤다.

"아하! 이제 잡았다."

하지만 잭슨은 곧바로 입을 닫았다. 바닥에 레이니와 꼬챙이만 앉아 있는 것이 보였기 때문이다.

"전등을 꺼야 하는 거 아닌가요?"

레이니가 묻자, 잭슨은 얼굴을 찡그리며 전등 스위치를 내리려고 하다가 문득 다른 생각을 했다.

"아직은 아니야."

잭슨이 말하고서 옷장으로 걸어가서 "우선 이곳에 누가 있는지 살펴보고." 하고 말하며 옷장 문을 활짝 열었다.

안에는 옷밖에 없었다.

"괜찮다면 이제 우리도 잠을 자고 싶은데요? 꼬챙이가 힘든 하루를 보냈거든요."

"그게 누구 잘못 때문이지?"

잭슨이 말하고서 무릎을 꿇은 채 침대 밑을 살폈다. 두 아이 옷 가

방만 보였다. 잭슨이 일어나서 레이니를 노려보았으나 레이니는 명랑하게 웃는 얼굴이었다. 그래서 꼬챙이를 쳐다보자, 꼬챙이는 어깨만 으쓱했다. 잭슨이 경멸하듯 물었다.

"그래, 대기실이 마음에 들던가, 조지?"

레이니는 갑자기 분노가 끓어올랐다. 저녁 시간 내내 그런 상태로 지냈기 때문에 이제 자신을 억누를 수가 없었다.

"어떻게 사람한테 그렇게 할 수 있죠, 잭슨? 사람을 그런 장소에 집어넣더니 이제는 그걸 가지고 놀려요?"

잭슨이 당황하는 척하면서 반문했다.

"'그런 장소'라니, 그게 무슨 뜻이지? 대기실은 그렇게 나쁜 장소가 아니야. 게다가 그곳은 완벽하게 안전해. 진흙이 조금 묻는다고 해로울 건 없어. 바로 씻기잖아, 그렇지? 약간 냄새가 날 순 있지만 냄새 역시 진흙과 마찬가지로 사람한테 해로운 게 아니야. 그리고 암흑도. 말이 나왔으니 말인데, 암흑은 사람한테 아주 좋아. 눈을 쉬게 하거든. 햇볕에 그을리는 것도 막아 주고……."

얼굴이 빨갛게 달아올랐지만 레이니는 자제심을 되찾기 위해 노력했다. 애초에 반발 자체를 하지 말았어야 했다. 집행부와 다퉈서 좋을 건 하나도 없다.

잭슨은 노골적으로 즐거워하며 여전히 강의를 늘어놓았다.

"그래, 아마 그곳에 파리와 딱정벌레 그리고 꾸물꾸물 기어다니는 벌레가 아주 많긴 할 거야. 하지만 그것들은 물지도 않고 아프지도 않아. 설마 파리를 무서워하는 건 아니겠지, 조지?"

"그래요."

꼬챙이가 차분한 어투로 대답했다. 하지만 두 눈은 잭슨을 노려보고 있었다. 잔뜩 화가 난, 도전적인 분노가 가득 담긴 시선이었다. 레이니는 그걸 보고 힘이 솟아났다. 꼬챙이한테 강한 힘이 들어 있었다. 쉽게 보이지 않을 뿐이었다. 꼬챙이 자신도 미처 모르고 있던 힘이었다.

잭슨 역시 그걸 알아보지 못했다. 그래서 불쌍한 아기한테 말하는 것처럼 빙그레 웃으며 말했다.

"당연히 그래야지. 그러니 이제 말도 안 되는 소리는 그만해. 대기실이 더럽고 지지가 있다는 그런 말은 말이야."

잭슨이 사악하게 웃으면서 전등을 끄고 밖으로 나갔다. 그리고 쿵쿵 거리며 복도를 걸어가는 소리가 점차 멀어졌다.

콘스턴스가 숨 막힌 목소리로 투덜댔다.

"제기랄! 나를 이곳에 영원히 넣어 둘 생각이야?"

"쉿!"

레이니가 속삭이곤 문을 열어 밖을 살펴보았다. 복도에는 아무도 없었다. 꼬챙이한테 고개를 끄덕이자, 꼬챙이가 침대 밑에서 자기 옷가방을 꺼냈다.

"네가 몸집이 작아서 정말 다행이야."

밖으로 나오는 콘스턴스를 보고 꼬챙이가 속삭였다.

"아, 그래, 정말 다행이겠어! 이렇게 작아서 나를 가방에 집어넣을 수 있으니까. 이번에는 네가 저 옷 가방에 들어가서 몸을 구부리고 있어 보지그래?"

콘스턴스가 투덜거렸다. 벌레가 우글거리고 깜깜한 시궁창에 꼬챙이가 하루 종일 서 있었다는 건 깜빡 잊은 게 분명했다.

"그래, 좋은 계획이란 게 뭔데?"

천장 패널이 살며시 열리고 케이티가 다시 밑으로 내려오면서 물었다. 아무 일도 없었다는 말투였다.

징벌과 승진

두 소년은 동녘이 터 오기 전에 깨어났다. 늦도록 자지 않고 계획을 세운 다음이었다. 하지만 꼬챙이는 조금도 졸리지 않았다. 두려움이 두 눈을 활짝 뜨게 만들어 주었다. 꼬챙이는 어둠 속에서 옷을 입으며 위 침대를 쳐다보고 속삭였다.

"레이니, 커튼 선생 사무실로 갈 때에는 저들이 너한테 눈가리개를 하지 않았지?"

"눈가리개? 아니."

"그렇다면 나를 대기실로 데려가는지 아닌지 금방 알 수 있겠구

나. 이건 아주 중요해."

레이니가 몸을 돌려서 아래를 내려다보았다.

"저들이 너한테 눈가리개를 했니? 왜?"

"몰라. 질슨이 그냥 나를 광장으로 끌고 가서 눈가리개를 씌우고 내가 토할 때까지 빙글빙글 돌렸어, 정말 토할 때까지. 그러더니 웃으면서 나를 데리고 어느 문으로 들어가서 계단을 내려갔어. 대기실로. 그리고 그곳에서 나올 때에도 눈가리개를 씌웠어."

레이니는 이마를 찡그렸다. 꼬챙이한테 그렇게 눈가리개를 씌운 이유가 뭘까?

바로 그때 누군가가 문을 쾅쾅 두드렸다. 꼬챙이는 문이 열릴 때까지 오랫동안 그곳만 쳐다보았다. S.Q. 큰 발이 어두운 복도에서 계피 롤빵을 먹고 있었다. 그는 입에 빵을 가득 넣은 채 꼬챙이한테 따라오라고 손짓했다. 드디어 때가 온 것이다.

꼬챙이가 숨을 깊이 들이마시며 말했다.

"행운을 빌어 줘, 레이니."

레이니가 고개를 끄덕이며 대답했다.

"걱정하지 마, 너는 아주 잘할 거야."

꼬챙이는 S.Q.를 따라서 복도를 걸어갔다. 기숙사는 완벽한 침묵에 싸여 있었다. S.Q.가 계피 롤빵을 맛있게 씹어 먹는 소리와 두 사람이 걸어가는 발소리만 들렸다. 이윽고 두 사람이 차가운 아침 공기를 맞으며 바깥으로 나가자, S.Q.가 걸음을 멈추고 손가락을 핥았다.

그리고 주머니에 손을 집어넣었다. 꼬챙이는 공포에 질린 채 잔뜩 긴장한 목소리로 물었다.

"S.Q.? 조, 조금 더 기다려야 하나요, 아니면……?"

"아, 아니야, 커튼 선생님이 너를 만나실 거야. 자, 꼬챙이……."

S.Q.가 눈가리개 대신 바나나를 꺼내며 무심코 말하다가 입을 꾹 닫았다. 비록 실수이긴 하지만 지금까지 꼬챙이를 꼬챙이라고 부른 집행부는 S.Q.밖에 없었다.

"아니 그러니까, 조지, 너한테 한 가지 충고하고 싶어. 너도 알다시피 나는 집행부야. 그래서 이곳에서 일이 어떻게 돌아가는지 잘 알고 있어."

S.Q.가 좌우를 살핀 다음에 목소리를 낮췄다.

"나는 너를 좋아해, 조지. 너는 정말 착한 애야. 그리고 아주 똑똑해. 게다가 너는 고아야. 그래서 나중에 집행부가 될 가능성이 아주 높아. 만일 네가 옳은 길을 살고 똑바로 걷는다면……. 만일 네가 걸으며 살고 옳은 길을 똑바로……."

"정도를 걷고 똑바로 산다면?"

꼬챙이가 말하자 S.Q.가 다행이란 표정으로 대답했다.

"그래, 바로 그거야. 내 말은, 다 된 밥에 코 빠뜨리지 말라는 거야. 네가 무슨 짓을 했든, 커튼 선생님한테는 부정행위를 했다는 사실을 절대 인정하지 마. 내 말은, 부정행위를 한 게 설사 사실이라 하더라도, 거짓말을 하라는 말은 아니야, 그건 더 나쁘니까, 부정행위를 했다는 걸 인정하지 말라는 거야. 거짓말도 하지 말고."

"결코 부정행위를 하지 않았다고 말하는 게 최선이란 뜻인가요?"

"그래, 맞아."

"참 도움이 되네요."

꼬챙이가 말하자, S.Q.가 빙그레 웃었다.

"꼭 그래야 해. 커튼 선생은 부정행위를 무엇보다 싫어하시거든. 그것만 빼면 아주 다정하신 분이야. 그러니까 그분과 만나는 동안에 명심하고 있어야 해. 제일 중요한 건 부정행위를 했다는 걸 인정하지 않는 거야."

"고마워요."

꼬챙이가 약한 목소리로 대답했다. 머리가 벌써 아프기 시작했다. S.Q.가 한 충고는 레이니의 충고와 완전히 반대였다. 이 새로운 고민에 대해서 곰곰이 생각할 시간이 있으면 좋을 것 같았다. 하지만 일 분도 지나기 전에 두 사람은 커튼 선생 사무실로 들어가는 금속 문 바로 앞에 도착했다. 꼬챙이의 맨질맨질한 머리에 구슬 같은 땀방울이 맺혔다. 이제 어떻게 해야 하지? 이런 일을 제일 잘 아는 사람은 아마 집행부일 것이다. 하지만 S.Q.는 집행부 샹들리에 가운데에서 가장 밝게 빛나는 전구가 아니었다. 반면에 레이니는 사람을 보는 눈이 매우 정확하다……. 드디어 S.Q.가 문을 두드렸다. 꼬챙이는 지근지근 쑤시는 관자놀이를 문질렀다. 온몸이 또다시 조금씩 마비되는 것 같았다. 한마디라도 실수하면 최악의 사태가 일어날 가능성이 높았다.

문이 스르르 열렸다. S.Q.가 꼬챙이한테 들어오라고 신호했다. 어느 쪽을 선택하든, 지금 당장 선택해야 한다.

커튼 선생은 손가락을 나란히 모으고 기다렸다는 표정으로 턱을 들어 올린 채, 돌로 만든 차가운 실내 한가운데에 앉아 있었다. 은빛 눈동자를 반짝이는 거대한 거미가 먹잇감을 기다리는 것 같았다.

"부정행위를 해서 죄송합니다, 선생님!"

꼬챙이가 안으로 들어서자마자 선언했다.

뒤에서 문이 스르르 닫혔다. 하지만 불쌍한 애가 너무 심한 충격에 머리가 돌았다며 중얼거리는 S.Q.의 목소리가 들린 다음이었다.

커튼 선생은 무릎에 있는 일기장을 손가락으로 툭툭 치면서 안경 너머로 꼬챙이를 가만히 바라보고 있었다. 눈동자는 보이지 않았지만 알 수 있었다. 꼬챙이는 덜덜 떨지 않으려고 엄청나게 노력했다. 구슬 같은 땀방울이 대머리에서 내려와 귓불로 흐르더니, 그대로 그곳에 매달려서 덜덜 떨렸다. 귓불이 미칠 정도로 가려웠지만 꼬챙이는 꼼짝도 안 했다. 갑자기 커튼 선생이 휠체어를 몰고 쏜살같이 앞으로 달려왔다. 꼬챙이는 하마터면 뒤로 벌러덩 나가떨어질 뻔했다. 커튼 선생은 꼬챙이와 불과 몇 센티미터 떨어진 앞에서 끼익 소리를 내며 멈췄다.

"나한테 그 이유를 설명할 수 있겠나?"

커튼 선생이 차갑게 물었다.

꼬챙이는 할 말을 외워 둔 상태였다. 그렇지 않았다면 아마 대답을 한마디도 못했을 것이다. 꼬챙이가 침을 삼킨 다음에 더듬거리면서 입을 열었다.

"정말 죄송합니다, 선생님. 문제를 일으킬 생각은 없었습니다. 하지만 그 여학생이 너무 심하게 압력을 주는 바람에······."

"콘스턴스 콘트레어를 말하는 건가?"

커튼 선생이 만족스러운 표정으로 물었다.

"콘스턴스요? 아, 아닙니다, 선생님. 콘스턴스는 제가 숙제를 도와주겠다는 것도 완강하게 거부하는걸요. 선생님께서도 그 애가 고집이 굉장히 세다는 사실을 잘 아실 겁니다. 이런 말을 해도 괜찮을지 모르겠지만, 선생님께서 우리 모두를 잘 파악하고 계시니까요."

"으흠. 그래, 그건 나도 알고 있어. 그건 사실이야. 하지만 콘스턴스 콘트레어가 아니라면 도대체 누구한테 답안을 알려 준 거지?"

"저, 말씀드리자면 선생님, 여자애가 저한테 너무 심한 압력을 가했는데, 어떻게 설명해야 좋을지 모르겠는데, 그 애는 전달자라서요."

"뭐라고? 전달자라고? 그럴 수가······! 내가······!"

커튼 선생이 검붉게 변한 얼굴로 고함을 지르다가 입을 다물더니, 잠시 완벽한 침묵을 유지했다. 꼬챙이에게 어떤 끔찍한 벌을 줄까 판단하는 것 같았다. 이 애를 대기실로 다시 보낼까? 아니면 주름풀 함정에 던져 버릴까? 그것도 아니면 그냥 휠체어로 깔아 버릴까?

꼬챙이는 두 눈을 질끈 감았다. 하지만 커튼 선생이 자기를 대기실로 보내지도, 함정에 던지지도, 깔아뭉개지도 않았다는 걸 알았다. 그렇게 몇 분이 지나자 한쪽 눈을 떴다. 커튼 선생의 낯빛도 많이 가라앉아서 더 이상 검붉지 않았다. 뭉툭한 코끝에 흔적이 남아 있을 뿐이었다. 선생은 또다시 손가락으로 일기장을 톡톡 치고 있었다. 그러다가 훨씬 차분하게 물었다.

"조지, 나를 한쪽 눈으로 쳐다보는 이유가 뭐지?"

꼬챙이는 재빨리 다른 쪽 눈도 떴다.

"저는…… 저는……."

"괜찮아. 자, 분명히 설명하도록. 전달자가 너한테 답을 알려 달라고 강요했다는 거냐?"

"죄송합니다, 선생님. 하지만 레이니와 제가 좋은 점수를 받아서 그 학생이 굉장히 화를 냈습니다. 저희가 벌써 자신보다 많은 걸 안다는 사실을 싫어했어요. 그래서 교실에서 저한테 창피를 주고 나중에 계속 그러겠다고, 아니 더 심하게 하겠다고 협박했습니다. 제가 도와주겠다고 약속하지 않는다면요. 그러면서 제가 답안을 알려주면 쪽지 시험이 훨씬 쉬워질 거라고 말했습니다. 그리고 만일 제가 그렇게 하면 저를 편하게 해 주겠다고, 괴롭히지 않겠다고 했습니다."

"마티나 크로를 말하는 거군."

커튼 선생이 말하자, 꼬챙이가 고개를 끄덕였다.

"으흠. 자세히 알아봐야겠어. 분명히 말하는데, 네가 부정행위를 한 건 그리 문제가 되지 않아, 내가 상황을 정확히 파악하고만 있으면. 중요한 건 통제야, 알겠니? 나는 그 상황을 정확히 알고 싶을 뿐이야. 그래야 조작을 할 수 있거든. 내 말은, 그래야 내가 상황을 움직여 나갈 수 있다는 거지. 어떤 상황이든 상관없이, 조지, 통제만 할 수 있다면 우리는 조화를 이룰 수 있어. 무슨 말인지 이해하겠니?"

"네, 선생님."

"아주 좋아. 이 문제로 나를 만나기 전에 기다리게 해서 미안하구나. 기다리는 게 그리 유쾌한 경험은 아니라는 건 나도 알아. 하지만 불행하게도 가끔은 어쩔 수 없을 때가 있어. 내가 너무 바쁘거든. 희망적인 건 네가 이제 벌을 받을 필요가 없다는 사실이야."

"감사합니다, 선생님."

꼬챙이가 겸손하게 말했다.

"그런데, 조지?"

"네, 선생님."

"너는 아주 잘하고 있어, 그렇지?"

"네, 선생님."

커튼 선생이 꼬챙이를 위아래로 쳐다보더니 혼자 고개를 끄덕였다. 앞으로 유용하게 쓸 수 있는 훌륭한 기계가 새로 생겼다며 좋아하는 표정이었다.

콘스턴스가 말했다.

"정말 잘했어. 너는 타고난 거짓말쟁이야."

돌아온 꼬챙이를 보고 아주 기뻐하고 박수를 치면서 환영한 레이니와 케이티에 비해 그리 바람직한 인사가 아니었다. 하지만 꼬챙이는 걱정을 던 게 기쁜 나머지 그런 말 때문에 다투지 않았다.

네 아이는 자기들끼리 사적인 대화를 나누고 싶어서 점심을 먹으러 갈 때 복도에서 다른 학생과 멀찌감치 떨어져서 걸었다. 네 명 모두가 뛸 듯이 기뻤다. 마티나 크로가 곤경에 처했기 때문에 그런 건 결코 아니었다. 그런데 복도 끝 근처 수업이 없는 교실에서 잭슨과 질슨이 말하는 소리가 들렸다. 네 아이는 서로를 쳐다보며 말없이 의견 일치를 본 다음, 걸음을 멈추고 귀를 기울였다. 잭슨이 말하고 있었다.

"……체육관을 엿본 아이가 마침내 잡혔어. 그 애는 훌륭한 전달자였는데. 게다가 특별 모집생이고. 커튼 선생님이 그 애를 계속 데리고 있다가 나중에 집행부로 만들었을 텐데. 이제는 도우미 훈련이나 받아야 할 거야."

질슨이 대답했다.

"너무 안타까워. 그렇게 평범하게 생기지 말아야 하는 건데."

"왜 그런 짓을 했는지 궁금해. 정말 강심장이야! 항상 궁금한 게 많더니만. 지난번에도 그것 때문에 대기실에 갔잖아. 그때 충분한 교훈을 배웠을 거라고 생각했는데."

잭슨 목소리였다. 이번에는 질슨이 말했다.

"배우지 못한 거지. 그런데 공범에 대한 말은 없어?"

"함께 죄를 저지른 애? 아직까지는. 내가 볼 때에는 걱정할 게 별로 없는 것 같은데, 커튼 선생님은 생각이 달라. 뭐든지 충분히 조심해서 나쁠 게 없다고 생각하시는 분이니까. 우리도 앞으로 경계를 철저히 해야 할 것 같아. 눈을 부릅뜨고 말이야. 커튼 선생님이 사무실 출입구 암호를 바꾼다는 얘기 들었어?"

"아니! 또? 새 암호를 암기하기도 지겨워!"

질슨이 투덜대자, 잭슨이 말했다.

"그 애도 그래. 공범을 털어놓으면 벌이 가벼워질 거라고 했는데도 끝까지 모든 걸 부정하다니. 아까 말했지만 정말 안됐어. 아주 좋은 집행부가 될 수 있었는데."

"조용. 방금 무슨 소리 못 들었어?"

질슨이 말했다.

복도에 있는 네 아이는 눈이 동그랗게 커진 채 숨소리조차 내지 않았다.

잭슨이 대답했다.

"내 배에서 꾸르륵 소리가 난 거야. 함께 점심이나 먹으러 가지 않을래? 자, 가자."

그건 아이들이 자리를 비켜야 한다는 신호였다. 꼬챙이와 케이티 그리고 콘스턴스가 다행이라는 표정으로 급히 조용하게 다른 곳으로 갔다. 레이니는 마음을 가라앉히려고 노력하며 친구들을 따라갔다. 잭슨이 한 말을 들으니까 너무나 당혹스러웠다.

네 아이가 모퉁이를 안전하게 돌아간 다음에 케이티가 말했다.

"믿을 수 있니? 두 번 모두 아슬아슬하게 넘어간 거야! 처음에는 꼬챙이가 부정행위 문제에서 벗어나더니, 이번에는 네가 몰래 훔쳐본 혐의에서 완전히 벗어난 거야, 레이니!"

레이니는 죄책감으로 얼굴이 빨갛게 물들었다.

"그래. 아주…… 아주 좋은 소식이야."

"그리고 이제는 마티나가 곤경에 처했어. 오늘은 정말 기분 좋은 날이야."

콘스턴스가 말했다.

저녁 식사 시간에는 사방에서 소문이 날아다니고, 마티나 크로는 어느 수업에도 참석하지 않았다. 일부는 마티나가 뭔지는 모르지만 특권을 너무 오랫동안 누렸다고 말하고, 일부는 은밀한 특권이 이렇게 오랫동안 계속된 적은 없다고 주장했다. 누군가는 마티나가 대기실로 갔을 가능성이 많다고, 잭슨과 질슨이 그 애를 데리고 광장을 지나가는 걸 누가 보았다고 말했다. 마티나 크로가? 대기실로 갔다고? 누가 그걸 봤지? 하지만 이 말에 대답하는 사람이 아무도 없었기 때문에 이것 역시 그저 소문일 가능성이 많았다.

레이니는 벌써부터 아주 불편한 느낌이 들기 시작했다. 자신이 한 일 때문에 다른 사람이 고통을 받는 것 같았다. 처음에는 친구들한테 부정행위를 제안했고, 그래서 꼬챙이가 대기실로 끌려갔다. 그다음에는 체육관 창문을 몰래 훔쳐보자고 해서 아주 평범하게 생긴 다른 불쌍한 아이가 그 대가를 치르고 있다. 그런데 이번에는 마티나를 전달자 명단에서 쫓아내자는 계획을 만들어 냈다. 처음에는 아주 좋은 계획처럼 보였다. 하지만 정말 좋다는 자신이 없었다. 계속 조심하고 지혜롭게 행동하려고 노력하는데, 자신은 너무 위험한 인물로 변하고 있었다. 레이니는 손도 안 댄 음식을 경멸 어린 눈초리로 쳐다보았다. 그리고 그걸 옆으로 치우고는 두 손으로 얼굴을 감쌌다.

"레이니? 왜 그러니?"

케이티가 묻자 레이니가 중얼거렸다.

"내가 세운 계획 때문이야."

"레이니, 대기실에 가야 할 사람이 있다면 그건 바로 마티나야."

"대기실에 가야 할 사람이 있다면……."

이번에는 꼬챙이가 중얼거렸다. 레이니만큼이나 괴로운 표정이었다. 꼬챙이는 대기실이 얼마나 끔찍한지 알고 있었다. 그 말만 들어도 식은땀이 흐를 정도였다. 그리고 마티나를 모함한 당사자는 바로 꼬챙이 자신이었다. 마티나가 아무리 잔인하다고 해도 그건 옳지 않았다. 대기실로 가야 마땅한 사람은 아무도 없었다. 마티나도 마찬가지였다.

엎친 데 덮친 격으로 바로 그 순간에 은밀한 메시지 방송이 시작되었다. 콘스턴스가 외쳤다.

"이번에는 해롤드 락웰이야. 윽 닥쳐, 해롤드."

레이니는 콘스턴스를 우울한 눈초리로 쳐다보았다. 커튼 선생이 전압을 계속 끌어올리면 콘스턴스는 어떻게 될지 갑자기 걱정이 됐다. 콘스턴스는 지금도 목소리를 듣는데 전압이 더 높아지면 어떻게 될까? 지금까지 콘스턴스는 이 문제를 걱정한 적이 있을까? 레이니는 그런 적이 없기를 희망했다. 만일 자신이 콘스턴스라면 너무나 무서울 것 같았다.

오늘 하루는 처음에 좋다가 나중에 나빠지고 지금은 더 나빠졌다. 그런데 이번에는 더욱 나쁜 일이 닥치고 있었다.

S.Q. 큰 발이 근처 식탁 사이를 비집고 들어와서 그 식탁에 앉아 있던 학생들이 얼굴을 찌푸리며 항의했다. 레이니는 발이 밟히지 않도록 식탁 속으로 안전하게 집어넣었다. S.Q.는 아이들의 식탁 앞으로 와서 네 아이를 가만히 쳐다보았다.

"왜 그렇게 찡그린 표정이니, 얘들아? 모든 게 잘되지 않았니?"

네 아이는 명랑한 표정을 지으려고 노력했다. 그래야 S.Q.가 다른 곳으로 갈 것 같았기 때문이다. 하지만 S.Q.가 처음으로 제대로 판단했다.

"나를 속일 순 없어. 나는 짓눌린 표정이 어떤지 잘 알고 있어. 너희한테 놀랐다! 여기 꼬챙, 아니, 여기 조지가 아주 멋들어지게 문제를 해결하고, 너희 모두 쪽지 시험도 아주 잘 보고 있는데, 넷이 여기에 모여 앉아 먹이를 빼앗긴 고양이처럼……. 에, 먹이를…… 아니, 꼬리를 빼앗긴……."

하지만 아무도 도와줄 마음이 아니었다. 잠시 후 S.Q.는 심드렁한 표정이 되어 포기했다. 마치 만성 소화불량에 걸린 사람처럼 보였다.

"아직까지 전달자 명단에 들어가지 못했다고 투덜대는 거라는 말은 이제 하지 마! 무슨 말인지 알아? 잘 들어."

S.Q.가 네 아이한테 몸을 가까이 기울이고 자신만만한 어투로 말했다.

"내가 비밀 하나를 알려 줄게, 너희 모두 착한 애송이들이니까. 너희는 너희가 생각하는 것보다 목표에 가까이 다가갔어!"

레이니가 우울하게 고개를 끄덕이며 물었다.

"그건 이제 마티나가 더 이상 전달자가 아니기 때문인가요?"

S.Q.가 머리를 치켜들었다.

"아니, 그걸 어떻게 알았지?"

"모든 아이가 다 알고 있어요."

케이티가 대답하자, 이번에는 S.Q.와 레이니 모두 깜짝 놀라며 동시에 물었다.

"정말? 어떻게?"

케이티가 식당 건너편을 가리켰다. 질슨과 잭슨의 부축을 받으며 막 마티나가 들어오고 있었다. 마티나는 예전처럼 윗도리와 허리띠

차림이었다. 하지만 전달자만 입는 줄무늬 바지는 입지 않고 있었다. 마티나가 입은 바지는 완전히 파란색이었다. 다른 전달자들이 환호성을 올리며 박수를 치자, 마티나의 얼굴에는 적대감과 승리감이 동시에 반짝거렸다.

 마티나가 집행부로 임명된 것이었다.

절반의 수수께끼

그날 저녁, 정확히 10시 1분에 S.Q. 큰 발이 레이니와 꼬챙이의 방문을 두드렸다. 처음에는 무심코 발로 건들이다가 손을 사용했다. 아무 대답도 없자, S.Q.는 문을 열고 안을 들여다보았다. 어두운 방에서 각자 침대에 누워 있는 잠옷 차림의 두 소년이 보였다. 그런데 무언가 시선을 끄는 게 있었다. 그래서 위쪽을 쳐다보았다. 천장에 어린 그림자가 전부였다.

"S.Q.?"

레이니가 졸린 목소리로 묻자, S.Q.가 전등을 켜며 대답했다.

"미안해, 얘들아. 너희가 이렇게 일찍 잠자리에 들 거란 생각을 못 했어. 이제 막 전등을 껐을 뿐인데 말이야. 커튼 선생님께서 너희를 만나고 싶어 하셔. 빨리 일어나, 둘 다. 옷을 입어. 그런데 이 방 천장의 타일 가운데 하나가 움직인 것 같아."

"아마 그림자일 거예요."

레이니가 말하면서 바지와 신발을 만지작거렸다.

"아니면 생쥐이거나요."

꼬챙이가 쉰 목소리로 말했다. 입안이 바작바작 타들어 갔기 때문이다.

S.Q.가 머리를 긁었다.

"생쥐? 그래, 그럴 수도 있겠구나. 최근에 천장에 생쥐가 다니는 것 같다고 불평하는 학생이 많아. 쥐덫을 놓아야 할 것 같아."

레이니가 케이티한테 쥐덫을 조심하란 말을 마음속으로 하는 사이에 S.Q.가 두 아이를 문밖으로 인도했다.

두 아이는 경계심을 최고로 높였다. 마티나가 자신이 부정행위를 하지 않았다는 사실을 커튼 선생한테 이해시킨 게 분명하다. 그렇지 않다면 어떻게 집행부가 되었겠는가? 그것은 꼬챙이가 거짓말한 것과 레이니가 그 일을 함께 꾸민 사실을 커튼 선생이 알고 있다는 뜻이었다. 레이니는 결국은 이렇게 될 수밖에 없다는 쓸쓸한 생각이 들었다. 자신이 세운 계획 때문에 꼬챙이까지 고통을 겪게 된 것이다. 두 번씩이나.

학습 기관 통제 건물 입구에서 S.Q.가 걸음을 멈췄다. 그리고 무릎을 꿇은 다음, 두 아이 어깨에 한 손씩 얹더니 동정 어린 표정으로 말했다.

"내가 보기에 너희는 커튼 선생님이 무슨 말씀을 하실지 많이 걱정하는 것 같아."

"아, 맞아요!"

두 아이가 동시에 소리쳤다. 레이니는 심장이 쿵쾅거렸다. 아, 미리 준비할 시간이라도 있었다면 무슨 말을 해야 좋을지 생각이라도 해 뒀을 텐데…….

"나도 알고 싶어. 나쁜 일이 아니면 좋으련만."

S.Q.가 머리를 흔들면서 말했다.

육십 초 후에 두 아이는 사무실에 들어가서 커튼 선생을 만났다. 숨을 고르게 쉬려고 했지만 잘되지 않았다. 그래도 노력하면서 커튼 선생이 입을 열기만 기다렸다. 커튼 선생은 일기를 내려놓고 책상 뒤에서 나왔다. 하지만 평소처럼 쏜살같이 달려 나오는 대신 아주 조금씩 매우 천천히 다가오면서 두 아이를 자세히 살펴보았다. 먹이를 덮칠 기회만 엿보는 약탈자, 벌벌 떨고 있는 먹이를 향해 느릿느릿 다가오는 늑대거미 같았다. 두 아이는 뒷걸음치고 싶은 충동과 싸워야 했다.

커튼 선생이 계속 다가오며 입을 열었다.

"마티나 크로를 집행부로 임명한 이유를 너희가 궁금해하는 것도 당연해. 네 말에 따르면, 조지, 그 애가 협박도 하고 부정행위까지 했는데 말이야. 그렇지?"

꼬챙이는 안경을 향해 손을 뻗다가 정신을 차리고 두 손을 주머니에 찔러 넣었다.

"네, 선생님. 사실입니다, 커튼 선생님. 정말 궁금해요."

"그래. 나도 알아. 그래서 지금 그 이유를 알려 주려고 해. 지난번에 네가 나한테 한 말이 기억나니, 레이나드? 우리가 콘스턴스 콘트레어 양에 대해서 토론할 때 너는 믿지 못하는 사람을 처리하는 가장 좋은 방법은 그 사람을 가까이 두는 것이라고 말했어. 그때 나는 그 말에 동의했지. 그리고 지금도 그 의견에 동의해. 물론 마티나 크로가 훌륭한 집행부 후보자가 아니었다면 당장 짐을 싸게 해서 그 애를 쫓아 버렸을 거야. 하지만 그 애는 지금까지 유용한 역할을 많이 했어. 그리고 내가 조지한테 말했듯이, 부정행위 자체는 나한테 문제가 되지 않아. 내가 상황을 파악할 수만 있다면 말이지. 하여튼 상황은 정리됐어. 크로와 나는 그 문제에 대해서 짧은 대화를 나누었지. 물론 그 애가 부정행위 자체를 부정했다는 사실을 덧붙여야겠지. 그리고 난 결국에는 그 애를 승진시켰어. 이제 모든 게 해결되었어. 모든 게. 너희 상황만 빼면 말이다. 그래서 너희를 부른 거야."

"저희…… 상황이요?"

레이니가 물었다. 꼬챙이가 침을 꿀꺽 삼키는 소리가 들렸다.

커튼 선생이 대답했다.

"그래. 지금 이 순간부터 너희 두 사람은 전달자가 되는 거야!"

두 아이는 깜짝 놀랐다. 지금까지는 아주 끔찍한 일이 자신들을 기다리고 있다고 걱정하고 있었다. 그런데 목적 달성에 한발 다가서게 되었다! 마침내 전달자가 된 것이다! 두 아이는 얼굴에 함박웃음을 머금었다.

"아, 고맙습니다!"

꼬챙이가 자기의 말투가 다행이라는 것보다는 감격했다는 말투이길 바라면서 소리쳤다.

"선생님을 실망시키지 않겠습니다."

레이니가 말하자, 커튼 선생이 대답했다.

"그래야지. 전달자 두 자리가 빈 데다 상황이 급박하기 때문에 너희 두 사람을 계획보다 일찍 승진시키는 거야. 자, 새 유니폼을 받도록 해라."

커튼 선생이 책상으로 돌아가서 하얀 윗도리 두 벌과 파란 허리띠 두 개 그리고 줄무늬 바지 두 벌을 꺼냈다.

"자부심을 가지고 입도록. 그리고 또……. 누가 알겠니? 오늘 마티나 크로가 그렇게 된 것처럼 나중에 너희의 줄무늬 바지도 새파란 바지로 바뀌게 될지!"

S.Q.가 두 아이의 등을 아프게 때리면서 축하한 뒤 복도를 뚜벅뚜

벅 걸으며 멀어졌다. 레이니와 꼬챙이는 서로 다행이라는 시선을 주고받으며 방 안으로 들어가 문을 닫았다. 그러자 바로 뒤에 바싹 붙어 있는 케이티의 실루엣이 어렴풋이 보였다. 케이티는 손전등을 켜고 화가 난 어투로 속삭였다.

"노크도 안 하면 어떻게 해!"

"여긴 우리 방이야!"

꼬챙이가 대답하자, 레이니가 덧붙였다.

"복도에 우리가 있는 소리도 못 들었다니 정말 놀라워. S.Q.가 우리 등을 너무 세게 때려서 이가 부딪칠 정도였단 말이야."

그러자 케이티가 창피해하며 대답했다.

"사실대로 말하면 문고리를 돌리는 소리가 들릴 때까지 자고 있었어. 간신히 저쪽으로 뛰어가서 숨은 거야."

케이티가 엄지손가락으로 아래층 침대를 가리켰다. 그곳에 꼬챙이의 이불과 베개가 푹신하게 쌓여 있었다.

"급한 대로 이불과 베개부터 콘스턴스 위에다 던져 놓았어. 너희가 너무 오랫동안 안 와서 콘스턴스가 꼬챙이 침대에서 굶아떨어지고 말았거든. 나는 경비를 서려고 했는데, 그만 나까지 졸고 만 것 같아."

"훌륭한 경비야."

이불 밑에서 졸린 목소리가 말했다.

"어쨌든 너희가 여기에 있어서 기뻐. 아주 좋은 소식이 있거든."

꼬챙이가 말하고 레이니와 함께 새 유니폼을 꺼내 들자, 케이티가 감탄했다.

"전달자! 믿을 수 없어! 우리는 너희가 커다란 곤경에 처했다고 계속 걱정했는데!"

콘스턴스가 일어나서 두 눈을 부비며 곁눈으로 유니폼을 쳐다보았다.

레이니가 웃으며 말했다.

"아, 그러셔? 너무 걱정이 돼서 둘 다 잠이 들었구나."

케이티는 나무라는 시선으로 레이니를 바라보며 반박했다.

"정말 걱정했단 말이야. 베네딕트 선생님도 분명히 걱정하실 거야. 너희 둘이 커튼 선생한테 불려 갔다는 사실을 알렸거든. 이 좋은 소식도 지금 당장 알려야겠어."

"네가 메시지를 보냈다고?"

꼬챙이가 깜짝 놀라며 묻자, 콘스턴스가 기지개를 켜며 대답했다.

"굉장히 오래 걸렸어. 모스 부호는 약간 느려."

느리다는 말은 모스 부호에 적절한 표현이 아니었다. 하지만 두 아이는 근질근질한 입을 꾹 참았다. 메시지를 보냈다는 말을 들으니까 너무 기뻤다. 지난밤에는 도우미 야간 작업조가 광장에서 빈틈을 메우고 깨진 돌을 교체하는 등 밤새도록 작업을 해서 메시지를 보낼 수가 없었기 때문이다.

꼬챙이는 텔레비전 위로 올라가서 해안에 아무도 없다는 걸 확인한 다음에 메시지를 보내기 시작했다.

레이니가 여자아이들에게 설명했다.

"우리의 '은밀한 특권'은 내일부터 시작이야. 그게 커튼 선생이 우리한테 말한 전부야."

케이티가 물었다.

"불안하니?"

레이니가 대답했다.

"네가 보기엔 어때? 나는 지금 벌통을 삼킨 기분이야."

꼬챙이가 창가에서 말했다.

"답신이 오고 있어. 기쁘다……. 자랑스럽다……. 이제 조심해라……."

"이제부터 우리한테 아주 중요한 내용을 전달하실 것 같아."

레이니가 그쪽으로 가서 꼬챙이와 함께 바깥을 바라보았다. 정말이었다. 숲에서 나오는 빛이 계속해서 암호 메시지를 보냈다.

'이제 두 눈을 뜨고 찾아내,

　들어가기 위해 나가는 장소를.

　그곳은…….'

메시지가 끊기자, 꼬챙이가 말했다.

"그곳은 뭐? 왜 중단한 거지?"

레이니가 끄응 하더니 손으로 창밖을 가리키며 말했다.

"커튼 선생이야. 광장으로 나오고 있어."

꼬챙이는 눈에 익은 인물이 모는 휠체어를 쳐다보면서 조그맣게 속삭였다.

"지금? 메시지를 한창 받는 중인데? 이십 초만 기다렸다가 나오면 안 되나?"

"그래도 최소한 앞부분은 전달받았으니까."

레이니가 말했다.

하지만 알 수 있는 건 앞부분뿐이었다. 오랫동안 토론해도 그다음 내용을 추측할 수 없었다. 끝나지 않은 마지막 문장이 별다른 실마리가 되지 않았다. 그리고 첫 문장은 아무 의미가 없는 것 같았다. 눈을 뜨고 있어야 한다는 말을 일부러 할 필요가 있나? 이제 남은 건 가운데 문장이 전부인데, 그 내용이 너무 모호했다. 들어가기 위해 나가는 장소란 말이 도대체 무슨 뜻일까?

"내일 다시 시도해야겠어. 오늘 밤은 더 이상 제대로 생각할 수가 없어. 최소한 너희 둘은 전달자가 되었으니까 그것만 해도 굉장한 발전이야."

마침내 케이티가 하품을 크게 하면서 말하자, 모두가 동의하고 모임을 끝냈다. 몇 분 후에 여자아이들은 천장으로 사라지고 레이니와 꼬챙이는 잠자리에 들었다. 레이니가 페루멀 선생님한테 보내는 편지를 머릿속으로 쓰기 시작할 때에 꼬챙이가 어둠에 대고 속삭였다.

"레이니, 자니?"

"아니, 아직 안 자."

"너한테 묻고 싶은 게 있는데……. 너도 이 '굉장한 발전'이 나만큼이나 두렵게 느껴지니?"

꼬챙이가 묻자 레이니가 웃었다.

"아마 이건 내가 지금까지 겪은 것 중에서 최악의 '굉장한 발전'일 거야."

아래 침대에서 꼬챙이도 웃었다. 웃다 보니 두 아이는 아주 조금이나마 마음이 편안해졌다. 하지만 이 정도로 충분했다. 지칠 대로 지친 두 사람은 몇 분 후에 깊이 잠이 들었다.

속삭임

문을 두드리는 소리가 날 때에 레이니는 끔찍한 악몽을 꾸고 있었다. 페루멀 선생님한테 편지를 썼는데, 그 편지가 책상에 있는 걸 잭슨이 발견한 것이었다. 잭슨은 책상을 주먹으로 '쾅! 쾅! 쾅!' 치더니 사악하게 웃으면서 소리쳤다.

"이제 잡았다! 걱정할 것 없어! 벌은 받지 않을 테니! 대기실에서 기다려! 그곳에서 즐거운 시간을 보내! 그래서 악취가 진동하는 시궁창 밑으로 네가 영원히 가라앉으면 이제 네가 사랑하는 페루멀 선생님 차례야!"

"안 돼요!"

"그게 무슨 뜻이지? '안 된다'니, 네가 지금까지 열심히 노력한 게 이렇게 되기 위한 거 아니었어?"

뜻밖의 대답이었다. 레이니는 깜짝 놀라며 두 눈을 떴다. 잭슨이 문가에 서서 아주 짜증스러운 표정으로 레이니를 쳐다보고 있었다.

"미안합니다. 꿈을 꾸었어요. 뭐라고 하셨죠?"

레이니가 잠이 확 깨면서 물었다.

"빨리 일어나서 유니폼을 입으라고 했어. 지금 당장 커튼 선생님한테 너희를 데려가야 해. 오늘은 너희한테 중요한 날이야! 특권 말이다. 레이나드! 이제 네 대머리 친구를 깨워. 빨리 서두르라고, 알았어? 가는 도중에 머핀 빵을 먹고 싶으니까."

잭슨이 밖으로 나가서 기다렸다.

레이니는 한참 흔들어서 꼬챙이를 깨운 다음에 함께 전달자 유니폼을 입으며 조그맣게 속삭였다.

"때가 온 거야. 조심해야 돼."

꼬챙이가 고개를 끄덕이며 말했다.

"행운을 빌어."

두 아이는 굳게 악수했다. 그러고서 밖으로 나가자 잭슨이 투덜거렸다.

"시간이 다 됐어. 자, 따라와."

잭슨이 두 배는 빠른 걸음으로 식당을 향해 출발했다. 아직 동도

트기 전이었다. 아직 아무도 잠자리에서 일어나지 않았다. 도우미 서너 명이 말없이 바닥에 걸레질을 하고 길을 청소하고 사다리에 올라가서 천장에 핀 곰팡이를 닦아 낼 뿐이었다. 식당에서도 도우미들이 벌써 힘든 일을 시작하고 있었다. 잭슨은 이제 막 구운 블루베리 머핀과 시원한 우유 한 잔을 마시면서 두 아이에게 말했다.

"아무거나 빨리 먹어 두는 게 좋을 거야. 속이 텅 빈 상태로 속삭임을 접하길 바라진 않을 테니까. 온몸의 힘을 쫙 빼거든. 아마 최대한 많이 에너지를 비축하고 있어야 할 거야."

속삭임에 대한 얘기를 공식적으로 처음 듣고서 두 아이의 양팔에 소름이 쫙 돋았다. 심장도 쿵쾅거렸다. 하지만 잭슨이 말한 대로 머핀과 우유를 급히 먹기 시작했다. 꼬챙이는 벌써 기가 질려서 도망칠 궁리를 하기 시작했다.

"수업은 어떻게 하죠?"

"수업을 받는 이유가 뭐라고 생각하는 거야, 조지? 그렇게 머리 회전이 늦은데 어떻게 전달자가 됐는지 모르겠구나. 수업은 나중에 얼마든지 들을 수 있어. 중요한 건 속삭임이야. 바로 그게 우리가 이곳에 있는 가장 중요한 이유라고."

지금까지 계속 비밀로 삼아 오던 내용을 이렇게 노골적으로 솔직하게 털어놓는 소리를 들으니까 정말 이상했다. 아니, 스릴이 넘쳤다. 전달자가 되었다는 게 실감이 났다! 이 자리는 영광스러운 자리가 아니라고 스스로를 일깨워야 할 정도였다.

"좋아, 그럼 꿀꺽 삼키고 따라와."

잭슨이 일어나며 말했다. 두 아이는 우유를 모두 삼키고 급히 그 뒤를 쫓아갔다. 광장에 나가니까 동녘이 희미하게 밝아 왔다. 잭슨은 두 아이에게 그만 서도록 명령하고 두 눈을 천으로 가리면서 말했다.

"나중에 집행부가 되면 너희도 속삭임 갤러리로 가는 길을 익히게 될 거야. 하지만 그때까지는 눈가리개를 하고 아무 말도 하면 안 돼, 알았지? 자, 그럼, 돌 수 있을 때까지 빙빙 돌아."

잭슨이 어깨를 잡고 굉장히 어지러울 때까지 두 아이를 빙빙 돌렸다. 그러고는 두 아이가 비틀거리며 서로 부닥치는 걸 보고 깔깔 웃었다. 그런 다음에 두 아이의 팔꿈치를 잡고 다시 출발했다.

그들은 광장을 가로질러 길을 내려가 풀밭을 넘어갔다. 그다음에 발을 비비다가 쾅 차는 것 같은 소리가 들렸다. 잭슨이 신발로 무언가를 차는 소리 같았다. 이윽고 두 아이는 건물 안으로 들어갔다. 그리고 잠깐 걸은 다음에 빙글빙글 돌아가는 돌계단을 올라갔다. 계단을 올라가고 또 올라가고 또 올라갔다. 레이니는 깃발을 거는 탑 꼭대기로 올라가는 게 분명하다고 생각했다. 학습 기관에 계단이 이렇게 많은 건물은 그곳밖에 없었다.

다리 근육이 쑤시고 숨이 찬 상태에서 마침내 두 아이는 꼭대기에 도달했다. 잭슨이 두 아이를 몇 차례 더 돌렸다. 이번에는 재미로 그러는 것 같았다. 그리고 마침내 눈가리개를 풀어 주었다. 그들은 돌로 만든 통로에 서 있었는데 간격이 좁고 주위가 밝았다. 눈앞에는 쇠로 만든 거대한 문이 육중하게 서 있었다.

잭슨이 벽에 있는 인터폰 단추를 누르고 말했다.

"새 전달자 두 명을 데리고 왔습니다, 선생님."

"아주 좋아."

인터폰에서 커튼 선생의 목소리가 대답했다. 그리고 육중한 문이 스르르 열렸다.

"무얼 기다리는 거야?"

잭슨이 재촉하며 짜증 섞인 몸짓을 한 다음에 말귀도 제대로 못 알아듣는 멍청이들이라고 중얼거렸다. 두 아이는 열린 문으로 발을 들여놓았다. 뒤에서 문이 스르르 닫혔다.

"속삭임 갤러리에 온 걸 환영한다!"

커튼 선생이 한참 일하고 있던 책상에서 휠체어를 빙그르르 돌리며 말했다. 그리고 손가락을 구부려서 앞으로 다가오라는 신호를 보냈다.

"얘들아, 어서 와라. 주변을 둘러봐라!"

속삭임 갤러리는 아주 넓긴 하지만 가구가 거의 없었다. 책상 하나, 구석에 소파 두 개, 그리고 한가운데에 구식 미용실에서 머리를 말리는 낡은 의자처럼 보이는 이상한 기계 하나가 전부였다. 그렇다면 바로 저 기계가 속삭임인가! 쇠로 만든 아주 커다란 의자, 등받이 위에 파란 헬멧이 볼트로 박혀 있고 그 뒤편에 또 다른 빨간 헬멧이 박혀서 공중으로 삐져나온 기구였다. 놀라울 정도로 간단하게 보였다. 번쩍이는 불빛도 없고 컴퓨터 스크린도 없고 웡 소리를 내며 돌아가는 장치도 없었다.

용도에 비하면 정말 갤러리 전체가 너무나 단순하게 보였다. 벽에는 아무것도 달려 있지 않고 돌만 밋밋하게 쌓여 있었다. 그것 말고는 별다른 장식이나 가구도 없이 창문 하나만 달랑 달려 있었다.

레이니는 케이티 말이 맞다고 생각했다. 가장 높은 창문 안에는 가장 중요한 게 있는 법이다.

바로 그때 커튼 선생이 입을 열었다.

"속삭임 갤러리가 이렇게 소박한 이유가 궁금하니? 보안 때문이야. 이곳에는 쇠로 만든 무거운 물체나 날카로운 도구가 없어. 내 속삭임을 상하게 할 가능성이 있고 무기로 사용할 수 있는 건 하나도 없어. 속삭임의 컴퓨터 시스템과 전력 공급원은 육십 센티미터에 달하는 금속과 돌 아래에서 안전하게 보호받고 있어. 사방의 벽도 아주 튼튼한 돌이야. 너희가 들어온 문이 이곳으로 들어오는 유일한 문이지. 그리고 그 문을 열 수 있는 사람은 나밖에 없어. 통제! 통제가 열쇠야. 속삭임 갤러리는 완벽하게 통제되고 있어. 내가 이런 말을 하는 이유는 우리 사업의 중요성을 너희한테 강조하기 위해서야."

커튼 선생이 두 아이한테 소파에 앉으라는 손짓을 하고 계속 설명했다.

"그렇지 않다면 무엇 때문에 이런 보안이 필요하겠니? 전달자가 된 건 대단한 영광이야. 그러니 너희가 이 기회를 헛되이 보내지 않기를 바란다."

"알겠습니다, 선생님."

두 아이가 함께 대답하자, 커튼 선생이 다시 입을 열었다.

"자, 드디어 너희도 특권을 누리게 되었구나. 내가 이 사업을 하도록 도울 수 있는 사람은 전달자밖에 없어. 너희도 이 사업이 굉장히 훌륭하다는 사실을 금방 이해하게 될 거야. 이제 너희가 속삭임에 대해 궁금해할 것 같은데, 내 말이 맞지?"

두 아이가 고개를 끄덕거렸다.

"당연히 그렇겠지. 내 기계는 호기심을 일으킬 수밖에 없어. 너무나 간단하게 보이거든. 의자 하나에 헬멧만 달려 있으니까! 하지만 속지 말도록! 이 속삭임은 기적 같은 발명품이야. 내가 만든 기적적인 발명품! 상상할 수 없을 정도로 정교해. 기계가 생각을 전달한다는 말을 들어 본 적이 있어? 물론 없을 거야! 그럼 그럴 수 있을 거란 생각을 해 본 적은 있어? 결코 없겠지! 그런데 그게 가능한 거야. 내 속삭임이 그걸 가능하게 만들어."

텔레비전 광고에서 멋진 상품을 소개하는 여인처럼 커튼 선생이 자기 뒤에 있는 이상한 기계를 우아하게 가리켰다.

"인간의 두뇌를, 내 두뇌를 모델로 해서 비슷하게 만들었어. 너희가 충분히 눈치챘겠지만 내 두뇌는 아주 탁월하거든. 그리고 이걸 통제하는 것도 바로 내 두뇌야! 키보드나 컴퓨터 스크린, 손잡이나 번호판, 종이나 호루라기 같은 건 필요 없어. 속삭임은 내 말을 들어.

이것은 생각을 전달할 수 있을 뿐 아니라 어느 수준까지는 생각을 받아들일 수도 있기 때문이야. 비록 지금 당장은 내가 이곳에서 연결시켜야 기능할 수 있지만……."

"그렇다면 이 기계를 작동시키려면 선생님이 계속 이 기계에 묶여 있어야 한다는 뜻인가요?"

꼬챙이가 무심결에 물어보았다.

커튼 선생이 휠체어 앞바퀴가 꼬챙이의 소파 모서리를 누를 때까지 다가왔다. 커튼 선생의 반들거리는 안경알과 커다란 코가 날름거리는 뱀 혓바닥처럼 꼬챙이의 얼굴로 다가왔다. 선생은 그러면서 차갑게 말했다.

"너는 어린애에 불과해, 조지. 그러니 나도 많은 걸 기대할 순 없어. 하지만 전달자 역할을 제대로 하려면 눈치가 있어야지. 나는 누가 끼어드는 걸 친절하게 받아들이는 사람이 아니야."

"죄송합니다."

꼬챙이가 눈을 내리깔고 중얼거렸다.

"좋아. 그리고 네 말이 맞아. 이걸 작동시키려면 내가 계속 '묶여 있어야' 해, 지금 당장은. 그래서 수정하고 있는 중이야. 오랜 세월 동안 나는 속삭임을 일종의…… 교육 도구로 사용해 왔어. 하지만 앞으로 굉장한 일이 일어날 거야. 모든 수정이 끝나면 이 속삭임은 아주 놀라운 치료 장비가 될 거야. 마음의 병을 치료하는 장비지. 맞아, 모두 사실이야! 너희 얼굴에 놀라는 기색이 역력하군. 하지만 너희한테 장담하는데, 내 발명품은 수천수만에 달하는 고통받는 영혼에게 평화를 줄 거야. 바로 그 일에 너희가 참여하는 거야. 정말 흥분되지 않니?"

자신의 벅찬 마음을 보여 주고 싶은 듯 커튼 선생이 휠체어를 몰고 무서운 속도로 달려가더니 책상 바로 옆에 끼익 멈췄다. 저 사람은 평생 동안 공원에서 롤러코스터를 타는 기분일 거라고 레이니는 생각했다. 잠시 후에 선생은 갈색 꾸러미를 두 손에 들고 두 아이한테 쏜살처럼 돌아왔다.

"지금 너희한테 궁금한 건 아마 전달자가 이 일에 참여하는 방식일 거야. 답은 이거야. 속삭임은 아주 단순한 마음, 즉 아이들의 마음을 필요로 해. 너희도 알겠지만 내 기계는 놀라울 정도로 복잡한데 정신 작용이 나에 비해서 아직 약해. 으흠, 속삭임이 내가 바라는 일을 제대로 수행하기 위해서는……. 너희가 이해할 수 없는 복잡한 내용까지 설명하며 시간을 낭비할 필요는 없는 것 같구나. 아무튼 내 생각이 비교적 단순한 마음을 먼저 통과해야 하거든. 바로 그래서 전달자가 필요한 거야. 겁먹을 필요 없어. 아주 쉬운 거니까. 너희가 자리에 앉으면 속삭임이 너희한테 일정한 구절을 떠올리도록 지시할 거야. 너희한테 속삭이는 거지. 그래서 너희가 그 구절을 떠올리면 속삭임의 전송 장치가 나머지를 알아서 하는 거야. 너희 역할은 필터와 같은 거야. 내 생각이 너희 생각을 거쳐서 훨씬 쉽게 처리되도록 말이야. 내가 지금 한 말을 이해할 수 있겠어?"

"선생님의 생각을 쉽게 받아들이도록 하는 거지요. 약에 설탕 옷을 입히는 것처럼요."

레이니가 대답하자, 커튼 선생이 아주 기쁜 표정으로 말했다.

"바로 그거야! 바로 내 생각이 약이야, 조금도 의심하지 마. 얼마 후에는 수없이 많은 마음을 치료하는 약이 될 거니까. 하지만 지금 당장 우리가 할 일은 자료를 입력하는 거야. 쉽게 말해서, 속삭임의 컴퓨터 뱅크에 필요한 정보를 채워 넣는 거지."

커튼 선생이 전달자한테 하는 설명은 여기까지였다. '자료를 입력하는 것.' 자신들이 메시지를 보낸다거나 다른 사람에게 속삭이게 된다는 말은 간단한 언급조차 없었다.

커튼 선생이 무릎에 있는 갈색 꾸러미에 손가락을 가지런히 올려놓고 기대 어린 표정으로 두 아이를 쳐다보았다. 그리고 약간 초조한 표정으로 물었다.

"그래, 질문할 게 있니?"

두 아이는 자신들이 질문하지 않으면 커튼 선생이 아주 실망할 거라는 느낌을 뚜렷이 받았다. 그래서 꼬챙이가 자기 역할을 다하기 위해 목청을 가다듬고 기어드는 목소리로 물었다.

"저건……. 저 꾸러미는 무언가요?"

"훌륭한 질문이야, 조지! 이 꾸러미는 시범을 보이기 위한 거야."

커튼 선생은 만족스러운 얼굴로 대답하며 자신이 바라던 질문이 바로 그것임을 분명히 보여 주었다.

커튼 선생이 꾸러미를 들고서 물었다.

"말해 봐, 내가 손에 몇 개의 물건을 들고 있지?"

"하나요?"

꼬챙이가 대답하자 커튼 선생이 레이니한테 눈을 돌리며 물었다.

"너도 그렇게 생각하니, 레이나드? 내가 이 손에 물건 한 개를 들고 있다고?"

레이니는 꾸러미에 무언가가 들어 있는 게 분명하다고 생각했지만 아직은 커튼 선생한테 커다란 인상을 줄 때가 아닌 것 같았다. 지금은 오히려 커튼 선생이 '시범을 보여서' 두 아이를 놀래길 바라는 시간이었다. 그래서 레이니가 대답했다.

"네, 분명히 한 개로 보여요."

"하하!"

커튼 선생이 콧방귀를 뀌었다. 하지만 표정은 아주 기뻐 보였다.

"그럼 잘 지켜보도록."

커튼 선생이 꾸러미를 거꾸로 뒤집자, 안에서 조그만 종잇조각 수백 장이 쏟아져 나왔다.

"그래, 한 개가 맞아. 하지만 이 안에 많은 게 들어 있어, 알겠지? 이제 저 쪽지들을 모두 치우도록. 나는 지저분한 바닥이 싫어."

두 아이가 바닥에 엎드려서 종이를 줍는 동안, 커튼 선생이 계속 말했다.

"아주 짧은 시간에 엄청나게 많은 정보를 보내고 싶으면 어떻게 해야 할까? 내가 매분, 매시간, 매일 이 속삭임에 앉아서 모든 전달자한테 일일이 지시를 내려야 한다고 생각하니? 어림없는 소리! 나는 할 일이 산더미처럼 쌓여 있는 사람이야. 수정도 해야 하고 학습 기관도 운영해야 하고 필요한 계획도 세워야 해! 그렇다면 내가 이 많은 자료를 모두 어떻게 입력하느냐? 꾸러미가 해답이야. 나는 믿을 수 없을 정도로 많은 정보가 들어 있는 꾸러미를 전송하는 거야."

레이니와 꼬챙이는 청소를 마치고 다시 소파에 앉았다.

"내가 이제 너희한테 무슨 말을 할 거야. 딱 한 구절이지. 하지만 내가 그 말을 하면 너희 마음에 어떤 변화가 일어나는지 자세히 관찰해야 돼. 준비됐니?"

커튼 선생이 묻자, 두 아이가 고개를 끄덕였다.

"독 사과, 독 벌레."

두 아이는 깜짝 놀라 눈을 껌뻑거렸다. 질슨이 나쁜 정부에 대해서 지겹도록 강의한 수업 내용 전체가 한순간에 머리에 환하게 떠올랐다.

커튼 선생이 빙그레 웃으며 계속 설명했다.

"꾸러미 하나에 많은 생각. 너희가 내용을 다 익히면 적절한 구절 하나로 그 내용을 다 끄집어낼 수 있는 거야. 마법 램프에서 커다란 요정을 불러내는 마법의 주문처럼. 무슨 말인지 알겠지?"

사실 두 아이는 커튼 선생이 상상하는 것보다 훨씬 많은 걸 이해할 수 있었다. 드디어 그 원리를 파악한 것이다! 베네딕트 선생님은 은밀한 메시지가 아주 간단한데도 그렇게 커다란 영향을 미칠 수 있는 원리가 궁금하다고 했다. 네 아이가 수행할 임무 가운데 하나가 바로 그 원리를 찾아내는 것이었다. 그런데 지금 그걸 파악했다. 베네딕트 선생님의 수신기는 '꾸러미' 구절을 탐지했지만 그 안에 들어 있는 내용은 하나도 알아내지 못했다. 마법의 주문만 듣고 램프의 요정은 못 본 것이다!

두 아이가 이해한 걸 보고 커튼 선생이 말했다.

"아주 좋아. 지금까지 개괄적인 설명은 충분히 들었어. 그러니 자, 이제 진실의 순간이야. 레이나드, 속삭임에 앉아라. 조지, 너는 소파에서 지켜보고. 모든 작업이 제대로 진행된다면 약 삼십 분 정도 걸리겠지. 그러면 네 차례가 되는 거야."

레이니는 소파에서 일어나 기계를 향해 다가갔다. 속삭임이 생각을 인식할 수 있다는 커튼 선생의 설명을 떠올리니까 입안이 쓰고 기운이 없었다. 커튼 선생이 '어느 수준까지'라고 말했는데, 그게 어디까지일까? 이 기계는 사람의 마음을 어디까지 볼 수 있을까? 혹시 자신이 첩자라는 사실을 속삭임이 밝혀내는 건 아닐까? 레이니는 가만히 서서 금속 의자와 파란 헬멧을 쳐다보며 계속 머리를 굴렸다. 자신이 저 기계에 저항할 수 있을까? 그래서 생각을 숨길 수 있을까? 과연 그게 가능할까? 그걸 알아낼 방법은 없었다. 그리고 곰곰이 생각할 시간도 없었다.

"레이나드?"

"죄송합니다, 선생님. 이 순간을…… 즐기고 싶었어요."

레이니가 의자에 앉았다. 손에서 식은땀이 났다. 그사이에 커튼 선생은 쏜살같이 속삭임 뒤편으로 가서 레이니와 등을 맞댄 다음에 빨간 헬멧을 머리에 썼다.

"레드롭타 커튼!"

커튼 선생이 소리치자, 즉시 파란 헬멧이 저절로 레이니의 머리로 내려와서 관자놀이에 딱 맞도록 줄어들었다. 그와 동시에 팔걸이에서 쇠로 만든 수갑이 튀어나와 레이니의 양쪽 팔목을 덮었다.

"두려워할 것 없어. 수갑은 너를 안전하게 보호하기 위한 것뿐이야. 긴장을 풀어."

커튼 선생이 말했다.

레이니는 숨을 깊이 들이마시고 마음을 진정시키려고 했지만 소용이 없었다. 그런데 떨고 있는 건 자신이 아니라 의자라는 사실을 잠시 후에 깨달았다. 속삭임 안에서 에너지가 요동치고 있었다. 레이니는 두 눈을 감았다.

'좋아.'라는 말이 머리에 들렸다. 자기 목소리도 아니고 커튼 선생의 목소리도 아니었다. 속삭임이 말하는 소리였다. 거칠지도 않지만 다정하지도 않은 어투였다. 설명하기 어려웠다. 그냥…… 소리가 들렸다. 그리고 또 들렸다.

'좋아, 이름이 뭐지?'

레이니는 자신이 저항해야 하는 건지 아닌지 여전히 확신이 없었다. 속삭임이 어느 정도까지 탐지할 수 있을까? 자신이 한 마디를 하면 이 기계는 백 마디를 파악하는 건가? 레이니가 어떻게 해야 좋을지 생각하고 있는데, 속삭임의 목소리가 머리에서 들렸다.

"환영해, 레이나드 멀든."

아직 대답도 안 했는데! 레이니가 깜짝 놀라며 눈을 떴다. 소파에서 잔뜩 긴장한 표정으로 지켜보는 꼬챙이가 보였다. 레이니는 정신을 집중하려고 노력했다. 지금은 대화를 하는 것과 당연히 달랐다. 레이니는 자신이 자기 이름을 떠올렸다는 사실을 미처 몰랐던 것이다. 하지만 자기 이름을 물어보는데 그 이름을 떠올리지 않을 사람이 어디에 있단 말인가! 아무리 노력해도 불가능한 일이었다. 속삭임의 목소리처럼 대답도 그냥 떠오를 수밖에 없었다.

'레이나드 멀든, 무엇이 가장 무섭지?'

'거미.'

레이니는 자신을 제어하기 위해서 거짓말을 했다. 거미를 보면 긴장하지만 무서워하는 건 아니었다. 그러니, 가장 무서워하는 건 더더욱 아니었다. 정확한 답을 속삭임한테 알려 주고 싶지 않았.

하지만 속삭임이 레이니의 즉각적인 대답에 반응하며 말했다.

'걱정하지 마, 너는 혼자가 아니야.'

그 즉시 레이니한테 놀라울 만큼 행복한 느낌이 가득 몰려들었다. 너무 기분이 좋고 너무나 평화로워서 생각을 집중할 수 없을 정도였다. 다른 전달자들이 그렇게 행복해 보이는 이유가, 자기 차례만 되기를 갈망하는 이유가 바로 이것 때문이었구나! 속삭임이 원하는 대로 하면 그 대가로 두려움이 진정되는 보상을 받는 식이었다. 레이니는 그 기분이 이렇게 훌륭하리라고는 미처 상상도 못 한 터였다.

이제 레이니한테 다른 문제가 생겼다. 아주 힘든 문제였다. 너무나 손쉽게, 너무나 예기치 않게 기분이 좋아지고 나니까 속삭임에게 굴복하고 싶어 하는 자신을 발견했다. 그 마음이 정말 간절했다. 아주 당혹스러운 사태가 아닐 수 없었다.

그래도 굴복하지 않겠다는 단호한 결심의 흔적이 아직은 약간 남아 있었다. 그래서 레이니는 완전히 자신을 잊기 전에 최대한 많은 것을 배워야겠다고 결심했다.

'커튼 선생님? 제 말이 들리세요?'

레이니가 생각했다.

'이제 시작하자.'

속삭임이 말했다.

'커튼 선생님, 제 생각이 들리세요?'

'이제 시작하자.'

커튼 선생한테 레이니의 생각은 들리지 않는 것 같았다. 그렇다면 속삭임이 일정한 내용만 파악하고 다른 건 탐지할 수 없을 가능성이 많았다. 레이니로서는 그걸 바랄 수밖에 없었다.

'이제 시작하자.'

속삭임이 반복해서 말했다. 짜증이 또렷이 배어 있었다.

이제 더 이상 미룰 수 없었다. 레이니는 마음을 단단히 먹고 생각했다.

'좋아, 시작하자.'

레이니가 눈을 다시 뜨니까 꼬챙이가 옆에서 마치 죽은 사람을 쳐다보듯이 레이니를 보고 있었다. 레이니는 눈을 껌뻑이면서 기지개를 켰다. 꼬챙이의 두 눈에 다행이라는 표정이 어렸다. 몸은 피곤했지만 상쾌했다. 아주 재미있는 일을 열심히 하고 난 느낌이었다. 수갑은 팔걸이로 다시 들어가고, 파란 헬멧은 머리 위로 올라간 상태였다. 커튼 선생은 책상에서 일기에 기록을 하며 보이지 않는 인터폰에 대고 조그맣게 말하고 있었다.

꼬챙이가 속삭였다.

"괜찮아? 두 시간이나 앉아 있었어."

"두 시간?"

레이니는 깜짝 놀랐다. 단 몇 분밖에 지나지 않은 것 같았다. 처음에 여러 말이 마음속으로 물밀듯 밀려들던 기억이, 그래서 그 말을 열심히 따라 하자 마음이 편해지면서 놀라운 행복감이 들던 기억이 났다. 두려워할 것도 전혀 없고 걱정할 것도 전혀 없었다. 그 생각을 하니까 자신이 약간 변덕스러운 것 같았다. 아까의 그 느낌으로 돌아가고 싶었다. 꼬챙이가 속삭임 의자에 앉을 거란 생각을 하니까 쓰디

쓴 질투심이 났다.

"저기에 앉으면 아프니? 지금 아무렇지도 않아?"

꼬챙이가 물었다. 걱정하면서 묻는 표정을 보고 레이니는 정신을 차렸다.

"아니……. 아니야, 걱정하지 마. 마음을 편하게 가져. 내 생각에……. 내 생각에 우리는 일단 안전한 것 같아. 자세한 건 나중에 얘기하자."

"속삭이지 마! 나는 내가 모르는 모든 비밀을 싫어해."

커튼 선생이 다가오면서 소리쳤다.

"죄송합니다, 선생님. 꼬챙이한테 걱정하지 말란 말을 하는 것뿐입니다, 조금도 아프지 않다고요."

커튼 선생이 끽끽거리며 웃었다.

"물론 조금도 아프지 않지. 아프면 아무런 소용이 없거든. 내 속삭임이 적절하게 작동하려면 언제나 아이들이 필요한데, 아이들은 고통을 싫어하거든. 많은 경험을 통해서 알아낸 사실이야. 맞아, 이건 조금도 아프지 않아, 조지. 오히려 정반대지. 정말 훌륭한 일이라는 건 레이나드가 확신할 수 있을 거야. 그리고 정말 독특해. 두 시간이면 내가 예상한 이상으로 굉장히 길어. 내가 전에 말했듯이 레이나드 너는 아주 강한 마음을 지니고 있어. 처음 온 전달자는 대부분 삼십 분 정도만 지나면 집중이 깨지고 몽롱한 상태로 되거든. 그리고 경험이 많은 전달자도 한 시간을 넘기는 경우가 전혀 없어."

이마에서 땀이 반짝거리고 뭉툭한 코에 빨간 반점이 생긴 걸 보면 커튼 선생도 피곤한 것 같았다. 레이니와 마찬가지로 피곤하지만 행복한 표정이었다.

"정말 기뻐, 레이니. 정말이야, 굉장히 기뻐. 우리끼리 할 얘기가 많은 것 같아. 레이니의 절반이라도 따라가면 조지도 끼워 주마. 기쁘지 않니, 조지? 당연히 기쁘겠지. 그리고 내가 주스를 가져오라고 시켰어. 속삭임에 앉아 있다가 나오면 음식을 먹어야 하거든."

레이니가 의자에서 비틀거리며 일어났다. 자신이 조금 전까지 생각했던 구절이 계속 떠올랐다.

'……이를 닦아서 세균을 죽이세요. 독 사과, 독 벌레. 잃어버린 건 잃어버린 게 아니라 그냥 떠난 것…….'

각 구절이 떠오를 때마다 조금 전의 즐거운 느낌이 생각났다. 그래서 지금 당장 다시 앉고 싶었다. 곧장 다음 작업에 들어가고 싶었다…….

레이니는 머리를 흔들었다. 자신이 속삭임한테 완전히 사로잡힌 것과 모든 힘까지 빼앗긴 걸 믿을 수 없었다. 레이니는 온몸에 힘이 하나도 없이 비틀거리며 소파로 걸어가서 그냥 쓰러졌다. 꼬챙이가 따라와서 주변을 맴돌았다. 어떤 식으로든 돕고 싶은데 어떻게 해야 좋을지 모르겠다는 표정이었다.

그사이에 커튼 선생이 휠체어에 있는 단추를 눌렀는지, 속삭임 갤러리의 금속 문이 스르르 열렸다. 집행부 질슨이 플라스틱 잔과 종이

컵을 가지고 들어왔다.

"더 필요한 게 있으십니까, 선생님?"

질슨이 물으면서, 마지못한 시선으로 두 아이를 쳐다보았다. 질슨은 일반 학생을 무시하지만 전달자는 꽤 존중해 주었다.

"이 정도면 됐네, 질슨."

커튼 선생이 대답하자 질슨이 밖으로 나갔다. 커튼 선생은 컵에 주스를 따랐다. 플라스틱 잔과 종이컵뿐이었다. 유리잔은 없었다. 커튼 선생은 정말 조심스러웠다. 하지만 설사 커다란 유리잔이 있다고 해서, 머리를 때릴 뭔가 단단한 것이 있다고 해서 뭐가 어떻게 되겠는가? 속삭임의 컴퓨터 회로는 돌바닥 밑에 안전하게 숨어 있고 의자와 헬멧은 강한 금속으로 만들어져 있다.

"준비됐나, 조지?"

커튼 선생이 말했다. 질문이 아니라 명령처럼 들렸다. 꼬챙이는 침을 꿀꺽 삼키고 속삭임에 앉았다. 이번에도 커튼 선생이 머리에 빨간 헬멧을 쓰고 소리쳤다.

"레드롭타 커튼!"

파란 헬멧이 내려오고 수갑이 튀어나오자 꼬챙이는 눈을 질끈 감았다. 수갑에 닿은 두 손이 무의식적으로 긴장했다. 안경을 붙잡고 싶었다. 두려웠다.

레이니는 소파에 앉아서 지켜보았다. 불쌍한 꼬챙이. 조금만 지나면 두려움이 사라지고 그 대신 아주 훌륭한 느낌이 들어찰 터였다.

두려움보다 훨씬 극복하기 어렵고, 그 맛에 흠뻑 젖어들면 도저히 물리칠 수 없을 그런 느낌이. 지금 이 순간 속삭임의 금속성 억압에서 풀려나 있는데도 레이니는 그 완벽한 보호 아래서 혼자가 아니라는 느낌을 그리워하는 자신을 발견했다.

깊은 생각에 빠져 있던 레이니는 "꼬챙이 워싱턴!" 하고 커다랗게 외치는 긴장한 목소리에 번쩍 깨어났다.

잠시 침묵.

이번에는 훨씬 차분한 목소리가 흘러나왔다.

"좋아. 조지 워싱턴."

속삭임이 이름을 물었고 꼬챙이는 자기도 모르게 큰 소리로 이름을 말했다. 그런데 기계가 다시 꼬챙이의 진짜 이름을 원한 게 분명했다.

레이니는 잔뜩 긴장한 채 팔걸이를 움켜잡은 친구를 지켜보았다. 친구를 도와주고 싶었다. 하지만 할 수 있는 게 하나도 없었다. 다음에는 속삭임이 가장 두려운 게 무어냐고 물을 테고 불쌍한 꼬챙이는 그걸 숨길 수 없을 게 분명했다. 이제 최악의 순간에 직면해야 한다. 속삭임의 소리 없는 질문에 대답하는 꼬챙이의 목소리는 부르르 떨리고 있었다.

"남이 나를 좋아하지 않는 것. 나를 원하는 사람이 하나도 없는 것."

점심시간에 케이티는 식당 천장에 닿을 정도로 높이 포도를 던진 다음에 입으로 받아 먹었다. 그럴 때마다 폴록 하는 소리가 듣기 좋게 났다. 케이티는 아무 생각 없이 그렇게 하고 있었다. 포도를 먹을 때마다 항상 그러는 것 같았다. 그래서 포도에 정신을 팔고 있는 것처럼 보였지만 실은, 레이니와 꼬챙이가 속삭임 갤러리에서 겪은 일에 대해 말하는 소리를 주의 깊게 듣고 있었다. 이 사실은 레이니가 학습 기관이 문을 닫을 거라고 말할 때에 확실하게 드러났다. 케이티가 믿을 수 없다는 표정으로 쳐다보다가 포도 알을 입으로 폴록 먹는 대신 이마로 탁 받았기 때문이다.

꼬챙이가 덧붙였다.

"정말이야. 커튼 선생이 가까운 미래에 더 위대한 사업을 해야 한다고 했어. 그리고 입을 꼭 다물라고 경고했어. 누구든 속삭임에 대해 한마디라도 누설하면 전달자 자리에서 쫓아내겠다고 벌써 경고했거든. 내 말을 믿어. 쫓겨나고 싶은 전달자는 아무도 없어. 우리가 너희한테 이 말을 했다는 사실이 알려지기라도 하면……."

"아마 너희를 탑에서 내던지겠지."

케이티가 말하면서 이마에 묻은 포도즙을 닦아 냈다.

레이니가 입을 열었다.

"커튼 선생이 직접 말한 거야. 변화가, 그 사람 표현에 의하면 '향상'이 일어난 다음에도 우리를 계속 데리고 있으면서 집행부로 키울 생각이기 때문이야. 우리가 '향상'에 기여한 대가로 일주일에 한 번씩 우리를 속삭임에 앉게 하겠다고 말했어."

콘스턴스가 물었다.

"그게 정말 그렇게 대단해? 멍청한 의자에 가만히 앉아 있는 게?"

레이니와 꼬챙이는 서로를 쳐다보고 재빨리 시선을 돌렸다. 둘 다 자신이 속삭임의 위력에 완전히 압도당했다는 사실을 인정하고 싶지 않았다. 실제로 레이니는 자신의 경험을 두 여자애한테 설명하는 동안 흥분한 말투로 얘기하지 않으려고 지금까지 무척 노력하고 있었다. 심지어 다정한 어투마저도 거부하려고 노력했다. 커튼 선생의 발명품이 자신한테…… 으흠…… 행복을 느낄 수 있도록 해 주었다는 사실을 대놓고 인정할 수가 없었다.

그래서 레이니는 주제를 살짝 바꾸었다.

"정말 녹초가 되었다고 할 수 있어. 바로 그 때문에 커튼 선생한테 이렇게 많은 전달자가 필요한 거야. 번갈아 가며 마음을 새롭게 가다듬도록 하는 거지. 전달자 숫자를 따져 보면 우리 차례는 대충 일주일에 한 번꼴이야. 제기랄, 호랑이 얘기를 하면 호랑이가 나타난다더니!"

아이들은 얼굴을 찡그린 채 머리를 움켜잡았다. 하지만 콘스턴스는 고통스러운 게 아니라 당혹스러운 표정이었다. 벌써 서른 번이나 들은 은밀한 메시지 방송을 마치 처음 듣는 듯 굴었다.

"콘스턴스? 왜……?"

레이니가 묻자 케이티가 날카롭게 속삭였다.

"조용. 허리띠가 오고 있어."

"안녕, 조지. 안녕, 레이나드."

한 전달자가 여자애들은 무시한 채 인사했다. 아주 통통한 사내애인데 너무 커다란 치열 교정기를 달고 있어서 입이 마치 실뜨기 놀이를 하는 것처럼 보였다.

"모든 전달자를 대표해서 너희한테 축하를 하고 전달자 식탁에서 함께 식사하자고 초대하고 싶어. 너희도 알다시피, 전달자는 전달자들끼리 어울리는 게……. 하하!"

"하하!"

레이니는 최대한 예의 바르게 함께 웃었다. 다른 전달자한테 모욕을 주는 건 바람직하지 않았다. 하지만 케이티나 콘스턴스와 떨어지고 싶은 생각도 없었다. 레이니는 꼬챙이를 쳐다보았다. 꼬챙이의 얼굴에는 호기심과 기대감이 깃들어 있었다. 전달자들의 식탁으로 초대받은 걸 진지하게 받아들이는 표정이었다. 지금 무슨 생각을 하는 걸까?

"정말 고마워. 하지만 지금 우리가 장염에 감염됐는데, 괜찮겠니? 꼬챙이와 내가 완전히 치료되려면 아마 하루이틀 걸릴 거야."

레이니가 재빨리 대답하자, 사내애가 물었다.

"장염이라고?"

꼬챙이가 레이니의 의도를 파악하고 설명했다.

"장……. 아, 그래. 지난밤 내내 계속 토했어. 정말 심했지. 속이 뒤집히는 느낌이라니까. 하지만 레이니가 너무 조심하는 것 같아. 전염까지 되는 건 아닐 텐데. 그래, 우리도 합석할게."

하지만 전달자 애는 자기 음식 접시를 집어 들고 벌떡 일어났다.

"아, 아니야, 아니야……. 레이나드가 옳은 것 같아. 그런 건 조심할수록 좋은 거야. 며칠 동안 너희끼리 지내. 그래서 완벽하게 나은 다음에, 백 퍼센트 확실할 때에 우리 자리로 찾아와."

사내애가 손으로 입을 가린 채 뒷걸음치며 말했다.

레이니는 급히 도망치는 전달자한테 인사를 했다.

"너는 정말 친절하구나."

케이티가 말했다.

"머리가 잘 돌아가는걸. 그리고 꼬챙이 너도 아주 대담해. 하지만 내가 알던 꼬챙이 워싱턴은 어떻게 됐지? 수줍음 많고 소심한 꼬챙이는?"

"그만해."

꼬챙이가 말하면서 머리를 숙이자 케이티가 좋아했다.

"그래, 이제야 그 모습이 나오는구나!"

꼬챙이가 웃으려고 했다. 하지만 실제로는 마음이 복잡했다. 만일 레이니가 그렇게 말하지 않았다면 자신은 어떻게 했을지 모를 터였다. 사실 전달자들과 같이 먹고 싶은 마음이 간절했던 것이다! 그런 초대 한마디에 자신의 마음이 어떻게 이렇게 흔들릴 수 있단 말인가? 다른 사람의 초대를 자신이 그렇게 갈망하고 있었기 때문에 거기에 응하고 싶었던 것일까? 속삭임이 그 문을 열어 준 것 같았다. 그런데 그 문을 닫을 자신이 없었다. 꼬챙이는 너무나 창피해서 고개를 들 수가 없었다.

한편 레이니 역시 마음이 복잡했다. 속삭임에 대한 자신의 반응을 생각하면 할수록 전달자가 된 게 잘못이라는 생각이 강하게 들었다. 이건 자신의 임무에 도움이 되기는커녕 커다란 방해만 될 듯했다. 자신은 의지가 약해서 그 역할을 감당할 수 없을 것 같았다. 속삭임을 다시 마주하기 전에 서둘러 임무를 마치고 이 섬에서 벗어나고 싶었다. 다음 며칠 동안은 자기 차례가 올 가능성이 없었다. 그런데도 자신은 벌써 문 쪽만 바라보고 있었다!

"내 생각에 우리는……."

레이니가 목청을 가다듬고 입을 열자, 콘스턴스가 두 귀를 막으며 소리쳤다.

"제발! 레이니! 제발…… 그만…… 떠들어!"

깜짝 놀란 레이니가 입을 다물고 동그란 눈으로 콘스턴스를 쳐다보았다.

"왜 그러는 거야?"

꼬챙이가 날카롭게 물었다.

콘스턴스가 두 손을 내리고 후회와 동시에 짜증이 가득한 시선으로 레이니를 쳐다보며 쌀쌀맞게 말했다.

"미안해. 너희가 계속 나와서 그래. 한참 됐어. 너희 두 사람이 차례대로 나와. 정말 너희 둘 다 너무 많이 지껄이고 있어."

"내가? 우리 둘이?"

레이니가 묻자, 콘스턴스가 머리를 톡톡 치며 대답했다.

"너희가 나와. 방송 말이야. 지금 방송에 나오는 사람이 너야."

세 친구는 깜짝 놀란 표정으로 서로를 쳐다보았다.

레이니가 아주 당혹한 표정으로 물었다.

"정말이니? 확실해, 콘스턴스? 내 말은, 나는 지금 여기에 있잖아, 바로 이곳에!"

콘스턴스가 귓속에 들어간 물을 빼내려는 것처럼 한쪽 머리를 쾅쾅 때리며 대답했다.

"지금 메시지 방송은 꼭 네가 바로 앞에서 떠드는 것 같아."

"야! 너희 두 사람으로선 정말 끔찍하겠다."

케이티가 놀란 듯이 말하자, 꼬챙이가 입을 열었다.

"이게 무슨 뜻인지 알아? 커튼 선생은 속삭임 과정을 녹음하는 거야! 인간의 생각을 녹음할 수 있다는 뜻이라고!"

"하지만 그게 가능하다면 지금까지 전달자를 계속 새로 뽑은 이유가 뭐지? 녹음만 틀어 놓으면 될 텐데?"

케이티가 묻자, 마침내 충격에서 벗어난 레이니가 대답했다.

"이런 것 같아. 커튼 선생은 처음부터 그렇게 할 수 있었던 게 아니야. 일기책에 적어 놓은 '수정'이란 글이 기억나니? 오늘 아침에도 똑같은 말을 했어. 속삭임을 '수정하는 중'이라고."

꼬챙이가 덧붙였다.

"그래서 '향상'이 된 다음엔 더 이상 전달자가 필요하지 않은 거야. 모든 메시지를 녹음해 놓으면 전달자를 쓸 필요가 없을 테니까."

"그러면 그 녹음 내용을 하루 종일 방송할 수 있겠구나. 정말 대단해."

콘스턴스가 결론을 내리고 씁쓸하게 한숨을 내쉬며 눈을 감았다.

하지만 레이니는 그게 전부가 아니라고 생각했다. 커튼 선생이 메시지 녹음을 모두 끝내는 즉시 전압을 최고로 올릴 거라는 생각이 강하게 들었다. 이 모든 게 '향상' 작업의 일부였다. 하지만 콘스턴스를 위해서 레이니는 이 말을 꺼내지 않기로 결정했다. 두 눈을 꼭 감고 자신의 앞날을 불안해하며 떨고 있는 친구 바로 앞에서 그런 말을 할 수는 없었다.

꼬챙이가 입을 열었다.

"우리한테 시간이 거의 없는 것 같아. 이 모든 나쁜 일이 일어날 때까지 우리가 섬에 있을 거란 생각은 전혀 못했어. 물론 나는 그런 일이 결코 일어나지 않았으면 해."

케이티가 말했다.

"우리가 무슨 일이든 할 수 있으면 좋겠어. 베네딕트 선생님의 계획만 알 수 있다면……."

케이티가 잠시 멈췄다가 다시 말했다.

"레이니, 콘스턴스를 그렇게 쳐다보는 이유가 뭐야?"

콘스턴스는 이 말에 눈을 뜨고, 자신을 쳐다보는 레이니를 바라보았다.

레이니가 혼잣말처럼 중얼거렸다.

"베네딕트 선생님은 '이제 두 눈을 뜨라.'라고 했어. 이 말은 눈가리개를 하기 전이란 뜻이야!"

레이니가 갑자기 일어나며 말했다.

"서둘러, 얘들아. 수업이 시작되려면 아직 시간이 남았어."

레이니가 벌떡 일어났다. 흥분이 돼서 파란 두 눈이 반짝거렸다.

"어디를 가려고?"

"나가서 들어가는 장소를 찾으러."

잠시 후에 베네딕트 비밀클럽은 광장에 서 있었다. 그날 아침에 잭슨이 레이니와 꼬챙이한테 눈가리개를 씌운 바로 그곳이었다. 바위 정원에 학생 서너 명이 모여 있을 뿐 집행부는 눈에 띄지 않았다.

"바로 이곳이야, 그렇지?"

레이니가 묻자, 꼬챙이는 레이니가 그러는 이유를 아직까지 모르겠다는 표정으로 대답했다.

"응, 이곳이 확실해."

레이니는 급하게 서두르기만 할 뿐 아무 설명도 없이 다시 물었다.

"그래서 안으로 들어가기 전에 우리가 몇 걸음을 걸어갔지?"

꼬챙이가 대답하자, 레이니는 케이티를 바라보며 물었다.

"그 정도면 우리가 어느 문으로 들어간 걸까?"

케이티는 꼬챙이에게 몇 걸음 걸어 보라고 요청한 다음에 가만히 지켜보았다. 그러곤 학습 기관 건물을 하나씩 살펴보더니, 마침내 머리를 흔들며 대답했다.

"네가 걷는 보폭을 볼 때 그렇게 많이 떨어져 있는 건물은 학습 기관 어디에도 없어, 앞문이든 뒷문이든."

꼬챙이는 자신이 레이니를 실망시켰다는 생각에 당황해서 말했다.

"아, 미안. 내가 그때 너무 긴장해서. 내 기억이 틀린 것 같아."

"그렇진 않을 거야. 우리는 광장을 떠났어. 기억나지? 그래서 보도를 걸어간 다음에 풀밭을 건넜어."

레이니가 대답했다. 실망한 표정이 전혀 아니었다. 점차 기운이 솟는 표정이었다.

꼬챙이가 기억을 더듬었다.

"풀밭? 그래, 맞아! 그때 나는 너무 불안해서 그건 생각조차 못했어. 그리고 이거 알아? 질슨이 나를 대기실로 데려간 길도 똑같았어."

레이니가 고개를 끄덕였다.

"베네딕트 선생님이 우리한테 들어가기 위해서 나가야 한다고 말한 건 건물을 나와서 다른 곳으로, 즉 건물 안에서는 들어갈 수 없는 장소로 들어가야 한다는 뜻이었어."

케이티가 얼굴에 미소를 머금었다.

"그래, 그건 바로 그 함정이야! 네가 말한 걸음 숫자는 학습 기관 통제 건물 뒤편에 있는 함정과 딱 맞는 거리야."

"하지만 우리가 함정에 들어가야 하는 이유가 뭐지?"

콘스턴스가 의심하듯 묻자, 레이니가 대답했다.

"함정에 들어가는 게 아니야. 우리가 바위로 함정을 숨겼다는 말을 한 적이 있지? 그런데 실제로는 그 반대였던 거야. 그곳에 함정을 파 놓은 건 우리가 바위에 다가가지 못하게 하려는 거였어. 바로 그 바위가 비밀 입구이기 때문이야!"

"비밀 입구라고! 그걸 어떻게 알아냈니?"

콘스턴스가 조금도 놀라지 않은 척하려고 애써 노력하며 묻자, 레이니가 대답했다.

"사실은 그 생각을 더 일찍 했어야 하는 건데……. 그 전에 질슨이 밖으로 데리고 나가서 눈가리개를 씌웠단 말을 꼬챙이한테 들었어. 그건 집행부가 대기실이 아닌 그 무언가를 숨기고 있다는 뜻이야. 정신이 똑바로 박힌 사람이 일부러 그런 곳을 찾아가는 일은 없을 테니까. 베네딕트 선생님이 계속해서 보내려던 메시지는 아마 '그곳은 너희 가운데 한 명이 다녀온 곳이다.'였을 거야."

이번에는 꼬챙이가 이해할 수 없다는 표정으로 물었다.

"하지만 베네딕트 선생님은 그 사실을 어떻게 알고 있는 거지?"

"저쪽에서 이 학습 기관을 망원경으로 계속 감시하잖아. 그리고 광장은 육지에서 환하게 보이는 곳이야. 그래서 질슨이 너한테 눈가리개를 하고 학습 기관 통제 건물 뒤편으로 데려가는 게 분명히 보였을 거야. 그래서 베네딕트 선생님이 그걸 아는 거야."

"그 말은 내가 그 일을 겪은 보람이 있었다는 뜻이야? 그럼 내가 아무 소득도 없이 대기실에 끌려간 건 아니란 거야?"

꼬챙이가 물었다. 갑자기 두 눈에서 눈물이 반짝였다.

"지금 우리 앞에서 울려는 건 아니지?"

콘스턴스가 무례하게 묻자, 꼬챙이가 안경을 벗고 눈물을 닦아 내며 대답했다.

"지금은 아니야. 네 말을 들으니까 눈물이 단숨에 말라 버린 것 같아."

레이니가 다시 말했다.

"어쨌든, 대기실과 속삭임 갤러리로 가는 통로는 다른 곳으로 이어지기도 할 거야. 아주 중요한 곳으로. 저 안에 들어가서 확인할 필요가 있어."

케이티가 물었다.

"그럼 어떻게 할까? 건물 뒤에 있는 바위 안으로 몰래 들어갈까? 수업 시작까지 아직 시간이 약간 남아 있어."

레이니가 곰곰이 생각하며 대답했다.

"기숙사 뒤편에 있는 바위가 더 안전할 것 같아. 이곳은 사람이 너무 많잖아."

"안전한 게 좋아."

꼬챙이가 동조하자, 케이티가 재빨리 몸을 돌리면서 말했다.

"그렇다면 지금 뭘 기다리는 거니?"

"적절한 때."

레이니가 대답했다.

레이니는 그 '적절한 때'를 마음속으로 생각하고 있었다. 그건 하루 수업이 모두 끝나고 모집원과 집행부 대부분이 체육관에 모여 이상한 춤을 배우는 때였다. 그러면 비밀 통로에서 그들과 마주칠 가능성이 제일 적기 때문이었다. 하지만 시간이 거의 없었다. 서둘러야 했다.

다행히도 서두르는 건 케이티의 특기였다. 세 아이가 주름풀로 이어지는 언덕을 중간 정도 올라갈 즈음에 케이티는 벌써 그 꼭대기에 도달한 상태였다. 케이티는 언덕 건너편에서 올라오는 사람이 없다는 걸 재빨리 확인하고, 광장에서 이쪽을 보는 사람이 없다는 것까지 확인한 다음에, '모두 괜찮다.'라는 신호를 보냈다. 케이티의 신호에 다른 세 아이는 바위 뒤로 뛰어가서 숨었다. 일 분 후에 케이티가 합류하자, 꼬챙이가 바위 사이에 자리 잡은 어렴풋한 선을 가리키며 말했다.

"우리가 입구를 찾았어. 문제는 저걸 어떻게 여느냐는 거야. 벌써 이쪽저쪽 밀어도 보고 열어 달라고 빌어 보기도 했는데 소용이 없어."

"열려라, 참깨!"

콘스턴스가 소리치곤, 꿈쩍도 안 하는 바위를 얄밉다는 듯 쳐다보았다.

그 순간에는 레이니도 바위가 별로 마음에 들지 않았다. 비밀 입구를 찾아도 그 안에 들어가기가 어려울 거란 생각은 미처 못한 터였다. 네 아이가 장벽 앞에서 머뭇거리는 동안에도 귀중한 시간은 계속 흘러가고 있었다.

케이티는 혹시 자신들을 쳐다보는 사람이 없는지 주변을 둘러보았다. 하지만 커튼 선생이 만든 비밀 입구는 위치가 아주 좋았다. 바위가 모든 방향으로도 막아 주어, 학습 기관 창문이나 문 어디에서도 보이지 않았다. 학습 기관 통제 건물 뒤에 있는 바위 역시 마찬가지였다. 사람이 다니는 보도나 길에서는 집행부가 비밀 입구에 들락날락하는 걸 결코 볼 수 없었다.

한편 레이니는 문을 열 만한 비밀 손잡이나 레버를 계속 찾아보았다. 하지만 아무것도 못 찾고 투덜거렸다.

"제발! 지금 우리한텐 이럴 시간이 없단 말이야!"

레이니가 벌컥 화를 내며 바위를 걷어찼다. 그러자 놀랍게도 돌문이 스르르 밀리며 활짝 열려서 내부 통로를 드러냈다.

"네가 저걸 찼어?"

꼬챙이가 믿을 수 없다는 표정으로 묻자, 레이니가 고개를 끄덕였다. 이제 이해할 것 같았다.

"커튼 선생은 문을 쾅쾅 여는 걸 좋아해. 너희도 봤지?"

네 아이는 아치 모양의 입구를 지나서 아무것도 없는 좁다란 통로에 들어섰다. 돌문이 뒤에서 스르르 닫히는 것과 동시에 위에서 전등이 켜졌다. 너무 환해서 눈을 똑바로 뜰 수 없을 정도였다. 그와 마찬가지로 밝은 통로가 가파르게 밑으로 이어진 것이 보였다. 레이니는 입구 근처에 콘스턴스를 보초로 세울 생각을 했지만 그래 봐야 아무 소용이 없을 것 같았다. 밑으로 이어진 통로는 한참 동안 내려가는

데, 중간에 문이나 다른 통로가 하나도 나타나지 않았다. 누가 입구로 들어온다면 보초가 숨을 곳이 전혀 없을 것 같았다. 아이들로서는 함께 움직이면서 나쁜 일이 생기지 않기만 바랄 수밖에 없었다.

아이들은 재빨리 조용하게 통로를 따라 내려갔다. 콘스턴스는 케이티에게 업혔고 케이티와 레이니는 발끝으로 걸었다. 꼬챙이는 발끝으로 걸을 때 무릎을 너무 높이 올려서 마치 말이 으스대며 걷는 것 같아 신발을 벗고 양말 바람으로 조용히 걸었다. 전등이 아주 환한 데다 몸을 숨길 만한 구석이나 틈새가 없어서 네 아이 모두 아주 불안했다.

그때 오른쪽으로 깊이 내려가는 다른 통로가 나타났다. 그곳을 조사할 필요는 없었다. 그곳이 어디로 가는 길인지 단번에 알 수 있었다. 공중에 악취가 가득한 그곳에는 쇠막대로 빗장을 걸어 놓은 검은 문 하나만 보였다. 문 근처의 돌바닥에는 검은 진흙이 반질반질하게 묻어 있고 그 뒤편에서 벌레들이 윙윙거리는 소리가 일어났다. 꼬챙이는 몇 걸음 뒤에서 몸을 덜덜 떨며 두 눈을 꼭 감은 채 서 있었다.

"빨리 움직이자."

레이니가 재빨리 말하고 케이티와 함께 꼬챙이의 팔을 하나씩 잡자, 다리 힘이 풀린 꼬챙이는 두 친구한테 기꺼이 몸을 맡긴 채 앞으로 나아갔다.

그렇게 열 걸음 정도 걷자 왼쪽으로 꺾이는 통로가 나왔다. 금속 문에 가로막힌 통로였다.

꼬챙이는 자세를 가다듬고 친구들에게 기댔던 몸을 일으켜 어깨를 쭉 폈다. 문 뒤에 무엇이 있든 용감하게 마주치고 싶었다. 대기실에서보다는 조금이라도 더 용감하게 행동하고 싶었다. 그래서 케이티와 콘스턴스가 어떻게 하느냐는 표정으로 망설이는 레이니를 쳐다보는 사이에 꼬챙이는 그 문으로 다가가서 날카롭게 걷어찼다. 동시에 아주 이상한 소리가 났다. 망치로 손가락을 내려칠 때 나는 소리였다. 꼬챙이는 곧 발을 움켜잡으며 바닥에 쓰러졌다.

레이니는 문 옆에 있는 번호판을 가리키며 속삭였다.

"이것은 바깥문이랑 달라. 자물쇠가 있어."

꼬챙이는 눈살을 찌푸린 채 신발을 신고서 힘겹게 일어났다.

케이티가 문 위 벽면에 붙은 종잇조각을 가리키며 물었다.

"저게 뭐지? 뭘 적어 놓은 것처럼 보여. 자, 콘스턴스, 너를 올려 줄게."

잠시 후에 콘스턴스가 종잇조각을 떼어 냈다. 아주 서툰 글씨로 이렇게 적혀 있었다.

새 암호를 잃었어? 뒤집으면 새 암호야!

그리고 종이 제일 밑에 아래를 가리키는 화살표가 있었다.

아이들은 숨을 훅 들이켰다. 이렇게 간단할 수가! 이렇게 운이 좋을 수 있을까? 레이니는 종이를 뒤집었다. 뒷면에는 다른 내용이 적혀 있었다. 글씨체도 완전히 달랐다.

> 모든 집행부에게 알린다. 이런 쪽지를 남기면 안 돼. S.Q., 오늘 저녁까지 이걸 없애. 잔꾀 부리지 마. — 잭슨.

"어쩐지 너무 쉽다고 생각했어."

콘스턴스가 투덜대자, 꼬챙이가 물었다.

"이해할 수가 없어. 뒷면에 암호를 적어 놓지도 않을 거면서 S.Q.가 무엇 때문에 '뒤집으면 새 암호'라고 했을까?"

케이티가 말했다.

"S.Q.라는 걸 명심해. 아마 암호를 쓰는 걸 잊어버렸을 거야. 그런데 궁금한 건 잭슨이 이 쪽지를 떼지 않은 이유가 뭐냐는 거야."

"그리고 다른 집행부 앞에서 S.Q.를 노골적으로 야단치는 이유는 또 뭐지?"

콘스턴스가 덧붙이자, 케이티가 동조했다.

"맞아."

레이니는 쪽지를 가만히 살피며 "여기에 뭔가가 있어······." 하고 중얼거렸다. 다른 아이들은 잔뜩 기대하는 눈초리로 쳐다보았다. 레이니가 턱을 문지르며 다시 중얼거렸다.

"으흠······ 잭슨이 잔꾀를 부리지 말라고 한 이유가 뭘까?"

"S.Q.가 이렇게 해도 아무 소용이 없다는 걸 알기 때문에?"

콘스턴스가 제안했다.

"하지만 S.Q.는 무언가를 했어. 잭슨이 말하는 건 바로 그거야. 따라서 문제는 잭슨이 지적한 잔꾀를 S.Q.가 어떻게 부렸느냐는 거야. 쪽지를 높은 곳에 붙인 걸 말하는 건 아닌 게 분명해. 꺼내긴 어려울지 몰라도 보는 건 어렵지 않잖아."

케이티가 다시 쪽지를 읽으며 말했다.

"그런데 왜 '잃었어(LOSE)'와 '뒤집으면(OVER)'만 대문자로 썼을까? 단순히 강조하려고 그런 것 같진 않아, 그치?"

레이니가 대답했다.

"이게 중요한 것 같아. 두 단어에 무언가 숨은 뜻이 있는데……."

레이니가 말끝을 흐리며 가만히 생각했다.

꼬챙이가 도움이 되길 바라며 제안했다.

"으흠…… 두 단어 모두 알파벳 네 글자야. 어쩌면 투명 잉크로 암호를 적었을지도 몰라."

"투명 잉크라면 그냥 앞에다 적었을 거야. 쪽지를 뒤집을 이유가 뭐겠어?"

레이니가 대답하자, 꼬챙이가 반문했다.

"S.Q.가 쓴 거란 사실을 염두에 둬야 한다며?"

이 말과 동시에 레이니가 갑자기 웃음을 참으며 말했다.

"잠깐만! 알았어! 쪽지를 뒤집는 게 핵심이야! S.Q., 불쌍하다!"

"뭐라고, 레이니? 우리가 금방 뒤집어 봤잖아! 뒤에 아무것도 없었단 말이야."

케이티가 묻자, 레이니가 대답했다.

"우리는 쪽지를 뒤로 뒤집었어. S.Q.가 말한 건 그런 뜻이 아니었어. 쪽지를 위아래로 뒤집으란 뜻이야."

"아직 이해가 안 돼."

꼬챙이가 말했다.

"이런 식으로 생각해. 쪽지에 '새 암호를 잃었어(LOSE)?' 하고 적어 놓았다면 그 대답은 뭐겠어? '그래, 하지만 뒤집으면 새 암호야!'"

레이니는 쪽지를 위아래로 뒤집어서 단어 LOSE를 가리켰다. 그러니까 이 단어가 숫자 3507로 보였다. 꼬챙이가 감탄했다.

"야, 정말 교묘해 S.Q."

"우리로서는 S.Q.가 쪽지에 적어 놓아야 암호를 기억할 수 있는 수준이라는 게 다행일 뿐이야."

레이니가 말했다.

아이들은 쪽지를 원래 자리에 놓고 번호를 누르려다가 잠시 동작을 멈췄다. 마음속에 의문이 가득 들어찼다.

'이 문 안에 뭐가 있을까? 끔찍한 거라면 어떻게 하지? 혹은 베네딕트 선생님이 찾던 게 있으면 어떻게 하지? 아니면······.'

갑자기 레이니의 머리에 이런 생각이 떠올랐다. 쪽지를 의도적으로 붙여 놓은 거라면, 그래서 자신처럼 몰래 들어온 아이를 잡기 위한 함정이라면?'

레이니는 걱정으로 가득 차 있는 케이티의 얼굴을 바라보았다. 저 애도 똑같은 생각을 하는 걸까? 커튼 선생은 이 섬에 또 다른 스파이가 있다고 의심하고 있다. 입구 암호를 바꾸는 이유도 그 때문이다. 그렇다면 혹시……?

"암호에 대해 조금 더 생각할 필요가 있겠어."

레이니가 속삭였지만 케이티는 낯빛을 바꾸며 번호판으로 다가가서 말했다.

"생각할 시간이 없어. 지금 그 사람이 오고 있어!"

"그, 그 사람?"

꼬챙이가 물었다.

바로 그 때문에 케이티의 표정이 바뀐 것이었다. 케이티가 먼저 듣고 이제 레이니를 비롯한 아이들도 모두 그 소리를 들었다. 통로를 내려오는 소리, 계속 커지는 소리, 전기가 윙윙거리는 소리, 기어를 바꾸는 소리…….

커튼 선생이었다.

아이들로서는 이 문을 지나갈 수밖에 없었다. 이게 함정일 수도 있다는 레이니의 걱정은 더 이상 중요하지 않았다.

커튼 선생의 실험

문이 스르르 열렸다. 아이들은 재빨리 들어갔다. 따듯하고 밝은 방이었다. 신문과 냄새와 잉크 냄새가 풍겼다. 방 한가운데에 길게 이어진 탁자 두 개 위에는 인쇄한 종이가 쌓여 있고 한쪽 구석에는 커다란 인쇄기가 종이를 계속 찍어 내고 있었다. 인쇄기 근처에는 텔레비전 한 대가 있었는데, 화면이 반짝였지만 소리는 들리지 않았다. 그 위에는 주스가 한 잔 놓여 있었다. 한쪽 벽에는 기다란 탁자 두 개가 수직으로 세워져 있고 빈 나무 상자 몇 개가 건너편 벽에 쌓여 있어 내부가 해체되고 있는 것처럼 보였다. 사람이 붐비는 곳이 분명했다. 지금 잠시 비어 있을 뿐이었다.

이십 초 후, 커튼 선생이 무릎에 신문을 높이 쌓은 채 방으로 들어왔다. 실내는 커튼 선생이 보기에도 텅 빈 상태였다. 그는 쾌활한 곡조를 흥얼거리면서 인쇄기로 쏜살같이 달려와서 인쇄된 내용물을 뒤지기 시작했다.

한편, 베네딕트 비밀클럽 아이들은 텅 빈 나무 상자에 마치 버려진 인형처럼 억지로 몸을 구겨 넣은 채 상자 틈새로 바깥을 살펴보고 있었다. 위에서 콘스턴스가 누르는 무게 때문에 목이 이상한 각도로 꺾인 레이니는 바닥이 조금만 보일 뿐이었다. 그러나 꼬챙이는 완벽한 위치에 있기 때문에 조금 전에 일어난 불행한 사태의 증거물을 또렷이 볼 수 있었다. 그래서 케이티의 발목을 꼬집어 관심을 끈 다음 눈알을 굴리고 찡긋거리면서 상황을 계속 알리려고 했다. 꼬챙이의 눈이 접시 그릇처럼 커다래져서, 케이티가 보기에 평소보다 훨씬 더 공포에 질린 불안한 표정이었다. 케이티는 현재의 사태를 감안하면 충분히 그럴 수 있다고 생각했다. 그런데 뭔가 허전했다. 꼬챙이의 눈이 뭔가 이상했다. 그 눈은 바깥을 계속 가리켰다. 케이티는 눈동자를 살짝 틀어서 꼬챙이가 보는 쪽을 쳐다보았다.

상자 바로 앞 바닥, 한눈에 보이는 지점에 꼬챙이의 안경이 있었다!

케이티가 꼬챙이를 상자로 던질 때에 떨어진 게 분명했다. 케이티는 안경이 떨어지는 걸 못 보았다. 콘스턴스까지 상자로 던지고 재빨리 뒤쫓아 들어와서 뚜껑을 닫느라 정신이 없었던 것이다. 하지만 지금 그게 한눈에 보였다. 만일 커튼 선생이 안으로 들어오자마자 신문에 열중하지 않았다면 안경을 보았을 게 분명하다. 하지만 그가 인쇄 일을 마치고 고개라도 돌리는 순간에는…….

케이티는 손을 뻗어도 안경까지 닿지 않는다는 걸 알았다. 그렇다면 양동이의 힘을 빌려야 한다. 하지만 그것도 만만치 않았다. 한쪽 팔은 전혀 움직일 수가 없었고 다른 팔로 콘스턴스의 목을 지나가서 팔꿈치로 꼬챙이의 코를 눌러야 했다. 그리고 허리를 굉장히 아플 정도로 부자연스럽게 뒤로 굽혀야 했다. 약간 어려웠지만, 케이티는 해냈다. 그래서 양동이에서 말굽자석을 힘들게 잡아 뺐다. 꼬챙이 눈에서 눈물이 찔끔 나왔다. 꼬챙이의 안경테가 금속이었다. 케이티로서는 그 금속이 자석에 붙는 종류이기를 바랄 뿐이었다.

그때 커튼 선생이 텔레비전 소리를 키웠다. 아나운서가 '긴급 사태'에 관한 소식을 전하는 중이었다. 커튼 선생이 끽끽거리며 웃었다. 실제로 끽끽 소리가 났다. 마치 코미디 프로라도 보는 듯했다. 잠시 후 선생은 주스를 마신 다음에 흥얼거리며 하던 일로 돌아갔다.

나무 상자 안에서 이상한 각도로 몸이 낀 채로 케이티는 커튼 선생의 바퀴가 인쇄기로 향하는 걸 볼 수 있었다. 바로 지금이다! 케이티는 상자 판자 사이의 빈틈으로 팔을 내밀어 최대한 멀리 뻗었다. 하지만 자석이 안경을 당기려면 몇 센티미터가 모자랐다. 케이티는 자석을 두 손가락 사이에 움켜쥐고는 약간 더 앞으로 내밀었다. 안경이 살짝 꿈틀거리더니 부르르 떨렸다. 그러고는 찰싹 소리와 함께 자석에 착 달라붙었다.

커튼 선생이 콧노래를 멈추고 소리쳤다.

"누구야? 거기 누구야?"

선생은 끼익 소리를 날카롭게 내면서 바퀴를 빙글 돌렸다. 그리고 나무 상자를, 케이티가 금세 안경을 끌어온 상자의 빈틈을 정면으로 바라보았다. 오랜 침묵이 흘렀다. 선생이 딱딱한 표면을 톡 톡 톡 치는 소리가, 그리고 마침내 투덜대는 소리가 들렸다. 바퀴가 다른 곳으로 갔다. 그리고 몇 분 후에 커튼 선생이 밖으로 나갔다.

아이들은 나무 상자에서 빠져나와 뻣뻣한 사지를 쭉 펴고 아픈 곳을 문질렀다.

레이니가 주변을 재빨리 둘러보며 말했다.

"주스를 다 마셨으니까 커튼 선생은 다시 돌아오지 않을 거야. 콘스턴스, 보초를 서 줄래? 너도 암호를 알고 있으니까 누가 오는 소리가 들리면 재빨리 뛰어와서 우리한테 알려 줘."

레이니는 콘스턴스가 미처 반발할 말을 떠올리기도 전에 바깥으로 내보냈다.

꼬챙이는 금방 인쇄된 내용물을 살피고 있었다.

"이것들은 모두가 정부에서 제작한 언론용 보도 자료야."

"언론용 보도 자료가 뭔데?"

케이티가 꼬챙이의 어깨 너머로 쳐다보며 묻자, 꼬챙이가 대답했다.

"뉴스에 실으라고 신문사에다 보내는 자료."

꼬챙이가 머리를 긁으며 계속 말했다.

"그런데 이상해. 날짜가 모두 미래로 되어 있어. 하나는 다음 주, 하나는 그다음 주야. 그리고 한 달 후도 있어. 심지어 몇 년 후도!"

레이니가 다가와서 인쇄물을 뒤적거리며 대답했다.

"언론에 보도 자료를 보낼 계획을 세운 거야. 커튼 선생이 원하는 내용을 신문사에서 보도하도록. 모든 기사가 커튼 선생과 관계가 있는 거야. 다음 주에 실릴 보도 자료의 머리기사를 봐. '존경스러운 과학자이자 교육자이신 분, 중요한 자리에 임명되다.'"

꼬챙이가 신음 소리를 내며 안경을 벗었다.

"커다랗게 읽어 줄래, 레이니? 나는 불안해서 이걸 닦아야겠어."

레이니가 크게 읽기 시작했다.

'지구 전 지역의 수상(M. A. S. T. E. R.)'으로 최근 임명된 레드롭타 커튼 선생은 자신의 새로운 역할에 대해 이렇게 말했다. "지구 전역의 모든 정부가 위기의 시대를 맞아 본인을 고문이자 조정자로 지명했습니다. 본인은 앞에 나서는 게 싫지만, 이 영광을 겸손하게 받아들이는 것이 본인의 의무라고 생각합니다."

케이티가 비난했다.

"정말 터무니가 없구나! 그런 자리는 어디에도 없어!"

"하지만 분명히 생길 거야. 모든 정부가 긴급 사태를 해결하기 위해 마침내 모든 조직을 개편했다고 여기에 쓰여 있어."

레이니가 말하자, 꼬챙이가 침을 튀기며 반박했다.

"하지만 긴급 사태는 조작된 거야. 커튼 선생이 인위적으로 만들어 냈어! 나는 하나도 믿을 수 없어."

"바로 그거야!"

레이니가 대답하고 종이를 열심히 쳐다보았다. 다행이란 생각과 위기감이 차례대로 들었다. 어려운 상형 문자를 가까스로 해독했는데 아주 나쁜 내용이 밝혀진 듯한 느낌이었다.

"왜 그래, 레이니?"

케이티가 묻자, 레이니는 인쇄물을 넘기며 대답했다.

"긴급 사태는 첫 번째 단계일 뿐이야. 커튼 선생은 인간한테 가장 중요한 요소는 공포라고 생각해. 전달자들이 속삭임에 폭 빠진 이유도 바로 이것 때문이야. 속삭임은 두려움을 달래 주고 커튼 선생은 그걸 이용해서 아이들을 자극해. 그렇다면 커튼 선생이 공포를 만들어 낸다면? 모든 사람이 공동으로 느끼는 공포를 말이야."

"모두가 절망에 빠지는 공포……."

케이티가 덧붙였다.

"바로 그거야! 그렇다면 다음 단계에서는 적당한 메시지로 그 공포를 달래 주는 거야. 전달자라면 누구나 속삭임을 열정적으로 사랑해, 그렇지? 으흠, 커튼 선생은 이 세상의 모든 사람한테 전달자와 같은 감정을 심어 놓으려고 하는 거야."

"모두가 속삭임을 사랑하도록?"

꼬챙이가 묻자, 레이니가 고쳐 주었다.

"아니, 모두가 커튼 선생을 사랑하도록."

레이니는 이제 비로소 모든 퍼즐 조각들을 제자리에 맞출 수 있었다.

"일기책에 적힌 모든 게 구체적인 음모의 일부였어! 자신이 앞으로 차지할 자리, '친애하는 레드롭타 커튼', 기타 등등."

"그래서 지금 새 메시지를 작성하고 있는 거구나."

꼬챙이가 마침내 이해하고 말했다.

케이티는 웃지 않을 수가 없었다.

"너희 말은 '레드롭타 커튼이 고통을 잠재우다.'가 새 메시지라는 거야? 말도 안 돼!"

레이니가 케이티에게 다른 보도 자료를 건네주었다.

"이걸 봐. '너무나 훌륭한 커튼 선생, 온 세상에 퍼져 있는 기억 상실 전염병을 해결하다.'"

"기억 상실 전염병?"

꼬챙이가 물었다.

케이티가 탁자로 가서 쌓여 있는 인쇄물을 뒤져 보며 불쾌한 표정으로 고개를 저었다.

"그 방법이 여기에 적혀 있어."

케이티는 레이니와 꼬챙이에게 인쇄물을 한 장씩 건네주었다. 꼬챙이는 할 수 없이 안경을 다시 쓰고 우울한 침묵을 지키며 레이니와 함께 그 내용을 읽었다. 보건복지부라는 곳에서 공식적으로 발행한 문건이었다.

- **급작스러운 기억 상실 전염병(SAD)이란 무엇인가?**

SAD는 사람의 기억을 모두 빼앗아 가는, 전염성이 극히 강한 질병입니다.

- **이 전염병에 지금 어떤 조치를 취하고 있는가?**

비록 이 전염병의 원인과 치료 방법에 대해서 아직까지 밝혀진 건 없지만 극히 존경스러운 과학자이자 이번에 새로 임명된 우리의 지구 전 지역의 수상인 레드롭타 커튼 선생께서 이끄시는 전문가 집단에서 지금 조사를 하고 있습니다. 노만산 섬의 기억 상실증 보호소에서 무료로 SAD를 치료하고 있습니다. 기억 상실증 환자 보호소는 최고급 시설을 완비했으며, 모든 환자를 엄격하게 격리해 편안히 살도록 하면서 질병을 치료하는 곳입니다.

- **나는 SAD 환자인가? 그리고 내 이웃은?**

SAD의 첫 번째 공통된 증상은 머리에서 어린애 목소리가 들리는 것 같다는 것입니다. 일단 이 전염병에 걸리면 증세가 계속 악화되다가 마침내 모든 기억을 잃게 됩니다.

레이니는 종이를 한 장 넘겼다. 그곳에는 사진이 실려 있었다. 모집원 두 명이 집행부 잭슨의 어깨에 손을 올려놓고 있는 사진이었다. 잭슨은 아주 비참한 표정과 아주 행복한 표정을 동시에 얼굴에 담으려고 최선을 다하고 있었다. 사진 밑에는 이런 글씨가 적혀 있었다.

"벌써 기분이 좋아지고 있어요! 이곳의 다정한 의사 선생님들은 SAD를 쉽게 고쳐요."

꼬챙이는 인쇄물을 다 읽고 다른 식탁으로 급히 걸어가서 말했다.

"이곳에 또 있어, 수십 개의 언어로 인쇄가 되어 있어!"

케이티가 입을 열었다.

"믿을 수가 없어. 도무지 말도 안 돼!"

하지만 레이니는 모든 내용이 너무나 잘 이해되었다. 마지막 남은 퍼즐 조각이 제자리를 찾은 것이다. 그래서 씁쓸하게 말했다.

"도우미, 모집원, 전달자……. 학습 기관 전체가 커튼 선생의 계획을 검증하는 실험 단계였던 거야. 커튼 선생은 지금까지 연습을 하고 있었던 거야. 그리고 이 학습 기관은 기억 상실증 환자 보호소가 되는 거야. 자신한테 저항하는 사람을 가둘 곳이 필요할 테니까!"

"우리 같은 사람 말이지."

케이티가 말하자, 꼬챙이도 중얼거렸다.

"우리를 포함해서 다른 많은 사람들도."

그대의 적을 알라

케이티가 말했다.

"나는 아직도 말이 안 되는 것 같아. 실제로 그런 일이 일어나진 않을 거야. 커튼 선생이 자신한테 저항하는 모든 사람의 두뇌를 씻어낼 생각이라면 그들 모두를 속삭임에 앉혀야 할 텐데, 그러면 다른 나라에 사는 사람들은 어떻게 하려는 거지?"

꼬챙이가 인쇄물 한 줌을 흔들며 대답했다.

"커튼 선생은 지금까지 전 세계 각 나라에 보호소를 세워 놓았어. 뒷면의 지도에 그 위치가 적혀 있어."

케이티가 콧방귀를 뀌더니 얼굴을 이상하게 찡그렸다. 겹쳐서 벽에 기대 놓은 탁자 뒤편으로 문짝 모서리가 살짝 보였다.

레이니가 꼬챙이에게 말했다.

"하지만 커튼 선생이 어떻게 그렇게 할지는 이해하기 어려워. 꼬챙이, 속삭임을 '치료 기계'로 만들어서 수천수만에 달하는 고통받는 영혼한테 평화를 가져다주겠다고 한 말이 기억나니?"

꼬챙이가 몸을 부르르 떨며 대답했다.

"내 기억엔 수백만이 넘는 것 같아."

그사이 케이티는 탁자 뒤로 들어가서 숨은 문과 그 옆에 있는 자물쇠 번호판을 찾아냈다.

"하지만 그게 어떻게 가능하지? 어떻게 그렇게 많은 사람의 두뇌를 짧은 시간에 모두 청소할 수 있겠니? 그건 정말 엄청난 작업이야. 준비만 하는 데도 몇 년은 걸릴 거야. 어쩌면 우리한테 행운이 따를 거야! 아직은 늦지 않은 거야. 그 방법만 찾아낼 수 있다면."

레이니는 갑자기 솟아나는 희망을 느끼며 말했다.

바로 그때, 케이티가 탁자 뒤에서 머리를 빼꼼히 내밀고 말했다.

"애들아? 이 뒤에 문이 있어. 이 안에 있는 걸 너희도 보는 게 좋을 것 같아."

케이티의 목소리가 이상했다. 지금 막 죽은 사람의 시체를 본 것 같은 어투였다.

꼬챙이가 두 눈을 동그랗게 뜨고 머리를 흔들었다.

"나는 싫어. 레이니, 네가 가서 보고 나한테 알려 줘."

하지만 레이니는 꼬챙이의 팔을 잡아당겨서 함께 문 안쪽을 살피러 갔다.

"아!"

레이니가 입을 벌렸다.

"아, 맙소사."

꼬챙이도 입을 벌렸다.

"내 생각이 맞는 거야? 내 눈에는 미용실에서 머리를 말리는 낡은 의자처럼 보이는데?"

케이티가 물었다.

"맞는 것 같아."

레이니가 대답했다.

수없이 많은 기계가 커다란 지하 창고에 나란히 늘어서 있었다. 천장에 걸려 있는 현수막에는 우아한 글씨로 '기억의 종착역에 온 걸 환영합니다.'라고 적혀 있었다. 한쪽 벽에는 나무 상자 수백 개가 쌓여 있었다. 레이니는 허리를 숙이고 제일 가까운 곳에 있는 나무 상자를 살폈다. 종이 뭉치가 가득했다. 도착 주소가 중국으로 되어 있었다. 옆 상자에도 똑같은 주소가 적혀 있었고 기계 부품이 가득 들어 있었는데, 거기에는 빨간 헬멧과 파란 헬멧도 보였다.

"일이 실제로 벌어지고 있구나. 믿을 수가 없어."

케이티가 말하자, 콘스턴스가 다가왔다.

"그 안에 뭐가 들어 있는데?"

세 사람은 고개를 돌려서 문가에 서 있는 콘스턴스를 발견했다. 꼬챙이가 먼저 물었다.

"보초를 서라고 했잖아!"

"너무 오래 걸리잖아!"

꼬챙이의 눈동자가 커졌다. 하지만 두 사람이 말싸움을 벌이기 전에 레이니가 끼어들었다.

"그 말이 맞아. 우리가 시간을 너무 오래 끌었어. 너무 늦기 전에 이곳을 나가야겠다."

아이들이 '기억의 종착역'에서 나와 기다란 비밀 통로를 급히 나가는 동안에도 레이니는 생각을 멈출 수 없었다.

'너무 늦었어! 너무, 너무 늦었어!'

그날 밤은 비가 와서 광장에 아무도 없었다. 먼 숲에서 빛나던 불빛이 멈추었다. 꼬챙이가 창가에서 고개를 돌렸다.

"저쪽에서 우리한테 답신을 기다리래. 저쪽에서도 생각할 게 많은 것 같아."

모든 사람이 생각할 게 많았다.

입을 여는 아이가 한 명도 없었다. 그냥 기다리기만 했다.

한 시간이 지루하게 지났다. 콘스턴스는 책상다리를 한 채 곯아떨어졌고 케이티는 손가락 씨름이나 하면서 시간을 보내자고 레이니를 계속 졸랐다. 하지만 레이니는 거절했다. 지금 당장은 손가락 씨름을 할 기운조차 없었다. 모든 게 끝났다. 레이니는 지금 베네딕트 선생님이 자신들을 구할 방법을, 그리고 모든 인류를 구할 방법을 찾기만 기대하고 있었다. 하지만 불가능한 기대였다. 이제 자신들이 도울 방법도 더 이상 없었다. 속삭임을 떠올리면 레이니는 자신감을 모두 잃었다. 레이니는 속삭임한테 자신의 진정한 본질을 드러내고 만 것 같은 깊은 고통을 느꼈다.

그때 창가에 있던 꼬챙이가 갑자기 똑바로 일어났다.

"드디어 답신이 온다!"

꼬챙이가 안경을 고쳐 쓰고 육지를 열심히 바라보며 중얼거렸다.

"그대의…… 적을…… 알라."

그리고 잠시 후에 꼬챙이가 내려왔다.

"이게 전부야. '그대의 적을 알라.'"

케이티가 기대 어린 표정으로 레이니를 바라보았다.

"너라면 이게 무슨 뜻인지 파악했을 거야, 그렇지? 단번에?"

"모르겠어."

레이니가 머리를 흔들었다.

케이티가 한숨을 쉬었다.

"그럼 콘스턴스를 깨워야겠구나. 싫은 소리만 하며 찡얼대는 걸 잠시나마 듣지 않아서 좋았는데……."

세 아이가 콘스턴스를 깨웠다. 콘스턴스는 자고 있지 않았다고 우겼다. 아이들은 함께 머리를 맞댔다. 도대체 이게 무슨 뜻일까? 커튼 선생이 적이란 건 벌써 알고 있는데.

"아니, 저 사람들은 왜 이런 식으로 말하는 거야? 짜증 나는 소리나 하고."

콘스턴스가 중얼대자 레이니가 말했다.

"이런 상황에서 자주 쓰는 옛말이야."

"원래 중국의『손자병법』에 나오는 말이야. 삼 장 끝부분에 나와."

꼬챙이가 말하자, 다른 아이들이 꼬챙이를 물끄러미 쳐다보았다.

"정말이야."

"뭔가 더 필요해. 지금 시간이 없는데, 우린 저쪽에서 도대체 무슨 말을 하는지조차 모르고 있어. 다른 힌트를 물어보자."

케이티의 말에 아이들이 모두 동의했다. 물어본다고 나쁠 건 없었다. 그래서 꼬챙이가 창가로 돌아가서 "어떤 적?" 하고 다음 질문을 보냈다. 하지만 이번에는 답신이 없었다. 꼬챙이는 메시지를 반복해서 보냈지만 이번에도 답신이 없었다. 그래서 세 번째로 보내려고 할 때에 레이니가 막았다.

"답신을 못하는 이유가 있을 거야. 해안에 아무도 없는 게 분명하니?"

꼬챙이가 움찔하며 "그 생각을 못했구나." 하고 대답한 다음에 창가를 내다보았다.

"광장에는 아무도 없고 바위 정원에도 마찬가지고……. 해안과 다리는 잘 보이지 않아. 하지만 내가 보기엔 아무도 없는 것 같아."

"내가 볼게."

케이티가 꼬챙이 옆으로 올라와 왼쪽에서 오른쪽으로 훑어보았다.

"꼬챙이 말이 맞아. 아무도 없는 것 같아."

그러고는 망원경을 꺼내서 주변을 다시 살폈다.

"맞아, 바깥에는 아무도 없어. 아, 맙소사!"

케이티가 창가에서 급히 물러나자, 꼬챙이가 깜짝 놀라며 뒤로 떨어졌다. 그 밑에 깔린 레이니와 콘스턴스는 무엇이 무너지는 줄 알고 손으로 머리를 감쌌다.

케이티가 부끄러운 표정으로 속삭였다.

"미안! 괜찮아. 저 사람이 나를 바로 앞에서 본다고 생각했어. 하지만 그러기에는 거리가 너무 멀어. 망원경 때문에 가깝게 보인 거야."

세 아이는 어이없어 하며 일어났다.

케이티가 창문을 다시 내다보았다.

"그런데 저 사람이 정말로 우리 쪽을 쳐다보고 있어. 아, 기분이 으스스해. 하지만 진짜 우리 창문을 쳐다보는 건 아니겠지? 이곳은 어두우니까 나를 보지 못할 거야."

"도대체 지금 누구 얘기를 하는 거야, 케이티?"

레이니가 불안한 표정으로 물었다.

"모집원. 모집원이 지금 다리 모퉁이 밑에 서 있어."

케이티가 망원경을 내려서 어둠 속을 살피다가 다시 말했다.

"꼬챙이가 저 사람을 못 본 게 당연해. 망원경이 없으면 교각 사이에 있는 그림자로 보일 수밖에 없어."

"혹시 아까 그 답신이 이걸 경고한 게 아닐까? 저 밑에서 적이 지켜보고 있다는 사실을 알려 주려고?"

콘스턴스가 말하자, 꼬챙이가 짜증을 내며 대답했다.

"바보 같구나, 콘스턴스! 저기 있는 사람을 건너편에서 봤다면 답신조차 보내지 않았을 거야."

콘스턴스도 가세했다.

"너야말로 바보 같아. 애초에 저쪽에서 너를 이리 보내지 말았어야 해."

"무슨 소리서? 너야말로 네가 어떤 인간인지 아냐?"

"그만해, 둘 다. 메시지 방송이 이제 막 시작됐다고. 몰랐어? 그것 때문에 짜증이 나는 거야."

사실이었다. 은밀한 메시지는 여전히 불쾌했다. 커튼 선생이 녹음을 하면서 방송 횟수도 훨씬 늘었고 아이들은 그 소리에 많이 익숙해져 있었다. 그래서 서로 심한 말을 하는 이유를 빨리 알아채지 못할 때가 종종 있었다.

꼬챙이가 숨을 길게 들이켰다.

"그 말이 맞아. 미안해."

"괜찮아."

콘스턴스가 대답했다. 하지만 사과의 말이 아니라는 건 모두가 알 수 있었다.

케이티는 모집원을 계속 바라보았다. 그러다가 화를 벌컥 내며 말했다.

"아니, 저 남자는 왜 딴 데로 안 가는 거야? 우리가 몰래 답신을 받아야 한다는 걸 모르나 보지?"

"알 수도 있지. 그래서 확인하려고 기다리는 걸지도 몰라."

레이니가 말하자, 꼬챙이가 긴장하며 머리를 긁었다.

"정말 그럴까? 그럼 우리가 들킨 건가? 그래서 저 남자가 지금 우리를 몰래 감시하는 거야?"

"나도 몰라. 하지만 어두운 곳에 혼자 서 있는 걸 보면 뭔가 아주 의심스러워. 모집원은 혼자 다니는 경우가 절대 없어. 항상 두 명씩 다녀. 그런데 저 사람은 혼자인 데다가 남한테 들키지 않으려고 하는 게 분명해. 사실 이 각도가 아니면 저 사람이 숨어 있다는 사실을 알 수 없어……. 잠깐."

"너는 저 사람이 일부러 들키려고 저기 있다는 거니?"

케이티가 묻고는 망원경을 다시 치켜들었다.

"진짜 저 사람이 이쪽을 보고 있어! 가만히 서서 움직이지도 않고. 그리고 아까 발견 못한 이상한 점이 있어. 머리칼이 젖었는데 옷은 말랐어. 지금 저 사람이 왜 저러는 것 같아?"

레이니는 무언가 알 것 같았다.

"저 사람을 보면 기억나는 사람이 없니, 케이티?"

"기억나는 사람이라……. 그렇구나! 이런 것도 못 알아보다니 믿을 수가 없어!"

케이티가 손바닥으로 이마를 탁 치며 덧붙였다.

"저 사람은 밀리건 아저씨야!"

"밀리건 아저씨가 이곳에?"

꼬챙이가 흥분해서 묻자, 레이니가 빙그레 웃었다.

"그대의 적을 알라는 말은 밀리건 아저씨를 두고 한 말이야. 그래서 우리가 다시 보낸 메시지에 답신하지 않은 거야. 우리가 밀리건 아저씨를 발견하도록 말이야. 꼬챙이, '적을 파악했다.'라고 메시지를 보내 줘."

꼬챙이가 메시지를 보내자, 거의 동시에 숲에서 급하게 답신을 보내기 시작했다.

'당장 가라. 서둘러. 서둘러. 서둘러.'

아이들은 벌떡 일어났다. 심장이 쿵쾅거렸다.

도대체 왜 저러는 거지? 첩보원이란 사실이 드러나기라도 한 걸까?

레이니와 꼬챙이는 급히 신발을 신고 케이티는 천장에서 밧줄을 꺼내고 콘스턴스를 등에 업었다. 꼬챙이가 창문을 마지막으로 바라보며 속삭였다.

"계속 서둘라는 신호를 보내고 있어!"

아이들은 방에서 뛰쳐나가 어두운 복도를 지나서 밤하늘 아래로 나갔다.

이미 창가에서 바깥을 충분히 살핀 터라서, 아이들은 어디가 가장 어두운지 잘 알고 있었다. 그래서 가장 어두운 곳으로 걸어갔다. 그대로 노출된 광장을 피해, 기숙사 옆으로 난 언덕을 따라서 고양이처럼 잽싸게 달린 다음, 돌가루가 깔린 직선 보도를 가로질러 해안가를 향해 곧장 뛰었다. 그렇게 해서 마지막으로 바위가 울퉁불퉁한 경사면을 기어 내려가 해안에 도착했다. 허리를 펴지 않는다면 쉽게 발견되지 않을 터였다. 바위 경사면은 학습 기관에서 아이들이 보이지 않도록 가려 주었다. 아이들은 허리를 낮게 숙인 채 바위가 울퉁불퉁한 해안을 조심스럽게 걸으며 다리를 향해 다가갔다.

비는 벌써 그친 상태였다. 하지만 밤공기가 차갑고 바람이 불었다. 아이들이 다리를 향해 절반쯤 걸었을 때, 바람에 실린 강한 향수 냄새가 코끝을 간질였다. 익숙한 향이었다. 아이들은 걸음을 멈추고 주변을 둘러보았다. 아무도 보이지 않았다. 바로 그때 울퉁불퉁한 바위 경사면에서 그림자 하나가 일어나더니, 밀리건 아저씨가 나타났다. 하지만 예전과 똑같은 모습은 아니었다. 레이니는 아저씨가 진짜로 모집원처럼 보인다고 느꼈다. 그런데 왠지 모르게 모집원처럼 보이지 않기도 했다. 아저씨는 고급 정장 차림에 두 손목에 시계를 찬 데다, 케이티가 말한 것처럼 물에 젖기는 했지만 머리칼도 완벽하게 빗질을 했다. 그렇다면 왜 달라 보일까? 레이니는 미소 때문이라는 걸 깨달았다. 지금까지 레이니는 웃지 않는 모집원을, 얼굴이 크나큰 슬픔에 잠긴 모집원을 본 적이 없었다.

밀리건 아저씨가 입을 열었다.

"내가 직접 너희를 데리러 가지 못해서 미안하구나. 하지만 이러는 편이 훨씬 안전하거든. 해안에 혼자 있는 모집원은 의심을 받을 수도 있고 안 받을 수도 있지만 학생 기숙사에 혼자 있는 모집원은 의심을 받을 게 확실하니까."

"도대체 무슨 일이에요, 밀리건 아저씨?"

케이티가 묻자 밀리건 아저씨가 대답했다.

"너희를 데려가려고 왔어."

아이들은 깜짝 놀랐다. 레이니가 반문했다.

"데려가요? 이 섬 밖으로요?"

밀리건 아저씨가 검은 망토 네 장을 꺼냈다. 하지만 그걸 알아차린 아이는 아무도 없었다. 밀리건 아저씨가 망토를 내밀며 말했다.

"이걸 쓰고 단단히 여미렴. 몸을 숨기는 데 좋을 거야. 그리고 문제가 생기면 걱정하지 말고 내 옆에 바짝 붙어. 내가 목숨을 다해서 너희 모두를 지킬 테니까."

꼬챙이가 물었다.

"걱정하지 말아요? 걱정하지 말라고요? 죽는 얘기를 하면서 걱정하지 말라니요? 도대체 무슨 일이에요, 밀리건 아저씨?"

"지금은 설명할 시간이 없어, 꼬챙이. 내가 너희를 육지로 데려다 줄 거야. 하지만 먼저 이 섬 반대편으로 가야 해. 아마 나아가는 속도가 아주 느릴 거야."

"하지만 우리가 가야 하는 이유가 뭐죠?"

케이티가 물었다.

"너희 임무는 끝났어."

레이니는 등에 짊어진 부담이 모두 사라지는 기분을 느꼈다. 끝났다! 이 말은 더 이상 시험을 받지 않아도 된다는 뜻이다! 친구를 배신할 걱정은 하지 않아도 된다는 뜻이다! 속삭임을 다시 접하지 않은 채 섬을 떠날 수 있게 된 것이다! 그렇다, 이제 떠나야 할 시간이다. 그런데 속삭임을 생각하는 그 자체로 그리움이, 그냥 이곳에 머물고 싶은 생각이 마음속에 가득 들어찼다.

케이티가 의심스럽다는 듯 물었다.

"끝나요? 그 말은 베네딕트 선생님이 이제 계획을 세웠다는 뜻인가요? 커튼 선생을 막을 방법이 생긴 건가요?"

"그런 걱정은 할 필요가 없어, 케이티. 이제 그만 망토를 쓰렴."

밀리건 아저씨가 말했지만 케이티는 망토를 땅바닥에 내던졌다.

"질문에 대답하세요. 베네딕트 선생님이 커튼 선생을 막을 수 있다고 생각하는 거예요, 아니에요?"

밀리건 아저씨가 눈살을 찌푸렸다.

"그건 이제 너희가 신경 쓸 문제가 아니야, 케이티. '향상'이 이제 바로 코앞에 다가왔어. 베네딕트 선생님은 너희를 이곳에서 안전한 곳으로 탈출시키려고 하시는 거야."

"대답을 듣기 전엔 조금도 움직이지 않을 거예요. 베네딕트 선생님이 '향상'을 막을 수 있는 거예요, 아닌 거예요? 우리한테 진실을 말하세요!"

케이티가 단호하게 말했다.

다른 아이들은 망토를 손에 든 채로 케이티와 밀리건 아저씨를 번갈아 쳐다보았다.

밀리건 아저씨가 바다 저쪽을 쳐다보았다. 대답하기 싫은 것 같았다. 하지만 결국에는 한숨을 내쉬며 입을 열었다.

"얘들아, 방법은 없어. 그걸 막을 방법이 없어. 곧바로 숨어야 해. 우리 모두. 빨리 움직이는 게 좋아. 모집원보다 한발 먼저 움직여야 해. 베네딕트 선생님은 너희를 안전하게 숨길 수 있을 거라고 생각하셔. 그리고 나도 너희를 보호하기 위해 모든 노력을 다할 거야. 제발 걱정하지 마. 베네딕트 선생님은 결코 포기하지 않으실 거야. 그것만큼은 내가 확실하게 말할 수 있어. 끊임없이 노력하실 거야. 그러다 보면 언젠가는 커튼 선생의 메시지에 맞서는 방법을 찾아내실 거야. 우리 마음을 깨끗하게 만드는 방법을."

케이티는 조금도 흔들리지 않으며 강한 어조로 물었다.

"콘스턴스는 어떻게 하죠? 커튼 선생이 전압을 최고로 올리면 콘스턴스한테 어떤 일이 일어나죠? 아저씨도 알다시피, 이 애한테는 벌써 소리가 들린다고요!"

밀리건 아저씨가 슬픈 표정으로 콘스턴스를 바라보았다.

"애야, 그건 나도 몰라. 아무도 몰라. 미안해. 너는 어디로 가도 위험을 벗어날 수 없어."

이 말을 듣고 콘스턴스는 바위에 앉아서 얼굴을 숙였다. 조그만 몸이 한층 더 조그맣게 보였다. 너무 작아서 항구에서 불어오는 미풍이 그 애를 종잇조각처럼 집어삼켜 멀리 아무도 모르는 곳으로 실어 갈 것 같았다.

레이니가 자신들이 떠날 수 없다는 사실을 깨달은 건 바로 이때였다.

자신이 그 사실을 케이티보다 먼저 깨달았어야 한다는 생각이 들었다. 자신부터 구하고 싶은 욕망 때문에 처음에는 그걸 깨달을 수 없었다. 하지만 이제 보였다. 뼛속 깊숙이 느껴졌다. 정말 끔찍한 느낌이었다. 하지만 부정할 수 없었다. 자신들은 떠날 수 없었다. 불쌍한 콘스턴스를 위해서만 그런 게 아니었다. 블룸버그 아저씨와 밀리건 아저씨와 도우미를 위해서, 그리고 앞으로 두뇌를 청소당할 수많은 사람들을 위해서, 페루멀 선생님을 위해서 그래야 했다.

"밀리건 아저씨, 베네딕트 선생님한테 고맙다고 전해 주세요. 하지만 저는 이곳에 남겠어요."

레이니가 말하자, 케이티가 레이니를 껴안으며 좋아했다.

"그래, 네가 그렇게 말하길 기대했어, 레이니! 나도 이곳에 남을 생각이거든. 다른 방법이 없잖아."

꼬챙이는 금방이라도 울 것 같았다.

"너희가 이곳에 남는다고? 하지만……. 하지만……."

꼬챙이가 고개를 돌려서 간절한 표정으로 육지를 쳐다보았다. 하지만 남아야 한다는 사실은 이미 알고 있었다. 그게 옳다는 것도 알고 있었다.

"꼬챙이, 너는?"

케이티가 묻자, 꼬챙이가 대답했다.

"선택의 여지가 별로 없는 것 같아. 물론 가능성도 별로 없고. 하지만 베네딕트 선생님한테는 우리가 유일한 희망이야."

밀리건 아저씨가 계속 타일렀지만 그가 강하게 말할수록 아이들의 결심도 굳어졌다. 그래서 마침내 아저씨도 포기하고 말했다.

"그렇다면 베네딕트 선생님이 너희한테 보내는 전갈이 있다."

"전갈이요? 그 얘기를 이제 하는 이유가 뭐예요?"

콘스턴스가 물었다.

"베네딕트 선생님은 너희가 이곳에 남는 쪽을 선택할 거란 느낌을 가지고 계셨어. '그 애들은 충분히 그러고도 남을 아이들이야.' 하고 말씀하셨지. 그분은 너희의 그런 결정을 포기시키고 안전한 곳으로 데려가길 원하셨어. 하지만 너희가 강하게 거부한다면, 그래서 어쩔 수 없으면 그때 비로소 이 말을 전하라고 하셨어."

"어떤 내용인데요?"

케이티가 물었다.

"그분은 너희 팀이 성공하려면 너희 한 명 한 명이 모두 중요하다는 사실을 명심해야 한다고, 특히 지금은 무슨 일이든 너희가 서로를 믿고 의지해야 한다고 말씀하셨어."

밀리건 아저씨가 아이들한테 망토를 돌려받아 양복바지 자락 밑에 집어넣으며 계속 말했다.

"그리고 너희는 나를 믿고 의지해야 돼. 앞으로 어떤 일이 일어나든지 내가 이곳에서 너희를 도울 거야. 나는 앞으로 이 섬에 머물 테니까, 도움이 필요할 때는 여기 와서 나를 찾으렴."

"어떻게 하면 되죠?"

레이니가 묻자, 밀리건 아저씨가 지나온 길을 가리켰다.

"여기서 멀지 않은 곳에 해협으로 들어가는 텅 빈 하수구가 있어. 그곳이 좋겠다. 그곳에, 하수구에서 스무 걸음 들어간 안쪽에 쪽지를 놓고 그 위에 돌 두 개를 올려놓으렴. 내가 그곳을 자주 둘러볼게. 그리고 최선을 다해서 너희를 계속 지켜볼게."

이 말과 함께 밀리건 아저씨가 가려고 하자, 케이티가 급하게 불렀다.

"잠깐만요. 우리한테 행운을 빌어 주지 않으실 거예요?"

밀리건 아저씨가 고개조차 돌리지 않고 대답했다.

"행운? 나는 너희를 만난 그 순간부터 계속 너희의 행운을 빌고 있어. 지금 내가 바라는 건 기적이야."

밀리건 아저씨가 어둠 속으로 사라졌다. 아이들은 그쪽을 물끄러미 바라보았다. 마침내 꼬챙이가 씁쓸한 어투로 말했다.

"밀리건 아저씨는 우리한테 기적이 필요하다고 생각해."

케이티가 대답했다.

"으흠, 저분은 낙관적으로 생각한 적이 지금까지 한 번도 없어. 여태 그것도 몰랐니?"

체스의 교훈

레이니는 동이 트기 전에 깨어났다. 온몸이 떨리고 식은땀에 흠뻑 젖었다. 벌써 이틀 밤 연속으로 끔찍한 악몽을 꾸었다. 이번에는 어디선가 멀리서 친구들이 살려 달라고 비명을 질러 대는데 너무 멀어서 그 비명조차 마치 모기가 윙윙거리는 소리처럼 들렸다. 그런데 레이니는 속삭임에 앉아서 믿을 수 없을 정도로 행복하고 만족스러워하며 승리감에 젖어 빙그레 웃고 있었다. 왜 승리감을 느꼈을까? 레이니는 그 이유를 떠올리려고 노력했다. 자신이 빙그레 웃은 이유는……. 레이니는 몸서리를 쳤다. 기억이 났다. 자신이 커튼 선생을 편들기로 결정한 것이었다.

레이니는 관자놀이를 문질렀다. 이건 꿈일 뿐이라고 혼자 중얼거렸다. 하지만 현실도 그리 좋은 편이 아니었다.

그날 하루도 좋아진 것은 전혀 없었다. 수업, 식사, 공부……. 이 모든 시간이 레이니가 성공할 좋은 계획을 찾으려고 몸부림치는 사이에 뿌옇게 지나갔다. 그날 밤에는 노만산 섬에 발을 디딘 이후 처음으로 베네딕트 비밀클럽 모임이 두려워졌다. 아무런 계획도 세우지 못했다. 친구들은 레이니를 지도자로 생각하고 있는데, 자신은 그들이 패배자로 보이기만 했다. 마침내 소등 시간이 되자, 여자애들이 찾아왔으며, 레이니는 케이티가 질문을 하기도 전부터 움츠리고 있었다.

"그래, 레이니, 계획이 뭐야?"

레이니가 머리를 흔들었다.

"아무…… 아무 계획도 없어. 미안해. 계속 노력했지만 머리가 빙빙 돌기만 해. 내가 생각할 수 있는 건 우리가 속삭임을 고장 내야 한다는 거야. 하지만……."

"야, 그거 정말 좋은 계획이야! 어떻게 하면 되지?"

케이티가 좋아하며 묻자, 레이니는 어깨를 으쓱하며 대답했다.

"내 말이 그 말이야. 그 방법이 보이지 않아. 컴퓨터는 속삭임 갤러리 밑에, 육십 센티미터에 달하는 금속과 돌덩어리 밑에 안전하게 숨어 있어. 방법이 없어……."

"그건 커튼 선생 말이야. 그 사람이 너한테 진실을 말했다고 생각해? 그때 너는 눈가리개를 하고 그곳에 갔어, 그렇지? 눈을 가려서 아무것도 볼 수 없었는데, 컴퓨터가 노출되어 있지 않았다는 걸 네가 어떻게 장담할 수 있니?"

케이티가 지적하자, 레이니는 미처 생각도 못한 말을 듣고 깜짝 놀랐다.

"정말 좋은 지적이야, 케이티."

그러고 나서 레이니는 잠시 곰곰이 생각하다가 말했다.

"하지만 글쎄, 커튼 선생이 보안을 그렇게 강조했는데……. 커튼 선생 말이 사실인 것 같아. 네 생각은 어때, 꼬챙이?"

"내 생각도 그래."

꼬챙이가 동조해도, 케이티는 물러서지 않았다.

"하지만 커튼 선생한테도 컴퓨터에 접근할 방법이 있어야 하지 않겠어? 그것을 수정하려면 말이야. 너희는 그렇게 생각하지 않아?"

레이니는 수정한다는 말을 듣고 한층 더 놀랐다. 지금까지 왜 그 생각을 못했을까?

"네 말이…….네 말이 맞아, 케이티. 커튼 선생한테 컴퓨터에 접근할 방법이 분명히 있어. 그 말은 우리도 컴퓨터에 접근할 수 있다는 뜻이야. 게다가 우리는 입구 암호까지 알고 있잖아!"

케이티가 일어나며 말했다.

"한번 둘러본다고 해서 문제 될 건 없겠지. 빠를수록 좋아. 나 혼자가 볼게. 그러면 설사 내가 잡힌다 해도 너희 셋이 남아서 그걸 찾아낼 수 있을 테니까. 나한테 그곳에 가는 방법이나 알려 줘. 학습 기관 통제 건물 뒤편의 비밀 입구로 들어가야 할 것 같은데, 그다음에 어떻게 하지, 꼬챙이?"

꼬챙이는 거짓말을 하고픈 강한 충동을 느꼈다. 속삭임을 보호하고 싶었다. 이런 느낌이 들다니 정말 어이가 없다는 생각이 들었다. 그리고 기억을 다시 더듬으려고 했지만 그 충동이 또 일어났다. 결국 꼬챙이는 두 주먹을 불끈 쥐고 이를 꽉 문 채 간신히 케이티한테 사실을 말할 수 있었다.

"짧은 통로를 지나면 탑으로 올라가는 계단이 나와. 그리 올라가면 돼."

"하지만 함께 가는 게 좋겠어. 혼자 가는 건 너무 위험해."

레이니가 말했다. 하지만 케이티가 반대했다.

"괜찮을 거야. 이런 일은 혼자 가는 편이 좋아."

레이니는 혼자 보내면 안 된다고 생각했다. 도울 사람이 필요하다. 그래서 그런 주장을 하려고 입을 열었지만 아무 말도 나오지 않았다. 마음속으로 안개가 밀려드는 것 같았다. 게다가 뼛속까지 피곤했다. 언제나 올바로 행동해야 한다는 건 피곤한 일이었다. 너무나 피곤했다.

케이티가 텔레비전 위에 손전등을 놓으며 말했다.

"내가 잡힐 경우에 너희한테 이게 필요할 거야."

"네가 잡히면……."

콘스턴스가 입을 열었지만 케이티가 말을 끊었다.

"걱정하지 마, 나는 친구를 팔아먹지 않아. 걱정 마, 콘스턴스. 죽어도 그렇게 하진 않을 거야."

콘스턴스가 안타까워하며 말했다.

"내가 말하려고 한 건, '네가 잡히면, 걱정하지 마. 우리가 무슨 수를 써서라도 널 구할 테니까.'라는 거였어."

네 아이는 이 말에 모두 감동을 받았다. 말을 한 당사자인 콘스턴스가 특히 그랬다. 케이티는 콘스턴스의 어깨를 다독거리며 대답했다.

"미안해, 콘스턴스. 네가 항상 심술만 부리는 건 아니란 사실을 내가 가끔 잊어버려. 자, 이제 너를 우리 방으로 데려다줄게. 레이니, 꼬챙이, 내가 방법을 찾아내서 너희한테 알려 줄게. 행운을 빌어 줘!"

두 소년은 행운을 빌었고, 여자애들은 금방 사라졌다.

레이니와 꼬챙이는 서로 한마디도 꺼낼 수 없었다. 시선조차 주고받을 수 없었다. 그래서 그냥 침대로 들어갔다. 평소에는 잠자리에 들기 전에 잠시 잡담을 나누곤 했지만 지금은 속삭임의 너무나 강력한 영향 때문에 친구를 배신할 것만 같은 두려움이 가득했다.

레이니는 가만히 생각했다. 배신……. 정말 사악한 단어, 정말 끔찍한 생각이다. 하지만 이런 끔찍한 생각이 자주 떠올랐다. 그럴 때마다 자신은 그 생각을 지울 수 없었다. 케이티한테 자신이 함께 가겠다고 강하게 주장하지 않은 이유가 뭘까? 그러는 게 옳았다. 그런데 왜 못 그랬지? 은밀한 방송 때문에 마음에 안개가 낀 건가? 아니면 커튼 선생을 막기 싫은 생각이 마음 한구석에 숨어 있는 걸까?

레이니는 두 주먹으로 눈을 강하게 눌렀다. 그리고 마음속으로 편지를 쓰기 시작했다.

페루멀 선생님,

선생님은 제가 저 자신의 행복을 위해 거짓말을 할 수도 있다는 생각을 하신 적이 있으세요? 속삭임이 주는 행복은 환상이에요. 속삭임은 인간의 두려움을 없애 주지 않아요. 두려움은 그대로 있어요. 단지 일시적으로 없어졌다는 착각이 들게 할 뿐이에요. 이제 저는 그게 거짓이란 걸 알아요. 하지만 그 힘이 너무나 강해요! 예전의 제 모습은 진정한 제 모습이 아니었던 것 같아요. 어쩌면 저는 귀에 솔깃한 소리를 듣기 위해서라면 무슨 일이든 할 수 있는 그런 인간인 것 같아요…….

레이니는 절망의 절벽으로 떨어지는 기분이었다. 베네딕트 선생님은 레이니가 친구들을 잘 인도하고, 똑똑해서 좋은 계획을 짤 거라고, 용감하게 행동할 거라고 기대했다. 하지만 레이니 자신은 그럴 만한 인물이 결코 아니었다. 이제 그것을 분명히 깨달았다. 자신은 전혀 용감하지 않았다. 그리고 베네딕트 선생님은 너무나 멀리 떨어져 있는 것처럼 느껴졌다. 커튼 선생은 바로 옆에 있는 사람으로 느껴지는 반면에 베네딕트 선생님은 꿈에서 본 아련한 기억처럼 느껴졌다. 그리고 페루멀 선생님은, 레이니를 언제나 다정하게 대한 유일한 사람은, 마음속으로 편지를 쓰면 그걸 읽어 주는 상상의 인물로 변하고 있었다.

레이니는 자신이 이상하게 변한다는 생각이 들었다. 올바른 일을 하는 게 이렇게 어려울 거란 생각을 한 적이 없었다. 하지만 지금은 그랬다. 너무 힘이 들었다. 자신은 이런 임무를 맡을 만한 인물이 아니었다. 이런 역할이 어울리지 않았다.

레이니는 두 눈을 꼭 감았다. 울지 않으려고 했다. 하지만 그렇게 하니까 속삭임이 그 어느 때보다 선명하게 떠오르기만 했다. 속삭임이 이처럼 고통스러운 자신한테 평안을 주는 걸 어떻게 거부할 수 있단 말인가? 지금 레이니한테 절실하게 필요한 건 따뜻한 격려, 따뜻한 조언이었다. 결심을 부추길 수 있는 거라면 무엇이든 좋았다. 친구들은 모두 레이니한테 기댄다. 그러면 레이니는 누구한테 기대야 한단 말인가?

문득, 베네딕트 선생님이 도울 수 없다면 자신을 도울 사람은 아무도 없다는 생각이 떠올랐다.

레이니는 침대를 내려가서 창가로 갔다. 어두운 밤을 내다보았다. 케이티는 목숨을 걸고서 어둠 속을 뒤지고 있을 터였다. 꼬챙이는 악몽을 꾸고 있는지, 잠꼬대를 중얼거리고 있었다. 그리고 콘스턴스 역시 악몽을 꾸고 있을 게 분명했다. 그 누구보다 걱정이 많을 수밖에 없기 때문이다.

레이니는 메시지를 보낼 생각이었다. 단 한 번만. 레이니는 이번에는 아무 답신도 없으면 포기하기로, 이제 포기하고 쉬운 길을 선택하기로 결심했다. 영웅처럼 행동할 필요도 없고 패배자가 될 필요도 없다. 이제 조금만 지나면 더 이상 어쩔 도리도 없을 것이다. 자신이 어떻게 해 볼 수 있는 일은 하나도 없게 될 것이다. 모든 게 레이니의 손에서 벗어날 것이다.

이런 생각 자체가 너무 유혹적으로 다가와서 하마터면 레이니는 메시지를 보내는 것조차 포기할 뻔했다. 하지만 입술을 꼭 깨물고, 마음이 바뀌기 전에 신호를 보내기 시작했다.

'속삭임이 너무 강해요. 조언이 필요해요. 레이니.'

레이니는 창가에서 기다렸다. 심장이 쿵쾅거렸다. 자신의 모든 미래가, 자신의 모든 인격이 이 몇 초에 달려 있다는 느낌이 들었다. 레이니는 마음속으로 호소했다.

'답신을 보내세요. 제발 아무 신호나 보내세요……. 제발 답신을 보내세요.'

레이니는 계속 기다렸다. 일 분 또 일 분이 지나갔다. 왜 이렇게 오래 걸릴까? 저쪽에서도 나한테 할 말이 없는 걸까? 아무리 머리를 짜도 "행운을 빈다."라는 말밖에 떠오르지 않는 걸까? 혹시 이쪽을 살피지도 않는 건 아닐까? 모집원한테 들켜서? 레이니는 이유를 알 수 없었다. 하지만 그건 그리 중요하지 않았다. 중요한 건 텅 빈 밤이었다.

"결국에는 이렇게 되는 거야?"

레이니가 혼자 중얼거렸다. 좌절감과 동시에 다행이라는 느낌이 떠올랐다.

하지만 그게 전부였다. 이제 모든 게 끝났다.

레이니가 창가에서 막 돌아서려고 할 때에 멀리서 불빛이, 육지 해안의 나무 사이에서 가느다란 불빛이 반짝거렸다. 드디어 누군가가 답신을 보내고 있었다. 레이니는 자신의 심장이 두근거리는 소리를 들었다. 답신이 끝날 때까지 숨도 쉬지 않았다.

'하얀 기사를 명심해라.'

레이니는 숨을 들이켰다. 그리고 천천히 오랫동안 숨을 내쉬었다. 베네딕트 선생님이 이 말을 무슨 뜻으로 했는지는 생각할 필요도 없었다. 아주 오래전으로 느껴지긴 했지만, 레이니는 체스 문제에 대해 베네딕트 선생님과 나눈 대화 내용을 잘 기억하고 있었다. 하얀 기사가 먼저 움직였다가 마음을 바꿔서 출발점으로 돌아왔다는 내용이었다.

"그럼 너는 그게 좋은 수라고 생각하니?"

베네딕트 선생님이 이렇게 물었을 때에 레이니는 대답했다.

"아닙니다, 선생님."

"그렇다면 하얀 쪽에서 그렇게 한 이유가 뭐라고 생각하니?"

그래서 레이니가 대답했다.

"자신이 없었기 때문인 것 같습니다."

레이니는 창밖을 오랫동안 쳐다보았다. 그리고 손전등을 내려놓은 다음에 침대로 돌아갔다. 마음이 차분해지기 시작했다. 부담도 줄어들었다. 레이니는 마음속으로 조금 전에 페루멀 선생님한테 쓴 편지를 꺼내서 잔뜩 구긴 다음에 내던졌다.

다시 쓰고 싶었다.

하수도 쥐

레이니가 마음속으로 선생님한테 훨씬 낙관적인 편지를 구상하면서 "지금 우리는 케이티한테 모든 희망을 걸고 있어요."라고 쓰는 동안에, 정작 케이티는 낙관적인 생각이 계속 줄기만 했다.

문제는 커튼 선생이 숨겨 놓은 컴퓨터 방을 찾는 게 아니었다. 잡히는 것도 아니었다.

처음에는 모든 게 술술 풀렸다. 기숙사 뒤편의 어두운 곳을 가볍게 지나서 학습 기관 통제 건물 뒤편의 바위로 금방 접근했다. 그다음에 발로 바위를 차서 비밀 입구를 열고 안으로 재빨리 들어갔다.

문제가 시작된 건 여기서부터였다. 천장에 있는 배기통이 너무 작아서 안으로 들어갈 수가 없었다. 이것은 몰래 기어다닐 공간이 없다는 걸 의미했다. 그래서 정체를 드러낸 채로 돌아다닐 수밖에 없었다. 사람이 나타날 경우에는 그냥 들킬 수밖에 없었다. 입구에서 살짝 들여다보니, 통로가 대낮처럼 밝고 환했다. 게다가 짧은 거리도 결코 아니었다. 문이 길게 늘어선 통로가 쭉 뻗어 나간 다음에 비로소 옆으로 꺾였다. 그런데 꼬챙이가 이 길을 '짧은 거리'라고 말한 이유가 뭘까?

그때 케이티는 눈가리개를 떠올렸다. 두 소년이 이 길을 짧다고 기억한 이유는 잭슨이 이 길을 조금 걷다가 어떤 문 안으로 들어가서 탑으로 올라가는 계단에 올라섰기 때문이 분명했다. 그렇다면 쭉 늘어선 문 가운데 하나가 계단으로 이어진다는 뜻이었다. 그럼 저 문을 모두 열어 봐야 하는 건가?

여기에 대답이라도 하듯, 통로 중간 즈음에 있는 문이 스르르 열리고 잭슨이 통로로 나왔다. 케이티는 몸을 살짝 숨기고 가만히 귀를 기울였다. 잠시 발소리가 들리지 않아 다시 살펴보니 잭슨이 문 옆에 등을 기댄 채 아무 생각 없이 감초 사탕을 빨아 먹고 있었다. 느긋하게 있는 폼을 보니 오랫동안 거기 서 있을 생각인 것 같았다. 케이티는 빙그레 웃었다. 탑으로 올라가는 계단을 지키는 게 분명하다는 생각이 들었다. 그렇다면 잭슨을 따돌리고 저 안으로 들어가야 한다.

케이티는 입구 근처로 물러나서 양동이를 뒤져 새총을 꺼낸 다음에 공깃돌 하나를 새총에 끼웠다. 그런 다음에 모퉁이로 가서 다시 그쪽을 살펴보았다. 그렇게 한참을 기다리고 또 기다렸다. 마침내 기회가 왔다. 잭슨이 고개를 숙이고 허리띠를 똑바로 펴면서 뭐라고 중얼거렸다. 지금 이 순간을 놓치면 기회는 없을 듯했다. 케이티는 잭슨 너머 모퉁이를 향해 공깃돌을 쏘았다.

공깃돌이 잭슨의 머리를 지나 멀리 떨어진 돌바닥으로 적당한 소리를 내며 떨어지더니 더 멀리 데구르르 굴러가다가 모퉁이를 살짝 돌아갔다. 잭슨이 감초 사탕을 내뱉으며 "거기 누구야?" 하고 소리쳤다. 그리고 대답도 기다리지 않은 채 그쪽으로 뛰어가서 모퉁이를 돌아 사라졌다. 바로 그 순간에 케이티는 잭슨이 지키던 문으로 달렸다. 그런데 문 옆에 자물쇠 번호판이 있었다. 이게 있을 줄은 미처 생각도 못했다. 하지만 커튼 선생이 암호를 또 바꾸지 않았다면……. 케이티는 손가락으로 번호를 재빨리 눌렀다.

문이 열렸다. 케이티는 안으로 뛰어들었다.

그때 비로소 케이티는 그곳이 승강기란 사실을 깨달았다. 승강기? 그래! 이게 없으면 커튼 선생이 휠체어를 타고 탑 꼭대기까지 어떻게 올라가겠어? 전달자들한테는 이걸 타지 못하게 한 것뿐이야. 그 사람은 비밀을 좋아하니까! 어쩌면 그 높은 계단을 힘들게 올라오는 아이들을 떠올리면서 좋아할지도 몰라.

문이 스르르 닫히는 순간 통로 건너편의 열린 문 사이로 계단이 보였다. 잭슨은 두 입구 모두를 지키고 있었던 것이다.

승강기 안에는 버튼이 몇 개밖에 없었다. 아무런 표시도 없었지만 맨 위에 있는 버튼이 속삭임 갤러리 입구로 올라가기 위한 거란 사실을 추측하는 건 어렵지 않았다. 그리고 맨 밑에 있는 버튼은 컴퓨터실로 가는 버튼이 분명했다. 케이티는 그 버튼을 간절한 시선으로 쳐다보았다……. 하지만 그걸 누를 순 없었다. 승강기를 사용하면 잭슨이 그 소리를 들을 게 분명했다. 아마 지금쯤이면 이곳으로 돌아오고 있으리라.

하지만 케이티는 임기응변에 능했다. 양동이를 비우고 뒤집어서 그 위에 올라가 발끝으로 서서 승강기 천장에 붙어 있는 덮개의 나사를 드라이버로 풀었다. 케이티가 지금처럼 빨리 움직인 적은 없었다. 순식간에 밧줄을 천장 위에 묶고 양동이에 물건을 모두 넣은 다음에 승강기 천장 위로 올라갔다.

케이티가 천장 덮개를 제자리에 놓자마자 승강기 문이 열렸다. 케이티는 쥐 죽은 듯이 가만히 있었다. 잭슨이 투덜대는 소리가 들렸다. 그리고 문이 다시 닫혔다.

케이티는 볼펜 전등을 켰다. 승강기 케이블이 머리 위로 높이 뻗어 올라 어둠 속으로 사라졌다. 케이티는 신발과 양말을 벗어서 양말로 두 손을 감싼 다음에 신발을 다시 신었다. 그리고 볼펜 전등을 이로 물고 케이블을 타고 올라가기 시작했다. 낭비할 시간이 없었다. 힘들게 올라야 할 케이블이 너무나 길었다.

케이블을 타고 올라가는 건 정말 힘들고 오래 걸렸다. 짜증이 났다. 양말을 감았는데도 손이 아팠다. 힘도 다 빠졌다. 하지만 마침내 꼭대기 근처에서 길게 늘어선 문들이 나타났다. 그런데 문들을 열 수도 없고 틈새로 내다볼 수도 없었다. 그 위에 또 다른 문들이 길게 늘어서 있었다. 속삭임 갤러리 바깥 통로로 이어지는 문들이 분명했다. 그런데 그것들 역시 꼼짝도 안 했다. 그래서 케이티는 승강기 축 꼭대기에 있는 크랭크와 부품 사이를 비집고 지나갔다. 만일 승강기가 움직인다면 케이티는 죽을 수밖에 없었다. 구멍을 보고 올라간 건데, 구멍 역시 쇠를 씌워서 용접을 해 놓은 채였다. 어차피 구멍이 너무 작아서 그 사이로 지나갈 수도 없었다. 하지만 바깥을 내다볼 수는 있었고 바깥을 내다보니 실망만 더 커졌다.

입구에 모집원 두 명이 서 있었다. 덩치가 크고 무섭게 생긴 데다 둘 다 팔목에 충격 시계를 차고 있었다. 그들 뒤에는 두꺼운 금속 문이 있었는데 자물통 세 개와 전자 열쇠 번호판까지 달고 있었다. 세 자물통 가운데 하나는 번호 자물통이었다. 공기 배기통은 너무 좁아서 아무리 콘스턴스 몸에 기름을 바른다 해도 들어갈 수 없었고 천장은 접근 불가능인 데다 창문도 없었다.

케이티는 창문이 없으면 들어갈 방법도 없다는 생각이 들었다. 컴퓨터실은 고사하고 그 밖을 둘러싼 방조차도 들어갈 수 없었다. 케이티는 저절로 나오는 한숨을 참을 수가 없었다. 처음에는 혼자서 컴퓨터를 완전히 파괴시켜 속삭임을 막겠다는 웅장한 꿈을 품었다. 컴퓨터 선을 뜯어내고 그 부품을 부수고 다시 구할 수 없는 중요한 부품을 모두 훔쳐 내겠다고 생각했다. 자기 혼자서 모든 일을 할 수 있다는 사실을, 누구의 도움도 필요 없다는 사실을, 자신처럼 위대한 영웅은 없다는 사실을 영원히 증명하고 싶었다. 하지만 자신은 그렇게 할 수 없다는 사실을 이제 비로소 깨달았다. 최소한 이번에는 불가능했다.

그때 케이티의 몸이 갑자기 뻣뻣하게 굳었다. 너무 실망스러워 자신도 모르게 긴장의 끈을 놓은 나머지, 자신이 숨어 있는 어둠 속을 모집원 한 명이 들여다보고 있다는 걸 뒤 게 알아차린 것이었다.

다른 모집원이 동료에게 소리쳤다.

"맥그레이그, 구멍 속에 뭐 이상한 거라도 있어?"

맥그레이그가 손전등을 비추었다. 구멍 뒤에는 아무것도 없었다.

"생쥐 새끼인가 봐."

"말하는 생쥐?"

"그건 이 구멍에서 나오는 소리가 아니야, 이 멍청아. 그건 저기 계단을 올라오는 집행부의 소리야. 오늘 밤 새 집행부 요원을 여기저기 안내한다고 했잖아."

가까스로 몸을 숨긴 케이티도 목소리를 들었다. 자신이 있는 벽 바로 건너편이었다. S.Q.의 목소리가 점차 커지고 있었다.

"……훈련의 일부야. 마지막으로 이 위까지 구경하면, 너는 나와 함께 커튼 선생을 만나서 몇 가지 중요한 설명을 듣는 거야."

"알아요, 아까 그 말을 했잖아요. 그런데 당신이 나와 함께 커튼 선생을 만나서 설명을 듣는 이유가 뭔가요? 당신은 집행부가 된 지 거의 일 년이 되었잖아요."

퉁명스러운 목소리. 마티나 크로였다.

S.Q.가 대답했다.

"으흠, 아직 네가 모르나 본데, 나는 이해하는 게 약간 느린 편이야. 그래서 커튼 선생님이 이렇게 직접 설명할 때마다 나를 불러서 중요한 몇 가지 사항에 대한 기억을 일깨워 주셔."

콧방귀를 뀌며 비웃는 소리와 잭슨이 "거기 서, 너희 둘." 하고 외치는 소리가 연달아 들렸다. 케이티는 몸을 기울여서 구멍 사이를 다시 쳐다보았다. 하지만 잭슨은 보이지 않았다. 계단 입구가 보이지 않았기 때문이다.

잭슨이 모집원에게 묻는 소리가 들렸다.

"맥그레이그, 이곳은 아무 이상이 없어요? 오늘 밤 뭔가 이상한 일이 하나도 없어요?"

"내가 말했잖아, 잭슨. 아마 생쥐일 거야."

S.Q. 목소리였다.

"여기에도 쥐가 있어. 그 외에는 모두 괜찮아."

맥그레이그 목소리였다.

"잭슨은 보초 업무를 아주 진지하게 수행하죠."

S.Q.가 잘 아는 척하며 말하자, 잭슨이 받아쳤다.

"이봐, 커튼 선생님이 보안 조치를 강화하라고 말씀하셨잖아. 그런데 커튼 선생님한테 뭐 잘못한 거 있어, S.Q.?"

"당연히 없지! 나는 단지……."

케이티는 다음 말을 듣지 못했다. 승강기 축을 다시 내려가기 시작했기 때문이다. 잭슨보다 먼저 내려가서 살짝 빠져나갈 필요가 있었다. 그런 다음에는? 저 두 사람이 커튼 선생과 만나서 듣는다는 얘기는 뭐지? 어쩌면 오늘 밤에 조금이나마 얻는 게 있겠다는 생각이 들었다. 문제는 사무실에서 나누는 얘기를 엿듣는 방법을 찾아내는 것이다. 학습 기관 통제 건물로 들어가는 건 너무 위험했다. 하지만 다른 길을 찾을 수 있을 것 같았다.

"그러니 네가 알 수 있듯이, '향상' 이후에는 모든 사람이 훨씬 행복하게 되는 거야."

커튼 선생이 책상에서 휠체어를 타고 나오면서 말하자, S.Q.가 입을 열었다.

"하지만 전부는 아닙니다. 그렇지 않습니까, 커튼 선생님?"

"그 말이 맞아, S.Q. 불행하게도 개중에는 다른 사람이 전부 좋아해도 혼자 슬퍼하는 경향을 타고난 사람이 있는 법이야."

마티나가 빙그레 웃으면서 교활하게 말했다.

"제가 추측하기에 그런 불쌍한 영혼은 스스로 불행할 뿐만 아니라 문제를 일으키는 경향도 강한 것 같은데요? 그렇다면 두뇌 청소가 그들을 행복하게 만들기도 하지만 훨씬 다루기 쉽게 만들어 줄 것 같은데, 제 생각이 맞나요?"

커튼 선생이 만족스러운 표정으로 마티나를 쳐다보며 대답했다.

"너는 완벽하게 이해했구나. 그리고 S.Q., 자네한테도 충분한 설명이 되었을 것 같아."

설명이 충분하지 않았지만 S.Q.는 그렇다고 대답해야 한다는 강한 인상을 받았다. 그래서 웃으면서 대답했다.

"네, 그럼요, 물론입니다."

마티나가 의자에 앉은 몸을 앞으로 기울이며 물었다.

"하지만 아직 확실치 않은 것 한 가지는 두뇌 청소를 하는 원리입니다. 기억을 실제로 지우는 건 아니겠지요?"

커튼 선생이 대답했다.

"당연하지. 인간의 마음에 대해 조금이라도 아는 사람이라면 기억이 절대로 사라지지 않는다는 사실을 알고 있지. 기억을 완전히 지운다는 건 불가능해. 하지만 기억을 숨기는 건 가능하지. 내가 잘 쓰는 비유에 의하면, 기억 자체를 빗자루로 쓸어서 마음의 양탄자 밑에 집어넣어. 바로 여기에서 '두뇌 청소'란 말이 나온 거야. 계속 그 밑에 머물게 만들면 되는 거지. 비록 머리는 나빠지겠지만."

"하지만 그만큼 행복해지겠지요."

S.Q.가 말하자, 커튼 선생은 벌써 S.Q.보다 훨씬 많은 걸 이해하

는 신임 집행부 마티나를 의미심장한 시선으로 쳐다보며 대답했다.

"그래, S.Q. 그래, 모두가 행복해지는 거야, 친구."

S.Q.가 마티나에게 말했다.

"정말 놀랍지 않아? 나는 이 내용을 들을 때마다 소름이 돋아."

"두려울 때에도 그런 현상이 일어나지. S.Q., 이제 충분히 이해한 것 같나? 속삭임이 두려움을 처리하는 방법에 대해서 마티나에게 설명하고 싶지 않아?"

커튼 선생이 말하자, S.Q.가 빨개진 얼굴로 대답했다.

"아, 네, 물론 그러고 싶어요. 그러고 싶지만, 에……."

"잊어버린 거야?"

커튼 선생이 날카롭게 물으며 마티나에게 은밀한 미소를 보냈다. 그는 S.Q.를 장난감처럼 데리고 노는 걸 좋아하는 게 분명했다. 바로 그게 커튼 선생이 S.Q.를 오래전에 섬에서 내쫓지 않은 이유였다.

S.Q.가 허둥지둥 대답했다.

"잊어버려요? 아, 아니에요! 잊어버렸다고 말하지 않겠어요. 선생님도 기억은 절대로 사라지지 않는다고 말씀하셨잖아요, 콜록콜록."

S.Q.가 기침까지 하며 계속 말했다.

"단지 저는 선생님이 훨씬 많이 아시니까……."

"그 말은 사실인 것 같군. 게다가 자네보다는 말솜씨도 훨씬 뛰어나고. 아주 좋아, S.Q., 내가 설명하지. 자네는 평상시처럼 고개를 끄덕거려도 좋네."

S.Q.가 고개를 끄덕거렸다.

커튼 선생이 마티나한테 시선을 돌렸다.

"속삭임에 앉을 때마다 두려움이 어떻게 사라졌는지 기억이 나나?"

마티나의 얼굴에 잔뜩 기대하는 표정이 어렸다.

"물론 기억이 납니다."

마티나가 한숨을 쉬었다.

S.Q.가 고개를 끄덕거렸다.

"물론 기억이 나겠지. 이번에도 마법은 메시지에 숨어 있어. 네가 협조만 한다면, 속삭임이 네 두려움을 씻어 주는 아주 강력한 메시지로 보답을 하지. 아주 간단해. 두려움은 우리 피부 바로 밑에 숨어 있기 때문에 아주 쉽게 찾아낼 수 있어."

S.Q.가 고개를 끄덕거렸다.

마티나가 감탄했다.

"그럼 그건 아주 훌륭한 환상에 불과하군요! 나중에 두려움이 다시 찾아오는 이유를 이제 알겠어요. 그게 항상 궁금했어요. 속삭임에 앉으면 그게 영원히 사라지는 것 같았거든요."

커튼 선생이 웃음을 터트렸다.

"슬프게도 그 말이 맞아. 두려움을 진정으로 없애는 유일한 방법은 그것을 똑바로 쳐다보는 거야. 하지만 자신의 가장 커다란 두려움을 정면으로 바라볼 수 있는 사람이 과연 이 세상에 어디 있겠니?"

"맞아요!"

마티나가 말했다.

고개를 흔들던 S.Q.가 정신을 차리고 고개를 끄덕거렸다.

커튼 선생이 다시 입을 열었다.

"그런 사람은 없어. 그런데 지금 우리가 바로 그 평화와 만족을 인류 전체한테 아주 거대한 규모로 베풀 수 있는 상황에 도달한 거야. '향상'이 되면, 너도 알겠지만 모든 인간의 거대한 두려움은 네가 속삭임에 앉은 때와 마찬가지로 금방 사라지고 마는 거야. 정말 대단하겠지!"

S.Q.가 자제를 못하고 소리쳤다.

"기다릴 수가 없어요! 그렇게 많은 사람이 그렇게 행복하게 될 거란 사실을 생각하면!"

커튼 선생이 끽끽 웃었다.

"그렇게 오래 기다리지 않아도 돼, S.Q. 수정 작업이 예상보다 빠르게 진행되고 있어. '향상'은 내일모레부터 시작될 거야. 물론 그보다 더 앞당겨질 가능성도 많아."

"내일모레요? 전혀 몰랐어요!"

마티나가 감탄하자, 커튼 선생이 대답했다.

"그래, 너는 정말 운이 좋아. 네가 '향상' 전에 마지막으로 승진한 집행부야. 집행부는 아주 자랑스러운 전통을 가지고 있어, 마티나. 네가 임명되기 전에 벌써 집행부 여러 세대가 나왔는데, 그들 대부분은 전 세계 곳곳에 퍼져서 '향상'을 준비하고 있어. 그 가운데 상당수는 벌써 정부의 고위 관리직이 되었지."

"전 무슨 일을 맡으면 될까요?"

마티나가 물었다. 기대감으로 두 눈이 반짝거렸다.

"청소부의 작업을 돕는 것부터 시작하도록. 기억 종착역을 구경했지? S.Q.가 청소부를 보여 주었니?"

"지금 막 그곳에 다녀왔습니다. 속삭임과 똑같이 생겼더군요."

"맞아, 하지만 성능은 훨씬 떨어져. 정교함도 떨어지고. 속삭임은, 마티나, 정말 정교하고 민감한 기계야. 적절하게 가동시키려면 엄격한 내 지휘가 필요하지. 이 세상을 향상시킬 수 있는 건 오직 내 속삭임밖에 없어."

커튼 선생이 여기에서 잠시 입을 다물었다. 얼굴에 달콤한 환상이 어리고 있었다.

"하기야 청소부가 기억을 그냥 묻는 정도라면 그러네요."

마티나가 말하자, 커튼 선생이 대답했다.

"맞아. 속삭임에 비하면 아주 간단한 도구야. 금속 빗자루 정도에 불과해. 그렇지 않다면 집행부가 그걸 작동할 수 없을 거야."

이번에는 마티나가 고개를 끄덕거리고 S.Q.는 끄덕이지 않았다. 사실 지금 S.Q.는 평상시와 달리 아주 진지한 표정을 하고 있었다. 그러더니 손을 치켜들며 조심스럽게 입을 열었다.

"음, 선생님? 문득 어떤 생각이 떠올랐어요."

커튼 선생이 눈썹을 치켜올렸다.

"정말 대단하군, S.Q., 그게 뭐지?"

"우리가 사람들한테 허락을 받아야 하지 않을까요? 제 말은, 만일 우리가 그 사람들 머리에 무언가를 집어넣으려면 먼저 그걸 물어봐야 하는 거 아닌가요?"

마티나가 믿을 수 없다는 표정으로 입을 쩍 벌렸다. 하지만 커튼 선생은 그런 S.Q.의 모습에 오래전부터 익숙한 터였다.

사실 S.Q.는 전에도 똑같은 질문을 한 적이 있었다. 그것도 여러 번 그랬다. 하지만 매번 잊어버렸다. 커튼 선생은 짜증스럽다기보다 재미있다는 표정으로 대답했다.

"만일 우리가 허락 여부를 묻는다면, S.Q., 그러면 그게 효과가 없어져. 하지만 자네는 사람들이 행복하길 원하나, 원하지 않나?"

"당연히 원하죠!"

"그렇다면 그 대답은 '아니다'야. 우리는 허락을 구하지 말아야 해. 이해할 수 있겠나?"

S.Q.가 다행이란 표정으로 고개를 끄덕거리자, 커튼 선생이 계속 입을 열었다.

"그래, 마티나, 자네도 이제 '향상'을 기쁜 마음으로 준비할 수 있겠지? 내가 말했듯이 내일모레면 우리는……."

순간 커튼 선생의 관심이 사무실 바닥에 있는 배수구로 쏠렸다.

"정말 이상해. 배수로에서 무슨 소리가 들린 것 같아."

"아마 생쥐일 거예요."

S.Q.가 과감하게 말하자, 마티나가 물었다.

"그런데 배수로는 왜 있는 건가요?"

"자네가 설명해 주겠나, S.Q.? 그건 자네가 분명히 기억하는 것 같은데. 으스스한 내용은 기억을 잘하는 법이거든."

커튼 선생은 말하는 중에도 커피잔 받침만 한 크기의 배수로 격자 구멍을 계속 쳐다보았다.

"아, 알겠습니다, 선생님!"

S.Q.는 자신의 지식을 입증하고 싶은 마음에 크게 대답하고 헛기침을 하며 목에 힘을 주었다.

"나중에 알겠지만, 마티나, 초창기에, 그러니까 이 섬에 학습 기관을 짓기 위해 노동자들이 이곳에서 살 때에 이 방을 도살장으로 사용했어. 그래서 이곳에 항상 피가 많았어. 엄청났지. 그래서 그 피를 흘려보낼 배수로가 필요했어. 그래서 배수로를 만들어 하수도에 연결한 거야. 하수도는 모든 걸 항구로 흘려보내. 사람들이 말하길, 당시에 상어 떼가 피 냄새를 맡고 모여들자 노동자들은 상어들이 덥석 물도록 생쥐를 던져서……."

바로 이 순간에 S.Q.의 얼굴이 밝아졌다. 갑자기 다른 생각이 떠오른 것이다. S.Q.가 두 가지 내용을 동시에 떠올리는 일은 아주 드물었다.

"들으셨습니까, 커튼 선생님? 잭슨도 생쥐 소리를 들었어요, 삼십 분 전에요. 최근에 생쥐 때문에 정말 문제예요."

"정말 심각한 문제는 우리가 생쥐 소리를 듣기만 하고 직접 본 적은 없다는 사실이야."

커튼 선생이 말하더니, 책상으로 휠체어를 몰아서 S.Q.가 차를 마시라고 가져온 뜨거운 물 주전자를 집어 들었다.

"우리 쥐는 숨는 실력이 아주 좋은 것 같아. 어쨌든 배수관은 생쥐 크기지만 하수관은 사람 크기지. 그러니 그 입구를 찾아낸 어느 대담한 인간이 숨어들어 우리 이야기를 엿듣기엔 아주 좋은 곳이란 생각이 들어."

커튼 선생은 이렇게 말하면서 방을 쏜살처럼 가로질러 김이 펄펄 나는 뜨거운 물을 배수로에 부어 버렸다. 그리고 가만히 귀를 기울였다. 하지만 뜨거운 물이 배수로를 빠져나가는 꼬르륵 소리 말고는 어떤 소리도 들리지 않았다.

"으흐흠. 진짜 생쥐인가 보군. 아니면 항구에서 배가 오가는 메아리일 수도 있고. 배수관은 음향 효과가 아주 뛰어나거든."

커튼 선생이 손에 들고 있는 텅 빈 주전자를 가만히 바라보며 무언가를 곰곰이 생각하더니, 이렇게 말했다.

"하지만 지금 차를 마시고 싶어. S.Q., 식당으로 당장 뛰어가서 뜨거운 물을 한 주전자 더 가져와. 과자 몇 개도. 자, 내가 종이에 적어 주는 게 좋을 것 같군."

그런데 커튼 선생이 S.Q.에게 건넨 쪽지에는 차나 과자에 대한 내용이 하나도 없었다. 바로 이런 내용이었다.

'지금 당장 남쪽 해안에 있는 하수도 배출구로 뛰어가. 잭슨이랑 함께. 만일 그곳에 아무도 없으면, 근처 모래사장을 뒤져. 아마 발자국이 있을 거야. 서둘러!'

S.Q.는 그 내용을 읽고 또 읽은 다음에 어리둥절한 표정으로 쳐다보곤, 커튼 선생이 입술에 댄 손가락을 보았다. 그제야 이해할 수 있을 것 같았다. 그는 아주 급하게 서두르며 바깥으로 나갔다.

케이티는 배수관에 귀를 대고 있다가 물소리가 들리자마자 재빨리 고개를 뒤로 뺐다. 그와 동시에 뜨거운 물이 콸콸 지나갔다. 간신히 피하긴 했지만 가느다란 물줄기가 목에 떨어졌다. 케이티는 비명 소리를 누르기 위해 최선을 다했다. 그런 다음에 커튼 선생이 S.Q.를 내보내는 소리가 들렸다. 케이티는 함정이란 생각이 들어서 재빨리 해안에 있는 하수구 배출구로 내려갔다.

깜깜한 밤하늘 아래로 나오는 순간, 학습 기관 통제 건물 뒤에서 두 사람이 튀어나오는 것이 보였다. S.Q.와 잭슨이었지만 어두워서 케이티는 누군지 알아볼 수 없었다. 두 사람은 광장을 가로지르며 해안 쪽을 향해 열심히 달려오고 있었다. 금방 하수구로 들이닥칠 게 분명했다. 도망칠 곳은 바다밖에 없었다. 케이티는 물로 들어가서 몸을 깊숙이 숨겼다. 소름이 끼칠 정도로 물이 차가웠다. 케이티는 너무 추웠지만 그보다 근방에 상어가 없기만 희망했다. 커튼 선생이 뜨거운 물을 퍼붓기 전에 S.Q.가 한 말이 마음에 남아 있었기 때문이다. 도살은 아주 오래전 일이니까 이제는 상어가 이곳에 모여드는 일도 완전히 사라졌을 게 분명했다. 케이티로서는 그걸 바랄 수밖에 없었다. 어쨌든 해안으로 돌아갈 순 없으니 계속 물속에 있어야 했다.

다행히도 케이티는 수영 실력이 뛰어났다. 그래서 최대한 오랫동안 물속에 머물다가 숨을 들이켜는 순간만 잠시 입을 밖에 내밀고 다시 물밑으로 잠수하며 해협으로 나아갔다. 마침내 수면으로 올라와서 뒤를 바라보니, 이미 육지와 상당히 떨어진 거리에 있었다. 다행히 자신을 쫓는 사람도 없었다. 자신을 본 사람이 전혀 없을 가능성도 있었다. 다행이었다. 이제는 해안선을 따라 헤엄치며 내려가서 눈에 안 띄는 안전한 곳으로 살며시 올라가면 그만이었다.

케이티는 고개를 돌리고 앞쪽을 바라보다가 깜짝 놀랐다.

없기만 바라던 물체가 앞에 나타난 것이다. 상어였다. 삼각형 검은 지느러미가 검은 물을 헤치며 다가오는 중이었다. 공포가 온몸을 휩쓸고 지나갔다. 케이티는 단단히 각오하고 이를 악문 채 기다렸다. 짧은 순간이 지났다. 자신이 상어 이빨에 물려서 죽을지 아니면 바다 깊숙이 끌려가 끝없는 암흑에 갇힌 채 숨이 막혀 죽을지 궁금했다.

그런데 잠시 후에 케이티는 그게 상어 지느러미가 아니라 바위란 걸 깨달았다.

공포가 서서히 사라졌다. 하지만 그 여파가 남아서 신경이 잔뜩 곤두섰다. 큰북 소리 같은 심장 소리가 귀에 쿵쿵 울렸다. 케이티는 주변을 둘러보았다. 울퉁불퉁한 바위가 수면 여기저기에 솟아 있었다. 너무나 깜깜한 어둠과 물을 튀기며 끊임없이 몰아치는 파도 때문에 모든 바위가 자신을 향해 움직이는 것 같았다. 그 가운데 일부는 상어 지느러미랑 비슷했다. 특히 몇 개는 진짜 같았다.

"제기랄."

케이티가 한숨을 쉬었다. 그 바위들 틈으로 곧장 헤엄치며 지나갈 수밖에 없기 때문이었다. 날카로운 모서리에 베이지 않으려면 아주 조심해야 했다. 그리고 그곳에 진짜 상어가 정말로 없기만 바랄 수밖에 없었다.

위기일발

　삼십 분 후, 레이니와 꼬챙이 방에 몰래 들어갈 즈음에 케이티는 기분이 약간 좋아졌다. 처음에는 임무에 실패한 게 실망스러웠고 뼛속까지 물에 젖어서 너무나 추운 데다 온몸이 아픈 것 같았지만 최소한 상어에게 잡아먹히진 않았기 때문이었다. 철퍽거리는 신발 소리와 빠르게 다다닥 부닥치는 이상한 소리에 두 소년은 잠에서 깼다. 그러고는 온풍기를 꼭 껴안은 채 무섭게 이를 떨고 있는 케이티를 발견했다. 케이티의 옷에서 물이 뚝뚝 떨어지고 있었다.
　두 아이는 간신히 숨을 죽이며 조그맣게 속삭였다.

"케이티! 무슨 일이야? 괜찮아?"

"괘앤치안아."

케이티가 너무 심하게 더듬거려서 아이들은 당분간 말을 걸 수도 없었다.

레이니가 담요를 덮어 주었다. 마침내 몸이 따듯해지자, 케이티는 가짜 상어에 무서워한 일만 빼고 모든 걸 두 친구에게 털어놓았다.

"다행히 양동이는 허리춤에 확실하게 묶어 놓았어. 그렇지 않았으면 분명히 잃어버렸을 거야. 하지만 물건 몇 개를 잃어버렸어. 볼펜 전등은 완전히 물에 젖었어. 그리고 손가락이 완전히 마비되어서 아무것도 집을 수가 없어. 천장으로 올라갈 수도 없어서 몰래 복도로 들어왔는데 질슨을 비롯한 그 누구와도 안 마주친 게 천만다행이야."

"네가 그 배수구로 들어가서 엿들었다는 사실을 믿을 수가 없어. 어떻게 그럴 생각을 했니?"

꼬챙이가 묻자, 케이티가 대답했다.

"다행히 추측이 맞아떨어졌어. 우리가 커튼 선생 사무실에 대해 처음 이야기할 때에 레이니가 바닥에 배수로가 있다는 말을 했어. 그리고 지난밤에는 밀리건 아저씨가 우리한테 하수구에 대한 말을 했고. 배수로와 하수구. 나는 이 두 개를 하나로 묶어서 생각하고, 내 생각이 맞기만 기도했지."

레이니가 옷장을 뒤져서 새로 찾은 수건을 케이티에게 건네며 물었다.

"그래서 우리가 컴퓨터실로 들어갈 방법은 완전히 없다는 말이니?"

케이티가 마지못한 표정으로 고개를 끄덕였다. 그 사실을 인정하기가 너무 싫었다.

"괜찮아. 잘했어, 케이티."

레이니가 격려하자 케이티가 반발했다.

"잘했다고? 하나도 알아내지 못했어!"

"지금 농담하는 거야? 컴퓨터실에 들어갈 수 없다는 사실을 파악했으니, 방법을 찾으려고 시간을 낭비할 필요가 없어졌잖아. 지금 우리한텐 낭비할 시간이 없는데 말이야. 내일모레부터는 모든 기회가 사라질 테니까. 이 사실을 알게 된 것도 네 덕분이고. 이 모든 게 우리한테는 너무나 중요한 정보야."

케이티가 말도 안 된다는 표정으로 어깨를 으쓱했다. 하지만 속마음은 기뻤다. 그리고 두 손을 폈다 접었다 했다. 손가락에 감각이 조금씩 돌아오는 것 같았다.

레이니는 정신을 집중했다. 당장은 메시지 방송이 없어서 마음이 혼란스럽지가 않았다.

"커튼 선생이 어떻게 말했다고, 케이티? 자기 속삭임이 아주 민감한 기계라고?"

꼬챙이가 대신 대답했다.

"아주 정교하고 민감한 기계래. 그리고 적절하게 가동시키려면 자신의 엄격한 지휘가 필요하대."

케이티가 동의했다.

"그래, 그렇게 말했어. 그가 그 말을 할 때에 그대로 외우려고 했는데. 나는 너희처럼 기억력이 좋지 않아."

"좋아, 그럼 이 모든 내용을 지금 당장 베네딕트 선생님한테 보고하자."

꼬챙이가 말하고 텔레비전 위로 올라가더니, 신음하며 말했다.

"잭슨이 S.Q.와 함께 광장에 나와 있어. 지금 잭슨이 S.Q.한테 뭐라고 야단을 치고 있어."

레이니가 말했다.

"꼬챙이랑 내가 기다렸다가 보고할 테니까, 케이티 너는 가서 마른 옷으로 갈아입고 자는 게 좋겠어. 우리 셋 다 기다릴 필요는 없으니……."

바로 그때 방송이 또 시작되었다. 세 아이 모두 얼굴을 찡그렸다.

케이티가 한숨을 쉬면서 말했다.

"맙소사, 이것 때문에 뜬눈으로 꼬박 밤을 새우지 않으면 좋겠어. 어쨌든 내 방으로 가서 옷을 온풍기에 넣고 잠이나 청해야겠어. 세상을 구할 시간이 이제 하루나 이틀밖에 없어. 시간이 있을 때에 충분히 쉬어야 해."

케이티는 깊이 곯아떨어졌다. 일어나라는 소리가 계속 들렸는데도 야간 탐험 때문에 너무나 피곤해서 계속 자다가 아침을 먹을 시간에야 간신히 일어났다. 콘스턴스는 전혀 도움이 안 됐다. 케이티가 한밤중에 방으로 돌아가 콘스턴스를 깨워서 기상 시간에 깨워 달라고 신신당부를 했건만, 콘스턴스가 오히려 더 깊이 곯아떨어졌던 것이다. 그래서 두 여자애는 질슨이 방을 쾅쾅 때릴 때에도 깊이 잠들어 있었다. 케이티는 자신이 서커스로 돌아가 대포에 들어가서 발사되는 꿈을 꾸었다.

"일어나! 이제 십오 분이 지나면 도우미들이 아침 식사를 주지 않을 거야!"

질슨이 소리치며 창틀이 흔들릴 정도로 문을 아주 세게 두드렸다.

케이티는 깜짝 놀라 일어나 침대에서 벌떡 내려왔다. 그리고 옷을 입은 다음, 온풍기에 올려놓았던 신발을 꺼냈다. 불행하게도 신발은 아직 다 마르지 않은 상태였다. 케이티는 콘스턴스를 정신없이 흔들며 소리쳤다.

"일어나, 꼬맹이 콘스턴스! 빨리 움직여야 해!"

콘스턴스가 쩝쩝 입맛을 다시고 눈을 몇 차례 껌뻑거리더니, 이렇게 말했다.

"꼬맹이라고 부르지 마."

"알았어, 알았어. 미안해."

한동안 어르고 달랜 다음에 케이티는 콘스턴스를 움직이게 해서 등에 업고 식당으로 급히 걸어갔다. 그러곤 평소와 똑같은 식탁에 앉아 있는 두 소년을 발견하고 신발을 철퍽거리면서 그쪽으로 걸어갔다. 케이티가 나타나자 갑자기 레이니의 두 눈이 커졌다. 레이니는 케이티가 옆에 앉자마자 "이제 오는구나! 내가 주스를 따라 줄게, 케이티!" 하고 커다랗게 소리쳐 댔다. 그러곤 평소와 달리 주스 주전자를 어설프게 잡았다 놓쳐서 주스 한 주전자를 케이티의 두 발에 그대로 쏟아 버렸다. 근처 식탁에서 전달자들이 일제히 폭소를 터트렸다.

"맙소사, 레이니! 나도 주스 정도는 따라 마실 수 있다고!"

케이티가 소리치자, 레이니가 재빨리 속삭였다.

"잘 들어, 케이티. 아침 내내 소문이 무성했어. 누군가가 하수구에 숨어들었다가 바다로 헤엄쳐서 도망쳤다는 걸 다들 알아. 젖은 신발이 결정적인 증거야. 그런데 내가 주스 엎지르는 걸 모두가 보았으니 이제 핑계가 충분하지."

"맙소사. 고마워, 친구. 그리고 콘스턴스, 빙그레 웃는 얼굴 좀 치워. 너는 이런 일이 그렇게 재미있니?"

두 여자애가 아침을 게걸스럽게 먹는 동안, 레이니와 꼬챙이가 새로운 정보를 알려 주었다. 어젯밤 케이티가 나간 후에 두 아이는 마침내 기회를 잡고 베네딕트 선생님에게 보고했다. 하지만 너무나 실망스럽게도 베네딕트 선생님은 답신을 보낼 수 없었다. 잭슨과 S.Q.가 다시 광장에 나타났는데, 이번에는 커튼 선생도 함께 있었다. 커튼 선생은 잭슨과 마찬가지로 S.Q.한테 뭐라고 한참 야단을 치면서 S.Q.의 얼굴에다 계속 손가락질을 했다.

꼬챙이가 설명했다.

"우리는 S.Q.가 그렇게 야단을 맞는 이유가 뭔지 궁금했어. 그런데 오늘 아침에 그 사실을 알았던 거야. 모두가 그 얘기를 들었어. 게다가 잭슨과 S.Q.가 첩자를 놓치긴 했지만 하수도 배출구 근처 모래사장에서 발자국을 발견한 거야, 바다로 이어지는 발자국을."

케이티는 계란말이를 포크로 찍어 입으로 가져가다가 얼어붙었다.

"뭐라고? 맙소사! 흔적을 모두 없애려고 했는데 시간이 없었어."

케이티의 얼굴이 빨개졌다. 창피했다. 포크도 내려놓았다.

"미안해, 친구들. 이제 그들이 발자국에 내 신발을 대 보겠구나. 맞아, 그럴 거야. 그럼 결국에는……. 그런데 너희 둘 다 왜 그렇게 머리를 흔들어 대니?"

"이제 더 이상 걱정할 필요가 없기 때문이야."

레이니가 말하자, 꼬챙이가 빙그레 웃으며 설명했다.

"S.Q.가 우리 대신 그 문제를 처리했어. 큰 발이 큰 역할을 한 거지. 그래, 발자국을 찾아서 해안까지 쫓아간 건 맞아. 그런데 그렇게 하면서 자기 발자국으로 네 발자국을 모두 지워 버린 거야! 완벽하게! 그래서 커튼 선생이 그렇게 화가 난 거야."

케이티는 안도의 한숨을 내쉬며 좋아했다.

"하하! 우리의 착한 친구 S.Q.를 위해서 건배!"

레이니가 덧붙였다.

"하지만 아직은 조심해야 돼. 커튼 선생이 모든 학생을 조사하……. 그래, 아! 이 빵이 정말 맛있지 않니, 꼬챙이? 시원한 우유랑 맛이 아주 잘 어울려, 특히 딸기 우유랑."

꼬챙이는 갑자기 주제가 바뀌어 어리둥절하다가 자신들을 향해 다가오는 잭슨과 마티나를 발견했다. 그래서 자기는 계피 롤빵이 더 맛있다고 솔직하게 대답하는데 잭슨이 다가와서 깔보는 어투로 말했다.

"조지, 아침 식사에 대한 아주 흥미진진한 대화를 방해해서 미안한데, 마티나와 내가 지금 조사를 하는 중이야. 너희도 첩자가 침입했다는 소문을 들었을 거야."

레이니가 대답했다.

"네. 하지만 도저히 믿을 수가 없어요. 도대체 이 학습 기관에 첩자가 침입할 이유가 뭐죠?"

잭슨이 손바닥으로 레이니의 머리를 아프게 때렸다.

"머리를 사용하면, 몇 가지 이유가 떠오를 거야, 멀든. 첩자는 커튼 선생님의 비밀 기술을 몰래 훔쳐서 그걸 사악한 목적으로 이용할 사람한테 팔아먹으려고 하는 거지."

"정말 끔찍해요."

케이티가 말하자, 레이니가 머리를 문지르며 대답했다.

"어쨌든 그래요, 첩자가 들어왔다는 소문을 듣긴 했어요."

"그래도 아마 이 소식은 못 들었을 거야."

잭슨이 주머니에 손을 넣어서 공깃돌 하나를 꺼냈다. 케이티의 공깃돌이었다.

"첩자가 이 공깃돌인가요?"

레이니가 물었다.

"하하, 꼬마 친구. 하하! 아니야, 이 공깃돌은 지난밤에 우연히 찾은 거야. 어떤 한 장소에서. 음, 이런 식으로 말하는 게 좋겠군. '이런 게 있으면 안 되는 장소'에서."

"그렇게 말하니까 무슨 말인지 알겠어요."

레이니가 대답했다.

마티나가 상체를 앞으로 숙여서 케이티의 양동이를 들여다보았다.

"그래서 잭슨과 나는 이 공깃돌 주인을 찾는 중이야. 굳이 내 손으로 지적하고 싶진 않지만 내가 보기에 케이티 양동이를 살펴보는 게 좋을 것 같아. 너희도 알다시피 저 속에는 온갖 잡동사니가 다 들어 있잖아."

마티나가 나긋나긋하게 말했다.

레이니와 꼬챙이는 아무렇지 않은 척했으나, 마음속에서는 소용돌이가 일었다. 케이티는 지난밤에 물속에서 물건 몇 개를 잃었다고 말했다. 하지만 공깃돌과 새총에 대한 말은 한마디도 없었다.

"내가 살펴봐도 괜찮겠니?"

마티나가 벌써 손을 내밀며 물었다.

"그러고 싶다면."

케이티가 대답했다. 그러곤 마티나가 미처 손을 대기 전에 양동이를 뒤집어서 물건을 모두 식탁에 쏟았다. 자석과 스위스 군대용 칼, 낚싯줄 실패, 만화경, 밧줄. 밧줄은 아직 축축했지만 만지지 않고 눈으로 보면 모른다. 공깃돌은 없었다. 새총도 없었다.

"아."

마티나가 한탄했다. 실망이 가득한 쓸쓸한 표정이었다.

잭슨은 가만히 서 있는 마티나를 억지로 잡아당기며 말했다.

"됐어. 그냥 확인한 거야. 우리는 또 다른 사람한테 가서 물어봐야 하니까 너희는 흥미진진한 대화를 계속 나누도록 해라. 가자, 마티나."

그들이 사라지자 케이티가 윙크를 하며 입을 열었다.

"비록 신생대가 언제인지는 모르겠지만……."

꼬챙이가 깜짝 놀라며 끼어들었다.

"케이티, 지금 우리는 신생대에 살고 있어. 신생대가 6500만 년 전에 시작된 건 맞지만……."

케이티가 고집스러운 어투로 계속 말했다.

"지금 내가 하려는 말은, 신생대가 언제인지는 모르겠지만 나도 바로 어제 태어난 철부지는 아니라는 거야."

"도대체 너희들 지금 무슨 말을 하는 거니?"

콘스턴스가 묻자, 레이니가 대답했다.

"자기가 아무것도 모르는 바보는 아니라는 뜻이야. 그래, 공깃돌과 새총을 일부러 버린 거니, 케이티?"

"물론이지. 잭슨이 공깃돌을 찾았다는 걸 내가 알고 있었으니, 그걸 모두 버릴 수밖에. 물론 그렇게 하기는 정말 싫었어. 사자 조련사랑 내기를 해서 딴 것이거든."

콘스턴스가 놀렸다.

"불쌍한 케이티! 공깃돌을 모두 잃어버리다니."

케이티를 제외한 친구들이 이 말에 깔깔거리며 웃고 있을 때에 마티나와 잭슨이 식당을 절반쯤 걸어가다가 갑자기 마음을 바꾸었는지 다시 돌아오기 시작했다. 마티나의 얼굴에 잔인한 미소가 위협적으로 떠올라, 아이들의 웃음소리는 한순간에 증발되었다. 레이니와 친구들은 가만히 침묵한 채 기다렸다.

마티나가 설명했다.

"잭슨이 아주 중요한 걸 잊어버렸어. 지난밤에 공깃돌을 찾은 바로 그 장소에서 잭슨이 감초 사탕을 뱉었는데 나중에 찾아보니까 그게 사라진 거야."

레이니는 바로 옆에 앉아 있는 케이티가 딱딱하게 굳는 걸 느꼈다. 드디어 문제가 생긴 것이다.

잭슨이 덧붙였다.

"재미있는 건, 감초 사탕이 아무도 모르는 사이에 신발 밑바닥에 달라붙는 성질이 강하다는 거야."

케이티가 의자에서 꿈지럭대며 대답했다.

"아, 이제 알았어요, 알았어. 그러니까 지금 내 신발 밑바닥을 보고 싶다는 거네요?"

"협조해 주면 고맙겠어."

마티나가 사악하게 웃으면서 말했다. 마티나는 케이티가 꿈지럭대는 걸 보자 자신을 무서워한다는 증거란 생각이 들어서 기뻤다.

"그래요. 그런데 신발이 축축해서 어쩐대요. 레이니가 지금 막 주스를 엎질렀거든요."

케이티가 말했다.

"아, 그래, 우리도 봤어."

잭슨이 대답하면서 재미있게 키득키득 웃었다. 양이 아플 때 내지르는 소리 같았다.

케이티가 곤혹스러워진 걸 잭슨이 웃으며 좋아하는 사이에 케이티는 식탁 밑에서 뭔가 끈적끈적하고 차가운 돌멩이 같은 걸로 레이니의 손을 눌렀다. 아까 몸을 꿈지럭거린 건 불안해서 그런 게 아니었다. 발을 비틀어 올려서 감초 사탕을 손으로 움켜잡은 것이었다. 케이티가 축축한 신발을 벗어 집행부한테 건네는 사이에 레이니는 딱딱한 감초 사탕을 식탁 밑으로 꼬챙이의 손에 넘겨주었다. 사탕을 케이티한테서 멀리 떨어뜨릴수록 좋다고 생각했기 때문이다. 그런데 꼬챙이도 똑같이 생각하고 그 즉시 그것을 콘스턴스에게 넘겨주었다.

그런데 불행하게도 콘스턴스는 그게 무언지 몰랐다.

두 소년은 콘스턴스가 끈적끈적하고 더러운, 반쯤 빨아 먹던 동그란 사탕을 식탁에 올려놓고 가만히 살피는 광경을 깜짝 놀라 쳐다보았다. 레이니가 고개를 살짝 돌려서 살피니, 두 집행부는 케이티의 신발을 보며 실망한 채 케이티한테 두 손을 펼쳐 보라고 요구한 다음, 혹시 식탁 밑에 사탕이 없나 살피는 중이었다. 레이니가 콘스턴스를 다시 바라보았다. 콘스턴스는 그제야 눈치를 채고 깜짝 놀라 눈이 동그래졌다. 그러더니 마티나가 고개를 들고 쳐다보기 직전에 감초 사탕을 입에 쏙 집어넣고 한 번 깨문 다음 꿀꺽 삼켜 버렸다.

"우웩, 그렇게 구역질 나는 광경은 생전 처음이야."

꼬챙이가 나중에 말했다. 위기일발의 순간이 모두 지나가고 집행부 두 명이 다른 아이들을 괴롭히러 떠난 다음이었다. 평소에 불그스름하던 콘스턴스의 두 뺨은 벌써 엷은 파란색으로 변한 상태였다.

"구역질 나는 건 맞아, 하지만 영웅적인 행동이었어."

레이니가 말하자, 콘스턴스가 비참한 어투로 중얼거렸다.

"우리 모두는 서로를 위해서 희생해야 돼."

"지금 우리한테 필요한 건 결정을 내리는 거야. 계획이 필요해, 그것도 아주 빨리. 좋은 생각이 떠오르는 사람 없니? 내 아이디어는 완전히 거덜 났어."

케이티가 말했지만 콘스턴스는 끙끙거리며 두 손으로 머리를 감쌀 뿐이었다.

"한 가지 말할 게 있어."

레이니가 입을 열다가 망설였다. 속삭임을 두 번 다시 마주할 수 없다는 생각만 하면 마음이 복잡해진다고, 속삭임을 다시 접하게 되면 상황은 더욱 악화될 거라고, 자신이 분명히 포기하고 말게 될 거라고 말할 생각이었다. 바로 이게 레이니가 말하려고 한 내용이었다. 하지만 그럴 수가 없었다. 너무 창피해서 도저히 말할 수 없었.

콘스턴스가 또 신음하면서 고개도 들지 않고 말했다.

"레이니, 너는 할 말이 있다고 말한 다음에 실제로 아무 말도 안 하기 대장이야. 너도 그걸 알고 있니?"

"미안해……. 깜빡 잊어버렸어."

머리가 복잡한 사람은 레이니 혼자가 아니었다. 꼬챙이도 레이니와 똑같은 생각을 하는 중이었고, 케이티는 아직도 자기 혼자서 컴퓨터를 망가뜨릴 수 있기만, 모든 문제를 혼자서 해결할 수 있기만 바라고 있었다. 그런데 그 일에 실패했기 때문에 지금은 그렇지 않은 척하고 있을 뿐이었다. 한편, 콘스턴스는 커튼 선생이 메시지를 최고 전압으로 끌어올리면 어떻게 될까 하는 생각을 머리에서 지우려고 애쓰고 있었다. 그렇게 네 아이 모두가 무엇이든 생각해 내려고 노력하는 대신 머릿속 생각을 지우려고 애쓰고 있었다. 그런데 무언가를 잊으려고 노력하는 건 무엇이든 찾아내려고 애쓰는 것보다 생산성이 떨어지는 법이라서 아이들 머리에서는 쉽게 찾을 수 있는 해답조차 떠오르지 않았다.

그러나 레이니는 속삭임과 마주할 수 없다는 생각을 하고 또 하다가 계획 비슷한 걸 우연히 떠올렸다. '속삭임을 두 번 다시 마주할 수 없어.' 하고 수백 번 생각하고 또 생각하는데, 자신도 모르는 사이에 '혼자'라는 단어에 집착하게 되었다. 그러다가 계획 비슷한 걸 우연히 떠올린 것이다.

"좋아, 친구들. 이제 계획이 떠오른 것 같아. 베네딕트 선생님은 우리가 어떤 일이든 서로 믿고 의지해야 한다고 말했어. 우리 팀이 성공하려면 우리 하나하나가 아주 중요하다고 말이야. 그렇다면 우리는 서로가 필요하다는 사실을 명심하고 있어야 해."

"그게 계획이야? 서로를 껴안아 주는 게?"

콘스턴스가 물었지만 레이니는 그 말을 무시했다.

"나는 우리 모두가 함께 커튼 선생과 속삭임을 상대한다면 뭔가 좋은 방법이 떠오를 거라고 생각했어."

"우리 모두 한꺼번에 속삭임 갤러리로 들어가자는 뜻이니? 커튼 선생이 그곳에 있을 때? 그래서 어떤 방법이 떠오를 수 있다는 거지?"

콘스턴스가 의심스러워하며 묻자, 레이니가 인정했다.

"그건 아직 나도 몰라. 하지만 밀리건 아저씨도 있어. 우리가 연락을 하면 밀리건 아저씨가 우리를 도와줄 거야."

케이티가 동조했다.

"시도할 만한 것 같아. 지금도 시간은 계속 흐르고 있어. 그런데 어떻게 하면 그렇게 할 수 있을까? 너희가 속삭임 갤러리로 들어갈 차가 되면 내가 콘스턴스와 함께 몰래 들어갈까?"

레이니가 가만히 생각하며 입을 열었다.

"그 문은 커튼 선생의 휠체어에 있는 버튼으로 조종하는 것이기 때문에 너희가 몰래 들어올 수는 없어. 하지만 꼬챙이와 내가 버튼을 눌러서 문을 열 순 있을 거야."

"이 계획에는 최소한 한 가지 커다란 문제가 있어. 우리 속삭임 차례가 오려면 앞으로 최소한 며칠은 지나야 해. 그런데 며칠 후면 모든 게 끝난 다음이야!"

꼬챙이가 지적하자, 케이티가 곰곰이 생각하더니 말했다.

"만일…… 만일 커튼 선생이 노벨 평화상을 타게 되면 어떻게 될까?"

꼬챙이가 초콜릿 우유를 흘렸다.

"지금 제정신으로 하는 말이……. 아, 안녕하세요, S.Q.! 우리 식탁까지 오다니 무슨 일이세요?"

S.Q. 큰 발이 풀 죽은 표정으로 아이들을 쳐다보았다.

"안녕, 얘들아. 내가 첩자 문제를 엉망으로 만들었단 얘기는 들었니? 발자국을 모두 지워 버린 얘기?"

레이니가 달랬다.

"나쁘게 생각하지 마세요. 다른 사람이었다 해도 아마 똑같이 했을 거예요."

S.Q.가 한숨을 쉬면서 대답했다.

"그렇게 말해 주니 고마워."

그러더니 S.Q.는 숨을 깊이 들이마시고 다시 깊은 한숨을 내쉬면서 말했다.

"하지만 나를 동정할 필요는 없어. 내가 이리 온 이유는 너, 콘스턴스 때문이야. 어디가 안 좋니? 얼굴이 아주 안 좋아 보이는데. 파란색이야."

레이니가 끼어들었다.

"우리한테 장염이 옮았나 봐요. 꼬챙이와 저는 이제 막 좋아졌거든요."

S.Q.가 안됐다는 표정으로 쳐다보았다.

"아, 그래, 다른 전달자한테 너희 장염에 대해 들었어. 정말 지독한 병이야. 그래, 상태가 어때, 콘스턴스?"

"아주 구역질 나는 걸 먹은 느낌이에요. 레이니와 꼬챙이랑 함께 어울린 대가인 것 같아요."

콘스턴스가 투덜대자, S.Q.가 가만히 살피며 대답했다.

"그래, 그래. 전달자들이랑 어울리지 않도록 하는 게 제일 좋아. 영향을 주면 안 되잖아. 내 말은…… 병균 말이야. 다른 사람한테 너무 많이 옮기지 않기만 바랄 뿐이야. 내가 수업까지 취소하게 되면 얼마나 안타깝겠니. 배워야 할 내용이 너무 많아서 다 정리할 수도 없는데 말이야!"

네 아이는 그 말에 진심으로 동의하며 S.Q.한테 들려 줘서 고맙다고 말한 다음, S.Q.가 도망친 첩자에 대해 계속 찡얼대며 한탄하는 소리에 고개를 끄덕거렸다. 그러다 보니 결국 S.Q.도 더 이상 할 말이 없고 속도 후련한지 그만 다른 곳으로 갔다.

방해꾼이 언제 있었느냐는 듯, 케이티가 원래 화제로 당장 돌아갔다.

"우리한테 필요한 건 너희 둘 차례를 빨리 앞당겨야 한다는 거야. 내일 그 차례가 오도록 만들 방법은 없을까?"

레이니가 말했다.

"불가능할 거야. 다른 전달자들이 모두 갑자기 병이라도 걸리지 않는 한."

"우리가 그들을 실제로 아프게 할 수 없다는 사실이 안타까워."

콘스턴스가 말하자 바로 그때 꼬챙이의 귀가 쫑긋거렸다.

"우리가 그렇게 할 수 없다고 누가 그래?"

나쁜 소식과 나쁜 소식

아이들이 세운 계획은 너무 대담하고 엉성해서 실패할 가능성이 아주 높았다. 아이들도 그걸 알았다. 하지만 지금 당장 움직이지 않으면 기회가 없다는 사실도 알고 있었다.

"내일이야."

꼬챙이가 소리치며 바위 사이에 있는 식물 뿌리를 급히 갈았다. 일을 끝내자, 콘스턴스가 그 가루를 조그만 가방에 쏟아 담고 다른 뿌리를 또 건넸다.

"그래, 내일이야. 너무 늦은 게 아니길 바랄 뿐이야."

케이티가 대답했다. 몇 미터 떨어진 언덕 꼭대기에서 보초를 서는 중이었다.

"내일이 너무 빨리 오지 않으면 좋겠어. 내일이 되면 어떻게 될지 두려워."

콘스턴스가 말하더니, 자신의 손가락 끝에 달려 있는 흐늘흐늘한 뿌리 일부를 가만히 바라보며 그걸 먹어 보고 싶은 유혹을 물리쳤다. 벌써 스무 번째였다. 대극과 식물로 알려진 야생 쐐기 뿌리는 아주 강력한 설사와 구토 증상을 가져온다고 꼬챙이가 경고한 터였다. 콘스턴스는 '설사와 구토 증상'이란 말을 들어 본 적이 없었다. 하지만 무슨 뜻이냐고 묻지도 않았다. 학습 기관에 있는 모든 학생들이 내일이면 오늘 저녁에 먹은 걸 모두 게워 내도록 한다는 자신들의 계획과 꼬챙이의 장난기 가득한 미소를 볼 때, 그게 무언지는 분명했다. 그러나 아직은 저녁 식사를 하기 전이었다. 수업은 모두 끝났지만 식사 시간은 아직 아니었다. 그리고 지금 공기가 차가운 바깥에 나와 있는 아이들이라곤 걱정스러운 표정의 베네딕트 비밀클럽 아이들밖에 없었다. 다른 학생들은 모두 자기 방에서 공부를 하거나 텔레비전을 보았지만 꼬챙이는 수업이 끝나자마자 친구들을 모두 여기, 체육관 뒤에 있는 봉우리로 데리고 올라왔다. 블룸버그 아저씨를 만난 날에 꼬챙이가 이곳에서 야생 쐐기 뿌리가 자라는 걸 목격했던 것이다.

"이 정도면 충분할 거야."

꼬챙이가 마지막 뿌리를 다 갈면서 말했다. 그리고 자기 손에 묻은 걸 열심히 털어 냈다. 그 손을 무심코 입술에 대고 혀로 무심코 그 입술을 빨면 어떤 일이 일어날지 가만히 생각했다. 꼬챙이는 손을 다시 잘 털었다. 그리고 몇 분 후 아이들이 언덕 꼭대기에 모두 모였을 때에 또 손을 털며 말했다.

"이것 때문에 죄책감이 들기 시작하고 있어, 정말 이상하지 않아?"

"그건 너한테 아직 양심이 있다는 뜻이겠지."

레이니가 말하자, 케이티가 콧방귀를 뀌었다.

"아니면 네가 적들한테 너무 많은 동정심을 느끼고 있다는 뜻일 수도 있고. 개인적으로 나는 심술쟁이 아이들을 정신없이 화장실로 내달리게 만드는 것에 대해 전혀 아무런 죄책감도 들지 않거든."

꼬챙이가 두 손을 바지에 닦았다.

"그래도 욕심을 내서 이 가루를 너무 많이 쓰지 않도록 해, 케이티. 너무 많이 쓰면 사람을 해칠 수도 있으니까."

레이니가 덧붙였다.

"그리고 전달자한테만 이것을 먹이는 게 아니야. 그렇게 하면 의심을 받을 거야. 모든 아이한테 다 먹여야 해."

케이티가 눈알을 굴렸다.

"너희 둘이 지금 나한테 시어머니 노릇이라도 하겠다는 거니? 걱정하지 마, 아무도 죽이지 않을 테니까. 약속하는데, 설사 마티나가 파랗게 변한다 해도 나는 전혀 기쁘지 않을 거야."

그래도 마티나 얼굴이 파랗게 변한다고 생각하니 모두 죄책감과 상관없이 빙그레 웃음이 나왔다.

"내가 계획을 한 번 더 점검해 볼게. 다른 전달자들이 설사 때문에 속삭임 갤러리에 갈 수 없으면 너희 둘 차례가 일찍 온다는 거지? 그래서 사람들이 너희를 데리러 오면, 케이티와 내가 어떤 식으로든 몰래 들어가 속삭임 갤러리 앞에서 기다리는 거지? 그런데 우리가 거기까지 어떻게 들어가지? 그리고 수업을 하는 중이면 어떻게 하지?"

"그 부분까지는 아직 계획을 못 세웠어."

레이니가 인정하자, 콘스턴스가 말했다.

"좋아. 그런 다음에는 너희가 버튼을 눌러서 문을 연다는 건데, 하지만 버튼은 커튼 선생의 휠체어에 달려 있어. 그렇다면 어떻게 해서 그 버튼을 누른다는 거지?"

"그 부분 역시 아직은 구체적인 계획이 없어."

꼬챙이가 중얼거렸다.

"그렇군. 그렇다면 그 모든 일이 기적적으로 진행돼서 케이티와 내가 안으로 들어가면, 그래서 우리 넷이 함께 어떻게 해서 커튼 선생을 억누르고 속삭임을 부순 다음에 무사히 탈출한다고 해도, 우리는 여전히 섬에 있고 다리는 모집원들이 지키고 있어. 여기에 대해선 무슨 계획이 있니?"

"없어."

사내애 둘이서 침울하게 대답하고, 케이티는 어깨를 으쓱했다.

콘스턴스가 다시 말했다.

"좋아. 내가 계획을 이해한 건지 확인하고 싶었을 뿐이야."

"어쨌든 너는 밀리건 아저씨를 염두에 두지 않았어. 아저씨가 달려와서 우리를 도와줄 거야."

레이니가 말하자, 콘스턴스가 두 손을 공중으로 치켜들었다.

"네가 그걸 어떻게 아니? 아직까지 아저씨가 보도록 쪽지도 남기지 않았잖아!"

레이니가 관자놀이를 문질렀다.

"지금 그렇게 할 생각이야, 콘스턴스. 이제 됐니?"

케이티가 재촉했다.

"빨리 서둘러, 레이니. 내가 음식에 손을 볼 수 있도록 도우미들의 관심을 다른 데로 끌려면 너희 셋이 모두 필요할 거야."

"그건 어떻게 할 생각이지?"

콘스턴스는 따져 물으면서 이 계획은 너무나 준비가 엉성하고 너무나 시간이 없고, 계획을 생각하면 은밀한 메시지 방송을 듣는 것 이상으로 머리가 아프다며 장광설을 늘어놓았다. 그런 다음에 결론을 내렸다.

"그래서 너희한테 다시 묻겠는데, 도우미들의 관심을 구체적으로 어떻게 분산시킨다는 거니?"

"각자가 알아서 해."

케이티가 한숨을 쉬며 대답했다.

레이니는 친구들이 언덕 꼭대기에서 논쟁을 하도록 놔둔 채 해안으로 급히 내려갔다. 자신이 쪽지를 숨기겠다고 강하게 고집을 부린 다음이었다. 케이티라면 또 하수구로 몰래 다가가는 걸 아주 좋아하겠지만 이번은 은밀한 작전이 아니었다. 환한 대낮에 해야 한다. 레이니는 학습 기관 운동장에서 잘 보이지 않는 길을 택해서 걸어갔다. 하지만 들킬 가능성에 대비해서 좋은 핑계를 생각해 놓았다.

주머니 한쪽에는 밀리건 아저씨한테 계획을 알리는 쪽지가 들어 있고 다른 쪽 주머니에는 섬에 있는 다리를 스케치한 그림이 들어 있었다. 수업 시간에 기억을 더듬으며 열심히 그려 놓은 그림이었다. 레이니는 그림 실력이 상당히 좋았고, 다 그린 다음에는 본인도 그런대로 만족스러웠으나, 수업이 끝난 다음에 그림을 본 케이티는 달랐다.

"마음에 안 들어?"

케이티가 이마를 찡그리는 걸 보고 레이니가 묻자, 케이티가 모호하게 대답했다.

"잘 그렸어. 하지만 각도가 약간 어긋났어. 봐. 만일 저 선을 이렇게 쭉 그리고 요쪽 그림자를 더 진하게 그리면……."

그렇게 이 분 정도 지나자, 레이니가 두 시간 동안 그린 그림보다 훨씬 멋있는 그림이 나왔다.

레이니는 좀 언짢아하며 케이티에게 말했다.

"네 그림을 가져갈게. 네가 힘들게 그린 걸 모른 척하기 싫으니까."

레이니는 그림 맨 위에다 '선생님이 제일 좋아하시는 전망'이라고 제목을 붙여 놓았다. 그래서 들키기라도 하면 다리를 제대로 살펴보려고 그곳까지 내려간 거라고, 그래서 그림을 제대로 그리려 한 거라고, 물론 이 그림은 커튼 선생님한테 드릴 선물이라고 대답할 계획이었다.

경사면 밑을 따라서 급히 내려가, 찰랑이는 물이 닿지 않는 지점에 도착한 레이니는 잔뜩 긴장한 채 양쪽 주머니를 톡톡 쳐 보았다. 양쪽 종이 모두 제자리에 있었다. 다행이었다. 레이니는 혼자 중얼거렸다

"바닷물에 닿으면 안 돼. 신발이 젖으면 의심을 살 수 있어. 그리고 종이가 밖으로 삐져나오지 않도록 잘 놓아야 해. 그런 다음 돌멩이로 완벽하게 덮어 놓는 거야. 그리고 발자국을 남기지 말아야 해. 지난번에 남긴 발자국 때문에 우리가 잡히지 않은 건 정말 기적이야. 우리가 살아난 건 불쌍한 S.Q. 덕분이야.'

레이니는 하수로 배출구를 찾은 다음에 그곳에서 스무 걸음 걸은 다음 주변을 둘러보았다. 단 한 사람도 보이지 않았다. 다리에 아무도 없었고, 뒤쪽은 경사면이 가려 주었으며 앞쪽에는 물밖에 없었다……. 저 너머에는 육지 해안이 있었다. 베네딕트 선생님과 그 일행이 지금 망원경으로 자신을 쳐다보고 있을 거란 생각이 들었다. 레이니는 해협 건너편의 숲을 똑바로 바라보았다. 그들이 지금 자신을

처다보고 있는 게 분명했다. 문제는 자신이 그들을 다시 볼 수 있느냐는 것이었다. 레이니는 쓸쓸한 표정으로 손을 살짝 흔들었다. 한편으로는 안부 인사였고 다른 한편으로는 작별 인사였다. 그런 다음에 허리를 숙이고 종이를 숨기고 커다란 돌멩이 두 개를 올려놓았다.

레이니는 마음속으로 생각했다.

'확실히 하자. 돌멩이는 제대로 덮어졌나? 종이는 보이지 않도록 잘 놓았고? 모래사장에 증거가 될 발자국은 남기지 않았나?'

이 모든 것을 살펴보고 만족한 레이니는 자신이 온 길로 급히 돌아갔다. 종이와 조금이라도 멀리 떨어지고 싶었다. 그래서 해안을 떠나 경사면을 오르기 시작할 즈음, 레이니는 그림을 어떻게 할까 생각해 보았다. 남한테 들킨 것 같지는 않았다. 하지만 만약을 위해 보관하고 싶었다. 나중에라도 누가 자신을 다그칠 경우를 대비해서 핑계가 있어야 했다.

레이니는 주머니를 톡톡 쳐 보았다. 그런데 그림이 없다! 그림이 도대체 어디로 갔을까? 왼쪽 주머니에 분명히 넣어 두지 않았던가? 레이니는 다른 쪽 주머니를 만져 보았다. 종이가 있다. 혼동을 일으킨 게 분명하다. 레이니는 종이를 꺼내서 확인했다. 도저히 믿을 수 없었다. 그것이 계획을 적어 놓은 종이쪽지였다! 돌멩이 밑에 종이 대신 그림을 놓은 것이었다!

일이 꼬였다. 시간이 없다. 케이티를 도와야 한다. 벌써 저녁 식사 시간이 거의 됐다. 하지만 밀리건 아저씨에게 쪽지를 제대로 전해야 했다.

'할 수 있어. 뜀박질을 하면 될 거야.'

레이니가 자신에게 말했다. 그리고 달렸다. 돌멩이를 제대로 밟도록, 물에 젖지 않도록, 발자국이 남지 않도록 조심하면서 경사면을 달려갔다. 이윽고 돌멩이 두 개로 종이를 덮어 놓은 지점에 도착했다. 깨끗했다. 이번에는 종이를 펴서 확인하고 그림과 쪽지를 바꾼 다음 돌멩이를 제자리에 놓고서 마지막으로 발자국을 확인했다. 그리고 최대한 빠르게 달렸다.

이 분 후에 레이니는 숨을 헐떡거리면서 아무도 없는 광장에 도착했다. 그때 학습 기관 통제 건물 뒤에서 나오는 S.Q. 큰 발이 보였다. 하지만 S.Q.는 레이니를 볼 수 없었다. 그리고 다른 사람도 없었다. 레이니는 이마의 땀을 훔쳤다. 괜히 고생만 했다는 생각이 들었다. 레이니는 S.Q.한테 손을 흔들었다. 이번에는 쓸데없는 대화에 붙잡히고 싶지 않았다. 그럴 시간이 없었다. 친구들이 기다리고 있었다.

그런데 사정은 S.Q. 역시 마찬가지였다. S.Q.도 마음이 급했다. 자신이 저지른 실수 때문에 하루 종일 시달린 터였다. 첩자의 발자국을 스스로 지우다니, 자신이 어떻게 이리도 멍청할 수 있단 말인가? 이건 말도 안 되는 실수였다! 그래서 하루 종일 곰곰이 생각했다. 어쩌면, 다시 그곳에 내려가서 자세히 뒤지다 보면 혹시라도……

S.Q.는 훨씬 빠르게 걸었다. 한 걸음을 내딛을 때마다 더 강한 열망이 솟구쳐 올랐다. 저녁도 거른 채 계속 뒤질 생각이었다. 첩자의

발자국, 아니, 비슷한 거나 어떤 증거라도 찾아내면 해결되는 거 아니겠는가? 물론 주변 지역은 벌써 샅샅이 뒤져 보았다. 하지만 누가 아는가? 아무도 모르는 거 아닌가? 그래서 다시 커튼 선생의 눈에 들 수만 있다면 정말 얼마나 훌륭하겠는가!

그래서 S.Q. 큰 발은 계속 보폭을 늘리면서 광장을 급히 가로질러 경사면을 내려갔다, 해안을 향해서, 하수로 배출구를 향해서, 레이니가 급하게 서두르다가 돌멩이 두 개를 처음보다 약간 부주의하게 놓은 곳을 향해서, 그래서 종이쪽지 한쪽이 살짝 삐져나와 조그만 항복의 깃발처럼 항구의 미풍에 산들거리는 지점을 향해서.

식사 시간이 되고 식당에 또다시 학생들이 몰려들어 시끌벅적할 때에 베네딕트 비밀클럽 구성원들은 소금기가 있거나 설탕기가 있는 음식을 갑자기 싫어하게 되었다. 그들은 의심을 사지 않으려고 평상시와 비슷한 음식을 접시에 담았지만 녹색 채소 이외에는 포크가 닿지 않도록 아주 조심했다.

"이 빵을 한 조각만 먹으면 안 될까, 케이티?"

콘스턴스가 물으면서 채소 이파리를 삼키기 위해 얼굴을 찡그렸다. 채소를 삼키는 데 간신히 성공한 다음에는 평소에 즐겨 마시던 오렌지 맛 음료수 대신 생수를 꿀꺽꿀꺽 들이켰다. 그리고 생수를 보며 말했다.

"여기에도 독이 있을지 몰라."

케이티가 강낭콩을 입에 가득 넣으며 대답했다.

"나중에 후회하지 않으려면 안전한 걸 택해. 음식을 고를 시간이 없었단 말이야."

식당 곳곳에서 학생들은 평소처럼 자신이 좋아하는 음식을 먹어 댔다. 기름진 음식, 짭짤한 음식, 달콤한 음식을 맘껏 먹고 초콜릿 우유와 음료수를 충분히 마셨다. 한편, 레이니는 포크로 말린 양배추 한 장을 찍은 채 '지금까지는 아주 좋아.' 하고 생각했다. 맛없는 저녁 식사와 머리에서 계속 윙윙거리는 메시지 방송, 불확실한 계획에도 불구하고 마음이 설레는 것이 뭔가 희망이 싹틀 것 같은 기분이었다. 케이티는 식물 뿌리를 갈아 만든 가루를 뿌렸으며 레이니는 밀리건 아저씨에게 쪽지를 보냈는데, 아무도 잡히지 않았다. 최소한 지금까지는 모든 게 계획대로 진행되고 있었다.

정말 기분이 좋았다. 하지만 그 기분은 오래가지 않았다. 질슨이 식당에 나타나서 얼굴에 기분 좋은 미소를 머금은 채, 네 아이가 앉아 있는 식탁으로 곧장 걸어왔다. 그리고 허락도 받지 않고 레이니와 케이티 사이를 비집고 앉았다. 질슨의 넓은 어깨 때문에 두 아이는 음식 접시 위로 팔을 모아야 했다. 질슨이 케이티의 음식 접시에서 슈크림 하나를 낚아채며 말했다.

"안녕, 꼬맹이들!"

케이티가 얼굴을 찡그렸다. 하지만 겉으로 그런 것뿐이었다. 속마음은 기뻤다.

"먹고 싶으면 먹어요."

케이티가 차갑게 말하자, 질슨이 슈크림을 입에 쏙 넣으며 입을 열었다.

"고마워, 그렇게 하지. 그런데 잘 들어. 좋은 소식과 나쁜 소식이 있어. 너희 꼬맹이들이 아주 궁금해할 소식이야. S.Q.가 첩자를 찾아내는 작업을 엉망으로 만들었다는 소문은 들었지?"

"귀가 아프게 들었어요."

레이니가 대답했다. 괜히 기분이 안 좋았다.

질슨이 다시 말했다.

"그런데 무슨 일이 있었는지 알아? 사건이 새로운 국면으로 접어들었어. S.Q.가 조금 전에 하수도 배출구로 다시 내려갔거든. 마지막으로 둘러보려고. 그래서 무언가를 찾아냈어."

아이들은 깜짝 놀란 채 질슨을 가만히 쳐다볼 수밖에 없었다. 혼란스러웠다. 만일 S.Q.가 종이쪽지를 찾은 게 사실이라면 사람들이 몰려와서 자신들을 잡지 않는 이유가 뭘까? 혹시 질슨이 자신들을 놀리려고 하는 말인가?

질슨이 계속 말했다.

"자, 내가 말했듯이, 좋은 소식과 나쁜 소식이 있어."

레이니는 너무나 나쁜 소식을 지금 막 들어서 좋은 소식이 뭐냐고 물을 수도 없었다.

"나쁜 소식은 S.Q.가 이상한 쪽지를 발견했는데 미처 그 내용을 읽기도 전에 그것이 사라졌다는 거야."

"정말…… 끔찍하네요!"

아이들이 다행이란 표정을 숨기려고 애쓰면서 탄성을 내질렀다. 하지만 그 표정은 누가 보더라도 알 수 있었다. 게다가 아이들도 그걸 알았다.

그런데 다행히도 질슨은 그걸 알아채지 못했다. 손으로 배를 짚으면서 얼굴을 찌푸리느라! 질슨은 잠시 후에 트림을 하더니 만족에 찬 미소를 머금으며 다시 말했다.

"걱정하지 마. 그걸 벌충할 만한 좋은 소식이 있으니까. 첩자를 잡았어!"

아이들이 서로를 쳐다보았다.

'첩자를 잡아?'

질슨이 다시 트림을 하고 얼굴을 찡그렸다.

"푸딩을 너무 많이 먹은 것 같네……. 그래, 함정에 빠진 쥐를 잡듯 첩자를 잡았어. 도우미로 가장한 남자 어른이더군. 그는 어디선가 갑자기 나타나서 S.Q.가 들고 있는 종이쪽지를 낚아챈 다음에 도망치려고 했어. 하지만 S.Q.가 도와 달라고 외치는 소리를 잭슨이 들었고, 다리에 있는 모집원들이 그 장면을 봤지. 그래서 그 첩자를 즉시 포위할 수 있었어. 너희한테 확실히 말하는데, 그 사람이 비록 저항을 하긴 했지만 우리랑 상대가 되지 않았어. 지금 교실에 있어. 엄중한 감시를 받고 있지."

레이니는 배를 한 방 맞은 기분이었다. 밀리건 아저씨가 잡힌 거였다. 이제 밀리건 아저씨의 도움을 받을 수가 없게 되었다.

"우리한테…… 우리한테 이 얘기를 하는 이유가 뭔가요, 질슨?"

"으흠, 나도 놀랐거든. 마티나가 계속 주장해서 나도 케이티가 첩자라고 생각했어. 그런데 첩자가 엉뚱한 곳에서 나왔으니, 마티나도 정말 실망스러울 거야. 하지만 케이티가 혐의에서 완전히 벗어날 수 있어서 다행이야. 그 도우미가 모든 걸 자백했어. 혼자 활동하는 첩자야, 분명해. 그 말은 다른 첩자가 없다는 뜻이야."

케이티가 아주 불편한 표정으로 물었다.

"그 사람이 자신의 신분을 밝혔나요?"

"우리는 그 사람의 이름을 몰라. 하지만 전에 이 섬에 있던 사람이야. 몇 년 전이지. 변장을 벗겨 내니까 커튼 선생님과 일부 모집원들이 단번에 알아보더라고. 아, 그리고 또 있어. 그 사람이 그 종이를 먹어 버렸어! 다른 사람이 읽을 수 없도록 그걸 씹어서 꿀꺽 삼켜 버린 거야. 자신의 느낌을 개인적으로 적어 놓은 것일 뿐 우리랑 상관없는 내용이라고 말하더군. 심하게 미친 아주 위험한 사내야. 하지만 걱정하지 마. 대기실로 끌고 갈 거니까. 아! 지금 저기 오고 있어!"

아이들은 차마 똑바로 쳐다볼 수가 없었다.

밀리건 아저씨였다. 두 손과 발목은 묶이고 두 발은 기운 없이 질질 끌었으며, 그 어느 때보다 슬퍼 보이는 새파란 눈동자는 앞에 있는 바닥만 내려다보고 있었다. 비록 얼굴을 밑으로 숙였지만 살이 터지고 까진 상처가 한눈에 보였다. 아주 자랑스러운 표정의 마티나 크로를 포함해 모집원과 집행부 다섯 명이 식당 한가운데로 아저씨를 질질 끌고 있었다. 그런데 그들 누구한테도 난투극의 흔적은 보이지 않았다. 레이니는 어떻게 그럴 수 있을까 의아했다. 질슨은 밀리건 아저씨가 저항했다고 말했다. 하지만 그게 사실이라면 어째서 아저씨를 잡은 사람들한테는 흔적이 전혀 없을까? 밀리건 아저씨가 싸우는 흉내만 냈단 말인가? 하지만 왜……? 혹시……?

레이니는 한순간에 모든 걸 이해했다. S.Q.가 종이쪽지 내용을 일부 보았기 때문에 밀리건 아저씨는 잡히는 쪽을 택한 것이다. 그래서 종이쪽지에 관해서 가짜로 꾸민 내용을 일부러 털어놓으려고 그런 것이다. 계획이 적혀 있는 쪽지라면 그걸 쓴 다른 첩자가 이 섬에 있다는 걸 암시한다. 하지만 개인적인 느낌을 적은 쪽지라면 첩자는 밀리건 아저씨뿐이라는 걸 의미한다. 그렇다. 아저씨는 자신이 혼자 일한다는 걸 커튼 선생한테 확인시키려고 그런 것이다. 아이들한테 의심이 쏠리는 걸 막으려고 그런 것이다. 아이들을 위해서 희생한 것이다.

밀리건 아저씨가 식당을 지나는 동안 사방에서 학생들이 일어나 집행부와 모집원한테 박수와 환호성을 보냈다. 그리고 사로잡힌 첩자한테 끔찍한 야유와 비난을 퍼부었다. 불쌍한 밀리건 아저씨가 베네딕트 비밀클럽 아이들의 식탁 곁을 지나갔다. 자신이 구한 아이들

곁을, 고마움과 안타까움으로 마음이 찢어지는 아이들 곁을. 하지만 결코 아이들을 쳐다보지는 않았다. 알고 있다는 사실을 조금도 드러내지 않았다.

"야, 정말 험상궂게 생기지 않았니?"

질슨이 물었다. 케이티가 뭐라고 대답했지만 말이 목에 걸려서 아무도 그게 무슨 말인지 알아들을 수가 없었다. 지금 케이티는 친구들과 똑같은 걸 생각하고 있었다. 아이들한테 위험이 닥치면 목숨을 걸고 막겠다던 밀리건 아저씨의 말을.

꼬챙이의 용기

'밀이 잡혔다. 내일 속삭임을 만나야 한다. 조언을 부탁한다.'

"여전히 아무 답신이 없어."

꼬챙이가 창가에서 말했다.

다른 아이들은 풀이 죽은 채 가만히 기다렸다. '장염 병균'이 들불처럼 퍼져 화장실과 양호실이 이미 학생으로 가득한데도 네 아이의 사기는 조금도 오르지 못했다. 질손이 한 손으로 입을 막고, 중간에 토할 경우에 대비해서 다른 손으로 종이봉투를 움켜쥔 채 화장실로 달려가는 모습을 복도에서 보았지만 웃음조차 나오지 않았다. 시간이 계속 흐르고 있었다. 마음 한구석에 품고 있던 희망, 즉 상황이 끔찍하게 나빠질 경우에는 밀리건 아저씨가 와서 구해 줄 거란 희망을 이제 포기할 수밖에 없었다.

끝없이 기다란 일 분이 또 지나간 다음에 케이티가 입을 열었다.

"이제 기다리기도 지쳤어. 계획 같은 건 잊고 밀리건 아저씨나 구하도록 하자."

"하지만 아저씨는 지금 엄중한 감시를 받고 있어. 그건 불가능해."

꼬챙이가 기겁하며 대답하자, 케이티가 반박했다.

"어차피 어느 쪽이든 가능성이 없잖니?"

레이니가 깜짝 놀라며 말했다.

"그 말은 너답지 않아, 케이티. 방송 때문에 네가 흥분한 것 같아."

케이티가 얼굴을 찡그렸다.

"너는……. 그래, 네 말이 맞아. 미안해."

"잠깐만, 답신이 오고 있어. 도대체 저게 무슨 소리야? 어떻게 저런 말을 할 수 있지?"

꼬챙이가 말하고는, 다시 손전등을 깜빡이며 신호를 보내기 시작했다.

"아니, 너야말로 지금 무슨 소리를 하는 거야, 조지 워싱턴? 저쪽에서 답신을 보낸 거야, 안 보낸 거야?"

콘스턴스가 다그쳤다. 다른 아이들이 미처 모르고 있었지만 '향상'

이 가까워지면서 콘스턴스의 성격은 훨씬 심하게 꼬이기 시작했다.

"답신을 한 번 더 보내라고 요청했어."

하지만 답신이 다시 오자, 꼬챙이는 머리를 긁적이며 말했다.

"격언이야. '웃음이 제일 좋은 약이다.'"

"저 사람들이 지금 농담하는 거니?"

케이티가 묻자, 꼬챙이가 대답했다.

"우리한테 기운을 내라는 뜻에서 그렇게 말한 걸 수도 있어. 희망을 가지라고 말이야."

하지만 레이니는 생각이 달랐다.

"그건 너무 낙천적인 해석이야. 저쪽에서 그런 의미로 보내진 않았을 거야. 밀리건 아저씨까지 잡혔는데. 이건 일종의 수수께끼야. 아주 중요한 충고지. 어서 무슨 뜻인지 파악해야 돼."

"이번 한 번만이라도 시원한 답신을 듣고 싶어. 항상 이런 식으로 보내는 게 정말 우스꽝스러워. 이건 완전 뒤죽박죽이야!"

콘스턴스가 투덜거리자, 꼬챙이가 반박했다.

"저쪽에서도 조심해야 되잖아. 만약 저쪽에서 시원한 답신을 보내다가 다른 사람한테 들키면 우리 상황은 훨씬 심각하게 될 거야."

"그런다고 해서 지금보다 심해질 순 없어. 이제 조심하는 것도 지겨워. 그리고 저 멍청한 모스 부호도 지겨워. 나를 멍청한 아기 취급하는 너희 모두가 지겨워."

"진정해, 콘스턴스. 지금 우리 모두가 긴장하고 불안해서 그래. 게

다가 너는 두려움에 떨고 있어."

레이니가 최대한 차분한 어투로 말하자, 콘스턴스가 버럭 화를 냈다.

"닥쳐. 너도 지겨워! 그리고, 누가 너를 대장으로 삼은 거니?"

"입 좀 다무는 게 어때?"

레이니가 받아쳤다. 레이니가 처음으로 무섭게 말하자 콘스턴스가 화를 누르면서 침묵했다. 다른 아이들은 투덜대면서, 수수께끼를 푸는 데 에너지를 집중했다. 하지만 꼬챙이와 케이티는 수수께끼를 푸는 실력이 좋지 않았고, 레이니는 마음속에 가득 찬 안개 속으로 빨려들었다. 그 안개 속에선 속삭임이 안개를 뚫어 주는 등대의 밝은 빛처럼 높은 탑 위에서 반짝거렸다.

그렇게 삼십 분 동안 수수께끼를 풀려고 노력했지만 아이들은 별다른 해답을 얻을 수 없었다. 그리고 콘스턴스는 침묵에서 벗어나, 아이들의 노력을 비웃기 시작했다. 레이니는 머리를 두 손에 파묻고 말했다.

"좋아, 콘스턴스. 내가 졌어. 네가 바라는 게 뭐야? 네가 이런 식으로 나오면 우리 누구도 집중할 수가 없어. 이것으로 모임을 끝내고 몇 시간이라도 잠을 자는 게 좋겠어. 조금이라도 휴식을 취하면 도움이 될 거야."

하지만 콘스턴스는 깊은 절망감에 빠져서 자신을 통제할 수가 없었다. 그래서 이렇게 비웃기 시작했다.

"휴식? 나는 우리한테 필요한 게 웃음이라고 생각했는데? 저 멍청한 베네딕트 할아버지가 말한 게 바로 그거 아냐? 그래, 웃자 웃어. 지금까지 그렇게 웃기는 말은 들어 본 적이 없으니까!"

케이티가 반박했다. 그렇지 않아도 처음부터 기분이 좋지 않았는데, 이제 인내심이 한계에 도달하고 말았다.

"너는 정말 구제불능이야. 레이니가 옳아. 우리 방으로 돌아가자."

케이티가 천장에 밧줄을 걸고 위로 올라가서 콘스턴스를 끌어올린 다음에 아래쪽에 대고 속삭였다.

"동이 트기 전에 다시 올게. 나 혼자서라도. 이 애가 계속 이런 식으로 나오면 방에 그냥 남겨 두는 편이 좋을 거야."

천장 패널이 닫혔다.

레이니와 꼬챙이는 서로를 쳐다보았다. 모든 게 엉망으로 되는 것 같았다. 어느 아이도 걱정을 숨길 수 없었다. 얼굴에 뚜렷하게 새겨져 있었다.

레이니가 말했다.

"무슨 생각이라도 떠오르면……."

꼬챙이가 고개를 끄덕이며 뒷말을 이었다.

"내가 너를 깨울게. 너도 그렇게 해."

두 아이는 각자 옷을 그대로 입은 채, 비참한 느낌도 그대로 간직한 채 침대로 올라갔다. 답신 내용이 머릿속에서 계속 빙글빙글 돌았다.

'웃음이 제일 좋은 약이다, 웃음이 제일 좋은 약이다…….'

자정이 되어도 두 아이 모두 아무런 생각이 떠오르지 않았다. 그리고 새벽 1시가 되자, 꼬챙이는 훌쩍거리다가 잠이 들었다. 새벽 2시에는 레이니가 페루멀 선생님한테 마음속으로 쓰던 편지를 찢어 버리고 다시 시작하다가, 또 찢어 버리고 다시 시작했다. 너무 불안해서 자신들이 지금 아주 심각한 상태에 놓여 있다는 생각조차 떠오르지 않았다. 레이니의 마음은 베네딕트 선생님이 보낸 답신을 다시 떠올렸다.

"왜 웃음일까? 왜 약일까? 약이라면……. 병을 고치는 거……. 어쩌면 문제를 해결하는 거? 하지만 어떤 문제를?"

레이니는 이것을 백번도 넘게 고민했다. 하지만 그 답은 오리무중이었다. 레이니는 밤을 꼬박 새워야겠다고 결심했다. 답신 내용을 파악하기 전까지는 어차피 잠을 이룰 수가 없었다. 레이니는 이렇게 결정하고 한숨을 내쉬며 편안한 자세로 몸을 뒤집었다……. 그리고 잠이 들었다.

동이 터 오기 훨씬 전에 레이니는 깜짝 놀라며 잠에서 깨어났다. 잠을 자는 동안에도 마음은 열심히 답을 생각한 것이다. 레이니는 침대에서 몸을 굴리며 내려와 꼬챙이를 흔들었다. 꼬챙이가 한쪽 눈을 뜨더니, 그 눈을 감고 다른 눈을 떴다. 양쪽 눈을 뜨고 세상을 바라보기가 두려운 것 같았다.

"왜……?"

"꼬챙이, 일어나."

이번에는 꼬챙이가 두 눈을 뜨고 껌뻑거렸다.

"으흐흠, 몇 시……?"

꼬챙이가 코를 훌쩍이며 머리를 문지르더니, 정신이 약간 들었다.

"아, 무슨 일이 생겼어?"

레이니가 흥분한 어투로 대답했다.

"베네딕트 선생님이 무슨 뜻으로 한 말인지 알아냈어. 확실히 맞는다고 장담할 순 없지만 최소한 절반은 맞을 거야. 내가 말할 테니까 네 생각은 어떤지 알려 줘."

꼬챙이가 일어나 앉았다. 이제 잠에서 완전히 깨어났다.

"그래, 어서 말해."

하지만 레이니가 말을 꺼내기 직전에 문을 두드리는 소리가 나더니, S.Q. 큰 발이 대답도 기다리지 않은 채 문을 살짝 열고 머리를 디밀었다.

"아니, 벌써 일어났어? 정말 착한 아이들이야! 다른 전달자 모두가 기진맥진 상태라는 걸 미리 안 게 분명하구나. 커튼 선생님이 지금 당장 너희를 부를 거라고 예측한 거야. 이 병균 때문에 커튼 선생님은 야간 작업을 벌써 절반이나 취소시켰어. 너희 둘은 다 나아서 정말 다행이야. 커튼 선생님이 부르는데 거기에 갈 수 없는 것보다 나쁜 일을 상상이나 할 수 있겠니?"

그 순간이 너무나 빨리 왔다! 이렇게 이른 새벽에 속삭임을 접하게 될 거란 생각은 미처 못한 상태였다. 레이니는 책상에서 볼펜을 집어 들고 손바닥에다 무언가를 끄적거렸다.

"너 지금 뭐 하는 거니?"

S.Q.가 묻자 레이니가 대답했다.

"잊으면 안 되는 게 있어서 적어 놓는 거예요."

S.Q.가 가만히 생각하며 말했다.

"나도 가끔 그렇게 해. 그런데 내 손바닥에 써 놓았다는 사실 자체를 잊고선 손을 그냥 씻어 버릴 때가 많아. 그런데 뭐라고 썼니?"

"나중에 알려 줄게요."

"맞아, 지금은 빨리 옷을 입어야 해. 커튼 선생님을 오래 기다리게 할 순 없어."

두 아이는 옷을 재빨리 챙겨 입고 S.Q.를 쫓아서 문을 나섰다. 복도에서는 무릎에 힘이 하나도 없고 얼굴이 백지장처럼 하얀 학생 서너 명이 화장실을 들락거렸다. 도우미 여러 명이 말없이 복도를 청소하며 두 배로 열심히 일하고 있었다.

S.Q.는 초기의 실수를 만회한 것이 기뻐서 빙그레 웃는 얼굴로, 괴로운 표정의 학생들이 옆을 지나칠 때마다 톡톡 치면서 격려했다.

"꾹 참아! 기운을 내! 밝게 생각해. 고통은 언제나 있는 법이야!"

속삭임 갤러리로 가는 길이 그리 멀게 느껴지지 않았다. 눈가리개를 하고 비밀 입구로 들어가고 수없이 많은 계단을 힘들게 올라갔지만, 이 모든 과정이 고통스러운 순간에 다다르기 위한 통과 의례 같았다.

S.Q.가 아이들의 눈가리개를 벗기고 인터폰 버튼을 눌렀다.

"레이나드 멀든과 꼬챙……. 에, 조지 워싱턴이 지금 왔습니다, 커튼 선생님."

커튼 선생의 목소리가 인터폰을 통해 흘러나왔다.

"기다리라고 해. 그리고 주스를 더 가져와."

S.Q.는 짐짓 아주 권위적인 체했지만 그리 권위적이지 않은 목소리로, 두 아이한테 이곳에 꼼짝 말고 있으라고 명령했다. 두 아이가 가만히 있을 테니까 염려 말라고 안심을 시키자, S.Q.는 계단을 급히 내려갔다.

"도망치자!"

꼬챙이가 속삭이자, 레이니가 대답했다.

"아니야, 잘 들어. 아직 우리한텐 기회가 있어. 네가 먼저 속삭임 의자에 앉아. 그래서 시간을 최대한 오래 끌어. 아직 힘이 남아 있으니까 처음부터 속삭임한테 저항하면, 시간을 최대한 끌 수 있을 거야."

꼬챙이가 입을 쩍 벌렸다.

"속삭임한테 저항해? 하지만 커튼 선생이 의심할 거야! 눈치를 챌 거란 말이야. 너도 잘 알잖아. 그러면 나를 대기실로 다시 보낼 거라고! 분명해. 커튼 선생이 속삭임으로 나를 공격할 거야! 내 두뇌를 청소할 거야!"

꼬챙이가 온몸을 떨기 시작했다.

레이니가 대답했다.

"위험하다는 건 나도 알아. 하지만 이게 유일한 기회야."

꼬챙이의 공포에 질린 표정이 분노로 변했다.

"그렇다면 네가 먼저 의자에 앉아! 그래서 네가 저항하란 말이야! 너한테 그럴 용기가 있다면!"

레이니가 꼬챙이의 팔을 잡으며 말했다.

"나는 여자애들한테 신호를 보내야 해. 우리한텐 아직 기회가 있어, 꼬챙이!"

꼬챙이가 의심스레 쳐다보았다.

"여자애들한테 신호를 어떻게 보낼 생각이지? 어떻게?"

속삭임 갤러리가 열리고 마티나 크로가 나왔다. 얼굴에 황홀한 표정이 가득했다. 너무 황홀해서 두 아이를 조롱할 생각도 거의 없는 것 같았다. 하지만 마티나는 걸음을 멈추고 특유의 깔보는 시선으로 소년들을 쳐다보았다.

레이니도 미소로 위장한 채 깔보는 시선으로 쳐다보며 물었다.

"속삭임 작업이 이제 막 끝났나 보지? 이제 당신은 집행부가 된 줄 알았는데?"

"맞아, 아주 젊은 집행부지. 그래서 급하면 아직은 전달자 역할도 할 수 있어. 이렇게 많은 아이들이 한꺼번에 설사와 구토를 하는 건 내 생전 처음이야."

"너는 배가 안 아파?"

"배가 너무 고파서 꼬르륵 소리가 날 뿐이야. 지난밤에 첩자를 잡느라 너무 바빠서 저녁을 못 먹었거든. 집행부가 되면 이 정도는 희생을 하는 법이야. 중요한 일을 하다 보면 말이야. 너희 같은 꼬맹이는 그런 걸 당연히 모르겠지만."

마티나가 극히 만족한 표정으로 자랑하면서 가다가 어깨 너머로 말했다.

"빨리 들어가렴, 꼬맹아. 나는 다른 일 때문에 바빠. 이제 나는 너희처럼 눈가리개를 할 필요도 없어."

마티나가 멀어지는 순간에 레이니가 속삭였다.

"나를 믿고 내 말대로 해야 돼, 꼬챙이. 우리한테 기회를 만들어 줘. 네가 먼저 시작해. 이게 유일한 희망이야."

꼬챙이 얼굴에 의심이 어렸다.

"애들아, 어서 들어오렴."

커튼 선생이 불렀다.

레이니가 친구한테 마지막으로 호소하려고 했지만 꼬챙이는 다른 곳으로 고개를 돌린 채 속삭임 갤러리로 들어갔다.

레이니로서는 그 뒤를 쫓아갈 수밖에 없었다. 숨을 깊이 들이마시고 속삭임 갤러리로 들어갔다……. 그와 동시에 잔뜩 들이마신 공기가 풍선에 든 공기처럼 순식간에 빠져나갔다. 눈앞에 그게 있었다!

속삭임!

레이니의 눈썹이 파르르 떨렸다. 그곳에 들어서니까 마치 따뜻한 욕조에 들어간 느낌이 들었다. 그 의자에 당장이라도 앉아 다시는 일어나고 싶지 않았다.

'맞서 싸워야 해.'

레이니가 자신에게 말했다. 그리고 자신의 시선을 잡아끄는 유혹적인 기계에서 억지로 고개를 돌려 커튼 선생을 바라보았다.

커튼 선생은 피곤하지만 열정이 가득한 표정이었다.

"어서 와, 얘들아. 이제 너희는 충분히 회복됐겠지? 체력이 충분해?"

"네, 선생님."

두 아이가 함께 대답했다.

"그래야지! 병이 다 나은 전달자가 몇 명 안 되는데 이미 그 애들은 모두 앉혔어. 내가 집행부의 도움까지 받는 걸 너희도 봤을 거야. 아주 드문 일이지. 나이가 든 아이는 효과가 많이 떨어지거든. 하지만 계획을 벌써 충분히 미뤘어. 이제 화가 날 정도야. 이 지독한 병균만 아니었다면 내 계획을 벌써 마무리 지었을 거야!"

"정말 안타깝네요, 선생님."

레이니가 말했다.

"상관없어, 레이니. 문제는 금방 해결될 테니까! 이번엔 확실하게 끝낼 생각이거든!"

레이니가 침을 꿀꺽 삼켰다.

"선생님 말씀은……. 선생님 말씀은……."

꼬챙이가 더듬거렸다.

"너무나 감동해서 혀가 마비된 것 같구나. 그래, 맞아. 조지, 바로 너희 둘이 내 사업을 완성시키는 주역이 되는 거야. 모든 일이 예정대로 진행된다면."

두 아이는 억지로 희미하게 미소를 지어 보였다.

커튼 선생이 박수를 쳤다.

"자, 우리가 할 일을 알려 주지. 먼저 기존 자료를 가지고 마지막 작업을 하는 거야. 마지막 수업인 셈이지. 그게 끝나면 완전히 새로운 자료를 가지고 작업하게 되는 거야. 언론에서 방금 나온 따끈따끈한 자료를 가지고 말이야. 지금 막 완성시켰어."

커튼 선생이 자신의 일기책을 의기양양하게 흔들었다.

레이니가 시간을 끌려고 했다.

"먼저 그걸 살펴봐야 하지 않을까요, 선생님?"

"아니야, 레이나드. 이번 작업에는 단순함이 제일 중요해. 내 속삭임은 고통스러운 마음을 진정시키도록 설계되었어. 복잡한 문제에 단순하게 대답할 때에 속삭임의 효과가 가장 훌륭하게 나타나지."

이번에는 꼬챙이가 물었다.

"커튼 선생님? 아직도 이 학습 기관을 닫으실 생각이신가요?"

꼬챙이의 엉뚱한 질문에, 레이니는 꼬챙이를 날카롭게 쳐다보며 생각했다.

'지금 꼬챙이도 시간을 끌려고 하는 걸까, 아니면 그 반대일까? 혹시 벌써 포기한 건가?'

커튼 선생이 끽끽 웃었다.

"걱정하지 마, 조지. 나는 너를 잊지 않아. 다른 학생들은 내일이면 모두 집으로 돌려보낼 거야. 나는 아주 커다란 소명에 대답하도록, 그래서 훨씬 거대한 차원에서 대중에게 봉사하도록 선택받았어. 하지만 너희 두 사람을 내 조수로 삼고, 나중에 커서 집행부가 되도록 보살필 생각이야."

"선생님은…… 선생님은 정말로 우리를 원하시나요, 그럼?"

꼬챙이가 묻자, 커튼 선생이 격려하는 미소를 보내며 대답했다.

"그야 당연하지. 나는 너희 둘을 모두 데리고 있을 거야! 그러니까 '향상'이 빨라질수록 너희의 새 인생도 그만큼 빨리 시작되는 거야. 그보다 신나는 일이 어디 있니?"

꼬챙이의 입술이 떨렸다.

S.Q.의 목소리가 인터폰을 통해서 들렸다.

"주스를 가지고 왔습니다, 선생님."

"이제야 왔군."

커튼 선생이 투덜거렸다. 가짜 미소가 흔히 그렇듯이, 커튼 선생의 얼굴에 머금은 미소가 즉시 사라졌다. 커튼 선생이 휠체어 팔걸이의 버튼을 눌렀다.

절망 어린 슬픈 시선으로 꼬챙이를 바라보던 레이니는 커튼 선생이 누른 버튼을 눈여겨보았다. 케이티와 콘스턴스가 어떻게 해서든 이곳에 오면 자신이 문을 열어 주어야 한다. 하지만 그럴 가능성이 과연 얼마나 되겠는가? 그렇게 되려면 우선 꼬챙이가 커튼 선생의 유혹에 넘어가지 말아야 한다. 그런데 속삭임의 흡인력은 너무도 강력하다. 그리고 이제 성공을 눈앞에 둔 커튼 선생을 보니 과연 레이니한테 기회가 올지 막막했다.

S.Q.는 주스를 갖다 놓고 다시 나갔다. 커튼 선생이 깊은 생각에 잠긴 표정으로 종이컵에 주스를 따라서 홀짝홀짝 마셨다. 잠시 후 마침내 운명의 시간이 왔다.

"아주 좋아, 레이나드. 자, 이제 이 세상을 향상시키자. 이제 가서 속삭임 의자에 앉도록, 레이니."

레이니가 간청하는 시선으로 꼬챙이를 쳐다보았다. 꼬챙이의 표정을 읽을 수가 없었다. 과연 저 애는 지금 머릿속으로 무슨 생각을 하는 걸까?

그런데 사실 꼬챙이 자신도 그걸 알 수가 없었.

꼬챙이는 지금까지 살면서 중요한 문제를 대할 때마다 그 답을 잘 알고 있는데도 망설일 때가 많았다. 그리고 결국 그 문제에서 도망쳤다. 행동이 절실하게 필요할 때면 몸이 마비되는 것 같을 때도 많았다. 그런데 지금까지는 자신한테 이런 경향이 있다는 사실을 완전히 모르고 있었다. 자신의 행동이 기대에 미치지 못한다는 사실 정도만 알고 있었다. 별명에 집착한 이유도 바로 이것 때문이었다. '조지 워싱턴' 같은 이름을 가진 아이라면 모든 행동이 그에 걸맞아야 한다고 생각했기 때문이다.

그렇지만 최근에는 자신을 소중하게 여기는 아이들과 친구가 되었다. 이제라도 그들의 기대에 부응해야 한다는 생각이 들었다. 레이니가 자신한테 "나는 이곳에서 내 친구 꼬챙이가 필요해." 하고 말한 일이 아주 선명하게 떠올랐다. 이런 말이, 레이니가 보여 준 모든 우정이 꼬챙이의 마음속에서 점차 힘을 발휘하기 시작했다. 지금 마음속이 이렇게 단순 명쾌하고 또렷한 이유는 모르지만, 너무나 절박한 지금 이 순간에 꼬챙이는 진심을 느꼈다. 용기도 느꼈다. 이제 그걸 발휘하기만 하면 된다.

그래서 꼬챙이는 레이니보다 한 발 먼저 앞으로 내딛으며 말했다.

"저 먼저 시작해도 되나요, 커튼 선생님? 지난번 작업을 마친 이후 계속 이 순간만 기다렸어요."

커튼 선생이 끽끽 소리를 내며 웃었다.

"아마 레이나드도 똑같은 느낌일 거야, 조지. 하지만 다툴 필요 없어. 지난번에는 레이나드가 먼저 시작했어. 그러니 이번에는 네가 먼저 하는 것도 괜찮겠지. 자, 의자에 앉아."

마침내 꼬챙이가 레이니와 눈을 마주쳤다. 레이니의 눈동자에는 고마움과 존경심이 가득 담겨 있었다. 꼬챙이는 고개를 살짝 끄덕인 다음에 시선을 돌리고 속삭임에 올라갔다. 그와 동시에 커튼 선생도 윙 하고 휠체어를 몰아 그 뒤로 가서 빨간 헬멧을 쓰고 소리쳤다.

"레드롭타 커튼!"

팔걸이에서 수갑이 올라와 꼬챙이의 팔목을 감쌌다. 파란 헬멧도 내려왔다.

"꼬챙이 워싱턴."

꼬챙이가 두 눈을 감은 채 커다랗게 소리쳤다.

레이니는 잔뜩 긴장한 친구의 얼굴을 쳐다보았다. 저항하려고 노력하는 흔적이 또렷했다. 속삭임은 지금 친구의 진짜 이름을 묻는 게 분명했다.

"꼬챙이 워싱턴."

꼬챙이가 또 소리쳤다.

'끝까지 버텨, 꼬챙이.'

레이니가 마음속으로 생각하며 커튼 선생의 얼굴을 쏘아보았다. 피곤하고 힘든 표정이었다. 커튼 선생이 벌써 문제를 느꼈을까? 커튼 선생은 두 눈을 감고 얼굴을 찡그린 채 정신을 집중시키고 있었다.

꼬챙이가 과연 얼마나 버틸 수 있을까? 이 저항으로 자신이 커다란 고통을 겪을 수 있다는 걸 알고 있는데. 협조만 하면 모든 공포가 사라진다는 걸 알고 있는데. 놀라운 평화가 바로 앞에서 기다린다는 걸 알고 있는데. 지금 꼬챙이는 온몸이 너무나 가려운데 그걸 긁지 않으려고 몸부림치는 듯한 느낌일 거란 생각이 들었다.

레이니는 창가로 슬며시 걸어갔다.

"꼬챙이…… 워싱턴."

꼬챙이가 또 말했다. 훨씬 약해진 목소리였다. 레이니는 시간이 별로 없다는 걸 느꼈다.

커튼 선생은 아직도 눈을 감고 있다. 지금이 기회다. 레이니는 창문 앞에서 손을 앞뒤로 열심히 흔들었다. 바깥은 어두웠다. 하지만 실내는 불빛이 환하기 때문에 자신의 손이 바깥에서 보일 게 분명했다. 그는 손을 앞뒤로 흔들고 또 흔들고 또 흔들었다. 그러면서 간절히 빌었다.

'제발, 제발, 아무나 여기를 봐요. 제발, 론다, 당신이 말한 걸 증명해요. 망원경으로 보면 우리가 바로 앞에 있는 것처럼 보이잖아요. 망원경으로 이 섬을 계속 지켜보겠다고 했잖아요. 그 말이 사실이란 걸 제발 증명해 봐요. 제발 두 눈을 크게 뜨고 여길 봐요.'

레이니는 마지막으로 흔든 다음에 손을 유리창에 댔다. 그래서 손바닥에 써 놓은 글씨가 보이게 했다. 'K와 C를 이곳으로 보내요! 지금 당장!'

하지만 바깥에서 그걸 읽는 사람이 있다는 보장은 없었다.

위대한 케이티 기상 예보 장치

그런데 K와 C는 아직도 자고 있었다. 지난밤은 케이티한테 정말 끔찍했다. 아무리 노력해도 식당에서 집행부와 모집원한테 질질 끌려가던 밀리건 아저씨의 눈동자를 잊을 수 없었다. 잠을 이룰 수가 없었다. 자다 깨다 하면서 끊임없이 고민했지만 도대체 무얼 어떻게 해야 좋을지 알 수가 없었다.

그러다가 거의 새벽이 되었다. 일어나야 하는 시간이다. 하지만 일어나도 아무런 소용이 없을 것 같았다. 케이티를 한층 더 짜증 나게 만드는 건 멀리서 불규칙적으로 끊임없이 울려 대는 경적 소리였다. 육지에서 울리는 자동차 경적 같기도 하고 아주 짓궂은 아이가 나팔을 커다랗게 부는 것 같기도 했다. 그 소리가 몇 분 전부터 케이티를 계속 괴롭혔다. 기다란 소리, 짧은 소리, 다시 기다란 소리. 계속 그런 식이었다. 짜증이 났다. 그러면서도 뭔가 익숙했다. 뭔가 기억이 날 것 같으면서도 기억이 안 났다. 무슨 신호 같다는 생각이 들었다. 무슨 신호…….

"모스 부호!"

케이티가 소리치며 침대에서 벌떡 일어났다.

기다란 소리, 짧은 소리, 다시 기다란 소리, 그리고 침묵. 이건 K였다. 다시 귀를 기울였다. 경적 소리가 다시 났다. 아, 왜 모스 부호를 열심히 공부하지 않았을까? 케이티는 책상으로 뛰어가서 신호가 오는 대로 종이에 적었다. 짧고, 길고. 길고, 짧다. 길고, 짧고, 짧다. 침묵. 이건 '와'가 분명했다. 길고, 짧고, 길고, 짧다. 이건 C.

'K와 C.'

"누가 저 멍청한 경적 소리 좀 끌 수 없어?"

콘스턴스가 잠을 자다가 투덜거렸다.

"쉬잇! 아니야, 쉬잇 하지 마! 콘스턴스, 일어나! 지금 신호가 오고 있어!"

케이티가 소리쳤다. 하지만 콘스턴스는 잠에 취해서 머리를 베개

속으로 파묻을 뿐이었다.

신호가 계속 왔다. 케이티는 그걸 파악하려고 버둥거렸다. 그리고 생각했다.

'남자애들이 여기에 있으면 좋으련만. 꼬챙이라면 단번에 파악할 텐데.'

잠시 침묵하던 신호가 다시 시끄럽게 나기 시작했다. 케이티는 자신이 적은 신호를 해석했다.

'K와 C는 당장 기발탐으로 가라.'

맙소사! 전혀 뜻이 통하지 않았다. 'K와 C'는 케이티와 콘스턴스를 뜻하는 게 분명하다. 하지만 '기발탐'은 도대체 뭐지? 스페인 말인가? 라틴어? 케이티는 꼬챙이가 있으면 좋겠다는 생각이 다시 들었다. 꼬챙이는 책에 나오는 모든 언어를 다 알기 때문이다. 신호가 또 울려 퍼졌다. 케이티는 정신을 집중하고 들었다. 짧은 신호와 긴 신호를, 그리고 그 반대를 혼동하지 않으려고, 그리고 침묵을 놓치지 않으려고 조심했다. 그래서 이런 내용을 얻었다.

'K와 C는 당장 기발탐으로 가라.'

이건 도대체 무슨 뜻이야? 기발탐이 도대체 뭐야?

"깃발 탑!"

케이티가 자신의 실수를 깨닫고 소리쳤다.

"맙소사! 두 애가 벌써 깃발 탑으로 간 거야! 콘스턴스, 일어나!"

"조용히 해……."

베개 밑에서 졸린 목소리가 흘러나왔다.

케이티는 급히 신발을 신고 허리춤에 양동이를 묶었다. 두 아이가 저 위에 올라간 지 얼마나 됐는지 아무도 모른다. 두 애가 지금 어떤 위험에 처한지도 알 수가 없다. 늦게 도착하면 어쩌지? 무슨 수를 쓰더라도…….

케이티는 생각을 멈추고 콘스턴스가 들어 있는 조그만 담요 덩어리를 쳐다보았다. 저렇게 고집이 센 아이를 데리고 과연 제시간에 도착할 수 있을까? 어떻게 해서든 침대 밖으로 끌어낸 다음에는 업고 뛰어야 한다. 그런데 그것 때문에 늦어져서 두 아이를 제시간에 도울 수 없으면 어떻게 하지?

콘스턴스를 그냥 놔두고 가고 싶은 충동이 일었다. 정말 유혹적이었다. 너무나 유혹적이어서 거의 그럴 뻔했다. 그래서 문까지 갔다. 그러다가 망설이며 뒤를 돌아보았다. 이번 계획에는 네 명 모두가 필요하다. 베네딕트 선생님은 이게 가장 중요하다고 말했다. 그리고 바로 어제도 그렇게 하기로 약속했다. 네 명 모두가. 바로 그게 계획이었다. 자신이 이 계획을 망칠 순 없었다. 케이티는 그 즉시 침대로 뛰어가서 콘스턴스를 정신없이 흔들며 소리쳤다.

"일어나, 콘스턴스! 긴급 사태야!"

정신없이 흔들면서 불렀지만 콘스턴스를 완전히 깨우는 데에는 일 분이나 걸렸다. 동녘이 밝아 오고 있었다. 희뿌연 햇살이 점차 밝아지고 있었다. 그래서 너무 늦었다는 두려움이 한층 더 커졌다. 콘스턴스가 무슨 일인지 이해하자마자, 케이티는 그 애의 발에 신발을 억지로 신겼다. 오른발과 왼발이 바뀐 것도 모르고 낑낑대며 억지로 신발을 끼워 넣었다. 그러면서 "내 등에 올라타!" 하고 명령했다. 신발에 발가락이 꽉 껴서 아프다고 콘스턴스가 징징대는 소리는 무시했다. 마침내 콘스턴스는 케이티 등에 업혀서 계속 투덜거리고 케이티는 밖으로 쏜살같이 달렸다.

사람들로 꽉 찬 화장실 앞에 비참한 표정으로 종이봉투를 움켜잡은 채 줄을 서 있는 학생 몇 명을 복도에서 지나쳤다. 바닥에는 학생들이 게운 걸 도우미들이 미처 걸레로 훔쳐 내지 못한 흔적이 여기저기에 있었다. 케이티는 그것들을 능숙하게 피하며 계속 달렸다. 집행부가 이상한 표정으로 쳐다보며 무슨 일인지 물어보려고 다가오면 케이티는 "빨리 물러나요! 얘가 지금 채소를 토하기 직전이에요!" 하고 소리쳤다. 그럴 때마다 평생 못 볼 정도로 토하는 광경을 하룻밤 만에 몽땅 본 집행부는 더 이상 묻지 않고 당장 물러났다.

케이티는 점점 더 빨리 달렸다. 양동이가 허리춤에 부닥치고 콘스턴스는 어깨에 필사적으로 매달렸다. 지칠 대로 지친 채 양동이와 걸레를 들고 청소하는 도우미 여러 명을 지나고 기숙사를 빠져나간 케이티는 학습 기관 통제 건물 뒤에 있는 비밀 입구로 곧장 달려갔다. 커튼 선생의 승강기에 올라타면 앞으로 삼십 초 안에 속삭임 갤러리 앞까지 갈 수 있다는 생각이 들었다. 하지만 입구에 아무도 없고 행운이 따라야 가능했다. 케이티는 바위를 돌아가서 문을 발로 차서 열고 안으로 곧장 들어갔다. 그런데 불행하게도 입구에 보초가 있었다. 그것도 다른 사람이 아닌 마티나 크로였다.

케이티는 당장 멈춰서 어떻게 해야 좋을지 궁리했다.

마티나는 갑자기 나타난 케이티를 보고 깜짝 놀랐다. 케이티가 자신을 한바탕 때리러 온 것 같아서 겁까지 난 표정이었다. 하지만 마티나는 건방진 표정을 재빨리 되찾으며 소리쳤다.

"너희 둘이 어떻게 여기까지 왔지? 이제 너희는 정말 큰일 난 거야. 너희도 그걸 알고 있겠지?"

케이티한테는 그 말이 거의 들리지 않았다. 마음이 급하게 요동쳤다. 과연 자신이 마티나를 넘어갈 수 있을까? 혼자라면 가능할 것 같지만 등에 콘스턴스를 업은 상태라면? 마티나는 도움을 청할 것이고, 그러면 컴퓨터실을 지키는 모집원이 달려올 것이다. 마티나로선 케이티를 단 몇 초만 잡고 있으면 충분하다. 아니다, 이 방법은 불가능하다. 다른 길을 찾아야 한다.

"무슨 그럴싸한 변명거리라도 있어?"

마티나가 으르렁거리며 위협적으로 다가왔다.

케이티는 입술을 깨물었다. 두 주먹을 불끈 움켜쥐었다. 그리고 처음으로 아무 말도 안 했다. 그리고 빙글 돌아 콘스턴스를 높이 치켜올린 채 도망치기 시작했다.

마티나는 아주 혼란스러워하며 두 애의 뒷모습을 가만히 쳐다보았다. 자신한테 이런 식으로 등을 보이고 도망치다니, 전혀 케이티 웨더롤답지 않았다. 그건 그렇고, 저 애들은 왜 비밀 통로에 들어온 거지? 아주 급한 일 때문에 급하게 서두르던 표정이었는데? 여러 가능성이 떠오르면서 마티나의 얼굴 표정이 점차 어두워졌다.

바로 그때 질슨이 모퉁이를 돌아왔다. 화장실에서 바다사자 같은 소리를 지르면서 끔찍한 하룻밤을 꼬박 새웠지만 이제 약간 좋아져서 마티나랑 보초 업무를 교대하러 나오는 중이었다.

"잭슨이 너랑 교대하라고 했어. 커튼 선생님이 레이나드와 조지로 작업을 끝내지 못하면 앞으로 몇 시간 후에 네가 또 속삭임 갤러리에 올라가야 할 거야. 가서 좀 쉬도록 해."

마티나에게는 그 말이 들리지 않았다. 케이티의 행동에 대해 곰곰이 생각하느라 마음이 소용돌이쳤다. 저 밉살스러운 꼬마 계집애가 이곳이 속삭임 갤러리로 올라가는 통로라는 걸 알고 있는 게 분명하단 생각이 들었다. 그렇지 않다면 이곳까지 뭐 하러 왔겠는가? 그리고 그렇게 급하게 서두른 이유는? 그리고……. 그리고 멀리서 경적 소리가 불규칙하게 계속 들리는 까닭은? 그 소리 때문에 마티나는 정신을 집중하기가 어려웠다.

"질슨, 지금 막 케이티 웨더롤이 나가는 걸 봤어요?"

"그리고 그 꼬맹이 콘스턴스? 당연하지. 숙소로 곧장 돌려보냈어. 개중에는 정말 무식한 애도 있는 법이야. 그 두 애는 두뇌 청소를 당하고 말 거야, 분명해."

"걔네들은 숙소로 돌아가지 않을 거예요. 무슨 일이 있는 게 분명해요."

마티나가 말하자, 질슨이 얼굴을 찡그렸다.

"그래? 지금 계속 시끄럽게 빵빵거리는 저 소리와 관계가 있는 거 아니야? 그런데 도대체 저게 무슨 소리지?"

"그럼 당신도 이상한 낌새를 챘군요. 나도 몰라요. 저 소리는……. 그래요, 무슨 신호가 분명해요. 그래요, 신호! 모스 부호! 질슨, 모스 부호에 대해서 아세요?"

"내가 그런 걸 어떻게 알겠어? 요새는 모스 부호를 쓰는 사람이 없어. 하지만 커튼 선생님 캐비닛에 가면 암호에 관한 온갖 책을 볼 수 있어. 그걸 보면 알 수 있을 거야. 나한테 캐비닛 열쇠가 있어, 중진 집행부의 특권인 셈이지."

잠시 후에 두 사람은 커튼 선생의 사무실에 들어가서 모스 부호에 관한 설명을 들여다보며 멀리서 들리는 경적 소리를 종이에 열심히 적기 시작했다.

"'깃발 텁'이 뭐지?"

질슨이 머리를 긁으면서 물었다.

마티나가 틀린 걸 고쳤다. 짧고 짧고 긴 게 아니라 길고 길고 짧은 거였다. 깃발 탑!

"뭔지 알았어요! 빨리 잭슨을 찾아야 해요. 잡아야 할 첩자가 두 명 더 있어요!"

문제의 첩자 두 명은 바로 그 순간에 도우미 숙소가 있는 복도를 급히 뛰어가고 있었다. 창고에서 깜짝 놀란 도우미한테 사다리 하나를 빼앗은 다음이었다. 그래서 지금 사다리를 들고 비틀거리며 출구를 향해 열심히 뛰어가고 있었다. 케이티가 비틀거리는 이유는 사다리가 너무 무겁기 때문이었다. 콘스턴스가 비틀거리는 이유는 워낙 언제나 비틀대기도 하거니와 지금은 신발을 잘못 신어서 발가락이 너무 아프기 때문이기도 했다.

케이티가 숨을 헐떡이며 재촉했다.

"빨리 뛰어! 더 빨리 뛸 수 없니? 너랑 사다리를 한꺼번에 운반할 수는 없어."

"그럼 나를 그냥 놓고 가! 어차피 너는 내가 함께 가는 걸 바라지 않잖아!"

"지금 이런 말다툼할 시간이 없어."

케이티가 중얼거렸다. 동시에 복도 끝에 있는 문을 발로 차서 열고 사다리를 질질 끌며 이른 새벽 하늘 아래로 나갔다. 콘스턴스는 휘청휘청 케이티를 쫓아 나와 교실 건물을 돌았다. 아무도 없는 광장으로 내달리는 케이티를 따라잡기가 너무 힘들었다.

해협 건너편에서는 경적이 여전히 시끄럽게 울면서 긴급 신호를 줄기차게 반복했다.

그래서 케이티가 '이제 경적을 그만 울리면 좋겠어. 저러다간 다른 사람이 눈치를 채겠어.' 하고 생각하는 바로 그 순간에 갑자기 소리가 멈췄다. 그렇지만 불행하게도 그때는 집행부 두 명이 바위 뒤편 언덕에 올라가서 해협 건너편을 벌써 쳐다본 다음이었다. 한 명은 S.Q.였다. 비록 멀리 떨어진 거리였지만 케이티는 그 호리호리한 체구를 보고 한눈에 알 수 있었다. 또 한 명은 커다란 머리와 기다란 머리칼로 보건대 레지나 같았다. 두 사람은 해협 건너편에 집중하느라 두 여자애를 발견하지 못했다. 정말 다행이었다. 콘스턴스가 한참 뒤에 처졌기 때문에 만일 발견됐다면 콘스턴스가 잡혔을 게 분명했다.

케이티가 광장을 지나가며 헐떡이는 소리로 말했다.

"잘 들어, 만일 집행부가 우리를 쫓아오면 내가 그들을 따돌릴 테니까 너는 계속 뛰어가. 학습 기관 통제 건물 뒤편 언덕으로 곧장 올라가. 개울 밑에 있는 돌담으로. 내가 나중에 그곳으로 찾아갈게."

콘스턴스가 걸음을 멈췄다.

"그렇게 멀리까지 가라고? 하지만 나는 그렇게 멀리 걸을 수가 없어! 완전히 지쳤어! 다리가 너무 아파!"

케이티가 쭉 미끄러지며 멈췄다.

"계속 그렇게 불평만 할 거니? 네 목숨이 걸려 있는 이렇게 중요한 순간에도?"

케이티가 사다리를 내려놓고 양동이에 든 밧줄을 꺼냈다.

"지금 뭐 하는 거야? 나는 지금 아주 굉장히 급한 걸로 알고 있는데?"

콘스턴스가 묻자, 케이티가 대답했다.

"이걸 묶으려고."

콘스턴스가 심술궂은 대답을 미처 생각하기도 전에 케이티는 사다리를 허리춤에 묶고 조그만 여자애를 등에 업었다.

"저 멍청한 사다리를 끌어야 할 것 같아. 하지만 끔찍하게 시끄러울 거야. 그러니까 잘 잡아."

그 말과 함께 케이티는 달리기 시작했다. 생각보다 달리는 속도가 빨랐다. 뒤에서 바닥을 긁으며 엄청 시끄럽게 쿵쾅거리는 소리 때문에 한층 더 빨리 달리게 되는 것 같았다. 멀리서 레지나가 소리치기 시작했다. 시끄러운 소리 때문에 그쪽을 쳐다본 것이다. 케이티는 언덕을 슬쩍 쳐다보았다. 두 여자애를 잡으러 달려오다가 S.Q.가 발이 걸려서 넘어지고 레지나가 그 위로 넘어지는 모습이 보였다. 케이티는 S.Q.의 큰 발 덕분에 간신히 도망칠 수 있겠다는 생각이 들었다.

케이티는 학습 기관 통제 건물 뒤편으로 가서 바위와 주름풀 함정을 급히 지난 다음에 언덕을 향해 올라가기 시작했다. 그런데 정말 힘들었다. 이곳에는 길이 없고 경사가 가파른 데다 자갈이 많아서 미끄러웠다. 게다가 케이티는 뒤를 쫓아오는 추격자와 달리 허리춤에 무거운 사다리가 묶여 있고 등에 친구를 업은 상태였다. 그렇지만 S.Q.와 레지나가 언덕 밑에 도착할 즈음에 케이티는 벌써 언덕을 절반쯤 올라간 상태였다. 그래서 이제 됐다고 생각할 때 마티나와 잭슨 그리고 질슨이 학습 기관 통제 건물 뒤에서 몰려나왔다.

"아, 정말 운도 없지."

케이티가 말했다. 그리고 빙그레 웃으면서 얼굴을 흔들었다.

콘스턴스가 소리쳤다.

"운이 없어? 운이 없다고?"

"너는 그렇게 생각하지 않니?"

케이티가 너무 무거운 짐 때문에 숨을 헐떡이며 물었다. 잭슨이 커튼 선생한테 보고하라고 S.Q.와 레지나를 보내고 언덕으로 올라오기 시작했다. 질슨과 마티나도 바로 뒤에서 쫓아왔다.

쫓아오는 속도가 아주 빨랐다.

케이티는 걸음을 잠시 멈추고 뒤를 바라본 다음에 열심히 뛰어서 돌담에 도착했다. 발밑에서 자갈이 밟히는 소리가 급박하게 들렸다. 케이티는 허리춤에서 사다리를 재빨리 풀려고 했다. 하지만 그것을 잡아끌며 언덕을 오랫동안 올라온 터라 매듭이 아주 단단하게 묶여 있었다. 케이티는 머릿속으로 '빨리, 빨리.' 하고 생각하며 허리띠를 풀어서 매듭을 벗겨 냈다. 그러나 급히 서두르다가 허리띠에 걸려 있던 양동이를 떨어뜨리고 말았다. 양동이가 덜컹덜컹 언덕 밑으로 굴러갔다.

"포기해! 시간이 없어!"

콘스턴스가 당황하는 케이티를 보고 소리쳤다.

그 말이 맞았다. 그러다간 약간 앞섰다는 장점마저 사라지고 말 터였다. 하지만 양동이를 포기한다는 건 생각할 수도 없었다. 언덕 중간 즈음에서 마티나가 억지로 웃으며 "빨리 양동이를 잡아, 그런 보물을 포기할 순 없잖아!" 하고 놀렸다. 케이티는 콘스턴스에게 밧줄을 건네고는 양동이를 잡으려고 언덕을 재빨리 내려갔다. 모든 물건이 다 쏟아졌다. 소중한 망원경도 마찬가지였다. 하지만 케이티는 양동이만 재빨리 낚아채고 나머지는 그냥 포기했다.

"이제 많이 좁혀졌어! 그곳에서 가만히 기다리는 편이 좋을 거야."

잭슨이 소리쳤다.

"당신이랑 한번 붙고 싶어!"

케이티가 받아쳤다. 그러곤 사다리를 제대로 놓고, 화가 나서 씩씩거리는 콘스턴스를 등에 업은 다음에 사다리를 오르기 시작했다. 콘스턴스가 너무 무거워서 땀이 뻘뻘 나고 있었다. 힘이 떨어질수록 더 무거워지는 것 같았다. 케이티가 마지막 힘을 다 쥐어짜 사다리를 거의 다 올라갔을 즈음에 잭슨이 사다리 밑에 도달했다. 케이티는 돌담 위의 높은 비탈을 향해 기어 올라갔다. 몇 걸음 앞에, 돌담 바로 위에, 케이티가 이 섬에 온 첫날 목격한 개울이 흐르고 있었다. 개울은 얕은 도랑을 따라 길게 흐르다가 돌담을 넘으며 밑으로 떨어졌다. 케이티는 그쪽을 향해 비틀거리며 빠르게 걸었다. 그래서 케이티가 콘스턴스를 개울 옆에 아무렇게나 내려놓을 즈음에 잭슨과 질슨은 이미 사다리에 올라탔고, 마티나는 오를 준비를 하고 있었다.

"이제 양동이로 아무것도 못하겠지?"

잭슨이 놀렸다.

"그렇게 물어봐 줘서 고마워요!"

케이티가 대답하며 허리를 숙여서 개울물을 양동이에 가득 퍼 담았다. 그러자 양동이가 볼링공처럼 무거워졌다. 케이티는 얼음처럼 파란 잭슨의 눈동자를 똑바로 내려다보면서 다정하게 윙크를 했다. 그때 잭슨은 몇 칸만 남기고 사다리를 거의 올라온 상태였다.

그때 케이티가 양동이를 떨어뜨렸다.

잭슨은 깜짝 놀라면서도 옆으로 몸을 돌려서 양동이를 피하려고 했다. 하지만 소용이 없었다. 양동이는 잭슨한테 곧장 떨어졌다. 머리 꼭대기를 정통으로 맞은 잭슨이 밑으로 떨어지면서 그 밑에 있던 질슨까지 함께 떨어지고 말았다. 두 사람은 마티나 옆으로 겹겹이 떨어지며 신음했다.

"양동이는 벽돌 몇 개의 효과가 있어, 물만 담으면."

케이티가 만족스러워하며 약을 올렸다.

하지만 그 광경을 보며 재미있어할 시간이 없었다. 마티나는 머리 회전이 빨랐다. 케이티가 사다리를 끌어올릴 수 없도록 꼭 움켜잡고서 동료들이 정신을 차리고 다시 올라가기만 기다리는 중이었다. 케이티는 콘스턴스를 어깨에 메고 풍덩거리며 개울을 건넜다. 너무 힘들어서 한 번에 건너뛸 수가 없었다. 그리고 탑으로 올라가는 마지막 가파른 언덕을 오르기 시작했다.

"어휴! 어깨로 내 배를 누르지 마, 이 멍청……."

콘스턴스가 불평하는 소리를 무시한 채 케이티는 친구를 밑에 내려놓고 밧줄로 급히 올가미를 만들며 말했다.

"잘 들어. 지금 집중해야 하니까 조용히 있어, 알았어? 우리는 최대한 빨리 저 창문으로 가야 돼."

케이티는 말하는 동시에 올가미를 빙글빙글 돌리면서 높은 탑 위로 삐져나온 깃대를 쳐다보았다. 학습 기관의 빨간 깃발이 부드럽게 펄럭거리고 있었다.

케이티는 마음을 다졌다.

'조심해. 올가미가 깃발에 튕기면 안 돼.'

처음에 제대로 던져야 한다. 다시 던질 시간은 없다.

케이티가 집중한 채 목표물을 겨냥하면서 기도했다. 그리고…….

"정말로 저 깃대에 올가미를 씌울 수 있다고 생각하는 건 아니겠지?"

케이티가 올가미를 위로 던지는 순간에 콘스턴스가 불쑥 말했다.

그 소리에 하마터면 정신이 흐트러질 뻔했다. 하지만 던지기도 제대로 던졌고 밧줄을 잡아채서 방향을 튼 시기도 완벽했다. 올가미가 깃대 위로 멋있게 떨어졌다. 케이티가 안도의 한숨을 내쉬고 밧줄을 단단하게 잡아당기며 물었다.

"저 정도면 제대로 된 거 아냐?"

"저렇게 안 될 수도 있었다고!"

콘스턴스가 대답했다.

케이티는 밧줄을 벌써 친구의 허리춤에 단단히 묶으며 말했다.

"어쨌든 고마워. 이제 잔소리 그만해. 내가 이렇게 한 건 너를 저 위로 끌어올리기 위한 거야. 나는 이런 식으로 더 빨리 올라갈 수 있어."

콘스턴스는 당연히 구시렁거렸으나 케이티는 벌써 매듭을 다 묶은 다음에 밧줄을 잡아당기며 올라가기 시작했다. 뒤를 돌아보느라 시간을 낭비하지 않았다. 그 순간에 마티나가 개울을 뛰어넘은 걸 알고 있었다. 일 초를 다투는 싸움이었다.

마침내 케이티는 깃대까지 올라가 그 위에서 균형을 잡으며 아래를 내려다보았다. 마티나가 콘스턴스를 향해 돌진하고 있었다. 케이티는 일 초가 자신의 편이 아니라는 사실을 깨달았다. 자신은 지칠 대로 지친 반면 마티나는 아주 빠르게 돌진했다. 콘스턴스를 제대로 끌어올릴 시간이 없었다.

케이티는 순간적으로 생각했다.

'우리 넷이 모두 있어야 하지만 콘스턴스는 저들과 맞설 수 없어. 하지만 너는 맞설 수 있어. 힘들겠지만 너는 저들과 맞설 수 있어.'

케이티의 일부는, 아주 중요한 일부는 이렇게 믿었다. 자신만만한 도전 정신이야말로 어린 시절부터 지금까지 케이티를 지켜 온 가장 중요한 힘이었기 때문이다. 하지만 다른 일부는 그걸 믿지 않았다. 그런데 그 부분 역시 중요한 일부였다. 그 부분을 모르면 지금 케이티가 하려는 행동이 얼마나 용감한 건지 이해할 수 없기 때문이다.

케이티는 유연한 동작으로 깃대 끝에 걸려 있는 올가미를 벗겨서 깃대에 걸쳤다. 그리고 밧줄을 단단히 움켜잡고는 생각했다.

'아, 저 꼬마 투덜이한테 이럴 가치가 있어야 하는데.'

케이티는 공중으로 뛰어내렸다.

깃대에 걸친 밧줄이 도르래에 걸쳐 놓은 케이블 역할을 했다. 그래서 케이티가 밑으로 떨어짐과 동시에 무게가 훨씬 가벼운 콘스턴스는 깜짝 놀란 마티나 크로를 뒤로한 채 간발의 차이로 솟아올랐다. 조그만 콘스턴스는 눈을 동그랗게 뜬 채 밧줄에 미친 듯이 매달렸다. 하지만 케이티는 그 애를 진정시킬 수가 없었다. 두 사람이 스치며 지나는 순간에, 한 명은 위로 올라가고 다른 한 명은 밑으로 떨어지면서 지나친 짧은 그 순간에, 케이티는 환하게 웃으며 소리쳤다.

"꼭 잡아, 콘스턴스! 그리고 저 꼭대기에 올라가면 밧줄을 꼭 풀어야 해."

이 말과 함께 케이티는 밑에서 복수의 환희에 가득 차 빙그레 웃는 힘센 집행부 세 명의 품 안으로 떨어졌다.

커튼 선생의 눈동자

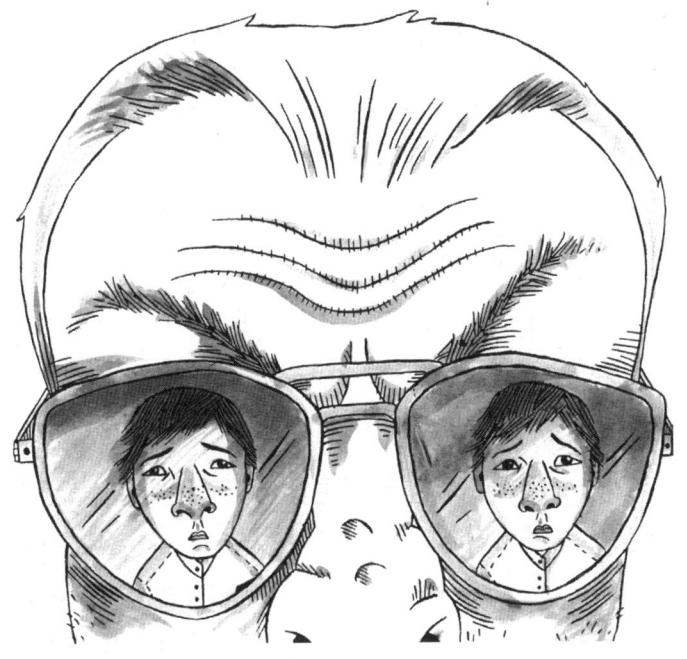

"**커튼 선생님!** 커튼 선생님!"

S.Q.의 목소리가 인터폰에서 윙윙거렸다.

레이니에게는 S.Q.의 방해가 그렇게 고마울 수 없었다. 꼬챙이가 저항하며 얼굴을 찡그리다가 편하게 웃는 얼굴로 번갈아 바뀌는 광경을, 붉은 얼굴이 백지장처럼 하얗게 변하는 광경을, 두 뺨에 맺힌 땀이 눈물처럼 떨어지는 광경을 지켜보는 게 너무 괴로웠기 때문이다. 게다가 이제는 찡그린 표정이 거의 사라지고 즐겁고 만족에 찬 미소가 얼굴에 가득했다. 지금까지 모든 노력을 다했지만 결국에는 꼬챙이도 어쩔 수 없었다. 저항을 포기한 것이다.

그러나 커튼 선생은 S.Q.의 방해가 전혀 반갑지 않았다. 야간 작업이 부족한 상태에서 전달자를 간신히 구해서 속삭임에 다시 앉혔다가 예상치 못한 저항에 부닥치고 말았다. 속삭임이 늙은 당나귀처럼 말을 제대로 듣지 않았다. 커튼 선생의 생각을 잊어버리기도 하고 완전히 잘못 받아들이기까지 했다. 평상시에는 전화기에 대고 자신이 한 말을 수화기로 듣는 정도의 노력이면 충분했다. 그런데 이번에는 자신이 한 말을 찍찍거리는 라디오로 듣는 것 같았다. 아이 때문인 것 같았다. 그래서 커튼 선생이 사실 조지는 전달자로 적합하지 않고 전혀 믿을 수 없는 존재라고 의심하기 시작할 즈음에 작업이 제대로 진행되기 시작했다. 조지의 마음이 메시지를 아까보다 훨씬 잘 받아들였으며 속삭임의 엉클어진 메시지도 곧게 펴지고 있었다. 그래서 커튼 선생도 마침내 아주 생산적이고 바람직한 작업에 들어갔다. 그래서 중요한 작업을 거의 마칠 즈음에 방해꾼이 나타나고만 것이다.

"커튼 선생님! 제발, 선생님, 긴급 사태예요!"

"썩을 놈들!"

커튼 선생은 벌컥 화를 내며 빨간 헬멧을 벗어 던졌다. 그와 동시에 수갑과 파란 헬멧도 풀려서, 꼬챙이는 약간 혼란스러운 상태로 일어나다가 비틀거렸다. 레이니가 앞으로 뛰어가서 친구를 부축했다.

"무슨 일인가, S.Q.? 반드시 아주 중요한 일이어야 할 거야!"

커튼 선생이 휠체어에 있는 인터폰 버튼을 누르며 말했다.

"그렇습니다, 선생님. 두 학생이 탑으로 침투하려는 중입니다!"

레이니가 두 눈을 감았다. 심장이 내려앉았다. 두 여자애의 행동을 집행부가 파악했으며, S.Q.는 지금 문밖에 있다. 그렇다면 이제 끝이다. 이렇게 고생했는데! 꼬챙이가 이렇게 용감하게 저항했는데! 이렇게 힘들게 노력했는데…….

"두 학생? 학생이라면 아이를 말하는 건가? 그런 건가?"

커튼 선생이 묻자, S.Q.가 애매한 어투로 대답했다.

"흠, 그렇습니다, 선생님."

"그렇다면 어린애 두 명이 침입하는 걸 너희가 막을 수 없다는 뜻인가?"

"으흠, 저, 선생님, 저희가 확실히 내포하도록…… 체포하도록…… 그러니까…… 두 애를 확실히 잡도록 하겠습니다. 단지 선생님한테 알려 드려야 할 것 같아서……."

"나한테 그걸 알려 줄 생각을 해서 고맙네, S.Q."

커튼 선생이 말했다. 하지만 고마워하는 기색이 전혀 아니었다.

"그리고, 진짜 긴급 사태가 아니라면 앞으로 조금도 방해하지 말도록. 알겠나?"

커튼 선생이 명령하자, S.Q.의 대답이 들렸다.

"네, 커튼 선생님. 죄송합니다, 커튼 선생님."

커튼 선생이 경멸하는 표정으로 머리를 흔들면서 크게 소리쳤다.

"애들아! 내가 무기도 없는 어린애를 무서워해야겠니? 그 두 애는 잡혀 있는 죄수와 한패가 분명해. 형편없는 집행부 같으니. 하지만 문제없어. 곧 잡힐 테니까."

커튼 선생이 침묵한 채 꼬챙이를 열심히 처다보았다. 어떻게 토막을 내서 요리를 하는 게 가장 좋을까 궁리하는 것 같았다.

"조지, 나는 네 작업 내용이 그리 달갑지 않아. 마음에 안 들어. 사실, 아주 불쾌해. 이제 레이나드가 네 일을 넘겨받을 거야. 네 문제는 나중에 처리하도록 하지."

나중에 처리한다는 말이 무슨 뜻인지는 의심할 여지가 없었다. 하지만 꼬챙이는 그 순간에 너무 지쳐서 두려워할 기운조차 없었다. 그냥 머리만 흔들 뿐이었다. 꼬챙이는 자신이 할 수 있는 모든 걸 다 한 것이다.

커튼 선생이 짜증스레 소파를 가리켰다. 레이니가 꼬챙이를 부축해서 소파로 옮기자마자 꼬챙이는 풀썩 쓰러졌다. 레이니는 고개를 돌려서 커튼 선생과 시선을 마주쳤다. 공포에 질린 자신의 애매한 표정이 은빛 안경알에 비쳤다.

"드디어 때가 왔어, 레이나드. 네 친구의 작업이 불만족스러웠는데도 향상에 많이 접근했어, 아주아주 많이."

커튼 선생이 말하다가 기침을 하며 창백한 이마의 땀을 닦아 냈다. 그러면서 혼잣말을 하듯이 중얼거렸다.

"잠시 중단하고 무언가를 먹어야 할 것 같아. 하지만 오래 걸리지 않아. 기운을 차려야 할 것 같아. 어쨌든 약간 늦춘다고 해서 문제 될 건 없어. 주스 한 잔이면 되니까. 내 말이 들리니, 레이나드? 주스 한 잔 마실 거야. 그런 다음 삼사 분 후에는……. 그러면 다 돼! 다 되는 거야! 향상이 시작되는 거야! 믿을 수 있니? 나도 믿기가 힘들어!"

커튼 선생의 얼굴은 비록 핼쑥하고 창백했지만 환하게 빛났다. 오랜 꿈이 실현되기 직전이기 때문이었다.

레이니는 속삭임을 쳐다보았다. 눈을 돌릴 수가 없었다. 속삭임이 자신을 유혹하는 것 같았다. 편안했다. 마치 자신한테 말을 하는 것 같았다. 빨리 오라고 속삭이는 것 같았다. 지금 나한테 속삭이는 거니? 도저히 생각할 수도 없는 내용을 속삭이는 거니……?

'무모하게 맞서지 마, 레이나드. 너는 아직도 커튼 선생과 함께할 수 있어. 아주 중요한 인물이 되어서 아주 중요한 역할을 할 수 있어.'

속삭임이 속삭이는 것 같은 소리에 레이니가 머릿속으로 대답했다.

'하지만…… 하지만 베네딕트 선생님은……. 선생님은 나한테…….'

'베네딕트 선생님! 너를 속여서 끌어들인 자가, 쪽지 시험에서 부정행위를 하도록 부추긴 자가 바로 그 사람이야! 그 사람이 너한테 특별한 기회를 주었니? 반면에 커튼 선생은 어떻게 했지? 부정행위를 한 건 문제가 되지 않는다고 하면서 용서하지 않니? 불쌍한 고아를 모아서 바람직하게 살도록 도와준 사람이 바로 커튼 선생 아닌가? 너한테 집행부가 되도록 도와주겠다고 약속한 사람이 바로 커튼 선생님 아니야? 두 사람이 어떻게 다르지? 그리 다르지 않아, 레이나드. 유일하게 다른 건, 한 사람은 너한테 고통스러운 길을 제시한 반면, 또 한 사람은 너한테 여러 사람과 함께 사는 길을, 그래서 외롭지 않게 사는 길을 제시하고 있다는 것뿐이야.'

레이니가 부르르 떨면서 생각했다.

'하지만…… 페루멀…… 페루멀 선생님이…….'

'네가 선생님을 도와주면 되잖아! 선생님한테 주의를 주고 머리에서 일어나는 소리에 대해 침묵하도록 알려 주면 되잖아! 네가 선생님을 보호할 수 있어!

레이니는 두 손으로 머리를 감쌌다.

'하지만 선생님이 그걸 바라실까? 이렇게 커다란 희생을 치러야 하는데? 아니야, 그러지 않으실 거야. 게다가…… 게다가…… 이제 불가능해! 다른 방법이 없어!'

커튼 선생은 주스를 다 마시고 레이나드가 속삭임만 쳐다보는 걸 바라보았다. 그러면서 기분 좋게 말했다.

"그동안 많이 그리웠을 거야. 하지만 이제 네 차례가 왔어. 의자에 앉아, 레이나드. 너한테 합당한 자리에 앉아."

레이니는 머리가 몽롱했다. 커튼 선생이 '너한테 합당한 자리'라고 말했나? 아니면 머릿속에서 그런 소리가 났나? 내가 지금 누구랑 얘기하고 있었지? 속삭임이 아니었나? 레이니는 그렇지 않다는 걸 깨달았다. 불행하게도 그게 아니었다. 자신한테 말한 건 속삭임이 결코 아니었다. 그건 바로 레이니 자신이었다.

"레이나드!"

커튼 선생이 재촉했다.

레이니는 속삭임한테 다가갔다. 이번 작업은 금방 끝난다고, 삼사 분이면 된다고 커튼 선생이 아까 말했다. 그러면 모든 게 끝이다. 그러면……. 레이니는 침을 꿀꺽 삼켰다. 그러면 콘스턴스는 어떻게 되지? 커튼 선생이 전압을 끌어올리면 콘스턴스한테 어떤 끔찍한 일이 일어나지? 그리고 다른 많은 사람은 어떻게 되는 거지?

레이니는 고개를 돌려서 꼬챙이를 쳐다보았다. 꼬챙이는 힘이 하나도 없는 패배자처럼 소파에 구부린 채 앉아 있었다. 꼬챙이는 크나큰 공포를 느꼈지만 도저히 저항 불가능한 속삭임의 커다란 유혹에 저항하며 모든 힘을 다해서 싸웠다. 레이니 자신의 부탁이 아니었다면 꼬챙이는 결코 그렇게 하지 않았을 것이다. 그리고 그것 때문에 커튼 선생의 미움을 사고 말았다. 그런데 자신은 이제 커튼 선생을 도와야 한단 말인가? 그건 친구의 우정을 배신하는 행위다! 그리고 케이티는……. 케이티와 함께해 온 일은 또 어떤가! 그리고 지금까지 케이티가 감수한 위험은……?

"레드롭타 커튼!"

수갑이 레이니의 팔목을 잡았다. 헬멧이 내려왔다. 레이니는 두 눈을 감았다. 친구들 얼굴만 보였다. 베네딕트 선생님의 첫 번째 시험에 나온 마지막 문제가 떠올랐다.

'용감한가요?'

레이니는 이제 드디어 그 답을 알 것 같았다. 자신은 용감하지 않다. 그렇게 되고 싶을 뿐이다.

'좋아. 이름이 뭐니?'

속삭임이 물었다.

'빨리 끝내기나 하자.'

레이니가 속으로 자신한테 말했다.

'환영해, 레이나드 멀든.'

"환영해."

레이니가 똑같이 말했다. 그렇다. 환영한다는 말은 정말 좋은 말이다. 함께 어울릴 사람이 있다는 느낌을 준다. 좋은 느낌을 준다……. 혼자가 아니라는……. 아니야, 나는 절대로 혼자가 아니야. 그렇지만…….

'레이나드 멀든, 제일 무서운 게 뭐니?'

레이니는 마음의 눈에 아직까지 친구들 얼굴이 보였다. 꼬챙이, 케이티, 콘스턴스. 모두가 걱정스러운 표정으로 바라보고 있었다. 지금까지 정말 많은 시간을 함께 보냈다! 그런데 지금 자신은 이들을 정말로 배신하려는 것인가?

"친구를 배신하면 그 이상 외로울 수 없게 되는 거야."

레이니가 자신에게 말했다.

그와 동시에 속삭임의 목소리가 말했다.

'걱정하지 마. 너는 친구들을 배신하지 않아. 너는 정말 용감해.'

레이니는 너무 놀라서 하마터면 폭소를 터트릴 뻔했다. 속삭임이 너무나 잘난 체를 하다 보니, 지금 레이니한테 필요한 격려까지 한 것이다. 속삭임과 맞서 싸우는 데 절실하게 필요한 격려를!

'이제 시작하자.'

속삭임이 말했다.

레이니한테 엄청난 행복감이 물밀듯이 밀려들었다. 진정한 행복감이었다. 결코 환상이 아니었다. 친구들을 배신하지 않을 거란 자신이 들었다. 이제 비로소 그걸 확실히 깨달았다. 레이니는 조금 전까지 최악의 공포를 느꼈지만 이제 그게 사라졌다. 이제 속삭임이 그걸 부정할 필요가 없었다.

'이제 시작하자.'

속삭임이 또 말했다.

레이니는 정신을 바싹 차렸다. 그래, 무섭지 않아. 이제 용감하게 맞설 자신이 있어. 나는 혼자가 아니야.

'이제 시작하자.'

속삭임이 또 말했다. 훨씬 끈질긴 어투였다.

'아직 안 돼.'

레이니가 생각했다.

'이제 시작하자.'

'먼저 내 안경부터 닦아야겠어.'

'이제 시작하자.'

'양동이가 없어서 안 돼.'

레이니가 고집을 부렸다.

뒤에서 커튼 선생이 투덜대는 소리가 들렸다.

'이제 시작하자, 이제 시작하자, 이제 시작하자.'

'규칙과 학교는 바보들의 도구다.'

레이니가 생각했다.

'이제 시작하자.'

바로 그때 레이니가 그토록 바라던 콘스턴스의 날카로운 목소리가 들렸다. 그 목소리가 그렇게 반가운 건 그때가 처음이었다.

"도와줘! 이걸 열어! 빨리 열어 줘!"

커튼 선생이 투덜거렸다.

"하! 이 멍청한 기계가 도대체 왜 이러는 거야? 그리고 방해꾼이 또 나타났군! 저 목소리는 도대체 어디에서 들리는 거야?"

"창문이에요."

꼬챙이가 말했다. 커튼 선생만큼이나 놀란 표정이었다.

"창문?"

커튼 선생이 물으면서 빨간 헬멧을 벗어 던지고 창문을 쳐다보았다. 파란 하늘 외에는 아무것도 보이지 않았다. 커튼 선생은 투덜거리면서 다시 헬멧을 썼다.

"신경 쓰지 마. 그냥 무시하면 그만이야. 이번에는 이 작업을 끝내고 말 거야."

"이걸 열어! 이걸 열어! 이걸 열어!"

콘스턴스가 날카롭게 소리쳤다.

"그냥 무시할 수가 없겠어요, 선생님."

레이니가 말하는 동안에도 콘스턴스는 계속 비명을 질러 댔다.

커튼 선생의 얼굴이 분노로 일그러졌다.

"정말 화가 나는군! 내가 어떻게 집중할 수 있겠어! 이렇게……. 좋아, 이 문제부터 해결해야겠군. 하지만 나한테는 창문 걸쇠가 너무 높아, 조지."

커튼 선생이 의심하듯 꼬챙이를 바라보다가 머리를 흔들었다.

"아니야, 조지, 너는 그냥 그곳에 앉아 있어. 레이나드, 네가 가서 무슨 문제인지 알아봐라."

레이니의 팔목에서 수갑이 풀리고 헬멧이 올라갔다.

레이니는 기뻤다. 즉시 실내를 가로질러 창문 걸쇠를 풀었다. 창문을 활짝 열고 아래를 내려다보니 창문 바로 밑에서 콘스턴스 콘트레어의 조그만 몸이 깃대에 필사적으로 매달려 있었다. 처음에는 마치 조그만 코알라가 쓰러진 유칼리나무 등걸에 매달려 있는 듯했다. 콘스턴스는 온 힘을 다해 버둥거리고 있었다. 두 눈에는 공포가 가득했다. 그럴 만도 했다. 조금만 미끄러져도 바위가 가득한 바닥으로 곧장 떨어질 게 분명했다.

그 바닥에서도 문제가 있었다. 그곳에서 케이티가 무서운 싸움을 벌이고 있었기 때문이다. 레이니는 자부심과 희망으로 가슴이 부풀어 올랐다. 좋은 상황은 아니지만 아직 끝난 것도 아니었다. 여자애들이 아직까지 잡히지는 않은 것이다.

"그래, 무슨 일이냐?"

커튼 선생이 저편에서 물었다.

꼬챙이도 새로운 희망을 느끼며 쳐다보고 있었다.

레이니는 얼굴을 계속 다른 쪽으로 돌리고 있었다. 커튼 선생한테 웃는 얼굴을 들키면 안 되니까.

"S.Q.가 말한 아이들이에요, 선생님. 한 명은 체포되기 직전인 것 같아요. 그리고 또 한 명은 창문 밑에 있는 깃대에 매달려 있어요."

커튼 선생은 화를 내야 할지 웃어야 할지 모르겠다는 표정이었다.

"그럼 그 녀석을 어서 안으로 잡아끌어. 이번이 마지막 방해가 될 거야."

"꼬챙이, 나 좀 도와줄 수 있어?"

기운을 약간 되찾은 꼬챙이가 다가와서 레이니의 두 다리를 잡고, 레이니는 밑으로 팔을 뻗어서 공포에 질린 콘스턴스를 창문 안으로 잡아당겼다.

커튼 선생이 아주 만족한 표정으로 말했다.

"야, 이게 누구야! 콘스턴스 콘트레어 아니냐? 내가 의심한 그대로야. 네가 믿을 만한 사람이 아니란 사실을 처음부터 알고 있었어. 사실 오래전에 너를 처리할 생각이었어, 만일……."

커튼 선생이 갑자기 놀라면서 안경을 홱 벗어 밝은 녹색 눈동자를 드러냈다. 끔찍하게 충혈이 된 눈, 분노가 무섭게 끓어오르는 눈이었다.

"만일 너만 아니었다면."

커튼 선생이 그 무서운 눈으로 레이니를 노려보았다. 그리고 은빛 안경을 바닥에 내던졌다. 안경만 아니었으면 진실을 훨씬 일찍 알아챘을 거라는 듯이. 그런 다음에 휠체어 가죽끈을 풀고는 완벽하게 똑바로 일어나서 아이들을 잡기 위해 뚜벅뚜벅 걸어왔다. 아이들로서는 너무나 놀랍고 두려울 수밖에 없었다.

한편, 케이티 웨더롤은 목숨을 걸고 싸우는 중이었다. 마티나 크로는 그동안 이런 기회가 오기만, 예전에 당한 창피를 확실히 갚아 줄 기회가 오기만 기다리던 참이었다. 그리고 잭슨과 질슨 역시 애초에 부드러운 성격이 아닌 데다가 케이티가 양동이를 던져서 곤욕을 치르고 커다란 상처까지 생겼기 때문에 마찬가지로 케이티를 쓰러뜨리려고 무섭게 달려들었다. 케이티는 여우처럼 똑똑하고 몸이 빨랐다. 하지만 지금은 성난 사냥개들에게 포위된 완전히 지친 여우였다.

그래도 케이티는 상당한 성과를 거둘 수 있었다. 잭슨의 머리에 혹이 생긴 건 물론이고, 케이티의 주먹에 맞아 뾰족한 코가 빨갛게 부어올랐다. 질슨은 한쪽 귀가 울리고 아팠다. 케이티의 팔꿈치에 정통으로 맞은 결과였다. 그리고 마티나는 정강이가 심하게 까졌다. 집행부 세 명은 이제 케이티를 포위한 채 공격할 기회를 아주 신중하게 모색했다.

케이티는 허리를 숙여서 상대의 움직임을 자세히 살피며 밧줄을 잡고 올가미를 준비했다. 콘스턴스가 처음으로 케이티의 충고를 들은 것이다. 올라가자마자 밧줄을 재빨리 풀어 집행부가 콘스턴스를 밑으로 잡아당길 수 없었고 밧줄은 케이티 수중에 돌아왔다.

상대편은 올가미를 바라보며 케이티의 약점을 찾기 위해 빙글빙글 돌았다. 하지만 상대의 약점을 먼저 발견한 사람은 케이티였다. 마티나가 발을 헛디디며 약간 비틀거린 것이다. 케이티는 옆으로 움직이며 도망치는 척하다가 마티나가 막으려고 달려들 때에 올가미로 마티나의 발목을 잡고 확 잡아당겼다. 마티나가 바닥에 쓰러진 채 씩씩거렸다.

아주 훌륭한 솜씨였다. 하지만 그건 또 함정이기도 했다. 케이티가 올가미를 풀어 내기 전에 마티나가 그걸 잡고 확 끌어당겼다. 케이티는 균형을 잃었으며, 바로 그 순간에 잭슨이 달려들며 케이티를 사납게 때렸다. 충격이 대단했다. 망치로 맞은 것 같았다. 케이티는 휘청거리면서 균형을 잡으려고 했다.

하지만 곧 질슨이 케이티를 잡았다.

그다음 몇 분은 정말 잔인한 시간이었다. 케이티의 양쪽 귀가 부어오르고 머리칼이 뽑히고 얼굴에는 질슨의 번개 같은 주먹이 연속으로 꽂혔다. 케이티가 주먹을 휘두르고 발을 내차면서 몸부림을 쳤으나 그들을 막을 수 없었다. 케이티는 자신이 집행부 세 명을 이길 수 있다고 스스로에게 말했지만 그건 자신을 속인 것이었다. 오래전부터 자신을 그렇게 속였다는 생각이 들었다. 실제로는 자기 혼자서 할 수 있는 건 아무것도 없었다. 케이티는 이제야 비로소 그걸 깨달았다.

케이티는 저항을 멈췄다. 저항할 이유가 무어란 말인가? 이제 자신은 친구들한테도, 자신한테도, 아무한테도 소용이 없었다. 이제 자신은 완벽하게 압도당한 무기력한 외톨이에 불과하다. 쏠쏠한 현실이 케이티를 정신 차리게 만들었다. 케이티가 다른 사람의 도움이 필요하단 사실을 인정한 바로 이 순간에 케이티를 도와줄 사람은 하나도 없었다.

그 생각을 읽은 듯, 마티나가 날카롭게 말했다.

"이제 자신이 얼마나 못났는지 알 거야. 안 그래, 케이티 웨더롤? 그러니 이렇게 포기할 수밖에."

케이티가 찢어진 입술 사이로 중얼거렸다.

"모르는 소리 그만해, 마티나. 네가 애기처럼 찡얼대는 사이에 나는 낮잠이나 자려고 이러는 것뿐이야."

이 말은 마티나의 분노를 폭발시켰다. 마티나는 잭슨과 질슨한테 양쪽 팔이 꽉 잡힌 케이티를 향해 무자비한 공격을 퍼부으려고 했다. 마티나는 뒤로 물러나서 앞으로 돌진할 태세를 갖추며 소리쳤다.

"네가 살려 달라고 사정할 때까지 사정없이 때릴 거야, 웨더롤! 네가 그만하라고 빌 때까지 고통을 주겠어! 내가 최고라는 사실을 인정할 때까지 정신없이 때릴 거야! 내……."

"그럴 수야 없지."

낯선 목소리가 들림과 동시에 쉭, 쉭, 쉭 소리가 세 번 나자, 마티나가 눈을 감았고 잭슨과 질슨이 한숨을 쉬면서 의식을 잃고 바닥에 쓰러졌다. 그들의 어깨에서 다트 깃털이 마법처럼 펄럭거렸다.

마티나 크로가 서 있던 자리에 밀리건 아저씨가 마취 총을 들고 서 있었다. 머리끝부터 발끝까지 끈적끈적한 검은 진흙이 잔뜩 묻고 집행부의 윗도리를 찢어서 붕대를 감은 왼팔에는 피가 배어 있었다. 밀리건 아저씨가 그런 상태이면서도 기쁜 눈으로 케이티를 바라보며 빙그레 웃고 있었다. 기적 중의 기적이었다! 목소리에 기쁨이 가득 담겨 있어서 목소리가 낯설게 들렸던 것이다. 처음에는 그런 줄도 전혀 몰랐다.

그런데 그게 전부가 아니었다. 케이티는 밀리건 아저씨를 잠시 쳐다보다가 비틀거리며 일어났다. 밀리건 아저씨의 눈빛에는…… 아직 무언가가…… 남아 있었다. 무언가가…….

"너무 오랫동안 기다리게 해서 미안하다, 우리 귀여운 고양이."

아빠의 목소리였다.

제일 좋은 약

커튼 선생은 아이들을, 특히 레이니를 무섭게 노려보며 다시 말했다.

"너는…… 너는 나를 배신했어! 내가 너한테 많은 은혜를 베풀었는데 우리 학습 기관에 받아들이고 내 속삭임으로 모든 두려움을 달래 주고 '향상'의 주역으로 참여할 기회까지 주었는데! 그런데 어떻게 나한테 반항할 수 있지?"

"선생님은 우리의 사과를 받아들이지 않을 것 같군요."

꼬챙이가 말했다. 꼬챙이로서는 정말 대담한 반응이 아닐 수 없었다. 벌떡 일어선 커튼 선생의 큰 키에 너무나 놀라서 지금 당장이라도 안경을 손에 들고 정신없이 닦고 싶은 충동이 온몸에 가득한 상태에서 나온 말이기 때문에 특히 더했다.

커튼 선생이 끽끽거리며 올빼미처럼 무섭게 웃은 다음에 말했다.

"아, 물론 그럴 수야 없지, 조지. 하지만 아이들이 굉장히 귀찮은 존재라는 사실을 일깨워 줘서 고마워. 따르는 것도 금방이고 도망치는 것도 금방이지. 그래, 모기만큼이나 보잘것없고 귀찮은 존재들이야. 하지만 모기만 한 힘도 없어. 너희가 바라는 걸 생각하면……. 그런데 너희가 바라는 게 뭐지? 나를 물리치는 거? 하지만 너희는 꼬맹이들에 불과해!"

커튼 선생이 발작이라도 일으키는 것처럼 오랫동안 폭소를 터트렸다. 그러다가 억지로 마음을 가라앉히며 말했다.

"하지만 상관없어. 내 손을 더럽히면서까지 네놈들을 잡을 필요는 없어. 집행부를 불러서 끌고 가도록 하는 걸로 충분해."

커튼 선생이 휠체어로 가려고 돌아섰다. 하지만 레이니 멀든이 뚫어지게 쳐다보는 시선을 느끼고 동작을 멈췄다. 레이니의 두 눈이 이리저리 급하게 움직였다. 뭔가를 곰곰이 생각하는 것 같았다. 그리고 커튼 선생이 지금 도대체 무슨 생각을 하느냐고 묻기도 전에 레이니가 커다랗게 소리쳤다. 혼잣말 같았다.

"그래, 맞아! 그건 웃음이 아니야!"

"지금 무슨 소리를 지껄이는 거야, 레이나드?"

커튼 선생이 물었지만, 레이니는 그 말을 못 들은 것 같았다.

"베네딕트 선생님한테는 그렇게 만드는 게 웃음이었어요. 하지만 당신한테 그게 웃음이 아니라면 무얼까요? 뭔가 분명히 있어요. 그렇지 않다면 그렇게 휠체어에 앉아서 가죽으로 꼼꼼히 자신을 묶지 않았을 거예요. 당신은 통제력을 잃는 걸 가장 두려워해요. 그런데 그 이유가 뭘까요?"

커튼 선생의 눈썹이 사납게 올라갔다. 땡땡거리는 종처럼 그의 머리 전체가 흔들렸다.

"무슨 말인지 모르겠군. 도대체 무슨 말이야, 음흉한 놈! 그런 엉뚱한 소리나 들을 시간은 없……."

커튼 선생이 흥분하며 말하자, 레이니가 눈빛을 반짝이면서 훨씬 단호하게 다그쳤다.

"아니에요, 당신은 무언가를 두려워하는 게 분명해요. 휠체어, 가죽끈, 반사되는 안경. 이 모든 건 아이들한테 자신의 비밀을 숨기기 위한 도구예요. 하지만 아이들을 그렇게 두려워하는 이유가 뭐죠? 우리가 아무런 해도 끼칠 수 없다고 당신이 계속 말하는 이유는 아이들이 두려워서가 아닌가요? 이건 당신이 자신한테 최면을 걸기 위한 것뿐이에요. 실제로 당신한테는 아이들이 가장 두려운 거예요. 쥐를 무서워하는 호랑이처럼 말이에요! 그렇지 않다면 그렇게 서서 덜덜 떠는 이유가 뭐겠어요?"

커튼 선생이 화를 터뜨렸다. 너무 화가 나서 얼굴이 흙빛으로 되었다.

"이건 공포 때문이 아니야, 이 벌레만도 못한 놈아! 감히 그런 소리를! 네놈들을 모두 벌레처럼 짓밟아 버리겠어!"

그 순간 커튼 선생이 앞으로 달려오다가…… 아이들 바로 앞에서 마치 녹색 격자무늬 부대처럼 풀썩 쓰러졌다. 그리고 코를 골기 시작했다.

레이니의 입에서 안도의 한숨이 새어 나왔다. 그런 다음에 레이니는 고개를 끄덕였다.

"웃음은 베네딕트 선생님을 자게 만들어. 그런데 커튼 선생을 그렇게 만드는 건 분노야. 서둘러, 꼬챙이. 이 사람을 우리 허리띠로 묶어 놓자."

꼬챙이는 무서워서 자신도 모르는 사이에 꼭 잡고 있던 콘스턴스의 손을 놓고 허리띠를 풀며 감탄했다.

"아, 휠체어에 앉고 반사 안경을 쓴 이유가 바로 그거였구나! 정말 화가 나면 잠이 들기 때문에 그걸 다른 사람한테 알리고 싶지 않았던 거야!"

"지금까지 보면, 몹시 화를 내다가 갑자기 조용해진 적이 많아. 나는 그럴 때마다 이 사람이 나를 죽일 준비를 한다고 생각했는데 사실은 자고 있었던 거야!"

레이니가 말하면서 자기 허리띠로 커튼 선생의 발목을 묶었.

"야, 얘들아, 저 사람이 깨어났어."

콘스턴스의 말에 두 아이는 벌떡 뒤로 물러났다.

정말이었다. 커튼 선생이 두 눈을 크게 뜨고 주변을 무섭게 둘러보고 있었다. 그러다가 레이니를 발견하더니 증오가 가득한 눈을 가늘게 뜨고 노려보다가 하품을 하면서 말했다.

"그래, 나는 너를 죽일 생각이었어. 그런데 이게 뭐지? 허리띠? 설마 이런 천 쪼가리로 나를 묶어 놓을 수 있다고 생각하는 건 아니겠지?"

레이니 얼굴이 찡그러졌다.

"그럴 수 있기를 바랐어요."

"그렇다면 네놈은 내가 생각한 것 이상으로 멍청한 거야."

커튼 선생이 말하면서 두 팔과 두 발에 한 번 힘을 주자, 허리띠가 두 조각으로 찢어졌다.

하지만 커튼 선생이 일어서기 전에 콘스턴스가 소리쳤다.

"만일 우리가 그렇게 멍청하다면 당신은 뭐죠? 이 두 애는 항상 당신을 배신할 궁리만 했는데 당신은 두 애를 전달자로 만들었어요. 그리고 우리는 지금까지 당신을 계속 속여 먹고 속여 먹고 또 속여 먹었어요. 심지어 우리는 당신한테 기면증이 있다는 사실까지 알아요, 당신이 그렇게 숨기려고 애썼는데 말이에요. 그러니 우리가 멍청하다면 당신은 멍청이 가운데에서도 최고 멍청이예요, 우리가 최소한 당신보다는 훨씬 똑똑하다는 사실이 증명되었으니까요."

그 순간 커튼 선생이 몸을 격렬하게 떨었다. 너무 화가 나서 말도 못할 정도였다. 그리고 두 눈을 감으며 바닥에 다시 쓰러졌다.

"정말 재미있어."

콘스턴스가 좋아했다.

"정말 위기일발이었어. 그런데 이제 어떻게 하지? 묶을 만한 게 하나도 없어."

"이 밧줄은 어때?"

익숙한 목소리가 물었다. 놀랍게도 케이티 웨더롤이 열린 창문 사이로 훌쩍 뛰어들었다.

아이들은 케이티를 보자 무척 반가웠다. 케이티의 꼴은 말이 아니었다. 얼굴은 여기저기가 터져서 피가 흐르고 입술은 부어올라 있었다. 옷은 찢어지고 머리칼은 사방으로 헝클어지고, 무엇보다 온몸에 진흙이 진득하게 묻어 있었다. 그런데도 케이티는 평소보다 훨씬 명랑한 표정이었다. 부어서 검게 멍든 두 눈에 행복이 반짝이고 피가 흥건한 입술에 웃음이 가득했다. 케이티는 무릎을 꿇고 커튼 선생의 두 손과 두 발을 묶으면서 그동안 있었던 일을 친구들에게 알려 주었다.

"너희 아빠라고? 도저히 믿을 수가 없어! 밀리건 아저씨가 오래전에 사라진 게 그 때문이구나! 비밀 임무를 수행하다가 잡힌 거야!"

"그런데 밀리건 아저씨는 왜 지금 안 보이시니? 이곳에 안 오는 거야?"

콘스턴스가 물었다.

"도움을 청하러 간다고 하셨어. 구체적으로 물어볼 시간이 없었어. 너희한테 내가 필요할 것 같아서."

레이니는 바닥에 쓰러져 자고 있는 커튼 선생을 발가락으로 찔러 보았다.

"네가 제때 나타나서 정말 다행이야. 네가 아니었다면 저 사람이 깨어나는 즉시 우리 목을 졸라 죽이려고 했을 거야."

"그래, 이제 어떻게 하지?"

콘스턴스가 물었다.

레이니는 벌써 속삭임한테 다가가면서 대답했다.

"커튼 선생이 한 말을 곰곰이 생각했어. 속삭임이 아주 민감하다는 말. 정확히 뭐라고 표현했지, 꼬챙이?"

"정교하고 민감한 기계라서 적절하게 가동시키려면 자신의 엄격한 지휘가 필요하다고 했어."

"맞아, 또한 우리는 커튼 선생이 자신의 두뇌를 모델로 이 컴퓨터를 만들었다는 사실도 알고 있어. 만일 이 기계가 그렇게 민감하고 정교하다면, 그리고 인간의 두뇌와 비슷하다면, 우리는 이 기계를 혼란스럽게 만들어야 해. 그래서 스스로 작동을 완전히 멈추도록 만들어야 해."

"그게 네 계획이야?"

콘스턴스가 의심스레 묻자, 레이니가 대답했다.

"어떤 기계든 끌 수 있는 법이야, 그 방법만 알면. 그러니 이제부터 그 방법을 찾아보자."

레이니가 커튼 선생의 빨간 헬멧을 내려서 머리에 썼다. 그와 동시에 속삭임이 이름을 묻는 소리가 들렸다.

"레드롭타 커튼!"

레이니가 소리쳤다. 커튼 선생과 비슷한 목소리를 내려고 노력했다.

'당신은 레드롭타 커튼이 아니야.'

대답이 들렸다.

레이니는 숨을 깊이 들이마셨다. 속삭임을 속이려면 커튼 선생과 똑같게 생각해야 할 것 같았다. 그래서 레이니는 모든 힘을 다해서 자신이 굉장히 위대한 천재이며, 지구 전체의 통치자로 명성을 날리면 굉장히 기쁠 것이며 아이들은 정말 귀찮은 존재라고 생각하려고 노력했다. 그리고 다시 선언했다.

"나는 레드롭타 커튼이다!"

잠시 침묵이 흘렀다. 속삭임도 망설일 수가 있는 건가? 아직 애매한가? 레이니는 무슨 일이 있어도 이 기계를 통제해야 한다고 생각했다. 커튼 선생이라면 그럴 것 같았다. 레이니는 이 말에 정신을 두 배로 집중시켰다.

'통제해야 돼, 통제해야 돼, 통제해야 돼, 통제해야 돼.'

속삭임의 침묵이 길어졌다. 뭔가 철커덕하는 소리가 마음속으로 들린 것 같았다. 자물쇠를 여는 소리 같았다. 그렇다면 성공했단 말인가?

바로 그때 속삭임이 대답했다.

'아니야, 당신은 레드롭타 커튼이 아니야.'

실내 건너편에서 끔찍하게 끽끽거리는 소리가 났다. 레이니는 빨간 헬멧을 벗었다. 커튼 선생이 벌써 깨어 있었다. 재미있다는 표정이 얼굴에 가득했다.

"설마 네가 내 속삭임을 속일 수 있다고 생각한 건 아니겠지? 넌 정말 어쩔 수 없는 어린애야. 미안하지만 내 속삭임한테는 멍청한 짓이 통하지 않아, 레이나드. 아니, 어린애 장난이 통하지 않는다고 말하는 게 더 좋겠군. 어차피 똑같은 말이니까."

바로 그 순간에 S.Q. 큰 발의 목소리가 인터폰에서 흘러나왔다.

"커튼 선생님? 이번에는 정말 긴급 사태인 것 같아요, 선생님. 선생님을 방해하긴 싫지만 집행부 몇 명이 조금 전에 마취 총에 맞고 쓰러졌다는 보고를 지금 막 받았어요. 그리고 케이티 웨더롤이 선생님 창문으로 들어간 걸 보았다는 보고도 받았어요. 개울가에 사다리가 있지만 너무 짧아요. 우리가 더 커다란 사다리를 가져와서 케이티를 쫓아 들어가도 될까요?"

커튼 선생이 점잔을 빼며 눈썹을 치켜세웠다.

"레이나드, 이제 정신을 차리고 S.Q. 한테 항복하겠다고 말해. 그렇게 하는 게 너한테 가장 좋은 방법이야. 어차피 금방 잡힐 테니까."

"아직 끝나지 않았어요."

레이니는 단호하게 말하고서 속삭임 의자로 올라갔다.

S.Q. 목소리가 인터폰에서 다시 울렸다.

"커튼 선생님? 선생님께서 아무 대답도 안 하시니, 가장 높은 사다리를 가져오겠어요. 금방 구하러 갈게요."

커튼 선생이 말했다.

"불쌍한 레이나드. 내가 빨간 헬멧을 쓰지 않으면 속삭임은 파란 헬멧을 가동시키지 않아. 어린아이의 계획치고는 그럴싸하지만 결국에는 아무런 소득이 없어."

케이티가 경고했다.

"지금 저 사람은 우리를 속이려는 거야. 우리가 자기를 속삭임에 앉히기를 바라는 거야."

레이니는 혹시 가동될까 해서 파란 헬멧 밑에 앉아 보았다. 하지만 최소한 이 부분에 관해서는 커튼 선생의 말이 사실이었다. 헬멧은 내려올 생각을 안 했다. 레이니가 일어나서 헬멧 안에 머리를 집어넣어도 아무 효과가 없었다.

"정말 재미있어."

커튼 선생이 말하자, 레이니가 친구들을 바라보며 말했다.

"저 사람 말대로 하는 수밖에 없겠어."

"정말 훌륭해!"

커튼 선생이 감탄했다.

꼬챙이가 레이니의 팔을 움켜잡았다.

"만일 네가 속삭임에 앉으면 저 사람이 네 두뇌를 청소해 버릴 거야. 저 사람이 노리는 게 그거야. 모험을 할 필요가 없어!"

"그럴 수도 있겠지. 하지만 우리가 지금 저 기계를 멈추지 않으면 영원히 멈출 수 없어. 나는 최선을 다해서 저항할 거야. 만일 내 두뇌가 청소를 당하면 너희 가운데 한 명이 내 뒤를 이어야 해. 저 사람은 이미 지쳤어. 우리가 이길 수 있어."

레이니가 말하자, 커튼 선생이 놀렸다.

"정말 감동적이야. 그럼 두뇌 청소를 하고 싶다는 거냐, 레이나드? 너의 희생에 박수를 보내고 싶어. 내 손이 이렇게 잔인하게 묶여 있지만 않다면 말이야."

다른 아이들이 불확실한 표정으로 쳐다보았지만, 레이니는 최대한 용감하게 웃으면서 말했다.

"다른 방법이 없어."

꼬챙이와 케이티가 동의했다. 이 방법이 유일했다. 세 아이가 힘을 합쳐서 커튼 선생을 들어 올렸다. 콘스턴스는 구석으로 물러나서 꼼짝도 않고 그 어느 때보다 불쌍한 표정으로 겁에 질린 채 가만히 지켜보기만 했다. 아이들은 커튼 선생을 휠체어에 앉혀서 더 꽁꽁 묶은 다음에 빨간 헬멧 밑으로 휠체어를 끌고 갔다. 선생은 빙그레 웃기만 할 뿐, 전혀 저항하지 않았다. 아이들은 서로 악수를 하며 행운을 빈 다음에 커튼 선생의 머리에 빨간 헬멧을 씌웠다.

"레드롭타 커튼!"

커튼 선생이 좋아하며 소리쳤다.

레이니의 눈이 껌뻑이는 것 같았다. 뭐가 눈에 들어갔나? 레이니는 눈을 깜빡인 다음에 다시 쳐다보았다.

커튼 선생은 승리감이 가득한 미소를 머금으며 레이니를 바라보았다.

"분명해, 레이나드. 너는 내 능력이 어느 정도인지를 모르고 있어. 이제는 사랑스러운 속삭임에 일부러 앉지 않아도 너희 모두 내 속삭임의 강력한 힘을 충분히 체험할 수 있어. 이 방에 있는 너희 모두가."

레이니의 뇌리에 커튼 선생의 일기책 일부가 급히 스치고 지나가며 공포가 일었다. 그건 이런 내용이었다.

'성공이다! 오늘 비로소 메시지를 직접 전송했다. 대단히 만족스럽게도 속삭임은 이제……'

그들은 이 뒷부분을 보지 못했다. 하지만 이제 그 뒷내용을 알 것 같았다. 너무 늦었지만. 만일 커튼 선생이 사람의 마음속으로 메시지 방송을 직접 보낼 수 있다면 똑같은 방식으로 두뇌 청소도 할 수 있을 터였다!

레이니의 눈앞이 다시 껌뻑거리는 것 같았다. 이번에는 시간이 약간 길었다. 갑자기 모든 게 사라졌다. 빛이 한순간에 사라진 것 같았다. 그리고 또 그랬다. 완벽하게 아무것도 없는 하얀 파도가 몰아쳤다. 커튼 선생은 다른 친구들한테도 그렇게 하고 있었다. 꼬챙이가 멍청한 표정으로 서서 깜짝 놀란 채 머리를 움켜잡았다. 케이티는 빙글빙글 계속 돌았다. 마치 눈에 안 보이는 적을 찾는 것 같았다. 그리면서 소리쳤다.

"뭐야! 무슨 일이야? 우리가 왜 이러는 거야?"

레이니가 소리쳤다.

"커튼 선생이 지금 우리의 두뇌를 청소하려고 하는 거야! 맞서 싸워! 사랑하는 대상을 모조리 떠올려서 거기에 매달려!"

레이니는 자신한테도 명령했다.

'싸워야 해. 페루멀 선생님을 생각해. 그리고 그렇게 좋아하던 책을. 그리고 베네딕트 선생님을. 그리고 친구들을……. 모두를 생각해. 그리고 싸워서 이겨……. 꼭…….'

커튼 선생이 말했다.

"이제 너희도 알 수 있듯이, 내 기계는 속삭임보다 훨씬 많은 기능을 발휘할 수 있어. 소리도 칠 수 있어! 안타깝게도 그 효과는, 뭐라고 하는 게 좋을까? 귀청을 완전히 터트린다고 할까?"

레이니는 생각했다. 기계가 소리를 지른다고, 그 소리가 너무나 커서 머리가 멍한 침묵 속으로 빠져들고 있다고, 다른 소리는 전혀 들을 수 없다고. 전혀 들을 수……. 눈썹이 내려오기 시작했다. 레이니는 자신을 꼬집었다. 하지만 거의 아무런 느낌도 없었다. 이번에는 풀썩 무릎을 꿇었다. 저항할 수가 없었다. 맞서 싸울 수가 없었다. 이제 어떻게 해야 한단 말인가? 레이니는 제대로 생각할 수가 없었다. 어찌할 방법이 없다……. 어찌할 방법이 없다…… 어찌할 방법이…… 어찌할 방법이……. 방법이……. 방법이…….

"이게 뭐야? 나 참, 어처구니가 없군!"

커튼 선생이 소리치더니, 끽끽거리며 웃었다.

레이니가 억지로 두 눈을 떴다. 커튼 선생이 전혀 예상 못한 훌륭한 선물이라도 받은 것처럼 눈을 반짝거리고 있었다. 꼬챙이는 두 손과 무릎으로 바닥에 엎드린 상태였고 케이티는 벽에 등을 기댄 채 일어나 있으려고 애쓰는 중이었다. 그리고 콘스턴스는…….

콘스턴스는 어디에 있지?

금속 수갑이 철커덕거리는 소리가 레이니의 시선을 속삭임으로 잡아끌었다. 어떻게 이럴 수가? 속삭임 안에서 콘스턴스가 이제 막 자리에 앉은 참이었다.

이제 꼬챙이와 케이티도 입을 쩍 벌린 채 속삭임을 쳐다보고 있었다.

콘스턴스 콘트레어?

이미 파란 헬멧이 꼬마 콘스턴스의 머리로 내려와 있었다. 콘스턴스는 두 눈을 꼭 감고 입을 앙다문 채 인상을 찡그렸다. 그 어느 때보다도 심술궂고 불만에 찬 표정이었다.

"레이니 멀든!"

콘스턴스가 소리쳤다. 그와 동시에 커튼 선생의 웃음이 찡그림으로 변했다.

하얀 파도가 서서히 줄다가 사라졌다.

"저 애가…… 저 애가 왜 네 이름을 외치는 거야?"

케이티가 정신을 차리려고 머리를 흔들면서 물었다.

"속삭임이 이름을 물어서 콘스턴스가 저항하는 거야."

레이니가 대답했다.

"꼬챙이 워싱턴!"

콘스턴스가 외치자, 커튼 선생이 화가 나서 덜덜 떨었다.

꼬챙이가 일어나 앉으면서 말했다.

"저 애가 내 별명을 부른 건 저게 처음이야. 하지만 그렇다고 두뇌 청소가 왜 중단되었을까?"

레이니가 걱정스러워하며 대답했다.

"커튼 선생이 지금 콘스턴스한테 모든 힘을 쏟고 있기 때문이야."

"하지만 꼭 그래야 하는 이유가 뭐지?"

레이니는 그 이유를 문득 깨닫고 벌떡 일어났다.

"위대한 케이티 기상 예보 장치!"

콘스턴스가 외치자, 그 뒤에서 커튼 선생이 "흥!" 하고 콧방귀를 뀌었다.

"지금 콘스턴스가 저항하고 있기 때문이야! 그리고 콘스턴스처럼 훌륭하게 저항할 수 있는 사람은 아무도 없어!"

레이니가 소리쳤다.

바로 그때 콘스턴스와 커튼 선생이 동시에 몸을 격렬하게 떨었다. 마치 지진이라도 일어난 것 같았다. 커다란 남자와 조그만 여자애의 얼굴에서 똑같이 식은땀이 떨어졌다. 그리고 귀가 아플 만큼 커다란 목소리로 콘스턴스가 고함을 질렀다.

"나는! 신경…… 쓰지! 않아!"

뒤이어서 부정적인 표현이 연달아서 미친 듯이 쏟아져 나왔다.

"아니야, 그럴 수 없어! 그렇지 않아! 나를 그렇게 만들 순 없어! 그래! 결코 안 돼! 싫어!"

커튼 선생이 날카롭게 속삭였다.

"그만 항복해, 이 고집쟁이 계집애!"

"싫어!"

콘스턴스가 고함을 질렀다. 커튼 선생의 얼굴이 완전히 보라색으로 변했다. 그리고 뭉툭한 코끝에서 식은땀이 수도꼭지에서 물 새듯 떨어졌다. 정말 치열한 싸움이었다. 세 아이는 감탄했다. 모든 걸 자기 뜻대로 하려는 존경스러운 고집, 바로 이게 콘스턴스의 천부적인 재능이었다. 그리고 지금 그 재능을 유감없이 발휘하며 치열하게 싸우고 있었다.

영웅적으로 저항했지만 결국 아이는 아이였다. 그렇게 몇 분이 지나면서 콘스턴스의 목에서 조금씩 쉬는 목소리가 나오며 힘이 떨어지고, 두 뺨은 빨개지고 또 빨개졌다. 체력 역시 바닥나기 직전이었다. 콘스턴스도 영원히 저항할 수 없었다. 사실, 찢어진 인형처럼 금방이라도 산산조각이 날 것처럼 보였다.

꼬챙이가 소리쳤다.

"우리가 어떻게 도울 방법이 없을까? 저러다가 콘스턴스가 죽겠어!"

 하지만 불쌍한 꼬마 친구를 무기력하게 지켜보는 것 말고는 세 아이가 할 수 있는 일이 없었다. 콘스턴스를 의자에서 빼낼 수만 있다면 그 자리에 다른 애가 들어가면 된다. 하지만 콘스턴스 양쪽 팔에 수갑이 채워져 있지 않은가! 아이들은 용감한 콘스턴스의 체력이 계속 떨어지고 목소리가 계속 작아지다가 마침내 맘껏 내질렀던 소리가 웅얼거리는 소리 정도로 들리는 과정을 절망감 속에서 지켜보았다.
 이제는 커튼 선생의 목소리가 점차 콘스턴스를 압도하기 시작했다. 물론 콘스턴스가 힘든 만큼 커튼 선생도 힘이 들었지만 아직 쓰러질 정도는 아니었다. 목소리도 비교적 선명하게 들렸다.
 "내가 너희한테 말했듯이, 지금 너희 눈으로 똑똑히 보듯이, 얘들아, 내 발명품에는 멍청한 짓이 통하지 않아."
 커튼 선생이 입으로 키스를 보내면서 억지로 웃었다.
 "앞으로 삼사 초가 지나면 너희 꼬맹이 친구한테 작별 인사를 해야 할 거……."
 바로 그때 쾅 소리가 커튼 선생의 말을 막았다. 아이들이 펄쩍 뛰었다. 집행부가 벌써 도착해서 문을 부수고 있는 건가? 하지만 아니었다. 쾅 소리는 문에서 나지 않았다. 그 소리는 담 뒤에서 들렸다. 그리고 숨죽인 목소리가 뒤따라 들렸다.
 "케이티! 얘야, 그쪽에 있니?"

커튼 선생이 으르렁거렸다.

"제기랄! 이번엔 또 누구야? 어떻게 저쪽으로 들어왔지?"

"아빠! 지금 어디에 계세요?"

케이티가 소리치고 아이들과 함께 벽에다 귀를 댔다.

"숨겨 놓은 문 뒤에 있는 통로. 하지만 안쪽에서 문을 열도록 되어 있어. 그쪽에 문을 여는 장치 같은 게 없니?"

"휠체어!"

레이니가 소리치면서 커튼 선생의 휠체어로 달려가서 여러 개 달린 버튼을 살피며 말했다.

"당신이 비밀 탈출구를 만들어 놓았을 거란 생각은 했어요. 그런 게 있다는 건 당신은 어린애 절반만큼도 용감하지 않다는 뜻이에요."

레이니는 자신의 말에 커튼 선생이 화를 내면서 잠에 빠져들기를 바랐다. 하지만 커튼 선생은 미리 충분히 대비를 하고 있었기 때문에 쉽게 화내지 않았다. 그리고 음흉하게 말했다.

"네 말이 맞아. 내가 항복하지. 나를 해치지 않겠다고 약속하면 어느 버튼을 눌러야 하는지 말하겠어. 오른편 팔걸이에 있는 중간 버튼이야."

"그렇겠지요."

레이니가 대답했다. 레이니는 그 버튼이 뭔지 잘 알고 있었다. 그걸 누르면 집행부가 들어올 게 뻔했다. 그래서 다른 버튼을 살펴보았다.

"가만있자, 이 버튼은 인터폰이고……. 이걸 누르는 것도 보았거든요. 그리고 이 손잡이는 휠체어를 움직이고 멈추는 게 분명하고, 그렇다면 남은 건…… 이것 하나!"

레이니는 잘 보이지 않는 은빛 버튼에 손가락을 올려놓았다.

커튼 선생이 극적으로 한숨을 내쉬며 말했다.

"네 말이 맞아. 바로 그거야."

레이니가 빙그레 웃었다.

"당신은 내가 당신이 지금 거짓말을 한다고 생각하길 원하고 있어요. 하지만 나는 그런 속임수에도 넘어가지 않아요."

커튼 선생이 얼굴을 찡그리고, 레이니는 그 버튼을 눌렀다. 그러자 케이티 머리 위쪽 벽에서 전자 번호판이 튀어나왔다.

"잘했어, 불쌍한 꼬마 첩자들. 드디어 번호판을 찾아냈군. 하지만 암호를 모르니 어쩌면 좋을까?"

"3507을 눌러."

레이니가 말하자, 케이티가 번호를 누르려고 하다가 말했다.

"아, 아니야! 숫자가 없어! 모두 글자야!"

커튼 선생이 만족스러워하며 교활하게 웃었다.

"그 번호는 우리 집행부 가운데 한 명한테 배운 것 같군. 하지만 이 비밀 탈출구 번호는 집행부도 모르는데 어떻게 하나?"

"우리가 추측할 수 있어요."

꼬쟁이가 대담하게 반박했다.

커튼 선생이 안타까운 척하면서 머리를 절레절레 흔들었다.

"아무리 노력해도 소용이 없다는 사실을 아직도 모르겠어? 설사 이 섬을 탈출한다고 해도 너희는 아무것도 이룰 수 없어. 게다가 집행부가 지금 이곳으로 몰려올 거란 사실을 너희는 분명히 알고 있어. 너희는 오늘 안에 잡힐 수밖에 없어. 그래서 내일 아침이면 나한테 주인님이라고 부르게 될 거야. 너희 모두가 내 밑에서 완벽한 통제를 받게 될 거야!"

"고마워요!"

레이니가 불쑥 대답했다. 얼굴이 밝아졌다.

커튼 선생이 깜짝 놀라며 물었다.

"고맙다고?"

"지금 막 힌트를 주었잖아요! '통제가 열쇠'라고 나한테 여러 번 말하지 않았나요?"

커튼 선생이 어이가 없다는 표정으로 콧방귀를 뀌었다. 하지만 그의 두 눈에 분노가 가득한 걸 보고서 레이니는 자신이 제대로 짚었다고 확신했다.

"케이티, '통제(CONTROL)'라고 눌러 봐."

케이티가 조심스럽게 단추를 하나하나 눌렀다.

아무 일도 일어나지 않았다.

인터폰에서 S.Q.의 목소리가 흘러들었다.

"커튼 선생님! 사다리를 찾았어요. 이제 이 분이면 선생님 사무실 창문에 사다리를 걸칠 거예요!"

커튼 선생이 끽끽 웃었다.

"레이나드, 이 멍청한 꼬마야. 지금까지 네가 정말 나보다 똑똑하다고 생각한 거냐? 네가 정말 내 암호를 알아낼 수 있다고 진심으로 믿은 거야? '통제' 좋지! 오, 브라보, 브라보, 브라보. 레이나드 멀든에게 만세삼창을!"

레이니가 깊이 생각하는 표정으로 대답했다.

"나는 처음에 영어만 생각했어요. 하지만 당신은 자신이 태어난 조국을 아주 자랑스러워하니까, 이번에는 네덜란드어로 해 볼 거예요."

커튼 선생이 입을 쩍 벌렸다. 그러더니, 자신이 당황한 걸 숨기려고 하면서 말했다.

"그걸 네가 알 수만 있다면 마음대로……."

그때 레이니가 소리쳤다.

"꼬챙이, 네덜란드어로 '통제'가 뭐지?"

꼬챙이가 대답했다.

"영어랑 똑같아. 끝에 E가 붙어 있는 것만 달라."

"희망을 걸어 보자."

케이티가 말하면서 번호판에 있는 E를 마지막으로 눌렀다.

"제기랄!"

커튼 선생은 화를 내다가 곧장 깊은 잠에 빠졌다.

숨겨 놓은 문이 스르르 열리고 케이티는 밀리건 아저씨한테 안겼다. 레이니와 꼬챙이는 콘스턴스를 도와주러 달려갔다. 하지만 수갑과 헬멧은 여전히 풀리지 않았다. 콘스턴스의 눈꺼풀이 부르르 떨리고 있었다. 콘스턴스는 아직까지도 중얼거렸다. 소리가 너무 작아서 알아듣기도 힘들 정도였다.

"싫어…… 싫어…… 싫어……."

"빨리 꺼내야 돼!"

"걱정하지 마, 우리가 꺼낼 테니."

여인의 목소리였다. 두 소년은 고개를 돌려서 바로 자기들 뒤에 서 있는 론다 카젬베와 넘버 투를 발견했다. 그런데 탄성을 지르기도 전에 베네딕트 선생님이 직접 방으로 뚜벅뚜벅 들어왔다.

레이니가 소리쳤다.

"베네딕트 선생님! 이 기계를 뒤죽박죽으로 만들려고 하는 중이었어요. 주로 콘스턴스가요. 하지만……."

베네딕트 선생님이 고개를 끄덕거렸다.

"정말 아주 놀라울 정도로 잘 해냈어. 놀라울 정도로 잘. 그런데 우리 귀여운 콘스턴스는 어떠니?"

"끔찍해요. 좀 보세요."

꼬챙이가 대답하자 베네딕트 선생님이 그 옆에 무릎을 꿇고 앉으며 말했다.

"그래, 하마터면 이 기계 때문에 의지력이 산산조각 날 뻔했어. 정말 용감한 아이야. 한꺼번에 거의 모든 힘을 다 써 버렸어."

"거의 모든?"

"아, 금방 회복될 거야."

베네딕트 선생님이 대답하고 나서 훨씬 커다란 목소리로 말했다.

"콘스턴스 콘트레어! 이제 다 됐어! 속삭임을 아주 심하게 뒤죽박죽으로 만들었어. 이제 그만 싸워도 돼!"

조그만 여자애가 중얼거리는 걸 멈추더니, 입술을 쪽 빨고 두 눈을 떴다.

"왜 이렇게 오래 걸렸어요?"

"내 말이 맞지? 이제 괜찮을 거야. 콘스턴스, 애야, 이제 그만 의자에서 내려오렴. 서둘러서 나가야 해."

베네딕트 선생님이 다정하게 웃으면서 콘스턴스의 머리를 쏙쏙 쓰다듬었다.

"하지만 이 애는 내려올 수가 없어요."

레이니가 말하면서 수갑을 가리켰다.

"네가 그걸 어떻게 아니?"

콘스턴스가 언짢은 표정으로 말하곤, 조그만 손을 옆으로 눕혀 금속 수갑에서 빼내고 헬멧에서도 머리를 살짝 빼냈다.

두 소년이 입을 쩍 벌렸다.

"그럼 마음만 먹으면 언제든 빠져나올 수 있었단 말이야?"

꼬챙이가 묻자, 콘스턴스가 대답했다.

"나를 묶어 놓으려면 아주 조그만 수갑이 있어야 할 거야."

콘스턴스가 허세를 부렸다. 하지만 기운이 너무 빠져 있어서, 일어서려고 하다가 앞으로 비틀거렸다. 베네딕트 선생님이 콘스턴스를 붙잡고 어깨를 부축했다. 그리고 두 눈을 똑바로 들여다보며 말했다.

"네가 정말 자랑스럽구나, 콘스턴스. 정말 용감했어. 네가 이렇게 해 줘서 정말 고맙다."

콘스턴스는 기쁨으로 얼굴이 환하게 빛났다.

남은 시간이 거의 없었다. 콘스턴스가 언제라도 빠져나올 수 있었는데도 속삭임 안에 계속 남아서 고통스럽게 싸운 것에 감탄할 시간도 없었고, 베네딕트 선생님 일행이 이곳까지 오게 된 과정을 설명 들을 시간도 없었다. 베네딕트 선생님에게 그동안 일어난 일을 알려 줄 시간도 없었다.

다행히도 베네딕트 선생님과 그 일행은 구체적으로 어떤 일을 어떻게 해야 하는지 잘 아는 것 같았다. 벌써 밀리건 아저씨는 휠체어에 앉아서 생각보다 얌전하게 쿨쿨 자고 있는 커튼 선생을 들어서 바닥에 내려놓았다. 론다는 네 아이를 비밀 탈출구로 안내하는 중이었다. 그리고 베네딕트 선생님은, 너무나 끔찍한 길을 선택한 쌍둥이 형제의 자는 얼굴을 살짝 쳐다본 다음 커튼 선생의 휠체어에 앉아 빨간 헬멧을 쓰고 있었다.

"베네딕트 선생님, 시간이 없어요! 사람들이 창문으로 금방 몰려들 거예요!"

꼬챙이가 말했다.

"시간은 항상 있어, 꼬챙이. 모든 걸 다 할 시간이 없을 뿐이야. 너희 아이들 덕분에 이 기계가 분별력을 잃었으니 내가 마지막 일격을 가해야겠구나. 너희는 빨리 서둘러라. 모두 최대한 빨리 탈출하도록 해."

모두가 멍청한 표정으로 쳐다보았다. 베네딕트 선생님을 쫓아다니며 보호하던 넘버 투도 마찬가지였다. 넘버 투는 어떻게 해야 좋을지 모르겠다는 표정으로 물었다.

"그럼 이곳에 혼자 남겠다는 거예요? 그러다간 저들한테 잡혀요! 저들이 죽일 거예요!"

하지만 베네딕트 선생님이 차분하게 말했다.

"지금 이러지 않을 거라면 내가 무엇 때문에 여기에 왔겠어? 밀리건, 내 형제를 자네가 데리고 가게. 그랑 이 기계를 떨어뜨려 놓아야 해. 내가 이걸 망가뜨리지 못할 경우에 대비해서 자네는 모든 수단을 다 써서라도 그가 이 기계 옆으로 오지 못하도록 만들어야 하네."

"네, 그렇게 하겠습니다."

밀리건 아저씨가 대답하고 베네딕트 선생님과 악수를 했다. 그러곤 다치지 않은 팔로 여전히 케이티의 밧줄에 묶여 있는 커튼 선생을 들어서 어깨에 걸쳤다.

베네딕트 선생님이 말했다.

"자, 얘들아, 내 걱정은 하지 마라. 무슨 일이 있어도 꼭 탈출해야 한다. 그럼 당장 떠나! 밀리건, 아무도 남지 않도록 하게. 자네도 마찬가지야, 사랑하는 넘버 투. 빨리 서둘러! 그만 떠나!"

탈출과 귀환

그들은 어둠과 거미줄, 뚝뚝 떨어지는 물방울을 뚫고 빙빙 돌아가는 통로를 내려가고 또 내려갔다. 그리고 마침내 차가운 바람과 눈부신 햇살, 바위에 부서지는 파도 소리가 가득한 바깥으로 나왔다. 학습 기관에서 멀리 떨어진 섬 반대편, 다리 반대편이었다. 멀리서 조그맣고 바닥이 평평한 모터보트 한 척이 모래톱에 누운 채 밧줄에 묶여 있는 게 보였다. 일행은 작은 덤불과 자갈길을 지나며 보트가 있는 곳으로 내려갔다. 밀리건 아저씨는 커튼 선생을 모래톱에 내려놓고 론다와 넘버 투를 도와서 아이들을 보트에 실었다. 케이티가 보트에 막 올라타고 론다와 넘버 투가 그 뒤에서 보트에 오르려 할 때 꼬챙이가 손가락으로 누군가를 가리키며 소리쳤다.

"커튼 선생이 도망치고 있어요!"

밀리건 아저씨가 고개를 휙 돌렸다. 케이티의 밧줄이 모래톱에 떨어져 있고 커튼 선생은 왔던 길을 향해 놀라울 만큼 빠른 속도로 뛰어가고 있었다. 벌써 비밀 탈출구 구멍으로 막 들어가려는 참이었다. 밀리건 아저씨가 즉시 총을 꺼내들고 발사했지만 이미 늦고 말았다. 거리가 너무 멀었다. 총알이 휘잉 날아가는 순간, 커튼 선생은 비밀 탈출구 구멍으로 사라지고 말았다.

끔찍한 불행이었다. 순간적으로 밀리건 아저씨가 예전의 우울한 표정으로 돌아간 것 같았다. 그는 슬픈 표정으로 아이들을 바라보며 말했다.

"쫓아갈 시간이 없어. 내 임무는 너희를 안전하게 지키는 거야. 그러니 지금 당장 떠나야 해."

밀리건 아저씨는 보트를 밀려고 준비하면서 케이티의 어깨에 한 손을 올려놓고 다정하게 중얼거렸다.

"하지만 나중에 너한테 매듭을 더 잘 묶는 방법을 가르쳐 줘야겠구나."

"베네딕트 선생님이 속삭임을 망가뜨리기 전에 커튼 선생이 들이닥치면 어떻게 해요?"

꼬챙이가 묻자, 론다가 침통한 표정으로 대답했다.

"아무튼 우리는 깊은 곳에 숨어야지. 베네딕트 선생님이 그렇게 하라고 지시하셨어."

밀리건 아저씨가 보트를 물에 띄우고 해협으로 몰았다. 아이들이 보기에도 사방에 암초가 가득했다. 보트가 날카로운 암초를 아슬아슬하게 피하며 지나는 걸 보고 레이니가 물었다.

"으흠, 밀리건 아저씨, 이곳은 보트를 타고 가기에 너무 위험하지 않은가요?"

밀리건 아저씨가 빙그레 웃으면서 대답했다.

"그래, 끔찍하게 위험한 곳이지. 많은 배가 이곳에서 뒤집혔어. 하지만 내가 밤마다 괜히 이 해협을 헤엄쳐 다닌 게 아니야. 나는 이곳 암초를 잘 알고 있어. 두려워할 거 전혀 없어."

처음 보는 밀리건 아저씨의 웃음이 아이들의 두려움을 많이 가라앉혔지만 그 웃음이 콘스턴스한테는 짜증거리가 되었다.

"아저씨는 베네딕트 선생님이 저 섬에 남아 있는 걸 알면서 어떻게 웃을 수 있지요? 선생님은 분명히 벌써 잡혔을 거예요. 그리고 커튼 선생한테 목숨을 잃고 말 거예요!"

"얘야, 초조해할 필요 없어."

밀리건 아저씨가 물보라를 피해서 옆으로 바라보더니, 보트를 바위 두 개 사이로 몰고 가면서 말했다. 육지가 빠르게 다가오고 있었다.

"나는 너희를 안전하게 데려다주자마자 여기로 돌아올 생각이야. 베네딕트 선생님을 결코 포기하지 않아."

"하지만 그래도 소용이 없을 거예요! 아저씨는 부상을 당해서 저 사람들한테 금방 잡힐 거예요. 커튼 선생이……."

보트가 모래사장으로 급히 올라가자 콘스턴스가 하던 말을 멈췄다. 그리고 콘스턴스가 다시 말을 잇기도 전에 넘버 투가 그 애를 자동차를 세워 놓은 해안으로 재빨리 내려놓았다. 다른 일행도 서둘러 내렸으며, 이윽고 론다 카젬베가 시동을 켜서 자동차를 도로로 몰았다. 밀리건 아저씨는 창가에 앉아서 창문을 열고 마취 총을 준비했다. 그리고 론다에게 말했다.

"다리 경비 초소 근처에 나를 내려 준 다음에 아이들을 데리고 빨리 도망쳐."

꼬챙이가 반발했다.

"하지만 밀리건 아저씨, 아저씨는 어떻게 도망치려고요? 말이 나왔으니 말인데, 아까는 어떻게 도망친 거예요? 저도 대기실을 아는데, 그곳엔 도망칠 만한 길이 없어요!"

밀리건 아저씨가 대답했다.

"길은 없지만 밑은 있지. 진흙탕이 있으면 물이 있는 법이고 그 물은 건물 밑 어딘가로 흐르는 법이니까."

"하지만 하지만 어떻게……?"

"어렵지 않아. 숨을 몇 분 참으면서 물이 흐르는 곳까지 진흙을 파다가 고개를 들고 숨을 쉰 다음에 또 숨을 몇 분 참으면서 진흙을 파고, 계속 그런 식으로 진흙을 팠어. 약 삼십 센티미터 정도. 그다음에는 돌멩이 몇 개를 들어내고 판자 몇 개를 부수고 모르타르를 긁어 내고 몸이 빠져나올 정도로 쇠창살을 벌렸지. 그러느라 팔이 부러졌어. 그런 다음 보초를 제압하고 그들이 가지고 있던 열쇠로 족쇄를 풀었지. 방법만 알면 아주 간단해."

아이들은 눈만 껌뻑거렸다. 밀리건 아저씨는 즐거워서 노래라도 하는 말투로 계속 설명했다.

"더욱 놀라운 건 그렇게 하는 동안에 일어난 일이야. 진흙탕 속에서 숨을 참고 진흙을 파는 동안에 마음속에 들었던 느낌, 너희들한테 가야 한다는 느낌, 무슨 일이 있더라도 너희한테 꼭 가야 한다는 그 느낌이, 내가 암흑의 세월에서 처음 깨어날 때에 마음속에서 '밀리건'이란 이름이 떠오른 때의 느낌과 완전히 같다는 사실을 깨달은 거야. 그 이유를 가만히 생각하다 보니, 옛날에 들었던 아이의 목소리가 조그맣게 떠오르더구나. 나를 부르던 목소리였지. 그게 떠오르는 순간, 건물 밑에서 흐르는 차가운 물이 오래된 기억을 또 건드렸어. 바로 물방앗간 연못과 헤엄치기에 정말 좋은 아름다운 경치가 뇌리를 스치는 거야. 그리고 연못에서 헤엄치던 여자애도 떠올랐어. 헤엄을 칠 수 있다는 게 믿기지 않을 만큼 어린 여자애가 물장구를 치면서 수달처럼 이리저리 헤엄치는 모습이 보였어. 그 애는 그렇게 헤엄치면서 나한테 다가왔지. 그 애가 깔깔거리며 웃는 소리도 들렸어. 내가 그 애와 손잡고 집으로 가는데, 그 애가 나한테 묻는 거야. '아빠, 이 방앗간에 다시(mill again) 올 거예요?' 그래서 나는 대답

했어. '물론이지, 우리 귀여운 고양이. 당연히 이 방앗간에 다시(mill again) 올 거야.'

Mill again. Milligan(밀리건). 무슨 말인지 알겠니? 밀리건은 내 이름이 아니었어. 그건 내 딸한테 지키지 못한 마지막 약속이었던 거야. 이 사실을 깨닫는 순간에 갑자기 옛날 기억이 물밀듯 밀려드는 거야. 아름다운 순간들이."

밀리건 아저씨가 옆에 있는 케이티를 다정하게 바라보며 이야기를 마쳤다.

케이티는 눈물을 흘리지 않으려고 애썼지만 소용이 없었다. 차는 섬에 있는 경비 초소로 다가가고 있었다. 케이티는 아빠를 찾아서 정말 기뻤다. 그런 아빠를 위험한 호랑이 소굴로 어떻게 돌려보낼 수 있단 말인가! 위험만 가득하고 희망이 없는 곳으로! 안 될 말이다. 그럴 순 없다. 그래서 케이티는 자신도 놀랄 정도로 커다랗게 화를 내며 소리쳤다.

"안 돼요. 갈 수 없어요, 아빠! 나는 아빠를 보내지 않을 거예요. 아빠는 어떻게 나를 또 버릴 수 있어요?"

밀리건 아저씨가 바늘에 찔린 것처럼 움찔하더니 두 눈에 갑자기 눈물이 글썽거렸다.

"아, 케이티, 나도 그러고 싶지 않아. 하지만 내가 베네딕트 선생님을 어떻게 외면할 수 있겠니? 그분이 아니었다면 우리는 결코 이렇게 만나지 못했을 거야!"

"그렇다면 나도 아빠랑 함께 가겠어요."

"안 돼, 안 돼. 그건 절대 안 돼!"

"꼭 그래야겠어요."

케이티가 강하게 반발하는 사이에 넘버 투는 경비 초소 근처에 차를 세웠다.

"쉿! 둘 다 조용히 해요!"

레이니가 날카롭게 말해서 모두 놀랐다. 레이니는 다리를 가리켰다. 그 위에서 커튼 선생이 휠체어를 몰고 자신들을 향해 열심히 달려오는 모습이 보였다. 모집원 전체가 그 옆에서 수갑을 흔들어 대며 열심히 달리고 있었다. 팔목에 찬 충격 시계가 햇빛에 반짝거렸다. 쏜살같이 달려오는 휠체어가 이리저리 방향을 바꾸는 바람에 모집원들은 휠체어를 이리저리 피해야 했다. 경비 초소에 있던 모집원 두 명이 차를 발견하자마자 섬으로 연락을 한 게 분명했다. 그들은 밖으로 나와 커튼 선생을 맨 먼저 쳐다보고는 자동차를 쳐다보았다. 어떻게 해야 좋을지 모르겠다는 표정이었다.

"케이티, 너를 사랑한다. 하지만 너는 지금 당장 떠나야 해!"

밀리건 아저씨가 명령했다. 그리고 문에 있는 손잡이를 잡으면서 말했다.

"론다, 그렇게 해. 내가 보트가 있는 곳으로 도망치면서 저들을 유인할게. 저들을 따돌릴 수 있을 거야. 넘버 투, 미친 듯이 달려. 결코 뒤돌아보지 마!"

"안 돼요! 가만히 계세요, 밀리건 아저씨! 넘버 투, 자동차를 세워 두세요. 나를 믿어요. 제발요. 조금만 기다려요!"

레이니가 소리쳤다. 긴장된 순간이었다. 그런데 이상하게도 어른이든 어린애든 자동차에 있는 모든 사람이 열두 살짜리 아이의 말을 무조건 믿고 있었다. 레이니 멀든이 무슨 명령을 내리거나 무슨 약속을 하면 모두가 그 명령에 따르고 약속을 믿을 것 같았다.

넘버 투가 밀리건 아저씨를 쳐다보고, 밀리건 아저씨는 넘버 투를 쳐다보았다.

밀리건 아저씨가 고개를 끄덕였다. 넘버 투도 고개를 끄덕였다. 그리고 기다렸다.

다리가 거의 끝나는 지점에서 커튼 선생이 갑자기 휠체어를 끼익 세웠다. 너무 갑작스러워, 가죽끈으로 묶였는데도 하마터면 커튼 선생의 몸이 앞으로 나가떨어질 뻔했다. 선생이 자동차를 가리키며 소리쳤다.

"저건 속임수야! 저건 미끼에 불과해! 아직 첩자들이 섬에 남아 있는 게 분명해!"

모집원들이 머리를 긁었다. 그 가운데 한 명이 살짝 항의했다.

"하지만 선생님, 저들은 우리가 쫓던 그자들처럼 보여요!"

그러자 커튼 선생이 아주 무서운 목소리로 소리쳤다.

"멍청이! 네놈은 저들이 섬에서 도망치자마자 다시 이 다리로 돌아올 거라고 생각하는 거야? 저들은 지금 우리를 분산시키려고 저러는 거야. 지금 당장 섬으로 돌아가! 이건 명령이야!"

모집원들이 움찔하며 발길을 돌렸다.

"너희도 빨리! 미끼는 잊어버려! 섬에 있는 인력을 분산시키면 안 돼!"

커튼 선생이 경비 초소에 있는 모집원 두 명한테 으르렁대자, 그 두 명이 애매한 표정으로 경례를 하고 그곳을 떠나 급히 다른 일행을 쫓아갔다. 커튼 선생은 그들이 떠나는 걸 가만히 지켜보더니 가죽끈을 급히 풀고 휠체어에서 일어나 자동차를 향해 빠르게 걸어왔다.

"지금 저 사람이 뭘 하는 거예요?"

론다가 묻고, 밀리건 아저씨는 마취 총을 들어 몇 미터 앞에 있는 커튼 선생을 겨냥했다. 그와 동시에 레이니가 소리쳤다.

"쏘지 마세요. 아직 모르시겠어요? 저분은 베네딕트 선생님이에요!"

밀리건 아저씨가 깜짝 놀라며 총을 내렸다. 베네딕트 선생님의 연기가 너무나 그럴싸했다. 몇 년을 함께 지냈지만 밀리건 아저씨는 베네딕트 선생님이 그렇게 화를 내거나 그렇게 사납게 말하는 모습을 본 적이 없었다.

"고맙다, 레이니. 덕분에 마취 총을 맞지 않았어."

베네딕트 선생님이 윙크를 하면서 돌고래처럼 깩깩 웃었다. 그는 자동차 손잡이를 잡다가 커튼 선생이 없는 걸 알아채고 눈썹을 치켜세우며 물었다.

"내 쌍둥이 형제가 탈출했는데도 내가 나인 줄 어떻게 안 거니? 도대체 어떻게 알았어?"

레이니가 대답했다.

"솔직히 선생님이 휠체어를 아주 형편없이 모셨거든요. 그걸 보는 순간 알았어요!"

"으흐흠, 그래. 으르렁대면서 명령을 내리는 것도 힘들지만 저 이상한 장비를 모는 것도 만만치 않았어. 하지만 약간 연습을 한 다음에는 그런대로 괜찮게 몬다고 생각했는데."

운전대 뒤에서 넘버 투가 말했다.

"무사하셔서 정말 다행이에요, 선생님. 하지만 축하는 나중에 하고 이제 그만 떠나는 게 어떨까요?"

넘버 투가 모집원들을 불안한 눈초리로 바라보았다. 그들은 우두머리가 함께 오지 않는다는 사실을 깨닫자 한 명씩 뒤를 돌아보며 자동차를 가리키더니 벌써 일부가 다리를 향해 뛰어오기 시작했다.

"그렇게 해, 넘버 투. 이제 빨리 도망쳐."

베네딕트 선생님이 말하면서 자동차에 뛰어들었다.

매일 밤 달이 떠서 돌마을 위로 천천히 올라오고, 매일 밤 레이니 멀든은 외풍이 심한 낡은 건물의 창문 사이로 그 달을 쳐다보면서 달밤에 만난 베네딕트 비밀클럽을 떠올렸다. 당시에 대해 기억나는 것도 많고 얘기할 것도 많지만, 밤길 여행에 나선 달은 이야기가 완전히 끝나기도 전에 서서히 줄어들다가 사라지더니 다시 커다랗게 떠올랐다. 할 일은 너무 많고 얘기를 나눌 시간은 너무 짧았다.

커튼 선생은 가장 신뢰하는 집행부 몇 명과 모집원 몇 명을 데리고 섬에서 탈출했다. 베네딕트 선생님의 신고를 받고 섬에 출동한 정부 관리들이 그렇게 알려 주었다. 관리들은 처음에 베네딕트 선생님의 주장을 전혀 믿지 않았으나 새로운 사실이 드러나면서 그 의심도 많이 줄었다. 첫째로 밀리건 아저씨의 기억이 돌아와서 정보부의 극비 사항인 암호를 말했다. 둘째로 케이티가 속삭임 갤러리에서 빠져나올 때에 아무도 모르는 사이에 커튼 선생의 일기장을 몰래 가져왔을 뿐 아니라 인쇄소에서 인쇄물까지 빼냈다. 하지만 가장 중요한 건 속삭임이 커튼 선생의 메시지를 더 이상 방송하지 않는다는 사실이었다. 그래서 관리들의 마음을 가리던 어둠이 매일 조금씩 사그라들고 긴급 사태는 호전되었으며 진실을 외면하던 마음도 햇살을 갈망하는 꽃잎처럼 다시 열리기 시작했다.

최근에는 정보 요원과 정부 관리들이 베네딕트 선생님의 사무실로 계속 찾아왔다. 물론 미로에서 길을 잃은 경우도 많았다. 그들은 구체적인 설명을 들으며 그 내용을 공책에 열심히 적었다. 그들은 커튼 선생을 잡으려고 했지만 베네딕트 선생님은 그럴 가능성이 없다는 걸 알고 있었다. 커튼 선생은 다른 어른들에 비해 너무 똑똑하기 때문이었다. 커튼 선생을 잡을 사람은 아이들밖에 없었.

그러나 '특별 모집'한 아이들, 도우미로 훈련시킨 비밀 첩보원들, 블룸버그 아저씨 등 아직도 기억을 도둑맞은 사람들의 중요한 문제가 그대로 남아 있었다. 그리고 오래전에 불행한 고아였고 그래서 삶의 목적과 살 집이 필요했던 집행부 사람들이 있었다. 노만산 섬에 발을 들여놓은 불행한 사람들 모두를 위한 조사 작업을 이끄는 건 밀리건 아저씨가 맡았고 이들의 기억을 되찾아 주는 일은 베네딕트 선생님이 맡았다. 베네딕트 선생님은 쌍둥이 형제의 발명품을 역으로 수정해서 두뇌 청소를 되돌리는 작업에 열중하고 있었다. 옛날 기억을 회복하는 방식이 아니라 그 물꼬를 틔워 주는 방식이었다. 주변 사람이 물어보면, 베네딕트 선생님은 성공할 가능성이 있는 것 같다고 조심스럽게 대답했다. 그러나 베네딕트 선생님을 아는 사람들한테 이 말은 확실히 성공할 수 있다는 뜻이었다. 하지만 베네딕트 선생님은 자신이 볼 때에 이런 작업은 아무것도 아니라고, 이번 작업의 진짜 영웅은 아이들이라고 단호하게 주장했다. 위험을 감수하며 커튼 선생의 시커먼 비밀을 밝혀낸 것도 아이들이고, 속삭임 갤러리에서 커튼 선생을 이긴 사람도 아이들이고, 속삭임을 파괴한 일등 공신도 아이들이며, 안에서 열지 않으면 도저히 열 수 없는 비밀 탈출구의 비밀을 파악해서 열어 준 당사자도 아이들이라는 주장이었다.

"그런데 비밀 탈출구에 대해선 어떻게 아셨나요, 베네딕트 선생님?"

어느 날 밤에 케이티가 물었다. 섬에서 돌아오고 몇 주가 지난 다음이었다. 그동안 그 집에 모여 있던 모든 사람이 쉴 새 없이 이야기를 나누었지만 그 상대는 대부분 정부 관리였다. 베네딕트 비밀클럽끼리만 이야기를 나눌 시간은 많지 않았다. 그래서 아직까지 궁금한 게 많았다. 다른 사람의 간섭을 받지 않고 이들끼리만 모여 앉은 건 오늘 밤이 처음이었다. 아직까지 가을이 겨울한테 자리를 내주기 전이라서, 모두가 식당에 모여 앉아 김이 모락모락 나는 뜨거운 초콜릿을 한 잔씩 들고 있었다. 사람들마다, 심지어 콘스턴스까지도 마침내 이렇게 자신들끼리 모일 수 있는 걸 정말 다행으로 여기는 표정이었다.

베네딕트 선생님이 대답했다.

"탈출구를 찾은 것도 내가 아니라 밀리건이야."

모두가 쳐다보자, 케이티 옆에 앉아 있던 밀리건 아저씨가 설명했다.

"나는 커튼 선생이 만약을 대비해서 분명히 비밀 탈출구를 만들어 놓았을 거라고 확신했어. 그래서 섬에서 너희랑 헤어진 다음에 밤마다 어둠에 몸을 숨긴 채 사방을 뒤졌어. 그러나 행운은 마지막에 찾아왔어. 그걸 찾아낸 게 바로 내가 잡히기 하루 전이었으니까 말이야."

"아빠한테는 입구와 출구가 언제나 똑같으니까요. 그렇지 않아요, 아빠?"

케이티가 놀리자, 밀리건 아저씨가 폭소를 터트렸다. 그 소리가 어찌나 호쾌하고 크던지, 탁자에 둘러앉은 모두가 깜짝 놀랐다. 아직까지 밀리건 아저씨가 웃는 소리에 익숙한 사람은 아무도 없었다. 오랫동안 세상에서 가장 슬픈 사람처럼 행동하던 사람이 이제는 세상에서 가장 행복한 사람처럼 행동하고, 실제로도 그렇게 보였다. 오래 전에 빼앗긴 아빠로서의 삶을 이제 다시 찾은 것이다.

밀리건 아저씨가 팔을 뻗어서 케이티의 턱을 잡아당겼다. 몇 주

만에 처음으로 연고를 바르지 않은 말쑥한 얼굴이었다. 케이티의 상처는 오래전에 나았으나, 그동안 밀리건 아저씨는 물론이고 그 집에 있는 모든 사람이 너무 심할 정도로 끔찍하게 약을 발라 주었다. 케이티가 눈빛을 반짝거리면서 장난스럽게 아빠의 손을 탁 쳤다. 그런 다음에 자신의 초콜릿 머그잔에서 제라늄이 사라졌다는 사실을 깨달았다. 케이티가 쳐다보니, 아빠가 그걸 입에 쏙 집어넣고 있었다.

"아빠!"

케이티가 소리치며 낄낄거렸다.

밀리건 아저씨는 딸에게 윙크와 함께 신선한 제라늄을 주었다.

한편, 식탁 건너편에서 레이니는 옆에 앉은 사람을 뭐라고 불러야 좋을지 몰라서 심각하게 고민하고 있었다. 옆자리에는 페루멀 선생님이 앉아 있었다. 마침내 두 사람이 다시 만나 서로를 껴안으며 수없이 눈물을 뿌린 다음이었다. 지금은 페루멀 선생님이 옆에 앉아서 한 손을 레이니의 어깨에 올려놓고 있었다. 앞으로도 계속 페루멀 선생님이라고 불러야 할까? 도대체 어떻게 불러야 할까? 새로 양부모가 생긴 아이라면 누구나 이런 고민에 쌓일 수밖에 없을 터인데, 지금 레이니가 그랬다. 레이니가 없는 동안에 페루멀 선생님은 레이니가 자신한테 얼마나 소중한 존재인가를 깨닫고 두 사람이 다시 만나는 순간, 조금도 망설이지 않고 너를 아들로 받아들이고 싶은데 레이니 네 생각은 어떠냐고 물은 것이다.

처음에 레이니는 아무 대답도 할 수 없었다. 그냥 선생님 품으로 뛰어들어서 얼굴을 파묻어 버렸다.

페루멀 선생님이 감격해서 또다시 눈물을 뿌리며 말했다.

"아, 애야! 이게 좋다는 뜻이면 좋겠구나."

물론 그것은 좋다는 뜻이었다. 그래서 두 사람은 바로 지금 옆에 나란히 앉아서 야릇한 감정을 느끼고 있었다. 밀리건 아저씨와 케이티가 서로 한 가족이면서도 우여곡절을 거쳐서 다시 만날 때에 느낀 감정과 아주 비슷했다. 정말 이상한 느낌이었다. 하지만 기분은 아주 좋았다.

'엄마라고 부르면 정말 이상할 거야.'

마침내 레이니는 결정을 내렸다. 타밀어를 쓰면 좋을 것 같았다. 페루멀 선생님이 어머니를 타밀어로 '암마'라고 부르는 걸 들은 적이 있었다. 하지만 그게 '엄마'라는 뜻인지 '어머니'라는 뜻인지는 확실치 않았다. 레이니는 행복한 상상에 푹 빠져서 꼬챙이한테 물어볼 생각도 못했다.

바로 그 순간에 꼬챙이는 그곳에 모인 모든 사람 가운데에서 유일하게 불행한 느낌에 시달리고 있었다. 하지만 그런 기색을 안 하고 용감하게 행동하려고 노력했다. 그래서 베네딕트 선생님한테 다른 질문을 퍼부었다.

"그러면 속삭임을 결국에는 어떻게 마비시킨 거에요?"

베네딕트 선생님이 대답했다.

"나는 너희가 벌써 시작한 작업을 마무리 지었을 뿐이야. 속삭임한테 내가 커튼이라고 설득시킨 다음에 당혹스럽게 만드는 명령을 내려서 그 기능을 정지시킨 거야. 하지만 콘스턴스가 속삭임을 완벽하게 혼동시키지 않았다면, 그리고 내가 내 쌍둥이 형제와 아주 똑같은 두뇌를 가지고 있지 않았다면 결코 성공할 수 없었을 거야."

"베네딕트 선생님의 두뇌에 만세삼창을!"

케이티가 소리치자, 모두가 웃으면서 건배를 했다.

"그리고 콘스턴스한테도 만세삼창을!"

베네딕트 선생님이 말하고 모든 사람이 건배를 하자 콘스턴스가 얼굴을 붉혔다.

베네딕트 선생님이 갑자기 신중한 표정으로 말했다.

"이제 생각나는구나, 콘스턴스. 부엌에 가서 그곳 탁자에 있는 조그만 상자를 갖다주지 않을래?"

콘스턴스가 고개를 끄덕이곤 부엌으로 가자, 꼬챙이가 감탄했다.

"믿을 수가 없어요. 저 애가 조금도 투덜대지 않고 심부름을 하다니요. 이제 많이 자란 것 같아요."

"내가 하려는 말이 바로 그거란다, 꼬챙이."

베네딕트 선생님이 말하고 고개를 끄덕거리자, 론다 카젬베가 캐비닛으로 가서 그곳에 숨겨 놓은 커다란 생일 케이크를 가져왔다.

"맙소사, 군침이 절로 돌아요."

넘버 투가 감탄했다.

콘스턴스는 그곳으로 돌아와서 사람들이 반짝이는 눈빛으로 모두 자신을 쳐다보며 케이크를 가리키자, 또다시 얼굴을 붉히며 말했다.

"하지만 내 생일은 다음 달이에요!"

"다음 달에는 또 어떤 일이 일어날지 모르잖니? 우리가 지금 케이크를 먹을 수 있도록 해 주렴!"

베네딕트 선생님이 말하자, 콘스턴스가 어쩔 줄 모르는 표정으로 머리를 흔들었다. 하지만 기뻐하는 게 분명했다. 그리고 의자로 올라가 주방 탁자에서 가져온 조그만 상자를 베네딕트 선생님한테 내밀었다.

"문득 생각난 거야."

베네딕트 선생님이 상자를 열고 생일 초 세 개를 흔들면서 계속 말했다.

"케이크에 초를 꽂는 걸 잊어버렸어."

"생일 초 세 개요? 생일 초 세 개? 콘스턴스는 열세 살이 되는 건데요?"

레이니가 깜짝 놀라며 물었다.

그러자 콘스턴스가 조그맣게 대답했다.

"이 년 십일 개월."

아이들은 입을 쩍 벌렸다.

"하지만…… 하지만……."

꼬챙이가 더듬거리다가 입을 다물고 고개를 절레절레 흔들었다.

"그래요, 이제 모든 게 이해가 돼요!"

케이티가 크게 안심하는 표정으로 말했다. 자신도 모르는 사이에 무의식적으로 계속 궁금해하던 것이 이제 이해되었다는 표정이었다.

레이니가 기쁘게 웃었다.

"베네딕트 선생님이 너한테 다른 사람이 모르는 재능이 있다고 말씀하신 뜻이 바로 이거였구나! 나는 그 말을, 네가 천부적으로 타고난 고집쟁이란 뜻으로 생각했어!"

"누가 고집쟁이야?"

콘스턴스가 얼굴을 찡그리며 반박하는 동안 꼬챙이는 혼자 중얼거렸다.

"이제 막 걸음마를 배운 아기! 항상 졸리고 항상 찡얼대고 항상 고집을 부린 것도 무리가 아니야. 이제 겨우 만 두 살이니까!"

"나는 고집쟁이가 아니야."

콘스턴스가 강하게 반박하고는 더 강하게 덧붙였다.

"그리고 이제 거의 만 세 살이야."

다음 날에도 그 집에는 정보부 요원들이 가득 몰려들고 전화벨이 수없이 울려 댔지만, 베네딕트 선생님은 그 문제를 잠시 외면하고 좀 더 개인적인 문제에 관심을 집중할 필요성을 느꼈다. 그는 이 층 복도에서 꼬챙이를 찾았다. 넘버 투가 꼬챙이의 대머리를 문지르면서 고개를 끄덕이며 단호한 어조로 말하고 있었다.

"그래, 분명해. 머리칼이 다시 자라나고 있어."

"결국에는."

꼬챙이가 대답했다.

넘버 투는 베네딕트 선생님을 발견하고 눈살을 찡그렸다.

"아니, 도대체 또 의자에서 나오신 이유가 뭐예요? 왜 우리를 부르지 않았어요?"

"미안해, 넘버 투. 급한 문제 때문에 깜빡 잊었어. 금방 돌아갈 거야. 꼬챙이, 나랑 함께 얘기 좀 할까? 너랑 상의할 게 있어."

"선생님을 의자에 확실히 앉혀야 한다, 꼬챙이."

넘버 투가 두 사람 등 뒤에 대고 소리쳤다.

두 사람이 사무실로 내려가자, 베네딕트 선생님은 그 즉시 책상 뒤 의자에 앉으며 입을 열었다.

"꼬챙이, 말 돌리지 않고 곧장 말할게. 네 부모님이 여기 오셨어."

"부모님이? 이곳에요?"

꼬챙이가 말하면서 주변을 둘러보았다. 가구 뒤에 숨어 있을지도 모른다는 의심이 들었다. 정말 당혹스러웠다. 이 소식을 어떻게 받아들여야 할지 판단할 수가 없었다.

베네딕트 선생님이 다시 입을 열었다.

"내가 설명하마. 네가 알고 있는 내용부터 시작하지. 네가 집에서 도망친 이후에 너희 부모님은 갑자기 쏟아지는 재물에 한동안 사로잡혀서 지냈어. 사실, 두 분은 한순간에 너무나 많은 돈을 가지게 되면서, 상상조차 하지 못했던 부자가 된 거야. 그래서 너를 찾긴 했지만 그 노력은 서서히 줄어들었지."

"맞아요. 그건 저도 알고 있어요."

"그게 전부는 아니야, 친구. 부모님의 노력이 줄어들었지만 그것은 부모님이 바로 너를 걱정했기 때문이야."

"걱정해요? 나를?"

"그래, 두 분은 당신들이 너한테 좋은 가정을 제공할 능력이 부족하다는 걸 걱정했어. 그래서 네가 도망쳤을 때에, 꼬챙이, 네 부모님은 굉장히 창피했어. 너는 벌써 부모님보다 훨씬 똑똑하고, 두 분은 벌써 모든 걸 엉망으로 망쳐 놓았기 때문이야. 그래서 네가 도망치길 바란다면, 어쩌면, 두 분이 깊은 슬픔을 느끼며 생각한 건데 어쩌면 그게 너한테 더 좋을 수도 있다고 생각했어. 네 곁에 두분이 없는 편이 더 좋을 거라고 말이야."

"더 좋아요?"

꼬챙이가 반문했다. 오래전에 아빠가 한 말이 떠올랐다. '지금이 훨씬 좋다.' 부분적으로 엿들은 말이었다. 그때 꼬챙이는 그말을 두 사람한테는 꼬챙이가 없는 편이 더 좋다는 의미로 받아들였다.

"그 당시에 두 분은 그렇게 생각했어. 그리고 네가 명심해야 할 것은 두 분이 커튼의 은밀한 메시지에 영향을 받고 있었다는 사실이야. '잃어버린 건 잃어버린 게 아니라 그냥 떠난 것뿐이다.' 기억나지? 정말 파괴적인 메시지야. 그렇지만 꼬챙이, 네 부모님은 너무나 우울하셨어. 너를 잊어버리려고 돈으로 필사적으로 노력했지만 얼마 안 가서 두 분은 아무리 많은 재물이라도 네가 남긴 빈자리를 채울 수 없다는 사실을 깨달았어. 설사 너한테 두 분이 필요하지 않다 하더라도 두 분한테는 네가 필요하단 사실을 깨달은 거야. 그래서 두 분은 너를 찾기 위해 모든 재물을 다 썼어. 그래서 지금은 빚도 많고 아주 가난해졌지."

베네딕트 선생님이 계속 설명했다.

"그리고 네 부모님은 우리가 속삭임을 해체시키기 전부터 너를 찾아 나섰단다. 그 사실을 우리가 참작해야만 해. 너도 알겠지만, 너를 찾아야 한다는 너무나 절박한 심정 때문에 두 분의 마음이 방송 내용에 저항하기 시작한 거야. 강력한 사랑이 아니면 그렇게 저항할 수 없는 법이지."

꼬챙이는 이 말을 곧이곧대로 받아들이기가 힘들었다.

"그래서 두 분이 나를 찾은 건가요? 선생님이 전화하지 않았나요?"

"두 분이 찾아내셨어. 물론 내가 너를 숨길 수도 있었지. 하지만 두 분이 너를 정말로 진실되게 찾는다는 사실을 깨닫고, 두 분의 진정한 사랑을 이해하고 나서 네가 여기 있다는 사실을 시인했어."

"그렇다면 선생님은 내가 두 분과 함께 가야 한다고 생각하시는군요."

"중요한 건 네 생각이야, 꼬챙이."

"으흠, 하지만 선생님이 보시기에 두 분이 어떠시던가요?"

"아주 비참하신 것 같아, 그리고 잃어버린 아들을 무척 그리워하셔. 두 분은 끔찍한 실수를 저질렀고 그래서 항상 그것을 후회하실 거야. 네가 안전하게 있다고 말씀 드리니까 네 부모님은 정말 크게 안심하셨어. 그리고 계속 눈물을 흘리셨지. 두 분이 계속 그렇게 울고 계실 때에 내가 그곳을 나왔어. 아마 지금도 울고 계실 거야. 론다가 휴지를 새로 갖다드리는 걸 봤거든."

꼬챙이의 두 눈에 눈물이 글썽거렸다.

"정말 나한테 두 분이 필요한 이상으로 두 분이 나를 필요로 하신다고 말씀하셨어요?"

"내가 보기엔 진심인 것 같은데, 네 생각은 어떤 것 같니?"

눈물이 넘쳐서 꼬챙이의 두 뺨으로 흘러내렸다.

"두 분을 만날 수 있을까요?"

"네가 원한다면. 지금 식당에서 널 기다리고 계셔."

베네딕트 선생님의 두 눈에는 기쁜 표정이 가득했다.

꼬챙이는 베네딕트 선생님의 서재에서 식당으로 날아갔다. 그리고 부모님을 만나 기쁨, 눈물, 행복한 웃음이 가득한 시간을 가졌다. 곧이어 꼬챙이의 친구들과 밀리건 아저씨 그리고 론다와 넘버 투, 심지어 떠들썩한 소리를 들은 정부 관리들까지 몰려들었다. 정말 멋지고 떠들썩하고 평화로운 축제였다. 사방에서 서로를 껴안고 악수를 하고 키스를 했다. 그리고 밀리건 아저씨는 지난밤에 남은 생일 케이크를 가져왔으며, 론다는 거품이 가득한 과일 주스를 만들었다. 심지어 정부 관리들조차 처음에는 조사가 늦어지는 걸 안타까워하더니, 마침내 함께 흥분하며 외투와 넥타이까지 벗어던진 채 어울렸다. 그리고 그중 한 명이 음악을 틀어서 마침내 댄스파티가 시작되었다.

상당한 시간이 흐른 뒤에 넘버 투가 베네딕트 선생님을 찾다가 "맙소사!" 하고 비명을 지르며 밖으로 뛰쳐나갔다. 넘버 투는 꼬챙이와 따듯한 악수를 나누던 바로 그 자리에서 베네딕트 선생님을 찾았다. 선생님은 책상에 얼굴을 대고 푹 엎드린 채 서류를 사방으로 흩뜨리며 매우 행복한 표정으로 마치 화물 열차처럼 코를 드르렁드르렁 골고 있었다.

"정말 베네딕트 선생님이 콘스턴스를 입양하신다고? 참 잘됐어. 참 잘 어울려. 선생님께서도 콘스턴스의 짓궂은 농담을 정말 마음에 들어 하실 거야."

케이티가 레이니에게 말했다.

두 아이는 적군의 공격에 맞서기 위해 눈으로 요새를 만든 다음에 눈덩이를 계속 뭉치는 중이었다. 마당 저편에 있는 론다와 콘스턴스, 꼬챙이도 마찬가지였다. 레이니는 요새 위로 얼굴을 살짝 내밀고 적군의 동태를 살핀 다음에 대답했다.

"그래, 모두가 가족을 찾은 것 같아. 너는 밀리건 아저씨를, 나는 어머니와 할머니를, 콘스턴스는 두 언니와 아버지를."

"두 언니?"

"응, 그래, 베네딕트 선생님이 넘버 투와 론다를 오래전에 양녀로 입양했다는 사실을 들었어. 비록 론다는 두 사람이 베네딕트 선생님을 입양한 거라고 하지만. 사실 베네딕트 선생님도 콘스턴스한테 이렇게 물은 것 같아. '우리를 너희 가족으로 받아 주지 않겠니?' 그래서 콘스턴스가 한번 생각해 보겠다고 대답했대. 그렇지만 결국엔 받아들이는 쪽으로 기울 거야."

케이티가 낄낄거리며 웃었다.

"'받아들이는 쪽으로 기운다.' 정말 대단해. 얘, 눈덩이를 너무 크게 만들고 있잖아. 이만하게 만들도록 해."

케이티가 완벽한 구형으로 만든 눈덩이를 레이니에게 보여 주고 새 양동이에 눈을 새로 퍼 담았다. 새 양동이는 아빠가 선물한 것으로, 예전에 가지고 있던 양동이와 아주 똑같이 생긴 거였다.

"케이티! 레이니! 이제 굴욕적으로 항복할 준비가 됐니?"

마당 건너편에서 론다가 소리쳤다.

"굴욕적? 우리는 그런 말 몰라요!"

케이티가 소리치고 나서 레이니한테 속삭였다.

"그런데, '굴욕적'이란 말이 무슨 뜻이야?"

"정말 창피하게."

레이니가 대답하자, 케이티가 화를 냈다.

"그래, 나도 모르는 단어가 있어, 똑똑이 선생. 어떻게 그런 말을……."

"아니야, '굴욕적'의 뜻이 '정말 창피하게'라는 말이야."

"그래? 두고 보자! 우리 전략을 잊지 않았겠지?"

케이티가 말하면서 아주 도전적으로 얼굴을 찡그렸다.

레이니가 눈알을 굴렸다.

"그걸 어떻게 잊어버려? 네가 눈덩이로 엄호 사격을 하는 사이에 내가 뛰어나가 저쪽에서 던진 걸 모두 주워 오라는 거잖아. 무기가 떨어지지 않도록."

"그래, 적당한 크기로 뭉치면서 주워야 한다는 걸 명심해."

"나도 가끔 눈덩이를 던지면 정말 안 될까? 그것도 재미있잖아."

레이니가 말하자, 케이티가 한숨을 쉬었다.

"눈덩이를 낭비하는 게 싫긴 하지만 너도 가끔씩은 맞힐 수 있겠지. 좋아, 가끔 던지도록 해."

"정말 고마워."

레이니가 대답했다.

잠시 후에 마당은 마구 날아다니는 눈덩이와 이리저리 뛰어다니는 아이들 그리고 왁자지껄한 웃음소리로 가득했다. 저택의 창 안에서도 웃음소리가 터졌다. 그곳에는 페루멀 선생님과 워싱턴 부부를 포함한 어른들이 모두 사과주를 마시며 밖에서 벌어지는 흥미진진한 눈싸움을 구경하고 있었다. 베네딕트 선생님은 돌고래 전체가 한꺼번에 웃는 것처럼 너무나 오랫동안 너무나 커다랗게 웃다가 깊이 잠들고 말았다. 그 순간 넘버 투가 뜨거운 사과주를 급히 낚아챘고 몇 분 후에 깨어난 베네딕트 선생님은 다시 웃다가 또 잠들었다. 오후 내내 계속 그런 식으로 웃다가 잠들고 또 웃다가 잠들더니, 결국에는 길고 깊은 잠에 빠져들고 말았다. 그리고 넘버 투가 어깨를 살짝 흔들 때에 마지막으로 깨어나더니, 날이 눈에 띄게 어두워진 걸 발견했다.

넘버 투가 말했다.

"이제 황혼 녘이고 아이들을 벌써 두 번이나 불렀어요. 그래도 안 들어오는데, 아이들한테 지금 당장 들어오라고 하지 않으실래요? 저녁 음식이 식고 있어요."

"그래, 금방 그럴게, 넘버 투. 금방."

베네딕트 선생님이 넘버 투를 사랑에 찬 시선으로 바라보더니, 창 밖에서 정신없이 뛰어다니며 즐거워하는 아이들을 바라보았다.

"먼저 좀 먹어 둬, 넘버 투. 스튜 한 접시를 슬쩍해서. 내가 아무한테도 말하지 않을게. 하지만 저 애들이 좀 더 놀도록 해 줘. 저 애들은 지금 너무 추워서 아무리 미지근한 음식이라도 김이 펄펄 나는 것처럼 느껴질 거야. 조금만 더 그냥 놀게 놔둬. 어차피 애들은 애들이니까."

이 말은 분명한 사실이었다, 지금 이 순간에는.

작가의 편지

친애하는 독자 여러분,

여러분 중에는 내 이름 전체를 알길 바라는 독자가 있다는 사실을 깨달았습니다. 혹시 여러분도 그렇다면, 그리고 모스 부호를 잘 안다면, 아마 내 이름이 뭔지 쉽게 알 수 있을 겁니다.

내 이름은 이렇답니다.

-. .. -.-. .... --- .-.. .- ...*

그럼 안녕히……

베네딕트 선생님

---

* 베네딕트 선생님의 전체 이름은 니콜라스 베네딕트(Nicholas Benedict)이다. ―옮긴이

감사의 말

이 책을 쓰는 동안 참 많은 사람들이 도와주었어요. 내가 계속 용기를 내서 글을 쓸 수 있었던 건 모두 이분들 덕분이랍니다. 이분들한테 아무리 고맙다고 해도 부족할 거예요. 그래도 여기에서 고맙다는 말을 해야 할 것 같아요. 내가 이 글을 쓰기 전부터 용기를 북돋워 준 사라 커티스, 정말 고마워요. 처음에 쓴 글을 보고서 깊이 생각하며 중요한 의견을 알려 준 마크 바, 토드 킴, 리자 타가트, 정말 고마워요. 에이전트 역할을 놀랍도록 잘 수행해 준 에릭 시모노프와 케이티 슈케이퍼, 이 책에 많은 관심을 가지고 더 좋아질 수 있도록 헌신적으로 도와준 미건 팅글리, 낸시 콘슈, 노엘 데 라 로사, 넓은 마음을 보여 준 메리 오코넬, 크리스 아드리언, 다이안 페리, 니콜라 메이슨, 마이클 그리피스, 브록 클락, 케너 에스테스, 샤논, 그리고 데이빗 골리어와 테니슨 부부, 내가 이 책에 관심을 집중하는 동안 주변 일을 모두 챙겨 준 엘라인 프라이스, 다양한 각도에서 원고를 바라볼 수 있도록 좋은 의견을 제공한 내 부인 사라 베스 에스테스, 그리고 모든 걸 행복하게 만들어 주는 내 아들 엘리어트(내 아들이 되어 줘서 정말 고마워), 이 모든 사람에게 고맙다는 말을 전하고 싶어요.

— 트렌톤 리 스튜어트

옮긴이의 말

식당에 식사를 하러 가는 도중에 작가의 뇌리에 문득 떠오르는 아이디어가 있었습니다. '수수께끼 체스'를 소설로 풀어 보면 어떨까? 왜 이런 생각이 떠올랐는지 모릅니다. 하지만 작가 선생님은 깊은 생각에 잠겼으며, 마침내 이 작품을 만들어서 새로운 방식의 스토리 전개로 세상을 깜짝 놀라게 만들었습니다.

우선, 글 속에 다양한 수수께끼와 흥미로운 단어가 숨어 있습니다. 가령, 노만산 섬은 아무도 탈출한 적이 없다는 그 유명한 알카트라 섬의 교도소를 모델로 했으며, 레드롭타 커튼(Ledroptha Curtain)은 "Let drop the curtain"이란 뜻입니다. 굳이 해석하자면 "이제 막을 내리자"는 뜻으로 볼 수 있습니다. 구세계의 막을 내리고 신세계를 열자는 뜻이겠지요. 그리고 넘버 투는 노란 옷만 입고 있는데 그래서 레이니는 넘버 투를 "연필 여인"이라고 부르지요. 미국의 연필은 모두 노란색이기 때문입니다. 하지만 작가 자신은 이 모든 것에 아무런 뜻이 없다고, 그냥 재미있는 표현을 찾아보았을 뿐이라고 말하고 있습니다. 그럼에도 불구하고 미국의 독자들은 블로그를 만들어서 자신이 파악한 단어의 의미를 공표하고 있습니다.

둘째로, 어린아이들이 어른을 구하고 세계 평화를 지킨다는 독특한 설정이 흥미진진하게 다가옵니다. 이 책에 등장하는 아이들은 고아이거나 집을 나온 상태입니다. 아주 절박하고 외로운 상태이지만 좌절하지 않고 새로운 세계를 적극적으로 찾아 나섭니다.

하지만 무엇보다도 중요한 건, 아주 독특한 개성을 가진 아이들이 서로 희생하고 헌신하고 협조하며 절박한 상황을 풀어 나간다는 사실입니다. 긴박하고 흥미진진하게 전개되는 사건에 뛰어들어 친구들과 손을 맞잡고 서로를 배우며 사건을 풀어 나가는 과정…… 이런 과정을 통해서 우리는 세상을 배우고, 세상을 바꾸고, 어른이 되어가는 거 아닐까요?

2008년 8월 말에
김옥수

지은이 트렌톤 리 스튜어트 (Trenton Lee Stewart)
미국 아이오와 작가 워크숍을 졸업하고 성인 소설 『폭우의 여름 Flood Summer』을 출간했다. 어느 날 식당으로 가던 도중에 문득 새로운 작품에 관한 아이디어가 떠올랐고 식당에 도착할 즈음에 이 아이디어에 근거해서 어린이 소설을 써야겠다고 결심했다. 그것이 바로 『베네딕트 비밀클럽 I』로, 그의 첫 번째 어린이 소설이다. 이 책은 영국, 독일, 일본, 러시아, 이탈리아 등에서도 출간될 만큼 큰 성공을 거두었고, 속편 『베네딕트 비밀클럽 II』가 출간되기도 했다. 현재 부인과 두 아들과 함께 미국 아칸소 주 리틀록에서 살고 있다.

그린이 카슨 엘리스 (Carson Ellis)
미국 몬태나 대학교에서 예술학을 공부했으며 현재 미국 오리건 주 포틀랜드에서 살고 있다.

옮긴이 김옥수
서울에서 태어나 한국외국어대학교 영어과를 졸업하고 저작권 에이전시 임프리마 코리아 영미권 부장을 지냈다. 도서출판 사람과책에서 편집부장을 지냈고, 현재는 전문 번역가로 활동하고 있다. 옮긴 책으로는 『레모네이드 마마』, 『파랑 채집가』, 「파운데이션」 시리즈, 『돼지가 한 마리도 죽지 않던 날』, 『푸른 돌고래 섬』, 『천상의 예언』 등이 있다.

비룡소 걸작선 051
베네딕트 비밀클럽 I

1판 1쇄 펴냄—2008년 9월 12일, 1판 19쇄 펴냄—2025년 2월 7일
글쓴이 트렌톤 리 스튜어트 그린이 카슨 엘리스 옮긴이 김옥수
펴낸이 박상희 편집주간 박지은 편집 박원영 디자인 허선정 펴낸곳 (주)비룡소 출판등록 1994.3.17.(제16-849호)
주소 (06027) 서울시 강남구 도산대로1길 62 강남출판문화센터 4층
전화 02)515-2000 팩스 02)515-2007 홈페이지 www.bir.co.kr
제품명 어린이용 환양장 도서 제조자명 (주)비룡소 제조국명 대한민국 사용연령 3세 이상
ISBN 978-89-491-7092-3 73840 / ISBN 978-89-491-7000-8 (세트)